La Cruzada Negra

Una Novela de Intriga Internacional y Revolución

Armando Interiano

PUBLICADA POR

Escrire

UN IMPRESO DE FICCIÓN DE ADDUCENT
WWW.ADDUCENTCREATIVE.COM
TÍTULOS DISTRIBUIDOS EN
América del Norte
Reino Unido
Europa Occidental
América del Sur
Australia
China
India

La Cruzada Negra

Una Novela de Intriga Internacional y Revolución

Armando Interiano

PUBLICADA POR

 Escrire

UN IMPRESO DE FICCIÓN DE ADDUCENT

La Cruzada Negra

Una Novela de Intriga Internacional y Revolución

Armando Interiano

ISBN: 9781937592899 (LIBRO DE BOLSILLO)

PUBLICADA POR ADDUCENT, INC. BAJO SU IMPRESO DE FICCIÓN *ESCRIRE*
JACKSONVILLE, FLORIDA
WWW.ADDUCENTCREATIVE.COM
PUBLICADO EN LOS ESTADOS UNIDOS DE AMÉRICA

TRADUCCIÓN POR INTERIANO-HUBBARD, INC.
WWW.IHTRANSLATIONS.COM

Este libro es obra de ficción. Esta historia es—en parte—inspirada por eventos históricos, personas y localidades relacionadas con dichos eventos. Es una obra de ficción cuya intención es abordar y explicar eventos relevantes que efectivamente sucedieron, en forma que desmiente la propaganda de la época y en la región en que los eventos ocurrieron. Esta interpretación –la historia—es producto de la imaginación del autor en la que los nombres, caracteres y localidades han sido utilizados ficticiamente.

Reconocimientos

La Cruzada Negra no habría podido ser escrita sin el aliento y apoyo constantes de mi amada esposa Leslie y mis amadas hijas Marcela, Lucía y Nicole.

También le estoy agradecido a Dennis Lowery, cuya pericia me ayudó a convertir mi borrador en una novela legítima; al Profesor Agapito de la Garza, cuyos conocimientos literarios me ayudaron a refinar mi historia para convertirla en la mejor obra literaria de la que soy capaz; a Joaquín Ventura, por su valiosa investigación; a Camilo Hernández, por compartir sus memorias; a los escritores Marco Argumedo y Jesús Castillo (de grata recordación), por sus aportes de conocimientos literarios y militares; y a Susana Font-Fontenot por su asistencia y colaboración.

Tabla de Contenido

Capítulo 1

La Orden

El coronel López recibió una llamada esa tarde.

«¿Sabe quién soy, verdad?» dijo la voz.

«Sí, lo sé», contestó el coronel.

«Esta orden viene desde lo más alto. Vaya a matar a los jesuitas de la Universidad Católica. Hágalo parecer como que hubo batalla».

«¿Habla en serio?»

El Comandante del Batallón de Transmisiones, el coronel Ciro López, no podía creer que el Alto Mando pudiese dar la orden de matar a los jesuitas de la Universidad Católica, mejor conocida por su sigla, la UCA.

«Sí, hablo en serio. Son los cabecillas de este movimiento. Envíe a una de sus unidades. Las suyas son las únicas disponibles en este momento porque todas las demás están combatiendo en la ciudad».

La noche anterior, la guerrilla había entrado a residencias en varios sectores de la ciudad de San Salvador, la capital de El Salvador, para usarlas de base para atacar a los cuerpos de seguridad y a las unidades militares en la ciudad. La estación de radio clandestina, Radio Venceremos, había proclamado la invasión de la ciudad capital, llamándola la 'Ofensiva hasta el Tope'.

Para la mañana siguiente, el Ministerio de Defensa tenía conocimiento de que se estaban cometido violaciones y abusos de civiles en sus residencias. También había rumores de niños combatientes. Naturalmente, el ejército salvadoreño se había movilizado inmediatamente para desalojar a la guerrilla de las residencias y de la capital.

«¿Me puede dar más información? Se me va a recordar como el que los mandó matar. ¿No los puedo sólo capturar? ¿Y siquiera tenemos la certeza de que están ahí? Si son los cabecillas, podrían estar en la Colonia Escalón, en una mansión, dirigiendo las operaciones».

«Coronel, si están en la Escalón, la Primera Brigada de Infantería los va a matar. Si no, lo hará usted. Tiene sus órdenes».

«Entendido».

1

El Col. López colgó preocupado. Como Comandante del Batallón de Transmisiones, tenía a sus unidades dispersas en todo el país, proporcionando comunicaciones militares confiables. Todo lo que tenía disponible en su cuartel, conocido como El Zapote, era la compañía que estaba de guardia y su sección de reserva, la cual consistía de treinta soldados.

El coronel sopesaba la probabilidad de que su tropa de Transmisiones, que estaba más acostumbrada a manejar repetidoras en las cimas de montañas y volcanes que al combate urbano, pudiese derrotar a una unidad guerrillera en posición defensiva que estuviese protegiendo a los jesuitas en la UCA.

Además, solamente tenía a su disposición un oficial lo suficientemente experimentado como para liderar a la sección de reserva en esta misión extraordinaria: el capitán Ezequiel Sánchez, el graduado de West Point, que se encontraba en la cancha de fut del cuartel aguardando la llegada de un helicóptero de la Base Aérea de Ilopango para transportarlo al Picacho, la estación de comunicaciones en la cima del Volcán de San Salvador.

Su misión era asegurar que esa estación de comunicaciones, que estaba facilitando el comando y control necesario para derrotar esta última ofensiva desesperada de la guerrilla en la capital, no fallara. El hecho de ser ingeniero eléctrico también hacía del capitán Sánchez el más idóneo para esa misión.

Pero ahora la misión de la UCA cobraba prioridad. El *West Pointer* tendría que ir tras los jesuitas.

Sin embargo, esto representaba un problema: Sánchez era, al fin y al cabo, un West Pointer. Por lo cual probablemente rehusaría. Pero eso hizo sonreír al coronel: eso era precisamente lo que lo hacía el mejor hombre para esta tarea. Enviaría a otro oficial al Picacho.

En el campo de fut del cuartel, un soldado corrió a informar al capitán Sánchez que el Señor Comandante lo llamaba. El capitán miró su reloj y llegó a la conclusión de que el helicóptero probablemente no iba a llegar de todas formas. La Fuerza Aérea probablemente no tenía helicóptero disponible, con todos los tiroteos que se estaban dando por todo San Salvador.

El capitán subió las graderías de la cancha corriendo hasta llegar a la Comandancia.

«¡Fir, mi coronel!»

«Capitán, he recibido la orden de ir a matar a los jesuitas de la UCA. Necesito que usted lo haga parecer una batalla».

«¿Los jesuitas de la UCA? ¿Por qué?»

«¡No pregunte por qué! Hágalo. Llévese a la sección de reserva».

«Mi coronel, ¿me podría dar esa orden por escrito?»

«Escúcheme, Sánchez, este no es el ejército gringo. ¿Se da cuenta usted que su familia podría estar en peligro ahora mismo, igual que todas las nuestras, estando estos guerrilleros en la capital? El Alto Mando ha determinado que los jesuitas están dirigiendo esta operación y que deben morir. Y no, no va a recibir esta orden por escrito».

Sánchez sabía que ésta era una orden ilegal, y que era por demás estúpida. Podía ser cierto que los jesuitas eran los cabecillas. Tenían que serlo, puesto que eran los únicos con los sesos y las conexiones internacionales como para poder seguir impulsando esta guerra, dada la incapacidad comprobada de la guerrilla de poder ganarse a la población. Este ataque frontal en San Salvador era su acto de desesperación final debido a sus pérdidas continuas. Era su Batalla de las Ardenas—la ofensiva final de Hitler en contra de los Aliados en el invierno de 1944.

Pero el matar a jesuitas no fue parte de su entrenamiento en West Point. Sin embargo, sabía que no iba a ganar este argumento con su Comandante. Era evidente que el Col. López no estaba complacido con haber recibido esta orden. Pero había sido dada, y ahora se la habían dado a Sánchez.

«Está bien, mi coronel. ¿Tenemos alguna inteligencia sobre ellos? ¿Hay guerrilleros ahí?»

«Todo lo que sabemos es que probablemente tengan un centro de mando ahí. Haga un reconocimiento. Use cobertura y camuflaje. Usted fue a West Point, ¿se acuerda?»

Horas más tarde, bajo la oscuridad de la noche, el capitán Sánchez y su sección avanzaban sobre la Residencia Jesuita dentro del campus de la Universidad Católica.

Ningún edificio en el campus parecía ser centro de comando y control. Parecía abandonado, como un pueblo fantasma. La Residencia Jesuita tenía luz, y al acercarse a ella, podían escuchar la operación de un pequeño generador eléctrico. Luego de comprobar que los jesuitas efectivamente estaban solos, el capitán ordenó a su fiel sargento y amigo, Efraín

Zelayandía, a que estableciera un retén en la calle y que se apoderara de la primera ambulancia que pasara, para luego traérsela hasta acá, sin la tripulación de la ambulancia.

Una hora después, llegó el sargento Zelayandía manejando una ambulancia. En todo ese tiempo, no había habido movimiento alguno en la Residencia Jesuita. Nadie había salido y nadie había entrado. Era como si nada estuviera sucediendo. Definitivamente, la orden era un errorazo. ¿Pero quién la había dado? No conocía a un sólo oficial salvadoreño que estaría dispuesto a dar una orden tal.

El capitán y su tropa se acercaron sigilosamente a la residencia. Al tocar la puerta, una sirvienta la abrió y Sánchez entró. Dos curas jesuitas, Ignacio Ellacuría y Segundo Montes, estaban sentados en la sala, escuchando informes radiales. Cuando vieron al militar entrar, se pusieron de pie.

Sánchez caminó hacia los dos jesuitas, y les preguntó:

«¿Son ustedes los únicos que están aquí?

«Sí, pero ¿qué demonios hacéis vosotros aquí?» preguntó un Ellacuría visiblemente enfadado.

«Caballeros, ustedes me van a acompañar a esa ambulancia que está afuera».

Ellacuría rehusó. «No haremos tal cosa».

Sánchez entonces le hizo seña a sus soldados, quienes inmediatamente aprehendieron a los curas.

«Caballeros, créanme, les estoy haciendo un favor».

Fueron escoltados hasta la ambulancia. El capitán se dirigió a la sirvienta.

«¿Quién más está aquí?»

«Solo mi hija y yo».

«Tome algunas necesidades, póngalas en una bolsa, y vénganse conmigo. Ustedes van a estar más seguras conmigo que si se quedan acá, ¿me entienden?»

La sirvienta asustada asintió con la cabeza, le dio instrucciones a su hija, y poco después estaban sentadas con los dos curas dentro de la ambulancia.

El capitán recapacitó y ordenó a Zelayandía traer a Ellacuría de regreso. Entonces Sánchez le dijo al cura que dejara un mensaje en el contestador automático, advirtiendo a los otros jesuitas que se mantuvieran alejados de ahí.

Cuando Ellacuría no hizo movimiento alguno, el capitán le dijo, en forma calmada pero firme:

«Mire, cura, hay una orden de matar a los jesuitas de la UCA. Estoy aquí para prevenir eso. Me los voy a llevar a usted y a Montes y a las damas a un lugar donde estarán seguros y protegidos por nosotros. Pero no voy a poder proteger a los otros jesuitas si deciden regresar acá. Deje un mensaje que diga que Montes y usted están seguros, pero que se mantengan alejados de aquí. Hágalo ya».

Ellacuría vacilaba. Pero tenía que confiar en este militar. Si de veras hubiera querido matar a los jesuitas, ya lo habría hecho y simplemente hubiera aguardado el regreso de los otros a la Residencia. Así que cumplió con dejar ese mensaje en el contestador automático.

Inmediatamente después se subieron a la ambulancia y se fueron, con el resto de la tropa siguiéndolos en el camión.

«¿Adónde, mi capitán?» preguntó Zelayandía en voz alta, para poder ser oído desde el asiento del conductor de la ambulancia.

«Vamos a La Libertad. Un amigo mío tiene una casa de playa ahí. Vamos a comer ostras y camarones».

«Pero mi capitán, mi coronel dijo que...»

«Sargento, limítate a obedecer mis órdenes. Me lo vas a agradecer después».

«¡Fir, mi capitán!»

Sánchez se dirigió a los curas. «Hay una orden de matarlos. No es algo que pienso hacer. Nosotros los vamos a proteger. A cambio espero su máxima colaboración para que todos podamos sobrevivir esto».

La ambulancia y el camión seguían la carretera cuesta abajo, en dirección a la costa. Eran las 11 de la noche del 12 de noviembre de 1989. El día anterior, la guerrilla había lanzado un asalto desesperado a la ciudad capital, porque carecían de los efectivos para hacer otra cosa.

Habían penetrado residencias. A lo mejor querían divertirse con mujeres y jovencitas salvadoreñas de mucha plata antes de morir. Porque no podía haber ganancia militar de tal acción.

Sí podían proyectar fuerza, una fuerza que sería magnificada por periodistas que escribían desde la comodidad de sus cuartos de hotel, simplemente repitiendo todo lo que decía la radio propagandística de la guerrilla, Radio Venceremos.

El capitán pensó en su familia. No había sabido nada de sus padres. No tenía esposa ni hijos. Por primera vez se sentía agradecido de que el amor de su vida hubiera rehusado casarse con él. Porque quién sabe si estaría actuando tan caritativamente si su esposa y sus hijos estuvieran en peligro.

Pero no los tenía. Así que silenciosamente pidió a Dios que protegiera a sus padres, y procedió a enfocarse íntegramente en la misión del momento: el mantener a estos jesuitas vivos. En su mente, el impedir el cumplimiento de esta orden tan monumentalmente errada tomaba precedencia sobre todo lo demás.

Llegaron al puerto de La Libertad rápida y silenciosamente. No había tráfico alguno. Todo mundo se había quedado en casa por las balaceras. Y el capitán contaba con ello para poder mantener a esta gente oculta hasta que el Alto Mando recobrara la cordura.

Ellacuría fue el primero en romper el silencio. «¿Quién dio esa orden, capitán?»

Ellacuría era un tipo alto y muy distinguido. Muy aristocrático. Vestía de civil. Claro que él no recordaba haberlo visto jamás vestido de cura. Ni siquiera cuando era el decano de la UCA, donde Sánchez había cursado un semestre antes de irse a West Point.

«Padre, bien quisiera saber yo quién fue el zopenco que dio esa orden. Yo en lo personal no conozco a nadie que la habría dado».

Segundo Montes resopló. «Vamos, capitán, cualquiera del Alto Mando pudo haber dado esa orden», dijo.

El capitán se volvió a él. Si había alguien que parecía Don Quijote de la Mancha, era Montes. Todo lo que le hacía falta era un compañero obeso, un Sancho Panza. Don Quijote pintado por El Greco. Así era Montes.

«Padre, yo conozco a los miembros del Alto Mando. ¿Sabe lo que son todos ellos? Católicos devotos que rezan el Rosario y que van a misa todos los domingos. Ellos han escuchado sermones izquierdistas desde hace décadas, y a diferencia de mí, siguen yendo a misa. Así que no me diga que ellos dieron esa orden. Estoy seguro de que esa orden vino de otro lado».

Ellacuría preguntó: «¿Se refiere al Presidente Cristiani?»

Alfredo Cristiani había asumido la Presidencia el 1º de junio de 1989. Fue el candidato del partido de derecha, ARENA, que fue fundado por el mayor Roberto D'Aubuisson.

«Padre Ellacuría, él es el Comandante en Jefe. Tiene que saberlo, al menos. Pero quién concibió esta idea estúpida, eso no lo sé».

Los curas guardaron silencio de nuevo. Estaban preocupados por esta Ofensiva. Nadie los había consultado. Esta Ofensiva había sido concebida por los guerrilleros mismos, no por los jesuitas. Ellacuría estaba en España cuando se inició. Había tomado el primer vuelo de regreso, habiendo arribado hacía pocas horas.

Al llegar a la Carretera del Litoral, el sargento preguntó: «Mi capitán, ¿a la izquierda o a la derecha?»

«A la derecha y siga hasta que vea el letrero que diga 'Xanadú'».

Xanadú era un desarrollo costero privado donde unos amigos del capitán tenían una casa. El lugar brindaba una posición defensiva deseable porque al estar adentro, la calle bifurcaba: a la derecha subía una cuesta relativamente grande, con casas a ambos lados; a la izquierda bajaba a la playa. La última casa de la cuesta estaba justo al otro lado de la cima y por lo tanto no podía ser vista desde la Carretera del Litoral. Esa sería la residencia temporal de los jesuitas.

Sánchez había estado en Xanadú varias veces, y conocía al custodio del lugar, que era un viejito veterano del ejército salvadoreño llamado Juan. Era muy querido por todos. El capitán esperaba que estuviera ahí.

Segundo Montes rompió el silencio de los curas. «¿Por qué nos está llevando ahí, capitán? ¿Por qué simplemente no obedece su orden y ya?»

El capitán sacudió su cabeza. «Padre, sus fuerzas van a ser destruidas en esa ofensiva y no me gustaría que nuestra victoria militar fuera teñida con un asesinato innecesario que tendría consecuencias devastadoras para nosotros.

«Además, el padre Ellacuría ocupa un puesto especial en mi corazón— yo fui a la UCA un semestre antes de irme a West Point».

Antes de que los jesuitas pudieran expresar su sorpresa, la ambulancia paró. El capitán salió para hablar con el custodio.

«Mi sargento Juan, ¿es usted?»

«Sí. ¿Quién es usted?»

«Soy yo, el capitán Ezequiel Sánchez, invitado frecuente de los Gamero aquí».

«¡Claro que sí! ¿Y qué está haciendo aquí mi capitán? ¿No debería estar combatiendo?»

«Mi sargento Juan, venimos a quedarnos unos días mientras continúen las hostilidades. Estamos aquí para proteger a unos civiles y no se me ocurrió mejor lugar que éste. Esto es muy importante y sé que puedo contar con la ayuda de un antiguo sargento de artillería».

El viejito se cuadró y saludó. «¡Fir, mi capitán!»

El capitán Sánchez también se cuadró y le devolvió el saludo al custodio, diciendo, «¡Un honor, mi sargento!»

Entonces llevó al viejo sargento a un lado para hablar con él.

«Mi sargento, ¿hay gente acá?»

«No, mi capitán, no hay nadie. Siendo domingo en la noche, los que estaban aquí ya se regresaron. Muchos se fueron al nomás oír que había ofensiva en la ciudad».

El capitán agradeció su buena suerte. La probabilidad de que esta aventura tuviera un desenlace feliz acababa de aumentar significativamente.

«¡Qué bien! Mi sargento Juan, vamos a tratar de pasar lo más desapercibido posible aquí, así que no vamos a querer que nadie entre. Mi tropa estará lista para ayudarle, de ser necesario, pero todo lo que necesitamos es que usted diga que se prohíbe la entrada hasta que se le avise lo contrario. ¿Estamos?»

«Sí, mi capitán».

«¿Tiene usted alojamiento acá, mi sargento?»

«Sí, mi capitán, por la piscina cerca de la playa».

«Entonces, ¿necesita salir de aquí por alguna razón?»

«No, solamente para recoger abastecimientos, pero fui ayer, así que no necesito nada por la próxima semana».

«¿Podría dejarnos entrar a algunas de las casas? Solamente queremos ver si tienen víveres para poder comer unos pocos días».

«Sí puedo y sí tienen».

«Bien».

El capitán entonces llamó a su fiel compañero de armas, el sargento Zelayandía, quien salió de la ambulancia y corrió a presentarse.

«Sargento Mayor Zelayandía, éste es mi sargento Juan, quien solía estar de alta en artillería».

Los dos sargentos se dieron la mano. El capitán prosiguió. «Él va a ser nuestra primera línea de defensa, no dejando entrar a nadie, pero quiero que despliegues a los soldados en las casas cuesta arriba, para apoyarlo. Sin embargo, no creo que nadie vaya a arriesgar dejar sus casas en San Salvador para venir acá mientras esta ofensiva persista. Coordina con mi sargento Juan aquí para que los deje entrar a las casas para poder obtener rancho. Yo manejaré la ambulancia cuesta arriba mientras ustedes hacen eso».

El capitán se llevó a dos soldados con él en la ambulancia hasta la residencia temporal de los jesuitas.

Era una casa con vista no obstaculizada al mar, al borde de un acantilado de 60 metros de altura. El capitán Sánchez colocó a los dos soldados que escoltaban a los curas frente a la casa, porque nunca podrían escaparse intentándolo por atrás. No sin sobrevivir la caída de 60 metros.

Los ayudó a bajarse de la ambulancia.

«Pasen adelante, damas y caballeros. Ésta será su casa hasta que decida que pueda llevarlos de regreso con toda seguridad». Ayudó a todos a salirse de la ambulancia.

La casa era muy abierta, con un área de estar muy grande. Era como una choza grande, pero con techo de tejas, no de paja. Tenía dormitorios, pero en realidad estaba diseñada para que la gente durmiera en hamacas en el área de estar tan amplia. Y había cantidad de hamacas que se colgaban de las vigas de maderas expuestas, porque la casa no tenía cielo raso.

El capitán entonces manejó la ambulancia cuesta abajo para coordinar las defensas con Zelayandía. Si alguien rompía el portón para entrar, enfrentaría una lucha cuesta arriba. Ordenó que el camión militar bloqueara la entrada pero sólo de noche. No quería llamar la atención a la presencia militar en Xanadú durante el día. Sabía que eventualmente serían descubiertos. Lo único que quería era tener suficiente tiempo como para que el Alto Mando reconsiderara su orden estúpida.

Hizo que Zelayandía estacionara la ambulancia dentro de una choza grande por la piscina, para que no fuera detectable ni desde la carretera ni del aire.

Luego fueron a recorrer el perímetro. Al quedar Sánchez satisfecho que todas las avenidas de aproximación estaban cubiertas, regresó donde los curas para decirles, «Damas y caballeros, por favor pónganse cuán cómodos puedan. Por favor no traten de escapar. Mis soldados están en modalidad defensiva, así que no les vayan a dar razón para disparar. Yo iré de casa en casa, así que, si ustedes necesitan algo, díganle a uno de los centinelas, y él sabrá encontrarme».

Habiendo dicho eso, caminó cuesta abajo. La espera había comenzado.

Capítulo 2

Ignacio Ellacuría

Ignacio Ellacuría, hijo de un oftalmólogo de renombre, nació el 9 de noviembre de 1930 en Portugalete, en la provincia española de Vizcaya, también conocida como el País Vasco. Fue educado en una familia católica devota que hoy día, bajo el gobierno del victorioso Francisco Franco, estaba mucho mejor que bajo el ex-gobierno Republicano, que era socialista y antirreligioso. No era coincidencia que la Iglesia Católica se había aliado con Franco en la Guerra Civil Española.

Al igual que sus hermanos, Ignacio estudió en el internado de San Javier de Tudela. Al graduarse de secundaria, se unió a los jesuitas. Y éstos acababan de informarle que sería enviado a hacer su noviciado a El Salvador. Tanto país adónde ir, ¿y tenía que ser El Salvador?

Cuando les dio la noticia a sus padres esa noche primaveral de 1949, su madre trató de animarlo.

«Ignacio, vamos, que has escogido el camino de Dios. Eso nunca es fácil y tus superiores, en su sabiduría inspirada por Dios, han decidido enviarte a Salvador, Brasil».

«Qué va, mamá, es El Salvador, Centro América».

«¿De veras? ¿Y qué hay en El Salvador?»

«Esa es mi pregunta. ¿Por qué El Salvador, de tanto país que hay en el mundo? Después de la guerra, ¿no estaría un país como Las Filipinas más necesitado que El Salvador?»

El Dr. Ellacuría sorbió su última cucharada de gazpacho y después de aclarar su garganta, ofreció esta explicación factible: «Ignacio, España está en la ruina. No tenemos tesoro. Franco está buscando dónde obtenerlo y las Américas, nuestras antiguas colonias, son un lugar lógico para buscarlo. Al fin y al cabo, las Américas no fueron tocadas por la guerra.

«Franco sabe bien que un gran número de españoles huyeron de la Guerra Civil Española a las Américas. Con su educación superior de seguro se aprovecharán de la mano de obra tan barata allá, la cual consiste de indios iletrados, que conforman la gran masa de la población latinoamericana, para prosperar y enviar dinero de regreso.

«La otra característica de los indios es que son muy católicos. El protestantismo no ha hecho mella en Latinoamérica, y los jesuitas de seguro lo quieren mantener así. Al fin y al cabo, la razón por la cual Ignacio de Loyola recibió permiso para formar la Compañía de Jesús fue precisamente para combatir el protestantismo».

«¿Y de pronto, qué tenemos? ¡Una Segunda Conquista! Sólo que con hombres de negocio en vez de militares, pero siempre en asociación con la iglesia católica, la aliada de Franco.

«¡De manera que eres parte de un grandioso esquema para devolverle a España su fortuna y su gloria!»

Ignacio sacudió su cabeza. «Pero ¿cómo puede estar la Iglesia interesada en cosas tan mundanas, papá? Tenemos que estar interesados en las almas de la gente».

El Dr. Ellacuría regañó a su hijo. «Ignacio, no seas ingenuo. ¡Piensa! La Iglesia ha comprobado ser bien mundana. Fue a la guerra—¡a la guerra!—junto a Franco porque perdió sus posesiones materiales ante el Gobierno Republicano».

Ignacio agachó la cabeza. A él nunca se le había exigido pensar—sólo regurgitar. Su enseñanza había sido tal que otros ya habían pensado por él, y su tarea era memorizar y repetir dicha información. Sus notas eran mediocres, por lo cual el sacerdocio parecía ser un buen camino para él, dado que no era muy bueno en ciencias o matemáticas.

El Dr. Ellacuría tomó el brazo de su hijo y lo apretó. «Ignacio, ¡considera esto una gran oportunidad para ti! Por lo que yo he sabido, los curas son considerados deidades allá. Aún por la gente potentada. Tú puedes ser cura y decir que el sol es verde, y esa gente dirá: 'Pues sí, es verde, debe ser verde, y si yo no lo veo verde, pues mis ojos deben estar mal'».

El oftalmólogo Ellacuría se rio de su propio chistecito, antes de continuar. «Sea idea de Franco, o sea idea de los jesuitas, es una muy buena idea. Si no quieres ir, no te hagas cura. Solo recuerda que tú no tienes los sesos para meterte a médico, así que no te queda otra que el ejército o el periodismo. Y ya sabes lo que yo pienso de los periodistas».

El Dr. Ellacuría se levantó de la mesa. Le sonrió a su esposa y la felicitó: «Gran gazpacho, Madre».

Luego puso sus ojos en su hijo deprimido.

«Escúchame, Ignacio: aquí en España, serías un don nadie. Allá, serás alguien. Empéñate todo lo que puedas para convertirte en jesuita porque tienen la reputación de ser muy inteligentes. Y aprovecha el hecho que están teniendo dificultad para reclutar, gracias a nuestra Guerra Civil. Dios te ha enviado esta oportunidad. ¡Aprovéchala!» Le dio un beso de buenas noches a su hijo.

Cuando Ignacio finalmente llegó a su cama esa noche, se puso a leer de su libro más reciente: *Das Kapital*. El único curso en el que sobresalía era filosofía. Mientras que la mayoría de sus compañeros de clase evitaban lo que ellos llamaban galimatías, él se tiró de lleno a aprender su vocabulario grandilocuente y rimbombante, sin importar el idioma. Tal era el caso de los términos como *Übermensch*, de Nietzsche, *Bellum omnium contra omnes*, de Hobbes, y otra terminología maravillosa y misteriosa. Su dominio de tal vocabulario, lo entendiese o no, lo hacía parecer mucho más intelectual que sus contemporáneos.

Quizá su amor a la filosofía era la razón por la cual los jesuitas se esmeraron por reclutarlo. El sacerdote que era su consejero le había dicho: «Ignacio, filósofos son exactamente lo que más necesitamos. Eres perfecto para nosotros», y había sacado un libro de una gaveta, dándoselo al joven.

«He aquí un libro del cual Franco jamás nos dejará enseñar: *Das Kapital*, de Karl Marx. Representa el futuro de los jesuitas. Empieza a leerlo ya, y llegarás lejos».

Claro que no se lo había divulgado a sus padres Franquistas. Ellos odiaban a los comunistas. Pero su papá no estaba equivocado: no tenía talento para nada más, y le encantaba leer. Así que estaba seguro de que el sacerdocio era el camino correcto para él. Estaba seguro de que los jesuitas de alguna forma lo convertirían en un intelectual.

Pocas semanas después, aterrizaba en el aeropuerto de Ilopango de El Salvador, donde lo estaba esperando el padre Elizondo. Una hora después, habían llegado a la Iglesia del Carmen en la ciudad de Santa Tecla.

Fundada en 1854, Santa Tecla es un pueblo pequeño al oeste de San Salvador, que también se encuentra al pie del Volcán de San Salvador. Fue fundada como Nueva San Salvador el 8 de agosto de 1854, por el presidente de la época, José María San Martín, después de que un terremoto destruyera la capital. Fungió como la capital de la república de 1855 a 1859, convirtiéndose en capital departamental en 1865. El crecimiento del pueblo estaba directamente relacionado con el éxito de la industria cafetalera local.

Luego de que el gobierno retornara a San Salvador, se cambió de nombre a Santa Tecla, en honor a Tecla, la seguidora del apóstol Pablo. La conquista española de América Latina, siendo más religiosa que política, inculcó la costumbre de nombrar a pueblos y lugares en honor a santos. Así que era natural para los salvadoreños nombrar algo Santo fulano o Santa fulana. Como todos los demás nombres de santos ya habían sido tomados para nombrar algo en El Salvador, el único nombre disponible era Tecla.

Pero las riquezas de Santa Tecla no condujeron a su desarrollo más allá de un pueblito de negocios para que los terratenientes pudieran hace sus compras sin tener que ir hasta San Salvador. La razón principal fue que la mayoría de las utilidades de la industria del café eran expatriadas, o gastadas en pinturas, caballos árabes y otros bienes de importación. Invertían sus caudales considerables en cualquier y toda cosa, menos en la educación de los campesinos.

* * *

En 1949, casi un siglo después desde su fundación, una estructura prominente de Santa Tecla seguía siendo la Iglesia del Carmen, construida en 1855 por el coronel León Castillo, un militar que sirvió bajo el gran General Francisco Morazán. Herido en Guatemala en 1840, el coronel Castillo logró arrastrase hasta la Iglesia del Carmen del Cerrito, construida en honor a Nuestra Señora del Carmen, donde le prometió que, si ella le salvaba su vida, le construiría una iglesia en su honor.

En el 94º aniversario de la Iglesia del Carmen, su pastor era un sacerdote jesuita llamado Miguel Elizondo, un jesuita de la vieja guardia que tomaba sus juramentos de castidad, pobreza y obediencia muy en serio; especialmente su obediencia al Papa. Su educación se había centrado en el Evangelio. Era Tomista, un seguidor fiel de las enseñanzas de Santo Tomás de Aquino.

El padre Elizondo se había percatado del empuje Modernista dentro de la Compañía de Jesús en esa época, que alentaba una Iglesia más alineada con la filosofía modernista, en vez de seguir anclada a las enseñanzas tradicionales de Santo Tomás de Aquino y del mismo Jesucristo, que eran consideradas anticuadas.

Pero para él, el Modernismo no era más que una ola distante en el mar, que reventaría y se disiparía al llegar a la playa. Nunca le pasó por la mente que en realidad era un maremoto poderoso que causaría tanta destrucción y muerte.

En febrero de ese año, el padre Elizondo recibió una carta de la Compañía de Jesús en Orduña, España, preguntándole si necesitaba alguna ayuda con sus quehaceres parroquiales; de ser así, ¿aceptaría a Ignacio Ellacuría, un novicio jesuita, por espacio de un año, a cambio de una prebenda no despreciable?

El padre Elizondo no había vacilado un instante en aceptar la oferta. Un par de meses más tarde, le había llegado su novicio y la prebenda tan necesitada que venía con él.

En el camino de Ilopango a Santa Tecla, Ignacio Ellacuría vio pobreza del tipo que nunca se pudo haber imaginado. No podía creer el número de niños desnudos y sucios que mendigaban. Vio las champas ruines que poblaban ambos lados del camino y las laderas de los cerros. Y llegó a la conclusión que el tal infierno del más allá no podía ser peor que esto. Era absolutamente estremecedor.

Y luego vio las mansiones que flanqueaban la avenida nombrada en honor al presidente estadounidense Franklin Delano Roosevelt, incluyendo un castillo, y de pronto entendió a la perfección el significado del término 'explotación' que tanto usaba Karl Marx.

Se preguntaba si Santa Tecla sería peor. Al llegar ahí, encontró que las calles eran más limpias y con menos mendigos.

La extrema pobreza que había visto en el camino fue el primer tema que abordó con el padre Elizondo. Como respuesta, el padre Elizondo recitó Lucas 6:20-21: «Volviendo su vista hacia sus discípulos, decía: Bienaventurados vosotros los pobres, porque vuestro es el reino de Dios».

El padre Elizondo le recordó que, gracias a los Conquistadores españoles, El Salvador se había convertido en poco más que una nación productora de café subdesarrollada; una nación de campesinos. Y que, como sacerdote, él necesitaba ayudarlos a alcanzar todo lo que podían en esta vida, pero con la certeza de que serían ricos en el Cielo.

15

Ignacio se sorprendió al oír las palabras del padre Elizondo, pero no dijo nada. Su padre autoritario le había enseñado a someterse a sus superiores y quedaba claro para él que el padre Miguel Elizondo iba a ser su superior por los próximos doce meses.

Pero debido a que había recurrido a citar el evangelio, en vez de a cualquiera de los filósofos que a él le encantaba estudiar, Ignacio decidió que el padre Elizondo no era lo suficientemente 'intelectual' para él. Por lo tanto, la orientación intelectual que Ignacio buscaba tendría que provenir de los libros.

Siendo así, durante su estancia con el padre Elizondo, hacía sus deberes pastorales mecánicamente. No se relacionaba con la gente a ningún nivel. Y esto llevó al padre Elizondo a tener una pequeña plática con él. «Ignacio, hijo mío, ¿dime qué es lo que tanto te gusta de la filosofía?»

Los ojos de Ignacio se iluminaron. «Padre Elizondo, la filosofía es lo que las mentes más grandes estudian».

Al padre Elizondo le causó gracia esto.

«Yo no creo que Einstein haya estudiado filosofía porque estaba demasiado ocupado estudiando física y ciencias. ¿No es grande su mente?»

«Habría sido una mente más grande si hubiera estudiado filosofía».

El padre Elizondo no pudo menos que soltar una risita ante la ingenuidad del muchacho.

«Ignacio, la filosofía no produce beneficios tangibles para la humanidad. Se basa en opinión, no prueba. ¿Cómo puedes aducir que algo es cierto, si no lo puedes comprobar?»

La mente de Ignacio hizo erupción con el siguiente pensamiento: «¡Creemos en un Dios que no podemos ver!» Pero eso era algo que un novicio jesuita simplemente no podía ni mencionar. Así que no dijo nada.

El padre Elizondo continuó. «¿Qué es lo que pretendes alcanzar con tus estudios en filosofía?»

El joven Ellacuría no vaciló: «Ante todo, desarrollar mi mente, padre Elizondo». Ignacio creía firmemente que estudiar filosofía lo haría el intelectual que los genes de sus padres le habían impedido ser.

«¿Para hacer qué? ¿Servir a la gente?»

Ignacio no pudo ocultar su incredulidad al escuchar la palabra 'servir'.

«Padre Elizondo, las grandes mentes son líderes. Yo pretendo liderar a la gente».

«¿Así que tu meta es el liderazgo? Esa no es una mala meta para proponerse. ¿Pero cuál será el objetivo de tu liderazgo de esta gente, Ignacio?»

«¡Alcanzar la sabiduría y el conocimiento!»

Si bien al padre Elizondo le causaba gracia el idealismo intelectual del muchacho, tomó la decisión de traerlo de regreso a la realidad.

«Ignacio, tú estás aquí para aprender a ser sacerdote. Un sacerdote jesuita».

«Padre Elizondo, a mí me han enseñado sacerdotes jesuitas toda mi vida. Ante todo, son intelectuales».

El padre Elizondo sacudió su cabeza.

«Ignacio, por favor entiende que ellos son intelectuales segundo y sacerdotes primero. No importa su capacidad intelectual, ellos tuvieron que conectar con no-intelectuales (estudiantes como tú) para que entendieran la lección, ¿cierto? Y como tú pasaste el examen general de secundaria que requiere el gobierno español, tuvieron que haber podido conectar contigo, a tu nivel, para enseñarte cosas útiles como matemáticas, ciencias y otras materias que eran necesarias para que te graduaras de secundaria».

Ignacio no parecía muy convencido.

El padre Elizondo continuó. «Así que el intelectualismo, el liderazgo y el pastorado no son mutuamente excluyentes. Pero antes de poder liderar, tienes que aprender a seguir. Y me parece a mí que la profesión que has escogido, el sacerdocio, es idónea para que experimentes lo que es ser seguidor, para que puedas entender lo que hay que hacer para ser líder efectivo cuando te llegue el momento».

El padre Elizondo pausó. Se daba cuenta de que sus palabras no le estaban calando al novicio. Probó otro enfoque.

«Ignacio, yo soy sacerdote jesuita. Yo he estudiado lo que proponen los grandes filósofos. Y si bien la filosofía efectivamente 'hace crecer tu cerebro', por decirlo así, mis deberes de pastor no me permiten perder de vista la realidad del pasado, presente y futuro cercano de la gente que son mi rebaño. Aquellos a quienes he sido llamado a pastorear. Y tú también, puesto que vas en camino de convertirte en sacerdote».

El novicio comenzó a sacudir la cabeza pero lo pensó dos veces.

El padre Elizondo le preguntó, «Ignacio, ¿qué crees que pasaría si le empiezas a hablar de metafísica y ontología a nuestro rebaño?»

Ignacio se dio cuenta que la pregunta era una trampa, puesto que no existía respuesta alguna que apoyara sus argumentos. Se limitó a devolverle la pregunta.

«¿Qué cree usted que harían, padre?»

El padre Elizondo respondió, denotando una leve exasperación, «¿Sabes lo que no harían? ¡No se quedarían a seguir escuchándote hablarles cosas incomprensibles y a seguir aguantándote tus aires de superioridad! Y en ese momento habrás fallado como líder y como pastor, y también como jesuita, porque Ignacio de Loyola fundó la Compañía de Jesús con el objetivo de disuadir a la gente de volverse Protestante, pero eso es precisamente lo que tu rebaño hará si tú ni su pastor sabes ser».

El novicio no quiso reconocer la validez de un razonamiento tan contundente. Así que se quedó callado, esperando la oportunidad de zafarse de esta situación tan incómoda para él.

El padre Elizondo adoptó el aire más gentil del que era capaz, y tocó el brazo del joven, antes de preguntar:

«Ignacio, ¿por qué crees tú que la Compañía te mandó a Santa Tecla, El Salvador, de entre todos los lugares del mundo a los que te pudo haber enviado? Tuvo que ser para que aprendieras a servir, a seguir y a ser humilde, ¿verdad? Porque mira a tu alrededor. ¿Qué otra cosa es capaz de ofrecerte El Salvador a ti?»

Pero el joven Ignacio era capaz de darle cátedra de terquedad a una mula. «Padre, mi meta no es ser pastor como usted. Yo quiero escribir tratados filosóficos. Quiero ser un pensador de vanguardia, como Marx y Engels».

Ahora le tocaba al padre Elizondo ejercer control sobre sí mismo. «Ignacio, ¿y Jesús? Como sacerdote, ¿no querrías estudiar las enseñanzas de Jesús, primero y sobre todo lo demás? Al fin y al cabo, ¿no pasa el camino a Dios a través del Cristo resucitado? ¿Y no es cierto que Marx y Engels siguen muertos?»

El novicio se encogió de hombros. «Desde luego que estudiaré eso. ¿Pero cuánto tiempo tengo que pasar estudiando el Evangelio hasta convertirme en experto? Ya sé la parte en la que Jesús convierte al agua en vino, y la Parábola del Hijo Pródigo, y la parte donde Tomás duda, y todo eso. Y eso lo sé sólo de haber escuchado misa por 17 años de mi vida. Así que estudiar a Jesús está bien, si todo lo que se aspira a ser es pastor de gente relativamente infraeducada. No es como que yo vaya a aprender a convertir agua en vino, o a devolverle la vida a los muertos, ¿verdad?»

Y fue en ese momento que el padre Elizondo decidió que él y este muchachito pedante no se iban a llevar bien. «Ignacio, es un privilegio poder liderar a esta gente por la vida y hacia Dios Todopoderoso. Es un honor».

Pero nada le calaba al joven. «Padre Elizondo, si eso fuera todo lo que yo quisiera hacer, no me habría unido a los jesuitas. Habría estudiado para ser un simple sacerdote diocesano, nada más».

El día siguiente, el padre Elizondo remitió una carta a España, haciéndoles ver que lo que más le convenía a este joven era ser profesor universitario de filosofía, que sacerdote. Que él no detectaba ninguna vocación en el muchacho, en lo absoluto.

Un mes después, recibió una carta de Guipúzcoa, España, en la que le decían al padre Elizondo que estaban seguros de que él podría guiar al novicio para hacer que su deseo por servir fuera tan grande como su deseo de ser intelectual.

Así que el padre Elizondo quedó clavado con Ignacio por el resto de su año. Se convenció de que la prebenda que recibía lo compensaba adecuadamente por aguantar al españolito arrogante. El dinero no crecía en árboles, mucho menos en El Salvador.

El tiempo pasó rápido, con el joven Ellacuría haciendo lo que se esperaba de él y nada más. Nunca hizo un esfuerzo por relacionarse con los fieles, ni siquiera en festividades o en fiestas. Tan pronto como acababa sus quehaceres, corría de regreso a su cuarto para leer a sus queridos Marx, Engels y su nuevo héroe, Teilhard de Chardin.

Después de un año de esto, podía citar a Marx mucho mejor que a la Biblia.

Al padre Elizondo no le pesó nada ver al joven frío subirse al avión rumbo a Quito, Ecuador, donde pasaría los siguientes cinco años de su vida.

Capítulo 3

Filosofía y Nada Más

La Pontificia Universidad Católica del Ecuador (PUCE) fue fundada en 1946, siendo su primer rector el sacerdote jesuita Aurelio Espinosa Pólit. En 1946, el año académico inició con 54 estudiantes y tan sólo una facultad, la Facultad de Jurisprudencia. En 1949 se creó la Facultad de Economía.

La facultad de filosofía de PUCE, llamada la Facultad de Filosofía Eclesiástica de San Gregorio, fue fundada en 1950, bajo la dirección de la Compañía de Jesús.

Ignacio Ellacuría fue uno de sus primeros estudiantes. El joven novicio pasó cinco años estudiando Humanidades y Filosofía, tomando cursos como Educación Humanística, Humanismo Cristiano, Antropología Metafísica y Filosófica, Ciencias Sociales, Teología Filosófica, Filosofía Social, Gnoseología, Historia de la Filosofía Moderna, Historia de la Filosofía Contemporánea, Filosofía Latinoamericana, y seis Seminarios de Filosofía, con un curso en Teología, sólo por no dejar.

Por lo general, un estudiante habría podido obtener su Licenciatura en Filosofía en cuatro años. El hecho de que le tomó a Ellacuría cinco años obtener una licenciatura de cuatro años fue tomado en cuenta por sus superiores. Ellacuría definitivamente no calificaba para Roma, pero para El Salvador estaba bien.

Cuando retornó a El Salvador con su flamante Licenciatura en Filosofía, inmediatamente fue asignado al Seminario de San José de la Montaña en San Salvador, fundado y dirigido por los jesuitas, para enseñar filosofía (¿y qué otra cosa podía enseñar?). Sólo que en el Seminario la llamaban teología.

Ignacio definitivamente era necesitado ahí porque las clases entrantes se estaban volviendo más numerosas. La mayoría de los seminaristas eran de origen humilde, y sin embargo, de alguna manera habían logrado completar su secundaria para calificar para entrar al seminario.

La teología que enseñaba era Marx y Engels. En su esencia, su Licenciatura había sido en 'lucha de clases', que es la base del Marxismo.

Así que, de hecho, no calificaba para enseñar nada más. Y nada más era requerido de él. El hecho de que lo que se estaba enseñando en un Seminario era Marx y Engels, en vez de la Palabra de Dios, no parecía incomodar a nadie.

La lucha de clases había encontrado tierra fértil en El Salvador y en toda América Latina. Al fin y al cabo, la explotación masiva de los indios fue un legado duradero de los españoles, sus paisanos. Claro que Ignacio Ellacuría, siendo español, trataba por todos los medios de no hacer mención de este aspecto particularmente bochornoso.

Así que sus cursos eran bien sencillos: los terratenientes ricos de El Salvador eran opresores, y todos los demás eran los oprimidos, y por lo tanto se necesitaba de una lucha de clases entre los ricos y los pobres, siendo el deber del sacerdote tener una 'opción preferencial por los pobres'. Después de un curso impartido por Ignacio Ellacuría, los seminaristas no podían sino acabar creyendo que era su deber, como sacerdotes, acoger el Marxismo, para poder ayudar a los pobres en su lucha en contra de los ricos. No había alternativa.

Y así fue cómo el Seminario de San José de la Montaña comenzó a producir curas Marxistas a granel.

Pero eso ciertamente no era el plan del Licenciado Ellacuría. Él simplemente seguía las órdenes que emanaban de la Iglesia del Gesù, la sede de la Compañía de Jesús ubicada en Roma, encabezada por el padre General Superior de los jesuitas. El padre General Superior de los jesuitas también es conocido como el 'Papa Negro', porque reside en Roma y viste de negro; a diferencia del 'Papa Blanco' que viste de blanco y que reside a pocas cuadras de distancia, justo al otro lado del Río Tíber, en el Vaticano.

Capítulo 4

Segundo Montes

En 1938, cuando Segundo Montes tenía seis años de edad, su madre embarazada y su padre caminaban con él en la Acera de los Recoletos hacia la estación de trenes de Valladolid. Iban de camino a visitar a su abuelita enferma, Genoveva, en Oviedo.

Desde el inicio de la Guerra Civil Española, Valladolid había estado segura en manos de los Franquistas, si bien se libraban batallas justo al sur, camino a Madrid. Pero hacia el norte, no había problema.

Así que la familia Montes no preveía problema si tomaba el tren que viajaba al norte a Oviedo. Estando cerca de la estación de trenes, el pequeño Segundo miró hacia el cielo para buscar el origen del ruido de motores que escuchaba. Vio unos aviones relucientes por unos momentos, y luego escuchó las explosiones. Y de pronto, ya no oyó nada.

Se despertó en un hospital. Una enfermera lo vio y le preguntó cómo se sentía.

«¿Dónde están mamá y papá?» preguntó.

A la enfermera se le llenaron los ojos de lágrimas y en cuanto pudo le contestó:

«Están en el cielo, querido. No sobrevivieron el bombardeo, pero tú estás a salvo aquí».

Ese 25 de enero de 1938, 15 aviones Tupolev SB-2, bajo las órdenes de Hidalgo de Cisneros (el comandante de la Fuerza Aérea del Gobierno), y de Yakov Vladislavovich Smushkievich, 'Douglas' (el general al mando de la Aviación Soviética en España), atacaron la estación de trenes y los depósitos de municiones a su derredor, con efectividad devastadora y causando grandes daños colaterales, que incluyeron los padres y el hermano por nacer de Segundo Montes.

Sin poder entender por completo la magnitud de lo que había sucedido, el pequeño Segundo se durmió llorando.

Pocas semanas después, estaba ingresando al Hospicio Provincial de Oviedo. El lograr que lo aceptaran en el mejor orfelinato de Asturias, antes de que ella también muriera, fue uno de los últimos actos de su abuela enferma.

El orfelinato hospedaba a niños de todas las edades, incluyendo adolescentes, todos los cuales eran cuidados y enseñados por monjas y algunos sacerdotes. Si bien por ley ninguna orden religiosa podía dirigir centros de enseñanza en España, Asturias era netamente Franquista, y ahí mandaba la Iglesia Católica.

Y mandaban de verdad. Se imponía una disciplina estricta en todo momento, con varas de medir. Los traseros apaleados, tanto femeninos como masculinos, eran expuestos sin contemplaciones. Se inculcaba devoción a Franco, Jesús, María y Dios (algunas veces en ese orden).

Segundo lo aguantó todo hasta que un día en 1946 se anunció que la Compañía de Jesús estaba buscando financiar los estudios secundarios de cualquiera que aspiraba a ser sacerdote. Segundo no dejó pasar la oportunidad y se fue para Valladolid de nuevo, a vivir y estudiar en el Colegio San José, de donde se graduó de secundaria para inmediatamente entrar a la Compañía de Jesús en Orduña. Un año después, en 1951, estaba en Santa Tecla, El Salvador, como asistente del padre Miguel Elizondo, en la Iglesia del Carmen.

«Bienvenido, Segundo. Es curioso que tu nombre sea Segundo, puesto que eres el segundo novicio jesuita que albergo aquí; el primero fue Ignacio Ellacuría».

«Si, padre, fue con base en su informe tan halagador que fui enviado acá».

«¿De veras? No pensé que la había pasado bien aquí. No tenía el menor interés en relacionarse con la gente. Sólo le gustaba leer».

«¿La Biblia? Seguro».

«No, a él le gustaba leer Karl Marx».

A diferencia de Ignacio, Segundo estaba más interesado en jugar fut con los muchachos campesinos locales que hacer otra cosa, por lo cual era constantemente regañado. Pero el joven novicio le caía muy bien a los fieles que llenaban las misas en El Carmen. Especialmente las jovencitas, que iban sólo para poder ver al español guapo del acento chistoso (por la forma en que los españoles pronuncian las letras 'c' y 'z').

Después de los juegos de fut, o durante las festividades, Segundo buscaba interactuar con los campesinos y amigarse con ellos. A pesar de la brecha educativa que los separaba, él buscaba la forma de conectar con ellos, y tenía la paciencia para esperar a que los menos educados completaran sus pensamientos, para así poder entender, hasta donde le era posible, las penurias que afligían a esta gente.

Lo cual conducía a muchas pláticas y discusiones de sobremesa entre el joven novicio apasionado y su mentor de mayor edad.

«Esta gente no tiene ni educación ni destrezas. Me parece a mí que el gobierno militar no ha cumplido con su deber de educarlos».

El padre Elizondo estaba encantado con el interés de este joven en el bienestar de su gente. «Segundo, nuestro gobierno está compuesto de seres humanos con distintos intereses, la mayoría de los cuales no son altruistas, sino egoístas. Pero eso también describe al gobierno de España y al gobierno de toda otra nación en este planeta, ¿no es cierto? Depende de nosotros convencerlos de que asignen más fondos a las escuelas, por ejemplo, que a sus propias cuentas bancarias y a la milicia. Me da mucho orgullo el hecho de que más y más niños campesinos se están graduando de secundaria, en comparación con hace una generación, cuando mayoría de ellos dejaban de estudiar desde primaria».

«¿Está usted satisfecho con el statu quo, padre Elizondo?»

«Nunca estoy satisfecho, Segundo, pero hacemos lo que podemos con el sistema que heredamos de los Conquistadores españoles, desafortunadamente».

«¡Usted no puede culpar a los españoles por traer la civilización a los que solían no ser más que paganos!»

«¿Paganos? Esta gente veneraba una deidad, si bien no lo llamaban Jehová».

«No, padre, ellos tenían múltiples dioses».

«¿Cuán diferentes eran ellos de nosotros, que creemos en un Padre, Hijo, Espíritu Santo y, de paso, una Madre?»

«¡Pero ellos hacían sacrificios humanos!»

«¿Y qué era lo que hacía la Santa Inquisición, al quemar vivos a judíos?»

Segundo tenía que admirar la manera en que este hombre defendía a su gente, pero sobre todo, su sentido común. La suya era una devoción a Dios que no rayaba en lo fanático. Él medía el progreso centímetro a centímetro, agradeciendo cada centímetro, tanto él como su gente. Sus sermones reflejaban esto; sin embargo, como la mayoría de los sermones tradicionales, hacían énfasis en las recompensas en el Cielo.

Pero a Segundo le parecía que esperar llegar al Cielo era una gran pérdida de tiempo. Era como si el padre Elizondo hubiese acogido el estribillo de los ricos: 'esta es tu estación en esta vida, acéptala', para justificar no hacer nada para mejorar dramáticamente las vidas de los campesinos cortadores de café que viven en champas sin agua potable y en condiciones para nada sanitarias.

Era difícil para Segundo entender cómo en pleno siglo veinte, en un país donde abunda el agua, que las masas salvadoreñas careciesen de agua en sus hogares. Especialmente cuando los Romanos, en el primer siglo A.D., hacía diecinueve siglos, tenían agua en todas sus casas en todas sus ciudades, aún en las de África, donde el agua escasea. ¿Cómo es posible no escandalizarse por esto?

Pero las cosas no estaban tan mal en Santa Tecla como en San Salvador. En la capital, la gente vive en barrancos, y cada vez que llueve fuerte, las champas y todo lo que había adentro acababan en el fondo del barranco. La gente literalmente construye champas de láminas desechadas, lodo, paja, y llantas usadas para que no se vuelen los techos de lámina y de cartón. Hacen sus necesidades afuera, y todo acaba en el riachuelo en el fondo del barranco, que también es el lugar más conveniente para obtener agua. El número de niños citadinos con panzas, con *kwashiorkor* [malnutrición severa] es espeluznante.

Esto necesariamente condujo a discusiones extensas con el padre Elizondo.

«Usted no puede echarle la culpa a los Conquistadores españoles por las condiciones horrorosas en los barrancos, la falta de agua, el *kwashiorkor*, etc.».

«Desde luego que no, pero dime, Segundo, ¿de quién es la culpa?»

«Del gobierno militar». Segundo se refería al gobierno de El Salvador actual, cuyo presidente era el coronel Oscar Osorio.

«¿Pero no tienen ustedes un gobierno militar en España? Ustedes tienen un dictador, el Generalísimo Francisco Franco. ¿Tienen ustedes la pobreza allá, que nosotros tenemos acá?»

«No, pero...»

«Entonces no puede ser el gobierno militar, ¿verdad?»

«No, pero...»

«Así que, por el momento, dejemos de considerar al gobierno militar responsable por esta pobreza. ¿Quién más crees que podría ser responsable?»

El joven Segundo Montes sabía muy bien que estaba siendo tratado como un escolar por su maestro, pero como novicio, estaba acá para aprender, y estaba en la presencia de un gran maestro. Solo pudo responder: «Los terratenientes ricos».

El cura párroco esperaba más del joven novicio. «Cualquier estudiante de secundaria salvadoreño pudo haber dicho eso. Te estoy pidiendo que pienses. Si quieres ser líder de hombres, un líder espiritual de hombres, tienes que ser más inteligente que los fieles. Así que piensa un poco primero, y luego contesta mi pregunta».

Segundo guardó unos momentos de silencio antes de admitir:

«Padre, creo que he sido condicionado a culpar a los ricos y a los militares de todo. Si hay otra causa para esta pobreza tan grande, por favor dígame cuál es».

Complacido con la honestidad intelectual del joven, el padre Elizondo continuó. «Segundo, si los terratenientes ricos desaparecieran, ¿habría más pobreza, o menos pobreza?»

Segundo respondió en forma razonada: «Bueno, si la única fuente verdadera de trabajos de este país desapareciera, habría un gran desempleo y la pobreza aumentaría».

El padre Elizondo asintió. «Correcto. ¿Y si los militares desaparecieran?»

«Los militares pagan a sus soldados campesinos y les enseñan a leer y escribir, les enseñan disciplina y a veces hasta un oficio. Entonces la desaparición de los militares crearía más pobreza, inicialmente. Pero eso liberaría fondos para cosas que son mucho más necesarias, como escuelas».

El padre Elizondo aprovechó esta respuesta tan bien pensada para proseguir. «Sigamos ese camino. Supongamos que podamos convertir a cada cuartel en una escuela. Reemplacemos a cada oficial militar con un maestro. Supongamos que podamos transferir el presupuesto militar a un presupuesto educativo, y que podemos producir suficientes maestros y escuelas para todos los niños. Es más, supongamos que podemos alimentar y vestir a los niños por doce años, y que podamos pagarle sus libros y útiles y hasta darles albergue (¿por qué no?), para que puedan tener la luz para leer y hacer deberes de noche, para que realmente aprendan y pasen los cursos. ¿Estás satisfecho con estas bases para seguir con esta plática?»

Segundo asintió.

«Bien. Podemos transformar armas en aulas, y tenemos todas las aulas y maestros y libros que queramos. Pero eso todavía no sería suficiente. ¿Por qué?»

El joven se veía perplejo. «¿Que no sería suficiente? ¿Pero sería muchísimo mejor de lo que tenemos hoy, no es cierto?»

«¿Tú crees? ¿Qué pensarías si te dijera que todos esos recursos serían abrumados por el crecimiento de la población, en menos tiempo del que te toma decir Don Quijote de la Mancha? Es porque nuestras mujeres están produciendo más hijos que necesitarán ser educados y tu solución no es capaz de seguirle el paso a la tasa de nacimiento. Tú sabes que es cierto. Has visto todas las mujeres con panza por acá. ¿Qué harás entonces? ¿Eliminar a la policía? ¿Cuál otra agencia de gobierno necesaria propones eliminar, para crear las aulas y los maestros que vas a necesitar?»

La perplejidad del joven fue en aumento.

«Pero padre, ¡no es posible que usted esté absolviendo a los terratenientes ricos y al gobierno militar!»

«Lo que te estoy diciendo es que ellos no son la causa principal de nuestra pobreza».

«¿Entonces... quién?»

«Nosotros».

Su perplejidad afloró en una incredulidad completa.

«¿Nosotros los sacerdotes?»

«La Iglesia Católica».

Los párpados de Segundo volaron en dirección opuesta. «¿Cómo puede ser la Santa Iglesia Católica culpable de nada?»

El párroco sabía que lo que iba a decir, rayaría en blasfemia para el novicio. «Enseñamos que masturbarse es pecado, que prevenir la concepción por cualquier medio es pecado, y le decimos a toda mujer que debe tener 'todo hijo que Dios le envía' cuando Dios no tuvo nada que ver en el asunto».

La boca de Segundo se abrió, pero no dijo nada. El padre Elizondo prosiguió. «Le decimos a los hombres que no pueden usar condón y a las mujeres que no pueden usar diafragma, a pesar de que lo último que les hace falta es tener un sexto o séptimo hijo, el cual, dicho sea de paso, podría poner en peligro a la madre. Y luego les decimos que no pueden abortar».

Segundo no podía creer lo que escuchaba.

«¡No me diga que está a favor del aborto!»

«Desde luego que no. Yo estoy a favor de la prevención, no del aborto, pero la Iglesia no me permite predicar eso, ¿verdad? Todo lo que puedo aconsejar es la abstención o el llamado método del ritmo, lo cual nunca va a funcionar aquí».

El novicio tenía que preguntar: «¿Por qué no?»

«Porque estos pobres carecen de todo en la vida, y sufren para poder poner tortillas sobre la mesa, y trabajan como mulas si logran encontrar trabajo, ¿y esperamos que se nieguen el único placer que esta vida les ha dado, que es sexo? Imposible. Va en contra de la naturaleza humana».

Segundo era lo suficientemente joven como para intentar disputar esto. «Padre Elizondo, usted y yo nos abstenemos».

«¿Sí? No tienes que confesar nada, pero si vas a Antigua Guatemala, verás los conventos y seminarios de la época colonial. Y conocerás de la red de túneles subterráneos que fueron cavados para que los novicios se pudieran encontrar con las novicias. Y en los conventos verás las celdas donde las novicias embarazadas eran castigadas. ¿Bien injusto, no crees? Puesto que todo lo que hacían era actuar de la forma en que Dios los diseñó».

Un Segundo desconcertado no pudo hacer más que preguntar: «Bueno, padre, entonces, ¿qué propone usted?»

«La única forma de crear suficientes recursos para satisfacer las demandas de una población creciente es crear los recursos monetarios para pagar por ellas».

Segundo no podía creer que había escuchado esto de la boca de un jesuita. «¿Capitalismo? ¿Cómo puede usted decir que la única solución es una capitalista?»

«Fácilmente, mi joven amigo. Mira al norte. Mira a los Estados Unidos. El Salvador fue conquistado por militares españoles en el siglo dieciséis. Los Peregrinos, que eran civiles, llegaron al Nuevo Mundo en 1620. La evolución de los Estados Unidos y de El Salvador y de toda América Latina, no pudo ser más divergente. Los fundadores de las trece colonias estaban huyendo de la persecución religiosa que sufrían en Europa, a causa de la 'Santa' Inquisición.

«En contraste, América Latina fue conquistada por militares, los Conquistadores. Ellos organizaban todo militarmente, hasta el punto en que la ciudad de Guatemala era la 'Capitanía General' del territorio y no la capital, que es como los civiles la habrían llamado. Su meta era pacificar a los indios y el papel de la Iglesia Católica era mantenerlos pacificados. Puedes apostar hasta el último peso que 'No matarás' era pregonado casi tanto como 'No tengas otros dioses aparte de mí'».

El novicio estaba fascinado. El párroco continuó.

«Ahora bien, ¿hizo algún esfuerzo la Corona española por hacer que esta gente progresara? Para nada. Todo lo que hizo fue pacificarlos para que España pudiera saquear las riquezas latinoamericanas, lo cual nos empobreció».

El padre Elizondo se daba cuenta que estos hechos no eran de los que se enseñaban en las aulas españolas, a juzgar por la expresión del joven español. El padre Elizondo continúo. «Esas limitaciones no existían en las trece colonias, y ese país prosperó por medio de un capitalismo irrestricto. Y cuando la Corona inglesa intentó hacer con ellos lo que la Corona española nos había hecho a nosotros, tuvieron una guerra de independencia y ese fue el fin de cualquier intervención de la Corona inglesa.

«Así que, sin yugo foráneo o religioso que los limitara, los Estados Unidos comenzaron a controlar las tasas de nacimiento por medio de avances científicos a partir de mediados del siglo diecinueve. Hoy día, a mediados del siglo veinte, los hombres usan condones, abaratados por los avances tecnológicos, y las mujeres pueden usar diafragmas sin temor a irse al infierno por tener cualquier tipo de sexo que prevenga la concepción. Y se espera de los que sí tengan hijos, que puedan mantenerlos. Como consecuencia, sus niveles de pobreza son muy, pero muy inferiores a los nuestros».

Segundo se daba cuenta de que era la misma historia que había aprendido en la escuela, pero contada desde el punto de vista de un conquistado, no de un conquistador.

No obstante, Segundo se sentía obligado a montar una defensa en contra de semejante embestida. «Me rehúso a creer que la Madre Iglesia sea responsable por tanta pobreza».

El padre Elizondo comprendía al joven novicio. Su idealismo, si bien excusable, necesitaba ser moderado. «Si nosotros como Iglesia dejáramos de entrometernos en las vidas de los salvadoreños; si los salvadoreños pudieran efectivamente prevenir la traída de niños al mundo (a menos que fueran absolutamente deseados), serían dos las consecuencias inmediatas: la primera sería que el número de pobres disminuiría, y la segunda sería que un mayor número de damas jóvenes podría completar su educación».

Nada que refutar.

«Entonces, todas estas mentes educadas crearían negocios y riqueza, y darían empleo a personas, y nuestra tasa de pobreza se desplomaría».

Pero el novicio todavía no podía ver cómo pasar del dicho al hecho. «Si bien eso bien podría ser cierto, padre Elizondo, dadas las circunstancias en El Salvador en la actualidad, ¿cómo crear riqueza más allá de la producida por la agricultura?»

«Bueno, para empezar, España nos podría devolver todo lo que nos robó, con intereses».

Segundo no pudo ocultar su asombro, luego se sonrojó un poco, sonriendo un poco avergonzado, para luego reírse nerviosamente, preguntándose, «¿Habla en serio?»

El padre Elizondo le guiñó. «No te preocupes que eso tiene que ser broma porque nunca sucederá. No es la solución».

Sintiéndose aliviado, Segundo insistió. «Padre, sigue en pie mi pregunta. ¿Cómo puede El Salvador crear la riqueza que necesita, si no es por medio de la agricultura?»

«¿Cómo lo hace España, Segundo, ahora que no tiene a quién saquear?»

El novicio respondió con toda presteza. «Bueno, por fortuna el sistema educativo en España es adecuado para la población».

«¿Así que todos ustedes son Einsteins por allá? He oído que los gallegos no son muy inteligentes».

Segundo no pudo sino sonreír: los gallegos (residentes de la provincia de Galicia, España) eran objeto de chistes por su supuesta carencia de inteligencia.

El padre Elizondo continuó. «El hecho es que España es centro turístico. Con el oro y la plata que se llevaron de América Latina, ustedes construyeron palacios como El Escorial, y lograron preservar muchas de las antigüedades, incluyendo acueductos romanos. Sus reyes financiaron las artes masivamente, construyeron catedrales monumentales, y Dios los bendijo con la Riviera Española, adonde llegan ricos de todo el mundo para pasar vacaciones, prácticamente todo el año».

Segundo se aferró a eso con entusiasmo. «¡Ustedes tienen playas lindas acá, con aguas tibias, todo el año!»

El padre Elizondo sonrió satisfecho. «¡Ahora sí estás usando el coco!»

Recientemente, el padre Elizondo lo había llevado en un recorrido del litoral salvadoreño, desde Ahuachapán a La Unión, en el vehículo de la parroquia. Las playas eran lindas, inmaculadas, y sus aguas eran mucho más tibias que las de las playas españolas. Segundo recordaba cuán helada era el agua del mar Cantábrico, cuando el Orfelinato los llevaba a una playa cerca de Oviedo, aún en verano. Los aproximadamente 200 kilómetros de playas bellas y de El Salvador, con aguas tibias todo el año, podrían constituir una gran fuente de ingresos para los salvadoreños. El resto del país, con sus volcanes majestuosos, también podría construir un lugar de vacaciones ideal. Al joven novicio le entusiasmaba 'su' idea.

«La industria turística podría emplear una gran cantidad de salvadoreños, aún los de poca preparación académica, si se le desarrolla a una escala tipo Marbella y Torremolinos. ¡Eso de veras traería un buen flujo de dólares, pesetas y marcos!»

Pero entonces hizo la pregunta obvia: «Dígame, padre Elizondo, ¿por qué no se ha hecho esto?»

El padre Elizondo se encogió de hombros. «Buena pregunta. La respuesta obvia es que los ricos quieren esas playas lindas sólo para ellos. Pero se podría hacer un argumento político de que el gobierno se debería apoderar de las propiedades playeras privadas, armar una licitación en la que cadenas hoteleras liciten por dichas propiedades, y con esas ganancias pagarles a los propietarios desposeídos. Algo así como una 'Reforma Playera'».

Mientras el novicio asentía, el párroco puntualizó:

«Tal y como hicieron en Marbella y en Torremolinos, en la Riviera Francesa, en el Lido de Venecia, en Miami y en otros centros turísticos. A eso podrías aplicar tu educación, si lo que en verdad quieres es mejorar la vida de nuestra gente».

El padre Elizondo vio con buenos ojos a su nuevo protegido. Le puso ambas manos sobre sus hombros y le dijo, entusiasmadamente, «¡Tienes una buena cabeza sobre esos tus hombros, joven! Y tienes buen corazón. ¡Que Dios te preserve así siempre!»

Finalizado su año, Segundo Montes partió para Quito, Ecuador, a estudiar filosofía. Obtuvo su licenciatura en tan sólo cuatro años.

Luego regresó a dar clases en el colegio conocido como el Externado de San José, en San Salvador.

Capítulo 5

Jugando a las Escondidas

Siguiendo las instrucciones dadas, el centinela despertó al capitán a las 5 a.m., tras sólo dos horas de sueño. Sánchez se lavó la cara en el baño de la casa que era su sede temporal, se puso su equipo y luego fue a revisar a su gente. Se cercioró de que el camión del ejército fuera removido de su posición bloqueadora del portón, para que no pudiese ser visto desde la carretera durante el día, y que fuese estacionado donde estaba estacionada la ambulancia. Luego se cercioró de que todos sus soldados tenían comestibles enlatados o sacos de arroz y frijoles a su disposición, así como agua para bañarse. Nadie podía bajar a la playa, por el riesgo de ser descubiertos.

El capitán sabía que la presencia militar en Xanadú sería detectada tarde o temprano, pero eso habría sido el caso en cualquier otro lugar también. El hecho de que el Ejército Salvadoreño y la guerrilla estaban enfrascados en una batalla en la capital le ganaba tiempo. Se sentía mal de no poder estar con sus compañeros de armas en esta batalla final potencial, pero esta misión de proteger a los jesuitas era igualmente importante. En la Residencia Jesuita en la UCA no había nada que indicara que era un puesto de mando. La orden definitivamente era ilegal.

Su unidad militar estaba desconectada de cualquier sistema de comunicaciones militares línea de vista. La sierra costera entre las antenas del Picacho y la playa impedía tales comunicaciones. Por eso es que había traído consigo un radio HF portátil, que le permitiría comunicarse con su Comandante a pesar de ello, pero solamente durante el día, cuando la ionosfera estaba suficientemente cerca de la superficie de la tierra como para permitir que la señal rebotara de ella a distancias más cortas y con suficiente robustez como para ser captada. De noche, cuando la ionosfera está bien alejada de la superficie de la tierra, la señal rebota demasiado débil para ser captada.

Pero Sánchez también había traído un radio UHF seguro, que sí era línea de vista, y ese era el que quería utilizar para hacer su primera llamada de radio al coronel López. Porque si Sánchez sólo utilizaba el radio HF, López y el Alto Mando deducirían que estaba en un área baja, que no tenía línea de vista, y no tomaría un científico de la NASA deducir que tal área sin línea de vista podía ser una playa.

También quería hacer la llamada por radio UHF antes de que saliera el sol, para minimizar el chance de ser visto, porque para hacer esa llamada UHF, iba a tener que salir de Xanadú.

Llamó al sargento Recinos. Sánchez había estado con el entonces Cabo Recinos en una operación militar en Usulután bajo el mando del coronel Domingo Monterrosa en 1983, cuando Recinos y él tuvieron que subirse a la única torre disponible en el pueblo de Berlín, para instalar una antena para permitir que el Col. Monterrosa se comunicara con el Estado mayor. Un francotirador enemigo les había empezado a disparar mientras se encontraban subidos en la torre, pero la tropa de Monterrosa se había encargado del francotirador antes de que fuera demasiado tarde.

El sargento Recinos llegó y se cuadró.

«¡Fir, mi capitán!»

«Recinos, tú y yo vamos a hacer otra locura. Nos vamos a quedar en calzoncillos y nada más. Tú vas a dejar tu M-16 con tu compañero, y te llevarás mi MP-5 [el arma automática de Heckler & Koch, más pequeña que un M-16], pero envuelta en una toalla. Yo voy a llevarme este radio UHF radio y mi pistola Browning 9 mm, también envueltos en toalla, y vamos a subir ese cerro al otro lado de la calle. Con suerte, al llegar a la cima, vamos a poder encontrar un árbol grande al cual subirnos para poderle pegar a cualquiera de las repetidoras del Picacho, Apaneca o Las Pavas, para poderme comunicar con mi coronel López».

«Pero mi capitán, ¿no es eso para lo que tenemos el radio HF?»

«Estás en lo correcto, Recinos, pero la primera transmisión la tenemos que hacer utilizando el UHF, para que no nos descubran demasiado pronto. Y lo tenemos que hacer antes de que amanezca, para que no nos vean».

El capitán llamó al sargento Zelayandía usando su indicativo fonético.

«Sierra Zulu!»

En 'Sierra Zulu' la 'Sierra' representaba la letra 'S' (de sargento) y 'Zulu' representaba la letra 'z' (de Zelayandía).

Zelayandía llegó. Sánchez le contó su plan, y le advirtió que no importaba qué pasara, que él tenía que quedarse dentro de Xanadú, porque su misión era proteger a los curas. El sargento se rio. La vida siempre había sido una aventura con el capitán Sánchez. ¿Por qué habría de ser diferente esta vez?

«Sierra Zulu, ¿de qué te ríes? Esto estaba de moda cuando yo estaba en la Academia. Lo llamaban 'Streaking'».

«Pero mi capitán, ¿de veras tiene que ir en calzoncillo? Todavía está oscuro».

El capitán miró su reloj y le dijo: «Sí, pero puede que haya aclarado para cuando regresemos. Así que queremos parecer bañistas de playa, ¿no crees?»

Zelayandía hizo una 'o' con su boca y luego dijo, «Eso es verdad».

«OK, Sierra Zulu, dile al sargento Juan que abra el portón».

Tan pronto se abrió el portón, Sánchez y Recinos salieron corriendo de ahí, cruzaron la calle y procedieron a subir el cerro. Fue tortura para sus pies, pero al fin llegaron a la cima. Justo al otro lado de la cima encontraron una ceiba que el capitán empezó a trepar, mientras Recinos permanecía al pie del árbol, de guardia.

Al ir trepando, Sánchez llamaba por el radio:

«Charlie Uno, éste es Padrino, cambio».

Charlie Uno era el indicativo de llamada del coronel López; Padrino era el suyo.

El capitán ya casi había llegado a la última rama cuando escuchó:

«Padrino, éste es Charlie Uno. ¿Adónde diablos se encuentra?»

«Estoy aquí en Apaneca, Charlie».

Apaneca era el nombre de un pueblo y de un cerro en Ahuachapán, el departamento más occidental de El Salvador, donde el Batallón de Transmisiones mantenía una repetidora UHF. Y si bien en West Point le habían inculcado que «un cadete no mentirá, no hará trampa, no robará ni tolerará a aquellos que lo hagan», no iba a decir la verdad en cuanto a su posición. Al fin y al cabo, ¿no lo podían revocar el título, cierto?

Sánchez esperaba recibir una tremenda despotricada, pero en lugar de ello, un coronel López muy ecuánime le dijo:

«No sabía que tenían un campus hasta allá por Ahuachapán, Padrino».

«Pues no, Charlie, por eso es que me traje a dos de ellos, para que empezaran uno».

«¿Y los otros?»

«No los pude encontrar, Charlie. Pero me traje a sus dos sirvientas para ayudarles».

«¿Desobedeció mi orden, Padrino?»

El capitán Sánchez, sentado en una rama de ceiba, en calzoncillo, tuvo que carcajearse, pero no sin antes quitar su pulgar del botón de transmitir. Esta transmisión estaba siendo escuchada en todos los cuarteles y en el Estado mayor. Así que el coronel López tenía que dejar bien en claro que él había dado la orden.

«Sí, Charlie. Yo desobedecí su orden. Es una orden ilegal, y si el Alto Mando de veras quiere sus pellejos, va a tener que incluir el mío también».

Allá en El Zapote, el Col. López estaba feliz. ¡Sabía que Sánchez no lo haría! Y se sentía aliviado. Como graduado del Liceo Salvadoreño, un colegio de los hermanos Maristas, él consideraba que los curas eran intocables—hasta los jesuitas del Externado, su odiado rival en los campeonatos colegiales de basquetbol.

El coronel dijo, pero sin convicción: «Padrino, yo espero que cumpla mi orden».

«No lo haré, Charlie, pero por favor dígale al Alto Mando lo siguiente: tengo a dos de ellos fuera de circulación, estableciendo un campus aquí en Apaneca, y no haciendo nada más. Y que eso sólo puede ser de mucho beneficio para nosotros».

Entonces el coronel sorprendió a Sánchez con la siguiente pregunta:

«Padrino, esas dos sirvientas ahí, ¿qué edad tienen, por favor?»

Sánchez quería responder «Y cómo diablos voy a saber eso?», pero se dio cuenta que no podía. Supuestamente estaban ahí con él, y podría simplemente volverse a ellas y preguntarles. Pero como no estaban con él, iba a tener que inventarse las edades.

Pero entonces se le encendió un foco en la cabeza y dijo, «Momento, les voy a preguntar».

Hizo un cálculo mental y dijo: «La madre tiene 37 años de edad y la hija 20 y medio, Charlie».

«Enterado, Padrino».

Sánchez finalizó la transmisión, diciendo: «Estoy sólo con baterías, Charlie, me tengo que ir. Padrino fuera».

También quería mantener la transmisión corta para no dejar que fueran localizados utilizando técnicas de triangulación radial.

Desde su época como Jefe del Conjunto VI (C-VI, comunicaciones) del Estado mayor bajo el General Blandón, todo mundo sabía quién era Padrino: un tipo que caía mal porque el General Blandón tuvo la osadía de designarlo a él, un simple teniente en esa época, a un puesto que debió haber sido llenado por un coronel. Eso fue pecado cardenal porque los militares salvadoreños ascendían conforme ascendía su tanda (la clase de graduación de la Escuela Militar).

Un militar ocupaba un puesto de liderazgo (comandante de cuartel, de una brigada, por ejemplo) no necesariamente por méritos, sino porque era el turno de su tanda el ocupar tales puestos. Como graduado de West Point, Sánchez no pertenecía a ninguna tanda.

Sánchez detestaba el concepto de tandas porque en 1984, había visto a la 4ª Brigada de Infantería en El Paraíso ser infiltrada y golpeada por diez guerrilleros, todos los cuales habían perdido sus vidas, pero no antes de haber matado a varias docenas de soldados descansando (que no estaban de servicio), sólo porque un miembro inepto de una tanda más antigua estaba de Comandante de esa Brigada. Fue una victoria menor para la guerrilla, desde el punto de vista militar. Perdieron todos sus hombres en esa acción, pero en la prensa la habían descrito como una gran victoria, creando la impresión de que la guerrilla tenía una gran fuerza, cuando en realidad, iban en franca decadencia, y el apoyo del público hacia la guerrilla era inexistente. La Fuerza Armada salvadoreña tenía que ser la única fuerza armada del mundo que no ascendía a sus integrantes por mérito.

Y ahora, estos miembros de la tanda que mandaba en estos momentos, la 'Tandona' (la clase más numerosa jamás graduada de la Escuela Militar), habían salido con la estupidez de matar a estos curas o no se habían opuesto a ella. Si el ataque a la 4ª Brigada no había sido prueba suficiente, esta última decisión ciertamente era viva prueba que ascender por tandas, en vez de por mérito, podía representar el desplome del Ejército Salvadoreño, porque bien podría tornar en derrota lo que a todas luces debería ser una victoria contundente.

Así que el no pertenecer a ninguna tanda no era problema para Sánchez. Desde que lo habían mandado de regreso al Batallón de Transmisiones, habiendo sido reemplazado por un coronel de Tandona asistido por un asesor americano, había permanecido en El Zapote, y eventualmente lo habían hecho Comandante de Compañía. Y él estaba bien con eso, puesto que no tenía intención de hacer carrera militar. Estaba listo para poder pasar a una vida civil normal y posguerra.

La transición con suerte vendría con una victoria final, pero un acuerdo negociado estaría bien también. Un acuerdo negociado era lo que el gobierno de El Salvador había intentado varias veces, para tratar de convencer a la guerrilla debilitada a incorporarse a la nueva democracia de El Salvador, como partido político, pero la oferta nunca había sido aceptada.

Cuando Sánchez y Recinos regresaron a Xanadú, Sánchez le dio las gracias a Recinos y le dijo que fuera a comer. Después Sánchez le dijo a Zelayandía que pusiera la frecuencia del radio HF en 57.5 MHz y que lo dejara ahí.

«¿Por qué esa frecuencia, mi capitán?»

«Porque será en esa frecuencia en la que Charlie Lima y yo nos vamos a comunicar de ahora en adelante».

Sánchez no sintió la necesidad de decirle que esa frecuencia era la suma de las edades de las sirvientas que él había transmitido.

Sánchez entró a una casa a ducharse, se puso su uniforme y equipo y cuando salió, le preguntó a Zelayandía si toda la tropa había comido.

«Sí, mi capitán. Usted es el único que no ha comido. ¿Quiere que le consiga algo?»

«Gracias, Sierra Zulu, pero creo que es mejor que vaya a sentarme a la mesa con los curas».

Capítulo 6

¿A Lo Mejor Tiene Razón?

El coronel René Emilio Ponce nació en Sensuntepeque, El Salvador, en 1947, y desde temprana edad sabía que quería ser militar. No habría otra carrera para él. Así que no fue sorpresa para nadie cuando anunció que estaba aplicando para entrar en la Escuela Militar Gerardo Barrios, y tampoco fue sorpresa cuando se graduó primero en su clase en 1966, el número uno de la Tandona. Probó ser un guerrero valeroso como subteniente durante la Guerra del Fútbol con Honduras en 1969. Su carrera estelar fue una que siempre combinó la prudencia con las agallas en forma perfecta. Como Comandante del Batallón de Reacción Inmediata Ramón Belloso, fue de los primeros en consistentemente infligir bajas entre la guerrilla. Pero su destino no era ser comandante de batallón: era ser Jefe del Estado mayor, el puesto que ocupaba en la actualidad, y luego Ministro de Defensa. Eso era lo que le esperaba al número uno de cada tanda.

Pero cuando colgó el teléfono después de hablar con el coronel López, el Comandante de Transmisiones, Ponce perdió su característica calma. «Maldito Sánchez. ¡Tenía que ser un *West Pointer*!» El coronel Ponce no tenía buena opinión de los *West Pointers*. Entendía que tenían que enviar un cadete de tiempo en tiempo, y de vez en cuando, uno de ellos se graduaba. Pero no estaban hechos para la Fuerza Armada salvadoreña. La mayoría de ellos pedían la baja inmediatamente. Pero no Sánchez, a pesar de que era más ciego que un murciélago sin sus lentes de contacto, y cuando usaba sus lentes gruesos, parecía fuera de lugar en la Fuerza Armada. Así que para que tuviera cupo, tenía que usar sus lentes de contacto, y eso no lo hacía candidato para la infantería. Así que no había otro destino que no fuera Transmisiones para él.

Al menos se había quedado a servir, algo que no podía decirse de muchos de los otros West Pointers. Algunos simplemente aprovechaban la beca y se negaban a servir en el Ejército. Sólo dos o tres se habían quedado adentro. Pero Ponce era de la opinión que los únicos West Pointers buenos eran los que estaban de baja.

Marcó la oficina de su jefe, el Ministro de Defensa.

«Este es Larios».

«Mi General, el capitán Sánchez ha desobedecido la orden de matar a los jesuitas. Su comandante informa que tiene a dos de los jesuitas con él, aparentemente en Apaneca. Dijo que porque era un orden ilegal».

«¡Por la gran puta, no lo puedo creer! Esa orden viene de lo más alto, ¿y ese cabroncito decide desobedecerla?»

«Yo no sé por qué Ciro lo escogió a él. Probablemente porque era el único disponible. Iba camino al Picacho para reforzar la estación de comunicaciones ahí, pero el helicóptero se demoró».

«Bueno, entonces manda a alguien más a agarrar a los jesuitas de Sánchez y a los demás».

«Estamos enviando a los Comandos hoy, mi General. Esperamos tenerlos listos hoy».

«¿Y por qué no estuvieron listos ayer?»

A Ponce le dio un poco de pena el hecho de que no estaban listos. Pero tenía una buena razón: «Mi General, nadie quiere ir a matar a los jesuitas».

Esto enfureció al General Larios. «¿Cómo es posible que tengamos miles de oficiales, pero no podemos encontrar a nadie que vaya a matar a los jesuitas?»

«Mi General, con todo respeto, tiene a dos de ellos fuera de circulación, desconectados de la Ofensiva. A lo mejor deberíamos de conformarnos con eso».

Pero Larios no se iba a conformar.

«Ponce, esos jesuitas podrían haber hecho que la guerrilla se uniera al sistema político, al ser invitados a hacerlo por el Presidente Duarte, y más recientemente por el Presidente Cristiani, con todo tipo de garantía por parte del gobierno de los Estados Unidos. Pero no lo hicieron, y ahora tenemos a estas unidades guerrilleras invadiendo residencias ¡y atacando con niños armados! Eso es satánico, Ponce. Y si agregamos los informes que estamos recibiendo de lo que le están haciendo a familias dentro de sus residencias... esos jesuitas han perdido cualquier inmunidad que tenían. Tienen que pagar por ello».

«Sí mi General, tiene usted razón».

El Ministro de Defensa hizo una pausa, como para calmarse, y luego dijo: «Ponce, déjame la organización de los Comandos a mí, ¿me entiendes?»

Esto tomó a Ponce por sorpresa. Pero como buen soldado, se limitó a decir: «Sí, mi General».

«Bien. Ahora dime, ¿alguien vio algo anoche?»

«Uno de los centinelas en el barrio militar cerca de la Universidad Católica reportó haber visto una ambulancia entrar a la Universidad y luego salir seguida por un camión del Ejército».

Esa era buena información.

«Entonces debemos asumir que fueron puestos en una ambulancia y así se los llevaron. ¿Alguien vio una ambulancia y un camión con soldados en Apaneca?»

«Mi General, el coronel Méndez, el Comandante en Ahuachapán, dice que nadie ha visto ninguna ambulancia con camión de tropa por allá, en ningún lado. Así que probablemente no esté ahí».

«¿Qué piensas tú, Ponce?»

«Bueno, como usó el sistema de repetidoras UHF, podría estar en cualquier lugar con línea de vista con cualquiera de las repetidoras».

El General Larios sopesó esto, y luego preguntó:

«Ponce, ¿adónde irías si tú fueras un capitán de Transmisiones?»

«Mi General, la carretera a Comalapa y a la costa está bajo su jurisdicción. Ahí es donde iría yo».

«Pero él no se podría comunicar desde la costa por UHF. Lo he intentado y no funciona».

«Mi General, estamos hablando de Sánchez. Las comunicaciones son su especialidad».

Larios estaba harto de tanta plática sin oír nada definitivo.

«Ponce, eres el Jefe del Estado mayor. ¡Averigua dónde putas está el capitancito ese!»

«Sí, mi General».

Larios colgó.

Ponce decidió obtener más información. «Consígame al coronel Zepeda».

Cinco minutos más tarde, el coronel Juan Orlando Zepeda, Viceministro de Defensa y compañero de tanda, estaba en el teléfono.

Zepeda se había graduado muy por debajo de él en la Tandona, así que Ponce tenía que haber sido el jefe de Zepeda. Pero el desempeño de Zepeda durante la ofensiva guerrillera de 1981 había hecho que el Presidente Cristiani lo designara Viceministro de Defensa, saltándose a Ponce. Algo inédito.

Ponce dio a su otro jefe una sinopsis de la situación.

Zepeda preguntó: «¿Por qué diablos le dimos la orden a Transmisiones? ¿Pensaba que la Unidad de los Comandos estaba lista para entrar en acción?» La Unidad de Comandos había sido formada el día anterior, como una unidad de reacción inmediata local, bajo el mando del coronel Benavides, otro miembro de la Tandona, quien fungía como Director de la Escuela Militar Gerardo Barrios. Era una unidad temporal, sólo para poder tener una reserva local disponible.

Ponce respondió:

«El Ministro dice que le dejemos los Comandos a él».

Zepeda no lo podía creer.

«¿Por qué a él?»

Ponce le informó de la inhabilidad de conseguir oficiales que fueran a matar a los jesuitas.

Eso disgustó mucho a Zepeda.

«René Emilio, la guerrilla está violando y saqueando; para eso es que invadieron residencias. Además, bastantes de los guerrilleros son *cipotes* [niños, en El Salvador]. Tenemos testigos civiles de eso. Eso es una infamia. Y acuérdate que la Monja nos dijo que los jesuitas eran los verdaderos cabecillas del movimiento. Tenemos que deshacernos de ellos inmediatamente».

«Yo lo sé, Juan Orlando. La Monja era la mejor. Y es por ella que eres Viceministro de Defensa hoy día».

Capítulo 7

Orando de Rodillas

In Cracovia, en pleno invierno, a principios de 1945, el Ejército Soviético buscaba el calor de las mujeres polacas. Si había esposos o padres presentes, los obligaban a ver los vejámenes que les hacían a sus mujeres, y luego los mataban. No era que el coronel Vladislav Fedoseyev fuera de naturaleza inmisericorde o cruel. Lo que pasaba era que eran órdenes de Stalin mismo, y nadie desobedecía a Stalin si quería seguir con vida.

Desafortunadamente para las mujeres, no había quién las protegiera, así que huían con sus familias a pie, y debido a la nieve, tenían que huir por las carreteras, lo cual las hacía presa fácil del Ejército Soviético que marchaba sobre ruedas. Y cuando eran alcanzadas por los Soviéticos, las mujeres eran reunidas, eran forzadas a desnudarse, y eran violadas ahí mismo, frente a los hombres, hasta que cada soldado Soviético hacía lo suyo con ellas, sin importar qué tan jóvenes o viejas eran. Después, todo mundo sería ejecutado. Y la unidad seguía rodando hacia Berlín.

Fedoseyev prefería vejar a sus mujeres bajo techo. El comandante de regimiento barbudo escogió a una jovencita rubia de entre todas las mujeres desnudas que estaban listas para recibir esperma soviética. Era la cosa más bella que él jamás había visto. Al elevar sus ojos verdes en súplica a su cara barbuda, él le puso un abrigo sobre su cuerpo desnudo y la metió a la cabina del camión, para que fuera junto a él de regreso a su puesto de mando temporal.

La jovencita lloró en silencio todo el camino. Ya sabía lo que le iba a pasar. Ella había visto lo que les habían hecho a su madre y hermanas. Le suplicó a Jesucristo y a María que la salvaran. Oró por un milagro.

El coronel la llevó a un apartamento escasamente amueblado en el segundo piso, recientemente abandonado por residentes que huyeron, y puso a dos centinelas afuera. Hizo que la jovencita aterrorizada tomara un poco de vodka para calentarla, y luego le quitó el abrigo. Su figura femenina juvenil era suya para gozar. Ella no hizo intento alguno por cubrirse porque estaba demasiado enfocada en orar con toda su alma, con sus ojos cerrados.

«Amado Jesucristo, dedicaré mi vida entera a Ti si me salvas».

Empezó a orar más desesperadamente y sintió cómo la empujaba a hincarse. Abrió sus ojos y vio cómo se bajaba los pantalones para exponer su órgano erecto, junto con cuatro letras rojas que formaban un abanico bordeando el contorno de su vello púbico. Desde su punto de observación, parecía una corona para su pene. Las letras formaban las siglas «CCCP», que significaba la Unión de Repúblicas Socialistas Soviéticas.

La jovencita sabía qué podía esperar. Había visto a su madre y a sus hermanas ser forzadas a hacer esto con sus bocas, y si rehusaban, los soldados agarraban a culatazos a su padre. Así que las mujeres lo hicieron. Pero ella ciertamente no tenía razón alguna para no morder este pene soviético con todas sus ganas, si es capaz de hacer acopio de todo su coraje para hacerlo.

Pero en ese momento, se desató un infierno. Explosiones estremecieron el edificio. Se escuchaban ametralladoras por todos lados. Los centinelas fuera del cuarto gritaron:

«¡Polkovnik Fedoseyev, *Partizany* [coronel Fedoseyev, partisanos]!»

Fedoseyev salió corriendo del apartamento para organizar a sus soldados para repeler el ataque.

Lo que quedaba del Ejército Polaco, los llamados *Partizany*, luego de infligir varias bajas entre los Soviéticos, habiéndolos sorprendido con sus pantalones caídos, eventualmente cayeron víctimas del poderío militar soviético. Pero para cuando el coronel Fedoseyev regresó al apartamento, la jovencita linda había desaparecido.

Fedoseyev lamentó la oportunidad fallida. Había salivado por gozar a esa muñequita a fondo.

Tendría muchas otras chicas y mujeres al avanzar su Regimiento hacia Berlín. Pero siempre recordaría a esa belleza de Cracovia como «la que se le escapó».

* * *

Al desatarse el desmadre justo cuando su boca iba a ser violada por el pene de ese ruso, la jovencita se puso el abrigo y saltó por la ventana, corriendo cuán rápido podía para alejarse de las explosiones. Estaba descalza, pero su adrenalina la impulsaba a seguir corriendo en la nieve. Al rato, encontró la ropa de una mujer desnuda y muerta que yacía boca abajo en la nieve. Se puso su ropa y sus zapatos, y continuó huyendo hacia el oeste, pero esta vez lejos de la carretera.

Al caer la noche, tenía hambre. Pero todo lo que podía hacer era orarle a Dios que le diera la energía para seguir adelante, porque en este frío, si se detenía a descansar, posiblemente no se volvería a levantar. Afortunadamente, comenzó a nevar, y eso hizo menos helado el entorno, aún en los Cárpatos Occidentales, que era la cordillera que estaba atravesando, porque jamás cometería el error de viajar por carretera otra vez.

Por suerte estas montañas eran como cerros ondulados. No eran escarpadas en lo absoluto.

Al amanecer encontró una choza de cazador vacía. Se metió por una ventana para ver si había algo de comer. Cuando su padre iba de cacería en las montañas, siempre llevaba cecinas de venado para comer.

Tuvo suerte. Encontró un frasco con cecinas de venado congeladas. Se puso una cecina en la boca y se llevó el frasco. Necesitaba continuar moviéndose.

Las cecinas le dieron la energía que necesitaba ese día y esa noche, y justo antes del amanecer de la mañana siguiente, llegó a la ribera del río Oder. Sabía que, si cruzaba el río, estaría en la parte de Checoslovaquia controlada por los alemanes: los Sudetes, la primera conquista territorial de Hitler.

No quería correr a los brazos de alemanes, así que se escondió entre los árboles sin perder de vista el río. Pasado un rato, vio a un pescador en su bote. Corrió a la ribera y le hizo señas. Él apuntó hacia el norte, siguiendo la ribera del río. Dedujo que le estaba indicando un lugar seguro adonde ir.

Como un kilómetro al norte donde vio al pescador, llegó a una cabina con humo saliendo de su chimenea. Una mujer cincuentona le abrió la puerta y la invitó a entrar de inmediato. Cuando le ofreció comida, la jovencita rehusó. Se acostó en el piso cerca de la hoguera y se durmió.

Cuando se despertó al anochecer, tenía mucha hambre. El pescador estaba ahí, y él y su esposa le dieron de comer pescado y pan y agua. La jovencita se identificó como Alicja Kowalewicz. Después de comer vorazmente, le preguntaron si era cierto lo del avance soviético y sus atrocidades. Alicya les contó de cómo un grupo de soldados soviéticos había entrado a su casa y había violado a su madre y dos hermanas mientras ella permanecía escondida en el ático. Tuvo la gran fortuna de que los soldados nunca la encontraron.

Ella pudo ver todo desde su escondite. Oía a su padre actuar como que si le pedía a los soldados que tuvieran misericordia, pero en realidad se dirigía a ella:

«¡*Córka, nie wydaje dźwięk, proszę* [hija, no hagas ruido por favor]!» que era algo que los soviéticos no entendían. Al quedar saciados, mataron a todos, saquearon las alacenas y se fueron.

Media hora más tarde salió de su escondite, tapó los restos de su familia, se echó mucha ropa encima y se dirigió al oeste, en la nieve, hasta que se encontró con un grupo de gente que huía también, quienes la acogieron. Pero en poco tiempo los alcanzó una unidad soviética y violaron y mataron a todos, menos a ella porque a ella la había salvado un ataque partisano.

El pescador y su señora se volvieron a ver sin necesidad de dar voz a la pregunta en sus mentes: ¿Por qué estaban siendo maltratados así los polacos? Entendían por qué se las querían cobrar con los alemanes, pero ¿por qué con los polacos?

El pescador, cuyo nombre era Makary Nowak, le dijo a su esposa Wioletta que tenían que huir. Si los soviéticos eran así de salvajes, les harían lo mismo a ellos. Cruzarían el río Oder antes del amanecer y caminarían con rumbo sudoeste, con suficientes víveres para permitirles permanecer en las montañas. Querían evitar Ostrava, porque estaba llena de alemanes, quienes probablemente serían atacados por los soviéticos. Makary tomó su arco y sus flechas, para poder cazar. Quería evitar el uso de rifles, habiendo tanto soldado alrededor de ellos.

Dos días después, Makary, Wioletta y Alicja llegaron al pueblo de Olomouc, en la Checoslovaquia oriental, donde unas monjas Ursulinas estaban sirviendo sopa con agua para los que huían de la embestida soviética. Alicya inmediatamente les dijo a Makary y Wioletta que ella hasta ahí llegaba, se despidió de ellos con un abrazo, y se le acercó a la monja más cercana, informándole en polaco que quería ser monja.

La monja le respondió: «*Nie rozumiem Polskiej* [No entiendo polaco]», así que Alicya le hizo señas de que quería vestir hábitos. La monja le respondió de la misma manera que había una superiora que decidía eso, pero que no se encontraba en ese momento.

Pues Alicya se fue a plantar a la entrada del convento para esperar a la superiora, con la esperanza de que pudiese hablar polaco. Esperó todo el día, viendo pasar la marcha interminable de refugiados hambrientos y sucios (como ella), pasando por Olomouc, y se llenó de enojo. Volvió a prometerle al Señor una vida al servicio suyo. Pero también quería venganza. Había visto a su madre y a sus hermanas violadas y asesinadas y había visto a su padre ver todo eso y seguramente volverse loco porque no había podido, como el hombre de la casa, impedir el mayor de los males que le podía acaecer a sus mujeres.

Tendría su venganza, y ahí mismo le pidió a Dios Todopoderoso que se la concediera.

La Madre Margareta apareció ya tarde. Después de ser informada acerca de la muchacha, se le aproximó a Alicya, preguntándole en un polaco pasable que qué quería.

«Quiero ser monja. Le prometí a Dios una vida a Su servicio si me ayuda a escapar de Cracovia viva. Así que aquí estoy».

La Madre Margareta sabía que iba a ser difícil negarle a esta muchacha su petición, pero no le quedaba de otra: no había presupuesto, no tenía recursos.

Como si pudiese leer su mente, Alicja le planteó su caso con toda la sagacidad de la que era capaz: «Madre, cuando el oficial soviético me iba a violar, le pedí a Dios que me salvara y lo hizo. ¿De veras cree usted que Dios Todopoderoso me salvó entonces, sólo para sacrificarme a ellos pocos días después? Déjeme quedarme. Los soviéticos no vendrán por acá. Usted estará segura».

La muchacha había tocado un punto altamente debatido en el convento. ¿Irse o quedarse? Ella quería quedarse pero muchas hermanas querían irse. La certeza—la fe—de esta muchacha le era reconfortante.

«Te puedes quedar como novicia, pero quedas en período de prueba».

«Gracias, Madre, no se arrepentirá».

«¿Cómo te llamas?»

«Alicja... » Se detuvo. Realmente no quería utilizar su apellido polaco.

«Aquí en Checoslovaquia, es 'Alice', pronunciado 'ah-LI-suh'. ¿Y tu apellido, Alice?»

Alice decidió usar el apellido de Makary:

«Nowak».

«Aquí decimos Novak».

«Bien, Madre, soy Alice Novak».

Los soviéticos jamás entraron al pueblo de Olomouc en su empuje hacia Berlín.

Pero para fines de 1945, le quedaba claro a Alice que los odiados soviéticos no se irían de regreso a la URSS. Se quedaron ocupando la Europa Oriental. Esto era algo que ella no soportaba.

No podía pedirle a la Madre Margareta ser transferida a otro lado, porque se lo negaría, por ser novicia todavía.

Lo peor de la Madre Margareta era que, increíblemente, había comenzado a acoger la igualdad socialista que era la excusa para que los soviéticos subyugaran a todo mundo. El socialismo era la cara benigna de la bota comunista. Si bien Alice iba a cumplir con su promesa, lo quería hacer en libertad, no bajo el control de los soviéticos aborrecidos.

Afortunadamente, pudo aprender el idioma checo rápidamente. Al cabo de un año, estaba en capacidad de presentarse a las autoridades para pedir un pasaporte checo, aduciendo que toda su documentación se había perdido cuando los alemanes habían invadido su ciudad natal de Ostrava, en los Sudetes de Checoslovaquia, un año antes de invadir Polonia.

El funcionario le preguntó en checo:

«¿Eres monja?»

Y ella respondió, en checo perfecto:

«No, soy novicia».

«¿Y por qué necesitas pasaporte?»

«Pretenden enviarme en misiones a diferentes conventos, algunos en Polonia, otros en Alemania y algunos en Italia, desde luego».

«¿Pero no tienes papeles?»

«Los alemanes se apoderaron de ellos cuando llegaron a Ostrava, señor».

El checo la miró de pies a cabeza.

«Te voy a tener que tomar una foto. Pasa por esa puerta y desvístete por completo».

Alice palideció.

«Señor, no veo por qué tengo que desvestirme para una foto de pasaporte. Tengo derecho a... »

«Señorita Alice Novak, si es que ése es tu verdadero nombre, no tienes papeles y sí tienes acento polaco. Bien fácilmente podría concluir que eres como cualquier otra persona que quiere huir al Oeste, que aparece por acá sin papeles y que me relata el mismísimo cuento. Te puedo enviar de regreso con las manos vacías, o con pasaporte. Así que decide si vas a hacer lo que yo te diga, o si te largas ya».

Esto estremeció a Alice. ¿Cómo podía este hombre hacerle esto a un ser humano necesitado? Pero ¿realmente tenía alternativa?

«Señor, soy una novicia».

«Todas lo son, querida».

Alice cerró sus ojos y luchó por no llorar. De pronto, sintió la certeza de que el Dios que la había salvado de los Soviéticos no la iba a abandonar aquí. Entró al cuarto que el funcionario le había indicado. Adentro había un aparato fotográfico con capuchón y lámpara en un extremo del cuarto pequeño y angosto, y en el otro extremo había una banca. Estaba en penumbras. El funcionario entró tras de ella y cerró la puerta.

Encendió el único foco que tenía el cielo raso y se paró tras el aparato. Luego le dijo que se desvistiera.

Alice no se movió. No podía.

«Voy a contar hasta tres. No tengo tiempo que perder».

Empezó a quitarse la ropa. Cuando ya estaba en sostén y bragas, paró.

«Uno».

Fuera sostén y bragas. Estaba desnuda y avergonzada. Se cubrió su pecho y su pubis con las manos.

El funcionario se le acercó, admirando su cuerpo núbil.

«Manos a los lados».

Al obedecer, sabía cuál era el siguiente paso.

«Híncate».

Se hincó y lo vio sacarse su órgano. Ella pensaba: «Se lo podría cercenar con mis dientes».

Aparentemente, él pensaba igual. Tomó su erección y se la frotó a unos veinte centímetros de su cara, sin acercarse más. Alice levantó su vista y vio que estaba concentrado en su cosa, no en ella. Eso la hizo sentirse mejor. Eso duró un par de minutos. De pronto gruñó:

«Mantén tus brazos a los lados» y eyaculó en toda su cara.

Sin querer abrir sus ojos porque ya le ardían del líquido del hombre, a ciegas buscaba una toalla.

Le ordenaron:

«¡Manos a tus lados!» y cuando lo hizo, vio destellos a través de sus párpados. Le estaba tomando fotos así.

De pronto le aventó una toalla.

«Límpiate y vístete. Te tomaré tu foto de pasaporte».

Ni siquiera la miró vestirse. Cuando estaba lista, le dijo que se sentara en la banca. Tomó una fotografía más y le dijo: «Llena la información de esta hoja. Cuando lo hayas hecho, vete y regresa mañana por tu pasaporte. No te preocupes del pago».

Hizo lo que se le dijo. Pero se sentía tan sucia y hedionda debido al líquido de ese hombre, que se apresuró a regresar al convento para ducharse, no dejando que nadie se le acercara mucho.

Volvió al día siguiente. El funcionario le dio su pasaporte. Ella ofreció pagar, pero él rehusó, diciéndole:

«Tu pago es la primera foto que te tomé. ¿Te gustaría verla?»

Antes de que pudiera decir que no, le mostró la foto de una muchacha de rasgos faciales poco claros debido al líquido blanco en una gran parte de su cara, que le chorreaba desde sus ojos hasta sus pechos. Sintió alivio. La muchacha de esa foto podía haber sido cualquiera y no necesariamente ella.

«La gente paga buena plata por fotos como éstas. Así que te lo agradezco. Vete, ten una buena vida, y no pienses mal de mí».

Así que, en el verano de 1947, en un viaje para recoger suministros de Bratislava, Alice cruzó la frontera a Austria. Ahí se subió al primer tren a Viena.

Vestida de Ursulina, tomó el tren de Viena a París, que era hasta donde sus ahorros le alcanzaban. Había estudiado el francés en su escuela en Cracovia, así que, en la estación de trenes de París, pudo pedirle a un taxi que la llevara a *Les Petites Sœurs de l'Assomption* [Las Hermanitas de la Asunción], donde ella tomaría sus votos. El lema de la orden: *Venga Tu Reino*.

Diez años después, en 1957, la hermana Alice Novak estaba enseñando en el Colegio de la Asunción en San Salvador, El Salvador, cumpliendo su promesa a Jesús por salvarla de ese soviético desgraciado.

Ahí era conocida como la hermana *Licha* [un apodo cariñoso que se les da a las que se llaman Alicia, que es el equivalente español de Alice], profesora de matemáticas, ciencias y educación física. El trajín de su docencia la ayudaba a no pensar en su pasado, especialmente a no pensar en el oficial soviético barbudo que estuvo a punto de violarla.

Capítulo 8

El Tovarich Turista

A las 9:45 de la mañana del cuarto lunes de octubre de 1949, un día soleado pero helado. Vladislav Fedoseyev estaba sentado en la sala de espera de la oficina de Víctor Semyonovich Abakumov, Ministro del *Ministerstvo gosudarstvennoy bezopasnosti* [Ministerio de Seguridad del Estado (MGB)] bajo Stalin, listo para presentar su plan en persona.

Abakumov era un hombre muy temido, casi tan temido como Lavrentiy Beria, porque fue Abakumov quien había personalmente llevado a cabo las purgas de oficiales 'cobardes' que habían perdido las batallas iniciales de la invasión de la Unión Soviética por Alemania. Arrestaba a los oficiales y luego torturaba y violaba a las mujeres de sus familias, personalmente, frente a ellos, antes de ejecutarlos.

Vladislav Fedoseyev había puesto pie por primera vez en el MGB a finales de 1948, llevando consigo una carta de recomendación del General Vassiliy Chuikov, el héroe de la Unión Soviética que ganó la Batalla de Stalingrado. Ahora que ya no era un guerrero barbudo, Fedoseyev se había transformado sin problema en un burócrata perfecto de saco y corbata, con cara nítidamente rasurada. Después de su baja honorable del Ejército soviético, Abakumov le dio empleo inmediatamente, pero el único puesto que tenía vacante para él era la sección de América Latina, habiéndole encargado a Fedoseyev su organización. Para tales efectos, a Fedoseyev se le había asignado un presupuesto generoso.

Las primeras dos cosas que Fedoseyev solicitó fueron la contratación de una secretaria con dominio del español, y permiso para viajar por toda la América Latina, con el objeto de recabar información. Su secretaria viajaría con él inicialmente para ayudarle con el idioma, pero solo hasta que él sintiera que ya lo dominaba. Mientras le encontraran la secretaria, recibiría clases de español de un profesor de la Universidad de Moscú. Estaba ansioso por comenzar. Más que nada, porque demasiados de los que trabajaban para su jefe acababan muertos.

Abakumov, por su parte, estaba feliz de que Fedoseyev viajara por toda América Latina porque significaba un enemigo potencial menos de quien cuidarse. Sobraba decirlo, pero Abakumov no tenía el menor interés en América Latina, y era por eso que le había dado carta blanca.

Dos meses después de haber sometido la solicitud, apareció la señora Olga Petrenko en su oficina. Era más bonita que la mujer soviética promedio, y hablaba castellano. En la entrevista, ella le dijo que sus padres soviéticos habían estado destacados en España desde el advenimiento de la Segunda República española en 1931. Desde luego, Olga aprendió el idioma perfectamente, habiendo estudiado allá.

Se había casado con Timur Petrenko en Moscú, habiendo tenido un hijo con él antes de ser llamado a filas para servir en Stalingrado, donde fue herido mortalmente en combate. Al morir Timur, Olga y su hijo se habían mudado con sus padres. Pero los padres de Olga habían tenido que mudarse a Ciudad de Tula, porque no podían conseguir otro trabajo sino en la fábrica de municiones ahí. Así que Olga vivía sola con su hijo Víktor, de ocho años de edad, en el apartamento viejo de sus padres en Moscú.

A Fedoseyev inmediatamente le había caído bien esta señora, más que nada por ser la viuda de un héroe de la Unión Soviética, pero también porque no podría haber una mejor secretaria para el jefe de la sección latinoamericana del MGB.

«Sra. Petrenko, necesito preguntarle si usted está dispuesta a viajar, al menos inicialmente, porque si ambos queremos seguir en nuestros trabajos, yo necesito aprender español rápidamente y obtener cuanto conocimiento útil pueda obtener acerca de América Latina ?»

«Por favor, camarada Fedoseyev, llámeme Olga, y ¡claro que estoy dispuesta! A mí ya se me había dicho que, para obtener y retener este puesto, tendría que estar dispuesta a hacer lo que fuera».

«¿De veras, Olga? ¿Quién le dijo eso?»

«El Ministro Abakumov».

«¿Cuándo?»

«Cuando me entrevistó este viernes pasado».

«¿Por qué la entrevistó él?»

«Me dijo que él entrevista a todos los que trabajan en el Ministerio».

Eso le pareció extraño a Fedoseyev. A menos que...

«¿La entrevistó el fin de semana también?»

Bajó la vista y apenas asintió. La vergüenza que afloraba en su cara lo revelaba todo: su jefe se había aprovechado de esta mujer, y sólo cuando había quedado satisfecho la había liberado para que Fedoseyev la entrevistara.

«Mi querida Olga, no hay necesidad de tener vergüenza conmigo. Yo entiendo cómo funcionan las cosas, y habiendo visto lo que yo he visto, déjeme asegurarle que hay peores cosas en la vida».

Olga volvió a levantar la vista y le sonrió agradecida.

«Así que el puesto es suyo, pero como va a estar viajando conmigo al menos por los próximos seis meses, sería mejor que su hijo fuera a quedarse en Ciudad de Tula para este año escolar. Me cercioraré de que usted reciba toda la asistencia necesaria para que esto se haga rápidamente. Hecho esto, usted regresará y preparará nuestro primer itinerario. Bienvenida».

Vladislav se puso de pie para darle la mano. Ella se deshizo en agradecimientos. Vladislav la acompañó a la oficina de empleo del Ministerio y giró instrucciones respecto al empleo de Olga y a la transferencia de su hijo a Ciudad de Tula y a su escuela nueva. El oficinista se puso a trabajar en ello inmediatamente.

Dos semanas después, Olga y Vladislav estaban en Madrid, y una semana después de eso, estaban en México. De México habían manejado por todo el istmo centroamericano hasta el Canal de Panamá. De ahí tomaron un vuelo a Colombia, y luego al Perú.

Como la orden permanente era que Olga le hablara en español exclusivamente, ese mes de viaje le sirvió como un curso de inmersión lingüística a Vladislav.

Al retornar a Moscú, dio licencia a Olga para que fuera a quedarse con su hijo en Ciudad de Tula, mientras él preparaba un informe para el Ministro Abakumov. Abakumov dijo nada al respecto, mucho menos citarlo para discutirlo.

Al regresar Olga de Ciudad de Tula, emprendieron otro viaje juntos, para visitar otros países latinoamericanos.

Después del cual preparó otro informe, pero esta vez sentía que le hacía falta algo. Una cosa que había saltado a la vista en sus viajes era la gran pobreza en toda la región, y la enorme disparidad entre los ricos y los pobres. Los gobiernos militares pro-Estados Unidos estaban haciendo un trabajo muy pobre de proporcionar vivienda básica para sus pueblos, y demasiada gente vivía en la más vil miseria.

Tenía que haber alguna forma de sacarle provecho a esto para alcanzar el objetivo de la Unión Soviética: la aniquilación de los Estados Unidos de América.

La otra cosa que saltaba a la vista era el catolicismo abrumador de esos países, lo cual hacía que los sacerdotes tuvieran mucho poder. Especialmente debido a la costumbre católica de la confesión. Los curas sabían todo. Sin embargo, parecía no haber suficientes curas y monjas para atender a los fieles. La actitud displicente de la Santa Sede ante las atrocidades Nazis probablemente no los ayudaba a atraer gente a sus filas tampoco.

Buscando elaborar un plan alrededor de sus dos hallazgos fundamentales en América Latina, Fedoseyev se enfocó en los jesuitas, sólo porque parecían ser la orden católica más activa en el campo educativo. Tenían centros educativos en la mayoría de países latinoamericanos, de primaria a universidad.

Una consecuencia lógica de la actividad educativa jesuita en América Latina era que bastantes de los líderes latinoamericanos futuros serían graduados de escuelas y universidades jesuitas. Sin embargo, los jesuitas, en su mayoría, eran derechistas. Al fin y al cabo, habían sido los principales aliados de Franco después de ser desposeídos por el Gobierno Republicano antirreligioso, socialista y pro-Unión Soviética.

Así que este enfoque tan prometedor parecía ser callejón sin salida. Había, desde luego, otro camino hacia la misma meta: el financiamiento de movimientos revolucionarios locales, dado el terreno tan fértil para sembrar y cosechar revoluciones en esa región del mundo. Pero dicha recomendación no distinguiría a Fedoseyev porque cualquier burócrata de bajo nivel podría ofrecer la misma recomendación. Y no era muy buena: los partidos comunistas locales tenían grandes blancos pintados en sus espaldas, en todos los países. Ese enfoque no tenía nada de sutil. Fedoseyev prefería sutileza en vez de fuerza bruta. Prefería un jaque mate que el contrincante jamás vio venir. Al fin y al cabo, ¿no eran los soviéticos los mejores jugadores de ajedrez del mundo, pues?

Fedoseyev estaba convencido de que el jaque mate podría venir de América Latina, de donde los americanos jamás lo esperarían. Ellos estaban concentrando sus esfuerzos en rodear a la Unión Soviética. Tenían fuerzas en Europa, en Japón y en Corea, y estaban desarrollando alianzas con Turquía e Irán, países que tienen frontera con la Unión Soviética. Mientras hacían eso, estaban dejando su flanco latinoamericano expuesto.

Ahora bien, cabe la pregunta: «¿Por qué dejaban ese flanco expuesto?» Y la única respuesta que había era que el marco bajo el cual se había redactado la Doctrina Monroe, en contra de expansión colonialista europea en las Américas, seguía vigente. Si bien la Doctrina Monroe había servido para sacar a los franceses de México y a los españoles del Caribe, dicha doctrina no estaba diseñada para prevenir que poblaciones locales se sublevaran si sus opresores eran gobiernos locales y no extranjeros.

Como la única forma de activar la Doctrina Monroe es ir a plantar la bandera de la Unión Soviética a territorio latinoamericano, eso es precisamente lo que no se debe hacer. Por lo tanto, la sutileza buscada por Fedoseyev ya no era sólo una preferencia personal... ¡era un requerimiento nacional!

No puede haber mayor sutileza que fomentar revoluciones en América Latina sin dejar huellas soviéticas. Y para eso se necesita un agente. Y los jesuitas, por su presencia en América Latina, habrían sido el agente ideal, de no ser por su alianza con Franco.

Como el deber le requería que buscara otras alternativas, Fedoseyev comenzó a investigar otras órdenes católicas que se dedicaban a la educación, como los Salesianos.

Estaba en eso cuando de pronto, el cielo en el cual no creía le envió un regalo. Olga le puso el siguiente documento en su escritorio:

'INSTRUCCIÓN SOBRE EL APOSTOLADO SOCIAL'

Era un documento de trece páginas firmado por Juan Bautista Janssens, S.J. en Roma, de fecha 10 de octubre de 1949, directo del escritorio del General Superior de los jesuitas, también conocido como el Papa Negro.

En este documento, la palabra 'pobre' o variaciones de la misma era mencionada al menos dos docenas de veces; igual la palabra 'obreros' o variaciones de la misma. Era nada más y nada menos que una orden para que la Compañía de Jesús, o sea, para que todos los jesuitas, actuaran a favor de los pobres, a costa de los ricos y los capitalistas. Literalmente decía: «...si queremos, en fin, no aparecer, con fundamento, aliados de los ricos y capitalistas, es preciso que no pocos de nuestros ministerios sean dirigidos más eficazmente al proletariado».

También decía: «Enséñeseles... a tener hambre y sed de justicia; de aquella justicia, que exige para todos los hombres el fruto integro de su trabajo, que exige una más equitativa distribución de los bienes temporales...»

El callejón sin salida se había convertido en boulevard. Los jesuitas acababan de convertirse en el vehículo de justicia social para el jaque mate que derrotaría a los americanos. Y ahora entendía por qué su jefe había ignorado su primer informe. No tenía nada útil para él.

Pero toda la investigación que Fedoseyev había llevado a cabo le había permitido redactar el plan que había sometido al Ministro Abakumov la semana pasada, para el cual Abakumov lo había citado hoy, lunes, 24 de octubre de 1949. Porque este plan sí le era útil.

La secretaria le informó que podía pasar adelante.

«Pase, camarada Fedoseyev. Siéntese por favor. Lo quiero felicitar por la seriedad de su trabajo y por este plan excelente. He hablado con el camarada Stalin acerca de él, y él también lo felicita por su enfoque tan fuera de serie».

Pausó. Fedoseyev sabía que venía un 'pero'.

«Pero esto requiere pericia diplomática, y yo podré ser experto en muchas cosas, pero no en eso».

Fedoseyev estaba a punto de asegurarle que él, como Jefe de Sección, podía manejarlo, pero Abakumov levantó la mano para prevenir cualquier posible metida de pata de parte suya.

«Consideramos que la mejor persona con quien discutir este plan es nuestro actual Embajador en los Estados Unidos de América, Alexander Panyushkin».

A Abakumov le divertía ver la perplejidad dibujada en la cara de Fedoseyev. Procedió a explicar.

«Verá. Panyushkin está a punto de dejar de ser Embajador en los EE.UU. y al regresar a Moscú, fungirá en un puesto gubernamental que aproveche su experiencia y pericia. Por lo tanto, él ofrece la continuidad que necesita un plan como el suyo».

Pausó otra vez, y luego dijo, con un vestigio de vergüenza:

«Además, él habla múltiples idiomas, y yo no».

«Entiendo, camarada Ministro. Se lo agradezco».

«No, soy yo quien le agradece a usted, camarada Fedoseyev. Todas las demás secciones de este Ministerio solo problemas me traen, y me regocijo que usted sea un hombre que me trae soluciones. Soluciones que hasta al camarada Stalin impresionan».

«Es mi gran honor y privilegio servir a la Madre Patria bajo su liderazgo, camarada Ministro».

El Ministro desvió su mirada hacia el reloj colgado en su pared. Fedoseyev interpretó esto como una señal de que era hora que se fuera. Pero el Ministro le hizo una seña con la mano de que permaneciera en su asiento.

El semblante de Abakumov se tornó serio.

«Fedoseyev, su informe de gastos indica que su secretaria, la Sra. Petrenko, viaja con usted pero ustedes se quedan en cuartos de hotel separados. Ella también me informa que usted nunca se le ha acercado para buscar aliviar su estrés. Y su archivo personal indica que usted no está casado».

No tenía por qué decir más. Lo que implicaba era obvio y soez.

Tomó toda su fuerza de voluntad no reaccionar como habría querido. «Camarada Ministro, la camarada Olga es la viuda de un héroe de Stalingrado, donde yo también combatí. Si bien la encuentro muy deseable, es por respeto que mantengo mi distancia».

Abakumov sacudió su cabeza. «Fedoseyev, me incumbe asegurarme de que ningún secreto de la Unión Soviética caiga en manos de nuestros enemigos. Resulta que de pronto usted es el autor de un plan endosado por nada más y nada menos que el camarada Stalin, y si usted tiene necesidades sexuales y no las satisface con la camarada Olga, usted podría buscar satisfacerlas con un extraño, y usted podría hablar dormido, por ejemplo».

Este hombre era muy bueno en su profesión. Quizá el mejor. Así que Fedoseyev sintió que debía poner fin a esto de inmediato.

«Tiene toda la razón, camarada Abakumov. Le doy las gracias por mostrarme cuán errado que he estado actuando. En este viaje a Washington, me quedaré en el mismo cuarto que la camarada Olga».

A Abakumov le volvió la sonrisa, sólo que esta vez, producía escalofríos.

«Bien. Si no, por favor déjemelo saber y le vamos a conseguir un secretario masculino. Que tenga buen viaje».

Caminando de regreso a su oficina, sudando helado, todo lo que Fedoseyev podía pensar era que el único que pudo haber ideado la política de violar mujeres llevada a cabo por el Ejército Soviético era un monstruo como Abakumov.

También se sentía traicionado por Olga, por haberlo reportado, pero entonces se dio cuenta que mientras trabajara para Abakumov, las cosas seguirían así: intriga y espionaje constantes. Ciertamente no era culpa de Olga eso. Así que para cuando llegó a su oficina, ya se había calmado y le pidió a Olga que preparara el viaje a Washington D.C., después de coordinar con la oficina del Embajador Panyushkin respecto a la fecha en que lo podía recibir.

«Ah… y ¿Olga?»

«¿Sí, camarada Fedoseyev?»

«Solamente un cuarto para ambos de ahora en adelante. ¿Entendido?»

Se sonrojó inmediatamente.

«Sí, camarada Fedoseyev».

«Bien. Éntrele a eso».

Capítulo 9

Los Rasputines

Una semana más tarde estaban aterrizando en el Aeropuerto Nacional de Washington, en Washington D.C. Tomaron un taxi a la Embajada Soviética, sólo para informarles de que ya habían llegado. El Embajador les había informado que no tenía certeza de cuándo podría recibir a Fedoseyev porque los americanos tenían sospechas de que los soviéticos habían hurtado información secreta acerca de su programa atómico, el Proyecto Manhattan, así que estaría ocupado con funcionarios estadounidenses por el futuro previsible.

Fedoseyev y Olga se fueron a quedar al Hotel Willard, hasta que el Embajador los llamara para informarles cuándo podría recibir a Fedoseyev.

Era un cuarto chico, con una sola cama grande y un baño. Fedoseyev no iba a permitir que existiera pena entre ellos durante su estadía.

«Olga, desvístase completamente. Permanecerá desnuda en mi presencia por el resto de nuestra estadía. ¿Entendido?»

«Sí, camarada».

En un santiamén estaba completamente desnuda.

Fedoseyev se desvistió también. Ya desnudo, le dijo: «Voy a ducharme. Quédese aquí en el cuarto por si suena el teléfono».

«Entendido, camarada».

Pero el teléfono no sonó por dos días enteros. Mientras tanto, Fedoseyev y Olga cogieron como conejos en luna de miel. Fedoseyev quería asegurarse de que en su próximo informe a Abakumov, que Olga le dijera que su jefe era un semental heterosexual. Hasta tuvo que salir a comprar condones americanos porque se le acabaron los suyos.

Al fin sonó el teléfono. Fedoseyev se aseguró de estar con media hora de anticipación en la oficina de Panyushkin.

La secretaria le dijo que pasara adelante. Lo hizo y se encontró frente a un hombre relativamente delgado, como diez o quince años mayor que Fedoseyev, de cabello castaño peinado hacia atrás, con suficiente vaselina como para que no se despeinara el resto de su vida. Tenía todas las facciones eslavas de un ruso del centro del país, y no las facciones suavizadas de los rusos que contaban con ancestros europeos. Fedoseyev había visto fotos de período suyas con y sin anteojos. Al momento, no los tenía puestos.

«Señor Embajador, buenos días».

«Buenos días, camarada Fedoseyev. Estás aquí para presentar un plan que involucra América Latina, ¿cierto?»

«Así es, Señor Embajador».

«¿Cómo está América Latina, Fedoseyev?»

«Lista para la cosecha, Señor Embajador».

«¿Cómo así, Vladislav? Todos son vasallos de los Estados Unidos, con sus regímenes militares completamente fieles a los americanos anticomunistas».

«Pero son más fieles a Dios, camarada Embajador».

«¿Es que hemos reclutado a Dios, Vladislav? Eso sería un golpe maestro».

«Estamos a punto de hacerlo, camarada Embajador».

Escéptico, el Embajador preguntó: «Dime, Vladislav, ¿Cómo es que vamos a tratar de inculcar un fervor revolucionario en cristianos que, a diferencia de nosotros, creen en un Dios, y cuyo héroe principal, Jesucristo, era el prototípico hombre de paz? ¿Quien esencialmente decía a sus seguidores, 'Bienaventurados los pobres, porque serán ricos en el Cielo', u otra insensatez similar?»

«Señor Embajador, si la Revolución Bolchevique probó algo, es que gente bien religiosa, como solía ser la nuestra, tira la religión a la basura cuando cunde el hambre. Y los gobiernos militares de América Latina no son capaces de saciar el hambre de su gente».

«¿Por qué, Vladislav? Son sociedades abiertas y capitalistas. ¿No florecen empresas privadas por todos lados, pues?»

«Señor Embajador, uno pensaría que así debería suceder. Pero la empresa privada predominante en América Latina es la agricultura. Y es bien curioso. Los terratenientes ricos envían a sus hijos fuera a educarse en Europa y en los Estados Unidos, y sacan carreras como ingeniería, finanzas y otras carreras similares. Pero al graduarse y volver al país, se dedican al negocio de la familia, que es la agricultura. Así que no implantan fábricas o negocios o cosas así, para crear otras fuentes de trabajo que no sea la agricultura. Los hijos de los ricos se van de parranda toda la semana, y sólo cumplen con pagarles a sus peones los fines de semana y nada más. Por lo general, están atascados en la agricultura del siglo diecinueve. No han ido más allá de lo que les legaron los conquistadores españoles».

El Embajador estaba absorbiendo toda esta información.

«Así que los campesinos nacen campesinos, y como carecen de alternativas, mueren campesinos también».

«Así es, Señor Embajador».

«Eso suena como terreno fértil para una revolución, Vladislav».

«Exactamente lo que yo pensaba, Señor Embajador».

«Pero la Revolución Bolchevique fue ayudada por la humillación de nuestra armada por los japoneses en 1905, un esfuerzo fallido en la Primera Guerra Mundial, y líderes audaces como Lenin y Trotsky. ¿Quiénes serán los líderes de los pobres de América Latina?»

Fedoseyev definitivamente estaba preparado para esta pregunta. «Señor Embajador, como lo indico en el plan que tiene frente a usted, mi investigación ha revelado que existe un grupo que está presente en todos los países latinoamericanos, que es capaz de ejercer bastante influencia localmente. Es una secta religiosa de heterodoxos dentro de la Iglesia Católica, que es la religión de la gran mayoría de latinoamericanos. Son los jesuitas».

Panyushkin conocía algo de ellos.

«La famosa Compañía de Jesús, fundada por el soldado herido, Ignacio de Loyola».

«Exactamente, Señor Embajador. Yo los llamo los Rasputines».

«¿Sí?»

El Embajador Panyushkin se rio entre dientes al escuchar esta referencia a la leyenda de Gregorio Rasputín, quien se había vuelto íntimo del Zar Nicolás II, debido a la hemofilia de su hijo. Los rumores convenientes y jugosos eran que se acostaba con la Zarina, Alexandra.

«Sí, Señor Embajador, igual que Rasputín, el modus operandi de los jesuitas siempre ha sido incrustarse en o cerca del trono, o sea, en el centro de poder de cada nación en la que han estado, para educar a los hijos de los ricos y ejercer su influencia de esa forma».

«¿Con qué objeto, Vladislav?»

«La obtención de poder, Señor Embajador».

«¿Poder?»

«Así es, Señor Embajador. La misión de los jesuitas era promulgar el catolicismo y combatir el protestantismo a nivel mundial. Eso los colocaba en las cortes de los lugares más lejanos, como la China y el Japón. No solo se convertían en asesores de gobernantes, sino que también educaban a sus hijos, a través de quienes ejercían influencia sobre gobiernos futuros».

El Embajador escuchaba atentamente.

«Sin embargo, lejos de la supervisión de Roma, se dedicaban a mucho más que simplemente enseñar el catequismo; buscaban obtener poder».

«¿Cómo así, Vladislav?»

«Señor Embajador, el mejor ejemplo que puedo dar del hambre de poder de los jesuitas es su historia en Paraguay y Bolivia, en la era de la Conquista española de América del Sur. En esa época, la bebida más popular en América del Sur era un tipo de té, llamado yerba mate, que no podía ser producido a escala industrial porque la planta era silvestre».

El Embajador le indicó que siguiera.

«Pero los jesuitas descubrieron una forma de producir yerba mate en cantidades industriales en plantaciones que ellos llamaban Reducciones. Todo lo que necesitaban era mano de obra barata. ¿Quién mejor que los indígenas guaraníes? Con la excusa de enseñarles catequismo, los guaraníes fueron arreados a las Reducciones y usados como esclavos para producir y exportar yerba mate, que llegó a ser conocido como el Té Jesuita, la bebida más popular de toda América del Sur, incluyendo el Brasil».

«¡Eran capitalistas de la peor calaña, Vladislav!»

«No, Señor Embajador, capitalistas no—¡esclavistas! Y si bien la explicación oficial y la excusa para la formación de Reducciones era para organizar y convertir a los guaraníes al catolicismo, lo cierto es que las Reducciones fueron las precursoras de las plantaciones de los estados sureños de los Estados Unidos de América del siglo 19, solo que, en vez de algodón, cultivaban yerba mate».

El interés del Embajador evidentemente crecía. Esto ciertamente nunca había sido enseñado en escuelas soviéticas, y probablemente en ninguna otra escuela, dada la reputación de los jesuitas.

Fedoseyev continuo. «Con el lucro vino el poderío militar. Los jesuitas formaron milicias guaraníes para que combatieran a los Bandeirantes (comerciantes de esclavos portugueses del Brasil). También combatieron a la Corona española, porque, por no pagar los debidos impuestos, el Rey Carlos III ordenó la confiscación de las propiedades jesuitas y su expulsión de América del Sur en febrero de 1767.

«Perdieron esa guerra de dos frentes y finalmente fueron expulsados. El hambre de poder de los jesuitas fue tan voraz, y sus actividades tan contrarias a las enseñanzas de la Iglesia Católica, que en 1773 el Papa Clemente XIV disolvió a la Compañía de Jesús. La Orden logró subsistir en Rusia hasta que el Papa Pío VI los reinstauró en 1814».

«¿Estuvieron en Rusia?»

«Sí, Señor Embajador».

«Sigue, por favor».

«Los jesuitas se pueden dedicar a actividades mundanas y no espirituales porque responden tan sólo a sus jefes jesuitas y al Papa. Caen fuera de la jerarquía de la Iglesia Católica; o sea, caen fuera de la jurisdicción de obispos, arzobispos y cardenales. En España, pelearon junto al sanguinario Franco contra el gobierno socialista. Pero son muy inteligentes: se llenan las manos de sangre, pero saben limpiárselas y hacer que todo mundo olvide sus fechorías. Por eso son aliados dignos de tener, Señor Embajador. Pueden ser la punta de lanza de nuestra penetración relativamente económica del flanco vulnerable de los Estados Unidos: América Latina».

«Ciertamente así parece, Vladislav. Pero dime, ¿qué razón tendrían los jesuitas para ayudarnos a conseguir nuestros objetivos, que definitivamente no pueden ser considerados religiosos o espirituales?»

«Hay una nueva casta de jesuitas de mucha influencia, Sr. Embajador. Son los llamados 'Modernistas', quienes abogan por la combinación del marxismo y del catolicismo. Los Modernistas están apoderándose de la Compañía de Jesús, desplazando a los tradicionalistas que son leales al Vaticano».

«¿Cómo así?»

«Permítame ser breve, Señor Embajador, teniendo la certeza de que una respuesta más extensa a su pregunta se encuentra en el expediente que he preparado para usted».

El Embajador recogió el expediente, lo hojeó, y lo puso de nuevo en su escritorio.

«Resúmemelo».

«La teología modernista de los jesuitas se basa en el llamado del apóstol Pablo a que todos los cristianos dejen de considerarse individuos, y a que se consideren un solo cuerpo: el cuerpo de Cristo. Dicho de otra forma, Cristo está en todos. Los Modernistas, liderados por Teilhard de Chardin, ahora dicen que Cristo ya no se encuentra en el Cielo, esperando venir en Gloria, como dicen los Evangelios. Ellos dicen que Cristo nace todos los días entre los pobres. Así que le conviene a la Iglesia Católica proteger y luchar por cada 'Pobrecristo' que nace en la pobreza, y para elevar a ese niño a una posición de igualdad con sus contemporáneos, y no condenar a ese Pobrecristo a una vida de pobreza y sufrimiento. Es obvio que Chardin no estaba satisfecho con lo que Jesucristo enseñó, sino que ha tratado de encontrarle un significado ulterior a la vida de Cristo en la tierra».

«¿Pero por qué ir a tales extremos?»

«Chardin es paleontólogo de profesión. Él estaba en la China asistiendo al descubrimiento del «Hombre de Pekín», un ancestro de la raza humana. Dada la diferencia en fisionomía del Hombre de Pekín comparada con la del Homo Sapiens, se convirtió en creyente firme de la Evolución. Eso inmediatamente lo puso en conflicto con la enseñanza católica tradicional, que es, desde luego, que Dios formó al hombre del barro, y a la mujer de una costilla del hombre, a semejanza de Dios. Dada la evidencia a su vista, dejó de creer en la teología tradicional y procedió a desarrollar la suya propia. Y en esta teología nueva y mejorada, una noción predominante es que Cristo nace todos los días entre los pobres».

«Eso es absurdo».

Su brusquedad sorprendió a Fedoseyev, que se vio obligado a aclarar: «Esa es la piedra angular de su nueva teología, Señor Embajador».

«Tal vez, pero sigue siendo absurdo, Vladislav. Yo no nací rico. Te puedo asegurar que no soy Cristo, y que ninguno de mis hijos es Cristo. Cuando el Ejército Soviético vejó a millones de mujeres de Polonia y de Alemania, ¿estábamos procreando Jesucristos? Cuando tantas de esas pobres mujeres decidieron que no podían seguir viviendo al quedar embarazadas después de ser violadas repetidamente, ¿estaban matando a Jesucristo cuando cometieron suicidio?»

Vladislav se sonrojó al escuchar esto. ¿Quién sabe cuántos pequeños Fedoseyevs procreó como resultado de sus múltiples encuentros con polacas y alemanas? Era mejor no pensar en eso.

Pero el Embajador Panyushkin estaba determinado a continuar divirtiéndose con este concepto. «Esto es fascinante, Vladislav, y quisiera que fuera cierto. Porque si todos estos bebés crecen y se convierten en revolucionarios armados... claro que los podrían matar a balazos, pero en tres días ¡resucitarían y seguirían combatiendo!»

Ambos hombres se rieron, pero la risa de Vladislav era nerviosa. Sentía que estaba a punto de ser ridiculizado y sacado de la Embajada. Esa no sería de beneficio para su carrera. Pasó a adoptar un aire sombrío.

«Claro que está usted en lo correcto, Señor Embajador. Por eso es que nosotros, usted y yo, no somos religiosos. Los líderes Lenin y Stalin correctamente rechazaron las premisas religiosas. Pero la única razón por la cual estamos hablando de esto es porque los curas católicos y los jesuitas ejercen influencia sobre las masas en América Latina. Si bien nosotros no hablamos ese idioma, los jesuitas sí lo hablan. En la medida que sean capaces de mover esas masas en la dirección que mejor sirva nuestros intereses, los jesuitas podrían ser de mucho valor para nosotros».

Las palabras de Fedoseyev tuvieron el efecto pretendido, que era reducir la frivolidad del momento. Así que Fedoseyev continuó: «Lo que los jesuitas creen no puede más que servir nuestros intereses porque ahora tienen el imperativo moral de pelear por todos esos Pobrecristos, para que ellos alcancen la igualdad. Y debido a que la otra noción predominante de Teilhard de Chardin es que la humanidad no será digna de Dios si persisten las desigualdades actuales, Chardin y los Modernistas esencialmente le han declarado la guerra a lo que perciben ser la máquina creadora de desigualdad más grande del mundo: el capitalismo, y su mayor representante, los Estados Unidos de América».

El Embajador asintió vigorosamente.

«Tienes toda la razón, Vladislav. Definitivamente sirve nuestros propósitos. No quise implicar otra cosa. Por favor continúa».

Aliviado, Fedoseyev continuó:

«La influencia de Chardin siendo lo que es, sus conceptos han sido plenamente acogidos por el General Superior de los jesuitas, quien ha emitido órdenes escritas a todos los jesuitas en el sentido de que, de ahora en adelante, deberán actuar a favor de los pobres, no de los ricos. Esto, sin buscar obtener el permiso del Vaticano. Una copia de tales órdenes se encuentra en el expediente, con una traducción al ruso».

El Embajador sacó el documento, leyó la parte que Fedoseyev había resaltado, y dijo: «Vladislav, antes que nada, ya no te molestes en traducir nada. Domino por completo todos los idiomas europeos, incluyendo el español».

A Fedoseyev le dio mucho gusto escuchar eso.

El Embajador continuó leyendo, y preguntó: «Fedoseyev, no crees que es algo presumido y arrogante que el líder de una Orden se llame 'General Superior'?»

Afortunadamente para Fedoseyev, él ya se había hecho la misma pregunta, y tenía una respuesta lista: «En realidad, no, Señor Embajador, si usted considera que a su líder espiritual, Jesucristo, lo llamaban el Rey de los Judíos».

Esto hizo reír al Embajador. Fedoseyev se sintió aún más aliviado: había recuperado el control de la presentación.

El Embajador continuó examinando el expediente e hizo otra pregunta: «¿No puede el Papa imponerse al General Superior, o destituirlo? ¿No lo hizo ya anteriormente?»

«Sí puede, Señor Embajador, pero ello le significarían problemas políticos que el Papa preferiría no tener. A juzgar por el hecho de que el General Superior de los jesuitas no ha sido destituido, podemos concluir con certeza que el Papa no hará nada al respecto, salvo negarles asistencia, incluyendo asistencia económica».

Panyushkin hizo otra pregunta: «¿Tiene este General Superior poder propio, aparte del Papa del Vaticano?»

«Sí lo tiene, en el sentido de comandar un ejército de fanáticos que, hasta muy reciente, habían estado al servicio del Papa, con recursos que les permitían autosostenerse. Al General Superior frecuentemente se le denomina el Papa Negro porque se viste de negro y es elegido por los jesuitas, en contraste con el Papa tradicional electo por Cardenales, que viste de blanco».

Esto era de mucho interés para el Embajador. Lo archivó en su mente para uso futuro. Por lo pronto, se limitaría a puntualizar lo siguiente: «Vladislav, como lo has señalado, los jesuitas son muy inventivos. Poseen bienes raíces, como escuelas, que son activos capitales capaces de sostenerlos».

«El Embajador está en lo correcto, pero esos activos no van a poder financiar su giro hacia los pobres».

«¿No pueden simplemente aumentar el precio de la colegiatura y usar la diferencia para financiar la educación de los pobres?»

«Como usted bien sabe, Señor Embajador, la educación privada en las naciones capitalistas está sujeta a las leyes de oferta y demanda. Si los padres de familia consideran que la escuela jesuita es demasiada cara, enviarán a sus hijos a otra escuela privada que compite con los jesuitas. Por eso es que no lo pueden hacer, y por eso es que van a necesitar dinero».

«¿Cuál sería su fuente usual para estos ingresos adicionales?»

«El Banco del Vaticano, más formalmente conocido como el *Istituto per le Opere di Religione*».

«¿La Iglesia Católica tiene un banco? ¿Me estás diciendo que éstos que han hecho votos de pobreza, son ricos?»

«Sí Señor Embajador. El Vaticano fundó su banco en 1942».

«¿A mediados de la Segunda Guerra Mundial?»

«Exacto».

«¿De dónde sacaron dinero durante la Segunda Guerra Mundial, cuando se había desatado esa vorágine, y nadie podía hacer negocio?»

«¿Cómo fue que los bancos suizos hicieron su fortuna, Señor Embajador?»

«¿Con dinero Nazi?»

«Con dinero, oro, joyas y activos judíos que los Nazis confiscaron de sus víctimas. Es particularmente notorio que el Vaticano nunca condenó o se opuso activamente a los Nazis. La forma en que los Nazis financiaron sus operaciones fue desposeyendo a los judíos, que eran ricos. Si había una institución que debió haber clamado en contra de lo que le estaban haciendo a los judíos, era el Vaticano. Pero nunca lo hizo».

«¡El Vaticano sucio!»

«Exacto, señor Embajador. Pero oficialmente, la forma en que el Vaticano fue pagado, fue por medio de un Concordato en 1933 entre la Alemania Nazi y el Vaticano, estipulando que a éste se le pagaría un impuesto del 9% sobre los ingresos de los católicos en Alemania, lo cual ascendió a aproximadamente US$100 millones al año.

«Y de pronto, tuvo suficiente dinero como para fundar un banco durante la Segunda Guerra Mundial, cuando no producía nada para vender, cuando las poblaciones del mundo estaban sufriendo económicamente debido a la guerra, en una época en que los empleos e ingresos eran prácticamente inexistentes fuera de la industria bélica».

El Embajador silbó su asombro.

Fedoseyev continuó: «Desde luego, Hitler no iba a usar los frutos del sudor de la frente de alemanes para pagar tales cantidades de dinero a una 'potencia extranjera', cuando necesitaba reconstituir la *Wehrmacht* y desarrollar sus armas nuevas, y suministrar y financiar una guerra de dos frentes. La forma más conveniente de pagarle al Vaticano para que se quedara con la boca callada era la desposesión de los judíos».

«Y el Papa Pío no dijo ni pío», bromeó el Embajador.

«¡Exacto! El Vaticano cumplió con el Concordato, enriqueciéndose escandalosamente con ese dinero sangriento. Lo mismo hicieron los suizos: la única forma en que podrían haber hecho cantidades fabulosas de dinero era si producían algo de valor militar, lo cual no era el caso. A los suizos se les dejó en paz porque aceptaron tenerles el oro y el dinero y cosas de valor a los nazis. Los judíos sobrevivientes les trabaron juicio a los bancos suizos, pero perdieron el litigio. Aparentemente, es difícil probar que el dinero en las bóvedas de los bancos suizos pertenece a los judíos. Y así fue cómo esos cantantes tiroleses buenos para nada se convirtieron en una potencia económica».

A Panyushkin le causó gracia la referencia al canto tirolense. Después de tomar un poco de agua, le hizo la pregunta obvia: «Entonces, Vladislav, si el Vaticano tiene todo ese dinero, ¿por qué habría de rehusar financiar algo tan noble como ayudar al pobre?»

Fedoseyev estaba listo para esta pregunta. «Señor Embajador, esto es el quid del asunto. El Vaticano está del lado de las enseñanzas de Santo Tomás de Aquino, que son las enseñanzas del mismo Jesucristo, quien esencialmente dijo, 'Bienaventurados los pobres, porque de ellos será el Reino de los Cielos'. Los jesuitas hoy día rechazan eso, habiéndose acogido al modernismo, y por lo tanto abogan por que los pobres no esperen a ser recompensados en el Cielo, sino que busquen su justa compensación aquí en la tierra, en esta vida».

Panyushkin asintió y concluyó el argumento de Fedoseyev: «Siendo así, los Tomistas en el Vaticano no están dispuestos a financiar a los jesuitas que buscan deponerlos para tomar control de la Iglesia, en lo absoluto».

«Exacto, Señor Embajador».

Si bien Panyushkin parecía satisfecho con la presentación de Fedoseyev, a éste le parecía que le seguía buscando bemoles. Como para confirmarlo, Panyushkin hizo la siguiente pregunta: «Nuestra forma de financiamiento tradicional ha sido patrocinar a los partidos comunistas locales de cada país. ¿Hay alguna razón por la cual no has optado por ese enfoque?»

Fedoseyev asintió. «La hay, Señor Embajador. Verá, los Partidos Comunistas en América Latina son la razón de ser de los gobiernos militares: combatir el comunismo. Con ese enfoque, todo lo que estaríamos haciendo sería tirar dinero a la basura, porque todos esos Partidos Comunistas tienen un gran blanco pintados en sus espaldas».

Intencionalmente hizo una pausa y sonrió, antes de continuar. «Mientras que los jesuitas, por su parte, no sólo no tiene un blanco pintado en sus espaldas, sino que también son prácticamente invisibles e invulnerables».

Panyushkin tenía que admirar el análisis de Fedoseyev. No cabía duda de que había estudiado cada aspecto del asunto. Como para resumir lo hablado hasta ese momento, Panyushkin dijo:

«Así que, en vez de gastar dinero en organizaciones revolucionarias en las miras de los gobiernos militares, tú propones gastarlo en los jesuitas, porque tú consideras que van a necesitar asistencia financiera para poder ayudar a los pobres, puesto que éstos no están en posibilidad de pagarles esa ayuda, ¿cierto?»

«Ese es el plan, Señor Embajador».

Panyushkin lo miró escéptico. «El camarada Stalin no tiene fama de ser un hombre caritativo, Vladislav. Entonces, si vamos a pedirle que firme un cheque cuantioso del Tesoro de la Unión Soviética, vamos a tener que darle una razón lo suficientemente buena como para que se convenza de que no firmarlo sería un error garrafal».

Fedoseyev sonrió ampliamente y asintió lenta y afirmativamente. El efecto de este gesto sobre el Embajador fue borrar el escepticismo de su faz.

«¿No me digas que ya tienes esa razón?», preguntó incrédulamente.

«¡Claro que sí, Señor Embajador! Verá, con nuestra decisión de permanecer en la Europa Oriental, nuestro Ejército permanecerá a niveles actuales, que es de más o menos 5 millones de efectivos. A un costo de aproximadamente 50 mil millones de rublos al año».

Panyushkin hizo un cálculo rápido en su cabeza.

«Eso equivale a aproximadamente 10 mil millones de dólares».

Fedoseyev gesticuló afirmativamente y prosiguió.

«Eso es 10 mil millones de dólares al año, para mantener un ejército de 5 millones».

Lo dijo en forma pausada, como para prepararlo para su golpe de gracia: «Si nosotros financiamos a los jesuitas, podremos crear un ejército de cien millones de latinos pro-soviéticos, a una fracción de ese costo».

La expresión que sobrecogió a Panyushkin fue inestimable. «¡Tienes razón, Vladislav! ¡Si somos capaces de respaldar esa afirmación, no firmar ese cheque sería una tremenda metida de pata!»

Fedoseyev asintió, pero advirtió lo siguiente: «No tengo las cifras exactas todavía, Señor Embajador. Mi propósito hoy es exponerle el concepto, y si usted lo acoge, el siguiente paso será obtener dichas cifras».

Lo cual llevó a Panyushkin a hacer la siguiente pregunta: «¿Y cuál es el concepto, Vladislav? Me has dado las razones para considerar a los jesuitas como aliados potenciales, pero no me has dicho cómo los usaremos para crear un ejército pro-soviético de 100 millones de latinos».

«Señor Embajador, los activos principales de los jesuitas son sus escuelas, que consisten de primarias, secundarias, universidades y seminarios. Hoy día, dichas escuelas producen graduados normales, que van a las universidades a sacar las carreras de leyes, ingeniería y medicina, entre otras. Y sus seminarios producen sacerdotes diocesanos que todavía pregonan el Evangelio».

Hizo una pausa para poder escoger sus siguientes palabras cuidadosamente. «Ahora bien, el concepto que propongo es que estos jesuitas usen sus escuelas y seminarios para producir revolucionarios a todo nivel, incluso sacerdotes revolucionarios que pregonarían revolución a sus fieles. Con nuestro financiamiento, podrían construir más escuelas, universidades y seminarios, y así crear más revolucionarios más rápidamente. Y más temprano que tarde, tendríamos un ejército pro-soviético de cien millones de latinos que derroquen a los gobiernos militares pro-Estados Unidos, a las mismas puertas de ese país».

El Embajador se recostó en su asiento para analizar lo que había escuchado. Lo que el subalterno de Abakumov proponía tenía sentido para él, pero Abakumov y Stalin se lo habían enviado a él probablemente porque ellos no lo habían entendido. Eso significaba que Panyushkin necesitaba algo más para venderles este plan a Stalin y a Abakumov, cuyas áreas de pericia eran la fuerza bruta y la violencia, y no la sutileza.

El Embajador procedió a hacerle la siguiente pregunta a Fedoseyev: «Vladislav, supongamos que financiamos a los jesuitas para los objetivos que has expuesto. El acto final, que tendría lugar a muy largo plazo, sería la derrota de los EE.UU. Pero en el ínterin, ¿cuáles serían algunas ventajas para la Unión Soviética, a más corto plazo, si empiezan a aparecer gobiernos pro-soviéticos en América Latina, como resultado de este plan?»

Fedoseyev no estaba preparado para esta pregunta. Pero debía actuar como si lo estaba, si esto le iba a dar resultado.

«¿Aparte de la derrota de los EE.UU., Señor Embajador?»

«Sí, Fedoseyev, aparte de eso».

En ese momento Fedoseyev hubiera querido creer en Dios, para poder pedirle que le pusiera las palabras correctas en su boca. Pero como no creía, tuvo que recurrir a su propia experiencia.

«Señor Embajador, yo no soy más que un infantero, así que permítame recurrir a mi experiencia militar para contestarle. La mejor táctica militar jamás inventada es la emboscada, donde usted se queda oculto en posición ventajosa para sorprender a un enemigo con potencia de fuego demoledora, porque tiene la certeza de que ese enemigo definitivamente pasará por ahí».

Tomó un sorbo de agua, no porque tenía sed, sino para ordenar sus pensamientos. Luego prosiguió. «Si usted observa nuestras bases en el Mar Negro, para poder salir al Mediterráneo tienen que pasar por el estrecho del Bósforo, donde pueden ser fácilmente emboscadas desde tierra, con artillería. Si logramos salir al Mediterráneo, nuestros buques de guerra pueden ser emboscados desde Europa y desde África, como entre Túnez y Sicilia. Y luego existe otra zona de emboscada, por el Estrecho de Gibraltar. La alternativa es aún otra zona de emboscada, el Canal de Suez. En términos militares, nuestros enemigos están en capacidad de impedir nuestra llegada al Atlántico, o al Mar Índico, por esa vía».

El Embajador asintió antes de agregar: «Lo mismo aplica si nuestros buques de guerra zarpan de los puertos en el Mar de Bering, desde países bajo nuestro control pero que no necesariamente nos quieren ahí».

«Exactamente, Señor Embajador. Nuestros buques tendrían que pasar por los Estrechos Daneses y esa es otra zona de emboscada. Así que la única forma segura de llegar al Atlántico es zarpar del puerto de Múrmansk, en el Mar Ártico. Y desde el Atlántico, para llegar al Pacífico, o pasamos por el Canal de Panamá (bajo control americano) o tenemos que ir hasta el Cabo de Hornos, sin poder reabastecernos porque no hay bases navales amigas en ninguna parte».

«Y si nuestros buques de guerra zarpan de Vladivostok, para patrullar el Océano Pacífico, el océano más grande del mundo, ¿hasta dónde cree usted que podríamos navegar, sin tener que regresarnos a puerto, si no tenemos base alguna donde reabastecernos?

«En ambos casos, sería diferente si tuviésemos bases navales amigas en países amigos como México, cualquier país caribeño, cualquiera de los países centroamericanos, Ecuador, Perú o Chile, ¿no es cierto?»

El Embajador asintió. Solo desde un punto de vista militar, los frutos de este plan serían muy deseables.

«Desde un punto de vista no militar, Su Excelencia, Estados Unidos es fuente de trabajo, y América Latina es fuente de mano de obra barata. Eso significa que el capitalista americano va a preferir el obrero latino más barato, sobre el obrero americano más caro. Lo cual significa que los latinoamericanos acudirán en masa a los Estados Unidos, a través de la frontera con México que está desprotegida, tendrán hijos y pronto se convertirán en una enorme masa de votantes. Si esa masa de votantes ha sido educada por jesuitas, podríamos acabar derrotando a los Estados Unidos sin tener que disparar un solo tiro».

El Embajador asintió.

«Tenemos muchas instituciones jesuitas acá en los EE.UU. también, Vladislav».

El Embajador ya tenía con qué convencer a Stalin y Abakumov. Este plan verdaderamente era digno de su tiempo y esfuerzo.

El Embajador se puso de pie. «Camarada Fedoseyev, me parece que tu meta hoy era proponer una forma de alcanzar los objetivos la Madre Patria en una forma completamente económica y prácticamente indetectable».

Hizo una pausa, y luego sonrió ampliamente. «¡Y tuviste éxito! Permítame estudiar tu expediente, y haré mis propias investigaciones sobre los jesuitas, ya que operan desde Roma, lo cual cae bajo mi campo de pericia. También exploremos formas de dejarles saber que pueden obtener financiamiento de nosotros. Quizá haya una forma de evitarles la vergüenza de tener que ir al Vaticano a mendigarles».

«¡Sí, Señor Embajador!»

Le era difícil a Fedoseyev reprimir su entusiasmo.

«Cuando haya finalizado mi estudio de la situación, me comunicaré contigo para programar nuestra próxima reunión. Gracias y buen trabajo».

El Embajador le ofreció su mano, y Fedoseyev se la dio.

Fedoseyev dejó la oficina con muchas ganas de celebrar su éxito. Llevaría a Olga a Georgetown, el sector más antiguo de la capital, famoso por su vida nocturna, y por la universidad jesuita del mismo nombre.

Capítulo 10

«No Darás Falso Testimonio»

El capitán Sánchez terminó de comer el arroz y los frijoles que las sirvientas de los jesuitas habían preparado. Las alacenas de estas casas estaban bien aperadas. Nadie quería tener que pasar a un supermercado el fin de semana, antes de venirse a descansar a la playa. Tomaba demasiado tiempo, por la cantidad de gente, y ése era tiempo que era preferible pasar en una hamaca, disfrutando de la brisa del mar.

La mayor de las sirvientas, la mamá, la señora Elba Ramos, regresó a la mesa para llevarse su plato.

«Muchas gracias, señora, estaba delicioso».

Ella le sonrió y le dijo:

«De nada, capitán».

Sánchez se volvió a los sacerdotes.

«Espero que ustedes se encuentren bien, dadas las circunstancias».

Ellacuría le hizo la siguiente pregunta:

«Capitán, tenemos curiosidad de saber por qué lo escogieron a usted para llevar a cabo esta orden. ¿No había nadie más disponible, un chafarote típico que hubiera obedecido la orden sin vacilar?»

Ése era un tremendo insulto, llamar a un militar *chafarote* o *chafa*. La palabra en realidad significaba una espada o machete. Pero se refería al que esgrimía tal arma, implicando que era un sanguinario o un gorila.

Considerando que, de no ser por él, todos podrían haber estado en el más allá, y no en el más acá, el capitán decidió que eso era una gran falta de educación. Miró directamente a Ellacuría cuando dijo:

«Escúcheme bien, cura, usted podrá ver de menos a sus enemigos, a juzgar por la palabrota que acaba de usar, pero lo único que confirma es cuánto se sobreestiman ustedes y cuánto los subestiman a ellos».

Miró a Segundo Montes. Se veía apenado. Volvió su mirada a Ellacuría y continuó.

«El Ejército salvadoreño se compone de gente de extracto humilde, para empezar. Entonces, como carecen de cualquier tipo de formación

75

profesional fuera de la castrense, intelectualmente, ustedes se los deberían de comer vivos. Y, sin embargo, nunca han podido derrotarlos, ni siquiera intelectualmente. Yo lo vi a usted en televisión, debatiendo a un exmilitar, el mayor Roberto D'Aubuisson».

Ante la mención de D'Aubuisson, Ellacuría se crispó.

El capitán continuó. «Mientras los veía y escuchaba, me preguntaba, '¿Quién es el que tiene décadas de educación de posgrado?' Porque yo no vi que usted ganara ese debate, como todo mundo esperaba, ya que él tenía la mínima educación que El Salvador podía brindar, mientras que usted tenía hasta un doctorado de una universidad europea».

El sacerdote se rio socarronamente. «Vamos, que simplemente estaba siendo considerado con él».

El capitán gozaba cuando su contrincante descuidaba sus flancos. «¿Digno de consideración, D'Aubuisson? ¿Después de que usted lo había acusado públicamente de haber asesinado a Monseñor Romero en 1980?»

Ellacuría no dijo nada. Sabía que había metido la pata.

El capitán continuó.

«Porque para acusar a D'Aubuisson de semejante crimen, usted tendría que haber tenido pruebas, ¿verdad?»

Silencio. Cuando listo, fuego.

«Porque lanzar acusaciones falsas, es considerado un crimen en España. Lo llaman crimen contra el honor. Lo llaman difamación, y en España usted estaría en la cárcel. Igual acá en El Salvador. D'Aubuisson estaba, y sigue estando, en su derecho de llevarlo a juicio por difamación o calumnia, ya que usted lo acusó de semejante crimen sin pruebas.

«Porque si hubiera tenido pruebas, ya las habría presentado, ¿cierto? Y D'Aubuisson no estaría en libertad para presentarse a debatirlo en televisión, ¿verdad?

«Y si usted tenía la seguridad de que él había matado a Monseñor Romero, usted seguramente no lo habría dignificado presentándose a debatirlo, y no hubiera estado de abrazo y beso con él, en televisión, frente a todo el mundo».

No podía decir nada Ellacuría. El pez por su boca muere.

El capitán siguió atacando el flanco expuesto del jesuita.

«Quizá él era quien estaba siendo considerado con usted. Pero el que nunca le tuvo ni tantito de consideración a usted fue el ex–jesuita Tacarello,

¿verdad?»

La cara del jesuita enrojeció.

«El exjesuita Mario Tacarello, alguien de su misma formación académica, que le hizo pedazos cada uno de sus puntos marxistas/liberacionistas con hechos, y usted perdió la calma en forma espectacular. Digo espectacular, porque fue espectáculo. ¿Y todo lo que usted podía hacer era acusar a la CIA de todo? Digamos que ése no fue su mejor momento, cura».

Ellacuría se paró, lívido. «¡Tacarello fue un maldito traidor!»

El capitán quería ver una erupción. «¿Traidor? ¿Y a quién traicionó, cura? Todo lo que hizo fue poner en relieve que la Reforma Agraria de 1980 esencialmente había derrotado al movimiento guerrillero, y eso, junto con el fracaso rotundo que fue la ofensiva guerrillera de enero de 1981, constituyó la primera gran oportunidad para que usted llamara a todas las partes a un cese de fuego permanente, y que alentara a la guerrilla a formar partido político, algo que usted rehusó hacer».

Ellacuría estaba harto de tanto ataque y se sintió obligado a responder. Así que le espetó, con todo el desprecio que podía proyectar: «¿Cuál Reforma Agraria, capitán? Las catorce familias siguen siendo las catorce dueñas del país».

Las catorce familias eran las más ricas de El Salvador que, antes de la Reforma Agraria, habían sido dueñas de la gran mayoría de tierras agrícolas del país. Eran comúnmente conocidas como las *Catorce*.

El capitán no vaciló en responder:

«La Reforma Agraria a la cual se refería Tacarello, cura, que es la misma en la cual mi tropa y yo participamos. Y si los Catorce retienen control, es sobre migajas de lo que solían tener. Las desposeímos masivamente. Varios de esos Catorce me llamaron comunista, por haber participado en ese acto maravilloso de justicia, que constituye mi mayor orgullo».

Sánchez recordó como el 6 de marzo de 1980, la Junta promulgó el Decreto 153, expropiando todas las fincas de 500 hectáreas o más, y creando cooperativas de campesinos para trabajar las tierras expropiadas. Y para ayudarlos a tener éxito, la Junta pasó el Decreto 207, Traspaso de Tierras Agrícolas a Cultivadores Directos, el 28 de abril de 1980, para entrenar a esos campesinos a ser propietarios de las tierras que antes sólo habían arrendado.

Segundo Montes se inyectó en la conversación. «Vamos, capitán, nadie les quitó sus mansiones acá o sus casas en Miami».

«Ya veo. ¿Tenían ustedes el ojo puesto en un par de mansiones de los Catorce, a las cuales ustedes se pensaban mudar? ¿Como hicieron los jesuitas de Nicaragua, los que son hermanos, Fernando y Ernesto Cardenal, después de ejecutar a sus dueños?»

«¡Nosotros queremos que sean los pobres quienes pasen a vivir en esas mansiones!» exclamó Ellacuría.

Sánchez se rio socarronamente. «Eso es exactamente lo que ha dicho cada socialista que ha existido en la historia de la humanidad, y sin embargo siempre han vivido una vida de lujo, mientras que la población a la cual juraron ayudar vive en la más vil miseria. Ni Lenin, Stalin, Kruschev ni Brezhnev vivieron en las pocilgas a los que obligaron a millones a vivir. Sin ir demasiado lejos, Fidel Castro es dueño de varias mansiones, y una isla privada, mientras que los cubanos viven en edificios ruines, hacinados como gallinas en gallinero. Y siguiendo esa tradición, los jesuitas Cardenal y el *Maryknoll* o 'marinol' Brockmann viven en grandes mansiones sin compartirlas con las docenas de familias que fácilmente cabrían en ellas, ¿cierto?»

Esta era la oportunidad de negarlo, pero nadie negó nada. Sánchez prosiguió: «Así que lo que usted acaba de decir es otra falsedad— propaganda. Y cuando la propaganda se enfrenta a la realidad, pues... pierde. Y por eso perdió usted ese debate con Tacarello».

Ellacuría no podía refutar los lujos en los que viven los que constituyen la 'vanguardia del proletariado', pero sí podía refutar a Tacarello. «Capitán, es muy posible que Tacarello hubiese estado mintiendo dolosamente también».

Sánchez fingió sorpresa. «¿Mintiendo? ¿Cómo? ¿Cómo... calumniándolo? ¿De quién habrá aprendido eso, sacerdote?»

Ellacuría rehusó dignificar ese comentario sarcástico. Sánchez continuó el asedio. «¿No lo calumnió cuando aseveró que sus pretensiones de intelectualidad eran socavadas por el hecho de que usted no ha escrito libro alguno, verdad? En contraste con Tacarello, que, a una mucha menor edad, ya había escrito dos».

Ellacuría abrió la boca para hablar de su tesis, pero mejor calló. En lugar de eso, dijo, «He escrito numerosos artículos».

«Sí, y cuando usted le dijo eso, él inmediatamente lo acusó de plagiar todo lo que le dictaba el tal Zubiri, que según Tacarello, no era más que un pseudointelectual».

El reventón se veía venir. Ellacuría era considerado un dios intelectual en El Salvador. No estaba acostumbrado a que se le cuestionara su intelecto. Pero como el capitán Sánchez no compartía esa opinión, a él no le importaba prenderle fuego a esa mecha. Así que le preguntó: «¿O era calumnia eso también?»

El jesuita reventó en un torrente de improperios vascos, para el deleite del capitán.

Lástima que Montes empañaba el espectáculo tratando de calmar a su jefe, lo que finalmente logró.

Después de un breve silencio, Montes dijo:

«Dejemos a Tacarello descansar en paz. Fue un buen jesuita».

Pero Sánchez no había terminado. «Fue una lástima que chafarotes guerrilleros lo agarraran a balazos entrando a la estación de radio donde iba a seguir hablando verdades, justamente el día después de haberlo humillado a usted, sacerdote».

Sánchez se debatía si seguir o no. Decidió seguir. «¿O fueron chafas jesuitas?»

Ya no dijo más. Dejaría el leve asunto de la tesis de Ellacuría para otra ocasión.

Capítulo 11

Protegiendo las Joyas de la Familia

En 1939, las políticas de Benito Mussolini («*Il Duce* ») habían sumido a Italia en una depresión económica severa. Los negocios sufrían, incluyendo la ferretería napolitana *Ferramentas Napoli,* que Albino Tacarello había heredado de su padre Pietro, que en paz descanse. La familia Tacarello vivía en el segundo piso del mismo edificio que albergaba a la ferretería.

Eran cuatro los Tacarello: Albino, su esposa María, su hija Lina, de 22 años de edad, y su hijo mayor, Giuseppe, de 24 años de edad, un *caporale* [cabo] del ejército italiano. Giuseppe era el héroe de la familia, habiendo sido herido en la parte alta de su muslo izquierdo durante la campaña militar en Etiopía. Había sido enviado de regreso a Italia para su rehabilitación.

El tema de la sobremesa siempre era el negocio, y cómo sería afectado por la guerra que se les venía encima. Decía Albino:

«Los judíos son de nuestros mejores clientes, y se están poniendo nerviosos por lo que está pasando en Alemania, y por el hecho de que *Il Duce* se está haciendo gran amigo de ese monstruo, *Herr* Hitler. Muchos de ellos se están yendo a América».

A su esposa María no le apetecía eso de huir. Nápoles era su hogar.

«¿A América? ¿Y por qué? ¡Están en una depresión!»

Pero su esposo no compartía la opinión de su mujer. «Los que tienen parientes en los Estados Unidos se están yendo para allá, pero el resto parece estarse yendo a América Latina, donde el costo de vida es barato y donde no hay camisas pardas persiguiendo a nadie».

Con trepidación, María preguntó: «¿Y qué piensas hacer?»

«Quiero enviar a Giuseppe a México».

«¿Que qué?»

«*Moglie* [mujer], como yo lo veo, es o enviarlo a México o dejar que lo maten en una guerra estúpida. Servir a la madre patria es lo correcto, y Giuseppe ya lo hizo. Lo que no es su deber es servir a la madre patria alemana, y Hitler está por apoderarse de toda Europa y Mussolini le va a ayudar, al haber firmado el bendito Pacto de Hierro con Alemania. Cuando Giuseppe esté rehabilitado, de seguro lo van a mandar al frente, donde sea que quede».

Albino miró a su hijo con mucho cariño. Era su mayor orgullo. Luego volvió su mirada a su mujer.

«Ya lo hirieron en la parte alta del muslo, bien cerca de las joyas de la familia. Yo diría que ya cumplió con su deber. Y dado que clientes y dinero se están mudando a América Latina, el tener una sucursal allá podría ayudar a sostenernos si el negocio acá sufre por la guerra. Giuseppe es un chico inteligente. Conoce el negocio por dentro y por fuera. Además, el español es bien similar al italiano. Lo va a aprender en un santiamén».

Pero María seguía inconforme. Albino probó otra avenida.

«M*oglie*, considera que probablemente le estemos salvando la vida a Giuseppe con esto».

Su sexto sentido le decía a María que probablemente no volvería a ver a su hijo. Pero sus sentimientos eran menos importantes que salvarlo del precipicio en el que Europa estaba a punto de caer. Ya había sufrido suficiente cuando lo tenían en Etiopía.

Así que un domingo soleado de agosto de 1939, Giuseppe se despidió de su familia con lágrimas en sus ojos y subió a bordo del barco que lo llevaría a su futuro.

Días después, al aproximarse al Golfo de México, se desencadenó una tormenta tropical severa, así que el barco cambió de rumbo para anclar en Puerto Cortés, Honduras, por unos días, hasta que aclarara el tiempo. En esos pocos días, Giuseppe hizo algunas indagaciones. Le encantaba lo relajado de Puerto Cortés. Pero era demasiado relajado. Alguien en una barra local le dijo que el lugar que sí era movido era El Salvador, porque era tan chiquito el país, que todo quedaba cerca. Uno podía trabajar en la capital, San Salvador, y llegar al puerto y a la playa de La Libertad en tan sólo media hora.

Para Giuseppe, eso también significaba que estaría tan solo a media hora del puerto donde llegarían sus suministros. Eso era de gran beneficio para su negocio.

Habiéndolo pensado, fue al telégrafo local y le envió este mensaje a su padre: «Voy a El Salvador, no México. Explico luego».

Al fin y al cabo, Giuseppe era económicamente independiente. Su madre le había cosido bolsitas en su ropa interior para poder guardar diamantes pequeños, que podría convertir a moneda local fácilmente, donde fuera. Su padre también había convertido suficientes liras a dólares de los EE.UU., como para no tener que quedarse en moteles baratos, donde lo podrían asaltar.

Al siguiente día se había subido a un bus que iba a San Salvador, un viaje largo pero que valía la pena, puesto que estaba descubriendo un nuevo mundo. El paisaje se volvió más atractivo cuando el bus comenzó a subir por la Sierra Madre, en el departamento hondureño de Ocotepeque, fronterizo con El Salvador. Al cruzar la frontera, el bus subió a mayores elevaciones en el departamento de Chalatenango, El Salvador, hasta llegar al Pital, el punto más alto de El Salvador, antes de comenzar su descenso. Giuseppe sentía que estaba en los Apeninos de su tierra natal.

Trasnocharon en La Palma, Chalatenango, en un pequeño motel. Lo que Giuseppe había visto hasta ese momento lo hacía recordar a su Italia natal, pero cuando vio el contorno del Volcán de San Salvador al siguiente mediodía, no pudo menos que pensar que estaba de regreso en Italia viendo al Vesubio cerca de su querida Nápoles.

Al llegar a San Salvador esa tarde, sabía que había encontrado su nuevo hogar. La ciudad era un remolino de actividad, rodeada de magníficas elevaciones, especialmente el majestuoso Volcán de San Salvador, al oeste, el de Guazapa al norte, y el Cerro de Las Pavas al oeste, con una serranía al sur que la dejaba en un valle perfecto llamado «Las Hamacas», debido a los temblores de tierra constantes.

Pero él estaba acostumbrado a tales temblores en el sur de Italia, la mayoría de ellos debido al Vesubio.

No le tomó mucho tiempo alquilar un local en el centro de San Salvador, con todo y apartamento en el segundo piso. Y en poco tiempo ya había abierto su ferretería, que llamó *Ferretería Vesubio*. Luego de algunos telegramas a su padre, comenzaron a llegar sus importaciones al Puerto de La Libertad, a media hora de la ciudad. Con su español itálico y su simpatía personal, pronto atrajo suficientes clientes como para empezar a prosperar y a enviar dinero a su familia en Nápoles.

Sus clientes lo conocían como 'Pepe' mucho más fácil de pronunciar que Giuseppe.

Pero el joven Pepe no tenía vida social, porque su único refugio de las noticias cada vez más preocupantes de Europa, era su trabajo.

Capítulo 12

La Vida No Es Playa

En su tiempo libre, Pepe leía sobre la historia de esta pequeña nación. Los españoles vinieron a América Latina para subyugar a los nativos y a copular con las nativas, creando así una nueva raza de mestizos. Los mestizos que no eran bastardos crecían en buenas familias, y éstos ejercían dominio sobre los bastardos y los nativos. Eventualmente llegó a suceder que los españoles natos y los mestizos se convirtieron en grandes terratenientes, y los nativos o indios les cultivaban sus tierras, a cambio de un pago ínfimo. Mientras el resto del mundo progresaba, El Salvador se estancaba: su economía se basaba en la agricultura, bajo la cual los terratenientes lucraban exageradamente, a costa de pagarles a sus obreros una miseria. Eso era así a principios del siglo diecinueve, y seguía siendo así a mediados del siglo veinte.

Todas las naciones latinoamericanas lograron su independencia de España a principios del siglo diecinueve como resultado de la invasión napoleónica de España. Pero en la América Central, lo único que sucedió fue que se sacó a la Corona española de la ecuación económica: ahora los terratenientes podían quedarse con todas las utilidades, estableciendo gobiernos locales que no sólo permitían, sino que también protegían, su mecanismo de lucro obsceno.

Guatemala, El Salvador, Honduras, y Nicaragua se convirtieron en nada más y nada menos que haciendas privadas disfrazadas de naciones.

Los militares, en vez de seguir las órdenes de la Corona, seguían las órdenes del presidente local, que era impuesto por los terratenientes locales para el propósito de mejorar la fortuna de los pocos ricos, y no mejorar la suerte de las grandes masas. Entonces el papel de los militares era proteger esa máquina de hacer plata para los pocos, de cualquiera que tuviera tan siquiera un pedazo de corazón.

Con el paso del tiempo, hubo muchos más indios que mestizos y blancos. Pero como la economía salvadoreña continuaba basada en la agricultura, y no se podía crear más tierra, las fuentes de empleo no marcaron paso con la tasa de natalidad. Si bien comenzó a surgir una pequeña clase media que prestaba servicios a los terratenientes, las masas eran intencionalmente dejadas sin educación y sin enseñanza de oficios, y sin la posibilidad de escalar socialmente. Esto era así porque desde el punto de vista de la clase gobernante, el país no necesitaba más abogados, ingenieros, doctores, maestros, etc.: todo lo que necesitaba era más campesinos.

Eventualmente, estalló la pobreza y las masas pobres se mudaron del campo a la ciudad. Sin tener cómo comprar casa, construían sus propias champas de materiales disponibles, en las afueras.

Con el advenimiento de la Guerra Civil española y la Segunda Guerra Mundial, más europeos se mudaron a América Latina, incluyendo El Salvador, trayendo otras ideas y oportunidades comerciales, y algunas industrias. Pero por desgracia, nunca en cantidades suficientes, puesto que una población infraeducada no tiene suficiente mano de obra calificada.

Así que la pobreza fue en aumento.

Una de las pocas formas en que una joven campesina podía escalar socialmente era convirtiéndose en sirvienta.

Toda familia de clase media baja para arriba tenía al menos una sirvienta que hacía de todo. Pero la mayoría de las casas en San Salvador tenían al menos dos.

A la sirviente se le pagaba una miseria, ostensiblemente a cambio de alimentación gratis y un techo sobre su cabeza. Pero esa remuneración no era suficiente para compensarla justamente por todo lo que hacía, y por el hecho de estar disponible 24 horas al día, 6 días a la semana, con generalmente un día de asueto a la semana, si vivía cerca. Si no, y tenía que hacer viaje largo para visitar a su familia, se le daba un viernes a domingo libre cada dos meses.

No se había pasado ley alguna que otorgara protección o derechos laborales a las sirvientas. No había requerimiento de pagarles seguro social, seguro médico, jubilación, nada. Tales prestaciones quedaban a la conciencia del patrón, pero ésta solamente se activaba si la empleada había estado con la familia bastante tiempo. El mundo había evolucionado en el trato de empleados, pero en El Salvador, el trato no podía caracterizarse de otra forma que no fuera explotación.

La presencia de una mujer necesitada en la casa, que no podía prescindir del trabajo porque con lo poco que ganaba ayudaba a sostener a su familia paupérrima que vivía en un lugar remoto del país, invitaba abuso sexual. Y tal relación jamás podía ser caracterizada como consensual, si la sirvienta tenía que someterse para conservar su trabajo, puesto que no tenía ni la educación ni la destreza para hacer otra cosa.

Capítulo 13

Temblores en el Vesubio

Marta Elena Carrillo, conocida como Nena, nació en Intipucá, departamento de La Unión, del departamento más oriental de El Salvador, en el año de 1923. Era la tercera de una familia de siete hijos, viviendo en una choza con piso de tierra. Su padre hacía de todo un poco, y su madre era ama de casa, que aparte hacía todo lo que podía para poner tortillas en la mesa. La choza era de una sola habitación, con horno de barro y pila afuera. El Sr. Carrillo había construido una letrina externa para que todos la usaran, pero por lo general, la gente hacía sus necesidades afuera, tras los arbustos. El arroyo local era donde la gente se bañaba y lavaba su ropa. Para agua potable, había un chorro de agua potable público en la plaza del pueblo. Si era más conveniente para la gente obtener su agua del arroyo que del chorro, pues eso hacían también.

Nena creció vendiendo pan en el mercado del pueblo de Intipucá. Debido a todos sus quehaceres, no tenía tiempo para ir a la escuela, que no era más que una pequeña bodega, sin aire acondicionado, y que llegaba solamente hasta el sexto grado. Fue a clase los primeros grados, pero acabó enseñándose a leer ella misma, con revistas o periódicos viejos que estudiaba mientras vendía pan.

Cuando cumplió los trece años, su madre le dijo que fuera a buscar trabajo para ayudar a mantener a la familia. Su primer trabajo fue en un asilo de ancianos en San Miguel, la ciudad más grande de la zona oriental de El Salvador, que quedaba a una hora de Intipucá por autobús. Le tocaba limpiar, barrer y trapear, pero se dio cuenta que la mejor manera de avanzar era aprender a cocinar. Siendo así, se propuso caerle bien a la cocinera, y pronto la hicieron cocinera asistente.

Pero el pago seguía siendo miserable. Supo que en San Salvador el pago era más alto. Cuando cumplió los 17 se fue a San Salvador con los pocos ahorros que le quedaban luego de enviar dinero a su familia en Intipucá.

Al bajarse del bus en la terminal de oriente, comenzó a caminar las calles del centro de San Salvador. Pasó una ferretería llamada Vesubio, y vio que en una de las vitrinas había un anuncio que decía «Se Ofrece Empleo». Entró y un señor joven y alto la saludó, hablando un español con acento raro. Ella le dijo que estaba interesada en el empleo.

El joven le preguntó que qué destrezas tenía. Cuando le dijo que podía cocinar, se dio cuenta que podía ayudarle en el apartamento como doméstica, además de ser asistente en la tienda. Le ofreció un cuarto en el apartamento de arriba, le ofreció pagarle por ser doméstica y por asistirlo en la tienda. En total, era el doble de lo que ganaba en el asilo. Para ella, ¡era una mina de oro!

Pero no era nada por la cantidad de trabajo que acabaría haciendo. Durante el día tenía que aprender cada aspecto del negocio; durante la noche tenía que cocinar y hacer limpieza. Afortunadamente, no era un apartamento grande, y tenía su propio cuarto, que no era de sirvienta: tenía un cuarto igual al del patrón. Era una mejora enorme en comparación con la choza sucia y pulgosa en la que había crecido en Intipucá.

Y Don Pepe era muy amable, siempre cortés, y agradecido por su ayuda. Cuando habían tenido un buen mes, le pagaba un poco más de lo normal. Como ella, todo lo que hacía Don Pepe era trabajar y trabajar, para poder enviar dinero a su familia en Italia. Pero en diciembre, supo que su padre había muerto en un bombardeo en la guerra en Europa, cuando estaba en el puerto de Nápoles recibiendo un embarque para la tienda.

Pepe se abatió y comenzó a beber mucho.

Entonces le tocó a Nena atender a clientes sola porque él no bajaba. Entendía que estaba de duelo, pero tendría que regresar pronto a la actividad comercial porque pronto llegaría un embarque a La Libertad, y él tenía que hacer las gestiones para sacar los bienes de aduanas y traerlos a la tienda.

Nunca entraba a su cuarto si estaba ahí, pero no había otra forma de informarle que el negocio iba a sufrir si no entraba en acción.

Tocó su puerta suavemente. «Don Pepe, lo necesitan en La Libertad».

Nada. Luego de tocar más veces, cada vez más fuerte, con el mismo resultado, abrió la puerta. Obviamente, Don Pepe había estado bebiendo, y estaba durmiendo la borrachera, completamente desnudo sobre su cama. Al ver esto, sintió que se le encendió la cara de vergüenza, y salió del cuarto inmediatamente.

Pero la necesidad de despertarlo persistía. Si no, el negocio perdería clientes, y ella podría perder su trabajo. La desnudez no era algo nuevo para ella, puesto que había crecido en una choza y todo mundo veía y oía todo. Pero ver la desnudez de su patrón no era correcto. Y siempre se le había advertido de la posición precaria de las sirvientas, cuando quedaban a la merced de sus patrones. Sabía lo que les había pasado a otras, y no quería que eso le pasara a ella.

Pero iba a tener que entrar a ese cuarto y despertar a su jefe desnudo.

Así que, durante el almuerzo, puso el letrero que decía, 'Cerrado hasta la 1 pm' en la vitrina, subió las gradas, preparó un almuerzo ligero para Don Pepe, y entró con la bandeja a su cuarto. Puso la bandeja con la comida en la mesa de noche y tomó a su jefe de sus hombros, para sacudirlo. Lo hizo hasta que abrió los ojos, y cuando se sentó, vio que se dio cuenta de lo expuesto que estaba, pero no hizo el menor intento de cubrirse. En lugar de ello, le dijo a Nena:

«Nena, voy a tener que ducharme, y me vas a tener que ayudar porque estoy de goma».

Nena sabía que tenía que rehusar esto. Pero no podía. Le ayudó al patrón desnudo a ir a la regadera y no pudo decirle que no cuando le dijo que lo enjabonara todo.

Le aplicó champú y le enjabonó su pecho y su espalda, pero hasta ahí. Le dio el jabón y le dijo:

«Don Pepe, por favor enjabónese usted ahí».

Pepe la miró y le dijo:

«No, hazlo tú».

Nena sintió que la cara se le quemaba de vergüenza. Eso era algo que su vocecita interna le gritaba que rehusara. Pero no iba a arriesgar este trabajo. Tomó el jabón de regreso y se lo aplicó a su órgano. Sabía que estaba adentrándose a territorio prohibido, pero ni modo.

Su órgano creció en sus manos. De pronto estaba completamente erecto y duro como un roble. Cuando trató de pasar a sus piernas, le detuvo la mano ahí.

Nena le suplicó:

«Por favor, Don Pepe, yo soy pura, esto no está correcto».

Al cerebro alcoholizado de Pepe no le importó. Cuidaba bien de ella, ¿cierto? ¿Alimentación, alojamiento, un salario muy superior a lo que podría ganar en otro lado por su educación? Agradecida tendría que haber estado por tener la oportunidad de ayudarle a soportar la pérdida de su padre.

En realidad, Nena no era su tipo de mujer: muy oscura, muy bajita, demasiada india. No era alguien con quien querría ser visto en público. ¿Pero aquí adentro, dentro de estas cuatro paredes? Estaba perfecta.

«Frótalo», le dijo, y le movió la mano para enseñarle cómo hacerlo.

Diez minutos después, Nena salió huyendo del baño, dejándolo bien satisfecho.

Bajó a la tienda con su actitud profesional acostumbrada, como si nada hubiera pasado. Por esto, Nena se sintió agradecida. Pepe le dijo que atendiera la tienda mientras él iba a La Libertad.

Cuando regresó más tarde, le trajo unas flores con una nota que decía: «Gracias por todo».

Las cosas iban bien en el Vesubio. Les entraba dinero y clientela proveniente de Europa. Había necesidad de construir casas. Los estantes de la Ferretería se vaciaban en menos tiempo.

Pepe le estaba muy agradecido a Nena. Ella aprendía rápido. Le dio un aumento de sueldo y la ascendió a gerente. Con eso, podía enviar más dinero a Intipucá.

Ella estaba muy contenta en la tienda.

Pero en el segundo piso, no tanto.

Capítulo 14

Dando y Procreando

En una tarde primaveral de 1941, cerca de la hora de cerrar, una encantadora señorita entró a la tienda para comprar papel de lija, pintura, madera y clavos. Tenía pelo castaño largo y ondulante, dos azabaches inquietantes como ojos, y piel trigueña.

«*Signorina*, ¿para qué es esto?»

«Tengo que reparar el marco de una ventana, que tiene estragos de agua», contestó con una voz que le recordaba a la de su madre.

«*Signorina*, yo cierro en quince minutos. Puedo ir a hacerle este trabajo si me deja».

«Eso sería muy amable de su parte, Sr. Tacarello».

«Por favor, llámeme Pepe».

«Bien, Pepe, me llamo Belinda, Belinda Torres».

Belinda y Pepe caminaron la corta distancia hasta la casa de Belinda en quince minutos. La madre de Belinda, Doña Rosa, abrió la puerta y quedó sorprendida al ver a su hija menor acompañada por un desconocido tan bien parecido. Luego de los saludos consuetudinarios, Belinda llevó a Pepe a la ventana que requería reparación, y Pepe se echó a trabajar de inmediato.

En un par de horas, la ventana y su repisa estaban ya completamente reparadas y pintadas, y Belinda le pidió quedarse a cenar. Respetuosamente declinó, por estar sudado, pero le pidió verla ese sábado, lo cual ella aceptó.

Regresó a su apartamento entusiasmado. ¡Qué *signorina* tan encantadora!

Nena lo estaba esperando con la cena servida. A diferencia de la gran mayoría de hogares salvadoreños, Nena no sólo tenía cuarto normal, y no de servidumbre, sino que también se sentaba a la mesa en las comidas con el patrón, y no aparte en la cocina.

Hablaron sobre el día de negocios, y luego Nena le preguntó sobre la *signorina*.

«¿Y eso qué tiene que ver contigo, Nena?»

«Sólo quisiera saber, Don Pepe».

Lo que en verdad quería saber era que si se hacía novio de la *signorina*, que si al fin la dejaría en paz a ella.

«Ella me gusta, Nena, pero eso no nos afecta a ti y a mí de ninguna forma».

Nena acopió todo el coraje del que era capaz para decir lo siguiente:

«Don Pepe, yo le estoy agradecida a usted por lo que me ha enseñado a hacer profesionalmente. Pero usted no me quiere y yo no lo quiero a usted y, sin embargo, usted me obliga a hacer cosas que ni siquiera una prostituta haría. Usted se aprovecha de mi necesidad de ganarme la vida».

Pepe la miró con simpatía. Le tomó la mano a su fiel sirvienta, y le dijo: «Ya veo adónde va esto, Nena. Te debo una explicación, pero por favor, terminemos de comer y luego podemos hablar en la sala».

Habiendo terminado de cenar, Pepe se levantó y fue a la sala, y Nena se llevó los platos para lavarlos, secarlos y guardarlos. Luego fue a la sala, donde encontró a Pepa completamente desnudo, tocando su erección.

«Desnúdate, Nena».

«No, Don Pepe, por favor, sólo íbamos a hablar...».

«Hazlo».

La voz del patrón activó su sumisión natural, tatuada en sus genes por generaciones de servilismo a los españoles. Su vocecita interna le rugía «¡No lo hagas!», pero su necesidad de tener ingresos la calló, no sin que le rebalsaran los ojos de lágrimas. Esto ya había sucedido un sinnúmero de veces, pero eso no mitigaba su vergüenza. ¿Qué pensarían de ella si se enteraran en casa?

Se trató de tapar sus partes íntimas, pero sus manos volaron atrás de su cabeza cuando oyó la orden:

«¡Manos arriba!»

A Pepe le encantaba cómo obedecía.

«Bien, Nena, dime, ¿cómo puedes decirme que te trato mal, cuando número uno, te pago como contadora y gerente profesional, que no eres; número dos, te doy comida y albergue gratis; número tres, compartes del lucro que hace la empresa, como lo determinas tú; y número cuatro, visitas tu casa cuando te da la gana? En comparación con el universo de salvadoreñas de tu mismo origen y formación, ¿estás mejor, o no?»

«Sí, Don Pepe, ¡pero usted me denigra!»

«Nadie sabe cómo repagas mi generosidad, Nena, y nadie nunca lo sabrá. Eso de hablar de denigrar no viene al caso».

«¡Sólo prostitutas chupan penes y se tragan esa leche espantosa!»

«¿Eres prostituta, Nena?»

«¡No!»

«Entonces lo que acabas de decir no puede ser cierto».

«¡Usted viola mi trasero!»

«¡Es para no embarazarte! ¡Te estoy haciendo un favor!»

«¿Un favor? ¿Y entonces por qué me siento tan mal?»

Pepe se levantó del sofá con toda celeridad y le pegó en los pechos con la mano abierta.

«¡Porque eres una maldita desagradecida!»

Aunque quería, se abstuvo de protegerse. Continuó pegándole a sus pechos, para no marcarle la cara. No era alta, pero tenía buenos pechos, y se mecían pesadamente cuando les pegaba.

«¡Ponte en cuatro patas!»

Al adoptar esa posición, le pegó en las nalgas con la mano. Le excitaba ver cómo las nalgas quedaban marcadas con la huella roja de su mano, mientras ella le imploraba que parara.

Cuando se cansó de nalguearla, tomó la jarra de vaselina que había puesto a su alcance, se aplicó un poco a su miembro, y se insertó dentro del ano de Nena. No tardó mucho en eyacular por lo apretada que estaba y porque sus gritos lo excitaban.

Desgastado, se acostó a su lado en el suelo.

«¿De quién eres, Nena?»

«Suya, Don Pepe».

«No lo olvides nunca. Ahora límpiame».

Ese sábado, Belinda recibió a Pepe en su casa. Le regaló flores, una botella de Chianti, historias de Italia y de las locuras de Benito Mussolini. Belinda las disfrutaba mucho, encantada por su sofisticación.

El día siguiente fueron a misa juntos, y dentro de poco, estaban comprometidos. Seis meses después de que Belinda fuera de compras a la ferretería, se casaron y se fueron de luna de miel a Acapulco, México.

A su regreso, Pepe se mudó del apartamento que compartía con Nena, concediéndole su título. La promovió a Gerente General de *Ferretería*

Vesubio en San Salvador. Ya estaba haciendo planes para abrir sucursal en Santa Ana, la segunda ciudad más grande de El Salvador.

Nueve meses después nació Carmen María Tacarello Torres. Tenía una tez blanca linda y ojos verdes como los de su abuela italiana, María.

Desde San Salvador, Pepe le envió foto de su nieta y sobrina a su madre y hermana, pidiéndoles que se mudaran a San Salvador, porque Nápoles se estaba convirtiendo en una de las ciudades más bombardeadas de la guerra. Pero rehusaban.

En el trabajo, Pepe dejaba el quehacer diario a Nena. A mediodía, Pepe generalmente se iba a su casa a almorzar. Pero a veces subía a someter a Nena, solo para que no perdiera la costumbre. Pero sucedía con menos frecuencia, y por primera vez en su vida, Nena era feliz.

Con el paso del tiempo, Belinda quedó embarazada por segunda vez, con el alumbramiento previsto para agosto de 1943. Llegado agosto, Pepe esperaba ansiosamente el nacimiento de un hijo, a quien llamaría Mario, porque era la versión masculina María. Estaba casi seguro de que sería niño, porque todas las mujeres que le veían la forma de la panza de Belinda así le decían. El bebé vino al mundo una noche antes de lo esperado. Pero no fue niño. La llamaron Rosa Lina, por su hermana y la madre de Belinda. Esa fue una noche sin sueño para Pepe, habiéndose quedado toda la noche en el hospital durante el parto.

Después del nacimiento, el doctor quiso mantener a Belinda en el hospital. Belinda le dijo a Pepe que se fuera a casa a dormir, que estaría bien. Pepe decidió que traería a Roxana, la cocinera, a quedarse con Belinda. Su primogénita, Carmen María, de casi dos años de edad, también quería ver a su mamá. Roxana le aseguró a Pepe que la niña estaría bien con ella. Así que después de dejarlas a ambas en el hospital, Pepe regresó a casa a pasar la noche.

La sirvienta más joven, Gladys, quien era la de adentro, le sirvió cena, y Pepe observó que era una india atractiva. Le preguntó su edad, y de dónde era.

«Casi cumplo los 15, y soy de Sonsonate».

Pepe, al darse cuenta de su inocencia y su edad, decidió, por un momento lúcido, ignorar sus instintos. Acabó su cena y le dijo a Gladys que se iría a acostar. En ese momento, la joven sirvienta le dijo que aún no le había preparado la cama, y corrió a hacer eso.

Pepe la siguió a la cama, y en la penumbra observó su silueta de mujer incipiente, y lo que la acabó de sentenciar fue la sonrisa deslumbrante pero inocente que le regaló cuando había acabado.

Rápidamente, la cabeza chiquita de Pepe hizo los siguientes cálculos: la casa de los Tacarello era muy deseable para cualquier sirvienta, así que Gladys no armaría problema de ningún tipo; y si lo hacía, no tenía recurso legal, y Belinda la echaría y se cercioraría de que nadie la empleara en este vecindario deseable otra vez. ¿Arriesgaría Gladys eso? Probablemente no. Pero si lo hacía, no había autoridad alguna que iría en contra de Don Pepe Tacarello.

Le dijo a la joven sirvienta que le preparara un baño, y mientras le llenaba la tina de agua, Pepe entró al baño con dos vasos de vino en una mano, una botella de Chianti en la otra, una sonrisa, ¡y nada más! La joven sirvienta se sonrojó encendidamente ante tal exhibicionismo, pero continuó llenando la tina.

«¿Bebes vino, Gladys?»

«No, señor», balbuceó, deseando poder salir corriendo de ahí, pero sin tener por dónde porque el cuerpo desnudo le bloqueaba el paso.

«Este es un vino italiano que importé para celebrar el nacimiento de mi hijo, pero ahora tengo dos hijas, lo usaré para celebrarlo de todos modos. Quisiera que lo celebraras conmigo, Gladys. ¿Harías eso?»

¿Qué podía decir? No estaba en posición de decir que no. Sus cálculos mentales fueron similares a los que había hecho Pepe momentos antes.

Sonrió valientemente y dijo:

«¡Claro que sí, señor!»

Pepe se metió al agua tibia y le pidió a Gladys meterse también. En ese momento, la pobre e infraeducada Gladys tuvo el cacumen suficiente como para saber que, si salía corriendo por esa puerta, que no podía parar, porque ya no tendría futuro en esta casa.

Lo miró suplicante y le dijo:

«Por favor, Don Pepe, soy pura, no me deshonre».

«Hijita, te doy mi palabra de que no te deshonraré, si me das tu palabra de que no le dirás nada a nadie, mucho menos a la Sra. Tacarello».

Asintió, se desnudó y se metió a la tina.

Cuando su cuerpo delgado y moreno estaba en la tina con él, Pepe le dijo que éste era su día de suerte, porque iba a aprender italiano.

Más noche, mientras Pepe yacía solo en su cama, sonrió al recordar lo útil que el Chianti había resultado ser para Gladys, para quitarse su sabor de su boca. Había salido de la tina tan pura como había entrado en ella, pero menos inocente, aunque más conocedora del idioma italiano. Se durmió con una sonrisa en sus labios.

Sólo para despertarse gritando. Había tenido una pesadilla espantosa. Su madre y Lina se le habían aparecido, vestidas de blanco, y le habían dicho cuánto lo amaban. Pero de pronto sus semblantes se habían tornado sombríos y le habían dicho *adio* [adiós] y se empezaron a retirar, como flotando en el aire. En el sueño, Pepe había corrido tras de ellas, sin poderlas alcanzar, mientras que ellas constantemente miraban para arriba, y le gritaban «¡Aléjate!», cuando de pronto, habían desaparecido en una bola de fuego.

Sus gritos trajeron a Gladys corriendo a su cuarto.

«Don Pepe, ¿Qué pasa? ¿Qué pasa?»

Pepe le contó su sueño. Gladys instintivamente lo abrazó para tratar de calmarlo, diciéndole que no era más que una pesadilla. Pepe se calmó, y agradecido por las atenciones de Gladys, le dijo que fuera a traer el Chianti.

A la mañana siguiente, el radio anunciaba que Nápoles había sido bombardeada.

Pepe fue a la oficina del telégrafo a enviar un telegrama a su madre. Al pasar una semana sin respuesta, temió lo peor. Se desesperó. Le dijo a Belinda que se iba a Italia.

«¿Que qué? ¿Estás loco? No tienes certeza alguna de que han sido víctimas de nada. Hasta donde tenemos conocimiento, bombardearon al telégrafo, no a tu madre. Pero no importa: tienes familia aquí. ¡Tu obligación es con nosotras! Si vas a Italia, ¡no vas a poder regresar! ¡Te matarán de un tiro o de una bomba o serás capturado o quién sabe qué más!»

Pepe le tuvo que dar razón a su esposa. Pero el 23 de agosto recibió telegrama del gobierno municipal de Nápoles: María y Lina estaban entre los muertos de la Iglesia de Santa Clara, que había sido bombardeada durante una misa.

La única forma de olvidarse de esta tragedia era trabajar incesantemente. Ya que la tienda en San Salvador estaba bien manejada por Nena, decidió abrir una ferretería en Santa Ana, la segunda ciudad más grande de El Salvador. Todos los días se iba a Santa Ana a las 6 de la mañana, y regresaba a las 8 de la noche. Si bien las distancias eran relativamente cortas, a Belinda le preocupaba que su esposo sufriera un accidente con toda esa viajadera. Especialmente ahora que había comenzado a beber.

«Pepe, consíguete un gerente para Santa Ana, especialmente ahora que has decidido ahogar tus penas con el trago, como típico macho salvadoreño».

«*Moglie,* ¿por qué me regañas? No fuiste tú la que perdió a su madre y hermana en la guerra. ¿Y ahora te enojas porque estoy de duelo?»

«No estoy enojada. Simplemente no quiero perder a mi esposo y no quiero que mis hijas pierdan a su padre en un accidente automovilístico porque andaba bolo. ¿Qué van a decir, 'tu esposo, tu padre no era más que un pobre bolo'?»

Esto le caló a Pepe. El día siguiente se llevó a Gladys con él a Santa Ana y la puso a distribuir hojas anunciando que había plaza de gerente en la Ferretería Vesubio de Santa Ana.

Hubo respuesta casi de inmediato. Y fue abrumadora. Pepe le pidió a Gladys atender la tienda mientras él entrevistaba a candidatos en la oficina de atrás.

El proceso era algo tedioso. La mayoría de los salvadoreños no eran lo suficientemente preparados como para asumir responsabilidades gerenciales exitosamente, y prácticamente nadie tenía la experiencia requerida, si bien todos rebosaban de entusiasmo. Después de tres días de entrevistas, ya casi había perdido la esperanza cuando se presentó una dama bien vestida.

«*Buona sera, Don Giuseppe, io sono María Josefina Pérez vedova de Rossi, e sono interessata a questo lavoro* [Buenas tardes, Don Giuseppe, mi nombre es María Josefina Pérez viuda de Rossi, y estoy interesada en este trabajo]».

Pepe quedó estupefacto. Ante él estaba una belleza de piel trigueña, hablando italiano perfecto. ¡Y llamada María, como su madre!

«María Josefina, lamento mucho su pérdida, pero ¿dónde aprendió su italiano tan perfecto?»

«Por favor, Don Giuseppe, llámeme Fina».

«Bien, Fina. A mí me llaman Pepe».

Pero Fina sabía muy bien que jamás llamaría a este hombre Pepe a secas. Ella contestó:

«Don Pepe, estudié economía en la *Università degli Studi di Napoli Federico II*, en Nápoles, de donde me gradué y donde conocí y luego me casé con mi difunto esposo, Orlando Rossi».

«Mi más sentido pésame, de nuevo. ¿Cómo murió su esposo?»

«Fue llamado a filas por Mussolini y murió en combate en África. Permanecí en Italia cuanto pude, pero la situación se volvió insostenible para mí, y me regresé a mi ciudad natal Santa Ana hace poco».

«Yo fui herido en esa guerra. Qué coincidencia».

Sus ojos se llenaron de lágrimas.

«¡Qué guerra tan estúpida! ¡Qué pérdida de vida más inútil!»

«¿Estuvo en Nápoles usted durante los bombardeos?»

«No, Don Pepe, cuando mi esposo causó alta en el ejército en 1940, me dijo que me mudara a Milán con sus padres, con quienes me quedé hasta la noticia de su muerte. En ese momento, ya no tenía qué hacer en Italia, así que me vine a casa.

Pepe comenzó a contarle su historia, hasta la muerte de su madre y hermana en un bombardeo de los Aliados. Para cuando había finalizado su relato, ya estaba oscuro. Gladys entró a preguntar si podía cerrar la tienda. Pepe le dijo que fuera a comprar café y algo qué comer para el viaje de regreso a San Salvador, y que él sería quien cerraría la tienda.

Al levantarse a hacerlo, hizo las siguientes preguntas a Fina en voz alta, pero sin estarla viendo:

«¿Ha trabajado usted alguna vez en el negocio de la ferretería?»

«No».

«¿Alguna vez ha llevado la contabilidad para cualquier negocio?»

«No».

«¿Ha manejado a subordinados, o lidiado con clientes?»

«No».

Pepe suspiró. Hubiera querido recibir un sí de respuesta a cualquiera de esas preguntas básicas. Fue a bajar las cortinas metálicas que tapaban las vitrinas y al bajar la última de ellas, oyó a Fina decir:

«Pero aprendo rápido, y estoy dispuesta a hacer lo que sea para ganarme este trabajo».

De eso no le cabía duda. Una graduada de la Universidad Federico II debería ser de mucho valor. Al girar para responderle, ya no pudo: se quedó mudo al verla completamente desnuda. Era un retrato de belleza, con pechos grandes y redondos, coronados con unos pezones color chocolate oscuro, nada de panza, y un pubis prometedor anidado entre muslos perfectos. Pepe se sintió mareado.

Se le acercó resolutamente.

«¿Qué necesito hacer para ganarme este trabajo, Don Pepe?»

Su estado de estupor le impidió responderle nada.

«¿Tengo que rogar, Don Pepe?»

Antes de que pudiera decir nada, ella se puso de rodillas ante él. «Le estoy rogando, Don Pepe».

Cuando empezó a bajarle la bragueta, sabía que había encontrado a su gerente para la Ferretería Vesubio de Santa Ana. O que ella lo había encontrado a él.

Después de esto, el hecho de que Pepe y Belinda pudieron tener un tercer hijo realmente fue milagro.

Pero no fue sino hasta 1953 que Belinda dio luz a Mario, el hijo que Pepe siempre había deseado. Este habría de ser el último retoño de Pepe y Belinda.

Al sostenerlo en sus brazos, le juró a su hijo que iba a tener lo mejor de todo. Un juramento italiano solemne.

Capítulo 15

Humillantismo

Al completar sus estudios en Quito, Segundo Montes regresó a San Salvador a enseñar cuarto grado en el colegio Externado de San José. El Externado de San José fue fundado en 1921 por la Compañía de Jesús, inicialmente como el Seminario de San José, que estaba ubicado en el centro de San Salvador, adyacente a la Iglesia de San José. El propósito de esa institución era la formación de jóvenes que aspiraban al sacerdocio.

Pero un grupo de padres de familia pidieron a los jesuitas admitir estudiantes que no aspiraban al sacerdocio. Fue entonces que la escuela se convirtió en externado para estudiantes regulares que vivían en sus propias casas y no en la escuela, y no exclusivamente en internado para aspirantes a sacerdotes.

Años más tarde, los internados se mudaron al recién construido Seminario de San José de la Montaña, dejando solamente a externados en el campus original, que en adelante se conocería como el Externado de San José.

En los 1950s, debido a la necesidad de ampliar la infraestructura para prestar mejores servicios educativos, ciertas propiedades fueron compradas en lo que entonces eran las afueras de San Salvador para construir una nueva escuela.

En 1955, el nuevo Externado de San José estaba finalizado. Los jesuitas entonces pasaron a construir la Academia Loyola, una escuela para estudiantes no privilegiados de la clase obrera.

A Segundo le gustaba dar clases en el Externado. Encontraba la interacción de niños salvadoreños bien interesante: todos ansiaban convertirse en hombres inmediatamente. Se agarraban a golpes a menudo, acusándose de ser maricas. ¿En el cuarto grado?

Los de sexto grado hablaban de tener sexo con prostitutas. ¿De qué clase de hogar venían? ¿Y éstos eran el futuro de este país?

Parecía haber demasiado hincapié en ser hombre y no en ser inteligente entre los salvadoreños. Lo cual explicaba por qué el país no pasaba de producir café o azúcar o cualquier cosa que brotara del suelo.

Se creaban riquezas para los pocos, con el sudor y el trabajo de las masas, que recibían una miseria por su trabajo. Si se tenía la fortuna de nacer en una familia que se hizo rica de esa manera, la única forma de permanecer ricos era manteniendo el costo de mano de obra lo más bajo posible, para lo cual tenían que convencer a los obreros que se contentaran con las migajas que recibían.

Los ricos hasta tenían un mantra para ello: «Esta es tu estación en la vida. Acéptala».

Afortunadamente, tenían en la iglesia católica una aliada no intencional, cada vez que los sacerdotes citaban a Lucas 6:20: «Jesús miró a sus seguidores y les dijo: 'Afortunados ustedes los pobres, porque el reino de Dios les pertenece'».

Dicho de otra forma, «Tendrás tu ascensión social cuando mueras, Juan, y no antes».

Y esta actitud ciertamente se reflejaba en sus hijos. Necesitaban eliminar cualquier amenaza percibida a su estatus social, por cualquier medio. Lo hacían creando un sistema de castas, que era impuesto a puñetazos.

Dicho de otra forma, si golpeas a alguien y cae a la lona, síguele dando en la lona para que no se levante, porque es obvio que ahí es donde le toca estar, y donde debe quedarse. «Tendrás tu ascensión social cuando mueras, Juan, y no antes».

Ante este sistema que favorece a los poderosos y humilla a todos los demás, no hay mantra que valga. Así lo demostró Farabundo Martí.

Martí nació en Teotepeque, una comunidad campesina en el Departamento de La Libertad. Después de graduarse del Colegio Santa Cecilia de Santa Tecla, dirigido por los Salesianos, ingresó a la Universidad de El Salvador en San Salvador.

Martí había reconocido que el sistema político de El Salvador, lejos de velar por el bienestar de todos, velaba por el bien de los poquísimos, y humillaba a los demás.

Luego de ayudar a formar el Partido Comunista de Centroamérica, truncó sus estudios para dedicarse de lleno al proselitismo. Ganó popularidad entre el campesinado, y se rumoraba como candidato a la presidencia. Era ayudado inmensamente por la depresión económica mundial fruto de la depresión estadounidense desde 1929.

El gobierno lo exilió a Guatemala, pero cuando quedó electo un nuevo gobierno en 1931, que era de tendencia izquierdista, regresó a El Salvador, con la esperanza de ayudar a los pobres políticamente. Pero tuvo que regresarse a Guatemala porque los militares, bajo las órdenes de las clases pudientes, dieron golpe de estado y asumió el poder el General Maximiliano Hernández Martínez.

Pero esta vez regresó a Guatemala a crear un ejército de campesinos. La razón era simple: la única forma de levantarse de la lona, era peleando. No había otra alternativa.

En 1932, Martí regresó a El Salvador encabezando su ejército, y llamando a un levantamiento campesino a nivel nacional. Si bien tuvo éxito militar inicialmente, el ejército salvadoreño los derrotó, en lo que hoy día se conoce como «La Matanza», porque murieron más de 30,000 campesinos. Farabundo Martí fue capturado, juzgado y ejecutado. Si ascendió socialmente o se volvió rico en el más allá, poco le importaba a la clase pudiente de El Salvador.

Conociendo todo esto, Segundo Montes sabía que, si bien el próximo paso en su educación sería obtener una maestría en teología, su paso académico final tendría que ser un doctorado en antropología social.

* * *

En pocos años, Segundo se convirtió en el director del colegio. Al estar haciendo sus rondas un día, vio a uno de los estudiantes de cuarto grado orando en la capilla, durante el recreo, mientras que sus compañeros jugaban afuera. Se llamaba Mario Tacarello. Y este niño oraba en la capilla varias veces al día, no solo durante el recreo. Al indagar sobre él, el padre Montes supo que sus maestros estaban percatados de su devoción a Jesús y María, pero que, debido a ello, algunos de sus compañeros se burlaban de él, y lo llamaban culero o marica.

Un día Segundo se hincó junto al niño que oraba de rodillas frente a una efigie de la Virgen. Segundo le hizo preguntas sobre Jesús y María, y después de conversar un rato al respecto, le preguntó a Mario por qué se dejaba llamar marica. El niño simplemente le había contestado:

«Jesucristo no era un peleador. Quiero ser como Jesús».

Si había alguien con vocación religiosa innata, ése era el pequeño Mario Tacarello. De eso no le cabía la menor duda a Segundo. Invitó a sus padres a que platicaran con él al respecto, pero sólo su madre llegó.

«Sra. de Tacarello, su hijo parece tener una fuerte vocación para el sacerdocio. ¿Sabía usted eso?»

«Sí, padre Montes, y yo lo celebro, pero mi esposo no».

El padre Montes cabeceó su entendimiento, pero insistió en detallar lo extraordinario de la vocación del niño.

«Mire. Raramente he visto a alguien tan devoto, aún ante la burla de sus compañeritos. Su alma pertenece a Dios, y creo vehementemente que vosotros deberíais estar conscientes de ello y alentarlo. Porque no va a desaparecer».

Belinda no oyó nada después de «burla de sus compañeritos».

«¿Burla de sus compañeritos?»

Segundo podía ver el semblante de esta mujer sobrecogerse de furia indignada.

«¿No se había percatado de esto?»

«¿De qué forma se burlan de él, padre Montes?»

Segundo se sonrojó.

«Bueno, lo llaman cosas. Usted sabe, las cosas usuales de chicos de esa edad. Poniendo en duda su hombría».

La furia que sentía Belinda le impedía hablar. Porque si hablaba, sería una serie de improperios en contra de todos, por hacerlo y por permitirlo.

Segundo continuó. «Lo he alentado a no dejarse, pero me dice que Jesús no era un peleador. Créame, lo maneja bien, los ignora por completo».

Belinda se obligó a sí misma a calmarse. «Bueno, le agradezco que me lo haya dicho, padre. No creo que sea saludable que un niño aguante tanta burla. Tendré que hacer algo al respecto».

Belinda dejó el Externado caliente. Al llega a su casa, estaba que hervía. Llamó a la ferretería y le dijo a Pepe que viniera a casa inmediatamente.

«Pero *Cara Mia* [querida], estoy negociando con...»

«¡Pepe, deja que tu maldita puta se encargue del negocio! ¡Ven a casa inmediatamente! ¿*Capisci*?»

Un cuarto de hora después, Pepe entraba a la casa.

«*Moglie*, ¿qué puede ser más importante que el negocio?»

«Pepe, escúchame detenidamente. Están llamando a tu hijo una marica en la escuela. ¡Los hijos de esos cualquieras lo están insultando y antes muerta y mil torturas si yo dejo que un cualquiera insulte a un hijo mío! ¿Me entiendes?»

«Bueno, ¿y qué quieres que haga?»

«¡Quiero que le enseñes a nuestro hijo a darles verga! Si alguien se atreve a insultarlo, ¡quiero que ese hijo de la gran puta quede muerto, herido de gravedad o mutilado! ¿Me entiendes?»

«Está bien, *Cara*, considéralo hecho. Me cercioraré de que Mario entienda la importancia de darse a respetar. Ya cálmate, por favor».

«Está bien».

«Solo una pregunta más, Belinda».

«¿Qué?»

«¿Estás segura de que no eres siciliana?»

Apenas logró evadir el zapato que le aventó su mujer al huir fuera de la casa. Se metió al auto y se dirigió a la Alameda Roosevelt, a un pequeño gimnasio de karate que había visto. El letrero sobre su entrada decía 'Karate Choi'.

Adentro, pidió hablar con el propietario, el Maestro Chong-yul Choi. Tuvo que esperar como 10 minutos hasta que había concluido su clase.

En un español con acento oriental, el Maestro Choi le ofreció té y le preguntó que en qué le podía servir.

«Mi hijo es víctima de constantes burlas en su colegio, y me gustaría pagarle a usted para que le enseñara a defenderse lo más pronto posible».

«Sr. Tacarello, la base del Tae Kwon Do es espiritual. Primero enseñamos a fortalecer el espíritu, y luego ...

Pepe lo cortó de tajo. «Maestro Choi, usted tiene un negocio muy humilde aquí. Estoy seguro de que las limitaciones físicas del lugar inciden directamente en su capacidad para ampliarlo. Una buena inyección de efectivo, que le representaría el pago que recibiría por lecciones privadas a mi hijo, le podría ayudar a conseguir un lugar más grande y más moderno, y dar empleo y entrenar a más instructores. Y a atraer más estudiantes».

El oriental escuchaba impávido. Pepe continuó:

«Le estoy pidiendo muy respetuosamente que acepte dar clases a mi hijo, pero sin la parte espiritual. Necesito que se dé a respetar lo más pronto posible. Le ofrezco pagarle por clases individuales a mi hijo, lo que percibe por sus clases con varios estudiantes. ¿Le parece?»

El Maestro Choi parecía vacilar. Se limitó a preguntar: «¿Qué es lo que usted quiere, exactamente?»

Pepe explicó: «Si es atacado o abusado, esa tendrá que ser la última vez que lo hagan, porque los atacantes o abusadores deberán lamentar por el resto de sus vidas el haberle hecho eso a mi hijo. Y aquí simplemente estoy repitiendo lo que dijo mi esposa».

El Maestro Choi no estaba muy dispuesto. «Esa no es nuestra costumbre».

Pepe se paró para irse. «Gracias por su tiempo».

«Espere, por favor».

Pepe se volvió a él. «¿Sí, Maestro Choi?»

El Maestro Choi vacilaba porque si bien no era lo acostumbrado, era obvio que quería atraer más estudiantes a su escuelita. Y tenía competencia. Estaban apareciendo otros *dojos* en la ciudad. En su mayoría de judo. Hasta un *dojo* de jiujitsu brasileño estaba operando en la carretera a Santa Tecla.

«¿Firmaría usted un documento en el que me libera de responsabilidad si su hijo le hace daño a alguien?»

«Con gusto».

«Entonces acepto. Por favor déjeme mecanografiar el acuerdo».

Una vez redactado, Pepe lo leyó y firmó. Sacó su chequera y le escribió un cheque generoso a nombre del Maestro. Se dieron la mano, y el Maestro Choi le dijo que esperaba al joven Mario a las 5 a.m. de la mañana siguiente.

Capítulo 16

Beca por Nocaut

«Sra. de Tacarello, soy el padre Segundo Montes, Director del Externado».

«¿Sí padre, dígame?»

«Necesito que venga a recoger a su hijo. Está siendo expulsado del colegio».

Belinda elevó su brazo libre, haciendo un puño. Su mente gritaba, «¡Qué bien, qué bien, qué bien!»

Pero se controló lo suficiente como para simplemente preguntar por qué, sabiendo muy bien cuál sería la respuesta.

«Pues, que le rompió la mandíbula a uno de sus compañeros y que ha noqueado al otro con una patada de karate».

«¿Bien merecido, no cree?»

«Por favor venga, Sra. de Tacarello, esto es demasiado serio para hablarlo por teléfono».

Media hora más tarde, Belinda entraba a la oficina del padre Montes. Las madres iracundas de los estudiantes lesionados acababan de irse. Suerte para ellas: Belinda las hubiera despedazado si se topaba con ellas.

«Por favor tome asiento, Sra. de Tacarello. Mario estará aquí muy pronto».

«¿Dígame qué pasó, por favor?»

«Estaban jugando en el patio durante el recreo y aparentemente, los dos niños acosaron a Mario, esperando que él les rehuyera. En vez de rehuirles, les pidió que lo dejaran de molestar. No le hicieron caso. Se los pidió otra vez, y simplemente lo acosaron más. Dos ganchos y una patada más tarde, los acosadores estaban en el suelo, lesionados de gravedad. No podemos tolerar tal conducta en este colegio, Sra. de Tacarello».

Belinda no vaciló en responder. «¿Ah sí, padre Montes? A mí me parece que el Externado ha sido parte de este incidente y comparte la culpabilidad por haber permitido esa conducta acosadora sin castigar a los acosadores. Lo cual obligó a un niño dulce como mi hijo a aprender a defenderse, porque el Externado ciertamente no lo estaba defendiendo».

«Sra. de Tacarello, es la política de este colegio que, si un estudiante intencionalmente lesiona a otro, que debe ser expulsado. Lo siento».

A Belinda le importaba un bledo ser directa. Estaba estática por la verguerada que su hijo le había pegado a esos dos hijos de sus putas madres. Así que le habló así al Director del Externado:

«Escúcheme, Montes. Nosotros no vamos a tener ningún problema con encontrarle puesto a nuestro hijo en cualquiera de los otros centros de enseñanza que están brotando por toda San Salvador. Por su inclinación natural por el clero, estoy segura de que los Hermanos Maristas del Liceo Salvadoreño estarían encantados de recibirlo con los brazos abiertos. Definitivamente va a ser pérdida para el Externado».

Segundo Montes sopesó esto. La Sra. de Tacarello estaba en lo correcto. Esos dos niños se lo merecían. Sin embargo, la política de la escuela no permitía ambages: si Mario no era expulsado, los otros padres de familia le podrían armar pleito al colegio. Claro que, a su vez, los Tacarello podrían hacerlo también.

En eso se le encendió un foco en su cráneo.

«Sra. de Tacarello, le quedan dos meses al año académico. Expulsaremos a Mario por el resto del año académico. Eso nos dará tiempo de hacerles ver a los otros padres de familia que sus hijos tuvieron la culpa. Mientras tanto, yo personalmente iré a su casa todos los días para impartirle las lecciones a Mario para que esté al día con el resto de sus compañeros, y para administrarle los exámenes para que pase el año escolar bien. ¿Le parece?»

«Padre Montes, yo no soy una mujer irracional. Si todo lo que usted hace es remover a mi hijo físicamente por dos meses, pero seguirá enseñándole en casa, eso es aceptable. ¿Lo veo mañana a qué hora?»

«3 p.m.»

El siguiente día, a las 3 p.m. en punto, el padre Segundo Montes comenzó la escolaridad en casa del pequeño Mario. Comenzaban cada sesión con un Rosario, a solicitud del niño. Era difícil creer que era el mismo que había despachado a esos dos niños tan despiadadamente.

Fue durante esas lecciones que Segundo quedó convencido de que este niño iba rumbo al sacerdocio.

Mario absorbía conocimientos como esponja, y las 3 horas diarias que Montes pasaba con él eran más que suficientes. Después de la última lección del día, quería hablar de Jesús y María. Le encantaba hablar de las apariciones en Fátima. Le oraba a María a que se le apareciera.

A Segundo no le cabía duda de que sería un privilegio para el Externado que Mario se uniera a los jesuitas algún día.

Finalizado el año académico, el padre Montes pidió hablar con los padres de Mario.

«Me gustaría prepararos para la alta probabilidad de que vuestro hijo tendrá una vida religiosa».

A Pepe no le gustaba la idea de que su hijo se negara los placeres que él tanto disfrutaba. Estar en un país como El Salvador y no tener sexo era como ser propietario de una panadería y negarse pasteles y bizcochos. La vida era dura, y el sexo era un regalo del cielo, al menos para los hombres. No creía que fuera saludable el negarse esas ganas.

Belinda provenía de un sistema en el que tener a un hijo en el sacerdocio era un honor para la familia. Estaba más abierta a la idea de que su hijo fuera sacerdote. Sin embargo, Mario tenía los genes de su marido, y Pepe era un pipí alegre. Esperaba que se hiciera pastor protestante, quienes sí pueden casarse y tener hijos. El problema era la devoción de su hijo a María, que no era compartida por los protestantes.

Pepe le comunicó su preocupación al padre.

«Mire, a mí no me importa si mi hijo sigue una carrera religiosa, padre. Siempre tendrá el negocio de la familia en el cual recaer. Simplemente no creo que el celibato sea sano».

El padre Montes asintió, sonriendo. «Sr. Tacarello, tenga en mente que el celibato nunca fue ordenado por Nuestro Señor Jesucristo. Fue ordenado por un Papa en el medioevo, y no fue necesariamente acatado, ni por los Papas mismos, varios de los cuales estaban casados y tenían hijos».

Belinda preguntó, esperanzada:

«¿Está diciendo de que podrá hacerme abuela?»

El padre Montes elevó su mano en señal de precaución.

«Sra. de Tacarello, la Iglesia está evolucionando. En este momento se está llevando a cabo el Segundo Concilio Vaticano, y se están haciendo cambios significativos para traer a la Iglesia a la era moderna. Así que, respecto a su punto, Sra. de Tacarello: el celibato podría ya no ser requerimiento para los sacerdotes, pero no creo que la Iglesia permita a sus sacerdotes casarse. Por ahora, si le da nietos, no podrá seguir siendo sacerdote. Pero yo no tengo bola de cristal, así que, ¿quién sabe?»

El padre Montes hizo una pausa. No estaba seguro si abordar otro tema importante con ellos. Pero decidió hacerlo porque no quería arruinar el chance de que Mario se convirtiera en jesuita por no dejarlos advertidos.

«Sin embargo, lo que sí puedo prever es que, a futuro, un sacerdote tendrá que hacer sacrificios y dedicarse a la misión de la Iglesia. Tener familia o hijos podría ni cruzarle la mente, y tampoco podría tener tiempo para ello».

«¿Cómo así, padre?» Belinda estaba ansiosa por conocer todos los aspectos.

«Como vemos venir las cosas, a un sacerdote podría requerírsele ser más militante en sus esfuerzos por subsanar las inequidades sociales. Y subsanar las inequidades sociales muchas veces requiere alguna forma de violencia, como nos enseñaron las revoluciones francesas y rusas».

Esto alarmó a Belinda. «¿Quiere decir, pelear con armas, como soldados? ¿Cómo los militares?»

Montes esperaba esta pregunta. La contestó como mejor podía.

«No, señora, no vamos a comenzar a tener academias militares para sacerdotes, no se preocupe. Pero los sacerdotes son líderes de sus rebaños, y dado el giro que ha dado la Iglesia en pos de la justicia social, podrían convertirse en los líderes espirituales de los guerreros que buscan justicia social. Sin ellos pelear».

Ya. Lo había dicho. Ahora tenía que hacer hincapié en lo bueno.

«El mayor beneficio de ser jesuita es una educación en las mejores universidades de Europa, como prerrequisito para ser ordenado sacerdote. Todo gasto pagado. Esa educación le servirá no importa qué haga con su vida. Si decide daros nietos y tener familia, si la Iglesia no lo permite, entonces habrá obtenido la mejor educación que el dinero puede comprar, sin haberos costado un céntimo. ¿Cómo podéis decir que no a eso?»

Buena oferta, pero no fue recibida con los vítores que quería.

Así que agregó el argumento más contundente:

«A partir de hoy mismo».

Si bien los Tacarellos no eran pobres, no eran de los Catorce y la colegiatura del Externado no era barata.

«¿Haría eso por Mario?»

«Consideradlo hecho. Pero necesitaré que firméis un compromiso pronto».

«¿Por qué pronto, padre?»

«Porque el próximo año me voy a hacer mi maestría en teología a la Universidad de Innsbruck y quiero que mi sucesor tenga algo por escrito para que no haya duda».

Capítulo 17

Cartas de Innsbruck

Innsbruck, Austria, 26 de mayo de 1963

Padre Miguel Elizondo, S.J.
Pastor
Iglesia del Carmen
Santa Tecla, El Salvador

«Estimado padre Elizondo,
Confío en que esta carta lo encuentre bien. Usted siempre ha sido mi verdadero guía, mi compás apuntando al verdadero norte. Por ello, siempre le he de estar agradecido.

Tenía la intención de escribirle hace rato, desde la Crisis de los Misiles Cubanos. De nuevo, usted estaba en lo correcto acerca de Castro, y yo equivocado. Gracias a Dios, ¡la cordura se impuso!

Pero el motivo principal de esta carta es confesarle cuán miserable estoy acá en la Universidad de Innsbruck. Me está costando mucho el idioma. Algunos de nosotros no nacimos para políglotas, supongo.

También está el tema del lenguaje dentro del lenguaje: uno puede dominar el alemán y todavía no entender los escritos y las enseñanzas de Karl Rahner.

Sí, tengo de profesor al gran Karl Rahner, el 'Arquitecto de Vaticano II', pero éste es mi cuarto semestre acá, y aún no aprendo nada que sea más útil que lo que aprendí de usted en El Salvador. Hay sabiduría, y hay gilipolleces, y aparentemente no dan diploma por sabiduría acá.

He aquí un resumen de las creencias del 'gran' Karl Rahner:
'La tarea del teólogo es explicar todo a través de Dios, y de explicar a Dios como inexplicable' - Karl Rahner.

Le pregunto, padre Elizondo: ¿por qué se me ha enviado acá por tres años, para estudiar teología con este hombre que basa su teología íntegra en un Dios que no puede ser explicado?

111

Pero luego gira ciento ochenta grados y procede a tratar de explicar a Dios, que ya definió como siendo inexplicable, así:

'La Palabra es, por definición, inmanente en la divinidad y activa en el mundo, y como tal, es la revelación del padre. Una revelación del padre sin el Logos y su encarnación sería como hablar sin palabras'.

¿Entonces, pues? ¿Es la Palabra de Dios una revelación del padre o no? Si lo es, el padre se ha revelado en la Sagrada Escritura y por ende no es 'inexplicable'.

¿Pero cree usted que estudiamos la Sagrada Escritura? Para nada. Estudiamos de todo menos eso. Estudiamos Marx, Engels, Nietzsche, Hegel, Heidegger, Teilhard de Chardin, Henri de Lubac, y, desde luego, todo lo que Rahner escribe, y ¡vaya que escribe! Es una imprenta humana. Pero todo es muy incomprensible para mí, y usted ya sabe que tonto no soy.

También me gustaría ver alguna prueba de todas estas nociones, pero en este campo no hay pruebas, y todo lo que estudiamos es la opinión de alguien que sabe escribir.

En ese caso, preferiría estudiar (¿está sentado?) a americanos como Mark Twain, quien impartía sabiduría con humor, en vez de estudiar a este atajo de filósofos testarudos (porque en realidad, filosofía es todo lo que es: de teología no tiene nada, a pesar de que eso es lo que mi diploma va a decir).

En última instancia, me tengo que preguntar: ¿qué es lo que podría hacer yo con lo que se me está enseñando aquí? La única respuesta es: engendrar una revolución. Porque no se puede hacer otra cosa con las enseñanzas combinadas de Marx, Teilhard de Chardin y Karl Rahner. Es como que si la Unión Soviética hubiera diseñado nuestro pensum de estudio.

Cambiando de tema, ¿adivine quién más está aquí? Su favorito, Ignacio Ellacuría. Está aquí para hacer su disertación doctoral. Pero no creo que lo logre. La está pasando peor con el alemán que yo, y él, que cree saberlo todo, se está enfrentando a alguien que sí lo sabe todo (puesto que Rahner es su profesor) y ahí lleva las de perder.

En tales circunstancias, en vez de estudiar más duro y aprender un poco de humildad, se va a pasar a otra universidad. La última vez que platiqué con él, me dijo que piensa transferirse a la Universidad Complutense de Madrid, para hacer su disertación bajo un tal Xavier Zubiri (totalmente desconocido para mí) porque según Ellacuría, 'es un filósofo de verdad, no como Rahner'.

Yo interpreto eso así: 'me cuesta el alemán, y aunque lo entendiera, Rahner sigue siendo incomprensible y por lo tanto me va a reprobar'. Como dice el dicho: 'Genio y figura, hasta la sepultura'.

Como evidencia circunstancial de que se irá a Madrid le ofrezco la siguiente: en vez de estudiar, ¡juega fútbol para el equipo de la Universidad de Innsbruck!

Es todo por hoy, mi queridísimo padre Elizondo. Espero poderlo ver otra vez muy pronto, pero no será sino hasta que me gradúe porque me quedo acá entre semestres para perfeccionar mi alemán.

Con mucho afecto,

Segundo.

P.D. ¡Vivimos como reyes aquí! ¡Nunca pensé que la Compañía de Jesús tuviera tanta plata!»

* * *

Innsbruck, Austria, 3 de marzo de 1963

Dr. Xavier Zubiri
Facultad de Filosofía
Universidad Complutense de Madrid
Madrid, España

«Estimado Dr. Zubiri,

Espero que esta carta lo encuentre muy bien. Mi nombre es Ignacio Ellacuría y soy sacerdote jesuita. Estoy acá en la Universidad de Innsbruck, estudiando bajo Karl Rahner.

Si bien el plan era que yo hiciera mi tesis doctoral acá, encuentro que el trabajo de Karl Rahner es demasiado esotérico y no anclado a la realidad latinoamericana del siglo veinte.

Verá usted, tan pronto obtenga mi doctorado, estoy programado para convertirme en el Rector de la Universidad Católica de El Salvador. Como usted seguramente ya vislumbró, especialmente desde la revolución cubana, América latina está entrando en una fase de cambios fundamentales.

Por lo tanto, mi meta es hacer mi tesis doctoral en algo que sea más útil para una nación como El Salvador, para poder jugar un papel de liderazgo en la transformación de su sociedad, por extensión, la de América Latina.

Me parece que la filosofía del autor de '*Le reel et les mathematiques*«*Un probleme de philosophie*' [La realidad y las matemáticas – un problema filosófico], y de '*Naturaleza, Historia, Dios*' ofrece una visión que es mucho más aplicable a nuestra realidad, que la filosofía de un hombre que nunca pudo superar a Martin Heidegger (quien fue maestro suyo también), a quien usted ya superó, a todas luces.

Sí, yo sé que Rahner es considerado el «Arquitecto de Vaticano II». Pero usted y yo sabemos que no fueron sus ideas las que fueron plasmadas en *Lumen Gentium* [latín para 'Luz de las Naciones']; fueron las de alguien más, y él fue un simple testaferro.

Así que a pesar de ser su trabajo más útil y relevante que el de Rahner, es el trabajo de Rahner el que es conocido, no el suyo.

Si usted patrocina mi tesis doctoral, yo cambiaré eso. Mi nombre quedará indisolublemente vinculado al suyo, y todo lo que yo escriba como Rector de la Universidad Católica de El Salvador, estará influenciado por usted, y con el paso del tiempo, será usted mucho más reconocido que Karl Rahner. Se lo garantizo.

Además, a juzgar por la Revolución Cubana, los ojos del mundo estarán puestos en América Latina y por lo tanto, en el centro de la base filosófica del cambio inminente, el nombre que resonará será el suyo, no el de Rahner.

Propongo lo siguiente como mi tesis doctoral:

'*La Principialidad de la Esencia en Xavier Zubiri*'.

Si usted acepta, transferiré mis créditos a la Universidad Complutense, y comenzaré a trabajar con usted inmediatamente.

Su admirador de El Salvador,
Ignacio Ellacuría, S.J».

Capítulo 18

Carta de Santa Tecla

Santa Tecla, El Salvador, 2 de agosto de 1963

Padre Segundo Montes
Canisiaum Collegium
Universidad de Innsbruck
Innsbruck, Austria

«Querido Segundo,
Me dio mucho gusto saber de ti. ¡Tu carta me alegró el día, el mes y el año!

Sí, recuerdo nuestras conversaciones sobre Castro, en quien parecías depositar mucha esperanza. Siempre atribuí eso a la exuberancia propia de la juventud. Pero las canas te dotan de considerable realismo, y son mis canas las que te dictan esta carta.

Te insto a que les pongas atención porque la juventud es excusable solamente en los jóvenes, y tú no te estás poniendo más joven.

El momento en que Castro no llamó a elecciones libres, inmediatamente supe que iba a instalar una dictadura marxista.

Segundo, ese hombre no tomó el poder por la fuerza sólo para abdicar el poder y cedérselo a quienquiera que la gente quisiera. En su mente, se ha ganado el derecho de permanecer en el poder de por vida, porque arriesgó su vida para alcanzarlo. Franco ha hecho lo mismo, ¿no es cierto? No arriesgó su vida para derrotar a los socialistas españoles sólo para permitirles retornar al poder por la vía de los comicios, ¿cierto?

Lenin dejó el poder en un ataúd. Lo mismo hizo Stalin. Lo mismo hará Franco. ¿Por qué no haría Castro lo mismo?

Pero para permanecer en el poder, tienes que eliminar a tu oposición. Y necesitas hacerlo exhaustivamente. Eso es algo que Lenin y Stalin sabían demasiado bien, así que eliminaron grandes segmentos de la población, eran o no oponentes comprobados. No dejan a nadie dispuesto a alzarse en contra suya. Esta lección fue aprendida por Fidel Castro. Sus fuerzas inmediatamente comenzaron a ejecutar enemigos sospechados, no comprobados, de la Revolución. ¿Quién tiene tiempo para un juicio justo y adversarial, donde puedes examinar a tus acusadores? No Castro.

Pero debo admitir que no estaba preparado para lo despiadado que ha sido ese médico argentino, el Dr. Ernesto Guevara, a quien le dicen el *Ché*, un hombre formado para salvar vidas. Y jamás hubiera creído que Castro dejara que ese argentino matara a tanto cubano a su antojo.

Supongo que ningún cubano hubiese podido matar a compatriotas con la impiedad requerida, así que dependió del extranjero Guevara para hacerlo.

La evidencia de tal impiedad es doble:

Dicen que la invasión de la Bahía de los Cochinos falló porque el presidente Kennedy retiró su apoyo a última hora. Yo no creo eso para nada. La invasión de la Bahía de los Cochinos falló porque los que hubieran apoyado esa invasión estaban muertos y enterrados. Ya no había oponentes de Castro para ayudar a la fuerza invasora.

La segunda evidencia más reveladora es el hecho de que Castro no vaciló en arriesgar una confrontación nuclear con los Estados Unidos, al invitar a la Unión Soviética a poner misiles nucleares en Cuba, porque ya no había nadie en Cuba capaz de decirle que aquello era una locura.

Entonces, si estás de acuerdo conmigo de que eliminó a su oposición despiadadamente, tienes que aceptar que los que quedaban eran admiradores o simpatizantes suyos, a quienes tenía que haber ayudado. Si no, ¿para qué sirve una revolución?

Entonces, ¿por qué estaba haciendo todo lo posible por matarlos, masivamente? ¡Esa es una traición de una magnitud nunca vista, Segundo!

¿Pero tú ya habías deducido esto, verdad? Entonces, ¿por qué lo traigo a colación?

El motivo es que en tu carta me dijiste que lo único que podías hacer con lo que te estaban enseñando por allá era engendrar una revolución. Segundo, yo no puedo visualizar una revolución en El Salvador sin la guía y participación de ese loco de Castro y su lugarteniente sanguinario Guevara. Y si la revolución impulsada por Castro triunfa en El Salvador, si le importó un bledo matar a sus propios compatriotas masivamente, ¿qué te hace pensar que le va a importar un bledo matar a salvadoreños masivamente?

Casi puedo escuchar tu voz asegurándome de que no será así.

Espero que puedas escuchar mi voz preguntándote: ¿estás seguro de ello?

Antes que nada, ¿qué te hace pensar que alguien en cualquier gobierno está dotado de un sentido de justicia divina? Aquí y en todos lados, la gente que son parte de un gobierno quiere poder. Cuando alcanzan el poder, los gobernantes lo usan para beneficiarse a sí mismos primero, especialmente en un país como éste. El único antídoto para eso es que el poder resida con la gente, con el proletariado, no con el gobierno o cualquier 'vanguardia'.

Por eso es que la nación más próspera del mundo es los Estados Unidos. En la Segunda Guerra Mundial, los capitalistas bajo Roosevelt produjeron armamento en masa casi instantáneamente, y suministró a todos sus aliados con armas, incluso la URSS. Pero no fue el gobierno estadounidense el que desarrolló la línea de ensamble para la producción en masa; fue un ciudadano privado llamado Henry Ford.

Más importantemente, Henry Ford y otros capitalistas como Leroy Grumman, William Boeing, Donald Douglas y Howard Hughes tuvieron a su disposición trabajadores suficientemente educados y preparados para hacer el trabajo requerido, rápida y eficientemente, para producir el armamento necesario para ganar la guerra.

Si bien Estados Unidos tiene gente que hacen fortunas y que pagan salario mínimo, todos esos capitalistas, como Rockefeller, Rothschild, J.P. Morgan y varios ultra millonarios más—los villanos de tus cursos, sin lugar a dudas—, ellos crean empleo y pagan impuestos para que las masas puedan educarse y puedan mejorar sus vidas. Los impuestos que pagan también financian el gobierno. Si el gobierno elimina a los ricos, ¿de dónde va a conseguir fondos?

Esta es una pregunta bien importante que necesita ser contestada, Segundo, porque la única forma de solucionar el problema de la pobreza es sacando a la gente de la pobreza.

Por lo que he podido observar, solamente hay un sistema que logra hacer eso y no es el que estás estudiando. Sí, yo sé que estás estudiando teología, pero si es una teología que va a traer miseria y muerte, entonces, por Dios, ¡deja de estudiar eso! Quizá por eso es que Karl Rahner suena tan confundido: te está tratando de enseñar aquello que no es. Te está enseñando fantasía, no realidad.

Porque ésta es la realidad, según Dios Padre Todopoderoso:

Su Décimo Mandamiento dice: «No codiciarás la casa de tu prójimo, ni su sirviente, ni su sirvienta, ni su buey ni su asno, ni ninguna otra cosa que pertenezca a tu prójimo».

Dios Padre Todopoderoso estaba reconociendo que algunas personas, debido a sus talentos o circunstancias, tendrían más bueyes y sirvientes que otros. Dios sabía que habría servidumbre. Apenas unas pocas generaciones después del Edén, Dios ya reconocía que como humanos, íbamos a tener diferencias. Que algunos humanos servirían a otros.

Si lo que buscas es una reducción en el número de sirvientes, una reducción de las diferencias entre humanos (que es un emprendimiento noble, dicho sea de paso), entonces, ¿no querrías darles a todas las personas las herramientas como para evitar tenerse que volver sirvientes, como una educación útil?

¿Has observado que Daimler Benz fabrica autos en Alemania, que Ford fabrica autos en los EE.UU., que Ferrari los hace en Italia, pero que nadie hace autos en El Salvador? ¿Por qué será? Un auto es un motor, cuatro ruedas, una transmisión y un chasis. Es tecnología vieja, no nueva. Yo hubiera esperado que tu educación europea te dotara de los conocimientos necesarios como para regresar y enseñar ciencias a *cipotes* [niños, en El Salvador] pero en lugar de ello, planeas enseñarles a matar. ¿Porque eso es lo que quieren los soviéticos, verdad? ¿Porque eso es lo que Fidel Castro está haciendo y continuará haciendo?

Segundo, ¿de veras quieres esa clase de derramamiento de sangre en El Salvador? ¿De veras te hiciste sacerdote para eso?

Tengo una mejor idea, Segundo: ¿por qué no vas y haces eso en España mejor? ¿No tienen ustedes un dictador derechista ahí—Francisco Franco?

Porque si todo lo que haces es regresar acá para fomentar un derramamiento de sangre, será la sangre de indios la que será derramada otra vez, por mano de los españoles, otra vez.

Pero si de veras quieres ser revolucionario, Segundo, al menos sé uno con cerebro. Porque si te empeñas, podrías revolucionar el sistema educativo en El Salvador, haciéndolo similar al de Costa Rica, ¡o mejor!

¡Llena las mentes de nuestra gente con conocimientos! ¡No les llenes sus corazones con odio! Y, sobre todo, ¡no vuelvas a derramar su sangre!

Oro a Dios Todopoderoso que cambies de rumbo, mi amado Segundo, y que cuando se te ilumine la cabeza, que convenzas a Ignacio Ellacuría también, aunque dudo que sea posible.

Tu hermano en Cristo,
Miguel Elizondo, S.J».

Capítulo 19

Luz Verde

A las once de la mañana del 7 de noviembre de 1949, Olga entró a su oficina nueva con un sobre que había llegado por valija diplomática desde Washington D.C.

«¿Gustaría de una taza de té, camarada Director?»

Hasta título nuevo tenía. Su buen trabajo estaba siendo recompensado. Abakumov le había hablado poco tiempo después de regresar del viaje informándole que lo había ascendido a Director del Segundo Departamento - América Latina, debido a la recomendación efusiva del Embajador.

«No gracias, Olga».

Cuando salió, abrió el sobre. Era un memorándum de Panyushkin, etiquetado 'Ultrasecreto'.

'Para: Vladislav Fedoseyev, Director, Segundo Departamento (América Latina), MGB

De: Aleksander Panyushkin, Embajador, Embajada de la URSS en Washington D.C.

Asunto: El Plan J

Favor de preparar la siguiente información para ser presentada en mi oficina el lunes, 14 de noviembre de 1949 at las 9:00 a.m.:

El costo de financiar el Plan J a todo nivel relevante.

Saludos,

Panyushkin'

Con esto, Panyushkin le estaba diciendo que había obtenido luz verde de Stalin, y que esta reunión a la cual Fedoseyev estaba siendo citado no iba a ser sólo un intercambio de ideas. Quería cifras sólidas. Y si bien ya tenía la mayoría de esa información, no iba a poder dejar ninguna pregunta sin contestar. Su futuro dependía de su trabajo en estos próximos días.

Llamó al departamento administrativo del Ministerio y les dijo que quería un aumento de sueldo de 10% para la Sra. Petrenko inmediatamente.

Después llamó al gerente de la planta de Ciudad de Tula para hacer las gestiones para transferir a los padres de Olga a una fábrica enlatadora de alimentos en las afueras de Moscú. Luego llamó al administrador escolar de Ciudad de Tula para reincorporar al pequeño Víktor Petrenko a su antigua escuela en Moscú.

Una vez confirmado todo, llamó a Olga. «Olga, he hecho las gestiones para que sus padres sean transferidos a trabajar en la fábrica 'Frente Rojo' acá en Moscú, a partir del próximo lunes, con aumento de sueldo y horario de trabajo más flexible, efectivo inmediatamente. Desde luego, su hijo se vendrá con ellos y pasará a estudiar a su escuela antigua. Necesito que los llame para cerciorarse que se vengan cuanto antes, porque en estos próximos usted y yo vamos a estar trabajando sin parar, preparando un informe que habremos de rendir en Washington el próximo lunes. ¿Estamos?»

«Sí, camarada Director».

«Asimismo, usted se ha ganado un aumento de sueldo del 10% desde ya».

Olga no podía creer esta hilera de grandes noticias.

«¡Gracias, camarada Director!»

«Como sabe, no estoy casado, así que necesitaré alguien que me cocine cuando estemos trabajando en mi apartamento, además de ayudarme a preparar el informe. ¿Está dispuesta a hacer eso?»

«¡Desde luego, camarada Director!»

«Tome estos rublos y las llaves de mi apartamento. Apérelo con las provisiones que necesitemos, incluyendo vodka, para que nos duren el resto de la semana. Llévese todos los útiles de oficina que podría necesitar. Trabajaremos aquí durante el día y en mi apartamento durante la noche. Dedíquese a eso el resto del día, y no se moleste en regresar hoy. Cuando sus padres y su hijo lleguen de Ciudad de Tula, regrese a mi apartamento. ¿Estamos?»

«Sí, camarada Director».

«No se moleste en devolverme las llaves hoy porque el custodio de los apartamentos me dejará entrar. Es todo».

«Está bien, camarada Director».

Tomó las llaves y se fue al apartamento, rebosante de alegría. Pero al llegar, la realización de que su rendimiento en estos días venideros sellaría su futuro le hizo recobrar su seriedad. O nadaba o se ahogaba.

En el Ministerio, Fedoseyev trabajó todo el día. No llegó a su apartamento sino hasta las ocho de la noche. Abrió la puerta para encontrar un lugar completamente distinto al que había dejado esa mañana. Estaba limpio, ordenado y fragante. Huellas de una presencia femenina.

La mesa estaba preparada. Al pie de la botella de vodka había una nota que rezaba: «Camarada Director, su cena está en el horno. Estaré de regreso en cuanto pueda para servírsela, pero si le da hambre, sólo caliéntela cinco minutos».

Fedoseyev sonrió. La Sra. Petrenko sabía cuidar bien a un hombre. Se sirvió un vaso de vodka para relajarse.

En eso entró Olga. «Buenas noches, camarada Director. Mis padres ya están en casa con mi hijo. Entienden que cuidarán de él estos días, debido a mi ausencia por motivos laborales. Estoy a su disposición».

«Bien, Olga. Ahora desvístase, por favor».

Olga no vaciló.

«Mientras esté en este apartamento, hará las veces de Eva, como en Washington, ¿estamos?»

«Sí, camarada».

«Bien. Sírvame la cena, y después tendrá la oportunidad de agradecerme por la transferencia de su hijo, de sus padres y por el aumento de sueldo».

Capítulo 20

30 Monedas de Plata

El 14 de noviembre de 1949, Fedoseyev estaba en la oficina del Embajador a la hora indicada.

«Pasa adelante, Vladislav. Toma asiento por favor».

«Gracias, Señor Embajador».

«¿Tienes las cifras?»

Vladislav le entregó el expediente grueso a Panyushkin y procedió a desenrollar las cartulinas con los gráficos para que el Embajador las pudiera observar. El Embajador le ordenó a su secretaria traer un pedestal. Al tenerlo disponible, Fedoseyev colocó el primer gráfico en él, con una pirámide dividida en tres secciones: superior, media y base.

«Como el Embajador podrá observar, la parte superior de la pirámide consiste de la Sede y las 80 Provincias a nivel mundial. La mejor estimación que tengo para el financiamiento de la sede (F.S.), es de aproximadamente 2 millones de rublos al año, considerando los costos actuales. El financiamiento de las Provincias (F.P.) ascendería a un millón de rublos al año, por Provincia».

«No pensé que estaríamos financiando la Orden entera, Vladislav».

«Señor Embajador, decidí contabilizar todos los niveles, a sabiendas de que algunas cifras podían ser desestimadas, reducidas o aumentadas. Incluí un financiamiento general para todas las Provincias, por si convenía evitar problemas políticos, para que una Provincia no se sintiera ignorada, por ejemplo».

«Bien, continúa».

«El siguiente nivel, el medio, lo designé el nivel universitario».

Cambió de gráfico.

«Como verá, el nivel universitario tiene tres componentes: norteamericano, europeo y latinoamericano. En el nivel norteamericano están las Provincias de California, Chicago-Detroit, Canadá de Habla Francesa, Canadá de Habla Inglesa, de Maryland, Nueva Inglaterra, Nueva Orleans, Nueva York y Wisconsin. Estas Provincias tienen en sus territorios centros educativos jesuitas de renombre, como lo son la Universidad de Georgetown, la de Gonzaga, Xavier y Fordham».

El Embajador lo interrumpió.

«Vladislav, estoy dispuesto a aceptar que tu expediente contenga un financiamiento de todo miembro de la Compañía de Jesús, hasta las mucamas. Y acepto que sea bueno tenerlo a la mano. Pero un financiamiento para la Provincia del Canadá de Habla Francesa no contribuirá en nada a tu ejército de cien millones de latinoamericanos pro-soviéticos amasados en la ribera sur del Río Grande».

Al ver la reacción de Fedoseyev, adoptó un aire de chanza. «¡Chico, sé que eres bueno! ¡No tienes por qué hacer alarde de tus conocimientos!»

Fedoseyev se rio junto con el Embajador. Pero había entendido el mensaje: había que ir al grano. Buscó entre los gráficos el que lo ayudaría a entrarle al meollo del plan: el del componente universitario latinoamericano.

Al encontrarlo, lo puso en el pedestal y dijo: «El componente universitario latinoamericano incluye universidades jesuitas mayores como la Pontificia Universidad Javeriana en Colombia, la Pontificia Universidad Católica del Ecuador, la Pontificia Universidad Católica de Rio de Janeiro y la Universidad Católica del Uruguay. Los novicios jesuitas españoles y latinoamericanos van a estas universidades a cursar su etapa de 'formación', en la que obtienen su licenciatura. Luego regresan a sus países asignados a pasar su etapa de 'regencia', en la que el regente vive y trabaja en una comunidad jesuita típica. Por lo general, se desempeñan como maestro de escuela o de seminario, donde preparan sacerdotes diocesanos, los cuales no pertenecen a ninguna orden».

Fedoseyev puso otro gráfico, el cual utilizó para ilustrar el siguiente punto:

«El Embajador podrá observar la ventaja de inyectar nuestro pensum de estudios preferido a estas universidades latinoamericanas jesuitas porque sus graduados, con los conocimientos que les inculquemos, pasarán esos conocimientos a jóvenes estudiantes de secundaria, para crear líderes revolucionarios, o a seminaristas, para crear sacerdotes revolucionarios».

El Embajador asintió. Esto era lo que a él le interesaba.

«Muy bien, Vladislav. Por favor continúa».

«Después de su etapa de regencia, pasan a su etapa teológica, que es la etapa final antes de ser ordenados jesuitas. Las universidades europeas están al centro de esta etapa. Es Europa donde el pensamiento jesuita nuevo es concebido. Es ahí donde las mentes jesuitas prodigiosas, como Pierre Teilhard de Chardin y Henri de Lubac, desarrollan su teología rechazada por el Vaticano».

El Embajador levantó la mano para detenerlo.

«Este componente es muy importante, Vladislav, pero dejémoslo para luego. Háblame de la base de la pirámide».

Fedoseyev puso el gráfico original en el pedestal, y dijo:

«Señor Embajador, aquí es donde la orden del General Janssens se materializa. Y aquí es donde podemos tener el mayor impacto».

«Dale».

«La orden del General Janssens es girar hacia los pobres. Para hacer eso, cada centro de enseñanza jesuita en América Latina, que ahora educa a los hijos de pudientes, debe ampliarse para educar a los pobres. Eso significa construir una escuela paralela para los pobres, para cumplir con su cometido».

«¿Eso es todo? ¿Una escuela por país?»

«No, Señor Embajador. En América Latina, las escuelas son segregadas por género. Los jesuitas tienen escuelas para varones, y las órdenes de religiosas tienen escuelas para hembras. Así que el plan es construir una escuela jesuita nueva para varones pobres, y una escuela de niñas pobres para cualquiera de las órdenes que tengan escuela en el país, como las Hermanitas de la Asunción, por ejemplo».

«¿No me digas que tendremos que transar con las Hermanitas de la Asunción, Vladislav?»

«No, Señor Embajador, sólo con los jesuitas. Y como los jesuitas serían los que financiarían la escuela de niñas, con nuestro dinero, ellos impondrían el pensum de estudio para la escuela de niñas, conforme a nuestros términos».

«¿Cuáles serían esos términos, Vladislav?»

«A este nivel, Señor Embajador, nuestra meta es producir los candidatos a sacerdotes y monjas que hacen falta, para que éstos produzcan líderes revolucionarios».

«¿Que hacen falta, dices?»

«Señor Embajador, un evento revelador ocurrió después de la Segunda

Guerra Mundial. El Papa Pío XII alentó a sacerdotes luteranos a que se hicieran católicos. Los sacerdotes luteranos siempre se han podido casar, y estaban casados cuando se convirtieron en católicos. Se les permitió permanecer casados. Sólo puede haber una razón para esto».

«Una escasez de sacerdotes».

«Exactamente, Señor Embajador».

Panyushkin hizo la pregunta lógica: «¿Hay escasez de monjas?»

«Estoy seguro de que la hay, Señor Embajador. Pero lo que es más importante es que, a futuro, seguramente habrá».

«¿Por qué lo dices, Vladislav?»

«Porque durante la Segunda Guerra Mundial, que duró como seis años, las mujeres ingresaron a las fábricas a tomar los puestos de los hombres que estaban combatiendo, con la consecuencia de que se volvieron económicamente independientes. Especialmente, en Estados Unidos y en Europa. Por lo tanto, el número de mujeres europeas y americanas en pos de una vida religiosa necesariamente será menor porque ahora tienen acceso a una cantidad de otras carreras qué seguir. Eso significa que cuando se jubilen las monjas europeas que son las que están enseñando en las escuelas de niñas latinoamericanas existentes, las escuelas no podrán reemplazarlas con monjas europeas. Técnicamente, eso constituye una escasez».

Panyushkin completó el argumento. «Esa escasez será más aguda cuando comencemos a construir más escuelas de niñas».

«Precisamente, Señor Embajador. Las únicas monjas que estarán disponibles serán nuestras monjas revolucionarias, que los jesuitas se encargarán de reclutar, formar y graduar».

El Embajador agregó: «A un ritmo de graduación más rápido que el de los conventos tradicionales, porque las nuestras serán formadas exclusivamente en Revolución/Marxismo/Estalinismo».

«Exactamente, Señor Embajador».

El Embajador se puso sus anteojos y dirigió su vista a la pirámide. Preguntó: «Dado que la base de la pirámide es financiar la construcción de las escuelas para los pobres, ¿en cuántos países propones hacer esto?»

«La lista en el expediente consiste de 15 países latinoamericanos, Señor Embajador, desde México hasta Argentina, la mayoría de los cuales tienen gobiernos militares y todos los cuales tienen cantidades tremendas de pobreza. Pero esto es meramente para efectos de presupuestación. Dependiendo de las circunstancias, podría convenirnos asignar más fondos a unos, y menos fondos a otros».

«¿Cuánto costarán estas escuelas, Vladislav?»

«Con base en las mejores estimaciones de construcción obtenidas en México, Señor Embajador, deberíamos planear en adjudicar un millón de rublos por construcción, más el costo del terreno, así que estimo dos millones de rublos por escuela nueva. Desde luego, ésta sería un gasto inicial no repetitivo. Lo que será gasto repetitivo será la cantidad que se pague por las becas de los estudiantes que convengan en convertirse en sacerdotes y monjas».

Panyushkin observó detenidamente el gráfico, y preguntó: «Y dices que 4 millones de rublos por país por año debería cubrir las becas para los estudiantes para terminar secundaria e ingresar a los seminarios o conventos, ¿verdad?»

«Sí, Señor Embajador. Cuatro millones de rublos por país por año cubre libros, uniformes, alimentación para estudiantes de secundaria que convengan en estudiar en conventos y seminarios cuando se gradúen de secundaria, más un subsidio para sus padres, desde noveno grado hasta que se gradúen del seminario y del convento».

El Embajador tomó un lápiz y papel. «Así que el plan consiste de la construcción de dos escuelas al año en cada una de esas naciones, más becas y subsidios, eso es: 15 x [4 millones de rublos (infraestructura) + 4 millones de rublos (becas y subsidios)] = 15 x 8 millones de rublos = 120 millones de rublos al año. Al tipo de cambio rublo/dólar, eso es igual a 24 millones de dólares al año, aproximadamente, para la base de tu pirámide».

El Embajador le pidió a Vladislav poner el gráfico del componente universitario latinoamericano. Al tenerlo a la vista, preguntó: «¿Cuántas universidades latinoamericanas son las que están para influenciarles el pensum de estudios, Vladislav?»

«Cinco, Señor Embajador: dos en Colombia, una en el Ecuador, una en Brasil y una en Uruguay. Sin embargo, en el plan propongo que planeemos duplicar este número, puesto que, con nuestro financiamiento, los jesuitas podrían ofrecer financiar la creación de facultades de teología nuevas, en universidades existentes o futuras».

Al Embajador le gustó esta idea. «¡Tienes razón, Vladislav! ¡En la medida la demanda crezca debido a la efectividad de la base de la pirámide, podemos crear más facultades jesuitas de teología/filosofía, no universidades! ¿Cuánto has asignado a eso?»

«Para efectos de presupuestación, Señor Embajador, yo creo que el componente universitario latinoamericano podría ser influenciado y ampliado con una partida de 2 millones de rublos para diez universidades: 5 que ya están, y otras 5 por desarrollarse, en términos de facultades de teología y filosofía, manejadas por jesuitas. Y ello incluye al salario a los docentes».

El Embajador asintió, y procedió a hacer los cálculos. Luego dijo: «Esto resulta en 2 millones de rublos por 10 universidades latinoamericanas al año = 20 millones de rublos al año = 4 millones de dólares al año. Sumados a los 24 millones de dólares de la base de la pirámide, tenemos que el componente latinoamericano en ambos niveles asciende a 28 millones de dólares al año».

El Embajador miró los números y asintió silenciosamente. Volvió a ver a Fedoseyev y le dijo: «Hasta ahora todo tiene sentido, Vladislav. Pero pasemos a ver el componente universitario europeo».

Fedoseyev se paró y puso el gráfico correspondiente en el pedestal. Procedió a organizar su documentación para dar la presentación, pero el Embajador le pidió que se sentara y que tomara apuntes. Fedoseyev se aprestó a hacerlo.

El Embajador se levantó de su asiento y caminó al pedestal. Se volvió a Fedoseyev y dijo: «Vladislav, examinemos las circunstancias de las universidades europeas relevantes. El Vaticano ha prohibido a Teilhard de Chardin enseñar, pero no puede prohibirle escribir. Por ende, sigue siendo la mayor influencia sobre el pensamiento y la teología de los jesuitas, como bien lo has apuntado, porque sus escritos siguen siendo leídos por ellos».

Paró un momento para buscar un nombre en el gráfico. Lo encontró.

«Henri de Lubac es docente en la Universidad Católica de Lyon, pero está en las miras del Vaticano, así que probablemente quede vedado de enseñar también, dentro de poco. Pero su influencia persiste, a pesar de quedar reducida a la clandestinidad. Perversamente, entre más prohíbe el Vaticano algo, más desea la gente comer de esa fruta prohibida».

Fedoseyev sonrió al captar la analogía del Embajador con la mitología cristiana del Génesis, en la que una serpiente parlanchina convenció a Eva a comer la fruta prohibida del bien y del mal.

«Tanto es así, Vladislav, que el año pasado la Universidad de Columbia invitó a Teilhard de Chardin a dar charlas, pero el Vaticano reiteró su prohibición. ¿Por qué fue invitado? Porque la gente tiene hambre de lo que él ofrece».

Fedoseyev asintió. Panyushkin continuó. «¿Y qué es lo que ofrece? Intelectualismo desencadenado, libre de las argollas del Vaticano. Y es que tiene sentido, Vladislav: ¿De qué le sirve a alguien ser jesuita, la orden más intelectual de la cristiandad, si lo único que se le permite escribir o decir es lo mismo que escribe o dice el sacerdote diocesano más tonto de América Latina?»

Fedoseyev asintió. «¡Precisamente, Señor Embajador: Teilhard ha demolido el dique que estaba reteniendo a los jesuitas!»

«¡Exactamente! Ahora sí son los pioneros del catolicismo. Y como tal, esperan que el resto del mundo católico los siga. Y si el Vaticano se les opone, pues les toca tirar al Vaticano por la borda».

Fedoseyev tenía que admirar cómo el Embajador estaba creando una sinfonía de una simple melodía. Un digno compatriota de Tchaikovsky, sin duda.

Panyushkin continuó. «Ahora bien. Tu amigo, el Papa Negro Janssens, está viendo todo esto pasar en su Orden, y se pregunta: '¿Cómo puedo hacer que este movimiento intelectual sea la política oficial de los jesuitas, sin enojar al Papa, el hombre al que le hemos jurado nuestra obediencia?' Y su resolución tan brillante fue la instrucción a cada jesuita a dirigir sus esfuerzos hacia los pobres, lo cual refleja perfectamente la noción de Teilhard de Chardin de que 'El Dios Cristiano arriba y el Dios Marxista del Progreso se reconcilian en Cristo', sin tener que mencionar a Chardin para nada».

Fedoseyev quería aplaudir. El Embajador había dado en el clavo. Fedoseyev se limitó a asentir vigorosamente.

«Hay otro elemento interesante del componente universitario europeo. Estos sacerdotes que vienen a estudiar teología a universidades europeas, no todos reciben clases de teología de teólogos católicos, ¿verdad? ¿No todos van a la Universidad Católica de Lyon, ¿cierto? Ciertamente, no van al Vaticano, que es donde los verdaderos teólogos católicos deberían residir».

La faz de Fedoseyev denotaba un poco de perplejidad, así que el Embajador se apresuró a aclarar su argumento: «Lo que quiero decir es que todos éstos que vienen a Europa a estudiar teología: primero, no están siendo educados por verdaderos teólogos, sino por filósofos, o, como los llamaría la Iglesia, laicos; y segundo, definitivamente no están estudiando teología, porque de lo contrario, estarían estudiando la Biblia, el Talmud Judío, o los Papiros del Mar Muerto descubiertos en Judea hace un par de años, o a San Agustín o a Santo Tomás de Aquino, exclusivamente».

Fedoseyev asintió. «El Señor Embajador tiene razón: vienen a aprender algunas filosofías que hasta niegan la existencia de Dios, como la del alemán Nietzsche, quien proclamó que Dios está muerto».

«¡Exacto, Vladislav! Y la razón es bien sencilla: el Vaticano tiene una serie de documentos, incluyendo la Biblia, que describen a Dios y lo que Dios espera de los cristianos—los Diez Mandamientos, por ejemplo. Los jesuitas, al negar la validez de la Biblia y de los Diez Mandamientos, sólo porque el paleontólogo Chardin pasó a creer en la Evolución, tienen que recurrir a la filosofía, porque no les queda de otra».

«A la filosofía y a los escritos de Teilhard de Chardin», agregó Fedoseyev.

«¡Claro, Vladislav, pero date cuenta de que el mismo Teilhard se basa en filosofía, y no en inspiración o sabiduría divina! Por ejemplo: Nietzsche postuló el desarrollo de un 'ubermensch,' o superhombre. Teilhard de Chardin copió ese concepto cuando dijo que el hombre alcanzaría la divinidad cuando se desarrollara a su punto máximo, llamado el 'Punto Omega', en el que todos los hombres serán iguales y que será cuando el hombre más se asemejará a Cristo».

Fedoseyev llegó a la conclusión lógica: «Entonces el Superhombre de Nietzsche y el Punto Omega de Chardin son la misma cosa».

«¡Exacto, Vladislav! Excepto que cuando lo dice Nietzsche, es filosofía, pero cuando lo dice el jesuita Teilhard de Chardin, ¡es teología!»

Fedoseyev asintió con entusiasmo. Si bien jamás sería capaz de decirlo tan elocuentemente como el embajador, Fedoseyev era el que había descubierto esta relación filosofía-dizque-teología que movía a los jesuitas.

Panyushkin continuó. «Henri de Lubac estudió los primeros dos años de sus cuatro años de teología en la Universidad jesuita de Ore Place, Inglaterra, y los últimos dos años en Lyon, que fue adonde dicha universidad se mudó. Después de eso, fue ordenado jesuita. Su primer trabajo de docencia fue en la Universidad Católica de Lyon, como profesor de Teología Fundamental. Sin embargo, para poder ser docente, requería un doctorado, que no tenía porque no había cursado más que maestría.

«¿Cómo hizo? Tu gran amigo, el Papa Negro Janssens, le ordenó a la Universidad Gregoriana de Roma que le confiriera el Doctorado en Teología a Lubac, sin que éste haya puesto pie en la universidad, sin que haya tomado una sola clase en ella y sin haber jamás escrito una tesis. ¿Por qué fue que Janssens no obligó a Lubac hacer nada de eso? Pues obviamente porque lo que Lubac había cursado hasta entonces, bastaba y sobraba».

Fedoseyev estaba impresionado. El Embajador había hecho una investigación minuciosa y valiosa.

Panyushkin continuó: «¿Qué fue lo que Lubac había estudiado, que bastaba y sobraba, para hacerse digno de un exaltado Doctorado en Teología? Estudió Nietzsche, Marx, Hegel, Heidegger, la *Historia y Conciencia de Clases* de Lukács y *Marxismo y Filosofía* de Karl Korsch».

Panyushkin hizo como que se rascaba la cabeza y preguntó: «Dime, Vladislav, ¿te suena eso a teología?»

Fedoseyev negó con su cabeza.

«Entonces dime, Vladislav, ¿son los teólogos jesuitas estudiantes de la palabra de Dios, o estudiantes de la palabra de simples humanos?»

Fedoseyev respondió lo obvio: «Humanos».

«Exacto, Vladislav. Por eso es que los teólogos jesuitas como Lubac no hacen más que repetir lo que enuncian los laicos marxistas. Y si ya los había estudiado revés y derecho por cuatro largos años, ¿crees tú que había necesidad de estudiarlos otros dos o tres años?»

«Para nada».

«Igual pensó el Papa Negro. Por eso le regaló el Doctorado en Teología: ya no había nada más que aprender. Y por eso es que nosotros no vamos a financiar más allá de la maestría en teología: un doctorado es inútil».

Después de detenerse a tomar agua, Panyushkin resumió su discurso. «Lo que esto significa, Vladislav, es que el componente universitario europeo ya está funcionando. No hay necesidad de imponer nuestro pensum de estudios preferidos a estas universidades porque ¡ya lo tienen!»

A Fedoseyev le agradó oír eso porque todo lo que redujera costos aumentaba el chance que se implementara su plan.

Panyushkin siguió: «Como las universidades europeas están en proceso de reconstrucción debido a la guerra, podríamos proporcionarles una leve asistencia para eso y nada más. Y no necesitamos hacer nada con el componente universitario norteamericano. Hay plata en los EE.UU. Ciertamente no necesitan del tesoro soviético.

«Lo único que necesitamos es proporcionar becas, para cuanto sacerdote podamos, a las universidades europeas con facultades de filosofía y teología. Tenemos que asegurarnos de que los sacerdotes latinoamericanos que estén a punto de entrar en su etapa teológica a) vengan a Europa y b) obtengan su maestría en teología, no filosofía. Porque lo que nos interesa a nosotros es que cada vez que los sacerdotes abran su boca, que la gente crea que están repitiendo la palabra de Dios— ¡especialmente cuando llamen a revolución armada!»

Vladislav se regocijó por dentro. Él había concebido este bebé. Panyushkin era su placenta y nada más.

El Embajador volvió al asunto de los costos. «¿Averiguaste los costos de la colegiatura de las universidades europeas, Vladislav?»

«Señor Embajador, es difícil establecer un promedio porque algunas universidades en Europa no cobran y otras sí. Para efectos de presupuesto, tomé la colegiatura de una universidad estadounidense: la Universidad de Georgetown que cuesta aproximadamente 800 dólares al año, que incluye colegiatura, alojamiento, comidas y libros».

«Eso basta, Vladislav. Las universidades americanas estarán más caras hoy día porque están en mayor demanda, dado que Europa todavía está en proceso de reconstrucción. Podemos estimar los costos como 800 dólares por estudiante al año para el componente europeo. Si es menos, podemos ofrecer becas a más sacerdotes en etapa teológica, y si es gratis, pues nos queda una reserva monetaria».

Fedoseyev preguntó: «¿Qué sugiere para la parte superior de la pirámide, Señor Embajador?»

«Primero computemos el costo de los componentes más importantes, la parte media y la base. Para la base tenemos 28 millones de dólares al año. Asumamos que tenemos cuatro sacerdotes en etapa teológica por país latinoamericano al año. Eso significa 60 sacerdotes. Redondeemos tus 800 dólares a 1,000 dólares. Eso es 60,000 dólares al año, lo cual no es nada».

«Eso nos pone en 28,060,000 dólares al año hasta ahora, Señor Embajador».

«Como ayuda de reconstrucción, asignemos lo mismo al componente europeo universitario que al latinoamericano: 4 millones de dólares al año. Eso nos pone en $28,060,000 + $4,000,000 = $32,060,000 dólares al año, Vladislav».

Fedoseyev hizo el cálculo para determinar rublos. «En rublos, eso asciende a 32 millones de dólares por 5 = 160 millones de rublos al año».

Panyushkin sonrió ampliamente. «Vladislav, yo voy a proponer el doble de ese monto al año, porque 320 millones de rublos es igual a 320/50,000 = .006, o sea, ¡seis décimas de un uno por ciento de lo que nos cuesta mantener un ejército de 5 millones de hombres al año!»

Ambos hombres lucían muy complacidos. Esto era exactamente lo que necesitaban para venderle el plan al camarada Stalin.

Pero de pronto Panyushkin miró la pirámide y frunció el ceño, diciendo: «Vladislav, hay un elemento importante de tu plan que hace falta».

Fedoseyev sacudió su cabeza.

El Embajador insistió: «Te hacen falta los salarios de los sacerdotes y las monjas revolucionarios cuando se gradúen».

Los ojos de Fedoseyev se iluminaron de orgullo. «No, Señor Embajador, no me hacen falta. Verá, una vez se conviertan en sacerdotes y monjas legítimos, son los obispos y arzobispos locales quienes les tendrán que pagar. ¡Y eso es dinero del Vaticano!»

El Embajador estiró su brazo para darle la mano a Fedoseyev.

«¡Brillante, Fedoseyev! ¡Simplemente brillante!»

Después de un fuerte apretón, el Embajador les sirvió a ambos un vaso de vodka.

Elevó su vaso y dijo: «¡*Nazdarovye!* [¡A tu salud!]»

Fedoseyev contestó. «¡*Nazdarovye!*»

Se lo acabaron de un sólo trago.

El Embajador concluyó la reunión felicitándolo: «Buen trabajo, Vladislav».

«Gracias a su sabia orientación, Señor Embajador».

«Estaré presentando este plan al camarada Stalin muy pronto. Piensa en una carnada que los jesuitas puedan morder».

«Lo haré, Señor Embajador».

«Una cosa más, Vladislav. Vamos a necesitar un nombre código para este proyecto. ¿Qué sugieres?»

Vladislav recorrió mentalmente lo que había aprendido de la Iglesia Católica. Lo más sobresaliente de su historia eran las Cruzadas y la Inquisición. Inmediatamente desechó la Inquisición por ser demasiado cruel. «¿Quizás una Cruzada, Señor Embajador?»

«¿La Cruzada jesuita?»

Un foco se le encendió en la cabeza de Fedoseyev: «¿Qué le parece 'La Cruzada Negra', Señor Embajador?»

A Panyushkin le gustó. «Sí, puesto que será encabezada por el Papa Negro, el General Superior de los jesuitas, ¿cierto?»

«Así es».

«Perfecto. La Cruzada Negra será».

Vladislav nunca había estado tan feliz. Volvería a celebrar con Olga esa noche, en otro de los restaurantes famosos de Georgetown.

Capítulo 21

¿Dios o Mammón?

El General Superior de los jesuitas en 1949 era el padre Jean Baptiste Janssens, quien nació en Mechelen, Bélgica en 1889. Lucía mucho más joven que sus 60 años, posiblemente por su delgadez. Lo que resaltaba de él era que parecía un daguerrotipo ambulante: su tez y cabellos parecían demasiado blancos, en contraste con su sotana, que parecía demasiada negra. Si alguien tuviera que describirlo, sería como el abuelo que todo mundo quisiera tener. Ni los años de guerra lo habían hecho perder la dulzura de su semblante, posiblemente porque los había pasado en Bélgica, lejos de los bombardeos más fuertes y las batallas más encarnizadas.

Cuando en 1942 murió su antecesor inmediato, el General Superior Wlodimir Ledóchowski, los jesuitas no pudieron llamar a una Congregación para elegir al nuevo padre General Superior sino hasta finales de 1945. Janssens fue electo padre General Superior de la Compañía de Jesús en septiembre de 1946. Indudablemente contribuyó el hecho de que parecía el abuelo favorito de todos los delegados.

Como General Superior de la Compañía de Jesús, se había instalado en la Curia General de los jesuitas, adjunta a la Iglesia del Gesù. La iglesia era precisamente de donde había corrido a verlo el padre Giacomo Benzini, su encargado de reclutamiento jesuita, quien acababa de dar misa en Gesú.

Se oía venir de lejos, el jesuita italiano gordito y dicharachero, pues su vozarrona se oía al dar órdenes de limpiar esto, botar aquello, abrir ventanas, en su italiano napolitano muy apasionado. No en balde era coterráneo de Enrico Caruso. ¡Hasta se parecían! Sólo que el padre Benzini era más gordito y bajito.

El jesuita italiano no esperó a que la secretaria lo anunciara.

«Pasa adelante, padre Benzini. ¿Quieres tomar asiento? ¿Mi asiento, tal vez?»

«*Grazie*, mi General Jean, pero esto es urgente así que prescindamos de las ligerezas».

«Muy bien. ¿Dime cuál es tu urgencia?»

«Mi General, recibí una donación de 260,000 chelines austríacos en la colecta de la misa en Gesù hoy».

Le entregó a su General Superior un cheque por 260,000 chelines austríacos de un banco en Austria, el Erste Nationalbank, fechado 27 de noviembre de 1949, con una nota en italiano que decía: «*Entendemos que ustedes quieren empezar a educar a los pobres. ¡Cuán noble! Nos gustaría ayudarles*». Estaba firmado igual que el cheque: «*I. Freunden*».

«¿Has oído de tal persona?»

«No, mi General, probablemente es 'Ihre Freunden,' que significa 'sus amigos' en alemán».

«¿Existe el banco?»

«Sí, es un banco pequeño en la parte de Austria ocupada por los soviéticos».

«El tipo de cambio del chelín austríaco al dólar estadounidense es 26 chelines por dólar. Así que esta donación equivale a 10,000 dólares».

El General Janssens consideró que esto podría ser un regalo del Cielo.

El padre Benzini continuó: «Como 'I. Freunden' es nombre ficticio, la única forma en que se podría cobrar sería ir a ese banco, y si se cobra exitosamente, entonces tendríamos que asumir que es una donación de los soviéticos».

El padre Benzini se le quedó viendo a su General, como esperando que pusiera fin al asunto y rompiera el cheque.

Pero su General tenía otros planes. «Tú conoces nuestra historia con los rusos, padre Benz».

Los rusos habían dado albergue a la Compañía de Jesús cuando el Papa los había disuelto hacía dos siglos. Y no podía ser coincidencia que ahora que se avecinaba un enfrentamiento potencialmente escisivo con el Vaticano, por su oposición al giro jesuita hacia los pobres, estaban ofreciéndoles una mano otra vez.

Como leyéndole la mente, el padre Benzini opinó: «Su Instrucción no fue secreta, mi General. Están sumando dos y dos, y están llegando a la conclusión de que vamos a necesitar ayuda financiera si vamos a seguir nuestro propio derrotero».

Janssens asintió. «Tienes razón. Desafortunadamente, si esto se llegara a saber, validaría las acusaciones de los tradicionalistas del Vaticano, de que la Compañía de Jesús realmente se está volviendo marxista».

El padre Benzini fue al grano. «Entonces... ¿rompemos el cheque?»

El General Janssens se sirvió un poco de vino. La reacción del Vaticano por motivo de su Instrucción había sido feroz. Era lamentable que este giro hacia los pobres, que podía ser interpretado benignamente, era interpretado en sentido opuesto.

Pero no había dique que pudiera retener el modernismo jesuita liderado por Teilhard de Chardin por más tiempo. No importaba si en lo personal, él concordaba o no con lo que escribía Chardin; lo que importaba era que la masa de jesuitas que él lideraba clamaba por la liberación jesuita del yugo tradicionalista del Vaticano. Y el Vaticano lo sabía, y no iba a acceder.

El Vaticano había tratado de silenciar a Teilhard, prohibiendo su docencia. Pero eso sólo lo había vuelto más popular. Ahora estaban amenazando con recortar el financiamiento de la Orden. Así que definitivamente necesitarían ayuda financiera. Pero era lamentable que viniera de los soviéticos, que estaban en el proceso de esclavizar a media Europa, tras la famosa 'Cortina de Hierro' de Churchill, después de cometer atrocidades que hasta hacía poco eran desconocidas. Afortunadamente para los soviéticos, sus atrocidades palidecían en comparación con el genocidio de los judíos por los Nazis, tan publicitado. Por eso era que las atrocidades de los soviéticos estaban siendo ignoradas.

No obstante, si los jesuitas iban a seguir el camino del modernismo liderado por Teilhard de Chardin, que se había apoderado de las filas jesuitas, iban a necesitar más fondos.

«No, no rompamos ese cheque todavía, padre Benz».

«Mi General, por favor reconsidere esto. Suena feo decirlo, pero si nos acostamos con perros, amanecemos con pulgas».

«Hay ungüento para picadas de pulgas, padre Benz. No te matan». El General Janssens se levantó de su butaca cómoda y caminó a la ventana desde donde podía observar la fachada de la Iglesia del Gesù. Estaba sopesando la mejor forma de convencer a su subalterno fiel. Sin apartar la vista de la iglesia, dijo, sobre su hombro: «Hagamos un estudio de las circunstancias, padre Benz. Por varias razones, ninguna de ellas remotamente espiritual, los soviéticos tienen la misma meta que nosotros: el luchar en contra de la desigualdad. Para lograrlo, ellos consideran que el estado debe controlar los medios de producción. En el capitalismo, los medios de producción están en manos privadas, y eso hace que mientras los dueños se enriquecen, los obreros no lo hacen, lo cual crea la desigualdad que nosotros rechazamos también».

El padre Benzini disentía. «Mi General, seamos honestos: en el sistema soviético, los miembros del Politburó se vuelven ricos mientras que los demás se quedan pobres. ¿No es desigualdad eso también? La autodenominada 'vanguardia del proletariado' vive como realeza, con casas en la playa, mientras que las masas tienen que hacer líneas largas para comprar pan. Además, los medios de producción en manos del estado soviético sirvieron de bien poco porque de no haber sido por la capacidad fabril de los capitalistas americanos, los soviéticos se hubieran tenido que enfrentar con hondillas a la maquinaria de guerra de los nazis. Francamente, es asombroso lo rápido que se recuperaron del ataque a Pearl Harbor».

El General Janssens tuvo que dar crédito al realismo del padre Benz. Pero no estaba convencido. «Y, sin embargo, vemos a los soviéticos conquistando a media Europa y además abogando por nuestros mismos principios».

Regresó a su asiento a mirar a su amigo a los ojos. «Y ofreciendo dinero... que vamos a necesitar muy pronto. Así que la pregunta no es si rompemos el cheque, padre Benz. La pregunta es, ¿qué términos quieren a cambio de su financiamiento? Porque sabemos que no son financistas».

«Mi Generalísimo Jean, estamos hablando de Stalin, quien no vaciló en purgar a su ejército, aún cuando columnas alemanas avanzaban hacia Moscú. ¿De veras quiere acostarse con él?»

El General Janssens suspiró. Estos italianos todo lo volvían sexual. No había cura para eso. Pero continuó: «Padre Benz, Stalin no va a vivir para siempre. Nuestro proyecto lo sobrevivirá, te lo puedo asegurar. Así como nos sobrevivirá a nosotros. Nos corresponde planear a futuro. Así que la pregunta es, ¿qué tipo de retorno quieren los soviéticos por su inversión en nosotros?»

El padre Benz decidió tomar un buen trago de vino. ¿Por qué le hacía a él esa pregunta? A sus 53 años, el padre Benzini estaba a cargo de los recursos humanos de la Compañía de Jesús y era experto en asuntos de personal por su longevidad en el cargo. Definitivamente no era el de finanzas. Ese cargo le correspondía al padre Higinio Fuentevivas.

Pero si el General Janssens se iba a embarcar en esta aventura arriesgada, lo haría con alguien de su absoluta confianza, y ése no era Fuentevivas.

El padre Benzini no lo quería hacer, así que invocó Sagrada Escritura para tratar de zafarse de ello. «Mi General, permítame citar a Mateo 6:24: «Ninguno puede servir a dos señores; porque o aborrecerá al uno y amará al otro, o estimará al uno y menospreciará al otro. No podéis servir a Dios y a Mammón».

El General Janssens sonrió ante el uso de 'Mammón', el sinónimo más siniestro de dinero que existía en la Biblia, refiriéndose al dios de las riquezas, o a Lucifer mismo. Sin embargo, la Compañía de Jesús había adoptado la teología nueva de Teilhard de Chardin eufóricamente; por ende, sería hasta una traición empezar a depender de la teología vieja a estas alturas, después de la Instrucción.

El General Superior de los jesuitas respondió: «Padre Benz, si hay alguien capaz de servir tanto a Dios como a Mammón, es la Compañía de Jesús».

Último intento: «Mi General, el momento en que usted ponga su firma, ya no va a importar. Estaremos a la merced de quienes ni siquiera deben tener la palabra merced en su vocabulario».

«En ese caso, tendremos que negociar los mejores términos posibles. Y si no podemos, simplemente les reintegraremos sus 260,000 chelines».

Luego de unos segundos, el General Superior de los jesuitas pronunció las palabras que Benzini tanto temía: «Ve a Austria a cobrar el cheque. Llévate esta nota».

Escribió una nota en italiano, en papel membretado de la Compañía, la firmó, selló y se la dio a su amigo.

«Pisa el acelerador a fondo, padre Benz».

Capítulo 22

Mammón

El padre Benzini tomó el taxi a la dirección impresa en el cheque, en la Calle Graben. Se bajó, pagó el taxi y al volverse, encontró que un hombre alto y delgado pero muscular, de unos treinta y cinco años de edad, lo aguardaba a la entrada. Su cabello castaño corto y sus ojos azules pálidos más sus facciones eslavas y su tez blanca convencieron al prelado de que era ruso.

El jesuita sabía un poco de varios idiomas, pero su fuerte era el italiano y el castellano. Suponía que adentro habría un traductor. Pero cuando se saludaron con sendos asentimientos de cabeza, y ambos entraron al banco, el padre Benzini se dio cuenta que estaban completamente solos. El ruso le hizo seña para que se sentaran en un sofá. Al sentarse, sacó una tarjeta suya y se la entregó al padre. Decía 'Blas Pérez, Gerente Banquero' con toda la información de la tarjeta en un español perfecto.

El padre Benzini supuso que podrían hablar en español. «Señor Pérez, soy Giacomo Benzini, Sacerdote Jesuita. Mucho gusto».

Pérez le contestó en español perfecto. «Padre Benzini, soy el gerente de este banco. Supongo que usted vino a cobrar el cheque, ¿verdad?»

«Sí, alguien lo depositó en la colecta en la Iglesia del Gesù en Roma. Con esta nota».

Quiso entregarle la nota, pero Blas Pérez lo detuvo con una seña de su mano. Y procedió a preguntarle: «Entonces, padre Benzini, ¿está usted interesado en la ayuda?»

Benzini estudió al hombre frente a él. No era tan viejo, pero tenía ojos de alguien que había visto bastante. Pero definitivamente no parecía banquero. Más bien parecía militar.

«Definitivamente estamos interesados en saber más al respecto. Pero antes que nada dígame: ¿por qué están ofreciéndonos ayuda los soviéticos?»

Vladislav no perdió su ecuanimidad comercial, pero por dentro se regocijaba. El gambito había funcionado perfectamente. Habían deducido que los soviéticos estaban ofreciéndoles dinero, y a pesar de ser ello, habían venido.

«Padre Benzini, usted está en un banco austríaco que ha sido convertido en propiedad soviética por la Administración de Propiedades Soviéticas en Austria, APSA, que fue creada en junio de 1946 y que efectivamente es una corporación estatal, encargada de más de cuatrocientas empresas manufactureras, de comercio y de transporte. Ahora bien, como usted podrá haber notado, yo no soy banquero, pero estoy tratando de hacer que esto funcione, y desde mi punto de vista, es más fácil ser banquero de un cliente grande y confiable, que de varios clientes más pequeños. Y la Compañía de Jesús calza muy bien dentro de mi plan».

Se paró para servirles a ambos una taza de té. Después de agradecérsela, el padre Benzini tomó dos sorbos, y para su sorpresa, ¡era yerba mate!—el té jesuita que había sido producido masivamente en las Reducciones guaraníes, y que eventualmente llevó a la disolución de la Compañía de Jesús a finales del siglo dieciocho.

Era una maniobra sagaz para dejarle saber que los soviéticos sabían muy bien que, al ser disuelta por un Papa, la Compañía de Jesús había sido alojada por Rusia, hasta su reincorporación como orden por otro papa. El padre Benzini tuvo que admirar la sutileza del acto, asintiendo con su cabeza y elevando la tasa, como felicitándolo.

El soviético sonrió y dijo: «Como se habrá dado cuenta, no es primera vez que los jesuitas y nosotros hacemos negocio juntos».

«Y usaron los 10,000 dólares para recordarnos».

«¿Qué son 10,000 dólares entre viejos amigos?»

«Es bastante dinero, Sr. Pérez».

«Por favor, llámeme Don Blas».

Esto era para que el jesuita entendiera quién mandaba en esta reunión, y quien mandaría en adelante, si esto prosperaba. 'Don' es un prefijo que comanda respeto, en español y en italiano.

El jesuita lo entendió así y dijo: «Bien, Don Blas, diez mil dólares es una cantidad sustancial».

«No es nada para APSA, padre Benzini. Es más, yo considero que los antiguos propietarios de este banco y de otras empresas austríacas bajo el control de APSA estarían felices de poder expiar sus crímenes contra la humanidad haciendo algo a favor de la humanidad, como educándola, ¿no cree?»

El padre Benzini había entendido el mensaje. Tenían amplios recursos.

«Si estuviéramos interesados, ¿cuál sería el siguiente paso?»

«Padre Benzini, usted vino a cobrar el cheque. El siguiente paso es hacérselo efectivo».

Don Blas regresó con un maletín con diez mil dólares de los Estados Unidos, en billetes de cien dólares.

«Por favor cuéntelo, y por favor acepte el maletín como muestra de nuestro aprecio por su negocio.

«Muchas gracias, Don Blas. No necesito contarlo. ¿Pero cuál es el siguiente paso?»

«Eso depende enteramente de usted. Usted tiene mi tarjeta, pero yo no tengo nada suyo».

El padre Benzini le dio la nota firmada y sellada por el General Superior Janssens junto con su tarjeta de presentación personal. La nota decía, en italiano: «A quien interese: El portador de esta nota es mi emisario oficial, y habla con mi entera autoridad».

Tenía la misma firma y el mismo sello que la Instrucción.

«¿Desea más té, padre Benzini?»

«No gracias, estoy bien».

«Entonces, como usted representa al General Superior de los jesuitas, propondría una reunión acá en Austria, en el lugar que ustedes escojan en las afueras de Viena. Quizá en uno de los muchos monasterios que nos pueda brindar seguridad y discreción.

«Eso se puede arreglar, Don Blas».

«Supongo que sobra decirle que deberán detallar la cantidad de financiamiento que necesitarán en esa reunión».

«Puede contar con ello».

«Bien. Ese es el siguiente paso si ustedes deciden que quieren obtener financiamiento nuestro».

El padre Benzini se puso de pie. Se dieron la mano, y Don Blas lo escoltó a la puerta.

Luego de haberlo visto irse en un taxi, le echó llave al local y tomó taxi al aeropuerto. Vladislav no se aguantaba por darle la buena noticia al Embajador.

Capítulo 23

Sabiduría para Conocer la Diferencia

El General Superior Janssens leyó la propuesta de nuevo. Estaba escrita en español porque Don Blas Pérez obviamente era nombre español. En su esencia, era un presupuesto de partidas para mantener a la Compañía operando, a niveles mínimos, hasta que los ejércitos se desmovilizaran, las economías volvieran a cobrar impulso, y las escuelas se volvieran autosostenibles. Ascendía a cuatro millones de dólares al año por los próximos diez años.

Solo Benzini y él estaban en conocimiento de esto. Pero ahora tenían que hacer partícipe al padre Würzburg, el Abad del Monasterio de Klosterneuburg, ubicado en la Austria ocupada por la Unión Soviética, la sede de la reunión con los soviéticos el día siguiente.

El sacerdote jesuita Franz Würzburg era de la misma edad que el General Janssens. Se habían graduado juntos como licenciados en filosofía de la Universidad de San Luis en Bruselas en 1907, y seguían siendo amigos desde entonces. El General Superior Janssens había hecho las gestiones necesarias para que el Papa lo nombrara Abad de este monasterio en 1947.

El Abad Würzburg era muy calvo, muy delgado y muy austríaco, con sus ojos azules y su amor a la música de Strauss. Originario de Salzburgo, bien podría haber actuado el papel del jovial Fraile Tuck en la película de 1938 'Las Aventuras de Robin Hood', si hubiera pesado unos cien kilos más.

Pero esta noche, en la víspera de la reunión con los soviéticos, no andaba muy jovial. Hasta el hambre se le había quitado. Expresaba su consternación acerca del financiamiento soviético mientras cenaban en una terraza del monasterio desde donde podían ver el río Danubio tan majestuoso. Hablaban en italiano para que el personal del Monasterio no los entendiera.

«Mi General Janssens, usted no tiene idea con quién se está aliando. Las atrocidades cometidas por los soldados soviéticos, y que continúan cometiendo, son inmencionables. Lo que les hacen a nuestras mujeres es exactamente lo que le están haciendo a Austria. Han desmantelado las

143

mayores industrias austríacas y se las han llevado a la Unión Soviética. Son inmisericordes. No tienen alma. Es una infamia».

El General Superior estaba listo para esto. «Mi querido Abad, la Compañía de Jesús debe velar por su futuro en todo asunto. Somos los intelectuales de la cristiandad. Nuestras mejores mentes han descifrado lo que la doctrina católica solía llamar misterios, y han indicado el camino hacia el futuro, hacia Dios. Bajo condiciones de igualdad de todos los hombres, algo que solamente un país busca activamente: la Unión Soviética».

El Abad sacudía la cabeza, no creyendo lo que oía. Claro que Roma no estaba en manos soviéticas y por lo tanto estos dos no tenían idea de lo que los soviéticos eran capaces de hacer.

Pero el General Superior no era ignorante; simplemente no le daba el mismo peso a las acciones de soldados victoriosos, que le daban sus víctimas. Y el futuro de los jesuitas era mucho más importante que todo eso. Prosiguió: «Mi querido Abad, el conflicto más reciente entre las naciones, que ha sido el más salvaje, fue causado por naciones cuyas élites potentadas tomaron las decisiones bélicas. El Japón Imperial (estancada en el medioevo) dispuso conquistar las naciones pacíficas del Sudeste Asiático en busca de materia prima y petróleo. Los dictadores fascistas de Alemania e Italia procedieron a conquistar Europa. Los Estados Unidos decidieron participar en la guerra porque sus élites optaron por ignorar a su gente, que quería quedarse fuera del conflicto. No es coincidencia que sus industrias lucraron y que, gracias a la guerra, pasaron de una depresión a gran prosperidad. Su excusa fue el ataque del Japón Imperial a Pearl Harbor».

El General Janssens pidió al padre Benz que por favor le pasara el plato de *Liptauer* y la canasta de pan. Luego de haberse servido más, prosiguió.

«En contraste, la Unión Soviética fue invadida. Una nación sin élites no provocó esta guerra. Y eso no ha pasado desapercibido por los sobrevivientes de la guerra. Mira cuánto partido comunista ha nacido en todos lados».

El Abad Würzburg no estaba nada convencido de ello.

«Lo único que quieren hacer es eliminar la libertad individual, que es el motor de la prosperidad. Y el que no quiera, pues, al paredón, se ha dicho».

Pero el General Jean no cejaba.

«Contemos los muertos a manos de los soviéticos, ¿te parece? Es fácil: 2 ejércitos alemanes, que ascienden a aproximadamente 200,000 soldados. ¿Cuántos hombres, mujeres y niños civiles murieron en Hiroshima y Nagasaki, con dos bombas?»

«Pero las violaciones... ».

«Violar no es matar, y todos los ejércitos hacen lo mismo. Ha sido costumbre desde siempre. Los vikingos lo hacían. Los romanos lo hacían».

El Abad apuntó: «No hay informes de violaciones por tropas americanas o británicas».

«Aún no. Y si salen a la luz, expresaremos nuestra justa indignación. Pero mantengamos en mente que, en 1917, la Unión Soviética decidió comenzar a cuidar por los pobres, eliminar las élites pudientes, y crear una sociedad más justa. Abad Würz, debemos reconocer que todo lo que queremos hacer, como jesuitas, es crear un mundo más justo, más moral y con más apego a Dios. La América capitalista, la Alemania y la Italia fascistas, y el Japón Imperial, causaron más muerte y destrucción que la nación comunista. Una nación que no se estaba metiendo en nada más que en tratar de eliminar la pobreza, y velar por la salud y educación de su pueblo, no fue la causante de tanta muerte y destrucción».

Al Abad Würzburg le estaba entrando dolor de cabeza de tanto sacudir la cabeza. Decidió no decir más. Conocía al General Janssens desde que ambos fueron ordenados jesuitas. Y sabía que, como buen jesuita que era, cualquier decisión que tomaba era resultado de un análisis completo. Janssens ya había llegado a su decisión, y él no lo iba a poder disuadir.

El General Superior pidió que le pasaran el plato de *Tafelspitz*. Al servirse, concluyó: «La historia nos ha enseñado que las élites causan problemas que resultan en la muerte de los pobres. Definitivamente estamos a favor de eliminar las élites. El Vaticano no concuerda. Usará todo medio disponible para combatirnos, incluyendo el poder económico. Con este tratado, estaremos listos».

El Abad Würzburg seguía siendo un jesuita de la vieja guardia que obedecía al Papa, así que para él, esta escisión que estaba gestando el General Superior era monumental y trascendental. Así que la pregunta que tenía que hacerse era, ¿por qué era que el General Janssens estaba haciendo esto?

¿Realmente había decidido el General Superior de los jesuitas desechar o ignorar las creencias fundamentales de la cristiandad, que eran, en su esencia, la Palabra del Dios Padre de los Diez Mandamientos y las enseñanzas de Dios Hijo en el Evangelio? ¿Realmente había decidido despojarse de 60 años de fe en ellas, solamente para reemplazarlas con las propuestas carentes de toda substancia de Teilhard de Chardin, Henri de Lubac, y otros, que decían cosas como que, para llegar a Dios, había que alcanzar la igualdad social acá en la tierra? Si eso era cierto, ¿por qué no lo había dicho Dios Hijo en su ministerio de tres años? ¿Ni una tan sola vez?

Würzburg no creía que el General Superior creyera todo eso, para nada. Pero entonces si el General Superior no creía en las disparatadas de Chardin, pero las había acogido, tenía que tener un motivo ulterior para hacerlo.

Si fuera cierto que el General Superior aborrecía las élites, porque causaban la muerte de las no élites, y que realmente creía que el capitalismo era el mayor causante de la desigualdad en el mundo, entonces ¿por qué no enfocar sus esfuerzos en el combate de tal capitalismo en los Estados Unidos—la Sodoma y Gomorra del capitalismo?

Era tan lógica esta conclusión que se encogió de hombros y asintió con la cabeza, gestos que sorprendieron a sus invitados porque no habían dicho nada en un buen rato. Abochornado, les ofreció a ambos más vino y se sirvió él otra copa, y luego continuó su análisis en silencio.

Lo que hacía esta conclusión aún más lógica era que la Compañía de Jesús tenía cantidad de instituciones jesuitas a todo nivel en Estados Unidos, todas a su disposición. Si realmente quería destruir a los Estados Unidos por ser capitalista, pues entonces ya tenía un ejército disponible en USA y no necesitaba ni un céntimo de la Unión Soviética para hacerlo.

Por lo tanto, no podía ser eso lo que motivaba al General Superior tampoco. La motivación tenía que yacer en su pasado. Tenía que haber sido un evento transformador en su vida.

El Abad Würzburg recordó que lo que se había dicho en la Congregación de jesuitas de 1946 que lo acabó eligiendo, era que el General Superior, cuando era Provincial de Bélgica, había salvado la vida de numerosos judíos perseguidos por Nazis, y que eso había pasado haciendo toda la guerra. Pero no los había podido salvar a todos; ciertamente no a suficientes.

Y si ese era el evento transformador, entonces tenía que haber sentido una rabia profunda en contra del Vaticano, que no hizo nada por ayudar a los judíos, ni por confrontar o denunciar a los causantes de tal exterminio. Es más, con todo el dinero que le pagaron los Nazis al Vaticano, para comprar su silencio, éste fundó un banco en 1942. ¿Si no, con qué dinero podrían fundar un banco, si el Vaticano no fabricaba y vendía pertrechos de guerra?

El Vaticano se había vendido a los Nazis, y eso era lo que Janssens no perdonaba.

De nuevo asintió con la cabeza, y de nuevo se rieron de él sus invitados. Pero no le importaba. Había acertado: el General Superior de los jesuitas, Jean Baptiste Janssens, el Papa Negro, necesitaba dinero soviético para hacerle la guerra al Vaticano.

¿Y los pobres? ¿No dijo Jesús, «Porque a los pobres siempre los tendréis con vosotros»? ¿Y la igualdad del hombre? De nuevo, «Porque a los pobres siempre los tendréis con vosotros».

Si Janssens creía lo mismo que creía el Abad, que Jesucristo no estaba errado en cuanto a la imposibilidad de erradicar la pobreza y de alcanzar la igualdad universal, entonces sólo se quería valer de esas excusas para hacer pagar al que tenía que haber confrontado el mal y no lo hizo: el Vaticano.

El Abad se paró y, muy contento, le dio las buenas noches al padre Benzini, quien se quedó perplejo por su cambio de actitud, que había sido de todo menos jovial antes de la cena. Luego le dio un abrazo al General Janssens, susurrándole al oído, en alemán, «*Ich verstehe alles* [Comprendo todo]».

Antes de dormirse, el Abad se enorgulleció de dos cosas: de ser jesuita, para poder tener la capacidad de raciocinio que le permitió llegar a la conclusión correcta esa noche; y de tener al General Janssens de líder, por lo noble de su cometido, y porque estaba seguro de que el Papa Negro le iba a sacar todo lo que quería a los soviéticos, haciéndoles creer que había sido idea de ellos.

Capítulo 24

El Gambito del Papa Negro

A las diez de la mañana en punto del día siguiente, una limusina negra paró a la entrada Monasterio de Klosterneuburg. De ella se bajaron el Embajador Panyushkin, Vladislav Fedoseyev y el General Iván Konev, el comandante de la zona de Austria ocupada por los soviéticos. Konev y Fedoseyev eran viejos amigos que habían comandado regimientos bajo el General Fyodor Tolbukhin. Konev había ido sólo en atención al Embajador. No pasó adelante.

Dos monjas llevaron a los soviéticos hasta sus habitaciones. Al mediodía, las mismas monjas los llevaron a reunirse con Janssens, Benzini, y Würzburg para almorzar. Después de almuerzo, Würzburg los llevó a un recorrido del monasterio, relatando su historia. Había sido construido en 1114 por San Leopoldo III de Babenberg, el santo patrono de Austria, y su segunda esposa, Agnes de Alemania. En 1949, todavía se estaba recuperando de los estragos de la guerra. Pero la construcción original de 1114 A.D., y los dos campanarios góticos mellizos que habían sido construidos en 1879, habían sobrevivido intactos.

En su recorrido les mostró el famoso Altar de Verdún, construido en 1181 por Nicolás de Verdún, con 45 placas de cobre bañadas en oro, que retrataban héroes religiosos de la época bizantina, que originalmente habían sido fabricadas como paneles, pero que se habían configurado como altar allá por 1330. Se habían dispuesto en tres partes: la de la izquierda reflejaba las eras de Adán y Noé; la de la derecha, las eras de Abraham, David y la cautividad babilónica; y finalmente la vida de Jesús en la parte central.

Después del recorrido, el Abad Würzburg los dejó solos, para que los cuatro comenzaran su reunión. El Embajador se había presentado con su verdadero nombre, pero Fedoseyev se había presentado como Don Blas Pérez.

El Embajador fue el primero en hablar en español, que era la lengua dominada por todos.

«Caballeros, la Compañía de Jesús de nuevo busca la asistencia de Rusia, como lo hizo al ser disuelta por el Papa Clemente XIV en 1773. El padre Benzini nos informó que buscan asistencia económica. Mi primera pregunta es, ¿por qué nosotros?»

El General Janssens señaló que la Unión Soviética, con su carencia de élites, fue la nación inocente de la Segunda Guerra Mundial. Sus esfuerzos por alcanzar la igualdad social, desde 1917, iban de la mano con el pensamiento jesuita actual, como enunciado por Teilhard de Chardin. Pero que este pensamiento jesuita no era aceptado por el Vaticano, quien ya estaba utilizando su poder económico en contra de ellos. ¿Y cómo iba a poder educar a los pobres sin fondos adicionales?

Panyushkin le recordó al General Janssens que si el Papa actual decidía disolver la Compañía, se tendría que disolver. Y una Compañía de Jesús disuelta no sería tan buena inversión como una operante. ¿Cómo pretendían los jesuitas evitar tal posibilidad?

El General Janssens no vaciló en su respuesta. «Señor Embajador, planeamos tener Congregaciones en Roma, a la vista del Papa, con su pleno conocimiento. Por lo tanto, no estaremos haciendo nada que le permita alegar que le hemos ocultado nada. Siendo así, le será muy difícil disolver a uno de los pocos aliados que le quedan, después de su desafortunada conducta durante la Segunda Guerra Mundial. Por ende, tendrá que aceptar nuestra metamorfosis, aunque esté en desacuerdo con ella».

El Embajador elevó una ceja. «¿Si la percepción que tiene de vosotros es de ser uno de sus pocos aliados, por qué os negaría financiamiento?»

«Señor Embajador, el poder de financiar o no, no necesariamente reside con el Papa. Sólo el Papa puede disolvernos. Pero la adjudicación de fondos es cuestión de comités de cardenales que no son nuestros amigos. Con suerte, a futuro, podremos convencer a esta gente a simpatizar con nosotros, pero ese no es el caso hoy día. Hoy día, una desobediencia de la doctrina católica tradicional implicaría 'cheques en el correo' que nunca llegan, promesas que no son cumplidas y un recorte anual de nuestro presupuesto por 'falta de fondos'. Los jesuitas progresistas seguirían siendo removidos de docencias porque no es la Compañía la que tiene dominio económico sobre esas universidades; es el Vaticano».

El Embajador Panyushkin entendía la diferenciación sutil entre poder político y poder presupuestario. Pero eso no contestaba su pregunta. «Bien

General Janssens, ¿pero por qué nosotros?»

Algo sorprendido, el General Janssens contestó: «Señor Embajador, ¿pensé que ya había contestado esa pregunta cuando elogié vuestra revolución de 1917?»

«General Janssens, si usted está implicando que los jesuitas ya son socialistas convencidos, eso es algo que no puedo presentarles a mis superiores sin que se rían en mi cara. Eso es algo que vosotros tendréis que comprobar con el paso del tiempo antes de que alguien os lo crea, porque no hace mucho, vosotros apoyasteis a Franco contra el gobierno legítimo de España, aliado de la Unión Soviética».

El padre Benzini decidió abrir la boca. «Señor Embajador, vosotros nos invitasteis al banco austríaco con una oferta considerable, como ya lo sabéis. A raíz de mi conversación con Don Blas en Viena, acordamos explorar un financiamiento de nuestra meta de ampliar nuestra educación a los pobres del mundo».

Panyushkin volvió a ver a Don Blas, algo exasperado, como preguntando, «Cómo es que éstos tienen la fama de ser tan inteligentes?»

Don Blas decidió tirarles un salvavidas. «Caballeros, lo que el Señor Embajador está preguntando es simple y sencillamente, ¿por qué no buscáis financiamiento de otras fuentes?»

Fue el salvavidas perfecto. Janssens contestó: «Caballeros, todas nuestras metas, que necesariamente nos aparta del camino tradicional impuesto por el Vaticano, requieren sutileza. Se logran con discreción. Si nosotros fuéramos a un banco en Nueva York, por ejemplo, inmediatamente nos asociarían con el Vaticano, y nuestra discreción deseada sería desvirtuada, porque buscarían garantías de nuestra matriz. En el mercado financiero, no somos independientes del Vaticano. Consideramos que vosotros sois una mejor manera de disociarnos del Vaticano».

«¿Asociándoos con nosotros, caballeros?»

Don Blas se sorprendió de comentario tan poco diplomático e inesperado del embajador.

El General Superior de los jesuitas tenía una respuesta preparada para esto: «Señor Embajador, una asociación con nosotros no haría más que dar realce a la reputación de quien esté contribuyendo a la educación de los pobres.

De nuevo, el semblante del Embajador denotó exasperación. «General Superior, si todo lo que quisiéramos fuera dar realce a nuestra reputación, simplemente optaríamos por hacer una donación minúscula del dinero que requieren, a cambio de una nota de agradecimiento en el periódico del Vaticano, *Corriere della Sera*, y así evitarnos los riesgos que conlleva una relación que debe permanecer clandestina con seguidores de un Dios en el que no creemos».

El General Janssens sacó el presupuesto del expediente que tenía ante sí, y lo empujó de su lado de la mesa hasta el otro, diciendo: «Caballeros, ahí tenéis las necesidades de la Compañía de Jesús para los próximos diez años. Ascienden a un total de 40 millones de dólares, o 4 millones de dólares al año. No es mucho, y si a cambio vosotros deseáis un sigilo absoluto, os firmo mi compromiso en tal sentido».

El Embajador tomó el presupuesto, le dio una mirada y se lo pasó a Don Blas. Éste lo comparó con los componentes del cálculo de la pirámide, levantó su mirada, y se encogió de hombros.

Entonces el Embajador dijo: «Señores, nosotros somos la Unión Soviética, y como tal, pensamos estratégicamente. Con cuatro millones de dólares al año, vosotros podréis pagar la construcción de una o dos escuelas para niños pobres, y luego os quedaríais sin fondos para pagar a los maestros. Disculpad, pero nosotros estábamos bajo la impresión de que el giro hacia los pobres era cosa seria para vosotros. Ciertamente lo es para nosotros».

Todo lo que dijo el General Janssens fue: «Caballeros, ahí tenéis nuestra propuesta. ¿No es lo acostumbrado hacer una contrapropuesta?»

Esto sorprendió al Embajador, lo cual complació al General Superior. Janssens sabía muy bien que las negociaciones financieras no eran el fuerte soviético y que en toda negociación lo importante era tomar el control. El control lo acababa de tomar Janssens porque no había revelado nada que ellos no supieran ya, y si esta negociación iba a proseguir, serían ellos los que tendrían que revelar su mano.

El Embajador Panyushkin reconoció demasiado tarde el gambito del Papa Negro. Por otra parte, tuvo que admirar la inteligencia del hombre. Lo cierto era que para hacer lo que querían hacer, era preferible tener socios inteligentes. Y Janssens acababa de demostrar serlo. El Embajador contestó: «General Janssens, definitivamente tiene derecho a una contrapropuesta, pero necesito prepararlo para ella, haciendo hincapié en el término 'pensar estratégicamente'. Un término sinónimo sería 'pensar en grande'. Por lo general, pensar en chico lleva a resultados desastrosos. Si Hitler hubiese girado hacia el Cáucaso para apoderarse de los campos petrolíferos, estaríamos hablando alemán en estos momentos. Pero pensó en chico y se enfocó en Stalingrado, con los resultados que todos conocemos».

Janssens asintió, sin decir nada, pensando «Siga, siga».

El Embajador continuó: «Para nosotros, pensar en grande es derrotar a los Estados Unidos de América, algo que no os puede causar sorpresa. Son nuestros enemigos».

El General Janssens asintió y replicó: «Señor Embajador, nosotros considerábamos que nuestro giro hacia los pobres, y la construcción de escuelas para ellos, era suficientemente grande. Y eso quedó reflejado en nuestra propuesta.

«Pero entiendo que eso no es lo suficientemente grande para vosotros. Siendo así, os pediría un poco de orientación, porque en mi mente, el único escenario que puedo elucubrar, que sería equivalente a vuestra situación versus los Estados Unidos, sería si de pronto decidiéramos que los franciscanos son nuestros enemigos, y que había que acabárnoslos».

Esto le pareció jocoso a los soviéticos. Y si bien exteriormente Janssens se unía a su risa, en su interior le oraba al Dios de los Diez Mandamientos y al Jesucristo de los Evangelios que los soviéticos vieran la puerta que les acababa de abrir.

El Embajador, ansioso por recuperar el control de la negociación, magnánimamente satisfizo la petición del jesuita: «General Janssens, usted está más cerca de pensar estratégicamente de lo que cree. Y estoy seguro de que con un poco más de tiempo, habría llegado por sí mismo a esta conclusión: su enemigo estratégico no es la orden franciscana, sino quienes los están obligando a buscar financiamiento por otro lado, porque se lo están negando injustamente: el Vaticano».

Tanto el padre Benzini como el General Janssens abrieron la boca en asombro. Sólo que el asombro de Janssens era actuación digna de un Oscar. Pensaba: «Caballeros, estáis en vuestra casa, poneos cómodos. ¿Gustaríais un cafecito?»

Pero antes de que Janssens pudiera decir algo, Benzini puntualizó lo siguiente: «Señor Embajador, el Vaticano no puede ser nuestro enemigo, porque ¡hemos tomado votos de obediencia al Papa!»

El General Janssens asintió, concordando con su colega.

El Embajador decidió confrontar eso de los votos frontalmente. «¿Votos, padre Benzini? ¿No debéis recibir algo a cambio por vuestra obediencia? Lo único que estáis recibiendo son rechazos y censuras, y si el Papa fuera un líder digno de vuestra fidelidad, la idea del giro a los pobres tendría que haber venido de él, ¿no es cierto?»

El padre Benzini se encogió de hombros, volviendo a ver a su General, esperando su reacción.

El Embajador continuó. «No fue el Papa Blanco el que enunció esta la más noble de las ideas: ayudar a los pobres. Fue el Papa Negro: su General Superior Jean Baptiste Janssens». Y cabeceó hacia el General Janssens.

En ese momento se paró Don Blas, y comenzó a aplaudir un aplauso lento y rítmico. El Embajador se unió al aplauso. El padre Benzini supuso que debía hacer lo mismo y se paró a aplaudir también.

El Papa Negro no sabía qué hacer ante este gesto tan inesperado. Odiaba llamar atención a su persona. Pero si los soviéticos le estaban rindiendo tributo, lo menos que podía hacer era agradecerlo. Así que se paró e hizo una reverencia. Luego levantó las manos como diciendo, «Gracias, no más, por favor».

Cuando el tributo hubo cesado, el Embajador miró directamente al padre Benzini y dijo: «Me parece que si queréis tomar votos de obediencia a un líder que sí vale la pena, no necesitáis ver al otro lado del tablero de ajedrez entre las piezas blancas, padre Benzini». El prelado asintió su acuerdo.

El General se quedó pensativo un momento y luego hizo esta pregunta: «Caballeros, si concordáramos con vosotros al respecto, cosa que no podemos hacer por la razón que dio el padre Benzini, ¿qué forma tomaría la acción estratégica que correspondería al pensamiento estratégico? ¿Nos daríais artillería soviética para agarrar a cañonazos al Vaticano desde nuestra sede, o qué?»

Todos se rieron. Eventualmente el Embajador contestó: «Señor Papa Negro, como jugadores de ajedrez, preferimos un buen jaque mate en vez de unos buenos cañonazos. Si me preguntáis cuál sería un buen jaque mate al Vaticano de parte de vosotros, yo os diría que un Papa jesuita».

De nuevo se abrieron las bocas jesuitas en asombro; de nuevo sólo una era sincera. Pero el General Janssens se apresuró a comentar: «Caballeros, eso es imposible porque nosotros no tenemos ni podemos tener un cardenal jesuita. Y la razón es que Ignacio de Loyola así lo acordó con el Papa Paulo III en 1534: a cambio de lealtad al Papa, responderíamos sólo al Papa, y no a ningún cardenal, arzobispo, obispo, párroco ni a nadie de la jerarquía eclesiástica. Y como no somos de la jerarquía eclesiástica, no tenemos cardenales y no podemos tener papa. Así que ese jaque mate es imposible».

El que estaba listo para responder a esto era Don Blas: «Caballeros, a mí me parece que mucho más imposible que tener un Papa jesuita, habría sido que el Vicario de Cristo en la tierra no hiciera o dijera nada en contra del exterminio de los judíos que Hitler llevaba a cabo en sus propias narices y con su entero conocimiento».

El Embajador asintió. «General Janssens, nada es imposible, especialmente en el área política».

Pero Janssens siguió sacudiendo su cabeza.

El Embajador se encogió de hombros y dijo: «Sr. Papa Negro, lo único que será imposible será darles el financiamiento, si no es capaz de remover ese escollo».

Fue el padre Benzini quien le contestó, pero viendo de soslayo a Don Blas: «¡No se puede, Señor Embajador! ¡Lo único que lamento es que Don Blas no me informara en Viena de que eso iba a ser requerimiento! ¡Ahí le habría podido informar que eso no se iba a poder! ¡Así nos hubiéramos podido evitar esta pérdida de tiempo y de esfuerzo!»

El Embajador fijó su mirada en el General Janssens, y preguntó:

«¿Es cierto eso, General Janssens? ¿Que no se puede?»

El General Janssens fingió estar dándole vuelta al asunto en su cabeza y luego hizo la siguiente pregunta: «Caballeros, ¿por qué decís que sería imposible darnos el financiamiento si no es posible tener Papa jesuita?»

De nuevo fue Don Blas quien contestó: «General Janssens, ¿de veras pensó usted que le íbamos a pedir al camarada Stalin que firmara un cheque cuantioso del Tesoro de la Unión Soviética, a nombre de la Compañía de Jesús, sin que nos preguntara cómo nos iban a reintegrar el financiamiento?»

El General Janssens hizo como que súbitamente había entendido.

«Caballeros... disculpadme por no haber caído en cuenta antes. Vosotros tenéis toda la razón: en vuestro esquema, el tener un Papa jesuita es imprescindible para poder reintegraros el préstamo con fondos del Banco del Vaticano».

«Tenemos otro requerimiento imprescindible, además de ese», dijo el Embajador, ominosamente.

«¿Qué más, Señor Embajador?», preguntó Janssens con trepidación.

«Nosotros tendremos que escoger a vuestro próximo General Superior».

Este requerimiento sorprendió a ambos sacerdotes. Pero más a Benzini, que sonaba como que se estaba atorando con algo.

«¿Cómo funcionaría eso exactamente, Señor Embajador?» preguntó Janssens sin poder ocultar su desconcierto.

«General Superior, en un partido de ajedrez, que puede tomar horas, el propósito es darle jaque mate al oponente. Si quiero mover mi reina para atacar a mi oponente, pues tiene que estar ahí; no puede no estar. Pero en la vida real, usted se podría morir, por cualquier razón, aunque espero que sea después de cumplidos los cien años de edad. ¿O esperaba usted vivir para siempre?»

Ese toque de humor disipó bastante de la tensión que se había cernido sobre la sala. No obstante, el Embajador continuó con la analogía del ajedrez.

«En un partido de ajedrez, las piezas no resisten la voluntad del jugador. Pero en la vida real, no sólo pueden resistir, sino que también podrían actuar en contra de la voluntad de quien las mueve. Eso no lo podemos permitir. Por eso tenemos que escoger a su próximo General Superior».

El General Janssens sacudió su cabeza, repitiendo que era imposible. El Embajador continuó. «General Janssens, simplemente estamos tratando de controlar todas las variables que podamos, para asegurarnos de poder alcanzar nuestras metas. Lo mismo haría cualquier banco que aceptara financiaros».

En eso, el irreprimible padre Benzini decidió señalar lo siguiente: «Caballeros, hay otra forma de enmarcar este trato, y es como un convenio de servicios, no de financiamiento. Bajo un convenio de servicios, se nos paga por servicios prestados, y una vez prestados nuestros servicios, no adeudamos nada a nadie».

Don Blas iba a responder, pero Panyushkin le lanzó una mirada que lo detuvo inmediatamente. Panyushkin se dirigió al padre Benzini y le dijo, aparentemente muy contento: «Padre Benzini, estoy de acuerdo. Consideremos esto un convenio de servicios. Como tal, no le pagaremos a la Compañía de Jesús ni un céntimo hasta que vuestros servicios hayan sido prestados a satisfacción nuestra, que no será sino hasta que caigan los Estados Unidos de América, o hasta que se elija un Papa jesuita».

Panyushkin entonces se volvió a Don Blas y le dijo: «Don Blas, vamos a mecanografiar el convenio de servicios. Al camarada Stalin le va a encantar esto».

Pero el General Janssens los detuvo, diciendo: «Caballeros, ya es hora de que hablemos en serio. Todos hemos utilizado el humor para hacer nuestros argumentos, y eso es todo lo que el padre Benzini ha hecho. A todas luces, esto tiene que ser un convenio de financiamiento, con todas las garantías posibles, que es algo que buscan todos los financistas. También es obvio que este convenio no podrá terminarse antes de que se elija un Papa jesuita, porque el Papa jesuita reintegrará los fondos del Tesoro de la Unión Soviética que nos fueron entregados, con fondos provenientes del Banco del Vaticano.

«Como no tenemos cardenal jesuita todavía, y como la autorización para tener uno tendría que provenir de la Iglesia Jerárquica a la cual no pertenecemos, y la cual se nos opone, el nombramiento de un cardenal jesuita va a tomar tiempo. Probablemente tome más tiempo del que me resta de vida, y eso hace necesario que el financista nombre al siguiente General Superior, quien tendrá que ser alguien que apoye el plan con entusiasmo».

Todo mundo asintió. Entonces el General Janssens hizo la siguiente pregunta: «¿Cómo acontecería eso? ¿Se los tendría que buscar yo?»

El Embajador contestó: «No, General Janssens, ya lo escogimos. Su nombre es Pedro Arrupe».

El General Superior había oído algo de él. «Pedro Arrupe estuvo en Hiroshima en 1945. ¿Cómo saben de él?»

Don Blas contestó: «General Janssens, acabamos de apoderarnos de una de las mayores islas del Japón. Que no os quepa la menor duda de que tenemos ojos y oídos allá».

El Embajador continuó: «Arrupe es el jesuita más antiamericano que conocemos. Fue de los primeros en llegar al centro de Hiroshima para ver de cerca los horrores de la bomba atómica americana y para ayudar a los sobrevivientes. Usted podrá ser un oponente intelectual o espiritual del capitalismo americano, pero el odio de Arrupe es visceral. Usted podrá querer la igualdad y la eliminación de élites, pero todo lo que Arrupe quiere es destruir a América. Con lo que vio y vivió en carne propia, ¿quién lo puede culpar?»

El General Janssens asintió. «Muy bien, Pedro Arrupe será. Me encargaré de irlo preparando para el cargo».

El Embajador lucía muy complacido. Le reiteró: «Sr. Papa Negro, ambos tenemos metas que van de la mano. Nosotros sólo queremos minimizar nuestros riesgos por medio del control de cuantos factores podamos controlar. Que es exactamente lo que una institución financiera haría. Sólo que un banco neoyorquino o suizo le daría un período de gracia de uno o dos años, no más, y luego tendría que comenzar a reintegrar el préstamo. Nuestro período de gracia termina cuando vosotros alcancéis la corona de su existencia como Orden: el Papado y el control de su iglesia. ¿Estamos de acuerdo?»

«No, Señor Embajador. No estoy de acuerdo».

Las caras de los soviéticos se desencajaron. Juraban que esto ya era pan comido. El Embajador Panyushkin se atrevió a preguntar:

«¿Por qué no, General Janssens?»

«Primero, Señor Embajador, porque nada de lo que se diga tendrá validez sino hasta que esté escrito y firmado. Sólo entonces habrá acuerdo».

Los soviéticos asintieron.

«Segundo, antes de firmar, tendré que ver cuánto estáis dispuestos a invertir para que hagamos todo lo necesario para que un jesuita sea nombrado cardenal. Los obstáculos son enormes, y si bien no son imposibles de solventar, como lo señaló Don Blas, sí costará plata».

El semblante del Embajador reflejaba alivio. «General Superior, estamos en completo acuerdo con usted, y estamos preparados para hacerlo».

Pero el General Janssens no había terminado. «Caballeros, tampoco puede haber acuerdo sino hasta que vosotros nos hayáis explicado qué esperáis de nosotros, exactamente, para vuestro jaque mate a los Estados

Unidos».

Por primera vez sonrió ampliamente el Embajador, quien se volvió a Don Blas. Éste procedió a sacar tres copias de un documento titulado «Proyecto de Financiamiento Cruzada Negra». Puso dos copias del mismo frente a los sacerdotes. El documento tenía una pirámide en su carátula.

El Embajador dijo: «Caballeros, este documento contiene toda la información que precisáis. La podemos empezar a ver ya, o podemos tomar un receso y dar un paseo por la ribera del Danubio, y verla al regresar».

Habiendo decidido tomar el receso, los cuatro salieron a caminar por el pueblo de Klosterneuburg, todos contentos. Pero ninguno más contento que el General Superior de los jesuitas, Jean Baptiste Janssens, el Papa Negro.

Capítulo 25

La Cruzada de Cipotes

El radio HF rompió el silencio, exactamente en la frecuencia de la suma de las supuestas edades de las sirvientas de los jesuitas, que no era la frecuencia de la red de HF de los cuarteles. Esta conversación iba a ser lo más privada que se podía tener en HF.

«Padrino, éste es Charlie Lima, cambio».

«Charlie Lima, éste es Padrino, cambio».

«Padrino, Charlie Lima». ¿Cómo andan las cosas por allá... rico y con brisa?»

«Cabal, mi Charlie. ¿Por qué no nos viene a ver acá a Apaneca?»

«Padrino, hay una Unidad de Comandos que anda buscándolos a todos ustedes».

«Bueno pues, los esperamos en la recién constituida Universidad Católica de Apaneca».

El coronel se rio. «Padrino, siempre tentándole los huevos al tigre».

«Sí, lo sé, pero esta vez me lo va a agradecer. Si hay una unidad buscándonos en vez de combatir a la guerrilla, significa que la situación en la capital debe estar bajo control. El tener a los cabecillas fuera de circulación debe de estar funcionando».

«Tal vez. Pero los informes son que no combaten muy bien por la calidad de su gente».

«¿A qué se refiere?»

«Padrino, tienen a cipotes y cipotas de nueve y diez años de edad combatiendo; poniéndolos de carne de cañón. Las tropas de la Primera Brigada, después de un enfrentamiento en la calle, encontró a varios de ellos—sus cuerpos—todavía con los AK-47 en sus manitas. Varios civiles son testigos de eso. Dudo mucho que el movimiento guerrillero pueda sobrevivir esta ofensiva después de que esto salga a la luz».

Esta noticia no tomó a Sánchez de completa sorpresa, puesto que hay había oído rumores de niños guerrilleros antes. Pero esto ya no era rumor. Esto era prueba. Y eso tan sólo sirvió para validar aún su decisión.

«Charlie Lima, dígale al Alto Mando que deje de buscar a los jesuitas, porque estos curas tienen que estar involucrados en esto de los niños combatientes, y por lo tanto son responsables por la muerte de esos niños, y deberían de ser enjuiciados por ello».

Al coronel no le era fácil discutir con su subalterno puesto que concordaba con él. «Lo entiendo, Padrino, pero órdenes son órdenes».

Sánchez le ofreció una salida. «Con todo respeto, Charlie Lima: si salimos de esto bien parados, usted puede decir que le salvó la vida de estos curas, para que la nuestra sea una victoria intachable. Padrino fuera».

Se quedó ponderando la noticia. Le parecía una infamia eso. ¿Reclutar niños y niñas, para mandarlos a la guerra, en vez de educarlos para volverse ciudadanos productivos? Tenía que haber una palabra más idónea que 'infamia'.

Decidió subir la cuesta. En el camino, les devolvía el saludo a los soldados apostados en las casas. Cuando llegó a la casa de los curas, los encontró acostados en hamacas.

Ellacuría se levantó inmediatamente. «¿Hay noticias, capitán?»

«Las batallas en las calles de la a ciudad continúan, con victorias de nuestros soldados sobre sus guerrilleros menores de edad».

«Usted dice que son nuestros. No están bajo nuestro mando».

«De veras quiero creer que hombres de Dios no tuvieron nada que ver con enviar a niños y niñas de nueve y diez años de edad a su muerte, en vez de educarlos».

«¡Desde luego que no!»

«Pero los informes dicen que ustedes armaron a niños y niñas para enfrentarse a la tropa. Y según testigos civiles... a esos niños no les está yendo muy bien. Están muriendo, gracias a ustedes. Y esos civiles van a hablar de eso. Lo que ustedes han hecho, o están haciendo, viola muchas convenciones, ¿no es cierto? Cuando esta batalla final haya terminado, los guerrilleros capturados, para salvar sus pellejos, podrían acusarlos a ustedes de ser los autores intelectuales de esto. ¡Qué va! De seguro lo van a hacer».

Segundo Montes se levantó para participar en la conversación.

«Le aseguro que nunca aprobaríamos eso, capitán».

El capitán miró directamente a Montes. «¿De veras? ¿Porque no sería la primera vez que lo hacen, verdad?»

Tanto Montes como Ellacuría palidecieron. Eso sorprendió al capitán, pero su reacción curiosa no lo detuvo de decir lo que quería decir: «Me refería a la Cruzada de Niños en 1212».

El color regresó a las caras de los curas, junto con un gran alivio.

Ellacuría quiso explicar algo, pero el capitán lo cortó de tajo. «Mire, sacerdote, yo no estoy debatiendo esto... lo que le he informado son los hechos como me los han transmitido. Estoy seguro de que existen fotos de esto, que lo comprueban. Si ustedes tienen responsabilidad en esto, ustedes tendrán que enfrentarse a la justicia. No soy juez, así que guarden sus explicaciones para alguien que lo sea. Mi responsabilidad es mantenerlos vivos para que puedan ser juzgados por esto».

Sánchez se volvió para bajar la cuesta de nuevo, pero se detuvo y se volvió a ellos otra vez. «¿Saben qué es lo más triste, señores? Que todo esto se pudo haber evitado».

Ellacuría estaba por replicar, pero fue Montes quien le preguntó: «¿Por qué dice eso, capitán?»

«Padre Montes, si mi jefe y yo estamos conmocionados con esta noticia, imagínense lo que dirá el mundo cuando se sepa. Pero ustedes ya lo sabían».

Los jesuitas protestaron, pero el capitán levantó la mano. «Por favor, señores, no se requiere ser genio para concluir que ustedes dos ya lo sabían. Sin embargo, estoy dispuesto a aceptar que no fue decisión suya. Y que a lo mejor hasta se opusieron vehementemente, por razones morales, cuando los guerrilleros comandantes decidieron reclutar o secuestrar o hacer lo que sea que hacían para tener niños en sus filas y armarlos».

Las sospechas del capitán fueron confirmadas cuando los dos comenzaron a decir algo, pero no lo hicieron. Continuó. «A lo que voy es a que sería obvio para cualquier observador imparcial que las cosas no pueden estarles yendo bien a la guerrilla, militarmente hablando, si tienen que usar niños y niñas como combatientes. También sería obvio para el mismo observador imparcial que si el gobierno les está ofreciendo unirse al proceso democrático como partido político, con garantías de los EE.UU., que tendrían que estar locos para no aceptar la oferta».

Ellacuría había oído suficiente. «No confiamos en el ejército, capitán. ¿No dieron la orden de matarnos, pues? ¿No es esa la razón por la cual estamos en este predicamento?»

El capitán sacudió la cabeza. «¿No cree que eso es demasiado simplista, sacerdote? Admito que no lo he pensado a fondo, pero eso es porque no necesito hacerlo. Cuando me dieron esa orden de matarlos, ese mismo instante tomé la decisión de protegerlos. Hasta ahí mi proceso mental. Ni siquiera usé la cabeza. Todos mis instintos, cada fibra de mi ser, me hizo protegerlos antes de que lo hiciera mi cerebro».

Apuntó directamente a Ellacuría cuando dijo: «Sin embargo, ustedes sí tienen que tratar de averiguar por qué acabó en este predicamento, ¿cierto? Me da la impresión de que esta ofensiva los tomó por sorpresa; que ustedes no fueron consultados».

Los dos curas seguían queriendo decir algo sin poderlo hacer. Sánchez estaba en lo correcto. No fueron consultados, y todavía no habían podido concluir nada. Por eso no decían nada.

Sánchez pudo haberlo dejado ahí. Pero había algo que quería traer a colación, y en vez de hacerlo frontalmente, decidió hacerlo de soslayo. «Señores, el gran boxeador Mohammed Alí se volvió famoso por sus peleas con Sonny Liston, las cuales ganó fácilmente. Eso sorprendió a muchos porque Liston era un noqueador. Una explicación que empezó a circular años después fue que Liston consideraba a Mohammed Alí un loco, y que Liston temía a los locos. Y yo entiendo tal temor, porque esa gente es inestable, poco fiable, ilógica y comete errores costosos. En ese sentido, Sonny Liston tenía razón: esa gente es temible».

Los curas lo miraban confundidos, sin idea de lo que Sánchez quería decir. Éste continuó. «Déjenme darle un ejemplo de una locura: hace menos de un mes, mientras se estaban desarrollando pláticas de paz en Costa Rica, donde el Gobierno de nuevo invitó a la guerrilla debilitada a unirse al proceso democrático como partido político, guerrilleros acribillaron a balazos a la señorita Ana Isabel Casanova, de 23 años de edad, a plena luz del día».

Ahora sí sabían los curas adónde iba el capitán. Sánchez siguió.

«Podría usar muchos adjetivos para describir ese ataque, todos partiendo del hecho que era una inocente, no un blanco militar, y que en todo caso el blanco militar debió ser su padre, el coronel Oscar Casanova, no ella. Al fin y al cabo, su padre fue instrumental en traspasar las tierras de los Catorce a los campesinos hace nueve años, porque yo fui su Oficial de Transmisiones para su batallón desplegado en todo el Departamento de la Paz, durante la Reforma Agraria».

El capitán se conmocionó. Había conocido a la señorita. «¿Fue ese su pecado? ¿Ser hija del hombre que ayudó a los campesinos a tener una vida más digna?»

Se detuvo unos momentos para recobrar su compostura. Luego continuó. «Pero el tópico de esta conversación es hacer locuras, y considerando la situación debilitada de la guerrilla, el matarla fue especialmente desquiciado porque los resultados de dicha acción hubieran podido ser previstos por cualquier persona de mente sana: el desplome de cualquier vestigio de simpatía que podía quedarle a las guerrillas entre la población, la remoción de la oferta de unirse al proceso democrático y la eliminación de toda alternativa que no fuera la militar».

El capitán sacudió su cabeza. «Pero si eso no fue locura suficiente para ustedes, consideren esto: la misma gente que hizo eso lanzó una ofensiva en San Salvador este sábado pasado, esperando lograr con cipotes y cipotas, lo que no pudieron alcanzar con hombres hechos y derechos en 1981. Señores, eso es una verdadera locura».

Ellacuría reaccionó con lo único que su supuestamente gran intelecto pudo producir: «¿Y todas las hijas que han muerto a manos del ejército, capitán?»

El capitán se limitó a verlo, sacudiendo la cabeza, y a decirle:

«Mire, cura, si el ejército estuviera en el negocio de matar hijas y civiles no combatientes, como dice su propaganda, nosotros habríamos caído más rápido que Batista y Somoza, y habríamos caído hace diez años. Y si no, seríamos nosotros los que tendríamos que estar llenando nuestras filas con cipotes y cipotas, no ustedes».

El capitán finalizó la conversación con esta solicitud sincera: «Señores, los insto a no defender lo loco. Quienquiera que decidió asesinar a Ana Isabel Casanova, con alevosía, y quienquiera que decidió atacar a San Salvador con cipotes y cipotas armados, también con premeditación, son los mismos locos que los tienen metidos en este predicamento a ustedes dos. Son ellos los que debería preocuparlos, no nosotros».

Sus palabras fueron recibidas con silencio. Se veía que algo definitivamente los preocupaba. Pero el capitán no se quedó a preguntarles qué. Se dio la vuelta y se fue, y esta vez no se detuvo.

Al bajar la cuesta, Sánchez se dejó sobrecoger de emoción. Ana Isabel

Casanova había sido una persona extraordinaria, en todo sentido. Hubiera querido hacer por ella, lo que había podido hacer por el mayor D'Aubuisson.

Capítulo 26

Majanismo

Sánchez se remontó a esos días hacía 10 años. La sede del poder ejecutivo en 1979 era el complejo conocido como Casa Presidencial, en el Barrio San Jacinto. Junto a él se encontraba el Cuartel conocido como El Zapote. En 1979, era la sede del Batallón de Transmisiones.

El 15 de octubre de 1979, los comandantes militares de esos cuarteles fueron destituidos, junto con el presidente, el general Carlos Romero, y fueron remplazados por subordinados que apoyaban el golpe, que en su conjunto se conocían como la 'Juventud Militar', liderados por el coronel Adolfo Majano, quien procedió a conformar una Junta Revolucionaria de Gobierno.

Los otros miembros de la Junta fueron el Col. Abdul Gutiérrez y tres civiles: Guillermo Ungo, representando a las Organizaciones Populares, o sea, las organizaciones que representaban a las masas desprivilegiadas; Mario Antonio Andino, representando al sector privado, y Román Mayorga Quirós, un ingeniero graduado de la prestigiosa universidad estadounidense MIT, quien era el Decano no-jesuita de la Universidad Católica.

En El Zapote ese día, el mayor Samayoa reunió al Batallón de Transmisiones y dio un discurso apasionado sobre justicia social, la Reforma Agraria y la transición a un gobierno civil. Un par de horas después, la Junta Cívico-Militar que asumió el poder en El Salvador dio el mismo discurso a la nación.

Era obvio que, de los dos miembros militares de la Junta, Majano era el más izquierdista. El Col. Abdul Gutiérrez era moderado. La mayoría de los comandantes nuevos de las Fuerzas Armadas y de la Fuerza Aérea se identificaban más con él que con Majano. Pero los dos cuarteles principales de San Salvador, el Batallón de Transmisiones y la Primera Brigada de Infantería, definitivamente eran pro-Majano o *Majanistas*.

Sin embargo, la influencia de Majano era más profunda que amplia. La mayoría de los tenientes y capitanes del ejército habían tenido a Majano de instructor en la Escuela Militar Gerardo Barrios, y era muy querido. Todo cuartel de la República tenía oficiales que apoyaban a Majano, aunque sus comandantes no lo hicieran. Y sus comandantes lo sabían. El poder de Majano era real.

El golpe nunca habría sido tan libre de contratiempos si todos no se hubieran sentido representados en la Junta. Para ello, muchos cuarteles requerían que hubiera alguien además de Majano que los representara. Por eso, la verdadera fuerza tras el golpe, Majano, se vio obligado a compartir el poder con Gutiérrez.

Si bien el catalizador más próximo del golpe de octubre había sido la caída de Anastasio Somoza en julio de 1979, y la toma del poder en Nicaragua por los Sandinistas. La visión de Majano, su *Majanismo*, desde hacía mucho tiempo había sido concebido, crecido, madurado, y sólo aguardaba el momento justo para subir al escenario y dominarlo. Para entenderlo, uno sólo tiene que dar un paseo por toda San Salvador, y ver la miseria en la que la gente vive: en champeríos sin sanitarios, en casas hechas de cartón y laminas, en barrancos sin agua potable, y todos los niños desnudos con panza de kwashiorkor.

En contraste, en las laderas del volcán de San Salvador, con vista panorámica de ese océano de miseria, sin hacer nada al respecto, se encuentran las colonias San Benito y Escalón, donde la gente vive en mansiones lujosas. Dicho contraste describe perfectamente el concepto de 'injusticia social' que engendró al *Majanismo*.

Desafortunadamente, también engendró al *Comunismo*, y si bien muchos aducían que el *Majanismo* y el *Comunismo* eran la misma cosa, a Sánchez le quedaba claro que el *Majanismo* era una cosa buena; una cosa necesaria. Una cosa vital. Majano quería poner el motor generador de riquezas de El Salvador, las fincas, en las manos de los campesinos, por ley. Los propietarios actuales serían compensados, y los nuevos propietarios entrenados para convertirse en agricultores exitosos. Ésta era la Reforma Agraria que la Junta Revolucionaria, liderada por Majano, había prometido a la nación.

Sus oponentes de la izquierda, los líderes guerrilleros y los jesuitas, querían tomar las fincas a la fuerza, que pasaran a posesión del Estado, y que los campesinos las trabajaran como obreros empleados del Estado, no como propietarios. Quien se atreviera a oponerse a tal apoderamiento sería ejecutado, como Fidel Castro ejecutaba a sus oponentes en Cuba en 1959, y como los Sandinistas hacían en Nicaragua 20 años después, desde la caída de Somoza en julio de 1979. Los oponentes de Majano a su izquierda consideraban que la Reforma Agraria tenía que ser opuesta a ultranza.

Sus oponentes a la derecha, los Catorce, también consideraban la Reforma Agraria como algo que debía ser opuesta a ultranza, debido a que ellas serían las desposeídas. Pero como el *Majanismo* buscaba hacer las cosas por ministerio de la ley, pasando leyes a tales efectos, y no arbitrariamente, la Reforma Agraria no iba a darse de la noche a la mañana. Eso daba bastante tiempo a los Catorce a ejercer su influencia donde pudieran, incluyendo entre las Fuerzas Armadas. Lo único que les faltaba era un líder que ondeara su bandera.

Y de pronto apareció el mayor Roberto D'Aubuisson Arrieta, un miembro de la tanda de 1963 de la Escuela Militar Gerardo Barrios, a llenarles ese vacío. Cuando ocurrió el golpe, era un mayor de alta en el Estado mayor de las Fuerzas Armadas, en la Sección de Inteligencia Militar. Pocos días después del golpe, renunció del Ejército y paso a ejercer la política, en oposición a la Junta. Un hombre carismático de mucha popularidad había decidido que era hora de dedicarse a lo que era su vocación nata. Siendo así, el subteniente Sánchez nunca llegó a conocerlo mientras estaba de alta. Claro que, en esos momentos de su recién iniciada carrera política, el subteniente Sánchez casi no conocía a nadie fuera del Batallón de Transmisiones.

En D'Aubuisson, los Catorce habían encontrado a su hombre. D'Aubuisson comenzó a trabajar en contra de los intereses de la Junta, arengando a la gente, en persona y a través de los medios, en contra del comunismo en general y en contra de los comunistas en la Junta.

D'Aubuisson se convirtió en el mayor oponente de la Reforma Agraria y de las demás reformas sociales del *Majanismo*. Era demasiado inteligente como para no entender las metas del *Majanismo*. Pero si se iba a convertir en presidente de la nación, el único espacio disponible para él era a la derecha del centro, donde se sentía como en casa, y donde mucho dinero le aguardaba.

Para todo integrante de ese segmento del espectro político, todos los que querían la Reforma Agraria y la Nacionalización de la Banca y del Comercio Exterior, las metas proclamadas de la Junta eran *Comunistas*.

Era demasiado simplista, pero permitía tenerles un lema atractivo por su sencillez: *Patria Sí, Comunismo No*. Así que donde fuera que D'Aubuisson hablara, después de entusiasmar a las muchedumbres con su sentido de humor y su camaradería, procedía a recitar su mensaje simple pero efectivo.

Y su mensaje no cambió cuando se disolvió la primera Junta porque si bien el único comunista real, Guillermo Manuel Ungo, ya no estaba, su reemplazo, un Demócrata Cristiano, también quería la Reforma Agraria. Así que D'Aubuisson siguió martillándolos: la Junta era un atajo de comunistas. Su Reforma Agraria no era más que comunismo.

El Col. Adolfo Majano sabía muy bien que la supervivencia de la nación como democracia dependía de la Reforma Agraria. Si la Junta no cumplía con ella, los comunistas ganarían bandera y de ser así, El Salvador sería el siguiente dominó en caer.

El Col. Majano estaba dispuesto a hacer absolutamente cualquier cosa para impedir eso.

Capítulo 27

Homicidium Interruptus

El 7 de mayo de 1980 era Día del Soldado en El Salvador. Era día festivo en El Zapote, que abrió las puertas a los parientes y amigos de sus soldados desde el mediodía hasta las 6 p.m. Cuando terminaron las festividades, el subteniente Sánchez fue a su pabellón a cambiarse, bajó y se metió en su auto para salir. No estaba de servicio esa noche.

De pronto un soldado corrió hacia él, lo saludó y le informó que debía uniformarse de nuevo para una misión, por orden del mayor Rodríguez, el S-3 (operaciones) del Batallón.

El mayor Roberto Rodríguez era un líder natural. Directo, sin ambages, y muy profesional cuando estaba de uniforme. Pero sabía parrandear fuera de él. Era divertido.

Era con el mayor Rodríguez que había estado de servicio la noche del 23 de marzo, cuando habían transmitido la 'Homilía de Fuego' de Monseñor Romero, ante la cual Sánchez había reaccionado furiosamente, proclamando:

«Mi mayor, ¡a ese hijo de su madre hay que matarlo!»

Ante lo cual Rodríguez sólo se había reído, diciendo: «¡No se enoje, hombre! Bien sabe que todos los curas dicen lo mismo».

Cuando supieron la siguiente noche que a Monseñor Romero de veras lo habían matado, el mayor Rodríguez se le acercó a decirle:

«Mire, Sánchez, nunca me vaya a desear mal a mí, ¿de acuerdo?»

Pero esta noche, Rodríguez sí que le estaba cayendo mal a Sánchez, porque tenía planes de ir a ver a una señorita. ¡Qué maldición! Pero cumplió la orden y se le fue a presentar a Rodríguez, quien se limitó a decirle que se mantuviera listo, que lo llamaría a la hora de salir.

Así que fue al casino de oficiales, que estaba vacío. No le estaba gustando esto. ¿No debería estar preparando a los equipos y la tropa, si iban en misión? Afuera del casino había movimiento de tropa. Alguien los estaba preparando, pero no él. ¿Y cómo, si no sabía la misión? Si iban a ir a San Marcos, donde Sánchez había capturado a guerrilleros anteriormente, y donde había tenido su primer enfrentamiento, ¿por qué no decirlo? ¿Por qué tanto secreto?

Media hora después el mayor Rodríguez lo llamó y le dijo que se metiera al segundo camión del convoy de tres camiones. Él iría en el primero y el sargento mayor Hernández iría en el tercer camión con tropa.

«¿Adónde vamos, mi mayor?»

«No necesita saber eso».

El semblante del mayor no admitía insistir. Así que se cuadró y dijo: «¡Fir, mi mayor!»

Se fue al segundo camión. Pero le estaba gustando esto menos y menos. Eran de transmisiones así que su misión era proporcionar apoyo de comunicaciones a las unidades de combate. Llevaban un solo radio para 60 hombres. Esta no era misión de apoyo de comunicaciones: era una misión de infantería.

El convoy se dirigió al oeste, no al sur o al este. Hacia el sur, la misión hubiera sido en San Marcos. Si se hubieran dirigido al este, la misión hubiera sido en Cojutepeque, donde había habido actividad guerrillera recientemente. Sin embargo, cualquier apoyo a Cojutepeque no requeriría más que un equipo de dos soldados con repetidora, debido al magnífico cerro de Las Pavas que dominaba el terreno, coronado por una estación de microondas de ANTEL, la empresa de comunicación estatal del Gobierno.

¿Pero hacia el oeste? Nada sucedía en occidente. Todo mundo bromeaba de que los militares de los cuarteles de occidente estaban de licencia prolongada. Entonces, ¿por qué íbamos rumbo a occidente?

En eso se le ocurrió a Sánchez que quizá la unidad de Transmisiones no estaba siendo usada como unidad militar, sino como unidad majanista. De ser así, el blanco iba a ser político, no militar. Y si era político, entonces se podría alegar que lo que estaba a punto de acontecer no era más que un asesinato. Y Sánchez no había ido a West Point para ser asesino.

El convoy recorrió San Salvador, pasó frente al Estado mayor, se dirigió a Santa Tecla, dejó Santa Tecla atrás y de pronto se detuvo, en medio de la nada, con un cerro al norte de la carretera, y vegetación densa al otro lado de la carretera. Y ahí se quedaron, sin que nadie hiciera nada.

Sánchez decidió actuar. Saltó de su camión y gritó: «¡Todo mundo abajo! ¡Una escuadra suba la colina, otra escuadra al otro lado de la carretera, el resto pongan seguridad adelante y atrás de los camiones!»

Rodríguez salió de su camión y gritó: «¡Alto! ¡Quédense en los camiones!»

Sánchez no lo podía creer. Empezó a caminar hacia el mayor pero el mayor repitió su orden.

Lo único que Sánchez pudo pensar fue: «Gracias a Dios esto es occidente, donde nada pasa, porque muy pronto toda la población se va a enterar de que hay tres camiones de tropa sentados a media carretera fuera de Santa Tecla, como blancos fáciles».

De pronto un carro paró junto al camión de Rodríguez. Era el mayor Domingo Monterrosa, quien posteriormente se convertiría en el Héroe del Ejército, el coronel Domingo Monterrosa, quien era miembro de los cuerpos de seguridad en esa época. Entró en una discusión acalorada con Rodríguez. El mayor Monterrosa se fue después de como quince minutos. Entones Rodríguez llamó a Sánchez, para decirle: «Llévese una sección por ese camino». Apuntó a un camino al otro lado de la carretera que era difícil ver en lo oscuro. Sánchez tuvo que hacer un esfuerzo visual para encontrarlo.

«Llegará a una casa, detenga a todos ahí y cuando los tenga detenidos, avíseme con un soldado. Llévese al sargento mayor Hernández con usted».

Por alguna razón, la imposición de Hernández, que nunca había salido en operación con Sánchez, y a quien realmente no conocía, le dio mala espina. Así que le dijo a Rodríguez: «Mi mayor, preferiría llevarme sólo al subsargento Zelayandía conmigo. Nunca he trabajado con Hernández antes».

Los ojos del mayor Rodríguez centellearon de furia. «Escúcheme bien, subteniente, usted va a hacer exactamente lo que yo le diga, ¿me entiende?»

«¡Fir, mi mayor!»

Sánchez se fue de regreso al camión y le ordenó formar a los soldados en dos columnas. Luego le dijo al sargento mayor Hernández que fuera a la retaguardia de las dos columnas. Sánchez nunca vio cuando Hernández le indicó al sargento Delgado que se uniera a ellos.

Al estar lista la formación de soldados, se puso al frente y dijo en voz alta: «¡Al trote, mar!» y salieron al trote por el camino de tierra. Pasaron un portón con un letrero que decía 'Finca San Luis'. Como a los 150 metros, vislumbraron una casita con un foco encendido en la entrada, y con un hombre barriendo el pavimento de enfrente. El hombre vio a los soldados corriendo hacia él, y ni se inmutó. Como que para él, treinta soldados armados corriendo hacia él en la oscuridad de la noche era lo más normal del mundo. Sánchez llegó a él primero, y le dijo:

«Por favor, hágase a un lado y no haga ruido». Quizá lo debía detener, pero algo le decía que este pobre peón humilde no era su blanco.

El hombre se apartó. Entonces Sánchez y sus soldados entraron corriendo por la puerta, recorrieron un pequeño corredor que a la izquierda se abría a una sala grande. La sala no tenía muro occidental, lo cual permitía ver lo que era o un gran jardín, o la finca misma. No se podía saber, pues la iluminación externa era pobre. Todo lo que se podían ver eran siluetas de árboles y arbustos.

Al fondo de la sala había como una docena de hombres sentados con sus armas a sus lados, la mayoría de ellos vestidos de militares. Parecían estar celebrando el Día del Soldado. No se sorprendieron al ver a los soldados entrar.

No hasta que Sánchez les gritó: «¡Párense, aléjense de sus armas, pónganse en contra de la pared, viéndola! ¡Manos atrás de la cabeza! ¡No hagan intento alguno de tomar sus armas porque dispararemos!»

Los hombres obedecieron. Mientras tanto, el sargento mayor Hernández distribuyó a los soldados en abanico atrás del subteniente.

«Sargento, incaute sus armas».

Hernández lo hizo.

Los hombres uniformados comenzaron a insultar a Sánchez:

«¿Por qué no vas tras la guerrilla, gringo desgraciado?»

«*Beat Army* [Gánenle al Ejército]», dijo uno de ellos en uniforme naval, repitiendo el dicho deportivo de la Academia Naval de los Estados Unidos.

Sánchez se sentía en desventaja. Ellos lo conocían a él, pero él no conocía a ninguno, excepto a uno: un teniente pelirrojo que lo había hecho pasar mal las pocas semanas que pasó en la Escuela Militar Gerardo Barrios antes de irse a West Point. Sólo lo recordaba por su apodo: 'Fosforito'.

Sánchez tenía que ponerle fin a esta falta de respeto. «Señores, lo único que me van a decir en adelante son sus nombres».

Pero continuaron insultándolo. Al fin y al cabo, estaban bebidos y todos eran de mayor rango que el subteniente Sánchez.

El hombre delgado que no estaba de uniforme dijo:

«Gente, obedezcamos al teniente, sólo cumple órdenes». Y se callaron

172

inmediatamente.

Cuando Sánchez se los pidió, dieron sus respectivos nombres: teniente fulano, capitán zutano, teniente de navío mengano, y así, hasta que le tocó el turno al hombre delgado vestido de civil, quien dijo:

«Mayor Roberto D'Aubuisson».

Sánchez casi deja caer el lapicero. Supo en ese momento que su instinto estaba correcto: estaban en medio de algo bien malo. Así que el subteniente decidió decir lo siguiente: «Señores, creo que todos estamos en una situación en la que preferiríamos no estar. Así que les pido su cooperación completa para que todos podamos salir de este huevo».

En eso, por el rabillo de su ojo, vio al sargento mayor Hernández y al sargento Delgado elevar sus armas y apuntar a los cautivos. Hernández gritó:

«¿Qué no íbamos a matar a estos cabrones, pues?»

Sánchez se le abalanzó a Hernández y le bajó el arma, gritando, «¡Nadie dispara aquí a menos que yo dé la orden! ¡Bajen sus armas, todos!»

Todos bajaron sus armas. Sánchez ordenó a Hernández y a Delgado regresar donde el mayor Rodríguez con la lista de los detenidos. Puso al subsargento Zelayandía a cargo de la tropa.

De pronto, hubo movimiento en la oscuridad al oeste de la sala: parecía como que los árboles y arbustos se movían, y de pronto se pudieron vislumbrar siluetas humanas que al entrar a la sala revelaron ser soldados camuflados. ¡Eran soldados del San Carlos—el cuartel de la Primera Brigada de Infantería—otra unidad majanista! ¿Cuánto tiempo habían estado ahí?

Su comandante, un capitán, se le acercó a Sánchez y le dijo: «Soy el capitán León. Vamos a hacernos cargo de esto, teniente».

Sánchez respondió:

«Disculpe, mi capitán, pero mi mayor Rodríguez es mi comandante, y no voy a seguir órdenes que no provengan de él».

En ese momento entró el mayor Rodríguez con el sargento mayor Hernández a la sala.

Uno de los hombres en contra de la pared era compañero de tanda del mayor Rodríguez y lo comenzó a increpar.

«Rodríguez, grandísimo hijo de la gran puta, ¿no te da vergüenza estar encañonando a tus compañeros de armas?»

El mayor Rodríguez se les acercó y les dijo: «Cálmense, sólo estamos siguiendo órdenes».

El capitán León se le acercó al mayor Rodríguez pero Sánchez no pudo escuchar lo que se dijeron porque el compañero de Rodríguez, el Toro Estaben, le seguía gritando. El capitán León se apartó junto con uno de sus soldados que llevaba radio a sus espaldas y salieron al patio de nuevo. Sánchez caminó hacia el patio con la esperanza de poder escuchar algo.

Todo lo que pudo escuchar fue al capitán transmitir, «No, mi coronel, ya no se puede. Dígame qué hago... No, ya no se puede».

En eso sintió que alguien le halaba la manga. Volvió a ver y era 'Fosforito'. Como que el mayor Rodríguez ya había dejado que los cautivos se alejaran de lo que ellos consideraban su paredón de fusilamiento.

«Sánchez, no vaya a dejar que nos maten, por favor».

«No se preocupe, mi teniente, no dejaré que nada les pase».

Se regresó con sus compañeros, que estaban platicando con Rodríguez. Así que mientras se quedaba ahí, esperando nuevas órdenes, Sánchez se puso a analizar todo lo que había pasado.

A él le quedaba claro que sólo unidades Majanistas habían participado en la operación, y que, por lo tanto, el comandante de esta operación tenía que ser el mismo Majano. Dedujo que era con Majano con quien el capitán León hablaba por radio.

También le quedaba claro que la operación no había tenido todo el sigilo que necesitaba, puesto que el mayor Monterrosa, quien no estaba de alta ni en El Zapote ni en el San Carlos, se había enterado de ella. La discusión acalorada que tuvieron los dos oficiales en la carretera probablemente había sido lo suficientemente larga como para estropear la coordinación de las unidades Majanistas.

Lo cual significaba que la unidad de Sánchez había llegado tarde a la cita. Era probable que los soldados de la Primera Brigada ya estaban escondidos tras los árboles y arbustos del jardín oscuro cuando llegó la unidad de Sánchez.

Entonces, ¿no pudo haber sido la misión de la Primera Brigada matar a D'Aubuisson, verdad? Lo habrían podido hacer fácilmente, desde donde estaban escondidos, mientras D'Aubuisson y sus amigos celebraban el Día del Soldado.

Conclusión: La unidad de Sánchez era la que debía matar a

D'Aubuisson. Pero el mayor Rodríguez no podía decirle nada a Sánchez, porque sabía que rehusaría cumplir la orden. Así que la orden se la habían dado al sargento mayor Hernández, quien probablemente había sido soldado de Majano, y haría cualquier cosa por él, como muchos otros en el ejército. Y Hernández probablemente había seleccionado a Delgado por la misma razón. Majano era muy querido en el ejército. No había duda de ello.

Entonces, ¿para qué estaban ahí los de la Primera Brigada? Probablemente para completar la misión si D'Aubuisson y sus amigos resultaban ser demasiado para los soldados de Transmisiones.

Sánchez estaba satisfecho con sus deducciones, pero todavía había una pregunta para la cual no tenía respuesta: ¿Por qué se le había escogido para esta misión?

En ese momento, el mayor Rodríguez ordenó a la tropa de Transmisiones regresar a los camiones. Antes de regresar al cuartel, los de Transmisiones vieron a los de la Primera Brigada subir a los detenidos a sus camiones y llevárselos.

Sánchez y su tropa regresaron al cuartel a medianoche. Sánchez subió a su pabellón y cayó como tronco.

A la mañana siguiente, toda la Fuerza Armada estaba en alerta. Algunos cuarteles estaban amenazando con rebelarse si la Primera Brigada no liberaba a sus prisioneros.

Los padres de Sánchez lo llamaron, preocupados porque estaban recibiendo llamadas de gente que decía que Sánchez había capturado a D'Aubuisson.

Todo lo que Sánchez podía hacer era negarlo. Pero definitivamente no le gustaba que su familia estuviera recibiendo amenazas.

Más tarde se supo que D'Aubuisson y sus amigos habían sido liberados ilesos. Y entonces fue cuando sus padres comenzaron a recibir llamadas de que Sánchez era quien le había salvado la vida a D'Aubuisson.

Sánchez todavía no sabía por qué se le había escogido para esta misión, porque no estaba de servicio y él no era más que comandante de sección, cuando la unidad que se había empeñado era una compañía, y el comandante de la compañía tendría que haber estado al mando. Entonces el subteniente Sánchez habría estado bajo el mando del capitán Palomo, quien a su vez habría estado bajo el mando del mayor Sammy, el comandante del batallón, o del mayor Arriaza, su ejecutivo.

Asimismo, Santa Tecla estaba bajo la jurisdicción del Regimiento de Caballería, o de la Brigada de Artillería, ambas en Opico. Ciertamente no estaba bajo la jurisdicción de Transmisiones o de la Primera Brigada.

Dado que cada práctica militar sana se había violado, a Sánchez no le quedaba más que concluir que fue la intención del mayor Sammy involucrarlo irremediablemente en la causa Majanista, involucrándolo en el asesinato del antimajanista número uno: el mayor Roberto D'Aubuisson.

¿Pero por qué? Sánchez había cumplido con cada orden dada y jamás había estado involucrado en actividades extracurriculares con elemento antimajanista alguno. No había motivo para dudar su compromiso con el majanismo. ¿Entonces?

Después de pensarlo mucho, llegó a la única conclusión posible: La Marcha de las Mujeres del 10 de diciembre de 1979.

Capítulo 28

El Sexo Más Valiente

La Marcha de las Mujeres estaba siendo organizada por grupos anticomunistas, como una protesta en contra del *Majanismo*. Pero estaba siendo vendida muy inteligentemente como una marcha 'Por la Paz'. Como las organizaciones de izquierda, a pesar de estar siendo representadas en la Junta Revolucionaria, no habían dejado de protestar ni de crear situaciones violentas, ésta era una oportunidad para que la parte de la población que rechazaba la violencia como método para alcanzar soluciones se hiciera escuchar. Y esa parte incluía mujeres de todo el espectro social, incluso sirvientas. La fiebre por participar se había apoderado de las mujeres Tacarello también.

Pepe le decía a Belinda: «*Moglie*, es demasiado arriesgado. Todas las mujeres que vayan en la Marcha de las Mujeres serán blancos fáciles. No quiero perderte».

Belinda sacudió la cabeza y le respondió, «Sólo para que lo sepas, tus hijas Rosa Lina y Carmen María van a ir también».

En eso entró Gladys con café y pan dulce. Después de servirles, les dijo: «Con su permiso, Sra. de Tacarello, a mi madre y a mí también nos gustaría ir con ustedes en la Marcha de las Mujeres».

Pepe casi derrama su café. «¿Qué? ¿Por qué diablos quieren ustedes ir? ¡Esto no tiene nada que ver con ustedes!»

Gladys le contestó. «Don Pepe, mi mamá y yo queremos paz. Todas las demás sirvientas de este vecindario también. Yo le oro a Dios de que la guerra nunca venga a este país, para que mi hijo no tenga que pelear. Él es todo lo que yo tengo. No señor, esta marcha por la paz merece todo nuestro apoyo».

Pepe entendía. Como toda madre Gladys no quería que le pasara nada a su hijo.

«Las comprendo, damas, pero por favor entiéndanme que yo no puedo dejarlas exponerse al peligro. Cada vez que hay marchas en este país, muere gente. Así que perdónenme si yo no quiero perder a mis seres queridos».

Acabó su taza de café y fue al Vesubio a platicar con Nena. Le asombraba cómo esta mujer había pasado de ser una india infraeducada (había cursado hasta el sexto grado, nada más) a convertirse en directora, por sus propios méritos. En la medida en que Pepe le había otorgado más independencia, Nena se había empeñado en superarse, tomando cursos de noche. No lo hacía para obtener una licenciatura; sólo quería tener los conocimientos necesarios para transar mejor con clientes, y administrar mejor el negocio. Hasta un curso de Dale Carnegie había tomado. En pocos años, se había convertido en tremenda gerente. Su futuro era ser la Presidenta de Ferretería Vesubio, S.A., si algún día se jubilaba Pepe.

En uno de los cursos nocturnos que tomaba, conoció a un joven que estudiaba para contador. Como era normal, sus sentimientos de amistad pronto tomaron otro matiz, pero ella estaba demasiado avergonzada de lo que había hecho con Don Pepe como para dejar que la relación progresara.

Pepe había notado cuán taciturna andaba y le preguntó al respecto, pero ella no soltaba palabra. Con el paso de los días, su actitud no había mejorado, y Pepe decidió que tenía llegar al fondo del asunto.

Un día, a mediodía, le dijo a Nena que cerrara la tienda para el almuerzo. Nena se abatió. Esto sólo podía significar que Don Pepe la iba a dominar, y ella quería dejar eso en el pasado. Su confianza en sí misma, basada en su éxito, la empujaba a negarse. Pero su sumisión ancestral era más poderosa, y a mediodía cerró la tienda y se fue para arriba.

Cuando subió Pepe al apartamento, le dijo que se desvistiera completamente. Lo hizo, pero con lágrimas. Pepe las ignoró y le dijo que lo desvistiera a él, lo cual hizo. Se sentó en el sofá y le dijo que se hincara y que lo chupara. Lo hizo sin vacilar.

De pronto le dijo que parara. Esto la sorprendió. Se detuvo y se le quedó viendo a la cara. Pepe le devolvió la mirada con semblante amenazador y le dijo que mejor le dijera qué le pasaba, o que si no, se lo iba a sacar a nalgada limpia.

Nena lo desembuchó todo. Pepe la escuchó y cuando hubo terminado, le dijo que se vistiera y se arreglara, porque la iba a llevar a almorzar.

Media hora más tarde, estaban sentados en el Café de Nanette, ordenando almuerzo. Nena comenzó a hablarle del negocio, pero Pepe la calló y le dijo que escuchara.

«Nena, eres una señorita maravillosa de quien me aproveché. ¿Por qué?

Porque podía. Porque en este país retrógrado, tus derechos de mujer no están protegidos. Vienes de un pueblito pobre, sin casi nada de educación, y los hombres como yo se aprovechan de eso. Yo actué como monstruo contigo. Y por ello te pido disculpas. Pero no veo cómo hubiera podido suceder de otra forma».

Les sirvieron la ensalada. Pepe continuó. «Tu falta de educación la suplementaste con tus ansias de aprender, y el hecho de que estabas dispuesta a quedarte en el apartamento te ponía en ventaja sobre cualquier otro candidato al puesto, que probablemente me habría cobrado más, me habría rendido menos y se habría ido a las 6 de la tarde. Pero a esa hora tú subías a cocinarme cena. Eras mucha mejor opción, porque yo estaba solo. ¿Me entiendes?»

Nena asintió. Sabía por qué había pasado, y por qué, a pesar de las humillaciones suyas que tuvo que aguantar, siempre le vivía agradecida. Al fin y al cabo, la mayoría de sus contemporáneas de Intipucá estaban mal: eran pobres, con hijos y sin padres responsables. A ella no le había sucedido nada de eso.

Como leyéndole la mente, Pepe continuó. «Pero no te embaracé. No tomé tu virginidad, y si bien te hice todo lo demás, ¿por qué lo va a saber tu esposo? ¿Por qué lo tiene que saber nadie más? Y eso es precisamente por lo que te dejé virgen, para que un día pudieras comenzar una vida con el hombre que amaras, sin arrepentimientos».

Ella quiso decir algo, pero él no la dejó. «Todos tenemos secretos, Nena. Todos. Yo tengo los míos, tú los tuyos y tu caballero probablemente tiene los suyos. Y, sin embargo, todo mundo se casa y tiene hijos y viven felices. Y los que no, se divorcian, pero así somos los humanos. ¿Qué es lo que estoy diciendo, entonces? Hay que vivir la vida a plenitud. En tu noche de bodas, las sábanas van a estar manchadas de rojo y tu esposo será hombre orgulloso. Y tu deberás estar orgullosa también. Porque lo que pasó entre nosotros, eso nos lo llevamos a la tumba».

Nena se regocijó con estas palabras. Pero entonces le preguntó lo que le quería preguntar por mucho tiempo.

«Don Pepe, ¿podría dejar de usarme sexualmente?»

Pepe la miró sombrío, sacudiendo la cabeza. Y de pronto sonrió y dijo: «Sólo si me prometes que vas a dejar de andar tan cabizbaja todo el santo día».

Seis meses más tarde, Nena se convirtió en doña Marta Elena de Domínguez, y su esposo se mudó al apartamento encima del Vesubio. Nueve meses después, el primero de los niños Domínguez vino al mundo.

Eso fue hace muchos años. Ahora venía al Vesubio no para indagar sobre el negocio, que no podría estar en mejores manos, sino para preguntarle otra cosa. Y ya no era Nena, sino la Señora de Domínguez. Esa había sido idea de Pepe, para enterrar el pasado.

Tocó a la puerta de la oficina de la Señora de Domínguez, que tenía un rótulo con su nombre y su título de «Directora».

«Señora de Domínguez, ¿tiene un minuto?»

La Sra. de Domínguez se levantó para saludar a Don Pepe. Lucía por demás elegante y profesional.

«¿En qué le puedo servir, Don Pepe?»

«Señora, quería saber si va a tomar medidas con esto de la Marcha de las Mujeres que va a pasar por aquí».

La Señora de Domínguez se puso algo nerviosa, y vaciló unos instantes antes de decir:

«Don Pepe, yo creo que lo mejor es cerrar ese día, por los disturbios que puede haber. Voy a traer unos obreros para que nos pongan madera frente a las vitrinas, para tener una protección extra entre el vidrio y la cortina metálica que bajamos cuando cerramos el negocio».

Pepe asintió, pensando que era una respuesta lógica que no ameritaba el nerviosismo que había mostrado, a menos que... «¿No me diga que usted está planeando participar también?»

La Sra. de Domínguez asintió. «Sí, voy a participar, Don Pepe. No quiero guerra en este país. Nadie la quiere. Mi esposo no quiere que vaya, pero como sabe que no hay nada que me detenga, él también irá para protegerme».

«¿Es karateca su esposo?»

La Sra. de Domínguez se rio alegremente. «¡Para nada, Don Pepe! Él va a llevar pistola, y yo llevaré un cuchillo de cocina».

Sorprendido, Pepe tuvo que reconocer que esta marcha era una oportunidad para que las mujeres del país demandaran una solución pacífica a los problemas del país. Siendo así, si bien era una marcha organizada por D'Aubuisson contra el majanismo, las mujeres que participaban realmente endosaban al majanismo, y a la Reforma Agraria, puesto que era la única solución pacífica que corregía las disparidades económicas, que no involucraba el derramamiento de sangre.

Pero todo lo que respondió Pepe fue: «Pues entonces creo que voy a tener que marchar con mi esposa también, por las mismas razones que su esposo. Y armado también».

Al regresar a casa, dio su aprobación. Y comenzó a prepararse para proteger a sus mujeres.

Después llamó a su hijo, el padre Mario Tacarello, para informarle que todas las mujeres de la casa Tacarello iban a marchar en la Marcha de las Mujeres, con la esperanza de que Mario pudiera hacer algo para frenar ataques de la izquierda.

El padre Mario Tacarello había regresado hacía poco de la Universidad de Münster, de donde había obtenido su licenciatura en filosofía, y ahora se encontraba en la etapa que los jesuitas llaman de 'regencia', dando clases en el Externado de San José.

Pero también estaba muy involucrado en la planificación de la revolución salvadoreña, que, de no ser por el golpe del 15 de octubre de 1979, ya hubiera triunfado en El Salvador. No lo hacía por ser él revolucionario, sino porque todos los jesuitas en El Salvador estaban trabajando de la mano con la guerrilla en pro de la revolución—gaje de su oficio.

Tan de la mano estaba trabajando Mario con la guerrilla, que hasta su propio nombre de guerra le habían dado—'Eliseo'—por haber alentado a un par de alumnos de secundaria del Externado a unirse a la guerrilla. Pero él simplemente había seguido las instrucciones de su jefe Segundo Montes, quien a su vez seguía las instrucciones de su jefe Ignacio Ellacuría, que a su vez recibía sus órdenes de Pedro Arrupe, General Superior de los jesuitas, también conocido como el Papa Negro. Arrupe había sido electo Papa Negro al morir su predecesor, Jean Baptiste Janssens, en 1964.

Lo primero que hizo el nuevo Papa Negro fue girar las órdenes para la elaboración de la nueva Biblia de los jesuitas: la «Teología de la Liberación». Este era un paso necesario para fomentar la revolución porque justificaba toda acción que tomaran los pobres para alcanzar sus justas reivindicaciones en la tierra, incluyendo matar.

Por lo tanto, el joven padre Tacarello le aconsejó a su papá que no las dejara participar porque podían ser atacadas por fuerzas de la izquierda, y no había nada que él podía hacer al respecto.

Cuando les transmitió ese mensaje a ellas, se rieron de él. Nada las iba a detener. Lo cual era un testimonio a la valentía de esas mujeres.

Esas mujeres también incluían a la madre del subteniente Sánchez, quien llamó a su hijo para informarle de su participación.

«Hola hijo, sólo te hablaba para decirte que voy a pasar a verte el próximo lunes».

«¿No me diga que va a ir en esa marcha?»

«Sí, tus tías, unas amigas y yo. Todas vamos a ir vestidas de blanco. La marcha va del Salvador del Mundo, por la Alameda Roosevelt, hasta el Parque Libertad y luego al Barrio San Jacinto, hasta llegar a Casa Presidencial».

«Mamá, no venga a verme».

«¿Cómo vas a esperar que no pase yo a saludar a mi hijo?»

«Bien, pero tendrá que ser rápido. Vamos a estar confinados al cuartel ese día, de seguro».

«¿En lugar de estar en las calles protegiéndonos?»

«Mamá, somos majanistas. Esta marcha es contra el majanismo. Los cuarteles de la capital no las van a proteger. Es más, yo preferiría que usted no fuera. Cada vez que hay marcha en San Salvador, muere gente».

«Lo siento, hijo, todo mundo que conozco va a ir, y los hombres van a ir escoltándonos para protegernos. Es lo menos que puedo hacer por mi país».

«¡Mamá! Ha hecho suficiente, con el Hogar de Parálisis Cerebral que fundó».

Durante el parto de la hermana de Sánchez, Claudia Marcela, el doctor hizo un error que hizo que su hermana naciera con parálisis cerebral. Su madre, después de infructuosamente buscar la mejor ayuda posible en los Estados Unidos para ella, fundó el Hogar de Parálisis Cerebral para niños como Claudia Marcela. Era una organización sin fines de lucro que había recaudado capital suficiente como para durar una década. Según Sánchez, ya había hecho suficiente por la patria.

«Lo siento, hijo, no hay nada que me detenga de ir. Queremos paz. Es una marcha por la paz».

Así que ese día, decenas de miles de mujeres de todo origen de El Salvador, vestidas de blanco, se reunieron en el monumento al Salvador del

Mundo, e iniciaron su marcha hacia el este, por la Alameda Roosevelt, hacia el centro, escoltadas por hombres a los lados y a su retaguardia, para tratar de repeler o disuadir cualquier ataque sobre las mujeres.

Cerca de un parque, las mujeres empezaron a recibir lluvia de bolsas plásticas con orina, piedras y otros proyectiles. Los hombres salieron en persecución de esos atacantes biológicos, y las mujeres pudieron seguir, orgullosas de haber aguantado esa primera embestida.

Las mujeres, con renovada valentía, siguieron marchando, cantando el himno nacional o gritando lemas famosos como 'Patria Sí Comunismo No,' que el mayor D'Aubuisson había hecho tan famoso, pero lo que más entonaban era lo que les salía del corazón: «¡Queremos la paz!»

Cuando llegaron a la Plaza Libertad, justo antes de cruzar hacia el sur en dirección al Barrio San Jacinto y Casa Presidencial, las estaba esperando una turba de hombres y mujeres de izquierda. Al llegar la marcha, atacaron.

Lo que siguió fue la madre de todas las batallas campales. Carmen María, la hermana mayor del padre Mario Tacarello, fue atacada a patadas por un hombre y una mujer. Eso no duró mucho porque una señora del mercado que marchaba junto a ella se sacó un machete de debajo de su falda y empezó a agarrar a machetazos a esos agresores.

Don Pepe se lio a golpes con un tipo que le tocó las nalgas a Belinda, y lo mismo hizo el esposo de Rosa Lina, Celso Díaz, cuando se la quisieron llevar arrastrada. Gladys y su madre, Estela, se agarraron a trompones con dos mujeres que despojaron a una señora de edad de su camiseta, logrando recuperarla.

Estas escenas se repitieron a lo largo y ancho de la marcha. No todas las mujeres pudieron seguir a Casa Presidencial. Hubo heridas y heridos que tuvieron que ser llevados a centros médicos.

Pero dos tercios de las marchistas superaron el ataque, y llegaron a Casa Presidencial, para hacer saber sus demandas por megáfonos a la Junta Revolucionaria misma, y en particular, al coronel Adolfo Majano. Pero lo que más expresaban era su deseo por la paz. Majano tendría que haber considerado eso como un endoso a su majanismo.

Pero quizá el hecho de haber sido organizada por D'Aubuisson no dejaba que ni él ni los majanistas del cuartel El Zapote, pegado a Casa Presidencia, consideraran la marcha un endoso del majanismo.

Como a las 5 pm, un soldado vino a buscar al subteniente Sánchez, informándole que su madre lo esperaba a la entrada del cuartel.

Sánchez fue a pedir permiso a su comandante, el capitán Palomo, para ir a ver a su madre a la entrada.

Palomo se rio y dijo: «Eso se lo vas a ir a pedir a mi mayor Rodríguez».

Sánchez obtuvo la misma respuesta del mayor Rodríguez: «Vaya a pedirle permiso a mi mayor Sammy».

El mayor Sammy no estaba para nada contento. Le dijo: «Oficial, esas marchistas de hoy se oponen a todo lo que estamos tratando de lograr en este país. Están gritándole a mi coronel Majano que no quieren la Reforma Agraria. ¿No quiere usted la Reforma Agraria, oficial?»

«Mi mayor, con todo respeto, todo lo que yo oigo es que dicen querer la paz. Y si quieren la paz, tienen que estar endosando la Reforma Agraria, ¿cierto? Porque si no hay Reforma Agraria, habrá guerra, ¿verdad?»

Sammy odiaba cuando este West Pointer tenía razón. Pero no quería darle permiso, así que preguntó: «Sánchez, si usted es visto con esas marchistas, ¿no cree usted que minaría sus credenciales majanistas?»

«Mi mayor, esa es una forma negativa de ver esto. Hay otra forma más positiva: la señora que me ha venido a buscar dio a luz a un majanista. Entonces, ¿no cree usted que no sólo debería darme permiso de ir a verla, sino que usted también debería venir conmigo, para agradecerle su contribución a la democracia?»

Por una millonésima de segundo, el comandante de Transmisiones sonrió. Pero la seriedad se reapoderó de él al darse cuenta de que el futuro de El Salvador bien podía depender de no dejar que este subteniente viera a su madre.

«¿Bueno, y del lado de quién está usted, oficial? ¿De la Junta o de su madre?»

«De ambos, mi mayor».

«¿Por qué no la aconsejó que no fuera en esa marcha?»

«Lo hice, mi mayor».

«¿Por qué no le advirtió que no viniera aquí?»

«Hice eso también. Pero técnicamente, no está aquí, sino frente a Casa Presidencial».

Sammy obviamente estaba preocupado de cómo Majano, en Casa Presidencial, reaccionaría ante una demostración de afecto entre uno de sus oficiales majanistas y una de las mujeres de la marcha organizada por

D'Aubuisson. El subteniente quiso ayudar a su comandante a no preocuparse.

«Mi mayor, esas mujeres están llenas de orina, y a saber cuántas cosas más, después de haberse enfrentado a la versión salvadoreña de las 'turbas divinas' sandinistas. Yo le estaría muy agradecido si me prohíbe ir a ver a mi madre, para evitar ensuciarme el uniforme».

El mayor Sammy había sido informado de los ataques a estas mujeres valientes que habían marchado hoy, y realizó que podría verse mal si no permitía a una de esas mujeres ver a su hijo de alta. Además, esas mujeres eran más antiguerrilleras que antimajanistas.

«No oficial, vaya a ver a su madre, que sea rápido».

«Gracias, mi mayor».

Cuando Sánchez llegó al portón, vio a su madre esperándolo con algunas amigas. Todas estaban vestidas de blanco, pero estaban sucias y golpeadas pero muy contentas por lo que habían logrado.

Sánchez se alegró mucho de ver a su madre y salió a abrazarla. Luego abrazó a sus amigas.

Una cuadrilla de televisión española filmó la escena.

Majano tuvo que haber visto ese reportaje televisado y llamó a Sammy.

Por eso era que lo habían enviado en la misión de asesinar a D'Aubuisson.

Como no le parecía que en su registro militar habían puesto que se había graduado de la Academia Militar de los Estados Unidos en West Point con un 'Bachiller de Ciencias', porque así habían traducido el título de ingeniero de Estados Unidos, y como en El Salvador, 'Bachiller de Ciencias' era un título que se le daba a un graduado de secundaria, había decidido que tenía que ir a hacer una maestría. En junio le vino la carta de una universidad en Texas que lo aceptaba para una maestría en ingeniería eléctrica.

Sánchez pidió audiencia con el coronel Abdul Gutiérrez, miembro de la Junta, para pedirle permiso de cursar su maestría en Texas. Le explicó que era por su involucramiento involuntario en el intento de asesinato de D'Aubuisson.

El coronel asintió, diciendo: «Es un honor para la Fuerza Armada salvadoreña que un oficial sea aceptado en una universidad de Estados Unidos. Vaya».

Cuando Sammy supo que Sánchez se iba para Estados Unidos en agosto, lo destacó inmediatamente al Batallón de Ingenieros en Zacatecoluca, para ser oficial de transmisiones del Coronel Casanova Véjar durante la Reforma Agraria, donde pasó todo junio y julio de 1980, contribuyendo al traspaso de tierras en todo el Departamento de La Paz— su orgullo más grande.

Capítulo 29

El Indulto Negro

«¿Gustaría un cafecito, capitán?» Ellacuría probablemente quería saber si Sánchez tenía más noticias. No sabía por qué diablos no se había traído un radio a transistores. Y la casa ésta no tenía ni uno— ya había buscado varias veces.

«Claro que sí, padre».

«Pase adelante y siéntese, pues. ¿Puedes traerle una tacita de café al capitán, Elba?»

«¡Voy!»

La señora Elba Ramos trajo una taza de café.

«¿Azúcar?»

«No, gracias, así nomás».

El capitán se llevó la taza a la boca, se detuvo y le preguntó a la señora: «Pero, ¿usted no es de Izalco, verdad?» Izalco era conocida como la capital de la brujería en El Salvador.

Elba inmediatamente captó adónde iba el capitán, y le siguió el juego. «Viví cerca de ahí, capitán».

El capitán inmediatamente le devolvió el café. «¡Huy, no! ¿Quién sabe qué brebaje me ha querido dar?» exclamó el capitán, guiñándole. Elba se rio.

Sólo para que no tuviera duda de que bromeaba, Sánchez tomó un sorbo del café, la puso en la mesa, y le sonrió. De pronto se llevó las manos a su garganta, haciendo como si se atoraba. Elba comenzó a reírse con ganas, y su hija Celina salió para ver qué era tan jocoso.

Elba le dijo: «No, capitán, no queremos matarlo, ¡sólo lo queremos convertir en sapo!»

A lo que Sánchez respondió: «¡Por eso es que mi uniforme se está volviendo verde!»

A ambas damas les pareció gracioso. El capitán continuó. «Pero en serio, todo mundo sabe que eso es puro cuento...» y se llevó una mano a la garganta, abrió los ojos lo más que pudo e hizo sonido de sapo con la garganta.

Elba y Celina no pudieron contener su risa.

El capitán Sánchez entonces les dijo, fingiendo dificultad para hablar: «Muy bien, pero prométanme que cuando me acabe de convertir en un sapo, que una de ustedes me va a besar, ¡para convertirme en un príncipe!»

La risa de las damas viajó por todo el complejo playero y de seguro hasta los pescadores la oyeron mar afuera. Los soldados se preguntaban cómo era que podían estar divirtiéndose en la situación en la que estaban.

El aguafiestas de Ellacuría puso fin a la diversión pidiéndole a las damas dejarlos solos para hablar cosas serias con el capitán. Se fueron, pero seguían riéndose de la imitación de sapo que hizo el capitán.

Ellacuría se acercó con su taza de café para sentarse junto al capitán. «¿Así que fue a la UCA, capitán?» Ellacuría quería saber su opinión de la universidad jesuita.

«Sí, cursé un semestre ahí. Y leí su escrito en el cual alababa a Marx y no mencionaba a Jesús ni una tan sola vez. Asombroso, viniendo de un sacerdote, en una universidad 'católica'. Pero no le di mayor importancia porque yo sabía que no me iba a quedar en la UCA. En las clases de matemáticas, yo estaba muy por encima de mis compañeros ahí, y muy pronto sentí como que estaba repitiendo el décimo grado. Empecé a orar fervientemente por una oportunidad de estudiar en el extranjero».

El padre Montes se sentó con ellos. De seguro esperaba un buen choque. Y no se equivocó.

El primer golpe lo asestó Ellacuría. «¿A quién le oraba, capitán? ¿A Marte, el dios de la guerra?»

Era demás. Ellacuría no podía refrenarse.

El capitán se puso la mano en el oído, como para escuchar mejor. «¿Que si le oraba a quién? ¿A Marx? ¿Al que usted alabó en el documento de la UCA? No, padre, ese es el Dios de los jesuitas. Yo le oraba a Dios Padre, Dios Hijo y a la Virgen María. Y me ayudaron».

Ellacuría resopló. «Eso es blasfemia: orar a Dios para convertirse en una máquina de matar».

Este tipo nunca tomó un curso de Dale Carnegie, obvio.

«Mire, cura, si yo alguna vez he matado, ha sido sólo al ser atacado, y sólo para defenderme a mí, a mi tropa y a mi país. Mi tropa y yo matamos a algunos de nuestros atacantes cuando estábamos en la punta del cerro de

Cacahuatique, para sobrevivir. Le aseguro que nos atacaban con AK-47s y con morteros, no con piedras o palos. Un par de veces nos atacaron con fuego de mortero en la Tercera Brigada de Infantería en San Miguel. Respondimos de igual manera».

Pero suficiente defensa. Era hora de lanzarse a la ofensiva. «¿Usted me llama a mí una máquina de matar? Dígame, ¿cómo describiría una verdadera máquina de matar? ¿Qué haría? ¿Produciría un sinfín de muertes, verdad? ¿Como la dama de la guadaña? Pues bien, cura, eso ciertamente no describe al ejército salvadoreño para nada. Ciertamente no al ejército que tomó las tierras de los Catorce y se las dio a los pobres. Y ciertamente no me describe a mí porque dese cuenta de que usted está vivito y coleando. Y que yo estoy preparado a dar mi vida para que usted pueda vivir. Todos estos soldados que ve a su alrededor lo están».

Era hora de sacar la artillería. «¿Pero es que puede haber una máquina de matar más mortífera, que aquella a la cual el Papa le ha prometido el Cielo si mata? ¿Por medio de un Indulto Papal? ¿Como la que dio el Papa Urbano II en Francia, cuando lanzó la Primera Cruzada en 1095? Bajo ese Indulto, no importaba si violaban, saqueaban, torturaban y mataban, les era garantizada la entrada al Cielo. Nueve cruzadas fueron lanzadas bajo Indulto, desde 1095 hasta 1291. Hay información de que la Primera Cruzada mató a 70,000 personas cuando llegaron a Jerusalén. ¡Imagínense cuántos millones de víctimas hubo en las nueve cruzadas ordenadas por el Papa! Más la cruzada de niños, niños que nunca volvieron».

Ellacuría tomó un sorbo de su café y dijo: «Vamos, capitán, que eso era para recuperar la Tierra Santa, un emprendimiento noble».

«¿Noble? No más noble que divertido, especialmente si no había límite al número de mujeres que podían violar, sin poner en jaque su vida eterna celestial. Y como no lograron recuperar la Tierra Santa, como que las Cruzadas atrajeron más criminales y violadores, que soldados buenos. Que además motivaron al enemigo a vengarse por lo que les hicieron a sus mujeres.

«No sólo no lograron recuperar la Tierra Santa, sino que enfurecieron a los musulmanes, que lanzaron su propia cruzada en contra de Europa, sólo que ellos la llaman 'yihad'. Y muchos europeos comenzaron a culpar al Papa, quien, indignadísimo, dijo 'hoy los voy a joder, hijos de tantas' (pero en italiano), y en 1184 AD, el Papa Lucio ordenó a los obispos a comenzar inquisiciones en sus diócesis locales, contra quienes se atrevieran a criticarlo, también conocidos como 'herejes'.

«Pero eso como que no funcionó, porque algunos obispos rehusaron. Entonces en 1227, el Papa Gregorio IX designó a los primeros inquisidores papales, de entre las filas de los frailes franciscanos y dominicanos. En 1252, el Papa Inocente (¿irónico, no?) IV permitió a los inquisidores torturar a todos los que los inquisidores consideraran herejes.

«Esto ya había estado sucediendo por casi 300 años cuando los Reyes Católicos, Fernando e Isabela, recibieron permiso del Papa Sixto IV para nombrar inquisidores en toda España—de la corona, porque religiosos ya existían.

«Esto se conoció como la Inquisición Española, que produjo el término 'Auto de fe', que significa acto de fe, pero que en realidad significaba la ejecución de herejes, que eran tanto judíos (la mayoría), como enemigos políticos de la Corona, en hogueras».

Sánchez terminó su taza de café, y quedó a la espera de algún comentario de los jesuitas. Tenían cara de, «¿Cómo sabe este chafa tanta historia?»

Continuó. «Eso de poder eliminar a sus enemigos simplemente acusándoles de ser herejes le gustó a la corona portuguesa también, así que la Inquisición fue llevada a las Américas tanto por los conquistadores españoles como por los portugueses. ¿Y es que podía haber terreno más fértil para la Inquisición, que las Américas, donde ningún indio había oído jamás de Jesucristo y de ninguna deidad europea?»

Segundo Montes reaccionó a esto. «Mire, capitán, lo que se hizo durante la Conquista fue catequizar, no torturar».

El capitán sacudió la cabeza, incrédulo, preguntando: «¿Cómo ocurrió todo eso según usted, padre Montes? ¿Los conquistadores se bajaron de sus barcos y les dijeron a los indios, déjense catequizar, mientras nos llevamos todas sus riquezas a España? ¿Y la respuesta fue, está bien? Porque su respuesta parece ignorar el componente militar de la Conquista, necesaria para subyugar militarmente a los indios, antes de poderlos catequizar. Y si después preferían seguir adorando a sus propios dioses, como estaban en su derecho de hacer, pues, ¡auto de fe, usté!»

El padre Montes no respondió. Recordó a Hernán Cortés, que solamente respaldaba el argumento del capitán. Y la historia se repitió en

1936 cuando la Iglesia volvió a ayudar a otro militar español: Francisco Franco.

El capitán volvió a la carga: «¿Cuántos indios mató la Inquisición en las Américas, sacerdotes? Imagínense cuántos, considerando una población de millones de herejes desde California hasta la Patagonia, y considerando que la Inquisición Española no paró sino hasta 1834, cuando se firmó el Decreto Real que definitivamente abolió la Inquisición en España».

Sánchez miró a Ellacuría directamente cuando hizo la siguiente pregunta: «¿Cuántas personas de todo el mundo murieron bajo la Inquisición? ¿Quién sabe? Sabemos que los portugueses hicieron autos de fe hasta en la India, y que la Inquisición duró casi siete siglos. Y que la Inquisición pasó de ser un arma religiosa, a ser un arma política también. Y el número de ejecuciones no toma en cuenta las muertes causadas por quienes combatieron a la Inquisición en países como Inglaterra, y Francia desatándose batallas entre protestantes y católicos. Lo cual creó toda una guerra entre España e Inglaterra culminando con la derrota de la Armada española.

«¡Santo cielo, señores prelados, pareciera ser que la Iglesia Católica no sólo es una máquina asesina; ¡es una máquina asesina perpetua!»

Ellacuría se encogió de hombros y dijo: «La Santa Sede ha dicho que solamente 32,000 personas fueron ejecutadas bajo los Autos de Fe, y el ejército salvadoreño ciertamente ha matado más en una década».

Sánchez respondió a la primera parte de su acusación: «Para comenzar, sacerdote, esa Sede que usted menciona no tiene nada de Santa. Yo creo que eso ya quedó claro. Segundo, por el mismo motivo, y por la enormidad de las atrocidades que cometieron a lo largo de siete siglos, claro que las van a minimizar. Pero como son igual de poco intelectuales que el resto de los prelados que conozco, no se dan cuenta de que admitir la tortura y quema de aunque sea 32,000 personas ya los condena, y comprueba todo lo que he argumentado: que sacerdotes torturaron y asesinaron en nombre de Dios—una máquina asesina».

Los jesuitas optaron por no decir nada. Ni ellos creían que en siete siglos de Inquisición, solo 32,000 personas habían muerto.

Sánchez entonces respondió a la segunda parte de su acusación: «Pero pasando a sus acusaciones de que nosotros matamos a 32,000 en una década, yo entiendo que eso es lo que dice su radio propagandística nicaragüense y lo que dicen periódicos y películas americanas, en manos de izquierdistas. Pero el problema con la propaganda es que es fácilmente desvirtuada por la realidad. Y la realidad, en noviembre de 1989, es ésta: la guerrilla lanzó un ataque desesperado con cipotes y cipotas combatientes, y a sus mayores aliados, los jesuitas, los dejaron desprotegidos.

«Si nosotros hubiéramos hecho alguna de las cosas de las que se nos acusa, hace diez años estaríamos muertos todos los del ejército, fusilado por órdenes de un jesuita, tal y como sucedió en Nicaragua, porque nosotros hubiéramos caído más rápido que Somoza».

La realidad descrita por el militar afectó a los jesuitas. No habían determinado por qué era que estaban en esta situación. Por qué no los habían consultado o informado de esta ofensiva.

El capitán continuó. «No sólo era la Inquisición la que mataba indios en las Américas. La Máquina Asesina Católica abrió otro frente, esta vez bajo el mando de los jesuitas».

Los jesuitas reaccionaron como que si les hubiera mencionado la madre. Lo que Ellacuría decía en vasco no lo entendía. Pero sí entendió a Montes cuando hizo esta pregunta: «¿Lo dice porque Ignacio de Loyola solía ser soldado?»

El capitán sacudió la cabeza. «Ignacio de Loyola juró obediencia al Papa a cambio de tener independencia de todo párroco, obispo, arzobispo y cardenal. En otras palabras, no tenían por qué obedecer las órdenes de ningún cura local. Podían hacer lo que querían. Y lo que quisieron hacer en a principios del siglo diecisiete, medio siglo después de la muerte de Ignacio de Loyola, fue establecer plantaciones de esclavos llamadas 'Reducciones', que producían la bebida popular llamada yerba mate, cuya planta de origen crecía en forma silvestre, en Bolivia y Paraguay.

«Como la yerba mate era silvestre, no se podía producir en cantidades industriales. Sin embargo, los jesuitas, gente de mucha preparación, descubrieron la forma de cultivar la yerba mate en plantaciones, para poder producirla y venderla en cantidades industriales. Pero no habiendo agricultura mecanizada como la hay hoy día, los jesuitas, para poder producir las cantidades industriales que les daría riqueza y poder, tuvieron que hacer lo que hicieron las plantaciones del sur de Estados Unidos con el algodón: tener mano de obra esclavizada. Con la ventaja de que los jesuitas no tuvieron que importar esclavos de África, porque había cantidad de mano de obra que les costaba cero en Bolivia y Paraguay: los indios guaraníes».

El capitán se levantó para traer un vaso de agua. Se le estaba secando la garganta de tanto hablar. Y todavía le quedaba mucho que decir. «Claro que los jesuitas no podían esclavizar a un hombre, ¿cierto? Eso de esclavizar al hombre es cosa de faraones, y romanos, y gente mala, no gente de Dios. Pero para poder forzar a sus indios a que trabajaran los cultivos como necesitaban ser trabajados, los arrearon a esas plantaciones llamadas 'Reducciones', y las definieron como misiones para catequizar. Con esa excusa, los hicieron cultivar y cosechar yerba mate que vendían en toda la América del Sur, con tanto éxito, que la yerba mate llegó a ser conocido como el 'Té Jesuita'».

Ellacuría no intentó negarlo. «Esos jesuitas eran capitalistas. ¿Qué le vamos a hacer?»

«No, sacerdote, ustedes no eran capitalistas, eran dueños de esclavos. Y no lo digo yo. Lo dicen los hechos. Porque, ¿qué hicieron con las ganancias fabulosas de las ventas de Té Jesuita? Les diré lo que no hicieron: pagar impuestos. Y como esos jesuitas no eran más inteligentes que los actuales, nunca se les ocurrió que toda América del Sur iba a estar bebiendo su producto, incluyendo el Virrey del Perú, quien le diría al Rey, quien iba a decir, '¡Pardiez, éstos no pagan impuestos!'

«Lo otro que no hicieron, que habría reducido sus impuestos, fue tomar parte de sus utilidades e invertir en la educación de los guaraníes. Porque de haberlos educado, los guaraníes habrían hecho lo que toda gente educada hace: prosperar. Alguien educado no se queda cultivando y cosechando yerba mate toda su vida. ¿Cuánto tiempo operaron esas plantaciones? Desde 1609 hasta 1767. Esto es, 158 años de esclavizar a los guaraníes. Y de lucrar masivamente a sus expensas».

Esta vez fue Montes el que trató de defender a su Orden. «Capitán, usted está sesgando la historia en contra de los jesuitas, por su animadversión».

Sánchez se rio. «Padre Montes, yo soy ingeniero, yo necesariamente transo en realidades y no en sentimientos. Como tal, todo lo que le he dicho deberá quedar comprobado. Y si yo digo que esclavizaron, es porque los eventos que se dieron lo demostraron.

« Sigo. Los jesuitas esclavizadores se vieron confrontados por dos enemigos: la Corona española, quien había ordenado la confiscación de los bienes jesuitas por no pagar impuestos; y los esclavizadores portugueses del Brasil, que querían a los esclavitos guaraníes de los jesuitas.

«Como los jesuitas de entonces no eran más inteligentes que los jesuitas que yo conozco, jamás se les ocurrió que si pagaban los benditos impuestos que debían, hubiera sido la Corona española la que habría combatido a los Bandeirantes. Pero no, así que optaron por formar un ejército de guaraníes, y los mandó a pelear y a morir por proteger los intereses económicos de los jesuitas, en dos frentes.

«Y como tenían tanto conocimiento de guerra como lo tienen los jesuitas que yo conozco, no sabían que las guerras de dos frentes son causa perdida, y por lo tanto perdieron. ¿Cuántos miles de pobres guaraníes murieron para proteger las utilidades de los jesuitas? ¿Antes de que al fin capturaran a los jesuitas y fueran expulsados por la Corona española?»

No tenían la menor idea. ¿Cómo podían tenerla?

«Segunda pregunta: Cuando capturaron y expulsaron a los jesuitas, ¿qué fue de las Reducciones? Respuesta: fracasaron. Los jesuitas no les dieron nada de conocimientos a los guaraníes, ni siquiera para seguir cultivando yerba mate. Así que después de 158 años de fidelidad a los jesuitas, los que sobrevivieron las guerras de los jesuitas quedaron igual de pobres e ignorantes que cuando empezaron».

Sánchez miró a Montes, y le dijo, «No estoy sesgando nada, padre». Y prosiguió: «La siguiente pregunta tiene que ser, ¿qué hicieron con todo ese dinero que hicieron en más de siglo y medio de ventas industriales de Te jesuita? Sabemos que el dinero no fue a la Corona; sabemos que no fue invertido en los indios. Y sabemos que el Papa Clemente XIV los disolvió como orden en 1773. La respuesta: usaron el dinero que hicieron para poder pagarle a Rusia para que les diera albergue, y para poderse sostener mientras se quedaron allá, porque en esa época, nadie quería a los jesuitas. Vivieron de ese dinero desde 1773 hasta 1814, cuando el Papa Pío VII los reinstituyó».

Ellacuría no pudo más que comentar: «Conoce su historia, capitán».

Segundo Montes asintió. «Sí, capitán, tiene razón. Realmente no fue de nuestros mejores momentos».

El capitán puntualizó: «Miren, sacerdotes, a mí me acusaron de ser una máquina de matar, y yo simplemente quiero dejar bien sentado de que los únicos que pertenecen a una máquina de matar, son ustedes.

«En España, por ejemplo, ustedes fueron despojados de sus bienes materiales por un gobierno socialista, porque eso es lo que hacen los socialistas. En vez de pelear su despojo en los tribunales o de otras formas políticas, ustedes optaron por respaldar al General Francisco Franco, para que derrocara al gobierno que los despojó por medio del derramamiento de sangre, porque ustedes valoran los bienes materiales más que las vidas humanas, y no lo pueden negar porque hicieron exactamente lo mismo en Bolivia y en Paraguay. Y no sólo lo respaldaron, sino que también pregonaron que todas las acciones de Franco eran benditas por Dios, o algo así.

«O sea, a Franco le otorgaron un indulto. Entonces, la Máquina Asesina Católica segó 500,000 vidas en la Guerra Civil española».

Todo lo que Ellacuría pudo decir fue, «Capitán, el fin justifica los medios».

El capitán sacudió su cabeza. «Padre Ellacuría, es obvio que los jesuitas desde hace mucho han sustituido su lema original, 'A la mayor gloria de Dios' con su nuevo lema: 'los fines justifican los medios'.

«Pero continúo. Una aliada de Franco y por lo tanto de la Iglesia Católica también, fue la Alemania Nazi. Tanto así, que mientras los Nazis exterminaron a más de 6 millones de judíos, la Iglesia Católica no dijo ni hizo nada. Hoy sabemos que fue porque parte de lo expropiado a los judíos fue pagado al Vaticano, bajo la cubierta de un impuesto supuestamente aplicado a católicos alemanes. De cualquier forma, era dinero para comprar su silencio, y siendo así, la Máquina Asesina Católica segó 6 millones de vidas más».

«Vamos capitán, lo lleva demasiado lejos», opinó Montes.

«¿Cree usted, padre Montes? Ustedes pasaron 7 siglos matando judíos con la Inquisición. Hitler los estaba exterminando con gas. ¿Realmente cree que es coincidencia?»

Se encogieron de hombros. El capitán continuó. «La Máquina Asesina Católica no paró ahí. En los 1960, el jesuita Karl Rahner, el arquitecto del Segundo Concilio Vaticano, o Vaticano II, como se le conoce también, tuvo de amante a la abortista más influyente de Alemania Occidental: Luise Rinser. A través de Karl Rahner, Luise Rinser fue parte de Vaticano II, y ahí, tuvo relaciones con otro partícipe: un Abad. ¿No había chance de que ella los pudiera influenciar de alguna forma, verdad?»

«Vamos, capitán, la Iglesia Católica nunca ha endosado el aborto», aseveró Ellacuría.

«Padre Ellacuría, antes de Vaticano II, la Iglesia Católica lo condenaba. Después de Vaticano II lo tolera, por la liberalización de la Iglesia, y desde Vaticano II, los abortos han aumentado exponencialmente. Así que después de Vaticano II, la Máquina Asesina Católica siega las vidas de millones de seres humanos en el vientre cada año».

Los curas no dijeron nada. El aborto sí que se había convertido en plaga, peor que cualquiera en la historia de la humanidad.

Sánchez continuó. «Pero hay más, caballeros. En 1959, un abogado educado por jesuitas llamado Fidel Castro, derrocó a Fulgencio Batista en Cuba y asumió el poder. Ahora sabemos que procedió a eliminar a todo oponente, a través de su camarada sanguinario, el Ché Guevara. Y cuando ya no hubo a quién más matar en Cuba, lo envió a Bolivia a matar ahí también. Fueron tantos los que Fidel Castro ejecutó, que no quedó nadie que le dijera que poner misiles nucleares que apuntaban a los EE.UU. en Cuba, no era buena idea».

Ellacuría dijo lo esperado. «¡Vamos, capitán, eso fue como respuesta a la Bahía de los Cochinos! ¡Una invasión organizada por la CIA!»

Sánchez se rio y le contestó: «Mire, sacerdote, la CIA no atacó a Cuba con misiles nucleares, ¿verdad?»

Montes protestó, indignado: «¡Usted en serio no nos puede acusar de apoyar a Castro en esa época!»

El capitán se encogió de hombros. «Castro era educado por jesuitas. Eso no puede ser coincidencia, ¿cierto? Su educación jesuita de seguro incluía algunas aseguraciones de que recibiría un Indulto para permitirle hacer todo lo que hizo, porque ahora conocemos que cuando Kennedy descubrió los misiles e impuso un bloqueo naval, Castro le escribió a Kruschev diciéndole que él y todo el pueblo cubano estaban dispuestos a morir en una guerra nuclear. La población de Cuba en 1962 era como de 7.5 millones de cubanos. Su socio actual en las guerras de liberación latinoamericanas, Fidel Castro, no vaciló en sacrificar 7.5 millones de vidas cubanas, más las millones de norteamericanas, más las millones rusas, y ¿cuántas más, si había guerra nuclear entre las potencias?»

Sánchez hizo una pausa para permitir que absorbieran este dato inverosímil. Luego dijo, «Castro actuó como si tuviera la madre de todos los Indultos, ¿cierto? Mata millones de millones, te irás al Cielo, no importa. Pero ese Indulto no se lo dio el Papa Blanco de la época, Juan XXIII, un italiano tan débil, que fue convencido de convocar al Vaticano II porque no tuvo la fortaleza moral de defender la palabra de Dios contra las idioteces de filósofos alemanes. No señor, el Indulto de Castro tuvo que ser dado por el Papa Negro de la época, su General Superior, Jean Baptiste Janssens. Fue un Indulto Negro».

Montes dijo: «Castro no actuó racionalmente, capitán. Les jesuitas actuamos racionalmente».

Esto divirtió al capitán. «¿Está seguro, padre? Porque después de haber actuado irracionalmente, la Máquina Asesina Católica, esta vez liderada por el Papa Negro nuevo, Pedro Arrupe, decidió que Fidel Castro era exactamente el que se necesitaba para desarrollar la Teología de Liberación, y liberar a los pobres de... ¿Asia? No. ¿África? No. ¿De la India con su pobreza institucionalizada a base de castas? No. ¿De la pobreza paupérrima de Cuba, donde viven veinte en un apartamento que se desmorona y donde se les paga con ron? Claro que no, porque si bien la Máquina Asesina Católica gusta matar, siempre manda a otros a matar por ella, para mantener sus manos limpias.

«En este caso, si bien la Teología de la Liberación está diseñada para liberar a los pobres de dictadores que los empobrecen, la Máquina Asesina Católica exceptúa al país más pobre de América Latina porque su dictador está dispuesto a matar a nombre de ella. Y lo está haciendo en Colombia, Nicaragua y El Salvador, donde la pobreza es mucho menor que en Cuba. Seguro que con un Indulto Negro renovado por Arrupe. ¡Tremenda máquina de matar la que se manejan, jesuitas!»

Ellacuría sólo podía usar la eterna excusa de siempre. «Yo nunca...».

«Sacerdote, yo nunca lo he oído decirle a nadie que deje de secuestrar, que deje de asesinar, que deje de hacer cualquier cosa que haga mal. Si alguna vez lo hizo, lo hizo en lenguaje de signos, y a una audiencia de ciegos».

Las damas se rieron en la cocina. ¡Sánchez tenía animadoras!

«Permítanme continuar: el Indulto Negro de Fidel Castro se extendió a todos sus esbirros, como a los colaboradores de Castro en Nicaragua, los jesuitas Fernando y Ernesto Cardenal, quienes no sólo replicaron las ejecuciones brutales de Castro en 1959; sino que exportaron su revolución a El Salvador, emulando lo que hizo Fidel con Bolivia.

«Asimismo, los esbirros de Fidel Castro en El Salvador no dudaron en secuestrar, torturar y matar a Ernesto Regalado, un filántropo, de la forma más espantosa posible, metiéndole alfileres a sus ojos y genitales. También secuestraron y mataron a Roberto Poma, un industrial que quería atraer turismo a El Salvador. Y también a Mauricio Borgonovo, Ministro de Relaciones de El Salvador, quien buscaba traer trabajos a El Salvador y abrir mercados para productos salvadoreños. Los que mataron a Regalado tenían tremendo Indulto Negro autografiado por el Papa Negro, ¿no creen?»

Ante la falta de comentario, siguió: «Secuestraron a doña Elena Chiurato, una señora joven y distinguida, madre de dos, que trabajaba en la industria del café, y nadie volvió a saber de ella jamás. Alguien se tuvo que haber divertido con ella, ¿verdad? Con su Indulto Negro, le pudieron hacer de todo sin temor al infierno. Porque rehusaron devolver su cuerpo, ¿verdad? Para que el mundo no supiera las torturas y violaciones a las que la sometieron, ¿verdad?»

Silencio.

«Y luego pasaron a secuestros y asesinatos internacionales, del Embajador de Sudáfrica, Archibald Dunn, y los dos funcionarios japoneses de INSINCA, una fábrica textil que empleaba a cientos de salvadoreños.

«Y como los Contras comenzaron a tener efectividad contra los Sandinistas, menos recursos empezaron a fluirle a la guerrilla, así que arreciaron sus secuestros, como el secuestro de Teófilo Simán, el presidente de la Cruz Roja Salvadoreña».

Aquí paró el capitán su letanía para decir: «¿Se dan cuenta que Teófilo Simán es un gran filántropo que ayuda masivamente a los pobres? ¿Quién sabe a cuántos niños pobres dejaron sin libros, sin matrícula, sin ropa, todo debido al rescate que tuvo que pagar a los Indultados Negros que lo secuestraron?»

Sólo al padre Montes parecía importarle.

El capitán finalizó su letanía. «Podría seguir, señores, pero basta decirles que los secuestros continuaron, y hasta una pobre alcaldesa de un pueblo de San Miguel, secuestraron, y esa pobre ¿qué podía ofrecer más que su cuerpo?»

Ellacuría hizo un esfuerzo final por defenderse. «Usted nos incluye a nosotros en eso, como si nosotros tuvimos algo que ver con ello. Nosotros nunca endosamos esos secuestros y muertes».

Sánchez sacudió su cabeza. «Al único prelado salvadoreño que oí demandar que tales secuestros cesaran, ofreciéndose a negociar la liberación de los secuestrados, fue a Monseñor Romero. Y él no era jesuita».

El capitán se paró y miró directamente a Ellacuría. «¿Y usted se atreve a llamarme máquina de matar a mí, jesuita? ¿Cuando son ustedes los que son partícipes en otra Cruzada asesina, una Cruzada Negra?»

Luego se rio y les dijo a ambos: «Ustedes tuvieron la suerte de que Dante Alighieri escribió la Divina Comedia, con un infierno de nueve círculos, en el siglo catorce, dos siglos antes de que Ignacio de Loyola fundara la Compañía de Jesús. Si la hubiera escrito en el siglo dieciocho, habría tenido que incluir un décimo círculo del infierno, sólo para jesuitas».

El capitán les guiñó y les dijo: «No pierdan sus Indultos Negros. Los van a necesitar».

Luego fue a donde las dos damas, y les hizo el sonido del sapo.

Se rieron con ganas otra vez.

Capítulo 30

Hazme un Instrumento de tu Guerra

La hermana Licha no lo podía creer. ¿La hermana Belén era la nueva Directora? Al jubilarse la hermana Margarita la hermana Licha tendría que haber sido Directora de la Asunción.

Nadie sabía de dónde habían salido las monjas nuevas. Bueno, sabían que eran salvadoreñas, pero no habían recibido el entrenamiento académico riguroso de Europa que la vieja guardia de monjas había tenido que cursar. Las monjas nuevas sabían más de Karl Marx que de Jesucristo. Pero la Archidiócesis les estaba dando entrada.

Desde que Licha había llegado a El Salvador, mucho progreso se había logrado, particularmente durante la administración del General Fidel Sánchez Hernández, con el Ministro de Economía, el Dr. Armando Interiano, negociando con éxito un Tratado de Mercado Común Centroamericano en 1968. A ella siempre le había extrañado por qué Centro América estaba tan dividida, puesto que juntos serían más fuertes, porque las oportunidades económicas para todos se multiplicarían con un mercado mucho más grande.

Pero entonces vino la Guerra del Fútbol entre Honduras y El Salvador en 1969, y el Mercado Común Centroamericano se había hecho añicos. Aparentemente, la fuerza tras de esta ruptura había sido Anastasio Somoza, el líder nicaragüense que le gustaba ser amo y señor de su feudo, ya que tal dominio corría peligro con una Centroamérica unida.

Las Hermanitas de la Asunción enseñaban los valores de la caridad y cuido de los pobres. Si con la educación que recibe, amasa una fortuna, compártala. Sea caritativa. Haga el bien con ella. Si se vuelve empresaria, comparta las utilidades con sus empleados. Ayude a que se eduquen sus hijos. Ofrezca ascenso social.

Pero eso no había funcionado todo lo bien que se hubiera querido.

Con la llegada de las monjas nuevas, muchas de las monjas antiguas decidieron jubilarse y regresarse a Europa.

Era 1977. Las monjas desde hacía años comentaban que sus reemplazos tendrían que ser monjas locales porque el interés en la vida religiosa en Europa había disminuido marcadamente. Pero la afluencia de jovencitas locales a la vida religiosa, entrenadas en las instalaciones del viejo colegio de la Asunción en Santa Ana, era avasalladora. Era como si el cincuenta por ciento de las graduadas de secundaria querían hacerse religiosas. Su formación se centraba en temas de las humanidades y estudios sociales. Los jesuitas manejaban eso, igual que manejaban el Seminario.

No era que no había un lugar para ellas. La Asunción en 1963 había construido una escuela hermana para niñas pobres en el Barrio San Esteban, llamada «Nuestra Señora de Lourdes». Así que había plazas qué llenar. Lo que pasaba era que las monjas europeas estaban desapareciendo.

Pero eran religiosas y sacerdotes militantes: versados en Marx y en la lucha de clases y en el trato preferencial al pobre. No estaban particularmente bien versados en ciencias, matemáticas, arte y literatura, pero no importaba: su misión era adoctrinar, no educar. Iban a producir bachilleres militantes que eran antigobierno y antimilitares.

La hermana Licha empezó a orar por orientación. Era como si la Iglesia se estaba preparando para ir a la guerra... ¡a favor del comunismo! Licha sentía que se encontraba en El Salvador porque Dios la quería ahí. Su camino desde su inminente violación había sido abierto a ella por Dios. Si Dios la quería aquí, no podía irse. Su corazón era conocido por el Todopoderoso. Seguramente querría que ella jugara un papel en los eventos venideros. ¿Pero cuál?

Siendo minoría en el colegio, sería rechazada y la obligarían a irse a menos que se ganara su confianza. No sería útil si permanecía siendo una fquereña.

Así que, a diferencia de las otras monjas europeas, ella se esforzó por ganarse la confianza de la hermana Belén. Y tendría dos oportunidades para hacerlo.

La primera surgió cuando la hermana Belén anunció que comenzarían a construir una estructura tipo bodega subterránea en la propiedad. Como profesora de matemáticas y ciencias, Licha se ofreció para supervisar ese proyecto. La hermana Belén no podía rehusarla porque ninguna de las otras monjas estaba tan capacitada como ella para hacerlo; ciertamente, ninguna de las monjas nuevas.

La segunda tuvo que ver con Don Nico: Nicolás Chávez, un policía ya entrado de años, a punto de jubilarse de la policía. Por ser muy apreciado, se le dio un puesto soñado en la Asunción, donde recibía a las alumnas a su arribo al colegio, y las despedía cuando se iban a casa en la tarde.

Hacía su trabajo bien. Pero Las monjas nuevas se sentían ofendidas por él. La hermana Belén había tratado de remover al policía, favoreciendo una firma de seguridad privada que ella escogería. Pero cuando había sugerido el cambio, los padres de familia protestaron. Don Nico era demasiado apreciado.

Pero Don Nico tenía que ser removido. Esa 'bodega' subterránea no permanecería secreta si él se quedaba. Tener un policía en el Colegio era como tener un espía gubernamental. ¿Pero cómo deshacerse de él?

Ya que la hermana Licha estaba trabajando en ese proyecto, decidió recurrir a ella con el problema de Don Nico. A mediodía, al estar haciendo sus rondas, la hermana Belén entró a la cafetería y vio a la hermana Licha hablando con algunas estudiantes. La llamó.

«Hermana Licha, usted es de las que más tiempo han estado aquí, y quisiera su consejo.

«¡Desde luego, Hermana Directora! ¿En qué le puedo ayudar?»

La hermana Licha, a diferencia de las otras monjas europeas, había hecho un esfuerzo grande por congraciarse con las monjas nuevas. Si bien las monjas nuevas le decían a la hermana Belén que se deshiciera de ella, la hermana Belén pensaba que era mejor retener a la maestra de ciencias y matemáticas, para poder decir que no sólo revolución se enseñaba en la Asunción. Además, la nueva Directora pensaba que debía mantener un vínculo con el pasado del colegio, para no parecer tan radical.

Los jesuitas en el convento les habían advertido a las novicias que los cambios tendrían que venir tajantes y rápidos, porque entre más pronto podían romper con el pasado, más pronto podrían conducir a este país a su futuro inevitable, donde gobernarían lo pobres, no los ricos. Pero era más fácil del dicho al hecho. Así que al menos con la hermana Licha se iba a quedar.

Entraron a la oficina de la directora y se sentaron frente a frente.

La hermana Belén era todo lo opuesto a la hermana Licha: Licha era alta, ella baja; Licha europea, Belén india. Pero la capacidad de liderazgo de Belén la agrandaba. Y Licha se lo reconocía y lo aceptaba.

La hermana Belén le preguntó por qué se había quedado, cuando fácilmente se habría podido ir a otra escuela de las Hermanitas de la Asunción en cualquier parte del mundo.

La hermana Licha quedó sorprendida por lo directo de la pregunta. Pero ya había practicado su respuesta.

«Hermana Directora, todos estos años he tratado de que nuestras graduadas sean buenas y generosas y caritativas con los pobres, tratándoles de inculcar que la grandeza es definida por cuántas vidas son capaces de mejorar. Desafortunadamente, he fracasado. El sistema ha fracasado. La sociedad salvadoreña ha fracasado. Los pobres, que son la inmensa mayoría, se están volviendo más pobres, y los ricos, que son poquísimos, se están volviendo más ricos. Las familias de algunas de nuestras alumnas son dueñas de departamentos enteros de este país, prácticamente, y no hacen nada por educar a los campesinos para que puedan tener una mejor vida».

La Directora asintió. Ella habría sido de esas pobres volviéndose más pobres de no ser por los jesuitas que la habían reclutado en las laderas de Guazapa y le habían pagado a ella y a su familia todos los gastos para que se graduara de secundaria y adoptara la vida religiosa, con un estipendio generoso para su pobre familia. Y no había sido la única reclutada: varios varones y hembras habían sido activamente reclutados por el padre Rutilio Grande en el área de Guazapa. Necesitaban gente para engrosar las filas de la iglesia. De no haber sido por ellos, estaría arando la tierra para los ricos, a cambio de una miseria de paga, igual que sus padres y sus abuelos.

¿De dónde sacaban los jesuitas la plata para pagar tanto gasto para tantos adolescentes y sus familias? Ni sabía ni le interesaba.

La hermana Licha continuó. «De pronto aparecen ustedes, la nueva generación de monjas, y quieren cambiar las cosas. Quieren estremecerlas. ¿Por qué no querría yo ser parte de eso? Es un segundo chance. O como dicen en golf, un 'mulligan'».

A la Directora le gustó su respuesta. Y le respondió:

«Hermana Licha, me alegro de que usted quiere que las cosas cambien. Sólo le pido darse cuenta de que este cambio va a ser como el diluvio de Noé: purificador. Como en ese diluvio, mucha gente buena se ahogará. Pero el propósito de Dios era empezar de nuevo, deshaciéndose de lo viejo. Esa es nuestra meta».

«Hermana Directora, no tengo problema con ese razonamiento.

«Entonces necesito su ayuda para empezar a purificar a este colegio. Lo primero que debe hacerse es deshacernos de Don Nico. Ayúdeme con eso. Haga un plan. Gánese su puesto entre nosotras».

La hermana Licha entendió que no había más qué tratar. Se despidió y se fue pensativa, sabiendo muy bien que ésta era su prueba de fuego. Si pasaba, la aceptarían. Si no, mejor empacaba sus cosas y se iba, como lo hicieron las otras monjas.

Esa noche se durmió pensando en ese problema. Cuando despertó, tenía un plan.

Esa mañana, durante el recreo, se le acercó a una señorita llamada Gracia Flamenco. Era una estudiante de clase media que abiertamente proclamaba su admiración por El Grupo, el grupo revolucionario que había secuestrado, torturado y asesinado al industrial rico Ernesto Regalado Dueñas. Frecuentemente se ponía una camiseta del Ché Guevara bajo la camisa de su uniforme. Quería ser guerrillera.

«Buenos días, Srta. Flamenco. Quería platicarle acerca de sus metas. ¿Entiendo que usted quiere ser revolucionaria?»

La pregunta sorprendió a la Srta. Flamenco, especialmente porque provenía de una monja de la vieja guardia.

«¿Qué es lo que espera lograr con sus ideas? ¿Quiere que haya un derramamiento de sangre en este país?»

«Hermana Licha, la sangre es parte de todo nacimiento humano, y este país necesita volver a nacer.

«Srta. Flamenco, ¿no tiene miedo de que pueda ser su sangre la que se derrame?»

«No me asusta morir por una causa noble, Hermana Licha».

«Le falta sólo dos años para graduarse».

«Estoy aquí sólo porque mis padres quieren tenerme aquí. Mi destino no tiene nada qué ver con graduarme de secundaria».

«Pero el movimiento guerrillero está sucediendo fuera de estos muros. No entiendo por qué permanece aquí».

«He tratado de hacer contacto con gente pero me ven con desconfianza. No soy lo suficientemente pobre».

«Entiendo por qué se siente así. Si yo tuviera dieciséis años, probablemente me sentiría igual que usted. Quisiera que viniera conmigo a platicar con la hermana Belén después de clases. Creo que sería de beneficio para usted».

La Srta. Flamenco la miró escéptica.

«He tratado de hablar con la hermana Belén y me ignora».

«Le aseguro que hoy no la va a ignorar».

Esa misma tarde, la hermana Licha entró a la oficina de la Directora con la Srta. Flamenco.

«Hermana Directora, la Srta. Flamenco ha tratado por todos los medios de ayudar a la causa revolucionaria en El Salvador, y creo que podría ayudar con Don Nico».

«¿Cómo?»

«La Srta. Flamenco no tiene interés en permanecer en el colegio. A ella lo que la atrae es la vida revolucionaria. Quiere ser guerrillera. Pero debido a que su familia es de clase media, y por su edad, nadie la toma en serio. Pero yo creo que ella bien podría ganar mucha credibilidad con el problema que tenemos».

La hermana Belén entendió el plan de la hermana Licha inmediatamente. Puso toda su atención sobre la Srta. Flamenco.

«¿Qué opina usted de la policía, Srta. Flamenco?»

«Son agentes represivos de la dictadura militar, Hermana Directora».

«¿Así que la eliminación de los agentes policíacos es requerimiento legítimo para alcanzar la justicia social desde su punto de vista?»

«Absolutamente, Hermana Directora».

«¿Hasta Don Nico?»

«No soporto verlo con su uniforme, Hermana Directora».

«Bueno, para el papel que este colegio va a jugar en la revolución inminente, necesitamos eliminarlo, cuanto antes mejor».

Un silencio se cernió sobre la oficina, ante el significado de esas palabras.

«¿Y si yo hago esto, después qué?» No era a la cárcel donde quería ir a parar ella.

«Veré que reciba entrenamiento militar en Cuba. Le garantizaré su pasaje seguro fuera del país, para que cuando regrese, usted ya no será la Srta. Flamenco, sino la comandante algo. ¿Le parece?»

«Eso es todo lo que siempre quise, Hermana Directora».

Después de considerar varias alternativas, las tres acordaron el plan a seguir: la hermana Belén le conseguiría una pistola calibre 22 a la Srta. Flamenco, para que le disparara al policía en el muslo. Herirlo lo suficiente como para que se fuera a convalecer, y poder reemplazarlo con personal más allegado a la causa.

Dos días después, la Srta. Flamenco se le acercó a Don Nico y le disparó a quemarropa en la cabeza con un revólver calibre 45. Y nunca se supo más de ella.

La hermana Licha palideció cuando oyó la gran detonación y los gritos de que Don Nico estaba muerto, casi descabezado del balazo. Ese no había sido el plan. Pero no dijo nada. Se había ganado su pase al interior del movimiento. Pero todavía no del todo.

Capítulo 31

¿Deja Vu?

«¿Cómo va la construcción subterránea en La Asunción, Hermana Belén?»

«Padre Montes, ya está terminada. Permítame presentarle a la hermana Licha. Desde que se encargó de supervisar la construcción, aceleró, mejoró y concluyó. Gracias a Dios decidió quedarse a ayudarnos con sus conocimientos, en vez de irse, como lo hicieron otras hermanas europeas».

El padre Montes se sorprendió. Esta monja no era como las otras europeas que había conocido. Era alta y muy guapa.

«¡Mucho gusto, Hermana Licha! ¿De dónde viene usted?»

«De Olomouc, Checoslovaquia, padre Montes».

«¡Bienvenida!» Entonces se dirigió al grupo en general, diciendo, en voz alta:

«Favor de tomar asiento, hermanas y hermanos, para que podamos comenzar esta reunión».

El grupo de sacerdotes y monjas era grande. Eran representantes de varios colegios católicos privados. Tomaron asiento en los primeros bancos de la Capilla del Externado de San José.

El padre Montes subió al altar, tomó el micrófono del púlpito, y dijo:

«Un poco de historia. No hemos tenido éxito en convertir esta nación devotamente católica en una nación que valore la justicia social. Si bien instruimos valores católicos, hemos visto a nuestros graduados continuar sus costumbres explotadoras. Eso es debido a que no hemos sido honestos en exponer la extrema pobreza que existe en esta nación. En parte, es por el temor que tienen los maestros a enojar a los padres de familia si se implementa un pensum de estudios con más énfasis en la justicia social».

Todo mundo asentía. El padre Montes continuó:

«Bueno… ¡se acabó esa reticencia! Con vuestra presencia, desplazando a la vieja guardia, hemos llenado las plazas de maestros de nuestros colegios con gente que proviene de los estratos pobres de la sociedad. ¡Y vosotros ni sois europeos, ni tenéis reticencia a decir las cosas como son!»

Un breve aplauso. Pero entonces se paró una monja del colegio Sagrado Corazón, a quejarse.

«Padre Montes, todavía tenemos de esas monjas entre nosotros. Aquí está una de ellas, la tal Hermana Licha. ¿Ha estado enseñando con la reticencia de la que usted habla, pero de pronto está aquí entre nosotros? ¿Cómo sabemos que no nos va a traicionar?»

Su pregunta fue recibida con murmullos de respaldo. La hermana Licha estaba esperando algo así. Quiso pararse a responder, pero la hermana Belén la detuvo. La diminuta directora de la Asunción se paró a responder en su lugar.

«Hermanos y hermanas, yo vengo de Guazapa. Como ustedes, juré dedicar mi vida a la Iglesia Católica hace muchos años, a cambio de una educación, ayuda monetaria a mi familia, y la oportunidad de servir a mi pueblo. Que es de lo que se trata esta reunión. Ahora bien, he recorrido largo trecho, y he escalado montañas bien altas, para luchar por esta causa, como para traer a alguien que nos podría sabotear nuestro esfuerzo. La hermana Licha ha pasado una prueba de fuego. Ha sido bautizada en sangre. No habríamos podido completar nuestro proyecto de bodega/hospital clandestino sin su ayuda, por lo cual todos debemos dar gracias a Dios. Así que, por favor, mejor duden de mí, que de ella».

Habiendo dicho eso, se sentó. La monja del Sagrado Corazón volvió a pararse para responder.

«Mis disculpas a la hermana Licha. Pero ella tiene que entender que la única lealtad que todos debemos tener es con los pobres. Y que estamos dispuestos a morir por los pobres. La vieja guardia tenía otras lealtades. Pero si la hermana Belén dice que es una de nosotras, entonces le doy la bienvenida».

Su discurso fue recibido con murmullos de aprobación y de alivio. Con este tema no agendado resuelto, el padre Montes procedió con la agenda de la reunión.

«Hermanos y hermanas, al machacar sin cesar la noción de que existe la injusticia social en este país, cada hora de cada día escolar, lograremos varios objetivos: Primero. Llevaremos ese mensaje al seno de cada hogar todos los días. Los estudiantes comenzarán a cuestionar la validez y legitimidad de la posición que ocupan sus padres en la sociedad. Indudablemente tendrán discusiones, pero les daremos las armas para ganarlas.

«Segundo. Al ganar esas discusiones, estaremos haciendo que la población en general se percate de la inequidad, iniquidad e injusticia del sistema salvadoreño, que se basa en el capitalismo explotador, y que es un legado de los días de la Conquista. Sí, mi patria España tiene culpa de ello, como un mentor mío en Santa Tecla me señaló, pero es obvio que estamos aquí para remediar la situación.

«Tercero. Lo que está siendo enseñado en el aula, discutido en la cena, también será pregonado de cada púlpito de este país. El mensaje penetrará el subconsciente de cada salvadoreño. Recordemos que hasta los tiranos de esta nación van a misa.

«Y cuarto: por medio de esa concientización social, intentaremos inducir el cambio en esta nación pacíficamente. Pero si no se puede pacíficamente, estamos creando los líderes del movimiento guerrillero que acabará derrocando a los militares y a sus dueños, los terratenientes».

Hubo un aplauso de su audiencia. Continuó:

«Estáis a la vanguardia de esta revolución inminente, sea pacífica o no. Es para esto que fuisteis escogidos, que se os dio becas y fuisteis formados en la vida religiosa, completamente a expensas nuestras. Pero ahora es el momento de cumplir con vuestra encomienda. El pueblo tomará las riendas de esta nación, y vosotros seréis su vanguardia».

Los vítores y aplausos fueron amplificados por la gran acústica de la capilla. Cuando los vítores amainaron, el padre Montes dijo: «Y ahora, permitidme presentaros a Don Blas Pérez. Es un hombre de negocios de la Europa oriental, con considerables inversiones en minas. Y es miembro de un grupo internacional de hombres de negocio que apoya nuestro movimiento activamente.

«De padre español y madre rumana, que no os extrañe que hable un español perfecto.».

Subió al altar un hombre alto, delgado pero no endeble, pelo cano, tez bronceada, ojos azules pálidos. Parecía estar en sus sesentas, pero se movía ágilmente para su edad. Vestía de saco y corbata, pero de colores alegres, no austeros; ciertamente no vestía el negro de los jesuitas. Al verlo la hermana Licha sintió un escalofrío... ¿como si lo conociera?

Don Blas tomó el micrófono y empezó a hablar en un castellano perfecto, alentando a todos a dar el todo por la causa, asegurándoles de que el mundo entero apoyaba su causa, y agradeció al padre Montes la oportunidad de hablarles. Habiendo finalizado, devolvió el micrófono al sacerdote, quien dio por finalizada la charla.

Al ir saliendo la concurrencia de la capilla, el padre Montes se le acercó a la hermana Licha con Don Blas. El sacerdote le habló primero:

«Hermana, vamos a necesitar más estructuras subterráneas en toda la nación. ¿Está usted tan vinculada a la Asunción, que no podría trabajar fuera de ella?»

«Padre, yo iré donde se me necesite, pero mi directora tendrá que aprobarlo primero».

Entonces se dirigió a ella Don Blas, diciéndole:

«Hermana Licha, somos afortunados de tener a alguien de su educación y conocimientos de nuestro lado». Luego bajó su voz y dijo: «Las monjas y los sacerdotes nuevos no son muy versados en matemáticas y ciencias, sino en justicia social, que es lo que más necesitamos hoy día. Y si contratáramos firmas de ingeniería externas, no podríamos mantener nuestros proyectos secretos. Con la experiencia que usted ha adquirido con el subterráneo de la Asunción, usted es nuestra ingeniera líder para los demás proyectos que emprendamos en toda la nación. Si la revolución no es pacífica, necesitaremos lugares donde nuestros combatientes podrán ser atendidos médicamente. Ese es el propósito».

La hermana Licha asentía, pero no podía sacudirse la sensación de ansiedad que este hombre le producía, sin motivo alguno. Así que le preguntó: «Gracias, señor, pero ¿cómo es que usted sabe tanto de lo que yo hago?»

Don Blas sonrió. «Temo no tener mucho tiempo poderle decir, hermana Licha, pero sí le había pedido al padre Montes que quería conocerla, para felicitarla por su excelente trabajo».

El hombre la miraba admirándola. Definitivamente no era como la mayoría de las mujeres que había conocido en América Latina, incluyendo las de origen europeo, que abundaban después de la Segunda Guerra Mundial. Si bien prefería a sus mujeres más jóvenes, esta hermana checoslovaca se veía más joven que los casi cincuenta años que tenía, según los datos que tenían de ella en Moscú. Y para él, estaba perfecta.

Claro que estaba el asunto de los votos. Manteniéndose virgen para el Señor y todo eso. Pero las monjas revolucionarias no tenían tales votos.

Don Blas tomó la mano de la hermana entre las dos suyas, y le dijo, «Hermana Licha, debo seguir mi camino, pero espero tener la oportunidad de hablar más extensamente con usted muy pronto. De nuevo, le profeso toda mi gratitud y admiración».

Dicho eso, se fue.

El encuentro con este hombre la desconcertó, aunque no entendía por qué. Era simplemente otro extranjero, como los jesuitas y como ella.

El día siguiente le informó la hermana Belén que estaría a las órdenes del padre Montes, que el padre Montes la mandaría a recoger cuando fuera necesitada.

¡Qué mala espina le dio esa noticia! Por alguna razón la asoció con el tal Don Blas. Pero no se podía quejar: quería ser aceptada en el movimiento, y lo había logrado.

Capítulo 32

Consummatum Est

En 1979, el viernes santo cayó en un 13 de abril, lo cual lo hacía un viernes 13, un día de mala suerte. La hermana Licha fue llamada al Externado temprano en la mañana, lo cual le había parecido extraño, pero no tanto: la Revolución no tomaba asueto, y menos con la inminente caída de Somoza en Nicaragua. En ese momento, los Sandinistas comenzarían a enviar armamento que tendría que ser guardado en varios lugares.

La hermana Licha había estado trabajando en construcciones clandestinas fuera de la Asunción. Era la ingeniera líder para la construcción de un hospital clandestino en el colegio La Sagrada Familia y en otros dos lugares estratégicos en la ciudad. Era trabajo extenuante porque bastante del trabajo se hacía de noche.

Una de esas noches había sido visitada por Don Blas Pérez. Había sido una visita profesional, en la cual le había preguntado acerca del presupuesto y de la calidad del acero que se estaba usando. No quería que sus construcciones sucumbieran a terremotos. Eso dijo su boca; sus ojos le dijeron que no quería que quedara soterrada.

El hombre todavía le daba mala espina, sin saber por qué.

El padre Montes recientemente la había alertado de la posibilidad de comenzar una construcción bajo una iglesia. Pero no se sabía cuál todavía. Así que supuso que por eso la había citado al Externado hoy. Aunque habría preferido quedarse descansando esta Semana Santa. Lo necesitaba.

El padre Montes la saludó al recibirla en el Externado, pero todo lo que hizo fue presentarle a un jesuita joven que había visto sólo una o dos veces antes, y de lejos: el padre Mario Tacarello. Era un jesuita relativamente joven, de veinticinco o veintiséis años de edad, muy bien parecido, muy mestizo, y muy entusiasta.

«Hermana, he sabido del gran trabajo que usted hace, y la admiro por haberse quedado, en vez de irse como las otras hermanas europeas lo hicieron. Déjeme asegurarle que ésta es la revolución más pura que el mundo jamás habrá visto. Nos desharemos de los títeres militares de los

Catorce y les daremos sus tierras a los campesinos. Será como si Jesucristo mismo decidió gobernar esta nación».

La hermana Licha asentía por afuera, pero por adentro se preguntaba que qué tenía que andarle diciendo este niño imberbe acerca de nada. Eso era lo primero. Lo segundo era que el secuestro, tortura y muerte de Ernesto Regalado, Ernesto Poma y Mauricio Borgonovo y de gente que usaba sus fortunas para mejorar la nación, indicaba la existencia de un elemento violento que no iba a parar sino hasta que se apoderara completamente del poder. El creer que después de cometer crímenes tan horrendos, que se iban a convertir en ángeles del Señor, era ser demasiado bobo o inocente.

Recordó cómo la revolución rusa había sido igualmente bien intencionada. Pero el elemento implacable inmediatamente eliminó a la familia real y al elemento democrático, para hacer de Lenin un dictador.

El padre Montes dijo: «El padre Tacarello representa una generación nueva de jesuitas salvadoreños. Él es mi mano derecha, y me representará cuando yo no esté disponible».

Todo mundo quedó bien enterado del nuevo arreglo. Este imberbe iba a ser otro jefe de Licha. Ni modo—era el precio que tenía que pagar para ser aceptada.

Pero las sorpresas no pararon ahí. El padre Montes le informó que ella y el padre Tacarello irían a la playa hoy.

«Padre, no tengo nada que ponerme», respondió sorprendida.

Montes le dijo que podían pasar a la Asunción a recoger ropa adecuada.

La hermana Licha siguió tratando de excusarse. «Padre, tengo trabajo urgente qué hacer».

«Nada. Hoy es Viernes Santo y en El Salvador los buenos católicos van a la playa. Además, no es petición».

Todas las alarmas interiores de la hermana Licha se activaron. Esto era completamente inesperado.

Mario condujo su Volkswagen tipo escarabajo y la llevó primero a la Asunción a ponerse ropa más idónea para la playa. Cuando fue a buscar a la hermana Belén para informarle que iba a la playa, no la encontró. Le pareció extraño, pero esa era la menor de sus preocupaciones. Cuando estuvo lista, salieron rumbo a San Miguel, a una bella playa llamada El Cuco. Como quedaba como a tres horas de distancia, la hermana Licha decidió aprovechar para dormir, puesto que lo necesitaba. No se despertó sino hasta que dejaron la carretera principal y empezaron a recorrer el camino de tierra que los llevaría a su destino final.

El padre Tacarello le dijo: «Estaremos ahí como en quince minutos. El camino va a estar agreste de aquí en adelante».

«¿A casa de quién vamos, padre?»

«Hermana, usted se va a tener que olvidar de que soy sacerdote, y de que usted es hermana. Aquí, todos somos camaradas. Somos revolucionarios».

Hoy sí le sonaban las alarmas a Licha. «Padre, ¿por qué me está dando mala espina esto?»

«Buenos instintos. Verá, usted va a tener que someterse a prueba».

«¿Qué? ¿Por qué? Fue mi plan el que permitió a la hermana Belén deshacerse de Don Nico. Yo... ».

«Sí, pero usted no lo mató. Muchos creen que usted podría ser espía, a pesar de que la hermana Belén aboga por usted».

«¡Por Dios! ¿Espía? ¿Para quién?»

«Para el gobierno. Para los militares. Para los americanos».

«¡Vamos, padre! El subterráneo de la Asunción no es más que un depósito de armas y el gobierno no sabe nada».

«Eso está a su favor, pero uno de los comandantes no confía tan fácilmente. Y quiere conocerla. Esto tiene que pasar. Hombres y mujeres van a estar confiándole sus vidas, usted tiene que probar ser digna de esa confianza».

Miró al padre Tacarello. Se veía incómodo. La hermana comenzó a orar.

Al fin llegaron a una típica choza de playa salvadoreña: relativamente amplia, circular, con techo de paja y espacios abiertos para hamacas, una pequeña cocina, un baño y una regadera externa para quitarse la arena de la playa. Las paredes eran de bloques de concreto color gris. Nada pretenciosa, esta choza definitivamente era de alguien de clase media.

La choza estaba a buena distancia de los vecinos y de la playa debido a que, si bien era una playa bella, estaba demasiado lejos de San Salvador como para estar más desarrollada.

Había cantidad de almendros, cocoteros y otros árboles que también brindaban privacidad. Pero esta choza también tenía mallas antizancudos verdes translúcidas que caían desde las vigas perimétricas del techo, para aún más privacidad.

Y estaban ahí para que ningún extraño pudiese ver lo que estaba sucediendo al interior de la choza: sentado en un sofá estaba un comandante guerrillero que usaba lentes, con boina negra y bufanda roja que denotaba su rango. En el perímetro de la choza estaban cuatro guerrilleros más, todos armados con AK-47. El comandante estaba vestido, pero tenía desabrochado su pantalón a nivel cintura, con sus genitales expuestos. E hincada frente a él, desnuda, estaba la hermana Belén. Otras dos monjas de la Asunción estaban desnudas también, pero sentadas en dos sillones a ambos lados del sofá. Había otro sillón vacío frente al sofá, y fue ahí donde la llevó el padre Tacarello. Al acercarse, la hermana Belén soltó el órgano del comandante para saludarla silenciosamente. Y luego reanudó su tarea.

Una vez sentada, estando a pocos pasos de ella, no tuvo más remedio que notar lo bien que se veía la hermana Belén, con su pelo negro lacio que le llegaba hasta donde comenzaban sus nalgas, y su cuerpo esbelto y bien proporcionado. Pero lo que más le llamaba la atención era la soltura con la que complacía al comandante con su boca. Era como que estaba acostumbrada a hacerlo.

El Comandante detuvo a la hermana Belén un momento para poder platicar con la hermana Licha. Belén no se apartó, simplemente paró de hacer lo que estaba haciendo. Menos mal, porque Licha no quería tener que estar platicando con un pene.

«Hermana Licha, he estado esperando conocerla con muchas ansias. Soy el Comandante Marcial. Usted obviamente ha sido de las pocas europeas que se quedaron».

La hermana Licha hizo todo lo posible por ignorar la obscenidad que se estaba desarrollando frente a ella.

«Comandante Marcial, es un gusto conocerlo», mintió descaradamente.

«Marcial es mi nombre de guerra, desde luego. Y antes de que acabe el día, espero que podamos bautizarla a usted con un nombre de guerra también. Por ejemplo, el nombre de guerra de la hermana Belén es Inés».

Se armó de todo el estoicismo que pudo para decir: «Comandante, sería mi privilegio ser bautizada así». La honestidad no era la mejor arma en estas circunstancias.

«Veremos. Antes que nada, déjeme decirle algunas realidades. Todos estamos aquí porque estamos cansados de la miseria que cunde en esta tierra, mientras los Catorce viven en opulencia tipo monarquía europea, protegidas por los cuerpos de seguridad y el ejército. Su salud es garantizada por el sistema de salud nacional y por su dinero, que les permite obtener la mejor atención médica de los mejores doctores en todo el mundo. Mientras que nuestros hijos pueden morir de una gripe por falta de atención médica, ya no digamos de malnutrición. Y eso no es justo».

Le puso la mano en la cabeza a Inés para que reanudara su faena oral. Y prosiguió.

«Hemos tratado otras formas de alcanzar justicia social, pacíficas, pero no han funcionado muy bien. Ciertamente Farabundo Martí a principios de la década de los 30 trató de hacer campaña política y lo exiliaron a Guatemala. Y cuando no tuvo de otra, se alzó en armas sólo para que ocurriera la Matanza, una masacre despiadada de campesinos por el ejército. No vamos a cometer ese error otra vez».

La hermana Licha tuvo que concordar con lo que decía el Comandante. Tenía sentido.

«Si bien algunos hablan de soluciones políticas, yo no comulgo con eso porque el dinero de los Catorce les permite comprar su seguridad, tanto privada como pública. Para derrotar el sistema, tenemos que combatir esa seguridad, y derrotarla, para poder llegar a ellos. Por eso es que la Revolución necesita ser armada y no política».

Se volvió a Inés, a quien le dijo: «Mamita linda, cuidado con los dientes». Inés lo soltó para disculparse.

Marcial continuó con su discurso. «Pero no producimos armas. Las tenemos que importar y eso significa que necesitamos aliados. Afortunadamente tenemos a Cuba y a su patrocinador, la Unión Soviética. Pronto tendremos otro aliado, los Sandinistas de Nicaragua».

«Y los jesuitas», pensó la hermana Licha. Pero sólo asintió, sin decir nada.

Marcial continuó. «Si bien no estamos listos todavía, vamos a tener que atacar pronto, porque por ahora, tenemos a un aliado inesperado en el Presidente Jimmy Carter, con su política de derechos humanos, y su embajador muy progresista, Robert White, quien absolutamente aborrece a los militares. Así que ahora es cuando tenemos que hacer que nuestra revolución triunfe, antes de que Estados Unidos elija a un presidente derechista, lo que nos da hasta enero de 1981 para actuar. ¿Tiene alguna pregunta, Hermana Licha?»

«Sí, Comandante Marcial, ¿por qué estoy aquí?»

«En parte, para agradecerle su colaboración, pero más importantemente, para garantizar su silencio».

«¿Qué he hecho para merecer su desconfianza? La hermana Belén me puede avalar. Y el gobierno no tiene idea de nuestras actividades clandestinas».

Marcial sonrió. «Eso es lo que Inés está haciendo ahorita, avalándola. Pero vea, Hermana Licha, hemos aprendido las lecciones de unidad del conflicto colombiano. En Colombia, las FARC son como familia. Tienen combatientes mujeres y hombres. Viven juntos en las montañas fronterizas con Venezuela. Las mujeres y los hombres copulan, como es natural. Eso hace de las FARC una familia. Eso garantiza que nadie diga nada que no debiera».

«¿Pero Comandante, de qué le sirve una mujer embarazada?»

«Hermana, hoy no es como antes. Tenemos doctores que nos hacen el favor».

A la hermana Licha sintió que se le heló la sangre. Podían abortar si había necesidad de ello. Pero lo helado se le pasó rápido. A este hombre tenía que confrontarlo. Al carajo con la obscenidad sexual que tenía enfrente. Ahora ya habían entrado a una esfera donde ella tenía autoridad moral.

«Comandante, yo entiendo por qué existen las revoluciones. Y este país necesita una urgentemente. En eso estamos de acuerdo. Pero cuando el Papa Paulo VI publicó su encíclica *Humanae Vitae,* que es latín para Vida Humana, él consagró la santidad de las relaciones humanas y prohibió el uso de contraceptivos, ya no digamos aborto. Como Iglesia, nosotros no podemos ser parte de esto».

El padre Tacarello se sintió obligado a involucrarse, aunque no quería. Pero era importante que esta conversación no se desviara de su propósito principal. Además, estaba ansioso por ver a Licha desnuda. Podría estar frisando los cincuenta, pero se veía en gran forma. Y era checa: con checas había tenido experiencias sexuales inolvidables.

Entonces el padre Tacarello repitió lo que había aprendido de su maestro, el jesuita Karl Rahner, en la Universidad de Münster: «Hermana Licha, un resultado del Segundo Concilio Vaticano fue que la Iglesia no se opondría a la obtención e implementación de conocimientos que mejoran la condición humana, que es la condición del pueblo de Dios, los pobres. Paulo VI nunca puso pie en El Salvador, y tampoco lo ha hecho el Papa actual.

«Además, el Papa Juan Pablo II está mucho más interesado en ayudar al movimiento democrático naciente en Polonia, que en ayudar a los pobres de El Salvador, que son nuestro mayor interés. Así que gracias al Vaticano II, el pueblo de Dios puede actuar libremente conforme a sus propias necesidades en la persecución de sus reivindicaciones locales, con plena libertad de considerar la encíclica como una simple opinión del Papa, con la cual diferimos».

A Licha la tomó por sorpresa este menosprecio y rechazo de su paisano, el muy querido Papa Juan Pablo II. Y estaba segura de que, si bien no había visitado El Salvador aún, ya que recién había sido electo Papa el 22 de octubre de 1978, él habría condenado la prostitución de religiosas, ya no digamos el aborto de fetos inconvenientes para la Revolución.

Sabiendo lo que le estaba cruzando por la mente a la religiosa, el padre Tacarello intentó aplacarla.

«Hermana Licha, con gusto le explico cuando regresemos, el motivo por lo cual todo esto es permitido. Si no lo fuera, ¿por qué estaríamos involucrados?»

Licha quería espetarle cuatro verdades al imberbe ese. Los jesuitas habían demostrado ser malos árbitros de lo que es moral o no. ¿Alianza con Cuba? ¿Donde la pobreza era masivamente mayor que acá? ¿Y donde el dictador era mil veces peor que el de acá? ¿Dejar que sus compañeras religiosas sean humilladas así, sin levantar un dedo? ¡No hombre! Mejor haría en callarse y aceptar que esto no es más que un intento por alcanzar el poder terrenal. Como los jesuitas habían hecho tantas veces en su historia.

Pero no hizo más que volverse a Marcial y decir: «Disculpe, Comandante, simplemente quedé sorprendida de esto que es tan distinto a lo que a mí se me enseñó. Estoy segura de que me entiende, así que por favor no deje que mi sorpresa me defina a mí o a mi compromiso con esta causa».

Marcial sonrió y le hizo un gesto con la mano indicando que no había problema. «Lo que el padre Tacarello dice del Papa es correcto, Hermana Licha. Si un papa europeo visitara nuestras chifurnias y champas, y nuestros caseríos sin agua y electricidad en el monte y en los barrancos y viera a nuestros niños desnudos con gusanos en sus panzas y si pudieran oler el hedor que impregna esos lugares donde la gente hace sus necesidades donde sea, estoy seguro de que él sería uno de nosotros».

Licha tuvo que reconocer que no estaba errado.

Marcial continuó. «La hermana Belén y la nueva generación de monjas fueron reclutadas de los caseríos y chifurnias de todo el país. No tenían vocación, tenían estómago vacío. Nuestros patrocinadores les pagaron su educación secundaria, y luego su formación religiosa expedita en la vieja escuela de la Asunción en Santa Ana. Cuando no estaban estudiando cursos académicos, estudiaban marxismo y la reciente Teología de la Liberación, pero, sobre todo, el significado y las dimensiones de justicia social, que es la meta de nuestra revolución».

Por alguna razón, la palabra 'patrocinadores' la hizo pensar en Don Blas.

Marcial continuó. «Entonces estas monjas no recibieron su educación académica y espiritual, hermana Licha. Pero ni por un instante se le ocurra de que usted es mejor que ellas. Y como puede ver, están desnuditas y dispuestas a servir la causa de la revolución».

Les hizo un gesto a las otras dos monjas para que se acercaran. No vacilaron, se hincaron y por turnos chuparon el pene guerrillero.

Marcial miró a Licha y sonrió. «Si usted quiere ser parte de nosotros, va a tener que hacer lo mismo. Ahora».

Las monjas dejaron de chupar y se le quedaron viendo a Licha, para ver qué hacía.

Licha no iba a sucumbir así nomás. «Comandante, yo no soy de la nueva generación de monjas. He dedicado muchos años más a mi Señor Jesucristo, promulgando Su mensaje de salvación, que estas tres hermanas juntas. He tomado votos de castidad. Quizá las hermanas aquí presentes, a quienes tanto admiro, no lo tuvieron que hacer. Pero yo sí. Y no voy a violar mi voto al Señor mi Dios, sólo para satisfacer un deseo machista de demostrar quién manda. Francamente, me extraña que usted no actúe en forma distinta, Comandante, puesto que a quienes humilla con esto, es a gente pobre, que merece lo mejor de usted, no su pene».

Los ojos de Marcial centellearon de furia, pero no perdió su control. «Hermana Licha, yo tengo sangre en mis manos. Muchas de las cosas que usted ha leído en el periódico, han sido hechas por mí o por orden mía. Si hay un Dios, entonces yo ya estoy en su lista negra debido a mis pecados, y si hay un infierno peor que ser pobre en El Salvador (que lo dudo), entonces probablemente allá iré a acabar. Pero no pierdo sueño al respecto. Así que discúlpeme si opto por no incluir a Dios en mis decisiones. Si bien usted y las religiosas de la vieja guardia fueron educadas para creer que el poder viene de Dios, nosotros creemos que Mao Tse Tung estaba en lo correcto cuando dijo que el poder viene del cañón de un fusil, que es exactamente lo que creen nuestros enemigos. Así que, en esta Revolución, primero vienen los combatientes, y después todos los demás, incluyéndola a usted y a la Iglesia. Y déjeme decirle que encuentro su elitismo repugnante, porque sus palabras dan a entender que usted se siente superior a estas religiosas que apoyan a la Revolución con cada fibra de sus cuerpos».

En ese instante, Licha hubiera deseado poder retractar sus palabras. ¿Pero cómo estaba supuesta a reaccionar perfectamente a una situación tal? ¡La vida no puede preparar a nadie para una situación como ésta!

Intentó pedir disculpas. «Por favor, Comandante, comprenda que no quise de ninguna forma... ».

Pero Marcial la cortó de tajo. «Sin embargo, respetaré sus votos». Le hizo una seña a una de las monjas desnudas, quien le llevó un bolso al Comandante. Sacó el pasaporte de Licha y un pasaje aéreo. Obviamente, la hermana Belén había retirado su pasaporte de sus pertenencias, para traerlo acá.

«Hermana Licha, usted podrá irse de aquí en este momento, con nuestra gratitud por toda su ayuda hasta la fecha, pero se irá directamente al aeropuerto, se subirá a un avión y se irá del país para siempre. O, podrá consumar su matrimonio con la Revolución. Escoja».

La hermana Licha volvió a ver al padre Tacarello, quien la miraba como si estuviera viendo una película de vaqueros, esperando ver cómo el vaquero se iba a desamarrar y escapar antes de que lo mataran. Pero sin estar dispuesto a dar una mano.

Se volvió a ver a Marcial. «Me dijo el padre Montes que mi educación era valiosa, porque me ayudaba a supervisar y manejar los proyectos clandestinos efectivamente. ¿No les haré falta si me voy?»

«Querida hermana Licha, tenga la seguridad que encontraremos un reemplazo para usted. Así que infórmenos su decisión ya».

Inés había dejado de chupar y la veía directamente, sus ojos suplicándole que se quedara.

La mente de Licha regresó a Cracovia, al juramento que había hecho entonces. Y cómo ese juramento la había conducido hasta este instante en su vida. En 1945 había sido vida o muerte. Hoy, era Revolución o regreso a París... quizá. ¿Realmente la dejarían vivir, después de todo lo que sabía de ellos, habiendo visto la alianza malsana entre la Iglesia y los marxistas? Y si en Cracovia había sido salvada para un propósito superior, ¿quedaría sin realizar tal propósito si rehusaba hacer lo que toda otra monja parecía encontrar normal en El Salvador: mamar y coger?

Y si rehusaba, ¿pondría en riesgo las vidas de las tres hermanas que estaban aquí, y especialmente la de la hermana Belén, que la había avalado?

¿O era todo esto una oportunidad de expiar su culpa por lo de Don Nico?

«Comandante, yo...».

Pero su intento de explicación fue interrumpido. «¿Se queda o se va?»

En ese instante realizó que, hasta ese momento, su vida carecía de un logro mayor: algo por lo cual había valido la pena ser salvada en Cracovia. Y temía que, si se iba, podría significar acabar el resto de sus días sin haber logrado nada.

«Me quedo».

«Entonces venga a tomar el lugar de Inés. Hágalo ya».

* * *

En el viaje de regreso a San Salvador el siguiente día reinó el silencio. Había aguantado estoicamente, a pesar de la vergüenza y el dolor. Le habían sacado el elitismo de su sistema, dándole duro y seguido.

Ahora entendía por qué tanta mujer alemana violada por el ejército soviético se había suicidado. Solamente teniendo fe en un propósito superior le permitiría sobreponerse a esto.

Cuando se había hincado, había cerrado los ojos, en vez de ver ese miembro tan mojado de tanta saliva, a centímetros de su cara. Tenía la

221

esperanza de que fuera como en Olomouc: un baño de semen. Pero sintió que unas manos le empujaron la cabeza, y el miembro le penetró la boca. Las manos le empujaban la cabeza y ella reculaba cada vez que sentía que la iba a atragantar esa cosa. De pronto oyó el mismo gruñido de Olomouc y sintió la sustancia mucosa salada llenarle la boca. Igual que en Olomouc, no sabía qué hacer.

«Cuidadito deja caer una gota, hermana Licha».

Se tragó esa inmundicia. Cuando abrió sus ojos llorosos, Marcial le dijo que se desvistiera.

Chupó a todos los guerrilleros. De tanto semen que tragó, se le fue el hambre. Pero los espectadores no se burlaban de ella. La animaban. Estaban celebrando una inducción, no una violación. En lo único que ella pensaba era que hubiera sido mejor salir de su escondrijo y dejar que los soviéticos la usaran y mataran, porque por lo menos estaría con su familia.

Cuando hubo chupado a los guerrilleros. Marcial se puso un condón y la desvirgó. Fue doloroso. Cuando al fin volvió a gruñir, sacó su pene encapuchado y ensangrentado. Todos aplaudieron. Los otros cuatro guerrilleros la indujeron también.

Cuando el último guerrillero se había satisfecho con ella, se preguntó si el padre Tacarello iba a usarla también. Pero no lo hizo.

Terminada la ceremonia, el Comandante Marcial fue donde ella, la abrazó y le dijo: «En adelante, será conocida como *Juana*».

Al fin rompió el silencio en el automóvil.

«¿Por qué, padre Tacarello? ¿Por qué me llevó ahí a que me violaran?» El dolor en su entrepierna le había bajado lo suficiente como para estar dispuesta a hablar.

«Yo no hice tal cosa. Usted pudo haberse ido de ahí tan inmaculada como llegó. Usted permitió eso. Pero déjeme decirle por qué lo hizo: usted cree en la Revolución. Esa sangre entre sus muslos es prueba para todos que usted valora la Revolución sobre todas las cosas, incluso Dios. Hoy, tiene una credibilidad perfecta. Cuando llegue la hora, estará sentada a la mesa con nosotros, determinando la mejor manera de sacar a los pobres de su miseria, valiéndose de su educación e inteligencia superiores. Habrá perdido un himen, pero habrá ganado una nación. Todas las monjas revolucionarias nuevas... ni un himen entre todas. Es simplemente lo que la Revolución requiere de ellas. La Revolución manda por ahora».

«¿Es por eso que usted no se aprovechó? Tenía a todas las monjas desnudas a su disposición».

«Usted no estaba a mi disposición, y yo no apruebo lo que pasó. Todo el propósito era que usted consumara su matrimonio con la Revolución. Ahora, usted le pertenece a la Revolución».

Lo que el padre Tacarello no le dijo fue: «Es una lástima. Habría querido gozar de ese cuerpo espléndido suyo».

Volvió a cernirse el silencio sobre ellos. Ella entendía por qué la habían hecho aguantar todo eso. Pero ya tenía casi dos años de estar al servicio de la Revolución. Alguien pudo haberla avalado, alguien de los mismos jesuitas. Realmente no tenía que satisfacer sexualmente a todo el alto mando guerrillero para comprobarlo.

El auto giró hacia la Asunción. Al llegar, Juana le preguntó al padre Tacarello: «¿Tiene nombre de guerra, padre?»

«Mi nombre de guerra es Eliseo».

Juana sonrió y le preguntó: «¿De veras? ¿Y qué tuvo que hacer usted para ganárselo?»

Eliseo sonrió, puso el auto en primera, y le dijo: «Otro día le cuento, Juana».

Capítulo 33

Una Banda Sagrada Criolla

El Ministerio de Defensa estaba ubicado contiguo al Estado mayor, en la carretera a Santa Tecla, cerca de la Feria Internacional de El Salvador. Los seis hombres jóvenes habían sido citados en forma urgente por el Ministro Larios. Todos habían sido cadetes descollantes de la Escuela Militar General Gerardo Barrios, quienes habían sido expulsados por haber sido vistos socializando con homosexuales cuando estaban de licencia.

El Ministro de Defensa, el General Humberto Larios, había conseguido esta información del coronel Benavides, el director actual de la Escuela Militar y jefe de la unidad de Comandos que todavía no acababa de formarse porque nadie quería ir tras los jesuitas de la UCA.

Lo otro que los excadetes tenían en común era que todos habían ido a colegios católicos para varones.

«Caballeros, por favor tomen asiento. Todos conocemos las circunstancias por las cuales no se lograron graduar, y francamente, su vida personal no es de mi incumbencia, ni la de nadie más. Están aquí porque es un momento de peligro para la patria, y porque ustedes juraron servir a la patria mientras eran cadetes. Lamentablemente, debido a la política vigente, ustedes fueron expulsados. Pero ahora la patria necesita de sus servicios».

Los jóvenes escuchaban sentados como cuando eran cadetes, espalda bien recta, manos en sus muslos, ambos pies sobre el piso.

El Ministro estudió las hojas de vida de los excadetes y les dijo, «Dice aquí que todos ustedes fueron a colegios católicos para varones. ¿Fue ahí donde comenzaron sus actividades con hombres ?»

Uno de ellos, Remberto Fiallos, se paró a decir, «Sr. Ministro, permítame hablar por todos, ya que nuestras experiencias son muy similares. Fuimos introducidos a la homosexualidad por sacerdotes».

«Gracias, Sr. Fiallos». Miró a todos. «¿Lo mismo aplica a todos ustedes?»

Todos asintieron.

«Por favor siéntese, Sr. Fiallos. Sospeché que ese era el caso porque nuestro Agregado Militar en México me informó que, en ese país, había causado sensación que un sacerdote prominente llamado Marcial Maciel había sido acusado de abusar sexualmente a niños. También el ex-cónsul de El Salvador en Nueva Orleans me informó que, en 1985, un sacerdote llamado Gilbert Gauthe se declaró culpable de haber abusado de 11 niños en el estado de Luisiana. También he escuchado de otros casos similares en otras partes del mundo, como Irlanda».

Los seis excadetes se mostraban muy interesados. No tenían idea de que esto era un fenómeno mundial.

«En 1983, vino de visita a El Salvador un grupo de jóvenes bautistas norteamericanos de ambos sexos, para ayudar a los pobres. Yo estaba en la Brigada de Artillería en Opico, una de las zonas menos conflictivas del país, y, por lo tanto, una de las más seguras, y el pastor de la iglesia bautista local me preguntó si podía recibir al grupo Americano en la Brigada. Desde luego acepté.

«Un caballero alto y muy distinguido venía de chaperón del grupo. Su nombre era Juan Font, y era originario de España, pero que ya se había vuelto residente estadounidense viviendo en la Florida. Como su hija Susana era miembro activo del grupo, y debido a las noticias falsas que publicaban los periódicos norteamericanos sobre la situación del país, el Sr. Font decidió viajar con su hija y con el grupo».

El Ministro quería hacer que los excadetes se relajaran un poco. No quería ni imaginarse el tumulto de emociones que los embargaba. Esperaba que esta historia tuviera el efecto deseado. El Ministro Larios continuó. «Resulta que el Sr. Font era de Catalonia y que había hecho su servicio militar en España, y por ende estaba muy interesado en hablar de temas militares. Para inducirme a hacerlo, me trajo de regalo una botella de *jerez*. La abrimos y comenzamos a degustarlo, y pronto estábamos platicando como si hubiéramos sido amigos de toda la vida.

«Se me ocurrió preguntarle que ¿cómo era que se había convertido en bautista, cuando España era tan católica? Y le cambió el semblante. Pasó de alegre a sombrío en un instante. Se acabó la copa jerez en su mano y se sirvió otra. Y luego me miró con enojo.

«Juan, disculpe si le hice una pregunta inapropiada. No es algo que me incumbe», le dije.

Juan Font suavizó su semblante un poco «No, no, coronel, usted no hizo pregunta inapropiada alguna. Es que es algo tan odioso, que no puedo sino alterarme cuando lo recuerdo».

El coronel de nuevo se disculpó. Juan le hizo gesto de que se despreocupara, y le dijo, «Déjeme contarlo y verá. Yo era monaguillo en una iglesia católica local en Barcelona, y un domingo, después de la última misa del día, el sacerdote me llamó a la sacristía para decirme algo. Estaba seguro de que era para regañarme porque había derramado un poco de vino ese día. Tenía diez años de edad en 1935, y todo mundo me estaba regañando por todo.

El coronel sonrió y le contó que su madre lo zurraba frecuentemente con sandalias.

«Entré a la sacristía mientras se cambiaba. Me pidió que me sentara en un sofá. Estando en camiseta y pantalones, entró al baño. Al rato salió completamente desnudo, con su pene erecto. Se sentó a mi lado y tomó mi mano y la haló hacia su erección, diciéndome que Dios quería que la tocara».

El coronel Larios no podía ocultar su asombro. «¡Santo Dios! ¿Y qué hizo, Juan?»

«Salí corriendo de ahí cuan veloz pude; de esa iglesia y de la iglesia católica. Por un tiempo estuve sin ir a ninguna iglesia, pero cuando llegué a los Estados Unidos, me uní a la iglesia bautista local, que es donde me he quedado».

El coronel Larios sabía que los curas en El Salvador tenían mujeres, y en El Salvador, con su machismo tan arraigado, eso no era mal visto. Pero ¿homosexualidad con niños? Eso jamás se le hubiera cruzado por la mente.

«Juan, ¿lo denunció usted?»

«No. Jamás le dije nada a nadie, tenía miedo».

«¿No les pareció extraño a sus padres que usted decidiera dejar de ser monaguillo?»

«Tal vez, pero poco después se desató la guerra civil española y la iglesia católica tomó el lado de Franco, y mi familia no quería tomar el lado de nadie, así que todos dejamos de ir a misa de todos modos».

El Ministro terminó ahí su relato. Los miró a todos y les dijo, «Caballeros, parece ser que lo que les pasó a ustedes, ha estado pasando desde 1935. ¿Por qué lo hacen? Ni idea. No soy sicólogo. Pero sí creo que se aprovechan de la corta edad de sus víctimas, y de la vergüenza que los hace callar. Es que, ¿quién podría creer que un 'hombre de Dios' haría semejante cosa?»

Remberto Fiallos tomó la palabra de nuevo. «Sr. Ministro, puedo hablar por todos cuando le digo que ha sido un infierno para todos nosotros cuando se supo de nuestra homosexualidad. Y es que El Salvador es demasiado pequeño para que estas cosas no se sepan. La gente habla de nosotros y perdemos a nuestros amigos por temor a ser tildados maricas por asociación. En esta sociedad machista, no es posible recobrarse de semejante golpe».

El Ministro lo sospechaba. Por eso era que estaban ahí. «Caballeros, ¿si les ofrezco la oportunidad de recuperar su buen nombre y de obtener un poco de venganza por lo que sacerdotes les han hecho a ustedes, y le están haciendo al país, la tomarían?»

La respuesta fue unánimemente afirmativa.

«Causarán alta como subtenientes de fila para esta misión».

Esta noticia fue bien recibida por los excadetes. La clasificación 'de fila' se les daba a oficiales que no se habían graduado de escuela militar, y que excepcionalmente se les daba a sargentos de comprobadas habilidades de liderazgo. Tendrían el mismo estatus que cualquier otro subteniente, pero sin pertenecer a tanda alguna.

«Cuando juramenten, les diré de lo que trata su misión».

Capítulo 34

La Promesa

«Mario, hemos tenido bastante negocio en Vesubio gracias a una gran demanda de materiales de construcción. Pero no veo que se estén construyendo muchas casas nuevas en San Salvador».

Mario no le respondió a su padre, sabiendo muy bien que la construcción que había no era visible porque era subterránea: se construían bodegas/clínicas clandestinas, no casas. Y todo bajo la supervisión de Juana. Por eso era que a Vesubio le iba bien.

Pensó, «Es una lástima que no esté en el negocio de los suministros médicos, porque ese está a punto de estallar».

Se había logrado escapar del Externado esa noche. Había mucho movimiento por la expectativa de la caída de Somoza cualquier día. Habían aumentado las marchas y por lo tanto los heridos, muchos de los cuales estarían muertos de no ser por las clínicas clandestinas de Juana.

«Mario, te ves cansado. ¿Te están sacando el jugo en el Externado, haciéndote levantar demasiada tiza?» Esa era la forma sardónica de su padre de sacarle alguna información.

Mario siguió comiendo. Entre bocados dijo, «Papá, como jesuita, hago mucho más que dar lecciones».

Esta era la oportunidad para que su hermana Rosa Lina se desahogara. «Ustedes no enseñan, Mario, ustedes adoctrinan. Tu sobrino Freddy nos está acusando a su papá y a mí de ser capitalistas explotadores de los pobres. ¡Por Dios! Celso, su papá, es ranchero que construyó escuela y clínica en el rancho para sus peones. No podría ser mejor patrón. ¡Pero Freddy llega una noche y nos dice que lo único que sería justo sería que le entregáramos el rancho íntegro a los peones!»

Mario sólo siguió cenando, sabiendo que su hermana tenía razón. Segundo Montes había implementado un pensum de estudios con un enfoque descomunal en justicia social, en detrimento de las matemáticas y las ciencias. Y ese plan estaba rindiendo frutos: estaba obligando a las familias salvadoreñas a tomar consciencia de la desigualdad social que existía, y también estaba induciendo a estudiantes de secundaria a unirse a las guerrillas. El mismo tipo de pensum de estudios estaba siendo implementado en otros colegios católicos privados.

Rosa Lina continuó. «Y no hay forma de razonar con él. Celso le dice que les paga a los peones mucho más de lo que la ley exige y que comparten las ganancias con ellos. Y que quien determina todo eso es la contadora, hija de un capataz, a quien Celso le costeó los estudios. Contabiliza lo que entra y sale, hace el estado de pérdidas y ganancias, distribuye parte de las ganancias a los trabajadores y lo que sobra es nuestro, para poder costear los estudios de Freddy y sus hermanos y hermanas».

Todos en la mesa concordaron con ella. Pero Celso Díaz era una rareza en El Salvador. Era la excepción a la regla. La regla era que a los campesinos se les pagaba una miseria, y muchas veces, menos de lo que les correspondía. Para muchos salvadoreños, la corta del café era cuando recibían la gran mayoría de sus ingresos. Iban, cortaban, y pesaban lo que habían cortado y les pagaban según el peso. Pero bastantes de los terratenientes manipulaban la balanza para que midiera menos de lo realmente cortado. O sea que ¡muchos terratenientes eran capaces de robarle a unos pobres campesinos! ¡Y todo mundo sabía que esto sucedía, y nadie hacía nada al respecto!

¿Y todavía se preguntaban por qué se les venía encima una revolución?

Mario les dijo: «Honestamente, estaba tratando de alejarme de todo eso hoy. Quería tratar de deshacerme de todo el estrés que he estado acumulando. ¿Y qué mejor lugar que el hogar dulce hogar?» Le echó una mirada a su papá, quien le entendió perfectamente.

Mario continuó. «Pero en cuanto a lo que dices, Rosa Lina, hemos hablado de esto antes. Más gente como Celso debería de luchar para que se pasen leyes que rectifiquen las injusticias. Sin ir muy lejos, Costa Rica hizo eso. Y ellos nunca han sufrido brotes revolucionarios. Pasaron leyes que obligaban a sus terratenientes y comerciantes a facilitar la educación de su gente. Todas las demás naciones centroamericanas tienen problemas de guerrilla, en mayor o menor grado, pero Costa Rica no. Ciertamente están cosechando los frutos de haber pensado progresistamente.

Pero Rosa Lina no había terminado. «Mario, si Freddy se vuelve guerrillero, ¡nunca te lo perdonaré!»

Cacofonía: todo mundo hablando a la vez. Alguien invocando las 'Tres

Divinas Personas'.

Mario tomó una cuchara y le pegó a su vaso varias veces, indicando que quería hablar. Cuando todos se habían callado, dijo: «Rosa Lina, yo casi ni veo a Freddy en el Externado. Pero si lo veo, le diré que la gente que es el cerebro tras nuestro movimiento revolucionario y el de Nicaragua, nunca ha halado un gatillo. Le aconsejaría que se quede en el campo intelectual y no militar».

Con eso, se excusó de la mesa y fue a su cuarto viejo. Ahí llegó su papá para decirles que iban a salir.

«Tu mamá y yo vamos a ir a casa de Carmen María un rato. Estaremos de regreso a la hora del toque de queda». Carmen María era la hermana mayor de Mario que se había convertido en pintora, y que nunca se había casado, algo a lo cual Belinda le había costado acostumbrarse. ¡Pero sus pinturas eran obras de arte!

«¿A qué horas es el toque de queda hoy?»

«A las once p.m. Te da tiempo, ¿no crees?» Y le guiñó.

«Sí, papá, gracias».

Mario se fue a despedir a todo mundo, y cuando se habían ido, fue al cuarto de las sirvientas. Ahí encontró a Estela, planchando.

Nunca había habido nada bonito acerca de Estela, pero amaba sus manos. Estela era una señora como de 60 años de edad que había llegado a la casa Tacarello poco antes de que Gladys tuviera a su hijo, hacía como 16 años. Cuando Gladys estaba cuidando a su hijo recién nacido, cuyo papá había muerto en un accidente, Estela se encargaba de hacer el aseo y cocinar, y cuando los señores Tacarello salían a fiestas o cenas, Estela se quedaba despierta viendo televisión hasta que regresaban los señores.

Una noche, cuando Mario tenía como doce años de edad y sus papás andaban fuera, el niño rezó el Rosario y se acostó. Pero esa noche no podía conciliar el sueño. Así que había ido a ver TV con Estela, en sus piyamas. La película que estaba viendo era la versión en español de «De Aquí a la Eternidad» con Burt Lancaster y Deborah Kerr. Durante la escena en que salían del mar y él la besaba a ella, el pene de Mario se paró y salió del pantalón del piyama para ver televisión también.

Bajó su mirada a ver su erección, sorprendido. Estela la vio también, y dijo, «¡Marito, se está volviendo un hombrecito!» Y se lo tocó.

Ese toque le produjo una corriente de miel candente en su cuerpo. En su vida había sentido cosa igual.

Estela le dijo en voz baja, para que no oyeran sus hermanas: «Está bien durita, Marito. ¿Ha jugado con ella?»

Mario, en éxtasis, sólo sacudía la cabeza.

Le tomó el prepucio entre su pulgar e índice y se lo bajó.

La sensación era casi insoportable. Ella continuó jugando con ella, y le preguntó: «¿Le ha salido leche alguna vez?»

«¿Leche?» apenas pudo preguntar el niño.

«Un líquido blanco».

«No».

«Mire, Marito. Le voy a hacer el favor, pero no haga ruido porque va a despertar a sus hermanas o a Gladys o a su bebé, ¿está bien?»

Asintió.

«Cuando yo sienta que le va a salir la leche, le voy a tapar su boca, ¿está bien?»

Asintió de nuevo.

Un minuto después Estela le tapaba la boca mientras él sentía que se derretía a pausas con cada chorro de «leche» que expulsaba violentamente de su cuerpo. Cuando cesó todo, no podía creer que todavía se encontraba entero, o vivo.

Después, jadeando, mientras Estela iba a traer trapos para limpiar todo, se dio cuenta que había descubierto algo más vital para él que el Rosario: una adicción.

Los años habían pasado y él siempre regresaba por más. Todas sus experiencias sexuales con europeas no podían producirle un placer tan exquisito como el que le producían las manos de Estela.

Eso buscaba cuando entró al cuarto a saludarla, quien brincó del susto cuando lo oyó.

«¡Marito! Me asustó. Pensé que todos se habían ido». Se acercó a él para abrazarlo.

Después de devolverle el abrazo fuertemente, Mario le dijo, «Estamos solos y necesito que me toques, Estela».

«No, Marito, Gladys va a regresar pronto. Salió un ratito».

«¿Cómo está Gladys?»

«Está bien. Fue a ver a Neto al internado».

«¿Cómo está Neto?»

«Mi Neto está bien».

«Cuántos años tiene ya, dieciséis?»

«Sí, ésta es una foto reciente de él, del mes pasado».

Mario miró la foto. Definitivamente tenía bastante de Gladys en él. Al devolverle la foto, le preguntó a Estela, «¿Estás segura de que no me puedes tocar rápido?»

«¿Está tan desesperado, Marito?»

«Sí, siempre he necesitado tus manos mágicas».

«Bien, pero vamos a su cuarto».

Ya en el cuarto, Mario se desvistió inmediatamente. Le encantaba la sensación de libertad que tenía con Estela. Se acostó en su cama y Estela se sentó al borde de la cama. Entonces abrió sus piernas, abrazando el cuerpo de Estela con una de ellas, dándole máximo acceso a sus genitales. Antes de que empezara a tocarlo, le pidió a Estela: «Sácatelas, Estela», y tocó uno de sus pechos.

«No, Marito. ¿Qué pasa si aparece Gladys y nos ve? Esto tiene que ser rápido».

«Bien, Estela, dale».

Estela comenzó a tocarlo. ¡Era maravilloso!

Le tomó ambos testículos en su otra mano. Y él abrió las piernas más, cerrando sus ojos para dejar que ella lo llevara al paraíso terrenal. Cuando estaba a punto de entrar, oyó una voz. ¡Y no era la de San Pedro!

«Hola, Marito».

Mario abrió los ojos, llevando sus manos a tratar de tapar su erección, a la vez que Estela lo soltaba del susto.

Gladys entró a darle un beso a su mamá, y luego llegó y le dio un abrazo a Mario desnudo, quien no pudo más que preguntarle, «¿Desde cuándo estás aquí?»

«Acabo de llegar».

«¿Pensé que habías ido a ver a Neto?»

«Eso hice. Le di un dinerito, y me regresé».

Estela no hizo más que comentar, «¡Eso fue rápido!»

La situación embarazosa hizo que el miembro de Mario menguara y que buscara su ropa para vestirse. Nunca había estado tan expuesto ante Gladys, y sentía pena.

«¿Qué hace, Marito?» preguntó Gladys con una sonrisa pícara.

«Bueno, la cosa es que estoy algo avergonzado».

En ese momento Gladys se quitó su blusa, exponiendo sus pechos acantarados que desafiaban su edad porque ni sostén necesitaban.

«¿Sigue apenado, Marito?»

La respuesta era sí, pero la situación se había vuelto intrigante. Dejó de tratar de vestirse y dijo, «Bueno, tal vez no, pero no entiendo esto. ¿No te molestaste al ver a tu mamá tocándome?»

«¿Qué le hace pensar que yo no sabía que mi mamá lo pajeaba?»

Mario miró a Estela atónito. «¿Le dijiste?»

Estela se rio. «¡Ay, Marito, esta casa es grande pero no lo suficientemente grande como para que la gente no se dé cuenta! Gladys me vio tocándolo y le tuve que decir. Su mamá me ha visto hacérselo y nunca dijo nada. Recuerde que usted anduvo tras de mí todo ese año para que le hiciera eso».

La referencia a su madre era creíble. Siempre había buscado una forma de hacerlo hombre, especialmente desde que le habían dicho marica en el Externado. Y aunque no se daba cuenta a esa edad, su papá era el mayor instigador de que gozara del sexo, porque si bien su mamá quería que fuera pastor protestante para darle nietos, su papá no quería que fuera ningún tipo de cura casto.

Pero dejó de recordar y pasó a enfocarse en las tetas de Gladys, porque era hasta irrespetuoso, no digamos bochornoso, que ella mostrara sus bellas tetas y él con el doctor dormido. Su enfoque sobre las tetas de Gladys hicieron que su sangre fluyera donde más se le necesitaba en ese momento.

Pero el jesuita en él tuvo que preguntar: «Gladys, no me lo tomes a mal, pero ¿por qué has optado por quedarte aquí exponiéndote a mí, con tu mamá presente?»

Madre e hija se volvieron a ver y se rieron con ganas, y Mario no entendía por qué. Cuando cesó la risa, Gladys le dijo: «¿Por qué no se acuesta, abre las piernas, y deja que mamá lo toque mientras le explico?»

¿Cómo podía decirle que no a esa oferta? Estela se sentó en la cama, Mario la abrazó con una pierna, y ella reanudó sus buenos oficios.

«¿Recuerda que le pedí a sus padres que emplearan a mi mamá, y su papá dijo que no, pero unos días después, acabó aceptando?»

«Sí, creo recordar eso».

«¿Sabe usted por qué rehusó?»

«¿Por qué?»

«Porque yo estaba atendiendo a su papá y con mi madre ahí habría sido más difícil».

«Sí, entiendo cómo eso hubiera sido una inconveniencia para él. ¿Por qué no hablaste con él antes de pedirlo?»

«Por tonta, Marito, y porque tenía miedo».

«¿Miedo de qué? ¿De que mi papá te maltratara?»

Gladys abrió los ojos, genuinamente asombrada de esa pregunta. «¡Huy, no, jamás! Su padre es loco sexo, Marito, pero ese hombre es lo más bueno y generoso que he conocido».

«¿Entonces de qué tenías miedo?»

«No me había venido la regla».

Mario cayó: «¿Neto es hijo de mi papá?»

«Neto Suárez es su medio hermano». Su nombre completo era Ernesto Manuel Suárez, Suárez siendo el apellido materno.

Con esa noticia, desapareció el miembro de Mario. Estela trató de revivirlo, pajeándolo más rápido.

«Su mamá lo sabe. Sus hermanas no. Por favor no diga nada».

«Despreocúpate. Ni a mi padre le diré nada».

«Gracias, Marito».

«Lo empezaré a visitar en el internado».

«No. Por favor, deje que las cosas sigan como están. Si llega el momento de revelarlo, su papá lo hará. Así hemos quedado todos. Gracias a su papá, mi hijo está recibiendo una educación de primera y tiene un buen futuro».

«Y Neto sabe?»

«No. Yo lo que le dije fue que su padre había muerto. No sabe que es su medio hermano, o que Don Pepe es su padre».

Estela tuvo que quejarse. «Marito, mi brazo se está cansando y usted no está duro».

Gladys se ofreció hacerlo. «Déjame hacerlo, mamá».

Mario saltó. «¡No! ¡Eres la mamá de mi medio hermano!»

«Y su querida Estela es su abuela. ¿Qué importa?»

Muy adentro, una voz le decía a Mario que se levantara y se vistiera. Pero había otra voz más fuerte que le decía, tienes ganas y nunca has hecho una combinación madre e hija.

Gladys tomó el lugar de su mamá y lo empujó a la cama.

234

La voz pro-madre e hija había ganado.

Cuando se hubo posicionado, y comenzó a pajearlo, Mario preguntó: «¿Cómo resolvieron el problema? ¿Cómo fue que al fin emplearon a Estela?»

«Déjame explicarlo», dijo Estela. «Tú atiende a Marito».

Estela explicó: «En esa época, su padre estaba tratando de emplear a alguien para la tienda de San Miguel, y se llevaba a Gladys cuando la tienda necesitaba ser aperada o limpiada. Un día le dijo Gladys a Don Pepe que no se sentía bien, pero que yo podía ir con ella a ayudar, ya que yo estaba disponible. Al siguiente día salimos los tres para San Miguel».

Mario estaba gozando la historia, más que nada porque Gladys era una experta con sus manos. De seguro le hacía esto a su papá frecuentemente. Sentía sensaciones intoxicantes.

«Cuando llegamos a San Miguel, Gladys me dijo qué hacer, porque de veras no se sentía bien. Y lo que le tomaba a Gladys todo el día, yo lo hice en medio día. Su padre estaba impresionado. En ese momento Gladys le pidió de nuevo que me diera empleo, frente a mí. Don Pepe vaciló, y dijo que en realidad no había necesidad para mí en la casa, pero que me podía usar cuando se necesitara ayuda, como ese día».

Se detuvo, pero Mario le pidió que siguiera.

«Entonces Gladys le dijo que estaba embarazada con su hijo y que necesitarían ayuda en la casa porque si ella estaba indispuesta no lo iba a poder a hacer, y entonces ¿quién iba a ayudar a la Sra. de Tacarello? Y que cuando llegara el bebé, ella definitivamente no iba a poder hacer nada, y ¿entonces? Y como Don Pepe no decía nada, Gladys le dijo, 'a menos que me quiera echar de la casa como los demás patrones hacen con sus sirvientas embarazadas'».

Mario detuvo la mano de Gladys para preguntarle: «¿De veras dijiste eso?»

Gladys asintió orgullosamente. «Sí. ¿Nada mal para una india iletrada, verdad?»

Mario asintió. «¿Y qué dijo él?»

«Cuando le pasó el susto, reaccionó extático. Prometió cuidarnos al niño y a mí para siempre. Pero entonces le pregunté acerca de su esposa. Él no dudó en decir que no importaba si lo apoyaba o no, que él ayudaría a criar al bebé porque era suyo».

Estela dijo, «He bendecido a su padre cada día desde que dijo eso, Marito. No todas las indias en la condición de Gladys son así de suertudas. Don Pepe tiene un corazón de oro así que lo demás no importa».

A Mario le pareció extraño eso. «¿Lo demás?»

Gladys iba a explicarlo, pero Estela insistió: «Déjame explicarle, Gladys. Sigue con Marito».

Cuando Gladys comenzó a tocarlo de nuevo, Estela prosiguió. «Gladys le volvió a preguntar si me iba a emplear. Don Pepe puso su cara pícara y dijo que podía ser empleada bajo una condición: que si Gladys, no podía atenderlo debido a su estado, que entonces lo hiciera yo».

«¿Y aceptaste?»

«Marito, ¡no estaría aquí si no lo hubiera aceptado!»

«¿Y se lo hiciste?»

«¡Ahí mismo, en la tienda de San Miguel!»

«¡No te creo!»

«¡Yo lo dejé hacerme lo que quería!»

Se volvió a Gladys a preguntarle, «¿No me digas que tú presenciaste eso?»

«Marito, mi objetivo era que mi mamá fuera empleada. Así que cuando Don Pepe me dijo que me quedara a ver, me quedé a ver».

Mario lucía asombrado.

«Marito», explicó Gladys, «no tiene idea cómo tener un bebé en el vientre hace que todo lo demás no importe. Yo iba a necesitar ayuda, y necesitaba que mamá fuera empleada. Satisfecho eso, ¡me importaba un comino lo que hiciera con mamá!»

Mario estaba curioso y excitado. «Qué te pidió hacer, Estela?»

Gladys no dejó que su mamá contestar. «¡Déjame mostrarle!»

Gladys le empezó a hacer sexo oral a Mario. Al rato, se detuvo sólo para decir, «Déme todos los sobrinos y sobrinas de Neto, Marito» y succionó su pene con todas sus fuerzas, hasta que recibió chorro tras chorro de los sobrinos y sobrinas de Neto, que no pararon hasta que llegaron a su estómago.

Después de que Mario hubo parado de sufrir lo que los franceses llamaban 'la pequeña muerte', se quedó tirado en la cama jadeando. Había sido el orgasmo más intenso que jamás había sentido en su vida.

Gladys sonrió y dijo, «¿Contesta eso su pregunta?»

Mario sólo podía asentir. No se había recuperado de semejante explosión de placer.

Estela dijo, «Amamos a su padre, Marito. Tenemos casa en Sonsonate. Tenemos pensión que él financia. Nos paga muy bien».

«Pero ustedes son sus...»

«¿Putas? ¿Y qué? Yo no tengo educación formal, ni mamá. Pero muchas mujeres con educación formal darían lo que fuera por tener lo que nosotros tenemos, gracias a su papá».

Si bien el gasto de energía no lo dejaba pensar bien todavía, Mario sabía que esta historia no había concluido. Preguntó: «¿Por qué creen que mi mamá aceptó al bebé y a ustedes dos?»

Gladys pensó unos momentos, y luego dijo, «Su mamá es una buena mujer, y muy razonable. Don Pepe hizo un trato con ella: ninguna otra mujer. Temía que por mujeriego trajera una enfermedad a la casa, así que, si él aceptaba eso, más algunas condiciones más, nosotros nos podíamos quedar. Otra condición era que nosotros teníamos que actuar como sirvientas en todo momento, y que si había la menor insubordinación, que terminaba nuestro empleo y el matrimonio, de ser necesario. Nosotros hemos cumplido».

«¿Qué otra condición?»

Gladys se tornó seria. «Demandó que me ligara los tubos para que ya no pudiera tener más bebés».

«¡Dios mío! ¿Exigió eso?»

«Sí y acepté. No estaba en posición de decir que no. Además, con tanto huérfano en El Salvador, podría simplemente adoptar».

«Lo siento, Gladys. Fue injusto que mi mamá demandara eso de ti».

Mario pensó en otra cosa. «¿También exigió que Neto no supiera?»

«Así es. Neto no sabe que tiene medios hermanos o que tiene padre. Yo le dije que su padre había muerto en accidente. Su madre también exigió que fuera a un internado tan pronto lo aceptaran».

«Para mantenerlo fuera de su familia. Para tener lo más cercano a normalidad que podía tener».

«Sí. Todas esas condiciones las cumplimos» .

Mario se acordaba del niño Neto, pero no podía recordar la última vez que lo había visto. Jamás lo habría reconocido después de tanto año sin ver la foto que le enseñó Estela.

De nuevo, Mario se disculpó.

Estela trató de inyectar un poco de humor a la situación. «Marito, así como tratan a las mujeres en este país, la habilidad de no quedar embarazada es una bendición». Y sonrió.

«Si tú lo dices, abuelita».

Mario miró su reloj: 9:00 p.m.

«Mis padres no van a estar en casa por otro par de horas. ¿Se pueden acostar las dos conmigo un rato? Nunca he estado con madre e hija».

Las mujeres se rieron. «¡Ni nosotras con padre e hijo!» Y se desnudaron y se metieron a la cama con él.

Las abrazó a las dos.

Gladys se volvió a mirarlo a la cara, con una carita afligida: «¿Es pecado esto, Marito?»

La besó en su frente, diciendo, «*Ego te absolvo*, Gladys».

Repitió el gesto con Estela, diciéndole, «*Ego te absolvo*, Estela».

Quería transmitirles esta certeza: «Ustedes, queridísimas damas, están completamente libres de pecado. El pecado yace dentro de los que no cumplieron con educarlas, dentro de los que no protegieron sus derechos como mujeres y los que se aprovecharon de ustedes. Ustedes tienen suerte de ser queridas y apreciadas y cuidadas. Pero ¿cuántas mujeres salvadoreñas humildes han sido obligadas a someterse, sólo para luego ser descartadas como basura, ¿especialmente si esperan hijo? ¿U obligadas a cometer un pecado más grande, como el aborto?»

Las abrazó fuerte. «No, mis queridísimas Gladys y Estela. Los pecadores son otros, no ustedes».

No había acabado de decir eso, cuando su mente cristalizó lo que faltaba por abordar. Esta vez se sentó entre las mujeres acostadas, y se volvió a Gladys para preguntarle: «Gladys, ¿por qué me contaste lo de Neto? Supuestamente estás bajo instrucciones de no decirme nada. Sin embargo, te lo propusiste esta noche. Y me emboscaste con tu espléndido cuerpo, no porque me deseas, sino porque te soy útil. Ahora dime, ¿por qué?»

Gladys bajó los ojos, algo apenada. La pena fue reemplazada por ansiedad rápidamente. «Marito, su padre haría lo que fuera por Neto, dentro de las reglas impuestas por su mamá. Pero el país va camino a la violencia y temo por Neto».

«Las dos tememos por él, Marito», aseguró una Estela igualmente ansiosa.

Gladys continuó. «Tuve una pesadilla espantosa la otra noche. En ella, Neto era un guerrillero herido de bala. Antes de morir, tomó el crucifijo de mi cadena, el crucifijo bendito que usted me regaló para navidad hace algunos años, Marito, y comenzó a orar. Luego cerró sus ojos para siempre».

«¡Dios me guarde! ¡Dios me guarde!», exclamó Estela.

Mario trató de confortarlas. «Vamos, señoras, esa es una pesadilla común hoy día».

Gladys sacudió la cabeza. «Mire, Marito, Neto es todo lo que tenemos. Es lo más preciado que tenemos en nuestras vidas. ¿Me entiende?»

Sus ojos le habían contestado su pregunta en formas en que su boca jamás habría podido. Gladys había decidido darse a Mario esa noche para obtener algún tipo de garantía de que haría lo que fuera por mantener a Neto sano y salvo. Las cosas más importantes de su vida las había obtenido con el uso de su cuerpo, y eso era todo lo que precisamente había hecho esta noche.

Y lo había tenido que hacer porque si a Neto lo capturaba el ejército, o la policía, o alguien así, Don Pepe movería cielo y tierra por él. Pero si lo capturaba la guerrilla, Don Pepe era impotente. Pero Mario no. Al fin y al cabo, Mario estaba del lado de los guerrilleros.

Mario se paró, para que ambas mujeres lo vieran hacer esta promesa solemne: «Gladys y Estela, les prometo que haré todo en mi poder por mantener a Neto sano y salvo. Se los prometo solemnemente».

Media hora más tarde, era Estela la que recibía los sobrinos y las sobrinas de Neto. Y fue igualmente de fuerte el orgasmo de Mario, porque si bien era Estela la que lo mamaba, él se imaginaba que era la Juana desnuda de la playa la que se lo hacía.

Cuando Mario ya dormía, ambas mujeres se levantaron, se vistieron y se regresaron a su cuarto.

¡Misión Cumplida!

Capítulo 35

Odium

Inés entró a su oficina. La hermana Licha se paró para mostrarle el debido respeto a su superiora quien, en vez de hacer valer su superioridad, la abrazó fuertemente. «No había tenido la oportunidad de agradecerle su sacrificio por la causa en la playa».

La hermana Licha sintió que se sonrojaba. «Hermana, yo creo en la causa. No sabía que había tantos que dudaran de mí».

«Nadie duda de usted, Juana. Estos comandantes tenían ganas de carne nueva, y aún no se la habían comido a usted. Al fin y al cabo, usted es alta, rubia, europea; ciertamente no es india».

Juana se encogió de hombros. Había sucedido, por la razón que fuera. Al menos habían usado condón.

«¿Sabe quién se la quería comer también? El jesuita ese».

Por alguna razón, Juana le estaba agradecida al padre Tacarello por no haber participado. Se limitó a decir, «El padre Tacarello se portó decentemente».

«¡No... todos los jesuitas son unos grandes hijos de la gran puta, Juana!»

A Juana le sorprendió la referencia tan despectiva y tan sentida hacia aquellos que habían sacado a Inés de su pobreza y ayudado a su familia económicamente. «¿Por qué dice eso, Inés?», tuvo que preguntar.

Inés le tomó la mano y se la llevó a que se sentaran juntas en un sillón. Le explicó: «Juana, el único jesuita bueno que yo he conocido fue Rutilio Grande, que en paz descanse. Ese hombre era un santo, y ciertamente respetuoso de todos nosotros los campesinos. ¿Sabe por qué? Porque él era uno de nosotros. Un indio puro. Pero cuando lo mataron, quedamos en manos de jesuitas españoles, y esos nos ven de menos a todos. Los jesuitas españoles que nos daban clases en Santa Ana, en el dizque convento, no nos tenían paciencia cuando nos costaba entender los conceptos que ellos pretendían que aprendiéramos—cosas como ontología, metafísica, gnoseología y otras 'ologías' que hasta la fecha no tengo idea qué significan.

«Nos había ido tan mal en uno de esos cursos, que cuando nos entregó las notas finales, un tal padre Pueyrredón nos espetó que no entendía cómo España había perdido sus colonias a gente tan minusválida mental, y que normalmente, nos echarían de la carrera. Pero como la Revolución nos necesitaba, nos iba a dar oportunidad de redimirnos ese fin de semana»

Juana sacudió su cabeza, incrédula. Sabía cómo iba a acabar esta historia. «¿Las llevaron a atender guerrilleros?»

A Inés se le llenaron los ojos de lágrimas. Continuó valientemente. «Fue en una finca en Chalatenango, cerca de la frontera con Honduras. Nos tuvieron de viernes a domingo. Nos hicieron de todo, como a usted, Juana, pero el padre Pueyrredón participó—no le importaba, puesto que él se iba de regreso a España en pocos días. El comandante guerrillero era Marcial— sí, el mismo del Cuco, que nos dio el mismo discurso que a usted. Cuando al fin accedimos a complacerlos, en aras de la bendita Revolución, el padre Pueyrredón le dijo a Marcial que me quería a mí, porque yo era la más aventajada, que para él significaba la menos bruta».

«Inés, no siga, por favor. No tiene por qué».

«Juana, déjeme seguir porque quiero que entienda por qué le voy a decir lo que le voy a acabar diciendo. El maldito ese me llevó a un lugar apartado y me violó mi ano. En lo que estuve con él me dijo que a él no le interesaban las partes femeninas, sólo culos. ¡Lo hacía con varones también!»

Juana sentía ganas de vomitar. Pero se aguantó estoicamente porque no era ella la sufrida en ese momento.

Inés continuó. «Un par de meses después, los jesuitas llevaron a un médico al convento, para acabar con unos embarazos que resultaron de ese fin de semana. Yo tuve suerte ese fin de semana. Los otros que me usaron sólo usaron mi boca». Ante la mirada atónita de Juana, Inés tuvo que reiterar: «Es cierto. Llevaron un abortero».

Inés finalizó su relato, diciendo: «Los comandantes creen que ellos mandan. Para nada. Son indios, y por lo tanto, títeres de los jesuitas, como nosotras. A la hora de los balazos, sólo indios vamos a morir. Y cuando acabe todo, ellos estarán sentados en el trono del poder, sin haber sacrificado nada».

Miró a Juana con ojos que ya no tenían lágrimas sino que rabia: «Yo estoy dispuesta a morir por la Revolución, por mi gente. Pero ellos no, porque no somos su gente. Nos ven como inferiores. Y le digo, Juana, les tengo más odio a los jesuitas, que a los ricos. Así que, si me queda una sola bala en mi pistola, y me toca o matar a un rico o a un jesuita, ¡yo mato al maldito jesuita!»

Lo último que hizo Inés antes de volver a su oficina fue abrazarla fuertemente de nuevo, y decirle al oído: «Le debemos la vida, Juana. Marcial es sanguinario. Si usted no se quedaba, ¡nos hubiera matado a las tres!»

Juana se quedó helada. No tanto por Marcial. Ella entendía que gente como Marcial fuera salvaje... la vida no había sido buena con él. ¿Pero qué excusa podían tener los jesuitas? ¿Si viven vidas de ricos, de mantenidos?

Si bien no culpaba a Inés por sentirse como se sentía, ella sabía que había una autoridad encima de los jesuitas, que tenía la cara de Don Blas. Así que ellos también seguían órdenes.

Y eso era lo que ella se proponía averiguar. Si Dios permitió que la humillaran tan salvajemente en El Cuco, de seguro era para alcanzar un propósito mayor. Y alcanzarlo se había convertido en su única razón de ser.

Capítulo 36

Sacudido

Al regresar del almuerzo, Licha encontró un mensaje en la máquina contestadora: «Hola Juana, es Eliseo. Estamos invitados a una cena. La recojo a las 8 pm. Va a ser algo formal, así que, si no tiene qué ponerse, vaya a Almacenes Simán y pida ver a la Srta. Evelyn Santamaría y ella la atenderá. La veo a las 8 entonces».

Juana sintió alivio—no sonaba como que iba a ser otra violación en grupo. Se puso blusa, pantalones, zapatos tenis y anteojos oscuros, y fue donde la directora para informarle que tenía que salir. La directora la vio y le hizo seña con la mano de que se fuera a donde tenía que ir. La consumación del Cuco las había vuelto más amigas.

Tomó taxi a Simán, y al llegar, pidió ver a la Srta. Santamaría. Al rato se acercó a ella una dama muy elegante, quien la saludó y le pidió seguirla. Llevó a Juana a la sección de ropa de damas, y la ayudó a escoger un vestido azul oscuro sin mucho escote, con tacones altos azules que le hacían juego. Una costurera de Simán le hizo los ajustes necesarios al vestido, y mientras ella hacía eso, la Srta. Santamaría la llevó al departamento de joyería, donde la ayudó a escoger un collar de perlas.

Una hora después, todo estaba listo y la Srta. Santamaría lo empacó con sumo cuidado. Se lo entregó a Licha, informándole que todo estaba pagado. Entonces se despidió y se retiró, sin darle oportunidad a Licha de preguntar quién había pagado por todo eso.

Pero supuso que quien había pagado estaría en la cena esa noche.

A las 8 en punto llegó Mario a recogerla en su Volkswagen, y tomaron rumbo al oeste, subiéndose al Paseo Escalón, que era la arteria principal a ese distrito elegante. Al llegar a la esquina del restaurante *El Bodegón*, famoso por su comida española y su bodega de vinos, cruzaron a la derecha para meterse al parqueo.

Cuando entraron, Eliseo y Juana parecían actores de cine, por lo elegantes que lucían. Nadie jamás hubiera pensado que eran un sacerdote y una monja. ¡Claro que esa era la intención! y al nomás entrar, el dueño don Ángel García, inmediatamente los saludó y los llevó al comedor privado al final de un corredor. Pero mientras estuvieron a la vista, llamaron la atención de todos los comensales, quienes se preguntaban quién era esa pareja tan espectacular que nadie había visto antes.

Don Ángel les abrió la puerta del comedor privado, y de cara a la puerta estaba un hombre muy elegante, pelo abundante, bigote negro—muy aristocrático. De espaldas a la puerta estaba un hombre alto, cano y delgado que, al darse vuelta reveló ser ... ¡Don Blas!

Eliseo hizo las presentaciones. «Juana, éste es Don Polo y el señor es Don Blas». Todos se dieron la mano, pero Don Blas se la retuvo hasta que se la besó. Eso le pareció extraño a Juana puesto que sabía muy bien que era monja.

El propósito de la cena era extender la pericia constructora de Juana al resto de la república, a lugares más estratégicos. Todo sería construido debajo de escuelas, pero si no había escuela, ésta tendría que ser construida también. ¿Sería capaz Juana de encargarse de todo?

Siguieron platicando sobre el proyecto entre bocados de una cena suntuosa de paella, de las mejores, si no la mejor, del mundo.

Durante la conversación, Don Polo dijo, «Juana, los lugares donde las nuevas escuelas, clínicas y bodegas clandestinas serán construidas, son de mi propiedad. El proyecto se reduce a tratar de reproducir lo que yo he hecho en mi hacienda en Sonsonate, en otros lugares estratégicos».

Juana comentó: «Don Polo, si llegamos a tener reforma agraria en El Salvador, usted podría perder esas propiedades».

Don Polo sonrió y dijo, «Por eso es que tenemos que empezar inmediatamente, apreciada Juana».

Juana no tenía problema con hacerlo, pero preguntó: «Muy bien, sería un privilegio ayudarles en este proyecto. Pero caballeros, ¿por qué depender de mí? ¿Por qué no simplemente contratar a un ingeniero civil de la Universidad de El Salvador?»

Don Blas contestó en su exquisito castellano: «Esa gente sabe más de marxismo que de ingeniería, Juana. Y cualquier otra persona, de una empresa privada establecida y conocida, simplemente no es de fiar. Como ejemplo puedo poner que uno de los edificios que se desmoronó en el último terremoto fue construido por una de esas firmas de ingeniería. Existen para lucrar y para hacerlo muchas veces se van por lo barato. Usted es mejor ingeniero que los demás porque usted lo está haciendo por una causa más importante que el lucro. Y además, ¿qué podría ser menos llamativo que una monja trabajando para educar a niños pobres?»

Eliseo se estaba divirtiendo con todo esto. Era obvio para todo el que no fuera ciego que Don Blas estaba enamorado de Juana. Si Eliseo en algún momento había tenido designios sobre Juana, mejor los olvidaba porque uno de los patrocinadores más importantes de la Revolución estaba declarando su interés en ella de manera bien pública. Juana definitivamente había quedado fuera de su alcance. Y era una lástima, porque ese su cuerpo era espectacular.

Juana tenía otra pregunta. «Caballeros, trabajo en la Asunción. ¿Continuará el colegio siendo mi base?»

Don Polo contestó: «Juana, el país es bien pequeño y las distancias con cortas. Tendrá un chofer y un vehículo a su disposición. La llevará adonde necesite ir. Si alguna vez es detenida, se identifica como monja y profesora de la Asunción, trabajando en la construcción de una escuela nueva en determinado lugar. Y el chofer se identificará como trabajando para mí. Recibirá un subsidio generoso cada semana de manera que usted tendrá dinero en efectivo cuando lo necesite».

Tenía una última pregunta. Pero Don Blas ya la había anticipado. Cuando vio su cara angelical ensombrecerse, debido a la dificultad de hacerla, Don Blas dijo, preventivamente, «Juana, nadie la va a molestar. Por ninguna razón».

La forma en que lo dijo era como si Dios Padre había enunciado un undécimo mandamiento: «Con Juana, nada de nada».

Terminada la suculenta cena, de despidieron, no sin otro beso eterno en la mano por Don Blas, y no sin que él le diera un sobre.

Ya en la Asunción, abrió el sobre y leyó su contenido: «Querida Juana, si alguna vez recibe carta de Marcos Arévalo, por favor no la tire. Gracias por todo lo que continúa haciendo». Firmada: 'Marcos Arévalo'.

Al día siguiente llegó un mensajero a la Asunción, con otra nota de Marcos Arévalo. Decía que estuviera lista a las 6 a.m. del próximo sábado, porque su chofer la recogería para llevarla a 'El Jobo', la hacienda famosa de Enrique Álvarez Córdova. ¡Ahora sabía quién era Don Polo! Si bien parecía conocido, no estaba segura, y como todo mundo estaba usando nombres de guerra, no había querido preguntar. El bigote y los años la habían despistado—ella lo recordaba más joven y delgado, como cuando era ministro de agricultura en 1970.

El propósito de la visita era revisar lo que se había construido en El Jobo, obtener una copia de los planos 'Como Construidos', y usarlos de cianotipos para las construcciones nuevas.

Enrique Álvarez Córdova era famoso por compartir utilidades con sus trabajadores, y por implementar otras medidas capitalistas progresistas, como construir escuelas y clínicas para obreros y familias. En ese sentido, era un verdadero capitalista y no el comunista que todos decían que era. Lo que lo hacía acreedor a semejante vituperio era que nadie más cuidaba de sus trabajadores como él. Los demás se enriquecían explotando a sus trabajadores.

Álvarez Córdova era de los poquísimos que habían estudiado en los Estados Unidos, y que habían regresado a poner en práctica lo estudiado. Su nombre de guerra de 'Don Polo' seguramente era porque le gustaba jugar ese juego de aristócratas—el polo. Y si bien se suponía que los nombres de guerra eran para despistar y no denotar nada acerca del individuo, en este caso todavía era efectivo—'Polo' era un apodo cariñoso para los que se llaman Leopoldo, y esa era la conexión que Juana efectivamente había intentado hacer. Por eso era que 'Don Polo' funcionaba.

El viaje de dos horas hasta El Jobo fue sin novedad. Cuando llegó, Don Polo y Don Blas estaban esperándola ya.

La mayor parte del día transcurrió en un recorrido de la hacienda. Don Polo estaba muy orgulloso de las instalaciones que había construido para sus trabajadores. Y ellos lo amaban. Tanto Don Blas como Juana estaban impresionados.

Pero cuando Don Polo sacó los planos 'Como Construidos', Juana se tiró de lleno a su análisis. Le quedaba claro a Juana que Don Polo no había escatimado costos para construir la mejor infraestructura posible para sus trabajadores. Pero también le quedaba claro a Juana que había alternativas más baratas para construir las estructuras que la Revolución necesitaba. Pero cada vez que Juana lo sugería, Don Blas preguntaba, «¿Pero cuál alternativa resiste mejor un terremoto, Juana—la de Don Polo o la suya?»

Hizo tantas veces esta pregunta, que Juana tuvo que preguntar: «Don Blas, ¿ha estado en terremotos usted?»

Don Blas se volvió a ella muy serio y le contestó: «Juana, el 31 de mayo de 1970, yo estaba en Perú, al norte de Lima, en la región Ancash, cuando pegó un tremendo terremoto. Yo no tenía idea qué hacer. El edificio en el que yo estaba aguantó, pero los otros colapsaron».

«¿No hubo un desliz de tierra masivo también?», preguntó Don Polo.

«Sí. Murieron como setenta mil personas».

Juana recordó haber leído sobre eso. «Pero ese fue un terremoto de 7.9 en la escala de Richter. Es difícil sobrevivir eso».

«De acuerdo, Juana, pero no todos los edificios se derrumbaron; sólo los mal construidos».

Juana también quería decir que nada podría soportar una avalancha de miles de toneladas de tierra pegándole, pero no había forma de refutarle su punto de que un edificio bien construido tenía mayor probabilidad de sobrevivir, que un edificio de menor calidad.

Pero Don Blas no había terminado de contar sus experiencias telúricas. «Un par de años después, estaba en Managua, Nicaragua, listo para pasar una linda Navidad con una señorita encantadora, cuando pegó el terremoto de Managua el 23 de diciembre. Sólo fue de magnitud 6.3, pero aplanó una gran cantidad de edificios, matando como a 10,000 personas y dejando como a 300,000 damnificados. Y a mí me dejó sin mi señorita. Así que sí, Juana, me preocupan los terremotos, y yo... digo, la Revolución, no querría perderla en uno. O perder a nadie que quede soterrado bajo una de nuestras estructuras. Yo podré dormir más tranquilo sabiendo que todos están en una estructura bien construida por usted, y no construida por ingenieros civiles que escatiman costos y tienen verborrea marxista».

Juana elevó sus brazos al cielo, como diciendo «¡Es demás!», y dijo: «Don Blas, no hay nada más importante para mí, que usted duerma tranquilo. Y como ese es el criterio más importante, no me queda más remedio que informarle que ya no voy a usar acero, sino que tungsteno, que es mucho más fuerte y duro que el acero. Es mucho más caro también, ¿pero a quién le importa eso? Ciertamente, ¡no a usted!»

Don Polo comenzó a reír. Don Blas se veía sorprendido. Es obvio que no estaba acostumbrado a que nadie le hablara así. Juana continuó: «Por otra parte, Don Blas, si usted ve que el tungsteno es demasiado caro y me dice, 'Juana, vuelva a usar acero, por favorcito', desde ya le aviso que rehusaré hacerlo, a menos que usted me prometa que no volverá a pisar tierra salvadoreña, porque es obvio que usted atrae los terremotos más desastrosos que ha experimentado América Latina, y que no hay estructura de acero que los aguante».

Don Polo se estaba carcajeando y Don Blas ya no se pudo contener.

Juana finalizó su discurso con: «Ahora sé por qué los Sandinistas van a triunfar: usted perdió a su señorita en un terremoto, y le echó la culpa a Somoza. No se preocupe, no le voy a decir a nadie que el verdadero culpable del terremoto de Managua, ¡fue usted!»

Todos se rieron con ganas. Y mientras reía, todo lo que podía pensar Don Blas era, «¡Amo a esta mujer!»

Finalizada la sesión, y habiendo determinado el curso de acción a seguir, Don Blas dijo, «Bien. Ya hablamos todo lo que teníamos que hablar. Juana tiene todo lo que necesita para comenzar en Sensuntepeque. Don Polo, gracias por este día y por su magnífica obra y por su ayuda a la causa. Pero ahora, me gustaría llevar a Juana a cenar antes de que regrese a San Salvador. Si es que acepta mi invitación, desde luego».

¿Qué iba a decir Juana, que no?

Más tarde, se Don Blas y Juana se juntaron en una pequeña pupusería llamada *Tía Tala*, en el centro de la ciudad de Sonsonate. Don Blas ordenó por ambos, pupusas de queso y de chicarrón.

«Supuse que quería algo completamente opuesto a paella, Juana».

«Claro, Don Blas, porque en la variedad está el gusto».

«¿Cuénteme de usted, Juana?»

«No, Don Blas, primero, porque usted ya sabe todo de mí, y segundo, si yo hiciera eso, entonces usted tendría que contarme sobre usted, y estoy seguro de que no puede, así que, ¿por qué no me cuenta de la revolución en Nicaragua, mejor? Oigo y oigo que los Sandinistas están a punto de derrocar a Somoza, pero no lo han podido hacer todavía. Todo empezó con el terremoto de Managua, donde usted perdió a un ser querido, ¿cierto?

Don Blas estaba encantado con el carácter y el cerebro de esta mujer. Y era una belleza, también. Pero Don Blas no podía decirle nada que no fuera del dominio público, todavía. Para que él pudiera contarle cosas más confidenciales, ella tendría que estar enamorada de él. Hasta que la muerte los separe.

«Bueno, Juana, primero le diré lo que sospecho: la caída de Somoza es inminente, dentro de un mes, en junio, o a más tardar en julio. Délo por seguro».

Juana asintió, porque no tenía razón para dudarlo. Todo lo que había oído y leído así lo indicaba.

Don Blas continuó. «La dictadura de Nicaragua comenzó con el padre de Somoza. Así que ya estaba impuesta cuando Anastasio Somoza llegó al poder. No obstante, la gente no estaba dispuesta a alzarse en su contra, a pesar de la oposición creciente liderada por el periódico 'La Prensa', de la familia Chamorro. Pero entonces vino el terremoto que devastó a Managua, y el mundo corrió a enviarles ayuda».

Juana asintió, y dijo, «Y Somoza, en vez de distribuir la ayuda a los damnificados, la acaparó y la vendió, lucrando de ella». Juana sabía esa parte.

«Y luego sólo empresas controladas por él reconstruyeron la ciudad, así que hizo una fortuna de ese terremoto», agregó Don Blas.

Juana tuvo que concordar con que Somoza era digno de ser depuesto. Era inhumano. Juana entonces dijo, «Y sin embargo, la revolución sandinista no entró en auge sino hasta años después, cuando Somoza mató a Chamorro». Juana sólo repetía lo que era comúnmente sabido.

Don Blas aprovechó esta oportunidad de ganar credibilidad ante ella, contándole lo que realmente pasó. «En realidad, no fue Somoza quien mató a Chamorro».

«¿Qué? ¡Pero si eso fue lo que se le dijo al mundo entero!»

Don Blas sonrió. «La propaganda funciona, ¿verdad?»

«Si de veras no fue Somoza quien mató a Chamorro, entonces definitivamente funciona, Don Blas».

Don Blas respondió: «Habría sido una gran estupidez de parte de Somoza hacerlo. Después del terremoto, Pedro Joaquín Chamorro acrecentó sus ataques contra Somoza, a través de su periódico, proclamando que Somoza robaba a la nación, en detrimento de los pobres. Pero eso no fue suficiente para un alzamiento. Entonces, ¿para qué matarlo? Además, Somoza dependía de la existencia de Chamorro y de 'La Prensa', para poder decir, 'Miren, no soy dictador, tengo una oposición activa'. No obstante, los constantes ataques contra Somoza sí crearon una coalición amplia en su contra, liderada por dos curas jesuitas, Fernando y Ernesto Cardenal, que son hermanos, y también por un cura marinol, Miguel D'Escoto Brockmann, y también por los curas y monjas nuevos».

Juana lo detuvo para preguntar: «¿Curas y monjas nuevos... como la hermana Belén y los demás curas y monjas revolucionarios de El Salvador?»

«Exacto. Fernando Cardenal, por su inteligencia, se convirtió en el líder verdadero de la oposición a Somoza, pero él trabaja entre bambalinas. Viaja mucho para obtener apoyo internacional, de la izquierda estadounidense, la Unión Soviética, Cuba, España y otras naciones; tiene muchos contactos en la prensa. Es como el Ellacuría de Nicaragua, sólo que mucho más inteligente».

«Espere. ¿Qué dijo usted? 'Mucho más inteligente que Ellacuría'? Yo creía que Ellacuría era el hombre más inteligente del universo, según todos en El Salvador».

«¡Por favor! Ni siquiera es el cura más inteligente de El Salvador. Los jesuitas lo tienen ahí porque no está calificado para estar en ningún otro lado. Se tardó un año más de lo normal para sacar su licenciatura en el Ecuador. Lo enviaron a estudiar bajo Karl Rahner, en la Universidad de Innsbruck y fracasó. Tuvo que transferirse a una universidad en Madrid a escribir su tesis sobre uno de los profesores de la universidad, para sacar su doctorado en filosofía».

Licha estaba asombrada. «¿Cómo que una tesis acerca de su profesor? ¿Eso jamás lo permitiría una universidad, no es cierto?»

Don Blas le guiñó cuando dijo, «Normalmente, no». Y luego sonrió ampliamente.

Juana no entendía por qué sonreía como que si él hubiera tenido algo que ver con eso. Pero sólo preguntó, «¿De qué fue su tesis?» Se había apoderado de ella la curiosidad.

«No recuerdo el título exacto, pero era algo como: 'La grandeza de mi profesor Zubiri'».

«¡Dios mío! ¡Qué forma tan indigna de sacar un doctorado!»

Don Blas asintió. «¿Verdad? Ignacio Ellacuría no es muy intelectual».

«Pero dicen que escribe bastantes artículos en la revista de la UCA».

«Claro, pero sólo repite lo que le dicta Zubiri, su profesor de tesis. Lo visita muy frecuentemente».

«¿Y cómo sabe usted que él visita Zubiri?»

Don Blas volvió a sonreír. «Mi organización paga sus gastos de viaje».

«¡Increíble!» Juana verdaderamente estaba sorprendida porque todos los que se graduaban de la UCA elogiaban el intelecto de Ellacuría.

Don Blas estaba feliz de poder informarle cosas que ella desconocía para ganar su confianza.

Pero Juana quería que le acabara de contar lo de la muerte de Chamorro. «Siga con la muerte de Chamorro, Don Blas».

«Bueno. Unas semanas antes de su muerte, Chamorro descubrió que este exilado cubano que vivía en Nicaragua, el Dr. Pedro Ramos, tomaba sangre de campesinos, pagándoles una miseria, y vendía su plasma en el extranjero, haciendo una fortuna. Entonces Chamorro empezó a publicar editoriales en su contra, acusándolo de ser un vampiro. Al punto que su negocio se fue de picada. Entonces, como Chamorro estaba haciendo que su negocio lucrativo fracasara, el Dr. Pedro Ramos contrató a un sicario llamado Silvio Peña, y Peña y su pandilla acribillaron a Chamorro en su carro».

«¡No me diga!»

«Así fue, Juana. Pero el jesuita Fernando Cardenal, siendo lo inteligente que es, y estando tan bien conectado como estaba, proclamó que 'Somoza asesinó a Chamorro', que fue lo que sus contactos periodísticos publicaron en todo el mundo. Como Somoza era despiadado, la noticia era creíble, y fue creída. Para cuando capturaron a Peña y su pandilla y éstos confesaron, ya era demasiado tarde para Somoza».

Las pupusas llegaron. Don Blas las comió como experto: con la cantidad justa de curtido y con las manos. Como nativo. Juana no pudo menos que pensar que su organización debe tener plata para tener a tanta gente, como Fernando Cardenal, Ellacuría y a él mismo, viajando tanto por todo el mundo. Pero esa no era una pregunta que estaba dispuesta a hacerle todavía.

Juana cambió de tópico. «Los americanos hablan de una teoría del dominó para explicar la expansión del comunismo. Después de Cuba, Bolivia parecía que iba a ser el siguiente dominó en caer, hasta que mataron al Ché Guevara. Luego el siguiente dominó iba a ser Chile, con Allende, pero Pinochet acabó con eso. Luego iba a ser Colombia, pero no han logrado nada ahí. Lo cual hace de Nicaragua la madre perla de los dominós, ¿cierto? ¿Y El Salvador es el siguiente?»

Cuando mencionó a Pinochet, Juana notó que le afectó a Don Blas. Se hizo una nota de volver a tocar el tema en el futuro.

Don Blas pensó un poco antes de contestar. Luego dijo, «Juana, lo que yo apoyo es la justicia social, no el comunismo. Me importa un bledo el comunismo. Lo que sucede es que los que más están en favor de justicia social, son comunistas. Pero en Nicaragua, el líder militar de los Sandinistas es Edén Pastora, conocido como el Comandante Cero. Ha atacado con éxito instituciones somocistas como la Asamblea Nacional. Y él no es comunista. Simplemente quiere derrocar al dictador».

«Pero los comunistas acaban apoderándose del poder».

Don Blas sacudió su cabeza. «No, los verdaderos líderes de los Sandinistas son los jesuitas. Si los Sandinistas llegan al poder, y parece ser una certeza, los jesuitas estarán en el poder».

«¿Es ese el plan para El Salvador?»

«Pues sí».

Juana sacudió la cabeza en desacuerdo. «Con todo respeto, Don Blas, hace poco me dijo un comandante guerrillero que el poder sale del cañón de un fusil, y que la iglesia está supeditada a quienes tienen las armas».

Don Blas tomó la mano de Juana, y dijo, «Eso supe».

Juana removió su mano de la del hombre. «Soy monja, Don Blas, y resiento haber sido puesta en esa posición, con toda la humillación que me significó».

Don Blas se apresuró a apagar esta llama, antes de que volviera una conflagración que acabara con esta relación naciente.

«Juana, ser monja no es lo que usted es. Es lo que usted hace».

Los ojos de Juana se llenaron de lágrimas. «Bueno, hoy ya mamo y cojo, así que debo de ser puta también».

«Juana, usted no hizo eso voluntariamente, fue obligada. La pusieron en una posición donde lo único noble que podía hacer era someterse. ¿Por qué noble? Porque sus compañeras estaban en peligro. Si usted se hubiera ido de ahí, ¿realmente cree que Marcial no se habría desquitado con ellas? ¿Especialmente con Inés, quien metió sus manos en el fuego por usted? Y no había certeza que usted llegara viva al aeropuerto. Usted probablemente salvó la vida de ellas y la suya».

Se acercó a ella y le dijo: «Le agradezco tanto que hizo lo que hizo porque... ¿qué haría yo sin usted?». Y la besó profundo.

Juana no supo cuánto duró ese beso, pero gozó cada instante. No amaba a este hombre, ni quería ser besada, pero era lo que necesitaba—sentirse querida y valorada por alguien a quien no le importaba nada lo que le había pasado.

Después de un tiempo se despidieron, no sin antes besarse de nuevo, con la promesa de que Marcos Arévalo le seguiría escribiendo.

Capítulo 37

Teología Booleana

«Este es Padrino, cambio».

«Padrino, ¿sigue escondido?»

«Para nada, Charlie. Sigo en Apaneca pero nadie ha venido a vernos».

«Ya van a llegar los Comandos por allá. Mejor véngase, hombre».

«No hay manera, Charlie. No voy a obedecer una orden ilegal. Podría preguntarle al Alto Mando que si no se dan cuenta que el asesinato a sangre fría de estos curas nos podría costar la guerra».

«Padrino, la guerrilla está cometiendo una serie de abusos, contra mujeres y contra supuestos informantes. La Policía de Hacienda acaba de encontrar a un civil que fue despellejado vivo porque lo acusaron de ser informante. Como no le pudieron sacar información, violaron y mataron a su hija delante de él. Esos dos valían más que esos dos jesuitas españoles, ¿no cree?»

«Claro que sí, pero son intocables, y bien lo sabe».

Claro que el Col. López lo sabía. Y quería ayudar a Sánchez pero necesitaba que Sánchez confiara en él lo suficiente como para informarle su verdadero paradero.

«Padrino, usted no está preparado para lo que se le viene encima. Por lo que he sabido, una sección no va a poder contra la unidad de Comandos que le caiga encima».

Sánchez ponderó esto. Quizá había calculado mal. Quizá entre más atrocidades guerrilleras se descubrieran, más aumentaría el odio contra los jesuitas. Contrario a lo que él esperaba.

«Charlie, con el debido respeto, esos recursos estarán mejor utilizados yendo tras los guerrilleros torturadores y asesinos, que tras de los jesuitas y de mí. Disculpe, necesito conservar baterías. Padrino fuera».

«Espere, Padrino».

«¿Sí, Charlie Lima?»

«Envíeme un mensaje si quiere que lo ayude. Usted sabe cómo».

Sánchez sabía que quería brindarle una escolta. Pero para eso tendría que revelar su posición, y eso pondría a todos a la merced de los que querían matar a los curas. Además, hasta ahora, no había necesidad. De todos modos, su mejor chance de sobrevivir un ataque sería en una posición defensiva tras los muros de concreto de estas casas, dominando la única elevación que existía. Si se iban, no podrían sobrevivir una buena emboscada en carretera abierta.

«Gracias Charlie, lo mantendré en mente. Se me olvidaba decirle que me equivoqué con la edad de la hija. Acaba de cumplir los veintiuno. Padrino fuera».

Se volvió al sargento Zelayandía. «Sierra Zulu, hagamos lo que querías antes. Pon un par de centinelas en esa colina al otro lado de la calle, para que nos indiquen si viene alguien».

«¡Inmediatamente, mi capitán!»

«Que se lleven mi MP-5 y mi 9mm, en toallas, en vez de sus M-16. Que parezcan bañistas. Haz los turnos, y si te aburres aquí, ve tú también».

«De acuerdo».

«Pero primero, cambia la frecuencia del radio HF a exactamente 58.00 MHz». El sargento cumplió la orden.

Sánchez subió la cuesta otra vez. Si bien no le hacía ningún bien a su presión arterial ir a hablar con los curas, por lo menos era buen ejercicio.

Como siempre, Ellacuría quería saber las noticias.

Sánchez les contó a los jesuitas del supuesto informante que había sido despellejado vivo por la guerrilla, y que, al no haberle podido sacar información, habían violado y matado a su hija.

Ellacuría se quedó estupefacto. Luego dijo, «Eso es lamentable».

El capitán fue directo al grano: «¿Por qué se sorprende, sacerdote? Esos guerrilleros sólo hicieron lo que ustedes pregonan. La violencia en pos de las reivindicaciones sociales es permitida por Dios, según la Teología de la Liberación. Y ustedes dos son teólogos de la liberación, ¿no es cierto?»

«Sí, somos teólogos de la liberación», contestó Segundo Montes. «No somos sus autores intelectuales, pero sí promotores. Nuestro colega Jon Sobrino fue uno de los autores originales. Se encuentra fuera del país en este momento».

El capitán les dijo: «Esto es lo que sé de la Teología de la Liberación. Sus teólogos principales, como el jesuita Teilhard de Chardin, desarrollaron su teología con base en las filosofías de Hegel, Nietzsche,

Marx, Engels y otros. Ahora bien, yo soy el primero en admitir que no recuerdo mucho de lo que decían esos filósofos, a pesar de haberlos estudiado en West Point. Pero lo que sí recuerdo con toda certeza es que nadie llamaba lo que ellos decían otra cosa que no fuera 'filosofía'. Ciertamente, no la llamaban 'teología'».

Ignacio Ellacuría no quería perder la oportunidad de educar a este chafa. «En realidad, capitán, la Teología de la Liberación proviene de los escritos de Santo Tomás de Aquino, pero modificados desde una perspectiva filosófica».

«La perspectiva filosófica de Zubiri, ¿cierto?»

«Sí, entre otros».

El capitán asintió. «Entonces Arrupe, Rahner, Jon Sobrino y ese peruano cuyo nombre se me escapa, tomaron la teología de Santo Tomás de Aquino, la modificaron con las filosofías de Marx, Hegels, Nietzsche, Chardin y otros, y produjeron la Teología de la Liberación, ¿estoy en lo correcto?»

Ellacuría respondió, «Sí, a grosso modo, así es, y el nombre del peruano es Gustavo Gutiérrez».

«Ah... sí. Disculpen. Es que a él no lo estudiamos en West Point, no sé por qué». El capitán miró al suelo en busca de un parche de terreno sin grama como para poder dibujar en él con su yatagán. Cuando lo encontró, llamó a los curas a que se acercaran. Les dijo, «Me van a disculpar si yo no soy tan ducho en filosofía como ustedes. Yo apenas soy un ingenierito insignificante. Por lo tanto, prefiero recurrir a las matemáticas para esto, ¿si me lo permiten?»

Con mucha magnanimidad, Ellacuría dijo, «Adelante». Se puede actuar magnánimamente cuando no se es capaz de captar un sarcasmo agudo.

«Primero, separemos el grano de la paja, ¿les parece? En su 'Suma Teológica' Santo Tomás se dedica a promulgar las enseñanzas de Dios y de Cristo, con base en el Viejo y en el Nuevo Testamento. Entonces vamos a llamar la obra de Santo Tomás la Palabra de Dios, representada por 'PD'. ¿Les parece?»

Ellacuría condescendientemente aceptó. «Es una forma simplista de interpretarlo, pero está bien». El capitán dibujó 'PD' en la tierra. Y dijo:

«Ahora debemos representar el pensamiento filosófico de Marx, Hegel, Nietzsche, Engels, Gutiérrez, Zubiri, Arrupe, Rahner y Jon Sobrino, con la variable '-PD,' o 'No es Palabra de Dios'». El capitán volvió a ver a los curas, que no sabían qué decir.

Así que les explicó: «Es que no podemos decir que lo que dijo un filósofo como Nietzsche, que fue: 'Dios está muerto', sea Palabra de Dios. Porque eso significaría que Dios también dijo 'Yo estoy muerto', cosa que no puede ser, porque si Dios estuviera muerto, Él no podría decir eso, ni nada, ¿verdad?»

La lógica era tan contundente que dejó callados a los jesuitas. Y el capitán dibujó en la tierra: '-PD'.

El capitán siguió. «Ustedes, siendo docentes, deben estar familiarizados con el Algebra de Boole, ¿verdad? Es la matemática de la lógica, utilizada para el diseño de máquinas digitales, como las computadoras, o como las llaman ustedes, ordenadores». No hubo respuesta. No lo sabían, porque Karl Marx no habla de máquinas digitales en 'Das Kapital', escrito en 1867. Pero asintieron por honor. Y el hedor de la magnanimidad desapareció.

«Ustedes recordarán que en el Algebra de Boole, existen dos estados: 1 [uno], o 'verdad', y $\emptyset$ [cero] o 'falso'». El capitán, agachado para trazar en la tierra, veía las sombras de los curas asentir pero sin convicción.

«Para completar la representación matemática de la Teología de la Liberación, representemos este término con la variable 'TL'». Y trazó TL.

«Ahora, combinémoslas para reflejar la ecuación que usted enunció, padre Ellacuría, que es que la Teología de la Liberación es la obra de Santo Tomás de Aquino 'modificada desde una perspectiva filosófica'. El padre Montes no me dejará mentir: la representación matemática de 'modificar' es 'multiplicar', ¿no es cierto?».

El padre Montes asintió, pero sin muchas ganas.

«Entonces, estipulemos que PD = 1 [uno] o verdad (al fin y al cabo, somos creyentes, ¿no es cierto?) y estipulemos que la enseñanza de un filósofo como Nietzsche, quien proclamó que Dios estaba muerto, es $\emptyset$ [cero] o falso o mentira». El capitán trazó el 1 y el $\emptyset$ en la tierra. Y puso el signo de multiplicación entre ellos.

Continuó. «En Algebra de Boole 1 x $\emptyset$ = $\emptyset$ [cero] o falso o mentira. Entonces, si usted modifica una verdad con una falsedad, el resultado es una falsedad, o mentira. Por lo tanto, TL = 1 x $\emptyset$ = $\emptyset$, lo cual indica que la Teología de la Liberación es falsa o mentira».

Empezaron a protestar los curas. Pero Sánchez levantó su mano para detenerlos. «Esperen, señores, todavía tienen esperanza de que no sea falsa. Veamos qué pasa si multiplicamos PD x -PD?» El capitán escribió: TL = PD x -PD.

Volvió a ver a los curas, sacudiendo su cabeza. «Señores teólogos de la liberación, en Algebra de Boole, si yo modifico una verdad (1) con su opuesto (Ø [cero]), me da Ø [cero] o falso o mentira. Entonces TL = PD x -PD = Ø [cero] o falso o mentira. Lo cual significa que si modificamos la Palabra de Dios con algo que No es Palabra de Dios, produce una falsedad o mentira».

El capitán se paró y devolvió su yatagán a su funda. «¿Necesito seguir, caballeros? En el mundo exacto de la lógica y de las matemáticas, la Teología de la Liberación es una falsedad. Una vil mentira».

Ellacuría desestimó todo con un gesto despreciativo de su mano, diciendo: «Usted ha simplificado en demasía los pensamientos complejos de grandes mentes».

El capitán ponderó un poco el comentario del sacerdote. Y volvió a sacar su yatagán. «Le pido disculpas, sacerdote, pero eso lo podemos rectificar inmediatamente». Se agazapó ante las ecuaciones, y dijo, «Según el padre Ellacuría, a los pensamientos que constituyen la variable -PD, no les he dado el factor amplificativo necesario para poder representar la grandeza de sus mentes. Y como no quiero volver a pecar de no darle la grandeza que se merece cada gran mente que compone la variable '-PD', vamos a multiplicar -PD por el factor TGCPEQ, que significa, 'tan grande como el padre Ellacuría quiera'. ¿Les parece?»

Entonces el capitán modificó la ecuación con el factor de agrandamiento de Ellacuría:

TL = PD x (-PD x TGCPEQ) = (PD x -PD) x TGCPEQ = (Ø) [cero] x TGCPEQ = (Ø) [cero].

El capitán se paró y guardó su yatagán. «Señores, he demostrado que, habiendo rectificado la simplificación en demasía, la Teología de la Liberación sigue siendo falsa, o una vil mentira».

Los jesuitas se les quedaron viendo a las ecuaciones. Mientras se rebuscaban para poder decir algo, el capitán puntualizó lo siguiente: «Señores, como vieron, no fue posible deshacernos de ese signo negativo en las ecuaciones. ¿Por qué? Porque la Teología de la Liberación es de por sí una negación. Y ese signo negativo afectará todo lo que los liberacionistas hagan. Entonces, si lo que ustedes quieren es la eliminación del hambre, ese signo negativo se los va a negar».

Segundo Montes cuestionó eso. «Capitán, sabe muy bien que si usted multiplica dos negativos, el resultado es positivo».

«Padre Montes, no confunda la matemática de la lógica con la matemática de los números. En lógica, se tiene verdad o falso. Si usted multiplica dos negativos lógicos, usted está multiplicando dos falsedades, o sea, dos ceros. Entonces (Ø x Ø) = Ø [cero], o falso: la falsedad continúa. Y esa falsedad es la negación a la verdad que, otra vez, es parte de la naturaleza intrínseca de la Teología de la Liberación».

Ellacuría estaba harto de tanta lógica y matemática. Y se propuso ponerle fin a este intento de una mente ínfima, de aleccionar a una mente grande. Dijo, «Capitán, ¿de qué le sirve tanta lógica a los pobres hambrientos de este país? Usted podrá esgrimir todo el Algebra de Boole que quiera, pero eso no alimenta a ningún hambriento. Por lo tanto, es inútil e irrelevante».

El capitán se encogió de hombros y dijo, «Padre Ellacuría, el Algebra de Boole, por ser matemática de lógica, es enteramente una herramienta de diseño y de análisis. La he utilizado para analizar la Teología de la Liberación, y he identificado por qué no va a funcionar: tiene un signo negativo que les va a negar el resultado que ustedes desean».

Sánchez decidió que era hora de alegrarlos un poco. «Pero hay buenas noticias, padre Ellacuría: su verdadera especialidad—la educación—no tiene signos negativos. Es toda positiva. Lo cual comprueba que su decisión de dejar la educación en favor de la liberación violenta fue... ilógica».

Sus palabras calaron en Segundo Montes, pero rebotaron de Ellacuría. ¡Y es que el jesuita vasco ya no soportaba tanta lógica saliendo de semejante chafa indio! Así que le espetó a Sánchez:

«Mire, capitán, hay mucho más en juego de lo que se puede representar en unas ecuaciones de dos variables. Nosotros los jesuitas analizamos múltiples variables, las cuales conducen a resultados superiores, de signos muy positivos. Pero no me pida que se las explique, porque usted no es capaz de entenderlas».

El capitán dejó que le revirara el insulto. «Déjeme decirle lo que sí entiendo, sacerdote: la Teología de la Liberación es el instrumento que justifica la imposición de una dictadura por medio de lucha armada. Una vez instaurada la dictadura, los dictadores hacen lo único que saben hacer bien: perpetuarse en el poder, eliminando a enemigos reales y percibidos. Con ello causan miseria y hambre, porque invariablemente eliminan a los que sí saben cómo hacer producir el país, y poner en su lugar a gente que no sabe hacerlo. Eso es exactamente lo que pasó en Cuba bajo Castro, pero por alguna razón, ustedes han optado por ignorar eso.

«Pero no pueden ignorar lo que pasó la semana pasada, el pasado 9 de noviembre de 1989, cuando la miseria y pobreza generalizada llegó a tal punto que hizo que la gente tras la Cortina de Hierro, harta de hacer filas larguísimas para obtener un pedazo de pan o leche de mala calidad, atacaron el Muro de Berlín, el símbolo de la dictadura. Esa gente lo arriesgó todo porque no tenía nada qué perder—más que sus vidas tan miserables. Con la sorpresa de que los guardias, en vez de dispararles, se les unieron. Y el Muro de Berlín cayó.

«Y fíjense bien. Fue una dictadura comunista en un país con 22.5 millones de kilómetros cuadrados de oro, plata, minerales, petróleo y otros recursos, y ni siquiera toda esa riqueza pudo evitar que la miseria y el hambre del socialismo se implantara en la Unión Soviética y en los países de la Cortina de Hierro.

«Entonces, sacerdotes, sabiendo que el camino que ustedes han trazado para este país va a tener el mismísimo fin, por las mismísimas razones, la pregunta que les tengo es, ¿por qué quieren infligir a la gente que ustedes dicen querer ayudar, una miseria mucho mayor de la que ya tienen?»

Ellacuría, harto de estar siendo aleccionado por un inferior intelectual, le repitió: «Es que usted no es capaz de entenderlo, capitán».

Al capitán se le iluminaron los ojos. Veía flancos expuestos. Inició su ataque con esta pregunta: «Es porque usted me considera idiota, ¿verdad?»

Como repuesta, Ellacuría le dio la mirada más despectiva de la que era capaz. Y se encogió de hombros, como diciendo, 'al que le venga el saco, que se lo ponga'.

El capitán sonrió. «Permítame hacerle ver lo equivocado que está. Verá, yo tuve que escribir una tesis. Uno de mis profesores, el Dr. John Navratil, sugirió que hiciera una investigación sobre Reconocimiento de Voz, el cual era de interés porque permitiría a gente parapléjica utilizar una computadora por medio de comandos de voz, en vez de usar el tablero que esos pobres no pueden utilizar. No era nada en lo que había trabajado el Profesor Navratil antes. Ese campo era muy nuevo en 1981».

El semblante de superioridad de Ellacuría no cambió. Le importaba un bledo lo que este indio, o cualquier otro indio, hubiere estudiado o escrito. El capitán continuó. «Acabé escribiendo mi tesis sobre 'Transformaciones Rápidas de Fourier para Sistemas de Reconocimiento de Voz', con John Navratil siendo mi profesor de tesis. Mi tesis fue evaluada por una mesa de profesores, y fue juzgada como bien investigada, original y válida, haciéndome acreedor a mi maestría».

A Ellacuría le seguía siendo completamente indiferente. El capitán siguió. «¿Me hace eso inteligente? No necesariamente. Pero definitivamente no me hace idiota, ¿no cree? Porque idiota habría sido si hubiese carecido de cabeza para hacer mi propia investigación y para proponer mi propia solución original, ¿verdad?»

La mirada petulante de Ellacuría comenzó a transformarse en una máscara de furia. Ya sabía adónde iba este chafa. El capitán continuó. «Si hubiera sido idiota yo, no habría tenido los sesos para hacer otra cosa que no fuera tomar el trabajo de mi profesor y elogiarlo, ¿no es cierto?»

El labio inferior de Ellacuría comenzó a temblar. El capitán lo tenía en la mira y comenzó a halar el gatillo. «Eso es algo que jamás me lo habrían permitido en la Universidad donde yo fui. Ahí nunca habría podido escribir una tesis como 'La Exactitud de los Circuitos de John Navratil', porque eso habría constituido fraude. No sólo me hubieran tachado a mí de idiota y de fraude, sino también a mi profesor y a la universidad entera, ¿no cree?»

El semblante de Ellacuría pasó de fúrico a volcánico. ¿Cómo se atrevía este indio a burlarse de su maravillosa tesis doctoral, 'La Principialidad de la Esencia en Xavier Zubiri', con el gran Xavier Zubiri siendo su profesor de tesis? No se pudo contener: dejó ir un torrente de insultos vascos.

Pero al capitán todavía le quedaba un cartucho por disparar. «¡Mire, cura, yo no entiendo vasco, pero le advierto que ni se le ocurra llamarme idiota porque no fui yo el que tuvo que lamerle el culo a su profesor para poderse graduar!»

Montes intervino. «Capitán, usted no ha leído su tesis. No puede juzgar».

«Realmente no tengo que leerla, ¿verdad Montes? El 'gran revolucionario', el 'genio intelectual' que todo mundo dice que es, escribió una alabanza de su profesor de tesis para ganarse su doctorado. A mí me daría vergüenza... ¿a usted no?»

Y con eso, el capitán los dejó. No quería ser la causa de que al cura le diera un derrame. Eso sería contraproducente, porque estaba aquí para proteger a Ellacuría, no para matarlo.

Capítulo 38

Romerismo

Después de la discusión acalorada con Ellacuría, Sánchez fue a hacer sus rondas y decidió descansar en una hamaca en una de las casas con dos de sus soldados. Uno de ellos, el cabo Alvarado, estaba escribiendo una carta.

«¿Es para tu novia, Alvarado?»

El cabo Alvarado comenzó a ponerse en atención para contestar, pero el capitán se apresuró a decirle que se quedara como estaba.

«No, mi capitán, es para mis padres en Ciudad Barrios, San Miguel».

«¿De hasta por allá eres?»

«Sí, mi capitán, de la ciudad natal de Monseñor Romero».

«¿De veras? Lo querían mucho allá, ¿no es cierto?»

«¡Muchísimo! ¡Era un héroe! ¡Y no era comunista, se lo aseguro!»

El capitán le dijo, «En eso tienes razón, Alvarado. ¡Ciertamente no lo era!» Aunque ese último sermón suyo todavía no se lo podía explicar el capitán. Fue completamente atípico.

Sánchez recordó lo que había llegado a saber de Monseñor Romero y de su política, que después de mucho pensarlo, la había denominado *Romerismo*.

Oscar Arnulfo Romero nació el 15 de agosto de 1917, en Ciudad Barrios, San Miguel. Optó por el sacerdocio como medio de ascender socialmente, porque las oportunidades eran tan escasas en ese entonces como lo eran hoy día.

No terminó sus estudios en el seminario nacional de San Salvador porque fue enviado a completar sus estudios a la Universidad Gregoriana en Roma, de donde recibió su Licenciatura en Teología *cum laude* en 1941, pero no fue ordenado sacerdote sino hasta un año después, cuando alcanzó la edad para ser ordenado. No obstante, comenzó sus estudios para su doctorado en Teología Ascética, que es el estudio organizado o la presentación de las enseñanzas espirituales que se encuentran en la Sagrada Escritura, para ayudar a los fieles a seguir los pasos de Cristo más fielmente, hasta alcanzar la perfección cristiana. Dicho de otra forma, la

Teología Ascética alentaba a los cristianos a actuar conforme al Nuevo Testamento, con especial atención al Sermón de la Montaña, cuyos pilares incluían Bienaventuranzas como: «Bienaventurados los pobres en espíritu: porque de ellos es el reino de los cielos».

La teología que había estudiado Romero era precisamente la que el movimiento Modernista, encabezado por Teilhard de Chardin, Henri de Lubac y toda la Compañía de Jesús, estaba tratando de erradicar.

Poco antes de terminar su doctorado, Romero fue llamado de regreso a El Salvador por su Arzobispo, donde se hizo cura párroco para el pueblo de Anamorós, en el departamento más oriental de El Salvador—La Unión. Luego fue transferido a la ciudad de San Miguel, donde estuvo por más de 20 años.

Oscar Romero ni siquiera estaba en San Salvador cuando comenzó a suceder la toma de la Iglesia en Europa por los Modernistas. Estaba en el oriente de El Salvador, organizando apoyo para 'Nuestra Señora de la Paz', y fundando grupos de Alcohólicos Anónimos. Romero nunca fue expuesto a Teilhard de Chardin, Henri de Lubac, o Karl Rahner cuando estaban en la cúspide de su influencia. Fue un Tomista toda su vida.

En 1966, lo designaron director del semanario Orientación del Arzobispado de San Salvador, el cual, mientras Romero fue su director, se dedicaba a defender el 'Magisterium' tradicional de la Iglesia Católica. En 1970, Romero fue nombrado obispo auxiliar de la Archidiócesis de San Salvador, una posición burocrática y no influyente. En 1974, fue designado Obispo de la Diócesis de Santiago de María, un pueblito rural en Usulután, en el oriente del país.

Mientras Romero estaba en Usulután, continuó el influjo de curas y monjas 'modernistas'—todos formados por los jesuitas. Sólo que después de la publicación del libro «Una Teología de Liberación» del sacerdote peruano Gustavo Gutiérrez, se llamaban 'liberacionistas'. El resultado de esto es que la mayoría de las parroquias comenzaron a ser lideradas por curas liberacionistas.

Así que causó gran impacto a los jesuitas y a los liberacionistas de El Salvador, cuando alguien que no era uno de ellos, un tradicionalista como Romero, fue nombrado Arzobispo de San Salvador en 1977.

Y ahí fue cuando Romero enfrentó por primera vez a sus enemigos teológicos, los jesuitas liberacionistas.

A Romero no le quedó más remedio que desarrollar su *Romerismo* debido a que, si bien fue nombrado jefe de la iglesia católica en El Salvador, sus subordinados habían sido moldeados por los jesuitas. El Romerismo consistía de mantenerse fiel a su Teología Ascética, acomodando a sus subordinados liberacionistas donde podía. El Romerismo creía en la justicia social. A lo que se oponía era a la violencia para obtenerla. Su Romerismo era para la Teología de la Liberación lo que el Majanismo era para el comunismo.

Su Romerismo fue puesta a prueba bien temprano en su mandato, con el asesinato de su amigo el jesuita Rutilio Grande un mes después de su inauguración. Sus subordinados liberacionistas, liderados por los jesuitas, inmediatamente acusaron al gobierno de ese asesinato salvaje. Pero el gobierno de su amigo, el coronel Arturo Armando Molina, inmediatamente negó que había sido el gobierno, tanto en público como en persona a Monseñor Romero, prometiéndole que moverían cielo y tierra para capturar a los culpables. Pero nunca los capturaron.

Sin embargo, estas aseguraciones gubernamentales le bastaron para seguir el camino trazado. Porque si bien quería justicia social, no quería suplantar el imperio de la ley con el imperio del fusil, que era lo que Castro había hecho en Cuba. Quería que se pasaran leyes que promovieran la justicia social. Como el majanismo, Romero quería alcanzar las metas de la Iglesia legalmente.

El Arzobispo mantenía la autoridad moral sobre sus enemigos porque era la única voz eclesiástica que tenía El Salvador, condenando las atrocidades que cometían los guerrilleros recién formados, incluyendo secuestros, torturas y asesinatos, algo que los liberacionistas nunca condenaron. El único miembro de la iglesia católica salvadoreña que se ofreció para negociar la libertad de los secuestrados fue el Arzobispo Romero y nadie más; ciertamente no los jesuitas.

Sin embargo, con la caída de Somoza y la victoria Sandinista en julio de 1979, el fervor revolucionario aumentó exponencialmente, y el Romerismo se encontraba menos y menos capaz de detener a los liberacionistas, que clamaban revolución abiertamente. Y no le ayudaba para nada el hecho de que el sucesor de Molina, el General Carlos Romero, pasaba bebido todo el día, hasta cuando salía en televisión pidiendo a los padres de familia tener mayor control sobre sus hijos, para que no se hicieran guerrilleros.

Pero el 15 de octubre de 1979, el Majanismo le tendió la mano al Romerismo, y nunca la soltó. Con la justicia social que prometía la Junta Revolucionaria de Gobierno que derrocó al General Romero, Monseñor Romero pudo seguir su camino no-revolucionario.

Años después de renunciar de la Junta, Majano le diría a la gente que el Arzobispo Romero había sido uno de los mayores pilares del golpe del 15 de octubre de 1979.

Capítulo 39

Abandonado

«¡Maldición! ¿Cómo fue que Ungo y Román aceptaron ser parte de la Junta?». Ellacuría no lo podía creer. Las cosas iban tan bien para el movimiento en El Salvador, después de la caída de Somoza en Nicaragua, pero ahora este golpe de estado por la 'Juventud Militar' salvadoreña había descarrilado el tren revolucionario que había estado ganando velocidad.

Segundo Montes, como siempre, trataba de calmarlo. «Padre, Román Mayorga nos estará representando, como decano actual de la UCA». Román Mayorga era un salvadoreño superdotado, un graduado de la prestigiosa universidad estadounidense *Massachusetts Institute of Technology*, M.I.T.

«¿Pero por qué no nos dijo nada Román?»

«Padre Ellacuría, esto tenía que hacerse en secreto, y estoy seguro de que el golpe fue dado antes de que Román nos pudiera decir nada. Y como el Arzobispo estaba involucrado, ¿por qué no habría de creer que tenía nuestra bendición también?»

Ellacuría explotó. «¡Porque no necesitamos ninguna junta maldita! ¡Los jesuitas nicaragüenses nunca necesitaron junta para alcanzar el poder! Si Ungo y Román hubieran rehusado, habría sido un simple cambio de un dictador militar a otro, igualmente vulnerable que Somoza. ¿Pero aceptaron ser miembros de la Junta? Dios mío, Dios mío, ¿por qué me has abandonado?»

Segundo quería reírse. Era cómico invocar las palabras de Jesucristo agonizando en la cruz, cuando Ellacuría vivía cómodamente en una espléndida Residencia Jesuita en San Salvador, atendido como a un rey, y siendo obedecido como tal, invulnerable a las fuerzas que él había ayudado a desencadenar.

Pero sus superiores habían puesto a Ellacuría de jefe suyo, de líder de esta revolución, y por lo tanto, debía tratarlo con el respeto que nunca se habría podido ganar de otra forma.

«Padre, mirémosle el lado bueno, ¿le parece?»

«¿Cuál lado bueno, Montes? ¡El mismo Arzobispo de San Salvador, Monseñor Romero, ha dado su bendición a este golpe y a esta Junta! Siempre supe que Romero sería problema. Si Rivera y Damas hubiera sido nombrado Arzobispo, en vez de Romero, habríamos sido los primeros en instalar un gobierno revolucionario en Centroamérica. Pero a Rivera sólo lo hicieron Arzobispo Auxiliar, ¡y ahora estamos más lejos que nunca de nuestra meta!»

Ellacuría había perdido la calma en forma grandiosa, como era habitual. Pero Montes tenía suficiente calma como para los dos. «Padre, tienen que obtener resultados. Se han puesto metas bien altas para ellos mismos, que no van a ser fácilmente alcanzables. Si fallan, será como abrir las puertas del zaguán para la Revolución».

Eso apaciguó a Ellacuría un poco. Montes tenía razón. El implementar una Reforma Agraria en contra de los Catorce es más fácil decirlo que hacerlo. No escatimarían esfuerzo alguno por impedirlo. Especialmente si las fuerzas revolucionarias se oponen a ella también. En ese caso, la nueva Junta fracasaría y fracasaría espectacularmente ante el mundo, comprobando de una vez por todas que la única forma de quitarle tierras a los ricos era a través de revolución armada. Como la de Nicaragua.

Ellacuría se sintió mejor. «Lo primero que necesitamos hacer, Montes, es cerciorarnos de que Ungo y Román estén conscientes de que la Reforma Agraria anunciada debe ser parada en seco».

Montes sacudió la cabeza. «¿Padre, no sería mejor asegurarnos de que Román Mayorga entienda sus metas primero? Como Decano de la UCA, cuando él hable con cualquiera de los otros miembros de la Junta, sus palabras tendrán nuestro sello».

«Bien, tú háblale a Mayorga, y yo le hablaré a Romero».

«Padre, dada la situación, ¿no cree que sería mejor si ambos hablamos con los dos? Así, no puede haber duda de nuestra postura, con un mensaje unificado».

Ellacuría se había calmado lo suficiente como para apreciar el punto de Montes. Esto requería pensamiento serio. ¿Y no era él un gran pensador?

Pero el día siguiente, Ellacuría fue a ver a Monseñor Romero sólo.

Su secretaria lo anunció. «Monseñor, el padre Ellacuría está aquí».

«Que pase».

El alto y delgado Ignacio Ellacuría entró, vestido de negro de pies a cabeza, luciendo muy jesuita, y un poco alterado.

«Monseñor, ¡ha habido golpe!

«Eso dicen. ¿Es bueno, no?»

Ellacuría parecía elevarse sobre el arzobispo diminuto. Y le habló, literalmente hacia abajo: «¡No, no lo es! ¡Es un truco para engañar a la gente, haciéndola creer que hay otra forma para salir adelante, cuando no la hay!»

Al Arzobispo de San Salvador no le gustaba tener que estar viendo para arriba cuando le hablaban. «Padre, por favor siéntese».

«¡No tengo tiempo para sentarme, Monseñor! ¡Ni usted! ¡Usted debe...!»

«Yo no tengo que hacer nada, padre. Ahora bien, o usted se sienta y se calma, o regresa cuando esté menos agitado».

El padre Ellacuría se sentó, sulfurando por dentro porque tenía que obedecer a este indio. Pero se obligó a calmarse. Había una meta suprema a la cual subordinar sus propios sentimientos.

«Monseñor, disculpe, pero esto es un revés».

«¿Para quién?»

«¡Para el movimiento revolucionario!»

«¿Quiere decir la toma violenta del poder y las ejecuciones masivas como los Sandinistas han estado haciendo los últimos cuatro meses?»

«Yo no sé qué ha escuchado, pero las cosas van muy bien en Nicaragua».

«No para los pobres que están siendo ejecutados por orden de los jesuitas».

«Eran miembros del régimen somocista opresor, Monseñor».

«Eran pobres diablos que se tenían que ganar la vida de alguna forma, y el servicio militar les ofrecía un camino fuera de la miseria, lo cual ocurre en todo el mundo, por cierto. Yo hubiera creído que una revolución liderada por jesuitas hubiera minimizado el derramamiento de sangre. Como que me equivoqué».

«Monseñor, le puedo asegurar que aprenderemos de la experiencia sandinista, y que haremos las cosas bien acá».

«Padre Ellacuría, afortunadamente para nosotros, los salvadoreños ya aprendimos de la experiencia sandinista. Por eso se dio este golpe, y fue liderado por un militar, el coronel Adolfo Majano, un hombre de cuna muy humilde, que cree que hay una mejor manera de hacer las cosas que la cubana».

«¡Pero mienten cuando prometen una mejor manera!»

«Padre Ellacuría, han prometido una Reforma Agraria. ¡Eso es enorme! Eso significa que los militares, por ley, expropiarán a los Catorce de sus latifundios y distribuirán esas tierras a los campesinos. ¿Cómo puede usted pedirme que me oponga a alcanzar esa meta que todos proclamamos buscar, pero sin derramamiento de sangre?»

Ellacuría apenas podía contenerse. Pero de alguna forma se contuvo. «Monseñor, ¡usted no puede creer que esta Junta va a alcanzar eso! El coronel Majano podrá querer lo mejor para los pobres, pero ese otro coronel, Abdul Gutiérrez, dicen que es derechista».

Romero se tuvo que reír. «¿De veras le suena a usted que 'Abdul' suena a nombre Catorce? Pues no. También es de origen humilde. Pero asumamos que sea derechista. No puede ser tan derechista, puesto que acaba de derrocar a un derechista, invitó a Ungo y a Mayorga a la Junta, y quiere la Reforma Agraria también, ¿verdad?»

Ante esto no supo qué responder el jesuita.

Monseñor continuó. «Pero lo que de verdad lo debería sosegar es el hecho de que la Junta de cinco miembros tiene una mayoría izquierdista. Así que la izquierda revolucionaria ha obtenido más poder del que jamás ha tenido, gracias a los militares, y sin derramar sangre».

Dejó que esto le calara antes de seguir. «Quiero recordarle algo, padre Ellacuría. Su Santidad el Papa Juan Pablo II, su jefe y el mío, me dijo que actuara con prudencia el pasado mayo cuando lo visité. Actuemos con prudencia, usted y yo, porque si con la intención de ayudar a los pobres, azuzamos las llamas de la violencia, sólo pobres morirán. ¿O cree usted que los ricos se van a quedar a pelear?».

En la ausencia de una respuesta, Monseñor preguntó: «¿Así que dígame de nuevo por qué no habría de darle chance a la Junta?»

Unos minutos más tarde, Ellacuría dejaba el Arzobispado. Era obvio para él que este golpe era un revés, especialmente porque le daba una razón al Arzobispo a regresar a sus raíces derechistas y pacifistas. Ese era un problema al que tendría que encontrarle solución.

Capítulo 40

El Ayatolazo

Guillermo Manuel Ungo, el miembro más izquierdista de la Junta, había convocado a una reunión de emergencia de los grupos revolucionarios aún no unificados, en el Externado de San José, para la noche del 10 de noviembre de 1979. Estaban presentes el Comandante Marcial y otros comandantes guerrilleros, Leoncio Pichinte y otros líderes de las Organizaciones Populares, Ignacio Ellacuría y Segundo Montes. A última hora, Ungo había llamado para decirles que comenzaran sin él, porque iba a llegar tarde.

Las cosas no iban bien para la Revolución. La Junta estaba diciendo todas las cosas correctas, y el ímpetu que había ido en aumento hasta el 15 de octubre de 1979, se había convertido en una actitud de espera de parte de la población, para ver si la Junta cumplía.

Segundo Montes fue el primero en hablar, para saludar a los presentes, y para informarles que Ungo llegaría tarde por atender asuntos oficiales de urgencia.

Luego pidió la palabra Marcial, quien les informó que empezaban a ver indicios de una baja en el reclutamiento, debido a que la población estaba dispuesta a darle chance a la Junta, y esto era problema porque con los Sandinistas enviándoles armas, la guerrilla tenía con qué ir a la guerra, pero no con quién.

Luego se paró Ellacuría, diciendo, «Aprovechando que todos estamos aquí, y mientras llega el Sr. Ungo, quisiera aprovechar para presentarles un plan que se está desarrollando junto con los sandinistas. Favor de tomar nota de las acciones que les corresponda tomar a cada uno de ustedes.

«Número 1. Expertos en comunicaciones cubanos en Nicaragua están construyendo una estación de radio AM en Managua, con suficiente potencia como para ser escuchada en todo El Salvador.

«Número 2. Su programación será tal que a) inculque fervor revolucionario en los radioescuchas y b) ridiculice y exponga al gobierno salvadoreño y a los militares. Llamaremos a esta estación: Radio

Venceremos.

«Número 3. Los asesores cubanos entrenarán a personal de Marcial en la configuración de repetidoras locales para retransmitir la señal de AM en FM, desde las elevaciones bajo nuestro control». Marcial asintió y tomó nota de este requerimiento que le aplicaba a él.

«Número 4. Las Organizaciones Populares deberán nominar gente suya para que viajen a Nicaragua y sean entrenados por asesores cubanos a desarrollar la programación diaria y a ser los locutores de Radio Venceremos. Favor de tomar nota que este equipo de Radio Venceremos acabará operando en Managua». Los líderes de las Organizaciones Populares presentes tomaron nota.

En ese momento llegó Guillermo Ungo, pero le hizo señas al padre Ellacuría que continuara.

«Número 5. El padre Fernando Cardenal, el líder Sandinista jesuita, se ha comprometido a poner su vasta red periodística internacional a nuestra disposición, para que la prensa nos cubra como los cubrieron a ellos: nosotros no podemos hacer nada malo, y nuestros enemigos no pueden hacer nada bueno».

Todos los presentes asintieron, comentando que era una buena idea. Y les agradaba que los jesuitas estuvieran pensando en lo internacional.

«Número 6. Los señores Ungo y Mayorga deben renunciar de la Junta, para impedir que se lleve a cabo la Reforma Agraria».

Cuando escuchó esto, Segundo Montes sacudió su cabeza y pensó, «Ay, Ignacio... ¿por qué te metes en Honduras?» De haber sabido Montes que iba a incluir este sexto punto, lo habría intentado disuadir. Porque no había forma de interpretar esto de otra forma que no fuera arrogancia y una intromisión.

Pero es difícil disuadir a alguien que cree que lo sabe todo.

Guillermo Manuel Ungo se paró inmediatamente y tomó el micrófono del padre Ellacuría, agradeciéndole su intervención. Ungo había sido el candidato vicepresidencial de Napoleón Duarte en la elección de 1972 que habían ganado, pero que se les había negado por medio de fraude electoral. Después del golpe fallido que intentó instalar a Duarte en el puesto que le correspondía por derecho, Duarte se fue a vivir a Venezuela, pero Ungo se había quedado.

El veterano Ungo dijo, «No, camaradas no debemos renunciar. El problema que tendríamos al renunciar es que hemos oído que Napoleón Duarte, el ganador de las elecciones presidenciales de 1972, viene de regreso al país, de su exilio en Venezuela. Él siempre fue proponente de la Reforma Agraria, y el momento en que dejemos la Junta, los coroneles Majano y Gutiérrez de seguro lo invitarán a él y a algún otro de centroizquierda para tomar nuestro lugar. Y la Reforma Agraria comenzará inmediatamente. Eso es exactamente lo que no queremos».

Se detuvo para ver si había comentarios. Como no había, continuó. «La otra ventaja de quedarnos en la Junta es ésta: si bien una gran parte de las Fuerzas Armadas está en favor de la democracia, existe todavía un buen número de derechistas que no quieren ceder el poder a los civiles y quieren preservar el estatu quo. Me refiero a los cuerpos de seguridad. Y es natural, puesto que la mayoría de los muertos de parte del gobierno han sido guardias nacionales, porque sus puestos rurales de tan sólo dos o tres hombres en los pueblos del norte y del oriente, son presa fácil de nuestras fuerzas. Quieren venganza.

«Entonces, nuestra permanencia en la Junta puede mantener vivo este cisma entre los cuerpos de seguridad y las fuerzas armadas porque Mayorga y yo vamos a poder acusar a los cuerpos de seguridad de matar a varios de los integrantes de nuestras marchas—aunque sepamos que no son ellos los instigadores de las balaceras en esas marchas. Eso es algo que Duarte no haría».

Hubo murmullo concordando con lo que dijo Ungo. Era táctica de las Organizaciones Populares provocar balaceras con los cuerpos de seguridad, para luego poder acusarlos de ser ellos quienes dispararon primero.

Ungo continuó. «Así que le agradezco al padre Ellacuría por su coordinación con los líderes jesuitas de la Revolución Sandinista, pero yo seré quien determine el mejor curso de acción político para nuestro movimiento».

Todos asintieron, pero Ellacuría estaba indignado. ¡Otro indio que creía ser más inteligente que él! Pero se controló.

Ungo siguió. «De manera que las marchas de las Organizaciones Populares son de gran importancia para poder decir que nada ha cambiado desde el último régimen. Lamento tener que decir esto porque estamos causando la muerte de nuestra propia gente, pero no tenemos otra forma de vilipendiar a la Junta».

Los representantes de las Organizaciones Populares asintieron.

«Renunciaremos cuando sea el mejor momento de hacerlo, y será cuando podamos proclamarle al mundo que, a pesar de nuestros mejores esfuerzos, no se pudo transar con los coroneles porque son demasiado recalcitrantes y derechistas. Mal haríamos en no darnos tiempo para hacer nuestros mejores esfuerzos, ¿cierto?»

Todos asintieron.

Luego miró directamente a Ellacuría, antes de decir: «Para entonces, con suerte, el Arzobispo habrá sido convencido de ponerse de lleno de nuestro lado—esa es la misión más importante de los jesuitas».

Ellacuría se sintió humillado. ¡Qué valor el de estos indios! Pero no era el momento de recriminar, sino de colaborar. Se paró y dijo, «Créame, ingeniero Ungo, que estamos trabajando en ello. Y estamos confiados en que más temprano que tarde, el Arzobispo estará de nuestro lado, decisivamente. También le he pedido a nuestros hermanos jesuitas en Nicaragua que se unan a nosotros en pedir a nuestros contactos internacionales y a los miembros de nuestra orden que ejerzan presión sobre el Arzobispo, por medios de cartas que lo insten a estar del lado de los pobres en todo asunto. Y han aceptado hacerlo».

Ungo aplaudió esto, y todos los presentes se unieron a él en su aplauso. Pero por alguna razón, Ellacuría se sintió más humillado.

Cuando amainó el aplauso, Ungo continuó. Nadie jamás lo había acusado de ser breve. «Si todos estos factores se alinean, haremos nuestra parte para parar la Reforma Agraria, que debe ser nuestra primera prioridad política. Los otros que harán su parte por detenerla serán los Catorce, puesto que serán despojados de sus tierras. Hemos tenido la gran suerte de que le han puesto cara a su movimiento: el mayor Roberto D'Aubuisson, alguien fácilmente desprestigiable, puesto que es exmilitar derechista—un blanco perfecto. Así que, señores, tengamos la seguridad de que también políticamente estamos haciendo todo lo posible por lograr la victoria que todos deseamos».

Hubo un aplauso, pero de gente pensando que los discursos habían concluido. Pero Ungo siguió: «Mas la razón por la cual los convoqué hoy es la siguiente: todo lo que les he dicho hoy, se vuelve más urgente porque el pasado domingo, 4 de noviembre de 1979, el nuevo gobierno de Irán, liderado por un clérigo musulmán, el Ayatola Khomeini, tomó de rehenes como a 40 miembros de la embajada de los Estados Unidos en Irán. Y salieron multitudes a gritar, 'Muerte a América'».

Un murmullo de beneplácito se elevó de la audiencia. Al fin y al cabo, el enemigo del enemigo es amigo. Esto era precisamente lo que Ungo quería abordar. «Señores, esta no es buena noticia para nosotros. Nuestro aliado de facto, el Presidente Carter, va a sentir bastante presión de sus oponentes políticos, especialmente ahora que va a entrar a buscar su reelección. Imagínense lo que le dirán sus oponentes: que Carter perdió a Irán, que Carter perdió a Nicaragua, que su política causó la cogida de estos rehenes, y que su política va a causar la pérdida de El Salvador.

«Pues bien, la libertad de esos rehenes no está en sus manos, pero el no dejar que caiga El Salvador sí lo está. Y va a empezar a ayudar a la Junta que hasta ahora había rehusado ayudar».

Dejó que sus palabras calaran. A juzgar por la actitud sombría de los presentes, les habían calado.

«Entre más dure esta situación de los rehenes en Irán, más difícil será que la prensa nos cubra a nosotros, puesto que la historia más interesante estará en el otro lado del mundo. Entonces es más urgente que nunca que redoblemos los esfuerzos que nos competen, especialmente las marchas, y que Monseñor Romero se una a nosotros. Gracias».

Hubo aplauso, pero no con entusiasmo, sino con realismo. El escarmentado padre Ellacuría tomó el micrófono sólo para levantar la sesión. Muy indio era Ungo, pero tenía toda la razón: les había caído un Ayatolazo, y sólo Ungo se había dado cuenta.

Quizá no era demasiado tarde para aprender la humildad que el padre Elizondo le había aconsejado hacía años.

Capítulo 41

El Objeto Inamovible

«... *las fuerzas armadas de la Junta han masacrado campesinos en Guazapa y Ayutuxtepeque, matando a manifestantes pacíficos que sólo pedían mejor salario, mejor educación, mejor atención médica, y una reforma agraria inmediata y justa, que era lo que la Junta asesina había prometido cuando tomó el poder del sanguinario General Romero...*»

«Ya no quiero oír eso, padre Ellacuría. Apáguelo».

El padre Ellacuría apagó la YSAX, la estación radial de la Archidiócesis, que estaba retransmitiendo lo que había desarrollado el equipo de Radio *Venceremos*, cuya antena no estaba operacional todavía, aunque su equipo de programación sí lo estaba. El dejar que el equipo de programación usara la YSAX era una de las concesiones del Arzobispo a su rebaño liberacionista.

Ellacuría dijo, con apremio, «Su Eminencia, es un hecho que esas cosas están sucediendo. El enemigo sólo se puso una máscara más amistosa, más agradable, pero siguen siendo los mismos asesinos de siempre».

El Arzobispo no se tragaba eso. «Bueno, la otra cara de esa moneda es que los manifestantes estaban armados, y mi pregunta es, ¿por qué?»

«¿Armados? ¡Sólo con pancartas!», dijo el jesuita, agradecido de que lo de Pinocho era sólo cuento infantil.

«Padre Ellacuría, ¡estoy harto de estar oyendo propaganda de usted también! De usted, espero oír tan sólo la verdad».

«Le está diciendo la verdad, Su Eminencia», dijo el Arzobispo Auxiliar, Arturo Rivera y Damas, quien estaba mucho más alineado con los jesuitas que el Arzobispo. Todo mundo sabía que la Revolución marcharía sobre ruedas si Rivera y Damas fuera el Arzobispo en vez de Romero.

Rivera y Damas continuó. «Todo lo que hacían era reclamar sus derechos, cuando los cuerpos de seguridad comenzaron a dispararles. ¡Son unos carniceros!».

El Arzobispo miró a su subordinado con exasperación. Era obvio que los jesuitas le habían llegado con su presión constante.

El padre Ellacuría siguió presionando. «Su Eminencia, lo que le hemos estado diciendo también ha estado apareciendo en la prensa internacional. El radio no se está inventando esto».

Monseñor Romero suspiró y los miró con una sonrisa triste. «Caballeros... se los imploro. Dejen de tratar de hacerme creer falsedades. Yo no veo a San Salvador plagado de periodistas extranjeros. Están cubriendo la crisis de los rehenes de Irán y la Revolución Sandinista. Hasta un pobre viejo como yo es capaz de deducir que lo único que los periódicos hacen es repetir lo que el equipo propagandístico de la guerrilla les está dando».

Pausó para encontrar las palabras correctas que denotaran el sentido de justicia que lo había caracterizado toda su vida.

«Yo entiendo que los sacerdotes y las monjas de esta nación, que trabajan directamente con los pobres, están en favor de ellos, en un ciento por ciento. Y entiendo que constituyen el cuerpo y alma de la Iglesia Católica de El Salvador, cuyo liderazgo tengo a mi cargo. Pero yo soy la cabeza, y debo utilizar la razón, no sólo mi corazón. Actuaré contundentemente si veo que la Junta no está trabajando para hacer de la Reforma Agraria prometida una realidad. Si de pronto, las Organizaciones Populares dejan de ser representadas por la Junta, seré el primero en representarlas. Pero hasta ahora, nada de eso ha sucedido».

Los dos prelados querían decir algo cuando Monseñor Romero levantó su mano para detenerlos. «Señores, ¿no queremos paz en esta tierra? ¿No queremos prevenir más muertes? Como hombres de Dios, ¿no debería ser eso nuestro objetivo principal? Pero no vamos a lograr la paz en esta tierra si sólo demandamos que sólo un lado deje de disparar, ¿verdad?»

El diminuto Arzobispo se paró, con una autoridad moral que lo agigantaba y que no admitía más debate. «Esto no lo dicen los periódicos o la radio, pero no deja de ser un hecho: todas las Organizaciones Populares tienen sus propios ejercitos, quienes los acompañan en las marchas—el Partido Comunista tiene las Fuerzas Populares de Liberación - FPL; la Resistencia Nacional tiene las Fuerzas Armadas de la Resistencia Nacional - FARN, etc.

«Ahora bien, señores, yo podré ser un indio bajito y malnutrido, y no de porte europeo, como ustedes dos, pero ¡a mí no me vengan el disparate completo de que estos grupos salen a la calle con su gente armada y que no tienen nada que ver con la violencia que siempre se desata en esas marchas!

«Y lo que nos debería a movilizar a desarmar a las Organizaciones Populares es que quienes están dirigiendo esas marchas, ¡están intencionalmente sacrificando a sus mismos participantes!» La cara del Arzobispo reflejaba una mezcla de asombro e incredulidad.

Continuó: «¿Cómo es posible que yo sea el único que reconoce esta gran traición a unos pobres campesinos que son convencidos a participar, prometiéndoles beneficios si lo hacen... para luego ser puestos de carne de cañón en un enfrentamiento provocado por los mismos organizadores? Y de pronto, una familia cuyos míseros ingresos dependían del trabajo del campesino muerto, ¡se quedó sin padre de familia, y sin ingresos!»

Ninguno de los dos prelados se veía muy acongojado por ello.

El Arzobispo concluyó: «Por lo tanto, mi Arzobispado demanda que mientras haya una Junta Revolucionaria que esté tomando todos los pasos necesarios para que, por la vía legal y pacífica, los ricos sean desposeídos de sus tierras para traspasárselas a los campesinos, que estos grupos descarten sus armas. ¿Está claro?»

Ellacuría asintió, pensando, «Tan claro como un obstáculo puede serlo».

Capítulo 42

Honor a Quien Honor Merece

El 28 de diciembre de 1979 se disolvió la Primera Junta Revolucionaria al renunciar Guillermo Manuel Ungo, Román Mayorga Quirós y el representante del sector privado, Mario Andino. Fueron sustituidos por José Antonio Morales Ehrlich, del Partido Demócrata Cristiano (PDC – el partido fundado por Napoleón Duarte), por Héctor Dada Hirezi, quien había sido Ministro de Relaciones Exteriores durante la Primera Junta, y por Ramón Ávalos Navarrete, un médico sin afiliaciones políticas. Los tres miembros nuevos, más los dos coroneles originales, formaron la Segunda Junta Revolucionaria.

Desde el punto de vista del Arzobispo, las Organizaciones Populares ya no estaban representadas en la Junta y por lo tanto, fiel a su palabra, asumió su representación y esa representación comenzó a ser ejercida por él en sus homilías, en las cuales recordaba a la Junta sus promesas al pueblo.

Si bien esto se apartaba de su camino centrista, todavía no era suficiente para los jesuitas y para su rebaño liberacionista. Rivera y Damas no perdía oportunidad de recordarle lo impacientes que estaban los sacerdotes y las monjas a su cargo.

Monseñor Romero había aprendido a no tomar muy a pecho lo que le decía su Arzobispo Auxiliar. Es más, ya no se enojaba cuando Rivera y Damas hablaba, porque sólo repetía lo que los jesuitas decían, y era mejor escucharlo de él, que del insufrible Ellacuría.

Asimismo, Monseñor tenía suficientes amigos y amigas entre los sacerdotes y las monjas como para saber que gozaba de suficiente apoyo entre sus subordinados, que, como él, también creían que la Reforma Agraria se iba a dar.

Además, Majano seguía al frente de la Junta, y había invitado a miembros del PDC, el partido fundado por Napoleón Duarte, un verdadero líder de centroizquierda, graduado de la Universidad de Notre Dame en los Estados Unidos, a ser parte de la Junta.

Finalmente, el coronel Majano había logrado refrenar a la facción derechista de las Fuerzas Armadas. Majano merecía todo su apoyo.

Pero eran más estridentes otras voces. Y el Arzobispado también estaba siendo inundado de cartas de autoridades eclesiásticas extranjeras que lo instaban a ser más contundente con la Junta.

Pero se ciñó a sus instintos. Como representante interino de las Organizaciones Populares, se inclinaría hacia la izquierda, pero no tan lejos: no más que una desviación estándar de la norma, en términos estadísticos.

Después de todo, la Segunda Junta estaba enfocada en la Reforma Agraria y en la nacionalización de la banca y del comercio del café—la fuente de poder de los ricos. Majano le había dicho en persona que todo mundo estaba consciente de su importancia. También le había prometido que los cuerpos de seguridad harían todo lo posible por no tener que disparar a los manifestantes aún si éstos disparaban. Romero le había reiterado que la Reforma tenía que hacerse bien pronto.

A mediados de enero, Monseñor Romero recibió una invitación para ir a Bélgica a recibir un Doctorado Honoris Causa por su trabajo en favor de los pobres, de la Universidad Católica de Lovaina. A él lo sorprendió esto, pero a los jesuitas no, puesto que habían pedido a su red de contactos presionar a Romero para que se volviera revolucionario. Y esto ayudaba su causa.

Lo único que no le parecía a Monseñor Romero era que él no había hecho gran cosa por los pobres, ciertamente no más que cualquier otro prelado. Y eso lo motivó a indagar a quién más le había otorgado Doctorado Honoris Causa esa universidad.

Encontró que una recipiente de tal doctorado había sido Nadine Gordimer, una escritora antiapartheid, pero quien se identificaba como una atea. ¿Atea?

Otros recipientes de dicho título honorario de esa universidad fueron dos reyes de Bélgica. Tampoco impresionó esto al Arzobispo. Número uno, ¿qué es lo que algún Rey de Bélgica ha hecho por la humanidad, jamás? Y número dos, a lo mejor la universidad necesitaba una ayudita económica y le estaban sobando la leva a los reyes. Pura lambisconería.

El otro recipiente del título honorario de esa universidad había sido Eugène Ionesco, un dramaturgo que era mitad francés y mitad rumano, quien escribía obras de teatro que machacaban lo insignificante de la existencia humana.

Entonces le parecía incongruente al Arzobispo ser honrado por su trabajo con los pobres, por quienes habían honrado a Ionesco, alguien con valores diametralmente opuestos a los suyos. Si la existencia humana es insignificante, ¿por qué luchar por mejorarla?

¿Estaba siendo muy quisquilloso, tal vez? «¡Vamos, Oscar, que te están honrando!» se decía a sí mismo.

«¡Pero esta universidad honra a cualquier perico de los palotes!» se argumentaba él mismo.

«Pero te llamaron de regreso a El Salvador antes de obtener tu doctorado. ¿No quieres el doctorado que mereces?» se insistía a él mismo.

«Sí, lo quiero» se respondió.

No había nadie que le insistía más, para que aceptara el título honorífico, que el padre Ellacuría. «¡Su Eminencia, es un gran honor! ¡Lo están reconociendo como un líder religioso que lucha por los pobres en El Salvador!»

Monseñor Romero le respondió con su calma típica: «Hay otros que son muchos más dignos que yo, que deberían ser honrados en mi lugar».

Cuando Ellacuría oyó esto, lo único que pudo pensar fue, «¡Me va a mencionar a mí! ¡Y por primera vez en su vida, estaría en lo correcto!» Su pecho se hinchó de orgullo.

Monseñor Romero entonces dijo: «Por ejemplo: el coronel Arturo Armando Molina tenía una política de construir una escuela por semana cuando fue presidente. Ese hombre hizo más por los pobres, por medio de la educación, que cualquier otro presidente en nuestra historia».

Ellacuría comenzó a toser.

«¿Le pasa algo, padre?» El Arzobispo llamó a su secretaria. «Por favor tráigale agua al padre Ellacuría».

«No, estoy bien, estoy bien». Pero de todos modos tomó el vaso de agua y se lo acabó de un solo trago.

Monseñor Romero siguió. «Otra persona que es más digna que yo es el Sr. Teófilo Simán, el fundador de Simán, S.A., quien toma una enorme porción de sus utilidades anuales y la gasta en educación para los pobres».

El padre Ellacuría no podía creer lo que oía. «Monseñor, ¡usted ha nominado a un chafarote y a un oligarca! En el nombre de Dios, ¿por qué?»

El Arzobispo sacudió la cabeza. «Padre Ellacuría, esas dos personas han hecho más por los pobres que usted y yo juntos. ¿No es la educación la única forma de ayudar a los pobres a salir de su pobreza?»

Monseñor notó lo alterado que se estaba poniendo Ellacuría. Le importaba poco. Siguió. «Yo no soy rico, padre Ellacuría. Quisiera serlo para poder hacer lo que el Sr. Simán hace. Déjeme decirle por qué. Cuando la familia Simán vino de Palestina, no tenían más que la ropa que llevaban puesta y el deseo de trabajar. Trabajaron duro y crearon riqueza. Y ahora comparten gran parte de esa riqueza con los pobres. Devuelven a la comunidad. Ahora, si es tan amable, dígame qué parte de esta historia encuentra usted objetable, ¿desde su punto de vista?»

Ellacuría dijo, con una frialdad ártica, «Monseñor Romero, desde el Vaticano II, las enseñanzas de la Iglesia han hecho hincapié en la acción, en lugar de la fe. Ha quedado claramente plasmado en *Lumen Gentium*, el documento con las enseñanzas de Vaticano II, que fue firmado por todos los obispos y el mismo Papa. Así que esa es la política oficial de la Iglesia Católica a la cual usted pertenece. Usted menciona al Sr. Simán, y no disputo que sea un hombre caritativo, pero necesitamos más que caridad. Él podrá ayudar a miles de pobres, pero ¿y los otros millones de pobres? ¡Lo que necesitamos es más acción!»

Monseñor Romero lo corrigió inmediatamente, pero con una sonrisa beatífica. «Padre, lo que usted ha citado no es la política oficial de la Iglesia, porque no es parte de *Lumen Gentium*. Lo que usted me acaba de citar es Teología de la Liberación». Llamó a su secretaria otra vez. «Mercedes, por favor tráigale al padre Ellacuría mi copia de *Lumen Gentium*, se la va a llevar hoy para estudiarla».

El padre Ellacuría se quedó impávido, pero por dentro estaba lívido. ¿Cómo se atrevía este indio a aleccionarlo? El Vaticano II sentó las bases para la Teología de la Liberación, y este indio debería saberlo. Pero no dijo nada. Sólo le dio las gracias a la secretaria cuando le dio el documento.

Monseñor Romero siguió. «En cuanto a tomar acción por cualquier medio necesario, padre Ellacuría, eso no fue lo que Nuestro Señor Jesucristo dijo en las Bienaventuranzas, ¿verdad? Entonces, como no está en las Sagradas Escrituras, no es cristiano, y no tengo obligación alguna de seguirlo o promoverlo.

«Pero ya que lo trajo a colación, examinemos por qué Jesucristo nunca abogó por la satisfacción de las necesidades acá en la tierra. Dígame, padre Ellacuría, ¿cuáles acciones podía tomar una persona ciega en tiempos de Jesucristo para recobrar su vista? Ninguna. ¿Y hoy día? Ninguna tampoco. ¿Dónde podrá tener vista esa persona? Según Jesucristo, en el Cielo.

«Pero lo que su Teología de la Liberación le está diciendo a toda la gente es: ignoren lo que dijo ese tipo Jesucristo. Ignoren las Bienaventuranzas. Tomen toda acción necesaria para obtener lo que necesitan ya. No esperen a después de muertos. ¿Ah, eres ciego? Mala suerte—nadie puede hacer nada por ti».

«Eso es bien cruel, ¿no es cierto? Pero más importantemente, no es cristiano, y no refleja a Cristo».

Pero Ellacuría era fiel a la acción y no a la fe. «Monseñor, ¡necesitamos tomar acción contra un sistema que es injusto!»

«De acuerdo, padre Ellacuría, pero usted sigue abogando por medios que no son de Cristo. En época de Cristo, Israel estaba subyugada por Roma. ¿Se hizo Nuestro Señor el Ché Cristo? ¿Mató romanos? Para nada. Se dejó capturar, torturar y matar para probarnos a todos de que había una vida mejor después de esta. Así que no hizo ni dijo nada de lo que usted aboga».

Ellacuría comenzó a decir algo pero Monseñor lo detuvo. «Padre Ellacuría, yo podría acabar yendo a esa universidad a recibir ese título honorífico, pero sólo porque podría ayudarme a poner presión sobre la Junta para que se apuren con la Reforma Agraria. Pero si voy, quiero que usted me prometa una cosa: Si la Junta pasa la Reforma Agraria, usted y todos los jesuitas la van a respaldar, y que públicamente harán un llamado a las Organizaciones Populares y a sus ejercititos a incorporarse al proceso político, como partido político».

«¿Y por qué habría yo de hacer eso, Monseñor?»

«Porque la Junta habrá alcanzado sin derramamiento de sangre, lo que usted quiere alcanzar con derramamiento de sangre».

Ellacuría se paró y se despidió del Arzobispo. Ni siquiera se llevó *Lumen Gentium* con él.

Monseñor Romero sí viajó a Bélgica. Recibió su título honorífico el 2 de febrero de 1980, y en su discurso de aceptación, dijo: «El mundo de los pobres nos enseña que la sublimidad del amor cristiano debe pasar por la imperante necesidad de la justicia para las mayorías y no debe rehuir la lucha honrada».

Capítulo 43

La Fuerza Irresistible

Ellacuría aventó el periódico sobre la mesa y miró a Rivera y Damas con exasperación. «¿Lucha honrada, Arturo? ¿Qué significa 'honrada' para él—litigar en un tribunal? ¿Qué le costaba adoptar una posición más militante? ¿Después de todo lo que le hemos dicho? ¿Después de todo lo que le hemos enseñado?»

Arturo Rivera y Damas respondió, «Ignacio, el hombre tiene casi 62 años de edad. Toda su vida ha sido conservador. Es demasiado viejo para cambiar. Será necesario un esfuerzo mucho mayor, y mucho más tiempo, el poderlo convencer por completo».

Ignacio no vaciló en rendir un veredicto. «No tenemos ese tiempo, Arturo. Monseñor Romero no es ningún revolucionario. Pero tú sí lo eres».

Rivera y Damas actuó sorprendido. Pero él bien sabía adónde iba todo esto: ¡a una promoción! Así que siguió el juego: «Yo soy liberacionista, Ignacio. Yo sé bien que los ricos salvadoreños no van a ceder nada. Vamos a tener que quitárselo a la fuerza. Si la Reforma Agraria estaba destinada a suceder, ya habría sucedido. ¿Qué puede detener a los militares de invadir una propiedad y entregársela a los campesinos? Nada. Lo que pasa es que no quieren hacerlo. Los que van a tener que quitársela seremos nosotros».

Ellacuría estaba contento de tenerlo de aliado. Así que no dudó en preguntarle: «¿Cómo propones que manejemos a Romero, entonces?»

Rivera y Damas ya había pensado en esto. «Escríbele una carta al Presidente de los Estados Unidos, sólo para que él la firme. Yo lo convenceré de firmarla. La meta de esa carta es pedirle al Presidente Carter que ya no envíe ayuda militar a la Junta».

A Ignacio le gustó la idea. «Bien, haré eso, pero también escribiré una homilía para él. Una homilía candente. Y necesito que me ayudes a convencerlo que la lea en misa».

«¿Para qué quieres hacer eso, Ignacio? Paso a paso».

Ellacuría se paró. «Porque ya no podemos esperar más, Arturo. Monseñor Romero nunca ha sido bueno para el movimiento. Necesitamos a alguien como tú como Arzobispo. ¿Sabes por qué? Porque El Salvador es demasiado chico para esconder a un ejército revolucionario. Vamos a necesitar que cada iglesia de esta nación albergue a revolucionarios y sólo el Arzobispo puede dar esa orden. ¿Crees tú que Monseñor Romero haría eso?»

Rivera y Damas estaba seguro de que no. Pero había un leve problema. «Pero para yo ser Arzobispo, él tendría que renunciar o morir, Ignacio».

«Mi amigo, todo lo que tenemos que hacer es hacer que lea la *Homilía de Fuego* que voy a escribir, y los escuadrones de la muerte harán el resto».

Rivera no estaba convencido. «¿Y si no? Además, no sería el primer sacerdote que diera un sermón contra los militares—todos lo hacen. Y lo han venido haciendo por años ya. ¡Y lo chistoso es que los militares siguen yendo a misa! ¿Quizás no les cala que estamos hablando en contra de ellos?»

Ellacuría denotó impaciencia. «¿Es Romero un obstáculo, sí o no?»

«Lo es».

«Entonces ese obstáculo debe ser removido porque esta Revolución ya no puede esperar más».

Habiendo dicho eso, salió de la oficina de Rivera y Damas.

Después de recibir su doctorado honoris causa en Bélgica, el Arzobispo Romero viajó a Roma a visitar al Papa Juan Pablo II, quien de nuevo le aconsejó prudencia, por lo que estaba aconteciendo en Nicaragua, urgiéndole que le diera chance a la Junta.

Tan pronto Romero puso pie en El Salvador, su Arzobispo Auxiliar y los jesuitas lo recibieron con noticias terribles—las cosas estaban fuera de control, los cuerpos de seguridad y los escuadrones de la muerte estaban asesinando revés y derecho, y por órdenes de la Junta, según ellos.

Monseñor Romero sacudía la cabeza, incrédulo. «Yo estuve siguiendo las noticias en Europa, y todo parecía estar bien. Hasta el Papa me felicitó, porque las cosas estaban mejor».

Rivera y Damas le dijo, «Monseñor, Jimmy Carter está enviando armas a los militares otra vez. Necesitamos que usted firme esta carta y que se la envíe inmediatamente. Esa ayuda debe parar inmediatamente».

Romero leyó la carta. «Momento, Arturo, ¿qué es esto que dice que la Junta 'en general sólo ha recurrido a la violencia represiva produciendo un saldo de muertos y heridos mucho mayor que los regímenes militares recién pasados'? Yo no puedo firmar esto porque ¡no es cierto!

«Y luego dice la carta, 'Si es verdad que en noviembre pasado un grupo de seis americanos estuvo en El Salvador entregando 200,000 dólares de máscaras de gas...'—¡yo no puedo firmar algo que no está comprobado!»

Rivera y Damas insistió. «Monseñor, ¡no se pierda en los detalles cuando la realidad es que el recibo de más armas por el gobierno no va a hacer más que aumentar el derramamiento de sangre de los pobres que buscamos proteger!» Rivera y Damas sabía que su futuro dependía de que Monseñor firmara esta carta.

Monseñor Romero finalmente la firmó y Rivera y Damas la remitió. Si bien tenía dudas acerca de la calidad de la veracidad de esa carta, el detener el envío de armas a los militares era prioridad. En fin, era una concesión a su rebaño liberacionista. Tenía que caminar su cuerda floja, no caerse de ella.

Entonces el 23 de febrero de 1980, cuatro días después de enviada esa carta, el Demócrata Cristiano que era el Fiscal General bajo la Segunda Junta, Mario Zamora, fue asesinado en su casa por un 'escuadrón de la muerte'.

Desde luego, el asesinato fue muy sonado, y todas las noticias acusaban a los cuerpos de seguridad, aduciendo que no obedecían a la Junta, y que la Junta realmente no tenía poder, y que no iba a poder llevar a cabo la Reforma Agraria. Era lo que la carta a Jimmy Carter decía, entre otras cosas.

Romero estaba bajo presión enorme de dar una homilía calcinadora, a la luz de tal asesinato. Para lo cual Rivera y Damas le había entregado la 'Homilía de Fuego' escrita por Ellacuría. Pero Romero tenía sus dudas. En el fondo dudaba que esos 'escuadrones de la muerte' eran cuerpos de seguridad porque los cuerpos de seguridad eran torpes. Por eso eran presa fácil de la guerrilla en el norte y en oriente. Los cuerpos de seguridad eran buenos cuando eran los únicos armados.

Los asesinos del Fiscal General habían superado a su seguridad sin disparar un tiro, para no alertar a nadie que estaba dentro de su casa. Habían entrado a su casa, se lo habían llevado de la sala, donde departía con visita, lo mataron lejos de la vista de los presentes, y se fueron sin dejar huellas. Nadie en los cuerpos de seguridad tenía esa pericia. Por ello,

Monseñor dudaba mucho que los que entraron a la casa de Zamora eran cuerpos de seguridad salvadoreños. O siquiera salvadoreños—esto tenía todo indicio de ser una fuerza élite que ha entrenado bastante tiempo, y las únicas fuerzas élites en esta región del mundo eran las cubanas.

Así que la 'Homilía de Fuego' que le había dado Rivera y Damas para leer, quedó engavetada.

Ellacuría no estaba contento. Rivera y Damas le aconsejó que siguieran presionándolo desde fuera, con cartas y llamadas telefónicas, etc.

Mientras tanto, las Organizaciones Populares seguían creando mártires al sacrificar a su propia gente en marchas, y en tomas de propiedades, provocando intercambios de fuego. Cuando los manifestantes disparaban a los cuerpos de seguridad, y éstos respondían al fuego, la propaganda izquierdista consideraba esto una 'represión'.

Pero Romero tenía de aliado a su alma gemela, el coronel Majano. Y Majano calmó la situación invitando al máximo líder de oposición de El Salvador, José Napoleón Duarte, a unirse a la Junta, y a presidirla.

Hasta la fecha, este líder carismático sólo había estado trabajando entre bastidores. Pero el hombre que primero había propuesto la Reforma Agraria en la campaña electoral de 1972, había decidido que si no tomaba las riendas de la misma, no se iba a llevar a cabo. Y Majano, siempre un buen soldado de la patria, reconoció que sus habilidades hasta ahí llegaban, y por el bien de la patria, le entregó el poder real a Duarte.

Duarte era muy querido, aún dentro de las Organizaciones Populares. El fervor revolucionario que iba en auge menguó.

Y cada fibra de su ser le decía a Romero: «Hay que darle chance».

Los jesuitas se sentían como que tenían una maldición sobre ellos. Nada les salía bien.

Y para acabar de amolar, el 8 de marzo de 1980, la Junta Revolucionaria, presidida por Duarte, aprobó Ley de la Reforma Agraria y la Ley de la Nacionalización de la Banca. No sólo iban a tener tierras los campesinos, iban a poder recibir préstamos para poder cultivarlas bien. Monseñor Romero felicitó a Duarte y a la Junta.

Segundo Montes trató de calmar al desesperanzado Ellacuría. «Padre Ellacuría, esto puede ser interpretado de otra forma: si hay alguien responsable por que la Junta actúe a favor de la gente, es usted. Si no fuera por su esfuerzo incansable y su presión en todos estos años, ¿no estaríamos a punto de dotar a los campesinos con la tierra que aran, que por derecho les pertenece, verdad?»

Pero Ellacuría no estaba para recibir lisonja, porque en el fondo, a él le importaban un bledo los campesinos. Lo único que lo motiva es alcanzar el poder, como los jesuitas nicaragüenses lo habían logrado. Pero eso no era nada que le podía admitir a nadie, menos a Montes, que era demasiado buenote.

Justo cuando Montes creía que iba a ser un infierno convivir con Ellacuría por el futuro previsible, los dioses a quien los jesuitas oran escucharon sus plegarias: Jimmy Carter le respondió a Romero, pero no en carta formal, firmada por él, sino a través de un telegrama firmado por el Secretario de Estado, Cyrus Vance, de fecha 10 de mayo de 1980, el cual, entre otras cosas, decía lo siguiente:

«Nosotros creemos que el Programa de Reformas de la Junta Revolucionaria de Gobierno ofrece el mejor prospecto para un cambio pacífico a una sociedad más justa. Por lo tanto, hemos respondido a la solicitud de la Junta de suministrarles asistencia para ayudar a alcanzar sus metas... Apreciamos sus advertencias sobre los peligros de dar asistencia militar, dado el papel tradicional de los cuerpos de seguridad en El Salvador. Al considerar cualquier solicitud de tal asistencia, le puedo asegurar que cualquier asistencia militar que se otorgue será dirigida a ayudar al Gobierno a romper esta tradición y a defender y sacar adelante su programa de reforma y desarrollo anunciado... Por lo tanto, cualquier equipo y entrenamiento que podamos proveer serán para superar las deficiencias más serias de las fuerzas armadas: mejorar su profesionalismo para que puedan cumplir con su papel esencial de mantener el orden con un mínimo de fuerza letal... Yo considero que no hay contradicción real entre una acción policíaca apropiada y el respeto a los derechos humanos ... Esperamos que usted concuerde con que un ambiente menos confrontacional es necesario para implementar el tipo de reforma agraria significativa por la cual ustedes han abogado por mucho tiempo ya... Atentamente, Cyrus Vance».

Al leer este pinche telegrama, firmado por un subalterno de Jimmy Carter, el Arzobispo Romero, Doctor Honoris Causa, se sintió menospreciado, desdeñado y totalmente rechazado por Carter, quien no había tenido la decencia de responderle en persona, sino a través de un Secretario.

Pero más allá de la forma de la respuesta, estaba el fondo: Jimmy Carter parecía haber abandonado su política de derechos humanos y había adoptado el papel normal de 'Imperialismo Yanqui' que toda la América Latina le resentía. Inclusive el Arzobispo de San Salvador.

Pero en su forma característica, no saltó a ninguna conclusión. Lo ponderó por algunos días. Finalmente llamó a Rivera y Damas y le dijo: «Arturo, invita a los jesuitas a cenar con nosotros este sábado 22 de marzo. Que El Bodegón nos prepare tapas y paella, y que nos traigan vinos españoles y un buen jerez».

Ante la sorpresa en la cara de Rivera y Damas, Romero se encogió de hombros y dijo, «Es hora de unirme a la Revolución, Arturo».

Capítulo 44

La Última Cena

«Caballeros, como ustedes saben, he hecho lo imposible por darle a la Junta la oportunidad de cumplir sus promesas. Y estaba contando con la colaboración activa de Jimmy Carter para hacerlo. Pero entonces me vino este telegrama de Cyrus Vance, en respuesta a la carta al Presidente de los EE.UU. de que suspendiera la ayuda militar a la Junta».

Monseñor Romero entonces le entregó el telegrama a Ellacuría, quien apenas lo vio y se lo pasó a Montes. Esto sorprendió a Romero, pero esta noche no era para recriminar al jesuita; esta era una noche para prenderse de lo que los unía, y minimizar lo que los separaba.

Después de que todos lo habían leído, Ellacuría bebió otro sorbo de su rioja, y preguntó: «Entonces Oscar»—no Su Eminencia, o Monseñor, o Sr. Arzobispo, sólo 'Oscar'—no creía que tu ego fuera tan frágil. ¿Qué esperabas? ¿Una invitación a Washington con una ceremonia de alfombra roja y cena en la Casa Blanca?»

Esa grandísima falta de respeto no pasó desapercibida por Segundo Montes, quien inmediatamente procedió a tratar que el Arzobispo se olvidara de lo que había dicho Ellacuría. «Su Eminencia, ¿qué del telegrama lo ha motivado a cambiar de opinión?»

Romero tomó un poco del rioja. Le quería decir a Ellacuría: «Sí, francamente, sí quería sentarme con el Presidente de los Estados Unidos, porque hasta ahora, ¡sólo ha escuchado a los que no representan a los pobres! Y ahora tengo un Doctorado en ayudar a los pobres, ¿y me envían un telegrama que esencialmente dice, 'no nos molestes, no eres nadie'?»

Pero en lugar de verbalizar todo eso, le dijo a Montes: «Padre, no hay nadie más calificado para hablar por los pobres, que la iglesia católica de El Salvador. Velamos por sus necesidades todos los días. Ellos son la razón de nuestra existencia. Me parece que el telegrama del Secretario Vance me decía, 'Creemos que Napoleón Duarte habla por los pobres mejor que usted; además, ¡él tiene un diploma bien bonito de la Universidad de Notre Dame!»

Rivera y Damas preguntó: «¿Y usted les va a enseñar a Carter y Vance cuán equivocados están, verdad Monseñor?»

Romero miró directamente a Rivera y Damas, alguien con quien también tenía que forjar vínculos más sólidos, y le dijo: «Arturo, tú viste cómo salté a representar a las Organizaciones Populares cuando Ungo dejó la Junta, porque ya no tenían representación en la mesa. Lo que yo veo, como resultado de ese telegrama, es que los pobres de El Salvador también se han quedado sin representación en la mesa donde está sentado Estados Unidos, y esa representación no la vamos a obtener si jugamos limpio, ¿verdad?»

«¡Oye, Oscar! Si quieres jugar sucio, sólo lee la homilía que te escribí. ¡No te volverán a ignorar después de eso!» proclamó Ellacuría, justo antes de acabarse su copa de rioja de un solo trago.

Romero continuó ignorando la falta de respeto de Ellacuría. Pero Montes y Rivera y Damas estaban alarmados. El jefe de la iglesia católica salvadoreña estaba a punto de darles todo su apoyo, lo que todos habían querido por tanto tiempo, ¿y Ellacuría lo iba a echar a perder todo?

Rivera y Damas se paró, tomó la botella de rioja, y fue hasta donde Ellacuría para llenarle la copa vacía, pero se tropezó y derramó vino tinto sobre la vestimenta de Ellacuría, quien saltó, lívido, y dijo algo en vasco que no sonaba diplomático. Rivera y Damas le pidió disculpas y Montes rápidamente escoltó a Ellacuría al baño.

Ahí confrontó a su jefe, diciéndole: «Padre, usted es un gran hombre. Usted es el líder de la Revolución en Centroamérica, pero usted no está siendo sensato en este momento. Usted podrá detestar a Romero porque nos ha bloqueado nuestros esfuerzos hasta ahora, pero si él está dispuesto a venirse a nuestro lado, ¡le imploro que no haga nada que lo haga arrepentirse!»

Ellacuría seguía tratando de enjugarse el vino en su ropa con papel higiénico.

Montes continuó su súplica. «Padre, despreocúpese de eso, por favor. Vestimos de negro, y el vino tinto no se nota. Por favor escúcheme».

Ellacuría paró de limpiarse. «Tienes razón. No se nota». Entonces se volvió a Montes y dijo: «Está bien, Montes. Te escucho. Lo llamaré Monseñor el resto de la noche. Afortunadamente, ya no tendré que llamarle así nunca más».

Montes se alarmó. «¿A qué se refiere?»

«Es demasiado tarde, Montes. Este tipo podrá decir que está de nuestro lado hoy, pero nunca va a hacer lo que Rivera y Damas está dispuesto a hacer. Necesitamos que Rivera y Damas sea el Arzobispo».

«Sí, estoy de acuerdo que Rivera sería un mejor arzobispo para la causa, pero usted está menospreciando el valor de tener a alguien como Monseñor, que era tan pro-junta, volverse en contra de ellos».

«Claro que sí lo sé, Montes, y por eso es que para cuando nos vayamos esta noche, este tipo habrá acordado leer mi Homilía de Fuego. Esa es nuestra misión hoy en la noche. Después de eso, será pan tostado».

Cuando los dos jesuitas regresaron a la mesa, la famosa Paella del Bodegón los estaba esperando.

Ellacuría conjuró toda la simpatía de la que era capaz. «Su Eminencia, perdóneme si no le supe guardar el debido respeto antes, pero ese rioja con el que usted nos emboscó fue el culpable. ¡Hasta hizo que Rivera y Damas se tropezara!»

Todo mundo se rio. Todo olvidado.

Ellacuría continuó: «Su Eminencia, usted siempre les pidió a ambos lados deponer sus armas, lo cual es justo, y le corresponde a la cabeza de la iglesia salvadoreña. Pero ahora, un lado no sólo no está deponiendo sus armas, sino que se está armando más, a pesar de su solicitud oportuna de no hacerlo. La Homilía que le escribí le provee la fórmula para poder frustrar este aumento en armas. No sólo eso, sino que lo pondrá al frente de la causa de los pobres, que hasta la fecha, era un puesto que había cedido a otros, mientras usted le daba un chance a la Junta».

Rivera y Damas aportó lo suyo. «Su Eminencia, el mundo entero es testigo de su salomónica imparcialidad. Todos saben que usted es un hombre justo. Así que, si usted da una Homilía como la del padre Ellacuría, tendrá una contundencia que sólo un hombre justo como usted le puede dar. Y los gringos lo oirán fuerte y claro».

Romero sonrió. «De veras que es tremenda homilía». Y levantó su copa de jerez como brindando por Ellacuría.

Todo mundo levantó su copa, diciendo «¡Bravo!»

Ellacuría siguió. «Su Eminencia, si puedo humildemente sugerirle que...».

Romero tuvo que reírse. «¿Usted, humilde, padre? ¡Creo que acabamos de presenciar un milagro!»

Nadie se rio más fuerte que Montes.

Ellacuría se enojó pero se controló. ¿Cómo se atrevía este indio a hacerle burla? Pero por haberse controlado, pudo encontrar la respuesta perfecta que le permitió ganar este intercambio: «Sí, Su Eminencia, ¡un milagro casi tan grande como su conversión a nuestra causa!»

Fue Rivera y Damas el que se rio más fuerte esta vez.

En cuanto pudo, Ellacuría volvió a sus esfuerzos persuasivos. «Su Eminencia, lo que le iba a sugerir era que usted continuara proclamando el mismo mensaje en cada misa posterior a la de mañana. Por ejemplo, si usted da misa el lunes 24 de marzo, , que usted esencialmente repita el mismo mensaje de la Homilía de Fuego, para dar a entender que esto va en serio y para largo».

«¿Cómo luce mi calendario para el lunes, Arturo?»

«Monseñor, usted tiene un almuerzo de caridad para un orfelinato, pero no se había decidido si eso era todo, o si iba a dar misa en la capilla del Hospital de la Divina Providencia el lunes en la tarde también».

«Sí, no me he decidido sobre eso. Depende de cuánto dure el evento para el orfelinato porque esos duran bastante y cansan».

Ellacuría no iba a cejar. «Su Eminencia, discúlpeme, pero el impacto de la Homilía disminuirá con el paso del tiempo, así que respetuosamente le imploro que no deje que pase un día sin que lo reitere».

Monseñor Romero tomó otro sorbo de jerez y dijo: «Padre Ellacuría, he sido culpable de no hacerle caso por demasiado tiempo. Le prometo que leeré su Homilía de Fuego mañana, palabra por palabra, y que reiteraré el mensaje en la Divina Providencia el lunes en la tarde».

Todos en la mesa se pararon a aplaudir. Pero Ellacuría fue más allá. Se acercó al Arzobispo, se hincó ante él y besó su anillo, diciéndole «Le juro mi lealtad mientras viva, Su Eminencia».

Los demás hicieron lo mismo.

Tan pronto como Ellacuría llegó a la Residencia Jesuita de la UCA esa noche, hizo una llamada telefónica. Cuando le contestaron, dijo: «Capilla del Hospital *La Divina Provid*encia, lunes en la tarde». Y colgó.

El domingo 23 de marzo de 1980, Monseñor Romero leyó la Homilía de Fuego en la misa que dio en la Catedral esa noche.

Fue como cualquier otra homilía que había dado todo otro sacerdote en El Salvador, miles de veces antes, excepto por esta parte: «Yo quisiera hacer un llamamiento, de manera especial, a los hombres del ejército. Y en concreto a las bases de la Guardia Nacional, de la policía, de los cuarteles... Hermanos, son de nuestro mismo pueblo. Matan a sus mismos hermanos campesinos. Y ante una orden de matar que dé un hombre, debe prevalecer la ley de Dios que dice: 'No matar'. Ningún soldado está obligado a obedecer una orden contra la Ley de Dios. Una ley inmoral, nadie tiene que cumplirla. Ya es tiempo de que recuperen su conciencia, y que obedezcan antes a su conciencia que a la orden del pecado. La Iglesia, defensora de los derechos de Dios, de la Ley de Dios, de la dignidad humana, de la persona, no puede quedarse callada ante tanta abominación. Queremos que el gobierno tome en serio que de nada sirven las reformas si van teñidas con tanta sangre. En nombre de Dios pues, y en nombre de este sufrido pueblo, cuyos lamentos suben hasta el cielo cada día más tumultuosos, les suplico, les ruego, les ordeno en nombre de Dios: ¡Cese la represión!»

El fuego en su homilía era decirles a los soldados que desobedecieran órdenes. Que rehusaran disparar. Que no combatieran. Eso alteró a muchos militares que lo oyeron. Además, los que más mataban eran los propios izquierdistas, para crear mártires para desacreditar al gobierno. Pero más importantemente: ¿Por qué era contra la Ley de Dios si los policías disparaban para defenderse, pero no cuando revolucionarios armados disparaban, torturaban y lisiaban?

En la tarde del día siguiente, el lunes 24 de marzo de 1980, Monseñor Romero fue asesinado dando misa en una capilla de un pequeño hospital. De un tiro certero desde afuera. Dijeron que fue un escuadrón de la muerte, que fue el mayor Roberto D'Aubuisson. La verdad es que nadie vio nada, y D'Aubuisson nunca fue detenido por eso, puesto que nadie lo vio en la escena del crimen. Posteriormente fue candidato presidencial y luego diputado.

Un mes después del asesinato de Monseñor Romero, Arturo Rivera y Damas fue nombrado Arzobispo Interino de San Salvador por el Papa Juan Pablo II.

Capítulo 45

Hombre en Base

«Hijo, estamos preocupados de esto que ha pasado. ¿Qué nos puedes decir al respecto?» Su madre no estaba sola en su preocupación. El asesinato de Monseñor Romero había estremecido a toda la nación.

«Mamá, su bolita de cristal es tan buena como la mía».

Su papá le dijo: «Hijo, conocemos a exmilitares. Todos están consternados por el asesinato, pero todos concuerdan de que no fue nadie militar. Para empezar, porque todos han oído miles de sermones izquierdistas en la última década, puesto que todos van a misa».

En el fondo, Mario estaba seguro de que tampoco habían sido los militares. No porque alguien le hubiera dicho algo. Es que últimamente, Montes no le había pasado ninguna información acerca de reuniones de alto nivel entre los jesuitas y el arzobispado que habían estado ocurriendo, y eso no era característico de él. Así que sabía que algo se estaba tramando y no querían que él lo supiera. Mario siguió cenando sin decir una palabra.

Pepe continuó. «Uno de mis clientes, un coronel retirado, me dijo que estaba convencido de que no había sido nadie militar o de los cuerpos de seguridad, porque nadie podía saber, por adelantado, que iba a dar una homilía así de fuerte, y nadie habría podido planear una operación así de precisa para menos de 24 horas después de la homilía. Segundo, no había forma de saber por adelantado dónde iba a estar el siguiente día. Y quien lo mató tenía que haber sabido dónde iba a estar, con mucha anticipación, para poder ir a evaluar el lugar, determinar desde dónde y cómo ejecutar la operación, para asesinarlo y escapar sin ser visto».

Mario asintió y Pepe continuó: «Me decía el coronel que la capilla de la Divina Providencia es un lugar difícil para ejecutar un asesinato, puesto que sólo se puede ejecutar desde una dirección, sin ser detectados. Ciertamente hay otros lugares más abiertos que permitían un asesinato más fácil, con menor riesgo de ser detectados. Esta operación fue ejecutada con una precisión y un profesionalismo que escapa a cualquier unidad militar, y por lo tanto, los militares o los cuerpos de seguridad se habrían esperado a que estuviera en un lugar más propicio, para no tener que hacerla ahí».

Este comentario animó a Mario a aportar lo suyo: «Lo cual me indica de que había urgencia por matarlo. Por alguna razón, tenía que ser ese día y en ese lugar».

Pepe se sorprendió. Ni el militar había hecho ese punto tan obvio. Mario siguió: «Papá, lo que a mí más me convence de que no fueron militares o cuerpos de seguridad, o el mayor D'Aubuisson o escuadrones de la muerte, fue el asesinato de las cuarenta pobres personas en el funeral de Monseñor, a plena luz del día, sin que nadie viera nada. Aquí en El Salvador está activa una fuerza que no es del gobierno, y que no es de la guerrilla».

Lo que no dijo Mario es que los que más tenían motivación para eliminar a Romero eran sus jefes jesuitas. Romero podrá haber dado la Homilía esa, pero tenía amigos en todos los sectores del país, incluso entre los militares. Era muy querido. Los únicos que lo detestaban eran los jesuitas. Y para ellos, era mucho mejor tener a Rivera y Damas, que se había proclamado liberacionista, que a Romero. Y muerto, Monseñor Romero servía de mártir para que la gente se alzara en contra de la Junta, por su inhabilidad de controlar a los supuestos escuadrones de la muerte.

Pepe se prendió de lo último que dijo Mario: «¿Tú no crees que guerrilla pudo haber hecho eso?»

«Papá, realmente no conozco a ningún salvadoreño, ni de izquierda o derecha, que sería tan falto de corazón como para asesinar a cuarenta salvadoreños dolientes».

«¡Ajá! ¡Lo sabía! ¡Hay un rumor de que los escuadrones de la muerte son cubanos! ¿Tú crees eso también?»

«Yo diría que hay evidencia que apoya ese argumento».

«Bueno, yo sí lo creo. Tienes que tener entrenamiento especializado para meterte a la casa de Zamora, matarlo e irte sin ser detectado por su seguridad. Planear y ejecutar una operación tan precisa como la del asesinato de Romero, y luego tranquilamente matar a 40 salvadoreños en su funeral, ¡eso me indica que son extranjeros!»

Mario asintió. Los que mataron a esos cuarenta salvadoreños tienen que ver a salvadoreños como inferiores, subhumanos y desechables. O peor. Porque los que mataron a esos civiles los mataron como alguien mataría cucarachas. Sin pensarlo dos veces, y sin conmiseración alguna.

Eso le recordaba al argentino Ché Guevara matando a miles de cubanos, como lo admitió el mismo Ché en las Naciones Unidas.

Pepe Tacarello iba a decir algo, pero cerró la boca. Mario lo vio y se dio cuenta que estaba sumando dos y dos, y que el cuatro que le había dado esa suma no le gustaba.

Pero su mamá no tenía pelos en la lengua. Belinda dijo, «Marito, los únicos en el país que tienen la sagacidad para echar a andar todos los eventos de estos últimos días son los jesuitas. Con esto, se deshicieron de un enemigo, ganaron un tremendo aliado en Rivera y Damas, e hicieron de Romero un gran mártir. Yo llamaría a esto maquiavélico, pero es mucho peor: es puro jesuita. Y su meta es una insurrección antes de que se haga la Reforma Agraria».

Mario asintió vigorosamente. Su apetito sexual voraz lo había heredado de su padre, pero su inteligencia era de su madre. Esa deducción la había hecho ella solita.

Belinda se quedó pensativa, y luego dijo, «Marito, quizás deberías dejar a los jesuitas».

Mario no estaba muy contento con estos últimos acontecimientos, precisamente por la deducción de su madre. Al fin y al cabo, lo que la Junta quería hacer era lograr justicia social sin derramamiento de sangre. Pero el momento en que había hecho mención de eso, el padre Montes había dejado de confiar en él. Quizá pensaban que necesitaba un curso de refresco en revoluciones, y por eso habían decidido mandarlo a Europa.

Mario le contestó a su madre: «Mamá, si hay una insurrección, que es lo que mis jefes esperan, será conveniente para la familia tenerme del lado de los insurrectos. Si no hay una insurrección, a lo mejor le acabo haciendo caso a usted, especialmente si se lleva a cabo la Reforma Agraria».

Nadie dijo nada por un rato. Estela entró y se llevó los platos de la mesa. Al fin Belinda le preguntó: «¿Qué otras noticias hay, Marito?»

«Bueno, aparentemente, me mandan a Roma».

«¿Qué? ¿Y cuándo nos ibas a informar de esto?»

«Bueno, no estaba seguro de eso hasta hoy. El padre Montes me agarró a solas y me dijo que había una cantidad de cosas sucediendo a todo nivel, y que era mejor mantenerlo todo compartimentado. Pero que lo que sí me podía decir era que yo me iba a encargar de las Comunidades de Base en El Salvador, y que había una conferencia de Comunidades de Base organizada por el Papa Negro. Y que ahí iba a estar mi maestro, Karl Rahner, también. Me dijo que yo era el mejor indicado para atender.

«Realmente ansío volver a ver a mi maestro, Karl Rahner, otra vez».

Como parecían ser algo dignas de conferencia internacional, su padre le preguntó: «¿Qué son las Comunidades de Base, Mario?»

Mario respondió con la definición textual: «Son grupos autónomos como de treinta personas cada una, que rinden culto conforme a sus necesidades locales, y no conforme a lo que dicen obispos, arzobispos, cardenales o papas. Lo de 'autónomo' es la clave».

Pepe había escuchado algo así. Luego preguntó: «¿Son como la base de lo que llaman la Iglesia Popular?»

«Exacto, Papá. La Iglesia Popular se compone de Comunidades de Base que tienen las mismas necesidades y prioridades, y su razón de ser es la satisfacción de sus necesidades aquí en la tierra, en esta vida, en vez de esperar ser compensados en el cielo, que es lo que los obispos, arzobispos, cardenales y papas les pasan pregonando».

Belinda volvió a hacer la pregunta de Pepe: «Pero ahora que todos los curas son liberacionistas, incluyendo los diocesanos, ¿por qué tiene que hacerlo un jesuita? ¿Por qué no un diocesano?»

Mario decidió emular a su mamá, hablando claro. «Mamá, si bien los diocesanos podrían acabar haciéndolo, por ahora los que están más interesados en la creación de Comunidades de Base son los jesuitas. Es en el seno de las Comunidades de Base que le podemos decir a los miembros que para satisfacer sus necesidades acá en la tierra, que se van a tener que unir a las guerrillas, o que arriesguen sus vidas en las marchas».

Pepe lo resumió. «Es una herramienta de la Teología de la Liberación, y los jesuitas están liderando eso».

«Exacto, Papá».

Todo mundo se quedó digiriendo en silencio lo que Mario les acababa de decir.

Después de un rato, Belinda preguntó: «¿Vas sólo, o vas con otros sacerdotes?»

«Voy con una hermana, la hermana Licha de La Asunción».

«¿Por qué una hermana? ¿Están metidas en Comunidades de Base también?»

«Ella ha ayudado a construir las clínicas clandestinas donde se cuidan a los heridos en manifestaciones. De seguro le están dando unas merecidas vacaciones».

Pepe preguntó: «¿Cuándo te vas?»

«El sábado en la tarde. Vamos por una semana».

«Bueno, diviértete hijo. Quién sabe qué va a pasar aquí».

Su mamá preguntó: «¿Vas a conocer al Papa Juan Pablo II?»

Mario sacudió su cabeza: «Para nada porque Juan Pablo II es más bien nuestro enemigo».

El silencio que se cernió sobre la mesa fue sepulcral. Hasta Estela paró de hacer lo que estaba haciendo. Juan Pablo II era muy querido en El Salvador. Muy querido.

Mario trató de sacar la pata que había metido. «No es mi enemigo, ¿me entienden? Pero él y los jesuitas se encuentran en bandos opuestos».

Su mamá repitió su advertencia anterior: «Quizás deberías dejar a los jesuitas, Mario».

«¡Sí, Marito, déjelos!» Todos se quedaron estupefactos al oír a Estela decir eso. Casi nunca decía nada. Nunca hablaba de política, y nunca reaccionaba así. Era significativo que alguien como ella estuviera tan en contra de ellos.

«Bueno, si los dejo, no va a ser antes de este viaje a Roma. Pero sepan que valoro muchísimo sus opiniones».

Capítulo 46

Votos que no son Votos

«¿Se va, hermana Licha?»

La hermana Belén había entrado a su habitación en la Asunción con sonrisa y ojos pícaros.

«Sí, Hermana Belén, volamos esta tarde a Miami, y de ahí tomamos el vuelo de la noche a la mañana a Roma. El chofer del padre Montes me va a recoger pronto».

La hermana Belén la abrazó, le deseó un buen viaje y se dio la vuelta para dejar la habitación.

«¿Hermana Belén?»

«¿Sí, hermana Licha?»

«¿Por qué voy yo? ¿Por qué no alguien más? ¿Cómo usted?»

Belén se encogió de hombros. «Supongo que usted le cae bien a alguien allá arriba».

Pero la hermana Licha no estaba satisfecha. «¿No puede ser más específica?»

La hermana Belén vaciló un instante, y luego dijo: «Usted fue seleccionada en Europa, no en El Salvador».

«¿Pero por qué?»

«No me dijeron, hermana Licha, pero considerando el gran trabajo que ha hecho con las obras clandestinas, la quieren premiar con una vacación. Y Roma no está mal».

Eso le parecía posible a Licha. Pero tenía la premonición de que Don Blas planeaba acaparar todo su tiempo. Y probablemente le iba a pedir casarse con ella puesto que había estado telegrafiando eso desde el primer beso en Sonsonate.

Pero honestamente, no lo amaba y si iba a dejar la vida religiosa, era por un hombre a quien realmente amara. Y a pesar del sinfín de cartas amorosas de 'Marcos Arévalo', simplemente no lo amaba como él quería y como un futuro esposo merecía ser amado. Pero por lo menos ya no le daba mala espina.

La última vez que se habían visto, había querido más que besos, pero ella lo paró en seco. Pero como que el hombre no podía aceptar un 'no' de respuesta.

Además, iba a ir a conocer a la cúpula jesuita: el Papa Negro Arrupe y Karl Rahner, y quería conocer todo lo que planeaban infligirle a El Salvador. No le iba a poder dedicar demasiado tiempo a 'Marcos Arévalo'.

La hermana Belén la abrazó otra vez y le dijo, «Goce el viaje, hermana Licha. Las cosas se van a poner más duras cuando usted regrese».

En el vuelo a Miami, no logró preguntarle al padre Tacarello todas las preguntas que quería porque primera clase iba llena. Ambos se sentían cohibidos de platicar de cosas religiosas porque el que dos religiosos viajaran primera clase era una tremenda violación de sus votos de pobreza. Así que leyeron las dos horas y media que les tomó llegar a Miami.

Pero en el vuelo de Miami a Roma, primera clase iba prácticamente vacía. Así que empezó con las preguntas. No sin antes acordar de que se iban a llamar con sus nombres de guerra, y que se iban a tutear.

«Dime, Eliseo, ¿por qué te hiciste jesuita? Eres bien parecido, de una familia adinerada—podrías haber sido lo que quisieras. Entonces, ¿por qué jesuita?»

«Juana, desde chiquito tuve vocación. El padre Montes me alentó a seguir esa vocación, y convenció a mis padres a nutrirla aceptando una beca al Externado. Así que cuando me gradué del Externado, primero fui a Oña, España, donde comencé mis estudios de licenciatura, y luego a la Universidad de Münster, en Alemania Occidental, a estudiar bajo el padre Karl Rahner, y de ahí me gradué de Licenciado en Filosofía».

Juana recordó su conversación con Don Blas. «Yo pensaba que Rahner estaba en la Universidad de Innsbruck».

«Antes sí, pero en los 1970s lo mudaron a la Universidad de Münster».

Asintió, puesto que tenía sentido. Luego hizo otra pregunta: «Eliseo, has tomado votos, como el de castidad y obediencia al Papa. Pero el día en que me indujeron a la Revolución, hablaste mal de él. ¿Por qué?»

Eliseo sonrió tristemente. «Las cosas han cambiado en el mundo jesuita, Juana. Mi maestro, Karl Rahner, siguiendo el camino abierto por Teilhard de Chardin, inició una revolución en la iglesia. Hoy somos libres de desobedecer al Papa y de rechazar las enseñanzas católicas tradicionales que se basan en las enseñanzas de Santo Tomás de Aquino. Y estamos en completa libertad de no cumplir con ninguno de nuestros votos, especialmente, y obviamente, el de castidad».

«Pero si tenías vocación, ¿cómo pudiste optar por un camino tan mundano?»

«¿Optar? Nunca tuve opción si quería ser sacerdote. Los graduados del Seminario de San José de la Montaña son como la hermana Belén: loras que repiten todo. No piensan por sí mismos. Así que, para una persona de mi intelecto, la ruta jesuita era la única ruta para mí, porque me expone a las ideas modernistas que se desarrollan en los círculos intelectuales europeos. Mi opción era el Seminario o Europa, y el Seminario nunca fue opción seria».

Juana ponderó esa respuesta, y luego puntualizó: «Eliseo, yo nunca tuve vocación. Yo tuve necesidad. Y aún así, yo no tuve problema manteniéndome castísima hasta que Marcial me desfloró. ¿Así que me pregunto cómo es posible que alguien que sí tuvo vocación, sea tan promiscuo?»

Eliseo entendía la pregunta. «Bueno, cuatro años en Europa te curan la castidad. Mi profesor Karl Rahner, un jesuita con doctorado en filosofía, tenía una amante abortista llamada Luise Rinser, a quien conocí. Muchas veces atendía reuniones en su apartamento. En ese círculo, las enseñanzas tradicionales de la iglesia católica en la que tú y yo fuimos criados fueron descartadas, y esa iglesia fue reemplazada por una iglesia que es más de este mundo. El razonamiento tras esto es simple: si un sacerdote no conoce las cosas que los fieles experimentan, ¿cómo puede él ser guía espiritual de los fieles? Piensa en eso».

La mirada perpleja de Juana lo motivó a tratar de explicarlo mejor: «Bien sabes que las parejas, antes de casarse en la iglesia católica, tienen que atender cursillos impartidos por sacerdotes que nunca han estado casados, y no tienen la menor idea de qué une a las parejas. Mi padre frecuentemente bromeaba con mi mamá porque decía que el sacerdote que los casó le había dicho muy en serio a mi mamá que tenía que someterse por completo a la voluntad de su marido y que no hacerlo era pecado.

«El problema es claro: ¿cómo podía alguien con cero experiencia aconsejar o aleccionar a una persona sobre algo de lo cual no sabe nada? Entonces Karl Rahner propuso que se tenía que ser del mundo, para poder obtener conocimiento de él, y poder ser un mejor guía para los fieles. Nos decía que su maestro de mayor influencia era Martin Heidegger, quien decía que 'una fe que no se expone constantemente a la posibilidad de la falta de fe no es fe, sino una simple conveniencia'. Así que, para perfeccionar nuestra fe, tenemos que exponernos constantemente a lo mundano. ¿No adoptó forma humana Dios mismo, por medio de Jesús, para mostrarnos el camino hacia Él?»

Licha no dejó entrever su enojo. Iba a pasar mucho tiempo con este jesuita, y no quería echar a perder la oportunidad de conocer más sobre ellos. Las objeciones que surgieron dentro de ella tendrían que ser dejadas para una ocasión más propicia. Así que optó por un enfoque menos confrontacional.

«Entonces los jesuitas se enfocan en el lado humano de Jesús, en lugar de su lado divino».

«Exacto. El Creador del Universo se sujetó a todos los problemas de la humanidad: enfermedades, plagas, pulgas, zancudos, y se convirtió en uno con Su gente, para poder guiarlos. Nosotros no podemos hacer menos».

Juana continuó ecuánime ante semejante falsedad: Jesucristo como humano no dijo «Está bien que seáis promiscuos». Como humano no dijo «Ahora sí podéis derramar vuestra semilla, pero no cuando lo hizo Onán». Lo que sí dijo fue «Ve y no peques más».

Como bien se lo enseñaron a ella en el Convento en París, Jesucristo vino a la tierra a probar que era posible ser humano, con todas sus vicisitudes, y ser santo también. Y que lo que espera de Sus seguidores—sacerdotes, monjas y laicos—es que lleven una vida santa, a pesar de ser humanos.

Esto no era más que otro intento de los jesuitas de tergiversar la vida de Jesús hacerla encajar dentro de sus objetivos: «Si vamos a decir que Jesucristo fue guerrillero, entonces también digamos que fue un guerrillero promiscuo».

Eliseo continuó. «Los grandes teólogos de nuestra época: Rahner, Lubac y Chardin, sostienen que si Jesucristo hubiera vivido en nuestra época, él estaría participando en el mundo como nosotros lo hacemos. Él fue un líder para la gente de su época. Nosotros somos los líderes para esta época».

Juana sacudió su cabeza pero apenitas. ¿Teólogos? ¿Cómo podían llamarse 'teólogos' si estaban siguiendo lo que decía un filósofo alemán?

Cuando mucho, eran 'Heideggerólogos', que seguían las enseñanzas de alguien que un día murió y nunca resucitó.

Su silencio exterior hizo que Eliseo reconsiderara si quería entablar una discusión tan profunda con ella. Decidió hablar sobre algo más superficial. «Juana, mi padre fue un comerciante promiscuo de Italia que vino acá para escapar la alianza Hitler-Mussolini. Desde que alcancé la pubertad, él compensó a sirvientas para que me satisfagan sexualmente, porque él no quería que yo fuera sacerdote. Si mi padre hubiera sido otro, y no Pepe Tacarello, tal vez yo habría sido distinto».

Juana tuvo que preguntar: «¿Hay sacerdotes entre los ancestros de tu mamá?»

Eliseo sacudió la cabeza.

Juana hizo la siguiente observación lógica: «Entonces debe haberlos en la familia de tu padre, puesto que son italianos, y me parece fascinante que los mismos genes que te hicieron tan promiscuo, ¡te dieron vocación!»

Eliseo tuvo que admirar la observación de Juana. Su intelecto obviamente iba más allá de las ciencias y las matemáticas.

Juana se le quedó mirando atentamente, como esperando una reacción de Eliseo. Cuando no la hubo, le dijo: «Eliseo, ¿sabes lo que significa eso? Significa que tu vocación es tan fuerte, que ni la adicción al sexo la podrá descarrilar. Y en mi humilde opinión, tu amor a Dios se va a imponer a todo lo demás. Tú acabarás haciendo obra que traerá gloria a Dios».

Eliseo no supo que decir. Más que nada porque el momento en que Juana dijo eso, sintió algo renacer dentro de él. Algo que estaba dormido, o apagado, desde que empezó sus estudios en la Universidad de Münster.

Juana siguió. «¿Así que te enviaron a Europa y tu papá no pagó nada de eso?»

«Nada. La Compañía de Jesús lo hizo».

«Cuatro años en Europa, todos los gastos pagados—¡eso es caro, Eliseo!¿De dónde saca el dinero la Compañía de Jesús?»

«Realmente no lo sé, Juana. Tal vez lo averiguamos en esta conferencia».

«Bueno, no puede ser patrocinadores como Don Blas, o varios Don Blases. ¡Tu educación en Europa fue cara! Y como no fuiste el único estudiando en Europa con todos los gastos pagados, y lo han estado haciendo por décadas... ¡estamos hablando de una gran fortuna!»

Eliseo asintió. «Indudablemente cuesta caro. Sé que no hemos recibido dinero del Vaticano por décadas, y hoy menos bajo este Papa. Y si bien los jesuitas poseen muchos centros educativos en todo el mundo, esos ingresos se reinvierten en los mismos centros educativos, y no se usan para financiar los estilos de vida y la educación de tantos jesuitas».

Eliseo llamó a la aeromoza y le pidió un vaso de agua. Luego siguió: «Mientras estaba en la Universidad, conocí a un jesuita argentino de apellido Bergollo. Ese hombre había pasado años en estudios de posgrado en Europa. Cuando yo lo conocí ya había sacado su maestría en teología, y estaba sacando su doctorado en filosofía. Y a juzgar por la economía estancada de Argentina, no era Argentina quien le mantenía su estilo de vida y su educación.

«Y no sólo de Argentina conocí; también del Perú, del Brasil, de Colombia, de Venezuela... como que el plan era enviar a jesuitas latinoamericanos a estudiar sus maestrías en teología a Europa».

La aeromoza le llevó el agua y Eliseo se tomó una pastilla. Luego dijo: «Definitivamente sería interesante averiguar de dónde obtiene la Compañía de Jesús los fondos para todo eso».

«Y para viajar primera clase a Europa», pensó Juana. Se acordó de su conversación con Don Blas: su 'organización' le pagaba a Ellacuría sus viajes constantes a España a ver a Zubiri. De seguro iba primera clase también. Definitivamente iba a averiguar eso. Se lo iba a sacar a Don Blas.

Mario vio su reloj y dijo: «Es casi media noche hora de San Salvador. Me tomé una pastilla de dormir para que no me despierte cualquier turbulencia».

Con eso se echó a dormir. Juana hizo lo mismo.

No se despertaron sino hasta que el capitán de la nave anunció que estaban a punto de aterrizar en el Aeropuerto Fiumicino de Roma. Después de pasar aduanas, tomaron un taxi hasta el Hotel Hassler, que en 1945 había sido el puesto de mando del Ejército de los Estados Unidos en Roma. Su exterior no daba indicio de cuán suntuosos eran sus interiores. Todo lo que Juana podía pensar es que los jesuitas eran ricos. El costo diario de una suite aquí podría sostener a una familia salvadoreña de cinco por mucho tiempo.

En la recepción, Eliseo le informó a la señorita de sus reservaciones. La señorita la buscó y dijo: «Ha habido cambio de planes, señor. Ustedes ya no ocupan una suite; están en dos cuartos separados.

«¿Quién ordenó esto, *Signorina*?» preguntó Eliseo, intuyendo cuál sería la respuesta.

«La parte que está pagando por su estadía, señor: el Sr. Blas Pérez».

Eliseo no dijo nada más.

Cuando Juana llegó a su cuarto magnífico, encontró flores y una nota de bienvenida de Marcos Arévalo.

Al abrir el closet, encontró ropa elegantísima colgando ahí. Al comenzar a probársela, se dio cuenta que le quedaba perfectamente.

Supuso que sus medidas se las había dado Evelyn Santamaría, de Simán... a Don Blas.

Eliseo la llamó por el teléfono a decirle que fueran de compras para poder lucir elegante en la cena de esa noche.

«No, Eliseo, yo voy a descansar y me voy a tomar mi tiempo para vestirme»

«Sí, para lo cual necesitamos comprar ropa».

«Ve tú sólo. Yo tengo un closet lleno de ropa aquí ya. Me queda rebién. Te veo en la noche».

Capítulo 47

Arrupe-sama

Eliseo se quedó pasmado. Una mujer despampanante en un vestido negro largo con un hombro descubierto y collar de perlas abrió la puerta del cuarto que supuestamente era de Juana. La mujer sonrió y dijo, «No te preocupes, soy yo». Y salió al pasillo con una cartera Gucci en la mano.

«Pensé que no ibas a ir de compras», fue todo lo que Eliseo pudo decir.

«Aunque no lo creas, esto ya estaba en el cuarto. Ahora dime, ¿con quién vamos a cenar hoy?»

«Habrá una recepción para los delegados en la sala de banquetes en el Mezzanine, ofrecida por el jesuita número uno mismo, el General Superior, Pedro Arrupe, también conocido como el Papa Negro».

«¿Cuál es su historia?»

Eliseo procedió a contarle lo que sabía de Pedro Arrupe, por chisme:

En 1945, Pedro Arrupe y Gondra estaba acurrucado sobre un inodoro japonés, de los que parecen hoyo en el suelo, haciendo sus necesidades después de desayuno, cuando una luz brillante lo asustó, haciéndolo caer hacia atrás, y luego la explosión horrorosa y la onda de calor acabaron de empujarlo en contra de la pared de papel de arroz, sacándolo al jardín del Noviciado que él encabezaba en Hiroshima, Japón.

Se limpió lo mejor que pudo, bajó su casaca y salió corriendo por la puerta principal, llamando a sus siete novicios jesuitas: cinco japoneses y dos coreanos. Los ocho se quedaron aturdidos al ver el hongo de humo altísimo sobre el centro de la ciudad. Pero Arrupe inmediatamente giró órdenes de que prepararan el Noviciado para recibir heridos. Y salió con cinco de ellos hacia la nube, a pie porque suponía que no se iba a poder ir en carro. Y estaba en lo correcto.

Los seis jesuitas, liderados por Pedro Arrupe, quien había estudiado medicina antes de unirse a los jesuitas, trabajaron incansablemente, atendiendo a los heridos y moribundos, organizando a sobrevivientes hábiles para que los transportaran de regreso al Noviciado en cualquier forma de transporte disponible. Pronto el Noviciado entero era una sala de emergencia.

Los horrores que vio quedarían grabados en su mente, corazón y alma por el resto de su vida. Cuando supo que una sola bomba americana había causado tal muerte y destrucción, quedó sembrada la semilla de odio en contra de los americanos ese día 6 de agosto de 1945, sólo para brotar y comenzar a echar raíces tres días después, cuando dejaron caer la segunda bomba atómica sobre Nagasaki.

Había identificado el mal, y se llamaba Estados Unidos de América. Poco le importaba que, al rendirse Japón como resultado de las dos bombas atómicas, se habían salvado millones de vidas más que se habrían perdido de haber ocurrido una invasión militar al Japón por las fuerzas armadas estadounidenses, en comparación con las doscientas mil vidas que se perdieron en Hiroshima y Nagasaki.

Por sus esfuerzos y asistencia, el padre Arrupe fue honrado por el Gobierno Japonés. En 1958, fue nombrado el Primer Provincial del Japón, cargo que ocupó hasta su elección como General Superior de la Compañía de Jesús en 1965.

Como Provincial del Japón, el padre Arrupe frecuentemente viajaba a Roma, a la Iglesia del Gesù. Siempre viajaba en primera clase, pero vestido de civil porque se habría visto mal que un sacerdote viajara como si fuera rico. La ventaja de viajar de civil era que podía viajar con su compañera fiel, Michiko.

Michiko Nakajima tenía 15 años de edad cuando explotó la bomba en Hiroshima. Estaba en su escuela a la mitad del camino entre el Río Ota y el Noviciado, cuando detonó la bomba. Su familia entera quedó vaporizada, ya que vivían cerca del Puente Aioi. Ella nunca pudo recordar qué pasó. Vio una luz brillante y de pronto estaba despertándose en la capilla del Noviciado, sintiéndose con ganas de vomitar, y con gran parte de su cuerpo quemado y sin pelo, inclusive sin cejas y pestañas. El padre Arrupe la atendió por meses, hasta que se recuperó por completo, ya cumplidos los 16 años de edad.

Le pidió al padre Arrupe que le permitiera quedarse, puesto que no tenía adónde ir. Se quedó como asistente de Arrupe-sama (forma abreviada de Arrupe-*shinpusama*—padre Arrupe en japonés—, pero que también significaba 'Honorable Arrupe', que era más acorde con su jerarquía ganada) y estudió enfermería, con su educación pagada por el Noviciado.

Pero su obligación número uno, a partir de sus 16 años de edad, fue atender cada necesidad de Arrupe-sama. Y lo hacía agradecidísima.

A medida creció la fama y la jerarquía de Arrupe-sama, también creció la suya, porque todos sabían que era su favorita. Se le dio una habitación a la par de la de Arrupe-sama. Como los novicios eran japoneses y coreanos, tenían una forma de ver las relaciones hombre-mujer muy arraigada en sus tradiciones, sentían que Arrupe-sama necesitaba mujer, al carajo con los votos de castidad. La salud de un hombre era preservada por sus relaciones con una mujer, y Arrupe-sama era más que un hombre: ¡era un dios!

Pero Arrupe-sama no tenía intención alguna de quebrantar su voto de castidad. Tener mujer era lo último en su lista de prioridades. Es más, ni estaba en ella. A pesar de que las noticias de Europa eran que los jesuitas estaban teniendo sexo. Claro que eso nunca se lo mencionaron a Arrupe-sama; los novicios discutían eso en voz baja entre ellos, solamente.

Hasta que llegó un día en que la espalda de Arrupe-sama se le agarrotó. No se podía mover. Michiko lo atendió con esmero. Lo bañó, lo secó, lo ayudó a ir al baño y lo limpió. Lo hizo con todo el amor del mundo, agradecida por salvarle la vida y darle albergue.

Esa noche, después de que Arrupe-sama se quedara dormido, la llamó el padre Kuzu, uno de los subalternos de Arrupe-sama, a su habitación. Ahí conoció a la novia del padre Kuzu, Akari. Era una mujer como diez años mayor que Michiko. El padre Kuzu le dijo que se sentara, que observara y que aprendiera. Por las siguientes dos horas, Michiko vio a Akari darle placer al padre Kuzu con su boca, manos y orificios.

Cuando hubo acabado la exhibición, el padre Kuzu le preguntó: «¿Tienes preguntas, Michiko?»

«No, padre Kuzu».

«Necesitamos que mantengas a Arrupe-sama saludable. Parte de su salud es su sexo. Debes atenderlo como Akari me atendió a mí».

«Pero él no me lo ha pedido, padre Kuzu».

«Es demasiado bueno y gentil, y quizá respeta tu edad. Pero esas son consideraciones europeas, de *gaijin* [extranjero], y él es japonés ya, así que lo queremos saludable y es tu responsabilidad. Y estás fallando porque ese agarrotamiento de su espalda no es saludable».

Luego le dijo a Akari y a Michiko que fueran a dar un paseo por los jardines del Noviciado, para que Akari le explicara los pormenores de cómo atender el sexo de Arrupe-sama.

El siguiente día le tocó estar sola con Arrupe-sama. Recordando la lección de la noche anterior, lo acostó en una mesa, para bañarlo con esponja, sólo que esta vez le quitó toda la ropa. Esto sorprendió a Arrupe-sama, quien, al tratar de reaccionar, lesionó su espalda aún más y gritó de dolor. Hoy sí estaba inmóvil.

Akari le advirtió que esto sucedería. Y que quedaría a su merced. En ese momento debía actuar con devoción, ignorando sus protestas, porque lo que se iba a hacer, no podía ser deshecho. Y como era por su salud, nada podía detenerla. Ni Arrupe-sama.

Le bañó cada centímetro cuadrado de su cuerpo. Era un cuerpo bien delgado. Se hizo la nota mental de darle de comer más. Le tocó cada recoveco, cada orificio, para asegurar de que quedara limpio. Según Akari, tenía que hacer eso para que Arrupe-sama reconociera que ella le conocía su cuerpo entero. Que ninguna parte de él quedara oculta a ella. Sus ojos y sus manos en su cuerpo tenían que volverse tan natural y acostumbrado para él, que no podría vivir sin ellos.

Cuando le tomó su pene con la mano, apenas pudo decirle «*Iye, iye*», rogándole que no lo hiciera en japonés. Michiko lo miró a sus ojos, sonrió lo más dulce que pudo, y tomó su pene en su boca, como había visto a Akari hacérselo al Padre Kuzu. Un minuto más tarde, estaba recibiendo su esencia, como la había llamado Akari. Le había advertido que bajo ninguna circunstancia desperdiciara una tan sola gota de su esencia. Era sagrada.

«¡Santo cielo, santo cielo, perdonadme!» dijo en español, que Michiko no podía entender. Michiko levantó su cara para ver a Arrupe-sama, sonrió con sus ojos llenos de lágrimas, y se la tragó todo.

«¿Hija, hija, qué habéis hecho?» Si bien no entendía su español, su expresión le traducía sus palabras perfectamente.

Ella le contestó: «Le debo tanto. Haré lo que sea para mantenerlo saludable, Arrupe-sama».

Procedió a lavarle sus genitales de nuevo, lo secó y le puso una almohada debajo de su cabeza, pero no lo vistió. Quedó completamente desnudo para que ella lo viera, y para que él se acostumbrara. Tan sólo seguía las instrucciones de Akari.

Esa noche le rindió informe al padre Kuzu y a Akari. El padre Kuzu se mostró muy complacido. Le aconsejó darle placer sólo con su boca y su mano, inicialmente. Pero que la próxima vez que lo bañara, que ella se desnudara también. Eso tenía que volverse la norma entre ellos, en aras de su salud.

Pero algo le preocupaba a Michiko. «Padre Kuzu, ¿cómo me afectará esto a mí? ¿Mi reputación, mi posición? Todo mundo sabrá».

El padre Kuzu se enojó. «Niña insolente, serías manjar de gusanos de no ser por Arrupe-sama. Tu reputación es secundaria. Pero te doy mi palabra: yo haré que seas honrada por mantener a nuestro santo padre saludable. Así que no tienes de qué preocuparte. Pero nunca dejes que tu interés personal vuelva a anteponerse al de él, ¿me entiendes?»

«*Hai, Kuzu-shinpusama* [Sí, padre Kuzu]».

«Ve a atender a tu amo y señor, *Redi* Michiko-sama.

El *Redi* era un honorífico. Era japonés para 'gran señora', tomado del inglés 'Lady'.

Desde ese momento, en el Noviciado, sería conocida como *Redi* Michiko—la señora de la casa, no la sirvienta.

El 5 de octubre de 1964, falleció el Papa Negro, el General Superior Janssens.

En mayo de 1965, la trigésima-primer Congregación General de la Compañía de Jesús eligió a Pedro Arrupe, el héroe del Japón, como el vigésimo-octavo padre General Superior de los jesuitas, quien asumió su cargo el 22 de mayo. Era tan sólo el segundo vasco electo como General Superior. El primero fue Ignacio de Loyola, su fundador.

El mundo tenía un Papa Negro nuevo.

Capítulo 48

El Anticristo

En Roma, en el Hotel Hassler, donde *Redi* Michiko y Arrupe-sama generalmente se quedaban cuando viajaban de Japón a Roma, ella se vestía con un lujo que la hacía encajar muy bien con todos los demás huéspedes de ese hotel. Igual que Arrupe-sama, cuando vestía de civil, puesto que todavía no se veía bien que alguien vestido de sacerdote tuviera a una bella dama enjoyada de su brazo. Y como el dinero no parecía ser problema, ¿por qué no?

Esa noche, el Papa Negro y *Redi* Michiko estaban saludando a sus invitados a la entrada a la sala de banquetes. Arrupe-sama sabía los nombres de cada uno de los invitados. Frente a Eliseo y Juana, en la fila de entrada, estaba el jesuita argentino que Eliseo conocía, Jorge Bergollo. Se saludaron y se presentaron a sus respectivas acompañantes. La suya era una dama alemana de nombre Helga, a quien Eliseo saludó en alemán. Cuando Eliseo presentó a Juana, a Bergollo se le iluminaron los ojos. «¡Juana! ¡Claro que sí! ¡Hemos sabido tanto de usted y sus obras en El Salvador! ¡Es un honor!» y le besó su mano. Esto dejó asombrada a Juana— y a Eliseo también.

Cuando les llegó su turno, el Papa Negro también saludó a Eliseo y Juana por sus nombres de guerra. *Redi* Michiko sólo sonrió.

Eliseo y Juana procedieron a buscar su mesa. Todo lo que Juana podía pensar era: «¿Si saben mi nombre de guerra y mi obra, sabrán lo que me pasó en la playa?» Y se sonrojó. Lo primero que hizo al sentarse a la mesa fue servirse una copa de vino y tomársela 'hasta ver a Dios', para calmarse los nervios.

Cuando todos estaban sentados, subió al podio un maestro de ceremonias que se identificó como Giovanni. En español perfecto invitó a todos comenzar a cenar tan pronto fueran servidos. Pero que por favor pusieran atención.

En la mesa principal estaban sentados Arrupe y Michiko, Giovanni y su invitada, alguien de anteojos que parecía nazi y su acompañante, y luego...

¡Don Blas!

Juana le preguntó a Eliseo de la pareja que estaba sentada a la par de Don Blas.

«Ese es mi maestro Karl Rahner y su amante, Luise Rinser».

Karl Rahner era una figura imponente que lucía fuera de lugar sin un uniforme nazi, a pesar del traje tan elegante que estaba usando. Sus anteojos gruesos lo hacían lucir, más que como nazi, como uno de esos doctores de campos de concentración. Su amante podría haberse considerado bonita, pero tenía los rasgos endurecidos de alguien que aboga por el asesinato de fetos en el vientre.

Giovanni comenzó por agradecer la presencia de todos, y procedió a presentar al ponente, el padre Lupe. «Que no os preocupe su acento—él es uno de nosotros. Comenzó a construir la piedra angular de nuestra Teología de Liberación, las Comunidades de Base, en Honduras, antes de ser expulsado por el gobierno militar hondureño. ¡Por favor dadle la bienvenida al padre Lupe!»

Un tipo pelirrojo y barbudo, de aspecto irlandés, se paró y subió al podio. Con un buen bronceado, lucía fuera de lugar en un traje. Era demasiado alto y fornido. Parecía salido del viejo oeste.

Habló en un español muy bueno, pero con un acento decididamente americano sureño. «Gracias, padre Giovanni. Es un honor estar aquí, pero preferiría estar en Honduras, adonde, Dios mediante, regresaré pronto. Pero Roma es una bonita vacación, ¿no es cierto? ¿Qué les parece si le damos un sentido aplauso a nuestros anfitriones, el Papa Negro y *Redi* Michiko, Karl Rahner y Luise Rinser y nuestro gran patrocinador, Don Blas?»

La sala estalló en aplausos, y los de la mesa principal tuvieron que pararse a reconocer y agradecer los aplausos.

Cuando amainaron los aplausos, el padre Lupe reanudó su discurso: «Yo nací en los Estados Unidos, hijo de padres alemanes-irlandeses, con mi padre siendo vendedor y mi madre ama de casa. Después de secundaria, fui a la universidad, bajo una beca de fútbol americano, pero una lesión puso fin a eso. Me uní al ejército de los Estados Unidos, y con el dinero que nos dan para estudiar, estudié teología, y luego de mi título en divinidad, me ordenaron jesuita y fui enviado a trabajar con hondureños pobres por la Provincia de Missouri de la Compañía de Jesús. Acabé renunciando a mi ciudadanía estadounidense, y me hice ciudadano hondureño. Sin embargo, el gobierno hondureño me expulsó, y he estado en Nicaragua preparando mi regreso. Este breve receso me ha dado la oportunidad de estar aquí».

Se le dio una ovación de pie.

Terminada la ovación, el ponente continuó: «Pero quiero hablar hoy de otro sacerdote. De un verdadero héroe que algún día espero emular: el padre Camilo Torres Restrepo.

«Hijo de médico, de una familia pudiente, se hizo seminarista en Bogotá, ordenándose sacerdote diocesano en 1954. Fue enviado a Bélgica, a estudiar a la Universidad Católica de Lovaina, donde sacó su licenciatura en ciencias sociales. Quiso sacar un doctorado, pero su tesis fue rechazada.

«Regresó a Colombia en 1959, y al trabajar en los barrios marginales de Bogotá, empezó a organizar a los fieles en Comunidades de Base, todas las cuales quedaron vinculadas bajo MUNIPROC – Movimiento Universitario de Promoción Comunitaria.

«Damas y caballeros, sin haber jamás estudiado con Teilhard, Henri de Lubac o Karl Rahner, ¡el padre Camilo desarrolló las primeras Comunidades de Base en los barrios pobres de Bogotá, y la primera Iglesia Popular, con el nombre de MUNIPROC! ¡Lo cual es un testimonio a la validez de todo lo sostenido por Teilhard, el Papa Negro Janssens, el Papa Negro Arrupe, y todos los liberacionistas luchando por los pobres en América Latina hoy día!»

Un aplauso general.

«En 1962, se hizo miembro de INCORA, el Instituto Colombiano de la Reforma Agraria, que actuaba conforme a la Ley de Reforma Agraria de 1936. Con su participación, el gobierno expropió tierras de los grandes terratenientes, para dárselas a los campesinos. Pero el proceso era demasiado lento para él. ¡Él quería justicia social ya! Y habiendo visto la miseria que él vio—¿quién lo podía culpar?

«Procedió a escribir boletines semanales, exhortando a los Cristianos a ayudar a los pobres y a los pobres a buscar sus reivindicaciones ya. Exhortó a sus compañeros docentes y a los universitarios a tomar acción directa. Lamentablemente, la mayoría de los que proclamaban estar con los pobres, no lo sentían con la misma urgencia que él, así que se unió a las guerrillas en noviembre de 1965.

«En febrero de 1966, el padre Camilo Torres Restrepo murió en un enfrentamiento con una patrulla militar».

El padre Lupe hizo una pausa, para enjugarse sus lágrimas, y dijo, con la voz quebrándosele: «Ojalá mi muerte sea tan gloriosa, por una causa igual de noble. Muchas gracias».

Estalló un aplauso, con gritos de «¡Liberación o muerte!»

Hizo una reverencia y regresó a su asiento. Giovanni se paró e invitó a todos a socializar, y a recoger el programa para el resto de la semana a la salida de la sala.

Eliseo invitó a Juana a ir a platicar con todos sus conocidos, pero Juana prefirió quedarse sentada. No se sentía cómoda en estos vestidos. Los hábitos eran comodísimos y era a lo que estaba acostumbrada. Esta ropa la podía hacer tropezarse o revelar demasiado así que decidió que entre menos movimiento, mejor. Así que se quedó sentada, gustando de su vino.

Tampoco estaba de humor para charlar. Le había dado rabia la decisión del padre Camilo. Si era un líder político, ¿por qué malgastar sus talentos haciéndose guerrillero? ¿Era tanto el romanticismo de vivir en las montañas, combatiendo no sólo gente mejor entrenada, sino también los elementos, que anulaba el sentido común?

Siendo de una familia pudiente, dedicarse a la política y lograr victorias políticas habría ayudado a más gente que estar aventando bala. Además, las dos facciones guerrilleras de Colombia, las ELN y las FARC, nunca se habían podido unir. El padre Camilo pudo haber usado sus habilidades políticas para unirlas. Francamente, ¡qué muerte tan inútil e idiota!

«Sé lo que debes estar pensando». La voz ronca en un castellano perfecto la sorprendió pero sólo un instante.

Miró para arriba y vio a Don Blas parado sobre ella, vestido elegantemente, pero no tan elegante como algunos de los jesuitas aquí.

Le sonrió y le dijo: «¡Gusto en verlo, Don Blas!»

«El gusto es mío, Juana. ¡Había ansiado tanto volver a verte!»

«¿De veras? ¿Y es a usted a quien debo agradecerle mi vestido Versace, mi cartera y tacones Gucci, y este collar de perlas Marco Bicego?»

«No, mi secretaria Olga escogió todo eso para ti, cuando supimos que venías, después de contactar a la Srta. Santamaría en Simán. ¿La recuerdas?»

Juana asintió, habiéndolo deducido ya. Pero tuvo que comentar: «Don Blas, todo esto es tan suntuoso. Usted debe poseer como una docena de minas de diamantes en algún lado».

Don Blas sólo se rio y se sentó a la par de ella, preguntándole: «¿Qué te pareció el discurso del padre Lupe, Juana?»

«Me parece que el padre Camilo transfirió sus funciones pensantes al corazón, en vez de dejarlas en la cabeza».

Don Blas asintió. «¿Porque se tenía que haber quedado en la esfera política, verdad? Obviamente estaba mejor para eso que para ser guerrillero».

«Lo que me impactó, Don Blas, es que ocupaba una posición alta en el Programa de Reforma Agraria de Colombia, que efectivamente había comenzado a redistribuir propiedades. Si iba muy lenta para él, pues lo lógico era que moviera cielo y tierra para acelerarla... ¡no que se hiciera guerrillero!»

Don Blas asintió, dándole la razón, pero por alguna razón su mirada se fijó en su busto, y se quedó ahí. Juana lo notó y se sonrojó. Don Blas trató de rectificar resumiendo la plática, esta vez mirando a sus ojos.

«Claro que tienes razón. La lección que tomamos del padre Camilo es que los que son buenos para pensar, tienen que quedarse en el campo político, alejados del campo de batalla. Tienen que permanecer siendo los 'uber-generales'».

Juana, en respuesta, preguntó: «Entonces por qué tuvo de ponente hoy a un hombre que es obviamente otro padre Camilo inminente?»

Don Blas admiró la lógica de su pensamiento, y contestó: «Primero porque él va para Honduras y ahí no hay movimiento de nada. Él lo va a tener que hacer todo—politiquear y pelear».

Juana sonrió pícaramente y le dijo, en voz baja: «Es que no debe haber jesuitas españoles en Honduras, Don Blas».

Primero se sorprendió y luego se rio con gusto el Don Blas.

Mientras gozaba se acercaron a la mesa Karl Rahner y su amante Luise Rinser, acompañados de Eliseo. Se pararon frente a ellos, y Juana casi esperaba que Karl Rahner se chocara los tacones fuertemente, como buen nazi, antes de hablar. Pero no lo hizo. Sólo dijo: «Disculpe, Don Blas, solamente quería conocer a la acompañante de Eliseo, de quien tantas cosas maravillosas hemos escuchado». En un español con fuerte acento alemán.

Cuando Don Blas asintió, se dirigió a Juana, diciendo: *Wie geht es Ihnen, liebe Johanna?* [¿Cómo está, estimada Juana?]»

«Danke, es geht mir sehr gut, Herr Doktor Rahner. Es freut mich sehr, Sie kennenzulernen, und Fraulein Rinser auch [Muy bien gracias, Dr. Rahner. Me da mucho gusto conocerlo a usted y a la Srta. Rinser también]». Había aprendido este alemán básico de una hija de un embajador de Alemania Occidental en El Salvador, antes de que se abriera la Escuela Alemana.

«Muy impresionante, Eliseo. Aguardo la oportunidad de hablar más a fondo con *Johanna* esta semana».

Pero Don Blas tiró por la borda esa noción inmediatamente. «Usted me disculpará, padre Rahner, pero tengo la intención de continuar nuestra conversación política con Juana mientras la acompaño por toda Roma. ¿No te importa, verdad joven Eliseo?»

Eliseo se sintió incómodo con esta pregunta, pero tuvo la presencia de decir: «Desde luego que no, Don Blas. Así Juana tendrá lo mejor de los dos mundos».

Hasta el gran Karl Rahner se quedó callado ante Don Blas. Juana supuso que para un hombre de su ego le era difícil aceptar un rechazo de cualquier cosa que saliera de su boca. Pero aquí no dijo nada. Sólo asintió y deseó a todos buenas noches, antes de retirarse, llevándose a Eliseo con él. Esto fue debidamente notado por Juana. Como los salvadoreños gustan decir: «Donde manda capitán, no manda marinero ».

Cuando ya estaban suficientemente lejos, Don Blas se volvió a ella a decirle: «Me alegro de que se haya ido. Es insufrible el tal Rahner».

Juana se acabó el resto de su vino y le preguntó a Don Blas: «¿Por qué me trajo aquí, Don Blas? Tengo trabajo en los lugares que usted ya sabe, y esta vacacioncita nos va a retrasar una semana, que es algo que no nos beneficia en nada».

«Bueno, Juana, así como eres directa tú, seré directo yo. Quiero tratar de convencerte de que te cases conmigo».

Si bien Juana se esperaba algo así, se sorprendió de su franqueza. «Soy monja, Don Blas», fue todo lo que pudo decir, con todo el aplomo que pudo conjurar.

«Eso es un tecnicismo. Ahora estás casada con la revolución, pero ahora te quiero sólo para mí». Y le tomó la mano.

Juana rescató su mano para tomar otro sorbo de vino. Eso de que le recordara que 'estaba casada con la Revolución' le cayó de la patada. Y de pronto le volvió el temor de que esta gente sabía lo de su desfloración en la playa. Estaba a punto de reiterarle que era monja cuando llegó el Papa Negro mismo, junto con su acompañante. El Papa Negro los saludó a ambos, mientras Michiko sólo sonreía.

Don Blas no se paró. Simplemente giró en su silla, devolvió el saludo a Arrupe, y les preguntó, «Ya conocen a Juana, ¿verdad?»

Juana le extendió su mano a Arrupe para un apretón de saludo, pero él la tomó y la besó. Michiko y ella sólo intercambiaron sonrisas.

Don Blas dijo, «Por favor, siéntense, General Superior y *Redi* Michiko».

El Papa Negro contestó, «Muchas gracias, Don Blas» y ambos se sentaron.

Ahora sabía el orden jerárquico: primero Don Blas, luego Arrupe y luego Rahner, porque a Rahner ni siquiera lo habían invitado a sentarse.

Pedro Arrupe era un hombre delgado, bajo, muy calvo, con el poco pelo que le quedaba siendo muy cano. Juana quería creer que las facciones faciales repulsivas de este hombre habían sido atractivas alguna vez, como cuando estudió medicina y salvó vidas en Hiroshima. Porque todo lo que veía hoy era la cara de un Anticristo. ¿Por qué Anticristo?

Juan 18:10: «Entonces Simón Pedro, que tenía una espada, la sacó e hirió al siervo del sumo sacerdote, y le cortó la oreja derecha».

¿Qué dijo Cristo? Juan 18:11: «Pedro mete tu espada en su vaina».

¿Qué habría dicho el Anticristo? «Pedro: Córtale la otra oreja».

Y eso resumía perfectamente la Teología de la Liberación: un manual de un Anticristo.

El Anticristo la tomó de la mano, mientras le decía a Don Blas: «Con su permiso, Don Blas, quisiera agradecerle a Juana todo lo que ha hecho por nosotros en El Salvador».

Juana se sonrojó. Pero Don Blas expertamente desvió la atención de Arrupe de Juana hacia él, diciendo, en voz más alta que de costumbre: «¿Sabe qué, General Superior? Después de estar trabajando con Juana, yo considero que la mejor escuela de ingeniería del mundo es el convento de *Las Hermanitas de la Asunción* en París. No la Sorbonne, no M.I.T. Como usted sabe, San Salvador sufre de varios movimientos telúricos, y las estructuras de Juana ni los sienten»

El Anticristo se rio de la ocurrencia de Don Blas. Hasta *Redi* Michiko se rio, pero sin saber por qué lo hacía.

Juana empezó a sentirse más incómoda por *Redi* Michiko, que por ella misma. Eso de que nadie le hable porque no sabe el idioma debe ser fatal. Entonces hizo memoria de lo que había aprendido de la hija de un embajador japonés en El Salvador que fue alumna de La Asunción.

«*Redi Michiko-sama, o genki desu ka*? [Honorable *Redi* Michiko, ¿cómo está usted?]»

Sus facciones delicadas se iluminaron. «*Genki desu, Juana-sama, domo arigatoo gozaimasu. Anata wa*? [Muy bien, Honorable Juana, gracias. ¿Y usted?]»

«*Genki desu, domo arigatoo gozaimasu.* [Estoy bien, muchas gracias.]»

Pedro Arrupe quedó atónito. «*Jozu desu ne, Juana-sama!* [¡Usted es una experta, Honorable Juana!]»

Juana sacudió su cabeza. «*Jozu ja nai, Arrupe-sama.* [Para nada, Honorable Arrupe]».

Entonces Juana se apresuró a decir: «Eso es todo lo que recuerdo de lo que me enseñó una estudiante japonesa en La Asunción».

Don Blas no podía verse más orgulloso. Su cara brillaba como si tuviera un anuncio de neón que decía: «¡Me voy a casar contigo!»

En eso Pedro Arrupe se le acercó, tomó su mano y la besó. Y luego le dijo, casi susurrándole: «Juana, su devoción a nuestra causa es bien conocida».

Y el calor retornó a la cara de Juana. Y como no lo dijo en voz suficientemente baja, Don Blas lo volvió a ver con asombro.

Juana comenzó a balbucear una respuesta, pero Don Blas iba a poner fin a todo esto. Le espetó al jesuita: «¡Oye Pedro, tu devoción a jovencitos es bien conocida también, pero nadie lo dice en público por educación!»

Afortunadamente para Arrupe, nadie más estaba lo suficientemente cerca como para escuchar esta reprimenda. Sólo Juana y Michiko.

Luego Don Blas giró a ver directamente a *Redi* Michiko, quien había perdido su sonrisa: «*Redi* Michiko, manténgalo alejado de jovencitos, a menos que quiera ser reemplazada por uno. Y si quiere que siga vivo, manténgalo alejado de jovencitos rusos».

El Papa Negro y su concubina estaban atónitos; él, porque entendió todo; ella, porque no entendía nada, pero intuía que algo muy malo había pasado.

Pero Don Blas no había terminado con ellos. «Ahora, ustedes dos, párense, háganle una reverencia profunda a Juana, y retírense».

¡Y lo hicieron!

Cuando se fueron, Don Blas le pidió disculpas y se la llevó al lobby. Juana le dijo: «No creo que haya tenido mala intención».

Pero lo que en verdad estaba pensando Juana era, «¿Jovencitos rusos? ¿Por qué rusos?»

Don Blas se despidió besándola en la mejilla y le dijo: «Te veo mañana en la mañana a las 8:30 en punto». Y se fue.

Capítulo 49

Revelaciones I

Llegó a su cuarto, se quitó el maquillaje mínimo que se había puesto, se desvistió, se puso su camisón, llamó a recepción para que la despertaran a las 7:00 a.m., y se durmió inmediatamente, segura de que esta iba a ser una gran aventura.

A la mañana siguiente, abrió el closet y encontró pantalones y blusas y tenis y sandalias, todo lo que necesitaba para turistear. Y todo a su medida. Se duchó, se puso de la ropa nueva, y bajó al lobby del hotel.

Eran las 8:15, y supuso que tenía tiempo para un cafecito, pero un toque en su hombro la hizo girar, y ahí estaba Don Blas, vestido de turista, sonriente. «¡Buenos días! ¿Lista para ir a conocer Roma?»

Se subieron al Mercedes Benz convertible negro que manejaba Don Blas, y fueron hasta la Piazza Navona, donde se estacionaron y caminaron hasta el *Caffè della Pace*, un café popular frecuentado por artistas y turistas desde 1891. Aprovechando la linda mañana, ordenaron sus capuchinos y *crostatas* de albaricoque afuera.

Estando ahí sentada, gozando del sol de la mañana, Licha preguntó: «Don Blas, usted es un hombre de mundo—¿por qué está malgastando su tiempo con una monja? Usted podría estar pasándola bien con bellezas como Sofía Loren, o Gina Lollobrigida—¿por qué yo?»

«Nunca había conocido a una monja tan encantadora e inteligente como tú, que estuviera tan dedicada a la causa».

«¿Acostumbra salir con monjas?»

«No, pero... ¿tú no eres una monja tradicional, verdad? Y éstos no son tiempos tradicionales tampoco».

«Definitivamente que no. Fui obligada a casarme con una revolución y a serle infiel a Cristo de paso».

«Eso era necesario. Nada se puede lograr sin confianza, y la confianza es imprescindible para el triunfo de la Revolución».

Les trajeron los capuchinos. Juana tomó un sorbo del delicioso café y preguntó: «Don Blas, me da curiosidad saber por qué todos lo tratan a usted como un jefe. Karl Rahner es un peso pesado, y Arrupe es el Papa Negro, así que... ¿cómo es que usted es el mandamás, siendo un simple laico?»

«Por favor, Juana, no hablemos de negocio todavía. Hablemos de ti».

«Don Blas, ¿no sabe ya todo lo que hay que saber de mí?»

«En realidad, conozco todo de ti comenzando en París, cuando llegaste al convento. Descollaste en todo el sentido de la palabra, y ahora sé que eres experta en idiomas. Realmente extraordinario para una campesinita de Olomouc, Checoslovaquia. Mi pregunta es, ¿Qué te hizo dejar a las Ursulinas en Olomouc?».

«No quería quedarme bajo la bota soviética. Como sociedad, rechazan a Dios, y eso no iba conmigo».

Don Blas no dejó que ese comentario afectara su semblante. Afortunadamente para él, en ese momento les sirvieron las *crostatas*, y se las comieron con gusto.

Después de pagar la cuenta, Don Blas le preguntó: «¿Has estado en el Coliseo alguna vez?»

«Nunca, Don Blas».

«Entonces, vayamos a visitar ese tributo eterno a la crueldad romana».

El siguiente par de días fue un torbellino de monumentos, museos, iglesias, puentes y pueblitos, desde Roma hasta Florencia. El clima estaba maravilloso, y a Juana le encantaba andar en el Mercedes convertible de Don Blas. El seminario de las Comunidades de Base procedió sin ella. No necesitaba estar entre todos esos clérigos. Ella estaba obteniendo toda la información que necesitaba de la mejor fuente posible porque afortunadamente para ella, Don Blas estaba bien enamorado de ella.

Don Blas no le atraía físicamente, pero no había forma de no estar con él. Lo que estaba ocurriendo en América Latina era un plan internacional grandioso, no algo netamente salvadoreño. Y tenía de guía turístico a la persona que había comprobado ser lo que el 'capo di tutti capi' [jefe de todos los jefes]' como lo llaman en Sicilia.

Para Don Blas, había algo de Juana que no podía identificar, que lo había atraído desde el primer momento. Y se fue convirtiendo en obsesión. Soñaba con estar a solas con ella, ¡y al fin lo estaba!

Siempre supo que nunca se casaría con una rusa. Demasiado eslavas para él. Eran buenas mujeres, pero no lo suficiente para casarse. Y ese era el problema de Olga. Ella era una magnífica secretaria, una magnífica amante, pero no lo suficiente para ser la Sra. de Fedoseyev.

Además, desde que a Panyushkin lo habían reasignado de la KGB a la embajada rusa en China, y Kruschev lo había hecho jefe de la Cruzada Negra, Fedoseyev se había dedicado a viajar, particularmente al Perú, donde los soviéticos eran bienvenidos y las mujeres eran de busto soñado. Y también a Cuba, desde luego, donde las morenas eran exquisitas. Entonces, las latinas para siempre habían desplazado a las rusas de su corazón.

Pero su falta de intelecto lo molestaba. Siempre había soñado con alguien con quien compartir sus planes, sueños y ambiciones antes y después del sexo. Pero no había encontrado latina alguna con quien poder hacerlo.

Lo cual no era culpa de las latinas. Porque los latinos no eran más intelectuales que ellas. El sistema de enseñanza pública tan deficiente en toda la América Latina no educaba a nadie bien. Demasiadas comunidades todavía adolecían de escuelas. Y eso a pesar de los gastos en educación que había hecho la Cruzada Negra, que efectivamente había construido más escuelas. Pero bien pronto se dieron cuenta que no había forma realista de satisfacer la demanda por educación debido al crecimiento de la población.

Lo cual los había obligado a ser más selectivos acerca de dónde gastar los fondos de la Cruzada Negra. Y la región centroamericana y del Caribe se había vuelto ideal porque Fidel Castro no tenía escrúpulos para ejercer su influencia fuera de su isla. Bolivia había probado ser demasiado lejos para él, pero Colombia, Nicaragua y El Salvador no.

Y con la redirección de los fondos adónde eran más útiles, se pudieron solventar necesidades como las construcciones clandestinas en El Salvador, y así fue como conoció a la bella Juana, con su pelo rubio y ojos verdes, y su inteligencia espectacular.

Ahora bien, él había perdido a la peruana que le había encantado en un terremoto, a la nicaragüense que le había encantado en otro terremoto, así que esta vez no iba a dejar que ningún terremoto lo dejara sin su Juana. Por eso la instaba a no escatimar costos nunca. Ella era alguien con quien compartir los aspectos más importantes de su vida. Alguien a quien respetaría después del sexo. Alguien que llenaría el vacío más grande de su vida.

Estaba harto de despertarse sólo todos los días. Seis y media décadas de eso era demasiado. Ambos padres suyos habían llegado a los cien años de edad. Le quedaban treinta y cinco años de vida. No los quería pasar sólo.

El hecho de Juana ser monja ya no era problema, ya que ya había experimentado el sexo. Don Blas se había asegurado de eso. Eso había aumentado sus chances de convencerla de dejar la vida religiosa para casarse con él. Y las cosas marchaban bien. Un paseo en góndola en Venecia debería asegurar su éxito.

Su vocecita KGB sonó en su cabeza. «Estarás privando al movimiento revolucionario de un activo valioso». Su corazón le contestó, a gritos: «¡Al contrario, pondremos su talento a buen uso a nivel regional, o mundial!»

En este caso, su corazón había ganado el debate.

En Florencia, donde había reservado dos cuartos en el Hotel 'Four Seasons', se encontraron en el lobby y se fueron de paseo por carruaje, visitando el Puente Viejo y el Palacio Viejo, comiendo en restaurantitos acogedores. No podía haber mejor lugar para conquistar el corazón de una mujer.

El segundo día, después de visitar el David de Miguel Angel y los Jardines de Boboli, en un restaurante cerca de los Jardines, Don Blas le preguntó si quería ir a Venecia y al *Lido*.

«¿Qué es el *Lido*?

«Es la playa de Venecia, querida. En el Mar Adriático».

«¡Me encantaría!».

«Tenemos unos pocos días más antes de que vueles a casa».

«Usted quiso decir, que vuele a Roma».

«No, querida, ¿para qué regresar a Roma, cuando quiero pasar cada momento que pueda contigo? Pasarla conmigo tiene que ser mejor que escuchar a sacerdotes hablar de sus revoluciones justas y del derecho de eliminar a todos los enemigos reales o percibidos, como Castro hizo en Cuba. Y que todo es permitido bajo la Teología de la Liberación, que es la política oficial de los jesuitas».

Juana se hizo la sorprendida. «¿En serio?»

«¡Ay, por favor! ¿No me digas que no sabías eso ya? La Teología de la Liberación es la bendición de Dios para que el proletariado mate a sus opresores».

Tal y como lo había deducido. Pero lo que no sabía era cómo era que Don Blas estaba involucrado en todo esto. Pero no podía hacerle esa pregunta directamente. Él tenía que querer decírselo.

Don Blas se excusó para ir a hacer una llamada telefónica. Diez minutos después, estaba de regreso.

«Le he pedido a Olga que nos reserve dos cuartos en Venecia propia mañana, y luego dos cuartos en un hotel en el Lido para el día siguiente».

«Está bien, Don Blas».

«Por favor, querida, llámame Vlad. Ese es mi verdadero nombre: Vladislav».

«¿Sabe quién soy yo, verdad? Alice Novak, pero llámeme Licha».

«Bien Licha, pero deja de ser formal conmigo. Tutéame, por favor».

Licha asintió y le preguntó: «Bien Vlad, a qué te dedicas de verdad?»

Vladislav sabía que este momento tenía que llegar. Abrirse o no abrirse—esa era la pregunta. Pero nada de esta mujer indicaba traición. Además, ¿cuánto tiempo más iba a poder esquivar las preguntas de esta mujer brillante?

Así que decidió abrirse. Era el jefe de la sección jesuita de la KGB. Respondía directamente al Politburó.

Licha apretó sus puños para que su emoción se fuera allí y no a su cara. Esa era la respuesta a su pregunta sobre los 'jovencitos rusos' de la otra noche. Don Blas era ruso.

Licha calmadamente preguntó: «¿Por qué habrían de estar los jesuitas asociados con ustedes?»

Vladislav le contó que los jesuitas, bajo Janssens, sabían que el Vaticano se les opondría en su modernismo, que era una contradicción directa de lo que el Vaticano promulgaba, y que iban a necesitar fondos para financiar su giro hacia los pobres. Que ellos proponían sólo educar a los pobres, pero que el Embajador Panyushkin los había convencido de que los educaran, pero con énfasis en justicia social. Hasta ahí estaba dispuesto a llegar Janssens.

Vladislav no le dijo la meta de lograr un papa jesuita. No había necesidad.

Cuando Panyushkin dejó la KGB, porque Kruschev lo nombró embajador a China, fue Vladislav el que se encargó de todo lo jesuita, y fue él quien negoció con Arrupe llevar el proyecto adonde está hoy: no educar sino adoctrinar para fomentar revoluciones.

Explicó: «Para facilitar su logro, escribimos la Teología de la Liberación, en conjunto con Arrupe y otros jesuitas como Rahner. Pero no podía ser Arrupe o Rahner el autor—eran demasiado blancos y demasiado europeos. Asignamos la autoría al sacerdote peruano, Gustavo Gutiérrez, para hacerlo parecer como que su origen era la pobreza latinoamericana».

«¿En serio? ¿El padre Gutiérrez no fue su autor?»

«Para nada. Se le pidió contribuir en algo, pero sólo para que aceptara firmarlo. Además, él no es jesuita. Entonces era una forma de encubrir que esto era un proyecto jesuita y nuestro».

Licha tuvo que preguntar, «¿Por qué escogieron la pobreza latinoamericana? Porque hay peores pobrezas, como la africana o la hindú, ¿no es cierto?»

Vladislav sacudió su cabeza. «Querida, el opresor de las masas es los Estados Unidos. Su patio trasero es América Latina, con su pobreza... tierra fértil para nuestros sacerdotes y monjas revolucionarios».

Ahora le tocó a Licha sacudir la cabeza. «Vlad, aplaudo la eliminación de la opresión, aplaudiendo más la eliminación de la falta de educación. Así que estoy contigo. Pero no esperes que no me sienta asombrada si me dices que el arma religiosa que estás a punto de detonar en contra de los opresores fue diseñada exclusivamente para América Latina, cuando la pobreza de Asia y África es mucho mayor, y más desesperanzada, como en el caso de las castas bajas de la India».

Vladislav amaba la inteligencia de esta mujer. Pero ni su inteligencia había captado este hecho importantísimo: «Querida Licha, ¿de veras crees que el camarada Stalin habría aceptado gastar millones del tesoro soviético, si la meta era sólo derrocar a jefes tribales africanos, o hindúes, y no la derrota de los Estados Unidos? Nos habría fusilado a mí y al Embajador Panyushkin por brutos».

Licha entendió. Todo esto era pura Guerra Fría.

No supo por qué se le ocurrió preguntar: «¿Tiene nombre este proyecto?»

Y Vladislav no supo por qué se le ocurrió contestar: «La Cruzada Negra».

«¿Por el Papa Negro, Arrupe?»

«En realidad, el nombre fue escogido debido al predecesor de Arrupe, Janssens. Él fue el Papa Negro original. Pero es Arrupe el que de verdad la ha hecho cruzada».

Algo estaba guiando a Licha. De no ser así, Licha no habría reaccionado como reaccionó: le tomó la mano, lo miró con mucha admiración, y le dijo: «Pero su verdadero nombre debería ser la Cruzada Roja, y eso hace de ti el Papa Rojo, ¿verdad, Vlad?»

Vladislav le apretó la mano fuerte, pensando: «¿Dónde has estado toda mi vida?»

Pero lo que dijo fue, «Eres conocedora de un secreto de la Unión Soviética. No se lo puedes divulgar a nadie, nunca».

«¿No crees que lo sé, Vlad? ¿No te he demostrado ya que sé guardar secretos?»

Vladislav lo sabía. Pero se quería asegurar, así que se levantó, se hincó a la par de ella en el restaurante, y sacó un estuche de terciopelo. Lo abrió y se lo dio. Adentro había un anillo de diamantes.

«Licha Novak, te amo. Te amo desde el primer día que te vi. ¿Te casarías conmigo? ¿Podrías convertirte en la esposa de Vladislav Fedoseyev?»

Los comensales que presenciaron la propuesta matrimonial irrumpieron en aplauso. Había sido perfecta.

Pero Licha se sintió desfallecer. ¿Fedoseyev? En todo el viaje de regreso al apartamento del ruso en Cracovia, había oído algo como 'Polka Fedoseyev'. Cuando atacaron los partisanos había oído lo mismo: '¡*Polka Fedoseyev, partizany!*', y se acordaba perfectamente porque fue el momento de su salvación. Polka, desde luego, era la danza nacional de Polonia, y 'partizany' era el nombre polaco de la resistencia polaca, y era el nombre que usaban los soviéticos para referirse a ellos. Todo eso era inolvidable para ella.

Apretó los ojos duro para tratar de detener la sensación de mareo. Era vida o muerte de nuevo. Lo que este hombre le había revelado, lo de la Cruzada Negra, podría significar su fin si no hacía las cosas bien.

Abrió los ojos y Vlad la estaba besando. Aparentemente lo que la estaba guiando había hecho que su boca dijera que sí.

Ella retomó el control, y dijo: «Sí, Vlad, me honras. Y sólo un hombre con verdadero amor en su corazón habría defendido mi honor como lo hiciste el domingo».

Después de susurrarle su amor eterno al oído, Vladislav la besó de nuevo y le dijo, «Permíteme por favor. Iré a ver si Olga tiene el itinerario para Venecia listo».

Regresó diez minutos después, todo sonrisas. «Bien, Licha, mañana a primera hora empacamos, manejamos al aeropuerto y tomamos un avión a Venecia. Olga nos reservó dos cuartos en el Hotel Metropole en Venecia propia. Pero los hoteles del Lido están llenos así que sólo nos pudo conseguir un cuarto en el Hotel Des Bains. No te preocupes, yo puedo dormir en el sofá-cama. Mañana visitaremos la Piazza San Marco, y en la noche pasearemos en góndola y pasaremos una velada preciosa en la Joya del Adríatico. El siguiente día rentaremos una lancha y atravesaremos la bahía, hasta el Lido. Atracaremos del lado de la bahía, y tomaremos taxi hasta el hotel, que será una distancia bien corta.

«¿Me enseñas a manejar la lancha?»

«¿Nunca has hecho eso?»

Sacudió su cabeza y sonrió. «¡Me encantaría aprender!»

Capítulo 50

Revelaciones II

A la mañana siguiente se fueron en el Mercedes hasta el aeropuerto de Florencia. En el camino, decidió preguntarle a Vladislav acerca de su comentario respecto a la 'devoción a jovencitos' de Arrupe.

Vladislav le dio una mirada de disgusto y sacudió la cabeza.

Pero Licha insistió.

Vladislav claudicó. «Muy bien, pero te advierto, no es algo que deseo hablar con la mujer a quien amo mientras estamos en pre-luna de miel en Italia».

Lo que la guiaba le hizo decir lo siguiente: «Mira, futuro esposo mío, mejor vete acostumbrando a no guardar secretos de tu futura esposa».

«Está bien, mi vida. Verás: hace uso de redes de prostitución romanas que atienden a sacerdotes. Y llegamos a saber que él se satisfacía con prostitutos que eran jovencitos».

Licha sacudió la cabeza. Roma no había cambiado nada desde la época de Martín Lutero, quien se oponía a esas actividades por el papa de la época. ¿Pero Arrupe?

Tuvo que preguntar, «Vlad, es obvio que a Arrupe le gustan las mujeres. Entonces, ¿por qué jovencitos?»

Vladislav sacudió la cabeza, como no queriendo no decir nada. Licha le empujó el hombro, para recordarle lo de los secretos. Vladislav prosiguió: «Parte del trato con Janssens fue que él prepararía a Arrupe para ser su sucesor. Por lo de Hiroshima, sabíamos que Arrupe era el más indicado para la Cruzada Negra».

Licha abrió la boca asombrada y preguntó: «¿No me digas que ustedes mataron a Janssens?»

Esto le pareció jocoso a Vladislav, y se carcajeó a gusto. Cuando Licha insistió, se compuso para responder: «Has visto demasiada película americana, querida. Nosotros somos buenos con nuestros amigos, y Janssens fue un gran amigo. Él fue el que movió cielo y tierra para meter a Rahner a Vaticano II, para que éste redactara e hiciera que todos firmaran

Lumen Gentium. Lumen Gentium, o Luz de las Naciones, es el documento del Vaticano II que sentó las bases para que, bajo Arrupe, pudiéramos escribir la Teología de la Liberación. Janssens fue vital para el Vaticano II. Le debemos mucho».

Licha entendió y lo instó a seguir con lo de Arrupe. Vladislav accedió. «Cuando Janssens vio que Arrupe viajaba a Roma con Michiko, se horrorizó, no porque estuviera teniendo sexo, sino porque podía dejar a Michiko embarazada, y se pondría en riesgo todo el plan. Si Michiko quedaba embarazada, Arrupe tendría que ser expulsado de la Orden. ¿Me entiendes?».

Licha recordó lo que le había contado Belén. Y especuló: «Así que él empezó a tener sexo con Michiko, de manera que no quedara embarazada».

Vladislav asintió, siempre con la nariz arrugada.

Licha hizo la siguiente pregunta lógica: «¿Pero si tiene a Michiko, por qué necesita tener sexo con jovencitos?»

Vladislav respondió: «Ella no se vino a Roma con Arrupe cuando lo hicieron Papa Negro en 1965. Ella se quedó en Japón».

Licha dijo, «Ah, entiendo».

Luego dijo. «Quizá eso sea algo bueno de los modernistas, que permita a los sacerdotes casarse, como lo hacen los protestantes». Lo que Licha no dijo fue, «¡Tremendo el Anticristo!»

Llegaron al aeropuerto, estacionaron, y pronto estaban en el avión viajando al aeropuerto de Venecia.

Dos horas después bajaban de sus respectivos cuartos, donde se habían refrescado un poco después de desempacar. Se fueron caminando hacia la Plaza de San Marcos. Ahí visitaron la espléndida Basílica y los demás sitios turísticos. Después, Vladislav sugirió almuerzo en la famosa Osteria Boccadoro, pero Licha sugirió pizza. «Hemos estado comiendo todas estas comidas exóticas... por qué no una simple pizza. ¿Deben tener buena pizza aquí en Venecia, no crees?»

«Vamos al Campo Santa Margherita para pizza, pues».

Caminaron las pocas cuadras y cruzaron puentes rumbo al oeste, cruzando el Gran Canal, hasta llegar a Campo Santa Margherita, que le recordaba mucho a Montmartre, en París, por las tiendas y los artistas. Estaba cerca de la *Universitá Ca Foscari,* así que, además de los turistas, los restaurantes familiares atendían a estudiantes también. Esto era tan distinto a San Salvador. Era totalmente otro mundo, en el que se sentía como en su casa.

Llegaron al restaurante *Ae Oche*, donde ordenaron pizza marguerita y una jarra de rosé helado. Mientras esperaban, Licha le preguntó a Vladislav, «¿Por qué no nos quedamos en Roma? ¿No había suficientes lugares ahí para visitar?»

«Varias razones, querida, y la principal ya la sabes: el anillo de diamantes que luces. La segunda es que entre más lejos esté de Rahner, mejor».

«¿No te cae bien Karl Rahner? ¿A pesar de que fue esencial para el Vaticano II?»

«Es demasiado alemán, demasiado arrogante y cree que es el hombre más inteligente en cualquier lugar donde se encuentra».

«Vlad, eso mismo se puede decir de cualquier jesuita».

«¿Ah sí? Pero todo esto fue mi idea, no la de Rahner. Pero actúa como si él fue el autor».

«Y tú no puedes decir nada porque tienes que permanecer incógnito en todo esto».

«Exacto».

«Entiendo que sea insufrible, pero según Eliseo, es un gran intelecto».

«¿Ah sí? ¿Qué tan intelectual se tiene que ser para decir que tu teología consiste de 've y peca porque para ser buena religión, tenemos que conocer el pecado'? Cualquier soldado soviético pudo haberse inventado esa teología. ¿Qué tiene de intelectual eso?»

Licha aprovechó el momento. «Vlad, dijiste soldado soviético. ¿Serviste en el ejército soviético en la Segunda Guerra Mundial?»

«Sí, combatí en Stalingrado, donde fuimos atacados y sitiados por el ejército alemán».

«Eso debió haber sido brutal».

«No tienes idea, pero por favor no hablemos de cosas tristes».

«Bueno, querido, pero tienes que admitir que probablemente te cae mal Rahner más por ser alemán, que por otra cosa. Y el pobre luce bien nazi. Así que te comprendo». Y le tomó la mano a Vladislav.

Vladislav se quedó pensativo. Luego dijo: «¿Sabes, querida? Las guerras sólo acaban para los muertos. Los que las sobrevivimos, las seguimos peleando».

Licha se quedó asombrada de pensamiento tan sabio viniendo de este agente de la KGB. Porque no sólo lo describía a él, sino también a ella. Y a toda la humanidad. Porque Adolfo Hitler surgió de la humillación que sufrió Alemania a raíz del Tratado de Versalles que puso fin a la Primera Guerra Mundial.

En eso llegó la pizza y el vino. Se sirvieron y empezaron a comer. Luego de unos bocados, Licha comentó: «Sin desdecir de la sabiduría de tu última aseveración, querido, te quiero hacer ver que Estados Unidos fue tu aliado en la Segunda Guerra Mundial. Y que, si bien tu valentía contribuyó a derrotar al régimen nazi maligno, ustedes fueron ayudados por la invasión de Normandía el 6 de junio de 1944, un acto de increíble valentía donde murieron miles de norteamericanos que atacaron frontalmente las posiciones ultra-fortificadas de los alemanes. Y no tenían por qué hacerlo. Los alemanes no estaban atacando Nueva York, Washington o Miami, ¿cierto?».

La inteligencia de esta mujer no cesaba de sorprenderlo. Y ameritaba una respuesta honesta. «Mira, Licha, la guerra contra Estados Unidos comenzó con la llegada al poder de Lenín. Un sistema que no reconoce propiedad privada no puede coexistir con el derecho a la propiedad privada. Es la guerra más fundamental que existe. Si eres dueño de casa, y alguien te la quiere quitar, o peleas o te quedas en la calle. No hay punto medio».

Licha asintió. La alianza de la Segunda Guerra Mundial fue de conveniencia, y en el fondo, el comunismo y el capitalismo no pueden coexistir. Pero las cosas no son así de simples. Le contestó: «Si bien tienes razón en eso, si lo enmarcas todo así, ustedes llevan las de perder».

«¿Por qué lo dices, querida?»

«Porque el sistema que le permitió a alguien comprar casa, es uno que crea riquezas y recursos, y el otro no. Por ejemplo, mientras la Unión Soviética no puede ni producir suficiente trigo para darle de comer a su población en 22.5 millones de kilómetros cuadrados de tierra, los agricultores norteamericanos producen más que suficiente para ambas poblaciones en una fracción de esa superficie.

«Entonces, los agricultores norteamericanos se vuelven ricos vendiéndoles el trigo que les sobra y de esas ganancias pagan más impuestos al tesoro de los Estados Unidos. El resultado es que Estados

Unidos se vuelve más rico y la Unión Soviética se empobrece. Y si el que llega a quitarte la casa sólo tiene una hondilla, y el propietario tiene una ametralladora con la cual defenderla, nadie le va a quitar la casa a nadie ese día».

Esa analogía le cayó mal a Vladislav. Por un momento pensó en quitarle el anillo de diamantes. Pero recapacitó, y sólo le preguntó: «Amada mía, ¿qué harías tú, entonces?»

Licha no vaciló. «Número uno, Vlad, ser realista. La producción de fondos y recursos no es la especialidad de la Unión Soviética. Yo enfocaría mis esfuerzos y mis fondos en blancos de alta probabilidad de éxito, y me olvidaría del resto. Especialmente ahora que la Unión Soviética invadió Afganistán hace cuatro meses, el 24 de diciembre de 1979».

Y seguía siendo asombrado por Licha. No pudo más que asentir. Indudablemente le restaría fondos, y eso ya lo había hablado con Arrupe. Esta conferencia en Roma probablemente no debió haberse hecho, pero ¡quería traerse a Licha!

Licha continuó. «Cuando digo olvidarse del resto, me refiero a evitar blancos de baja probabilidad, como Chile».

El semblante de Vladislav cambió. Sus ojos centellearon. Licha había destapado una herida y le había echado sal. «¡Chile no fue Cruzada Negra! Allende fue la vieja manera de hacer las cosas. Un embajador de Brezhnev le dijo que Allende era un líder carismático, y Brezhnev puso su fe en lo que le dijo el embajador. Lo que el embajador no le dijo fue que Allende era un idiota. Porque fue Allende el que promovió a Pinochet a un puesto donde lo podía derrocar. Te digo, los jesuitas no son tan brutos».

Pero recuperó su ecuanimidad, y admitió: «Indudablemente ese fue revés serio. Pero por suerte encontramos a Somoza. ¡Así era como todos tenían que caer!»

Licha siguió hurgando. «Pero tienes que aceptar que Somoza cayó porque Jimmy Carter lo abandonó. Pero ahora estamos a meses de una elección presidencial en los Estados Unidos, y dicen que los prospectos de Carter no son buenos, con lo de los rehenes en Irán. Y su contrincante ha prometido no dejar que El Salvador caiga».

Vladislav asintió vigorosamente. «Es por eso que El Salvador tiene que caer antes de enero de 1981, o vamos a arriesgar un efecto dominó a la inversa: van a salvar a El Salvador y nos van a quitar a Nicaragua».

Licha tomó un buen trago de su vino para agarrar valor para hacer la siguiente pregunta: «¿Es por eso que ordenaste el asesinato de Monseñor Romero?»

Para Vladislav fue como que le sacaran el aire. En lugar de contestar, se acabó su copa de vino y ordenó más.

Licha insistió: «¿Tú autorizaste eso, verdad?»

Vladislav sabía que tenía que contestar algo. «Lo habría autorizado si me hubiera llegado a mí la solicitud. Pero no me llegó a mí».

«¿Quieres decir que el Papa Negro dio la orden de asesinar a Romero, un colega sacerdote?»

Vladislav dejó de vacilar. «Debes estar demasiado ocupada con las construcciones como para darte cuenta de que los españoles no tienen más que desprecio por los indios, desde 1492. Y no había nadie más indio que Romero».

Sin decir nada, Licha se le quedó viendo directamente a Vladislav, quien hacía lo posible por evadir su mirada, buscando al mesero con su vino. Al fin, Vladislav ya no pudo evitar su mirada y prácticamente gritó, «¿Qué?»

Lo que la guiaba estiró el brazo de Licha y puso su mano sobre la de Vladislav, apretándola. Luego la hizo poner la cara más dulce y amorosa que pudo, y la hizo decir: «Vladislav Fedoseyev, si de veras quieres ser mi esposo, no me vuelvas a mentir, camarada».

Vladislav reaccionó indignado. «¿Mentirte? ¿Pero en qué te he mentido?»

Licha no vaciló cuando dijo, «Ni por un instante puedo creer que el hombre que humillaste en Roma esa noche tuvo los huevos para ordenar el asesinato de Monseñor Romero».

Vladislav miró a su plato. Luego la miró a ella, apenado. Y dijo, «No volveré a mentirte jamás».

Terminaron su comida, y emprendieron el regreso al hotel, ella colgada de su brazo. A medio camino volvió a hablar sobre Pinochet. «¿Sabes lo que hizo Pinochet para engendrar su milagro económico?»

«¿Qué dices tú que hizo, querida?»

«Puso énfasis en la educación, y es mi opinión que ustedes deberían hacer lo mismo, en vez de estar financiando viajes de primera clase a todos lados».

Vladislav la miró amorosamente, le dio un beso en la frente y le dijo, «Querida, yo no estoy en el negocio de educar a la gente. Yo estoy en el negocio de derrotar a los Estados Unidos de América. Y como me pediste ser realista, te voy a pedir que tú lo seas también: si quieres mantener a tu futuro marido vivito y coleando, no le pidas que le vaya a pedir a Brezhnev fondos para educar a los pobres de América Latina».

Al llegar al hotel, los dos fueron a sus propios cuartos. Pero no porque Fedoseyev quisiera. Él sabía con un ciento por ciento de certeza que había encontrado a la mujer perfecta, y que prefería morir antes de continuar viviendo sin ella.

Capítulo 51

Apocalipsis

Esa tarde fueron en el paseo por góndola, con el gondolero cantándoles 'Sorrento', 'O Sole Mio' y otras canciones italianas románticas famosas. Vladislav sentía como que estaba en el cielo; ella no, porque no tenía ni idea cómo no casarse con Vlad, después de haberle dicho que sí. Así que sólo oró por iluminación, y gozó la góndola. Después de una opípara cena en la Osteria Boccadoro, se retiraron a sus respectivos cuartos de hotel. «Por última vez», pensó Vladislav.

A la mañana siguiente tomaron un taxi lancha hasta la renta de lanchas, y después de pagar, Vladislav desamarró la lancha y la aceleró hacia el Lido. Como a media bahía, puso a Licha a manejar la lancha. Hora y media de lecciones más tarde, Licha estaba atracando la lancha en uno de los muelles del Lido. Un corto viaje en taxi después, ya estaban en el hotel. Subieron al cuarto en el que había una sola cama grande, pero con una vista espectacular del Mar Adriático. Era una de esas vistas que se graban en la mente para siempre. Hizo a un lado sus preocupaciones sobre el ruso, decidiendo que, pasara lo que pasara, este día lo iba a gozar porque quién sabía qué le deparaba el mañana.

Mientras ella admiraba la vista, Vladislav había desempacado y se había metido al baño a cambiarse. Salió del baño vestido en calzoneta normal que le llegaba hasta el ombligo. Licha se sonrojó al verlo. Para un hombre mayor de 60 años estaba bien. Pero no tuvo tiempo de más porque Vladislav se le abalanzó para besarla largo y profundo. Se dejó porque razonó de que esto era normal para quienes comparten un cuarto—algo que estaba completamente fuera de sus manos. Cuando dejó de besarla, la vio con ojos de amor y le dijo, «Dónde has estado toda mi vida?» y la besó de nuevo.

Al fin la soltó y le dijo, «Nos quedan seis horas de luz, así que vamos a la playa, ¿quieres?»

«¡Pero no tengo traje de baño, Vlad!

«Claro que sí. Te puse uno en esa gaveta», dijo, apuntando.

Licha fue a la gaveta de armario al que señalaba y sacó un bikini de color azul celeste, que parecía dos hilos.

Licha dijo, asombrada, «¡No puedo usar esto!»

Vlad sonrió. «O eso o la desnudez, querida. Son tus únicas dos alternativas».

Con suerte, no habría salvadoreño alguno en la playa ese día; al fin y al cabo, no era verano todavía. «Recuerda, diviértete», se dijo a sí misma. Se excusó y entró al baño. Cinco minutos después, salió en bata.

«Déjame ver».

Se quitó la bata, y Vladislav no podía creer lo bella que era esta mujer. Tan voluptuosa.

Licha agradecía todos los años de deporte con las alumnas en la Asunción, que la habían ayudado a mantenerse en forma. Era una polaca fuerte.

«Esa belleza está para exhibirse, no para ocultarse, querida. Vamos a la playa».

El resto del día fue glorioso. El sol, la brisa, las olas, todo. Le encantaba sentir la mirada de los hombres sobre su cuerpo casi desnudo. El que Vlad le untara crema bronceadora no hizo más que preparar sus entrañas para lo que fuera. Y quería eso: lo que fuera.

En la medida el sol bajó de intensidad, la gente comenzó a despojarse de sus trajes de baño. De pronto aparecieron más mujeres 'topless' y algunas sin nada. De pronto pasaron hombres sin nada también. Una familia entera caminó desnuda frente a ellos.

Vlad desamarró el sostén de su bikini. Antes de que pudiera detenerlo, ya no estaba.

«Vamos a caminar, querida. Dame tu mano».

Licha dio un paseo por el Lido de Venecia, exponiendo sus pechos generosos al mundo. Sentimientos de culpabilidad, pena, vergüenza y sensualidad, todos ellos apoltronados en cada uno de sus senos, dieron paso a un sentido de euforia. Comenzó a gozar. No iba a poder aguantar a que llegara la noche.

De pronto Vlad dijo, «Vamos a nadar», y se quitó su traje de baño.

En un santiamén, algo le sacó el aire. Su mente vio el tatuaje CCCP rojo antes de que sus ojos lo vieran. Miró para otro lado, lo cual fue interpretado por Vlad como teniendo pena, y salió corriendo para el agua lo más rápido que pudo, para poder zambullirse y gritar bajo el agua para que no la oyera. Y gritó con ganas. Paraba de gritar lo suficiente como para respirar fuera del agua, y volvía a zambullirse a gritar más. Seguía gritando y pataleando mar adentro, y ni sentía lo helado del agua. De pronto sintió que dos manos fuertes la trataban de detener. En ese momento dejó de gritar y su mente le dijo «¡Piensa!». Para cuando sacó la cabeza del agua, ya se había calmado, porque había formulado este pensamiento: «Si esto no es designio de Dios, nada lo es. Tienes una decisión qué tomar».

La decisión estaba tomada. Se volteó hacia Vlad y lo besó con ganas. Y él la comenzó a tocar toda. Ella lo dejó porque quería que sintiera que estaba en completo control.

Salieron del agua y se fueron desnudos tras unas dunas. Tuvieron que buscar una que estuviera sola, porque había otras parejas haciendo el amor. Al fin encontraron un lugar y copularon. Ella lo hizo con ganas porque quería que Vladislav se sintiera en la gloria con ella. De pronto rugió, y se desplomó sobre ella. Misión cumplida.

Cuando regresaron al cuarto, se ducharon juntos. Se hincó con la excusa de chuparlo, pero en verdad lo hizo para examinar el tatuaje. Cuando se le paró, se veía igual que el pene de Cracovia en 1945: un pene coronado de CCCP.

Se vistieron y fueron a cenar. Después de ordenar la cena y vino, Vlad le preguntó, «¿Cuándo nos casamos, mi vida?»

«Vlad, ¡todavía soy monja!

«Eso lo podemos arreglar mañana mismo».

¿Cuándo te querías casar?»

«Mañana, pasado, tan pronto como sea posible».

Eso no era lo que Licha tenía en mente. «Vlad, ¿planeas regresarte a El Salvador conmigo?»

«No, claro que no. Te regresarías a Moscú conmigo».

«Vlad, ¿de veras crees que sea buena idea?»

«¿Por qué, Licha?»

«Bastante gente está dependiendo de mi trabajo. Don Polo me tiene construyendo las barracas debajo de las escuelas para la ofensiva futura».

Esto hizo que Vladislav se cayera de la nube en que andaba. Era verdad. Y él mismo había dicho que no había nada que llamara menos la atención que una monja en una escuela para niños.

«Entonces, ¿qué propones, mi vida?»

«Vlad, yo ya me considero tu esposa. Como tal, haré lo que a ti te haga más feliz».

Los ojos de Vladislav se llenaron de lágrimas de felicidad. No le podía pedir más a la vida.

Lo que la guiaba la hizo tomar sus manos y decirle, amorosamente, «Si quieres que me quede, me quedo. Sin embargo, si concuerdas conmigo que sería bueno que acabara mi trabajo para antes de la próxima ofensiva, que tiene que ser para enero de 1981, déjame regresar. Cuando haya concluido mi trabajo, me puedes ir a recoger a El Salvador en cualquier momento, me llevas a París a renunciar como monja, y me quedo a tu lado para el resto de mi vida».

Vladislav asintió. «Regrésate a El Salvador. Estaré yendo frecuentemente de todos modos».

Licha asintió. «Estaré esperándote ansiosamente, esposo mío».

«Entonces, ¿quieres viajar a Roma por ti misma, para regresarte a El Salvador con Eliseo?»

«Sólo para mantener las apariencias, mi vida».

«Bien, haré las gestiones para que tu tiquete a Roma nos esté esperando en el Aeropuerto Marco Polo».

«Gracias, amado Vlad».

«¡Mesero, su mejor champán!»

Después de ordenar la comida, y después de acabarse su segunda copa de champán, Licha preguntó: «Vlad, ¿me puedes contar del tatuaje?»

Vlad lució apenado por un segundo, pero luego dijo, con orgullo: «Querida, todos tenemos nuestra historia. Yo fui enviado a repeler la invasión nazi, y cuando derrotamos a los malditos nazis, muchos de nosotros nos hicimos un tatuaje y yo me lo hice allá abajo. Para conmemorar Stalingrado».

O, pensó Licha, cuando recibiste las órdenes de Stalin de violar, querías cerciorarte de que tus víctimas vieran que se las cogía un pene hecho en la Unión Soviética.

Pero Licha sólo asintió, y preguntó: ¿Qué rango obtuviste en el ejército soviético?»

«Por mi valor y mi liderazgo, y porque mis comandantes fueron muertos en combate, me hicieron coronel».

«Tengo que admitirlo, Vlad, que con tu aspecto afable y caballeroso, nunca hubiera creído que fueras un guerrero. ¿Cómo te llamaban tus soldados? ¿Camarada o señor, o qué?»

«No, me llamaban 'polkovnik' o coronel».

Desde luego, para una jovencita aterrorizada en el camión, que no hablaba nada de ruso, 'polkovnik' sonaba a polka. Y por eso lo recordaba como 'Polka Fedoseyev.'

Pero Licha quería saber más: «Dime más de tus experiencias de guerra. ¿De veras fuiste a Berlín?»

«¡Claro! ¡Mi regimiento fue de los primeros en llegar!»

«Qué ruta tomaron?»

«Tuvimos que ir por Polonia, aunque fue duro en enero de 1945. Tuvimos que quedarnos dentro de casas polacas cuando podíamos».

«¿Fueron tratados bien?»

«Sí, las familias fueron muy amables. Nos veían como liberadores».

«Pasaron por Varsovia?»

«No, mi regimiento pasó por Cracovia, al sur».

Alguien dos meses más joven que ella no hubiera podido mantener el semblante de serenidad al escuchar esa revelación.

«En Olomouc, Checoslovaquia, pensábamos que iban a pasar por ahí».

«No, los alemanes se estaban replegando hacia Berlín, y teníamos que perseguirlos».

«Por Olomouc pasaban polacos que hablaban de atrocidades rusas».

«Propaganda, querida, pura propaganda».

«Sí, conociéndote como te conozco hoy, tenía que serlo».

Vladislav asintió. «Era admirable cómo nos pudimos controlar, considerando que fuimos nosotros los invadidos».

«Sí, eso es cierto. Supongo que los alemanes cometieron atrocidades contra sus mujeres y niños».

«Cosas que no puedo ni mencionar».

Una voz comenzó a gritar dentro de la cabeza de Licha: «¿Qué fue lo que les hizo el pueblo polaco a ustedes, grandísimo hijo de la gran puta?»

En ese momento llegó la comida. Comió bastante, decidiendo que ya había obtenido suficiente información por hoy. Necesitaba energía. Quería hacerlo sentirse amado y deseado. Que había tomado la mejor decisión de su vida. Al menos por 24 horas más.

Regresaron al cuarto e hicieron el amor como conejos.

A la mañana siguiente, hizo las gestiones para que sólo Licha viajara a Roma el siguiente día. Él se iría a Moscú. También hizo los arreglos para que alguien recogiera el Mercedes en el aeropuerto de Florencia.

La despertó con la noticia, y ella inmediatamente fingió tener dolor de cabeza y de estómago, echándole la culpa al champán. Licha le dijo que bajaría a comprar medicina. Él se ofreció a ir en lugar de ella. Licha le sonrió apenadamente, diciéndole que también necesitaba productos femeninos, así que prefería ir ella.

«Por favor apúrate, amor».

El hotel no tenía farmacia, pero en la recepción le dijeron dónde quedaba uno si iba en taxi. Llegó a la farmacia y compró Valium, rollos de cinta adhesiva, un paquete de hojas de afeitar, unas ampolletas y desde luego, Kotex. Se regresó en taxi al hotel.

En el cuarto, él quería hacer el amor, pero ella le pidió que lo dejara para más tarde, porque no se sentía bien. Le sugirió que fuera a desayunar, y que la viniera a recoger, que estaría recuperada para entonces. Como él tenía hambre, fue.

Después de cinco minutos, Licha salió al corredor en busca de carritos de mucama, y al encontrar uno, le quitó varias bolsas de basura grandes y toallas, y regresó de prisa al cuarto. Ahí pulverizó las Valiums con un zapato y vertió el polvo en las ampolletas. Puso todo en una de las gavetas debajo de su ropa.

Media hora más tarde, Vlad estaba de regreso. Como ella se declaró mejorada, fueron a la playa. Ahí hicieron el amor un par de veces entre las dunas. Vlad era un hombre feliz.

Cuando al fin regresaron al cuarto, Vlad quería ir a cenar, pero ella le pidió una cena romántica en la terraza del cuarto. Era su última noche juntos y la quería pasar desnuda con él. ¿Cómo podía él decir que no?

«¿Qué te gustaría ordenar, mi vida?»

«Una carne jugosa y gruesa, de esas que necesitas cuchillos especiales para cortarla».

«Fabuloso, yo pediré lo mismo para mí. ¿Te gustaría un buen Chianti con eso?»

«¡Desde luego!»

Cuando llegó la comida, fue puesta en la mesa de la terraza, y cuando Vlad llenó dos copas de vino, ella le dijo «¿Sabes? Vamos a necesitar más servilletas». Él se ofreció llamar al servicio de habitaciones para pedirlas. Cuando se levantó a hacerlo, vació una ampolleta de Valium pulverizado en su vaso de vino, y lo agitó con un cuchillo para que se mezclara bien el Valium.

Regresó y brindó por la felicidad de los esposos. Se bebió la copa de Chianti sin dar indicios de que sabía raro. Eso fue un alivio para Licha. Se sirvió otra copa de Chianti, y cuando llegó el servicio con las servilletas extra, vació otra ampolleta en su vaso, y lo volvió a agitar.

Regresó con las servilletas y bebió y comió. Ella le hacía preguntas acerca de Moscú y Rusia. Empezó a hablar con entusiasmo, pero al rato se fue apagando, y de pronto dijo que se tenía que acostar. Se acostó en la cama y se quedó dormido.

Cuando se despertó, estaba acostado boca arriba en la tina. Trató de moverse, pero no podía. Sus piernas estaban dobladas debajo de su cuerpo—como que, estando hincado, alguien lo había empujado hacia atrás, dejando sus piernas atrapadas debajo de él. Pero al forcejear más se dio cuenta que de sus muñecas estaban atadas a sus tobillos, también debajo de su cuerpo. Trató de llamar a Licha y se dio cuenta que tenía una mordaza en su boca, y que no podía sino gemir. Y gimió más cuando se dio cuenta que estaba completamente desnudo.

Cuando Licha escuchó los gemidos, entró al baño completamente desnuda también. Fue directamente a la regadera y la encendió. También fue al lavabo y abrió ambos grifos. Así el ruido del agua cayendo amortiguaba cualquier otro ruido que se produjera.

La regadera también haría que Fedoseyev se despertara por completo. Y ella lo quería bien despierto.

Se sentó al borde de la tina, y le dijo al hombre perplejo: «Polka Fedoseyev, en 1945, en Cracovia, me llevaste a tu sede temporal para violarme. Yo estaba huyendo de ustedes, viles animales, porque tropas tuyas habían violado a mi madre y a mis hermanas delante de mi padre, y luego mataron a todos.

«Llegaste en camión y viste que no estaba menstruando, como otras que fueron violadas analmente antes de que las mataran, y me escogiste. Al llegar a tu sede, me hiciste hincarme frente a tu pene erecto, donde vi tu tatuaje CCCP rojo. Y en ese momento, atacaron los partisanos y me escapé. Huí sin parar hasta Olomouc, donde me hice Ursulina porque le había prometido a Dios que, si me salvaba de ti, que me haría monja y le dedicaría mi vida a Él».

Los ojos de Fedoseyev confirmaron todo. Ahora sabía por qué lo había atraído Licha tanto—era la que se le había escapado.

Licha continuó. «Soy mujer de mi palabra, Polka Fedoseyev. Y mantuve mi palabra a Dios, hasta que tus socios me quitaron la virginidad que era sólo para Dios, y creo que eso no le gustó a Dios porque, ¿qué otra razón habría para que estés aquí, y a mi completa merced?»

Fedoseyev trató de decir algo completamente ininteligible, pero sonaba desesperado. Pero sus ojos pedían misericordia, en forma clara y entendible.

«Pero sigo siendo monja, Polka Fedoseyev, y me corresponde ejercer misericordia y perdonar. Así que te voy a hacer una pregunta, y quiero que me la contestes sinceramente. ¿De acuerdo?»

Fedoseyev asintió vigorosamente.

«Muy bien, Polka Fedoseyev. ¿Ustedes violaban bajo órdenes de Stalin?»

Fedoseyev asintió vigorosamente.

Lo que la guiaba la hizo sonreír muy contenta, como con alivio. Fedoseyev lo notó y siguió gimiendo con sus ojos suplicantes.

Como recompensa por su sinceridad, Licha le agarró el pene y se lo empezó a pajear.

«Otra pregunta, Vladislav?»

Fedoseyev asintió vigorosamente.

«¿Tú diste la orden para que me hicieran mujer de la revolución en la playa?»

Fedoseyev vaciló un momento, pero asintió, siempre con sus ojos suplicando perdón.

De nuevo Licha dejó que lo que la guiaba le pintara una sonrisa de contenta en la cara. «Lo sabía, Vladislav. Era para mejorar tus chances de hacerme tu esposa—¡lo comprendo!»

Fedoseyev asintió vigorosamente. Licha lo volvió a ver con ojos misericordiosos, y le dijo: «Te perdono, Vladislav. Y por ende, quiero que hagamos de esto una ceremonia de perdón. ¿Te parece?»

Fedoseyev asintió. Licha se paró y se metió en la tina, se hincó frente a él, y dijo: «Paremos a este amigo primero». Se inclinó para chuparlo.

De alguna manera, casi milagrosamente, el pene de Fedoseyev se empezó a endurecer en su boca. Cuando ya estaba duro, Licha lo soltó con la boca, lo miró a los ojos y le dijo: «Polka Fedoseyev, yo te perdono. Pero esto es por Monseñor Romero».

Licha lo volvió a tomar en su boca, y lo mordió con todas las fuerzas de las que era capaz.

El cuerpo entero de Fedoseyev se convulsionó con dolor ilimitado mientras gritaba como loco en su mordaza. Trató de romper sus ataduras con fuerzas de alguien que se ahoga, que está tratando de sobrevivir. Pero sus ataduras aguantaron. Mientras Licha seguía mordiendo el órgano, con su mano izquierda buscó una de las toallas que había dejado a la par de la tina, y al encontrar una, la puso encima de su cabeza y del abdomen de Fedoseyev. La toalla era para impedir que la sangre salpicara el resto del baño. Quería que toda se fuera por el tragante de la tina.

Cuando sintió el pedazo de carne completamente contraído en su boca, levantó su cabeza de debajo de la toalla y vio los ojos enloquecidos de Fedoseyev, y le escupió su pene y su sangre en su cara agonizante. Luego sacó su mano y encontró la hoja de afeitar a la par de la tina, y procedió a amputarle el resto de los genitales con ella.

Había echado sus genitales al inodoro, después de mostrárselos, y había echado el agua. Luego le dijo: «Adiós, Polka Fedoseyev. Y no he terminado: voy a acabar con tu maldita Cruzada Negra». Murió rápidamente después de abrirle las arterias femorales con un cuchillo.

Removerle la cabeza y las extremidades había sido duro, pero para eso estaban los cuchillos afilados. Puso todo dentro de las bolsas plásticas y luego en las maletas.

Después de limpiar el baño, se duchó y se vistió.

Hizo que un mozo de hotel recogiera sus maletas. En recepción, pidió el recibo de cero saldo. Sólo el nombre Fedoseyev aparecía en él.

Un taxi la llevó al muelle donde dejó su lancha, le subió las maletas a ella, desamarró la lancha y Licha aceleró hacia Venecia. A media bahía paró la lancha, sacó un cuchillo, y empezó punzar las maletas, para que les entrara el agua rápido. Entonces metió el cuchillo y la billetera de Fedoseyev en una de ellas.

Se aprestaba a tirarlas por la borda cuando el brillo del anillo de bodas captó su atención. ¿Lo tiraba o se lo quedaba? Decidió quitárselo y guardarlo en su cartera. Lo vendería en El Salvador y con el dinero pagaría alguna beca para niños necesitados. Lo llamaría el 'Fondo Polka'.

Tiró ambas maletas al agua. Se esperó hasta que ambas se hundieron por completo, y luego echó a andar el motor otra vez.

Camino a Venecia, deseó que los Budistas estuvieran en lo correcto: que no había infierno, sino sólo reencarnación. Así, el Polka Fedoseyev podría regresar como una mujer alemana que era violada múltiples veces en 1945. Así, no necesitaría ni pene ni bolas.

Capítulo 52

La Vocación Irrevocable

En el vuelo de regreso de Roma a Miami, Juana cayó dormida casi inmediatamente, como si hubiera estado despierta toda la noche. Lo cual era bueno porque Mario no estaba listo para ser avasallado con preguntas de su parte. Siendo así, por primera vez en mucho tiempo, Mario tuvo la ocasión de rememorar.

Cuando el joven Tacarello se graduó del Externado de San José, Pepe tenía que hacer un último intento para interesar a su hijo en cosas más mundanas que la fe. Si bien había logrado que su hijo se interesara en el sexo, los curas del Externado le habían asegurado que, en la orden jesuita nueva, el sexo no sólo era permitido, sino que también era alentado.

El último intento acaeció cuando Fina iba a tener que tomar inventario en el Vesubio de Santa Ana y su asistente Sara estaba con licencia de maternidad, así que alguien iba a tener que atender la tienda mientras ella hacía el inventario en la trastienda.

Fina había resultado ser una magnífica gerente de tienda, tal y como lo había esperado Pepe, porque si Nena, con su escasa educación, lo era, entonces una graduada de una universidad italiana definitivamente podía serlo también. El único problema que tenía Fina era que todos sus maridos se morían.

Dos años después de haber comenzado a trabajar en la ferretería, se había vuelto a casar y de ese matrimonio tenía un hijo. Pero el marido se había muerto durante el parto: le dio ataque al corazón mientras ella empujaba.

Tres años después, se había casado con un mercader guatemalteco dedicado al comercio de bienes entre Guatemala y El Salvador. Estando en estado de gravidez con el hijo del guatemalteco, su marido hizo un viaje a Guatemala y nunca regresó. Mucho tiempo después, alguien le mostró un periódico de Guatemala con un artículo que decía que la esposa guatemalteca de su marido lo había matado cuando lo encontró en la cama con su esposa mexicana.

Su cuarto y último esposo fue un electricista.

La gente inmisericorde le trabó el apodo 'Viuda Negra'. Se había vuelto tan célebre que un juez de Santa Ana había sentenciado a un asesino a muerte ya sea por fusilamiento o por casamiento con la Viuda Negra, si ella aceptaba, claro.

Pepe concibió la idea de que quizás la Viuda Negra podría poner fin al deseo de Mario de hacerse sacerdote, así que envió a Mario a encargarse de la ferretería en Santa Ana mientras Fina hacía el inventario. Mario no estaba supuesto a quedarse más que unos pocos días, pero se quedó mucho más tiempo.

Pepe llamaba a la ferretería en Santa Ana y Mario contestaba, diciendo que todo estaba bien y que Josefina era muy buena con él, que no se preocupara.

Un lunes, mientras Mario seguía en Santa Ana, llegó una invitación elegante a la residencia Tacarello. Belinda la abrió, y la leyó. La invitación decía:

«El Sr. y la Sra. Demetrio Pérez se complacen en anunciar la boda de su hija, María Josefina Pérez viuda de Rossi, viuda de Santos, viuda de Pacas, viuda de Zacapa, con el caballero Mario Tacarello, ceremonia que tendrá lugar el 31 de noviembre de los presentes, en la Catedral de Santa Ana. Queda cordialmente invitado».

Cuando la hubo leído, Belinda gritó y se desmayó. Gladys corrió a ayudar a Belinda. Cuando leyó la invitación, Gladys empezó a gritarle a su madre: «Mamá, mamá, Marito se va a casar con la Viuda Negra!»

«¡Señor de las Misericordias! ¡Las Tres Divinas Personas! Jesús, Jesús que fuerte venís!» gritó Estela al cielo, invocando la ayuda de todas las entidades celestiales y sus auxiliares.

Belinda, cuando recobró el conocimiento, le dijo a Gladys que llamara a Pepe para que fuera a Santa Ana a rescatar a su hijo de la Viuda Negra.

Pero entonces Gladys preguntó, «¿Y si está embarazada?»

Belinda se desmayó de nuevo.

Gladys llamó a Pepe. «Don Pepe, su esposa, antes de desmayarse, me dijo que le dijera que fuera a Santa Ana a rescatar a Marito».

Naturalmente, Pepe quiso saber por qué.

Gladys le leyó la invitación. Pepe comenzó a maldecir en italiano y colgó. Llamó a Santa Ana.

«Ferretería Vesubio, ésta es Sara. ¿En qué le puedo servir?»

A Pepe lo sorprendió oír a Sara, que andaba con licencia. «Sara, ¿ya regresó?»

«Sí, Don Pepe, regresé al trabajo hoy».

«¿Dónde está mi hijo Mario?»

«Está en la Catedral».

«¡Dile a mi hijo que voy por él!» Y colgó.

Una hora después, Pepe estaba entrando a la ferretería por la puerta trasera. Encontró a Mario con Sara en la trastienda.

Pepe vociferó: «¿Qué diablos está pasando aquí, Mario? ¿Qué diablos es esa invitación de boda que recibimos?»

Fina entró corriendo. «¡Shhhhhh! Don Pepe, ¿qué es todo este escándalo? ¡Tenemos clientes en la tienda!»

Pepe la miró con furia. «Fina, ¿qué es eso de que te vas a casar con mi hijo?»

Su mirada lo dijo todo. Mario comenzó a reírse.

Pepe miró a Sara. «¡Usted me dijo que estaba en la Catedral!»

«Sí, Don Pepe. Nos dijo que iba a ir a orar».

Don Pepe entendió todo. Y suspiró. «Muy bien, quizás me merezco esto». Y comenzó a reír también.

De camino a casa, Pepe preguntó: «Al menos te divertiste un poco?»

«Papá, un caballero nunca besa y cuenta».

«¿Sabías que tu mamá se desmayó? Te espera una tunda en casa».

«¡Papá, por Dios! Noviembre sólo tiene 30 días, no 31».

«Bueno, pero podía ser error tipográfico».

«Claro que también está el hecho de que ambos padres están fallecidos».

«De acuerdo. Debí haberme fijado en eso».

Con su mano derecha le sobó la cabeza a su hijo y dijo, resignado: «Como que te vas a hacer jesuita, hijo»

«Sí, papá».

Su papá suspiró. Si bien la ferretería le hacía mucho dinero, todavía era económicamente atractivo para él que los jesuitas le pagaran a Mario todo aspecto de su educación en Europa.

Si bien tenía un problema con el estudio constante e interminable de filosofía, que le parecía completamente inútil, no cabía duda que los jesuitas filósofos parecían tener más poder que nunca en el mundo. Debe servir para algo.

Y, de todos modos, Mario siempre tendría la ferretería en la cual recaer.

Mario recordaba haber oído conversaciones entre sus padres respecto a su vocación. Una vez escuchó a Belinda decirle a Pepe: «No podemos ignorar el hecho de que nuestro hijo siempre ha tenido vocación. Está en su sangre. Lo cual me indica que tú eres descendiente de uno de los hijos que tuvo el papa Borgia fuera de su matrimonio».

Mario sabía que el hecho de que su madre seguía siendo una esposa salvadoreña devota a pesar de las infidelidades de su padre, no significaba que era tonta. Pero tampoco significaba que era inocente o víctima. Ella tenía bien grabado en sus genes que un hombre tenía que ser macho, y eso significaba tener mujeres. Y entre más mujeres, más macho, y mejor. Y lo único que hacía con eso era propagar el machismo, que, entre otras cosas, embarazaba a tanta joven salvadoreña que debía alejarse de sus estudios para atender a su hijo o hijos, solita. Y mientras el joven que la embarazó era elogiado por ser macho, o gallo, la pobre jovencita quedaba tildada de 'puta'.

Esa realidad había hecho que su hermana mayor, Carmen María, rehusara participar en el sistema machista. En ese sentido, ella era la más europea todos los hijos de Pepe y Belinda Tacarello.

En lo único que coincidían todas las mujeres Tacarello era que querían que Mario tuviera hijos, para continuar el apellido Tacarello. Y como los jesuitas habían dicho que la castidad era del pasado, Belinda esperaba que Mario no se quedara de jesuita para siempre.

Por eso era que Belinda le decía a menudo: «Mejor deja a los jesuitas, Marito». Cualquier pretexto era bueno para ella.

Pero para dejar a los jesuitas, primero tenía que serlo, y en 1972, Mario Tacarello inició su trayectoria jesuita viajando a Oña, España, al Colegio Máximo, para convertirse en novicio jesuita. Ahí estudió dos años de filosofía, humanidades y teología. En 1974 fue enviado a la Universidad de Münster, a completar su licenciatura bajo el sacerdote jesuita Karl Rahner, que era un gran honor, porque en 1962, el Papa Juan XXIII había designado a Karl Rahner como Perito Asesor del Segundo Concilio Vaticano. Se le conocía como el 'Arquitecto de Vaticano II'.

Y el Vaticano II, bajo el liderazgo de Karl Rahner, había oficialmente cambiado a la iglesia católica para siempre, permitiendo otras interpretaciones de Cristo y de Dios que no eran basadas en el Viejo y Nuevo Testamento, tales como las filosofías de Teilhard de Chardin, Henri de Lubac, Yves Congar, y la teología basada en filosofía de Rahner. Y a partir de 1973, esas enseñanzas alternativas incluyeron la Teología de la Liberación.

El cambio que propuso Rahner se basó en las enseñanzas del filósofo alemán Heidegger, y el resultado fue que, en vez de animar a los fieles a no pecar desde una plataforma no pecadora, se les animaba a los fieles a no pecar desde una posición pecadora. No se tenía que tener la inteligencia de un Mario Tacarello para reconocer que todo eso resultaría en más conducta pecaminosa, no menos.

La inteligencia de Mario Tacarello también le decía que la declaración de Rahner de que Dios era un misterio absoluto era el colmo de su arrogancia germana, puesto que hacía a un lado todo lo escrito acerca de Dios por Moisés, los profetas bíblicos, y Jesucristo mismo, y se colocaba él como el único capaz de descifrar al Dios indescifrable.

Entonces, ¿cómo fue que el joven Tacarello siguió estudiando dos años bajo un hombre cuyas enseñanzas rechazaba? Fácil: le dieron indulto para ser promiscuo.

Y le encantaba ser promiscuo. Era promiscuo con cuanta mujer se le ponía enfrente: casada, soltera, viuda, apenas legal, apenas viva, religiosa, no religiosa, embarazada, no embarazada, no importaba.

Y bastaba citar a algún filósofo para que se destapara lo tapado y se abriera lo cerrado, como, por ejemplo, «Demasiada linda para adorar, demasiada divina para amar» de Hegel; sólo para después convencerla de que no había pecado, sino que todo servía para que la humanidad alcanzara su punto más alto en un futuro, el Punto Omega de Teilhard de Chardin. Nadie era pecador; todos eran pioneros.

Lo creyeran o entendieran o no, no importaba. Lo que hablaba el italiano Tacarello era mucho más interesante que lo que hablaba el típico alemán, y, además, era positivamente medioeval pecar con alguien que perdonaba su pecado inmediatamente.

Dos años enteros de eso.

Cuando se graduó, regresó a El Salvador, a enseñar en el Externado de San José.

Le había dicho el padre Montes: «Necesitamos que enseñes matemáticas y ciencias a los estudiantes, padre Mario».

«Con gusto, padre Montes, pero serán las matemáticas y las ciencias que aprendí mientras estaba aquí como estudiante porque mis años fuera me prepararon sólo para enseñar filosofía y sexo». Y se había reído.

Pero el padre Montes no se unió a su risa. «Padre Mario, déjame ser claro al respecto. Espero que enseñes a nuestros estudiantes bien. Pero el estar aquí, como parte de tu entrenamiento de 'Regencia', es más que enseñanza; es aprendizaje también. Y espero que aprendas acerca de la injusticia social que aflige a este país miserable, y que se la señales a tus alumnos».

«Padre Montes, usted puede contar conmigo».

«Muy bien. Lo otro es que te quedarás a vivir con nosotros acá, y estarás involucrado en acciones comunitarias, particularmente en el establecimiento de las Comunidades de Base».

Mario no quería pasar de ser playboy a monje de un solo tirón. «¿Es necesario? Mi maestro, Karl Rahner, sacerdote jesuita, vive con su amante. No veo que mi falta de castidad tenga nada que ver con mi habilidad de servir el bien social. Tampoco él».

Montes no estaba dispuesto a ceder. «Cuando tengas un doctorado en filosofía, haz lo que quieras. Por ahora tu deber se antepone a cualquier otro interés. Y con lo que está por suceder en este país, te garantizo que tu deber no te va a dejar tiempo para nada más. ¿Estamos?»

«Sí, padre Montes, estamos. Me quedo a vivir acá».

«Bien. Te prometo que los próximos años van a ser los más interesantes de tu vida».

El padre Montes había tenido razón en todo. Miró a la bella durmiente a su lado. Cuando se había subido al avión parecía como que no había dormido la noche anterior. Cuando se sentaron, le dijo «Hablamos luego» y se durmió inmediatamente.

Más interesantes no—más extremadamente interesantes.

Capítulo 53

La Segunda Lavada de Manos

Juana de pronto abrió los ojos y le guiñó a Eliseo.

Después de pedir un café, Juana preguntó a Eliseo de qué se había perdido.

«Te perdiste la presentación de Karl Rahner sobre el movimiento».

«¿Habló de la Teología de la Liberación?»

«No, pero describió sus actividades en el Segundo Concilio Vaticano, que allanó el camino para la Teología de la Liberación. ¿Pero primero dime cómo te fue con Don Blas?»

Juana le guiñó y le contestó: «Hizo un buen intento por despojarme de mis hábitos, pero yo me quiero quedar de monja».

«¿No se quedó enojado, verdad?»

«Para nada, Eliseo. Se quedó muy tranquilo. Ahora dime sobre la presentación de Rahner».

«Bueno... comenzó con el anuncio del Papa Juan XXIII, el 25 de enero de 1959, de que convocaría a un Segundo Concilio Vaticano para encontrar fórmulas para tratar de hacer a la Iglesia Católica más atractiva para el hombre moderno».

«¿Por qué haría eso?»

«La CELAM—Conferencia Episcopal Latinoamericana—que hubo en Río de Janeiro en 1955 trató acerca de la gran falta de sacerdotes y monjas en toda América Latina. En ese momento, la Iglesia estaba dominada por Tomistas (practicantes de las enseñanzas de Santo Tomás de Aquino), que rechazaban y condenaban todo lo que se salía de su código moral angosto».

Juana arqueó una ceja. «El código moral siendo qué—¿los Evangelios y la Sagrada Escritura?»

«Bueno, sí, pero también su interpretación estrecha de ellos. Y eso estaba alejando a la gente de a Iglesia Católica, y también estaba reduciendo el número de gente dispuesta a dedicarse a Dios. Los Tomistas querían seguir ese camino, pero los Modernistas, encabezados por los jesuitas, querían modernizar la Iglesia para hacerla más atractiva al hombre moderno, descartando conceptos que los Tomistas consideraban ser los pilares de la fe católica.

«De manera que un concilio ecuménico era necesario para determinar la mejor manera de lidiar con las creencias predominantes de la época: el darwinismo y la teoría de la evolución; el marxismo, que proclamaba ser el remedio para la pobreza, y que identificaba al capitalismo como su causante; el freudismo, que explicaba la conducta humana como siendo el resultado de impulsos sexuales; y el ateísmo, como proclamado por Nietzsche, cuando dijo que Dios estaba muerto».

Juana le hizo la pregunta obvia: «Así que los Modernistas querían una Iglesia que se amoldara al gusto del hombre moderno?»

«Pues sí».

Juana sacudió su cabeza y dijo, «La historia se repite».

La perplejidad pintada en la cara de Eliseo era casi cómica. «¿Qué? ¿A qué viene eso?»

Juana explicó: «Mateo 27:24: 'Viendo Pilato que nada adelantaba, sino que se hacía más alboroto, tomó agua y se lavó las manos delante del pueblo, diciendo: Inocente soy yo de la sangre de este justo; allá vosotros'.

«Pilato no quería crucificar a Cristo. Pero no tuvo los huevos de resistir a los judíos que querían muerto a Cristo. Así que se lavó las manos. Y la historia se repite: el Papa Juan XXIII no quería el Modernismo. Pero no tuvo los huevos de resistir a los Modernistas. Así que se lavó las manos y dijo 'allá vosotros'.

«Entonces el Segundo Concilio Vaticano no fue más que una Segunda Lavada de Manos por un romano. Sólo que esta vez fue el Papa, no Pilatos».

Eliseo se asombró ante el poder intelectual y la fuerza de las palabras de esta mujer. Jamás se le habría cruzado por la mente hacer semejante analogía.

Juana lo instó a seguir.

Eliseo siguió. «Pues la Segunda Lavada... digo, el Segundo Concilio Vaticano fue convocado con ese trasfondo. Y Karl Rahner fue invitado a ser perito teólogo asesor de los obispos del Concilio, y debido a su personalidad, se convirtió en la fuerza dominante del Segundo Concilio Vaticano».

Juana asintió y preguntó, «¿Cómo se hizo Karl Rahner acreedor a tal puesto?»

«Por su historial, supongo. Dos años después de convertirse en jesuita, Karl Rahner se registró para un doctorado en filosofía en la Universidad de Friburgo y tomó todas las clases dadas por Martin Heidegger. Karl Rahner solía decir que el mejor de todos los profesores que había tenido, y al único que llamaba su maestro, era Martin Heidegger.'»

«¿Recuérdame quién fue este Martin Heidegger?»

«Era un filósofo alemán que fue muy influenciado por Nietzsche. Entre otras cosas, decía: 'Cada hombre nace como múltiples hombres y muere como uno sólo'. También: 'El pensamiento más provocador en esta época provocadora de pensamiento es que todavía no pensamos'».

Juana no pudo contener la risa. «¿En serio? ¡Eso suena como los dichos de una galletita china de la fortuna!»

Eliseo se cortó. ¿Cómo podía esta monja irrespetar al gran maestro del gran Karl Rahner?

Pero Juana no había terminado. «Dime si estoy equivocada, Eliseo: ¿la *filosofía* de este alemán inspiró la *teología* de Rahner? Y por ende, toda la *teología* de la Segunda Lavada de Manos se basó en *los dichos de galleta de fortuna china* de un *filósofo* alemán? Heidegger está muerto—no es Dios. Entonces, ¿cómo es posible que alguien que vista sotana o hábito (como tú y yo) acepte todo eso como *teología*?»

Eliseo se sintió algo avergonzado. En los dos años que pasó con Rahner, jamás se le ocurrió hacerle esa pregunta tan lógica. Aceptaba todo lo que decía como si fuera... Palabra de Dios.

Juana le pidió que continuara explicando cómo era que Rahner había sido nombrado perito en la Segunda Lavada de Manos.

Eliseo le dijo, «En 1962, Karl Rahner fue puesto bajo precensura, o sea, se le prohibió publicar o enseñar sin el permiso del Vaticano. Pero de pronto, el Papa cambió de opinión y lo nombró uno de los siete peritos teólogos que redactaría *Lumen Gentium*, que es latín para 'Luz de las Naciones,' el documento que explicó las determinaciones de la Segunda Lavada de Manos—digo, del Segundo Concilio Vaticano.

El tropiezo hizo sonreír a Juana, que observó: «O sea que el Vaticano había castigado a Rahner, y de pronto, le quitó el castigo y elevó a ese filósofo a la posición más influyente de la época, la de perito *teólogo* asesor de la Segunda Lavada de Manos—¿cuando su doctorado era en *filosofía* y no en *teología*? ¿No te parece extraño?»

«¿Querían que la mente más brillante estuviera involucrada?» especuló el jesuita.

Juana sabía que el Papa Negro de la época—Janssens—había convencido al Papanatas Juan XXIII a hacerlo.

Juana sólo dijo, «Bueno, sigue».

«Los que supuestamente tenían que redactar *Lumen Gentium* eran los Obispos, pero la redacción fue puesta en manos de los siete asesores peritos, y éstos someterían su borrador a la aprobación de los Obispos de la Segunda Lavada... del Segundo Concilio Vaticano. La meta de Rahner era convencer a los Obispos que la Iglesia necesitaba evolucionar con la época, y que las directrices de tal evolución eran las propuestas por Teilhard de Chardin.

«Y la forma en que se convencieron a los Obispos fue escribiendo *Lumen Gentium* en latín, en forma que permitía múltiples interpretaciones».

Juana se rio sardónicamente. «Eliseo, así es exactamente como escriben los filósofos, ¿no es cierto? Combinan terminología que es inventada u oscura, para formar oraciones que distan mucho de ser claras, precisamente para permitir múltiples interpretaciones, lo cual los deja a ellos como los únicos capaces de determinar cuál de esas interpretaciones es la correcta, ¿no es cierto? Eso no puede ser novedad para ti, que estudiaste filosofía bajo Karl Marx».

«Karl Rahner».

«Disculpa, fue un 'desliz freudiano'».

Eliseo sonrió. Sabía bien que no fue desliz.

Juana prosiguió. «¿Y sabes por qué tienen que escribir así, Eliseo? Porque no pueden probar nada. Por ejemplo, cuando Nietzsche dijo, 'Dios está muerto'—¿alguna vez dio prueba de ello?»

Eliseo tuvo que sacudir la cabeza.

Juana asintió. «Exacto. Nunca dio prueba de ello. Ahora dime, Eliseo, en la vida real, si alguien te dice, 'Cómprame esta medicina mía porque te curará tu cáncer', pero no lo hace... ¿qué es esa persona? ¿Es un gran filósofo... o es un fraude?»

Eliseo no quería contestar lo obvio.

«Compara eso a Cristo, quien dijo que sería traicionado, que sería crucificado hasta morir, y que a los tres días resucitaría... ¡dicho y hecho!

Entonces, Eliseo, si tienes que poner tu fe en alguien, ¿sería en Cristo o en Nietzsche?»

De nuevo Eliseo decidió considerar su pregunta como retórica.

Juana le pidió seguir. «Explícame cómo fue que Rahner logró embaucar a los Obispos de la Segunda Lavada de Manos».

Eso era lo que Eliseo quería hacer, aunque fuera sólo para tener un respiro del asalto intelectual de Juana. «Bueno, en última instancia, Rahner tuvo éxito porque escribió *Lumen Gentium* para que *en latín* dijera las cosas que los Obispos tradicionales y el Papa querían que dijera, pero que al traducirse a otros idiomas—los idiomas que la gente realmente lee, escribe y habla—dijera las cosas que los Modernistas querían que dijera. Por ejemplo:

«*Lumen Gentium* usó la palabra latina *subsistit* para afirmar que sólo había una iglesia de Cristo y que esa era la Iglesia Católica Romana y punto. En otras palabras, *en latín*, *Lumen Gentium* dice que la iglesia de Cristo empieza y acaba con la Iglesia Católica Romana, porque ese es el significado del verbo latino *subsisto*.

«Sin embargo, Rahner sabía que la traducción del latín al resto de los idiomas se haría utilizando el homónimo de *subsisto,* que es 'subsistir', que no es la traducción correcta y que no excluye cualquier otra entidad fuera de la Iglesia Católica Romana. Esto permitió la interpretación de que, si bien la iglesia de Cristo está sustancialmente dentro de la Iglesia Católica Romana, también se encuentra en otras entidades que no son la Iglesia Católica Romana.

«El momento en que se interpretó así, se les dio la misma validez y santidad a otras entidades fuera de la Iglesia Católica que afirman ser iglesias de Cristo. Como las Comunidades de Base».

Juana no lo podía creer. «¿Así que el gran pensador y 'teólogo', tu maestro Karl Rahner, dependió de una mala traducción, y no de pensamiento original, o revelación divina, para engañar a los Obispos y al mundo entero que no habla latín? ¡Tu maestro no es más que un engatusador, Eliseo!»

Eliseo se ofendió. «Bien, si vas a ser así, ¡no sigo!»

Juana no lo iba a dejar así. Puso sus puños a sus ojos, como para enjugar sus lágrimas, y dijo: «¡Ayayay, me heriste mis sentimientos, monja mala! ¿Cómo te atreves a cuestionar todas las falsedades que me han inculcado sin que me haya costado un centavo, a cambio de tener más sexo que Hugh Hefner? ¡Ay, caray, caray!»

Eliseo realmente no sabía qué hacer. De veras ya no quería seguir hablando con esta mujer, que acababa de pasar una semana con Don Blas, sólo para burlarse de él, de su maestro y de toda la base intelectual y espiritual del movimiento revolucionario del cual él y ella— supuestamente—formaban parte.

Pero, por otra parte, había estado con Don Blas. Eso significaba que podía decirle algo sobre su futuro, que haya sabido de Don Blas, y si le dejaba de hablar, no lo llegaría a saber nunca. Entonces se retractó.

«Está bien, Juana, tienes razón. Continuaré», dijo mansamente.

Juana le tomó el brazo y se lo apretó, como para darle seguridad. «Esto nos hará mucho bien a ambos, te lo aseguro Eliseo. Así que dale».

Eliseo procedió. «*Lumen Gentium* también usó el término 'pueblo de Dios' para referirse a la Iglesia. En latín, definió 'pueblo de Dios' como aquellos que están plenamente incorporados a la Iglesia Católica Romana, y que la aceptaban como la representante de la voluntad de Cristo, como expresada por el papa y los obispos.

«Sin embargo, al traducirse, ese término se interpretó como siendo equivalente al proletariado de Karl Marx. Y al decir que la Iglesia Católica Romana acepta el proletariado, entonces abre las puertas para la aceptación de todo lo asociado con el término proletariado».

Juana tuvo que puntualizar, más con asombro que con desdén: «¿Te das cuenta, Eliseo, que si *Lumen Gentium* hubiera sido escrito en cualquier otro idioma que no fuera el latín, que nuestro movimiento jamás hubiera nacido? ¿Que nadie habría podido escribir la Teología de la Liberación jamás?»

Eliseo se limitó a continuar. «Finalmente, si bien *Lumen Gentium* decía claramente, en latín, que los Obispos tenían autoridad, pero siempre en vinculación con el Papa, la publicidad en otros idiomas que se le dio al 'Espíritu de Vaticano II' afirmaba que los Obispos tenían autoridad propia y desvinculada del Papa.

Esa mala interpretación intencional prevaleció, y fue crucial para los liberacionistas, que ahora podían afirmar que les bastaba la autorización de los obispos locales, y no del Papa».

Eliseo finalizó con: «Hasta ahí la presentación de Rahner».

Juana miró a Eliseo socarronamente. «Y de seguro fue recibida con ovación interminable, ¿cierto?»

«Juana, Rahner es un superestrella».

Juana sacudió su cabeza. «Odio tener que decir esto, Eliseo, pero tu Karl Rahner tomó menos de Heidegger que de otro alemán, Joseph Goebbels, quien famosamente dijo, 'Una mentira dicha una vez permanece como mentira, pero una mentira dicha miles de veces se convierte en la verdad'.

«Pero también pudo haber tomado de Stalin, quien famosamente preguntó: '¿Y cuántas divisiones tiene el Papa de Roma?', porque los liberacionistas pueden ignorar al Papa porque no tiene ejército papal para obligar a nadie. Y eso es ideal para que los curas de El Salvador y Nicaragua puedan ignorar al Papa Juan Pablo II, porque tanto el Arzobispo de Managua como el Arzobispo de San Salvador ya decidieron que las iglesias locales deben responder a fuerzas y circunstancias locales, y no a los designios de Roma. ¡Tremenda argucia la que se idearon, Eliseo!»

Eliseo tenía que concurrir. «Sí, lo es, es la justificación más completa para que no sólo los jesuitas desobedezcan al Papa, a pesar de su voto de obediencia, sino para que todo sacerdote y monja lo desobedezca también».

Eliseo ponderó lo que acababa de decir. El desobedecer a papas malos no era mala cosa. Un sacerdote católico llamado Martín Lutero había decidido desobedecer a un papa malo que tenía relaciones sexuales con niños y que vendía indultos—absoluciones por adelantado para cualquier pecado, no importa cuán terrible o grave o mortal.

Desobedecer al papa malo que no hizo nada para confrontar la maldad de los nazis porque le compraron su silencio tampoco sería mal visto.

¿Pero desobedecer a Juan Pablo II? Eso no sólo era errado, era peligroso. Porque Juan Pablo II sí que había demostrado estar bajo la protección de Dios: sobrevivió ser arrollado por un tranvía, y luego por un camión de cantera, en 1940. Luego sobrevivió ser arrollado por un camión alemán en 1944. También salvó a niños judíos de los nazis.

Le parecía a Eliseo que la lógica dictaba que, si Dios estaba con el Papa Juan Pablo II, y los jesuitas estaban en contra de él, entonces los jesuitas también estaban en contra de Dios. Dicho de otra forma, si Juan Pablo II estaba en contra de los jesuitas, entonces Dios estaba contra los jesuitas también.

Y eso sólo podía significar que los jesuitas llevaban las de perder.

De pronto, Eliseo volvió a oír la voz de su madre, diciéndole, «Marito, quizás deberías dejar a los jesuitas».

Capítulo 54

El Manual del Anticristo

Juana quería seguir. «Quién más habló, Eliseo?»

«El padre Jorge Bergollo de Argentina habló sobre la Teología de la Liberación».

«Por qué él?»

«Él fue uno de los que ayudaron a redactar la Teología de la Liberación».

«¿No lo hizo el padre Gutiérrez solito?»

«No, Juana, bastantes contribuyeron a ella, como nuestro colega jesuita Jon Sobrino, quien se graduó de Frankfurt, Alemania; Karl Rahner y el mismo General Arrupe, entre otros».

Juana pensó: «Y el Polka Fedoseyev, también». Pero lo que dijo fue, «¿No te parece extraño, Eliseo, que fue un cura dominicano peruano el que se dijo ser el autor, cuando en realidad fueron los jesuitas?»

Eliseo se encogió de hombros. «Probablemente fue para denotar que toda la iglesia piensa así, y no sólo los jesuitas».

Juana preguntó, «¿Y qué dijo Bergollo?»

Eliseo respiró profundo mientras ordenaba sus pensamientos y dijo: «Explicó los principios claves de la Teología de la Liberación: El primero es la opción preferencial por los pobres, que significa que la Iglesia debe estar del lado de los pobres y demandar justicia para ellos. Bergollo dijo que los misioneros católicos ayudaron a los conquistadores europeos y que los líderes eclesiásticos estuvieron con las élites por 400 años. El punto acá es que la iglesia debe mudar sus lealtades».

Esto tocó uno de los temas de mayor interés de Juana. «Eliseo, piensa en esto un momento. ¿Qué significa estar del lado de los pobres? Tiene que significar sacarlos de la pobreza, ¿cierto? Porque la pobreza no es una condición deseable. Si ese es un principio de esa 'teología' entonces el movimiento tiene que estar dirigido a educarlos efectivamente, para poderse ganar la vida decentemente, ¿no es cierto?»

«Porque de no ser así, equivaldría a decir que se está del lado de los enfermos, sin hacer nada por curarlos, y en vez de ello optar por quitarle los instrumentos, la salud o la vida al médico. ¿Cierto?»

Eliseo no podía creer lo que acababa de oír. Tenía todo el sentido del mundo—¿por qué no se le había ocurrido a él?

Asintió y continuó: «El segundo es la violencia institucional. Los liberacionistas dicen que hay violencia arraigada en los arreglos sociales actuales, y que esa violencia crea hambre y pobreza. Entonces se oponen al statu quo porque eso significaría continuar endosando un sistema que hizo y hace violencia a millones de personas».

Juana miró a Eliseo expectativamente, como esperando que se le encendiera un foco en la cabeza. Como no se encendió ninguno, tomó su mano, como para guiarlo, y le dijo: «Eliseo, si los liberacionistas se oponen a un 'sistema que hizo y hace violencia a millones de personas,' la lógica dictaría que los liberacionistas tendrían que ofrecer, como alternativa, un sistema que no hace violencia, ¿cierto?»

La lógica de Juana era contundente: no se puede promover violencia si se rechaza la violencia. Eliseo se preguntaba que quién era el que había estudiado años de filosofía, él o la monja?

«Sigue, Eliseo».

Eliseo continuó. «El tercer principio es el pecado estructural. Como la iglesia promovió y alentó la estructura feudal actual entre los terratenientes y los campesinos, la iglesia es culpable de un pecado estructural, y siendo así, ese es otro de los pecados por los cuales Cristo murió en la cruz. La única forma de expiar ese pecado que tiene la iglesia es haciendo que la sociedad elimine la relación injusta entre terratenientes y campesinos».

Eliseo la volvió a ver, esperando otra embestida intelectual. Pero Juana sólo lo abrazó y lo felicitó, efusivamente. Por alguna razón Eliseo no se sentía reconfortado. Y tenía razón. Porque Juana le preguntó: «¿Dime cómo reaccionaron?»

La perplejidad pintada en la cara de Eliseo no lo iba a dejar contestar nada. Entonces Juana ahondó: «¿Cómo reaccionaron Bergollo, Arrupe y Rahner cuando les dijiste que la Reforma Agraria de la Junta estaba diseñada precisamente para eliminar la relación injusta entre los terratenientes ricos y los campesinos? ¿Porque sí te paraste y lo dijiste, verdad?»

En ese momento, Eliseo deseaba haberlo hecho.

Juana sacudió la cabeza. Habló en tono de decepción. «¿Entonces, no les dijiste que la Compañía de Jesús debería sacar un anuncio de periódico felicitando al gobierno de El Salvador por su Reforma Agraria, puesto que satisfizo tres de los principios claves de la Teología de la Liberación, que son: la opción preferencial por los pobres, la eliminación de la violencia institucional y la eliminación de la relación injusta entre terratenientes y campesinos—sin derramamiento de sangre?»

Todo lo que pudo decir Eliseo era, «Estoy seguro de que tú se los hubieras dicho». Y no estaba mintiendo.

«Sigue, Eliseo».

Eliseo realmente no quería seguir. Se sentía apenado y humillado por la superioridad intelectual de esta monja. Pero siguió, porque ella simplemente decía lo que él debió haber dicho y nunca tuvo las agallas para hacerlo. «Otro principio es la *ortopraxis*. Los liberacionistas sostienen que la Iglesia debería poner énfasis sobre lo que es acción correcta, que en este caso es alcanzar la liberación humana, en vez de enfatizar fe y gracia. El motivo es sencillo: el énfasis en la fe hace que la gente no tome acción».

Eliseo se le quedó viendo a Juana expectativamente.

Juana se encogió de hombros. «No les queda más remedio, Eliseo. Tienen que ocultar el hecho de que Dios Padre Todopoderoso, Creador del Universo, ordenó y escribió, de Su Puño y Letra: 'No Matarás', para justificar matar, ¿cierto?»

Juana no esperó contestación y prosiguió. «Mira, Eliseo, yo no me voy a oponer a la liberación de nadie. Mi única pregunta es: ¿Por qué no están los liberacionistas poniendo el mismo esfuerzo en liberar a los cubanos de su dictador asesino Castro? ¿El mismo dictador asesino que convirtió al cien por ciento de su población en pobre? ¿El que los tiene viviendo en edificios que se desmoronan, con veinte personas en cada apartamento? ¿Pagándoles una miseria, si hay plata, o con ron, si no hay? Y encarcelándolos, torturándolos y/o matándolos si protestan porque no hay leche, pan o papel higiénico? ¿Mientras él vive en una mansión?

«No necesitan los cubanos más liberación que los salvadoreños?»

Eliseo se sonrojó. Juana podía ver todas estas cosas con claridad porque no tenía puestas las anteojeras jesuitas que él había llevado puestas por ocho años.

Juana preguntó: «¿Es todo lo que dijo Bergollo?»

Sólo un punto más le faltaba. «Bergollo finalizó haciendo hincapié en la necesidad de Comunidades de Base, que son grupos pequeños de cristianos, de 10 a 30 personas por grupo, que se juntan para estudiar los evangelios y hacer reflexión que lleva a la acción».

Eliseo se quedó aguardando el comentario de la monja.

Juana sólo suspiró y le preguntó al joven jesuita: «Eliseo, cuando escuchaste a Bergollo decir eso, dime que te paraste y le preguntaste cuál verso de los evangelios le dicen a alguien que vaya a matar?»

Eliseo sólo pudo sacudir su cabeza.

Juana no había terminado. «¿Dime, Eliseo, tu vocación, aquello que yo nunca he sentido, pero que tú sentiste desde chiquito, te llamaba a un servicio a quién?»

«A Jesucristo».

Juana asintió. «Querías seguir a Cristo porque cuando los hombres quisieron apedrear a esa pobre mujer, Cristo los apedreó a ellos, ¿cierto?»

Lo dijo tan en serio, que Eliseo no sabía si reírse o no. Al fin se rio, pero nerviosamente. Y dijo, «No, claro que no. Jesucristo no hizo eso».

Juana arqueó una ceja, escépticamente. «Dime la verdad, Eliseo: querías seguir a Cristo porque para financiar sus acciones de guerrilla contra los romanos, no echaba a los mercaderes del templo, sino que los secuestraba y pedía rescate por ellos, ¿cierto?»

Eliseo seguía sacudiendo su cabeza.

«No me mientas, Eliseo. Querías seguir a Cristo porque cuando le preguntaron los discípulos, '¿Quién es el más importante en el reino de los cielos?', Cristo contestó: 'Les aseguro que a menos que cambien y se vuelvan como guerrilleros, no entrarán en el reino de los cielos', ¿verdad?»

Eliseo tuvo que objetar. «¡Juana, la respuesta de Cristo fue, 'a menos que cambien y se vuelvan como *niños*'—nunca dijo *guerrilleros*!»

Juana aprovechó. «Cristo pudo haber dicho *niños,* pero el Anticristo dijo *guerrilleros*; Cristo salvó a la mujer de ser apedreada, pero el Anticristo apedreó a los hombres; Cristo echó a los mercaderes del templo, pero el Anticristo los secuestraba para obtener rescate, para financiar sus operaciones guerrilleras contra los romanos—tal y como hacen los guerrilleros en El Salvador».

Eliseo sólo se le quedó viendo, sin saber qué responder.

Juana señaló: «A mí me queda claro que tu vocación no es para el Anticristo. Y si estoy en lo correcto, entonces no puedes seguir la Teología de la Liberación, que describe las acciones de un Anticristo. Porque eso es todo lo que es la Teología de la Liberación: el Manual del Anticristo que aboga por una violencia que Cristo nunca hizo y por la que nunca abogó».

Juana tomó la mano y se la apretó, antes de decirle: «Pero es tu decisión, Eliseo. Sólo te advierto esto: si sigues a uno, no puedes seguir al otro. Recuerda Mateo 6: 24: 'Nadie puede servir a dos amos, pues odiará a uno y amará al otro, o estimará a uno y menospreciará al otro. Ustedes no pueden servir a Dios y a Mammón'».

Ahí concluyó la monja su intervención.

Pero Eliseo estaba lleno de preguntas. Hoy le tocaba a él. «Explícame algo, Juana: acabas de pasar una semana con uno de los patrocinadores internacionales del movimiento, ¿y ahora lo estás rechazando? ¿Cómo es eso?»

«Yo no estoy rechazando la meta, Eliseo, sólo el método. Realmente me extraña que tú no cuestiones si la lucha armada realmente es la mejor manera de mejorar las condiciones de vida de esta gente».

El jesuita tuvo que preguntar: «Entonces, ¿eres tú la que quiere reemplazar la lucha armada con educación? ¿O es Don Blas el que dice eso?»

«¿Sabes quién es Don Blas, Eliseo?»

Eliseo asintió. «Es parte de una organización de hombres de negocio progresistas de la Europa Oriental, que quieren usar sus fortunas para ayudar a los pobres».

«¿De veras, Eliseo? En la Europa Oriental, los únicos capaces de financiar la gran vida de los jesuitas son los soviéticos, la poderosa URSS. Que no te quepa la menor duda: Don Blas es ruso».

«¿Te dijo eso él?»

«Claro que no. Me dijo lo mismo que les dice a todos. Sólo que yo no me lo trago».

Eso era difícil de creer, que Don Blas Pérez fuera ruso. Su castellano era perfecto. Eliseo siempre pensó que era rumano, porque el idioma rumano era similar al español. Pero Juana hablaba con seguridad y sin pelos en la lengua. Si decía que Don Blas era ruso...

Eliseo tuvo que preguntar: «Si Don Blas es ruso, significa que la Compañía de Jesús es socia de los rusos. ¿Por qué harían eso los jesuitas?»

Juana se encogió de hombros. «Dinero. Recursos. La lucha existencial entre los Modernistas y los Tomistas, que los Tomistas habrían ganado si los jesuitas dependieran del financiamiento del Vaticano. Pero para que los jesuitas se enfrentaran al Vaticano como lo han hecho, y para que lograran las victorias que han logrado, necesitaban una fuente de financiamiento que no fuera el Vaticano, y esa fue la Unión Soviética—para lo cual necesitaban someterse a sus términos».

«¿Y Don Blas te dijo todo esto?»

«No tuvo que hacerlo, Eliseo. Soy lo suficientemente inteligente para deducirlo por mi cuenta, con base en toda la evidencia disponible. Y tú también lo hubieras deducido, si no te hubieran pescado con una carnada de educación gratis, gastos pagados en Europa, y más sexo que el Rey Enrique Octavo... todo lo cual te ha ablandado el intelecto... y tu vocación».

¡Cabal! Completamente desnudado y expuesto por Juana. Había sido juzgado acertadamente. Después de un brevísimo momento de sentir pena por sí mismo, Eliseo preguntó: «¿Cuáles crees que fueron los términos de los rusos?»

Juana respondió, porque necesitaba que este jesuita empezara a usar su cabeza. La grande, no la chiquita. «¿Más allá de lo obvio? No sé, Eliseo. Pero aún lo obvio es revelador: estamos en plena Guerra Fría, y la gente ha tomado bandos. Aparentemente nosotros, o sea, tú, yo, Ellacuría, Montes, Rahner, Arrupe, Marcial, los Sandinistas y Castro estamos del lado de la Unión Soviética. Entonces puedes concluir sin mucho esfuerzo que el dineral que los soviéticos han gastado en ustedes es para que ustedes sirvan los intereses de la Unión Soviética, ante todo.

«A juzgar por la Crisis de los Misiles de Cuba, el blanco número uno de la Unión Soviética es los Estados Unidos. Entonces la misión primordial de los jesuitas debe ser ayudar a la Unión Soviética en eso. Y eso explica por qué, habiendo lugares con mucha mayor pobreza que El Salvador, Nicaragua y Colombia, como la India, bastante de Asia y África—aún la misma Cuba—los jesuitas no hacen nada en contra de la pobreza de esos países. Sólo contra la pobreza de los países aliados de Estados Unidos. Y eso explica por qué escogieron a un indio latinoamericano como el padre Gutiérrez, como el autor del Manual del Anticristo, en vez de nombrar su verdadero autor... el Papa Negro, el vasco Pedro Arrupe, o cualquier de sus otros colaboradores europeos». Juana estuvo tentada a decir Vladislav Fedoseyev, pero optó por callarlo.

Mientras el jesuita absorbía esta información, Juana preguntó: «¿Para esto te hiciste jesuita, Eliseo—para ser un esbirro soviético?» Y con eso cerró los ojos para descansar.

El silencio obligó a Eliseo a repasar todo lo que Juana le había dicho. Sospechaba que Juana sabía más, pero en lugar de divulgarlo, había optado por hacer hincapié en él y en su vocación. ¿Por qué? La única conclusión lógica era que ella quería que rechazara lo que se estaba haciendo—como ella lo había hecho.

Pensó un rato y se enfocó en las palabras de Juana: no podía servir a Cristo y al Anticristo a la vez. Por lo tanto, tenía que rechazar el Manual del Anticristo conocido como la Teología de la Liberación. Por vocación.

En eso sonó el altoparlante: «El capitán pide que se abrochen sus cinturones y enderecen los asientos. Estamos iniciando nuestro descenso al Aeropuerto Internacional de Miami».

Capítulo 55

El Escuadrón de la Muerte Jesuita

Los dos no hablaron mucho en el aeropuerto de Miami mientras aguardaban el abordaje del avión a San Salvador. Eliseo se excusó y desapareció. Juana se fue directamente a la sala de espera de la puerta de embarque para el vuelo a San Salvador. Se entretuvo leyendo una revista.

Cuando empezaron a abordar el vuelo a San Salvador, se paró para ver si veía a Eliseo. Efectivamente, venía a paso rápido hacia la puerta de embarque. Le sonrió al llegar a ella, y con la cabeza le indicó que se fueran a poner en línea.

A Juana le alegró ver la sonrisa del jesuita. Sabía que lo había golpeado intelectualmente en el vuelo desde Roma, pero también sabía que para cumplir su promesa al Polka Fedoseyev, de 'acabar con la maldita Cruzada Negra', tenía que devolverle su confianza porque necesitaba un aliado.

Al abordar, Juana se colgó de su brazo. Sólo había cuatro personas en primera clase, aparte de ellos. Juana condujo al jesuita a sentarse en los asientos más alejados de los otros pasajeros, para que pudieran hablar más a sus anchas.

Ya sentados, se volvió a Eliseo y le dijo: «Necesito tu ayuda».

Le pareció extraño a Eliseo porque si alguien había demostrado no necesitar ayuda de nadie, era Juana. Ésta le explicó: «Don Blas me dijo algo que no te puedo decir, pero no sé si es cierto, así que necesito que me ayudes a determinar si es cierto o no. ¿Te animas?»

Eliseo se rio. «¿Un acertijo? ¿Por qué no me lo dices de un solo?»

Juana replicó: «¿Para qué decirte si no es cierto? Pero si me ayudas a determinar si es cierto o no, entonces ambos sabremos la verdad sin que yo te la haya dicho. Y si no es cierto, pues el viejo ese estaba mintiendo, y no necesitas saber lo que me dijo puesto que es mentira. ¿Me entiendes?»

Eliseo se rio de nuevo. «No, pero adelante».

Juana comenzó. «Comunidades de Base era lo que Rutilio Grande estaba haciendo en Aguilares, ¿verdad?»

«No, el padre Rutilio era reclutador. El que hacía Comunidades de Base en Aguilares era otro».

«¡Pero dicen que a él lo mataron por hacer Comunidades de Base para organizar a los campesinos a alzarse contra los terratenientes!»

Eliseo sacudió la cabeza. «Desde los 1950s, los jesuitas han estado reclutando para la vida religiosa de entre las clases más pobres, ofreciendo becas. Ningún español podía hacer eso mejor que Rutilio. Así que eso era lo que lo tenían haciendo.

«En 1977, el sacerdote que sí estaba organizando las Comunidades de Base en la zona de Aguilares, mientras el padre Rutilio se dedicaba a reclutar, era el padre Mario Bernal Londoño, un colombiano que era gran liberacionista, y que abogaba por la lucha armada. A él nunca le hicieron nada. El gobierno simplemente lo declaró *persona non grata* y lo deportó a Colombia.

«Entonces, dudo mucho que un gobierno que no mató a un cura comprobadamente revolucionario y marxista matara a alguien que sólo reclutaba adolescentes para que fueran curas y monjas».

Juana señaló: «Entonces no fueron cuerpos de seguridad los que lo mataron».

Eliseo asintió y observó: «Y tampoco fue alguien de derecha, puesto que no tenía enemigos de derecha. Lo cual nos deja dos opciones».

Juana arqueó una ceja. «¿Dos? La única que nos queda es la gente de Marcial, ¿no es cierto?»

Eliseo adoptó un aire de docente, y dijo: «Analicemos eso. A los únicos a quienes la gente de Marcial mataba en 1977, era a miembros de los Catorce—como Regalado, Poma o Borgonovo, ¿cierto? Entonces, no pudo haber sido Marcial o su gente quien mató al padre Rutilio Grande».

Juana quedó impresionada. «¡Qué bien, Eliseo! Usaste la navaja de Occam: 'la explicación más sencilla es siempre la mejor.' ¡Diste en el clavo!»

Eliseo se sintió orgulloso de sí mismo por primera vez en mucho tiempo. No todo estaba perdido. Pero entonces Juana dijo: «Pero el hecho es que alguien masacró a Rutilio Grande y a un jovencito y a un anciano que iban con él. ¿Quién?»

Eliseo dudó un poco. Entonces dijo: «¿Sabes, Juana? Yo siempre he tenido temor a ahondar demasiado en esto, porque podría llevarme a un lugar donde preferiría no ir».

Juana ya sabía eso. Pero dijo: «¿Sabes qué? A mí también. Pero a lo mejor lo podemos manejar mejor los dos juntos. ¿Te animas?»

A Eliseo le pareció la idea. «¡Sí, me animo!» Se acomodó y empezó: «Los jesuitas hicieron todo lo posible para que Romero no fuera nombrado arzobispo, a través de nuestros contactos en Europa. Pero los últimos papas no han sido amigos nuestros, y fracasaron.

«Cuando fue nombrado Arzobispo el 23 de febrero de 1977, Romero les dijo a los jesuitas, en términos tajantes, que él no era marxista, socialista, modernista ni nada. Les dijo a los jesuitas que él era teólogo ascético, que es lo más contrario a la Teología de la Liberación que un prelado puede ser; que era el más puro de los Tomistas, que es de lo más anti-Modernista que un clérigo puede ser. En otras palabras, el nuevo Arzobispo de San Salvador era lo más antijesuita que un Arzobispo podía ser».

Juana asintió. «Recuerdo a todas las nuevas monjas quejarse del nombramiento de Romero. Y si ellas se quejaban, de seguro Ellacuría también».

Eliseo asintió también. «Según Montes, Ellacuría estaba apopléjico. Pero resulta que un día, Ellacuría va al Arzobispado y encuentra al jesuita Rutilio Grande en gran tertulia con el enemigo de los jesuitas, Monseñor Romero. Resulta que Romero y Rutilio eran grandes amigos.

«Una semana más tarde, el 12 de marzo de 1977, Rutilio Grande iba en un *jeep* manejado por el Sr. Manuel Solórzano, de 72 años de edad, con el jovencito Nelson Rutilio Lemus, de 16 años de edad, en el asiento de atrás. Los tres fueron acribillados a balazos. Masacrados».

Juana preguntó: «¿Sabemos quién lo hizo?»

Eliseo cruzó sus piernas, puso sus manos en su regazo, entrelazando sus dedos, y adoptó su pose más pensativa. Juana habría dado cualquier cosa por poderle dar una pipa para completar el retrato de intelectualismo. Eliseo dijo: «Tienes que preguntarte, ¿cuál fue la motivación? Rutilio Grande era la persona más agradable que podía haber. Y era un gran reclutador. Entonces la única motivación que se me ocurre era impactar la actitud antijesuita y antirrevolucionaria del Arzobispo».

Juana asintió. Eliseo continuó. «Curiosamente, sin haber estado cerca de la escena del crimen, y sin poder aportar evidencia alguna, el padre Ellacuría inmediatamente culpó del crimen al gobierno y a los escuadrones de la muerte de la derecha. Como ya dedujimos, no pudieron haberlo hecho, puesto que Rutilio no tenía enemigos de la derecha.

«No sólo eso: el presidente de la República en esa época, el coronel Arturo Armando Molina, era un buen católico y amigo del Arzobispo. Su gobierno era el que había expulsado al cura liberacionista Bernal Londoño. Molina le dio su palabra a Romero de que no había sido el gobierno y que encontrarían a los asesinos. Pero nunca fueron encontrados».

Juana comentó: «El presidente Molina tenía una política de una escuela por semana. Le hizo mucho bien a mucha gente. No era déspota en lo absoluto».

Eliseo asintió. «Entonces vemos que Ellacuría no sólo tenía la motivación para hacerlo, sino que lanzó una acusación para poner la atención de los medios sobre quienes él quería culpar, lo cual también tenía el efecto de encubrir a los verdaderos culpables. Todo con un sólo propósito: poner al Arzobispo en contra del gobierno, y acercarlo políticamente a los jesuitas».

Juana hizo la pregunta obvia: «Bien, pero entonces, ¿quién cometió la masacre?»

Eliseo dijo, «Quien lo hizo no vaciló en masacrar a un grupo de salvadoreños completamente inofensivos e indefensos, consistente de un cura cincuentón, un jovencito y un viejito, en forma despiadada. Yo no conozco salvadoreño alguno que hubiera hecho eso. Eso fue hecho por alguien que ve a salvadoreños como inferiores, subhumanos y desechables».

Juana aparentó estar asombrada. «¿Crees que fueron extranjeros?»

Eliseo asintió. «Sí, y te diré por qué. Ellacuría no podía acercarse a nadie aquí en El Salvador para pedirle cometer ese asesinato. La razón es sencilla: hubiera quedado sujeto a chantaje, y tan sólo la insinuación de que Ellacuría pudo haber ordenado algo así, acaba con las pretensiones revolucionarias suyas y de la Compañía de Jesús en El Salvador—sin mencionar lo incómodo que estaría en una cárcel salvadoreña. Esto apunta a que fueron extranjeros.

«Pero tampoco podían ser extranjeros cualesquiera, por la misma razón. Los únicos extranjeros a los cuales Ellacuría podía recurrir eran aquellos que tenían los mismísimos intereses que él. Y esos sólo podían ser los militares de Fidel Castro. Entonces, los únicos que pudieron haber cometido ese crimen fueron cubanos, bajo el control local de Ellacuría».

Juana comentó, entusiasmadamente: «¡Brillante deducción, Eliseo! ¡Ni el mismo Sherlock Holmes habría podido hacerlo mejor!»

Eliseo sonrió ampliamente. «¡Elemental, mi querida Juana!» dijo, para seguirle el chiste. Sintiéndose mejor, continuó. «Sabemos que Ellacuría tenía la motivación y sabemos que acusó al gobierno falsamente para ayudar a alcanzar su objetivo, que era mover a Monseñor Romero hacia la izquierda, acercándolo a los jesuitas y alejándolo del gobierno.

«La pregunta que se tiene que hacer es: ¿Por qué arriesgarse a lanzar una acusación tal, sin absolutamente ninguna prueba, que lo expone a quedar como un tendencioso mentiroso, o aún un cómplice, si se captura a uno de los verdaderos hechores? Recordemos que Ellacuría cuida mucho de su reputación de ser por la paz, para encubrir su afán por la guerra, y una revelación así destruiría esa imagen tan cuidadosamente cultivada".

«¿Dígame por qué, profesor?», preguntó Juana, encantada del desarrollo de la conversación.

«Porque Ellacuría estaba seguro de tres cosas: Primera. Que la carga de la prueba le caería a la parte acusada, que quedaría obligada a probar que no lo hizo; Segunda. Que la única forma de probar que no lo hizo sería capturar a los culpables; y Tercera. Que los culpables nunca serían capturados porque ya se habían ido del país».

Eliseo concluyó su análisis diciendo: «Cada día que pasaba sin que el gobierno pudiera capturar a los culpables, era un día en el que el arzobispo se movía más a la izquierda, más cerca de los jesuitas. Realmente, es un ardid brillante».

Juana dijo: «No, Eliseo, el brillante eres tú». Y lo abrazó.

La aeromoza llegó para pedirles sus preferencias de cena. Le dijeron y se fue. Poco después cenaban.

Durante la cena, Juana le dijo: «Tu teoría quedaría validada si hubiera un patrón de esa conducta».

Eliseo dijo: «Bueno, mira este otro evento. Cuando Monseñor Romero regresó de Europa unas semanas antes de su muerte, Ellacuría y Rivera y Damas le tenían una carta a Jimmy Carter para que él la firmara. La carta decía, entre otras cosas, que los cuerpos de seguridad estaban cometiendo asesinatos, que la Junta no los podía controlar, y que, por tal motivo, Carter no debía enviar armas a la Junta.

«Pocos días después, el Fiscal General de la República, un Demócrata Cristiano, fue asesinado en su propia casa, y Ellacuría acusó a los cuerpos de seguridad».

Juana recordó eso, y comentó: «Los asesinos lograron entrar sin ser detectados por la seguridad del Fiscal General, lo mataron después de separarlo de sus invitados, y luego se fueron sin ser detectados».

Eliseo asintió. «Entonces, conforme a nuestra teoría, Ellacuría primero tiene que tener una motivación. En este caso, era para hacerles ver a los americanos que los cuerpos de seguridad estaban tan fuera de control, que hasta a miembros del partido en el poder mataban, dándoles motivo para no enviar armas a un gobierno que no podía controlar a sus propias fuerzas. ¿Motivación? La hubo.

«Luego, tiene que haber una mentira en pro de la motivación. En este caso, acusó a los cuerpos de seguridad que, según decía la carta, estaban fuera de control y eran asesinos. Pero en este caso, no podían ser cuerpos de seguridad porque no tienen esas habilidades. Los asesinos entraron a la casa como ninjas y se fueron como ninjas. ¿Mentira en pro de la motivación? La hubo».

Juana comentó: «Para validar tu teoría, tenemos que tener evidencia de que fueron cubanos. En este caso, sus destrezas, que exceden por mucho las de cualquier cuerpo local. Entonces... ¿cubanos? Los hubo».

Eliseo concluyó: «Parece ser que el asesinato del Fiscal General también fue perpetrado por cubanos, bajo el control local de Ellacuría».

Juana asintió. Y entonces llegó al objeto de todo este ejercicio: hacer que Eliseo realizara lo que le pasó a Romero, sin ella tener que divulgar su conversación con Don Blas. Preguntó: «¿Y el asesinato de Monseñor Romero?»

Eliseo la miró menos confiado, y le dijo a Juana, nerviosamente: «A esto era donde yo no quería llegar».

Juana le tomó la mano y se la apretó fuerte. «Dale, Eliseo».

Eliseo le dio. «A Monseñor Romero lo mataron de un sólo tiro, desde fuera de la capilla, y de nuevo, nadie vio nada. ¿Motivación? Crear un mártir para generar una insurrección general, porque los prospectos de reelección de Carter estaban disminuyendo y porque la Reforma Agraria era inminente».

Juana asintió—orgullosa de que su jesuita estuviera usando su cabeza grande de nuevo. Y aportó: «Había otro motivo: hacer de Rivera y Damas el nuevo arzobispo, porque Rivera y Damas era liberacionista como los jesuitas. ¿Motivación? La hubo».

Eliseo asintió, y dijo: «La mentira en pro de la motivación fue acusar a D'Aubuisson y los escuadrones de la muerte. Y mintió para fomentar un alzamiento contra una Junta que, o era cómplice, o no los podía controlar».

Juana dijo: «Sabemos que es mentira porque D'Aubuisson, que es enemigo de la Junta, anda libre, porque nadie lo vio en la escena del crimen. ¿De nuevo... mentira en pro de la motivación? La hubo».

Eliseo continuó: «Los asesinos tenían que haber sido informados de antemano del lugar donde estaría el Arzobispo, para poder estudiarlo y determinar el mejor método de asesinarlo, así como las rutas de llegada y de escape. Esa información sólo la tenía el Arzobispo, o gente a la cual se la había comunicado.

«Sé que el padre Montes y el padre Ellacuría cenaron con Monseñor Romero el sábado antes de su muerte. Así que sabemos que Ellacuría estuvo en posición de averiguar, el sábado 22 de marzo, a) que Romero iba a dar la Homilía de Fuego el día siguiente, y b) dónde iba a estar Romero el lunes 24 de marzo. Y eso fue tiempo suficiente para que los asesinos prepararan la operación».

Juana agregó: «Eso era crucial: saber que Romero iba a leer la Homilía de Fuego ese domingo, para poder decir que los cuerpos de seguridad o los escuadrones de la muerte lo mataron por esa Homilía».

Juana entonces concluyó: «Y como esa información sólo se la podían dar a extranjeros de absoluta confianza... ¿cubanos? Los hubo».

Eliseo miró a Juana y le dijo, «Ves por qué no quería llegar a esto? Todo indica que mi superior jesuita mandó matar a Romero».

Juana se encogió de hombres y dijo: «Juan 8:32: 'la verdad os hará libres', dijo Jesús a los judíos».

Eliseo asintió y dijo: «El último caso que podemos examinar es la muerte de los 40 dolientes en el funeral de Monseñor Romero. Te la pondré fácil. ¿Motivación? Mismas que para el asesinato de Monseñor Romero. ¿Mentira en pro de la motivación? Nadie vio nada, ni siquiera Ellacuría, que lanzó la acusación de que fueron los cuerpos de seguridad y escuadrones de la muerte, sin prueba alguna, para causar el deseado alzamiento. Entonces, ¿mentira en pro de la motivación? La hubo».

Eliseo tomó la mano de Juana, como para transmitir su sinceridad no sólo verbalmente, sino por medio del tacto, y le dijo: «Esto es lo contundente: Quien mató a 40 dolientes en un funeral tiene que considerar a salvadoreños como inferiores, subhumanos y desechables. Los mataron como se matan a cucarachas. No conozco ningún salvadoreño capaz de hacer eso. ¿Entonces... cubanos? Los hubo».

Ambos se quedaron callados mientras la aeromoza removía sus azafates. Luego Eliseo dijo: «Conclusión: el único escuadrón de la muerte en El Salvador es el Escuadrón de la Muerte jesuita: cubanos bajo el control de Ellacuría».

Juana asintió, pero pensando que, si bien Eliseo estaba cerca de la verdad, no había llegado a ella. Vladislav Fedoseyev le había confesado que él había ordenado la muerte de Romero. No podía decirle eso a Eliseo porque para que alguien revelara ese secreto, tendría que haber una relación seria y no quería ser asociada seriamente con él, por protección propia. Tenía que hacer que Eliseo llegara a esa conclusión por su cuenta.

Así que se limitó a decir: «Sabes, Eliseo, nos estamos olvidando de algo muy importante: Uno de los principios de tu teoría es que quien está ordenando la masacre de salvadoreños debe verlos como inferiores, subhumanos y desechables».

Eliseo se encogió de hombros. «Ellacuría es español vasco... es extranjero... lleva su desprecio a los indios en sus genes».

Juana sacudió su cabeza. Necesitaba que Eliseo considerara que Ellacuría no era el que tenía la decisión final. Dijo: «Eliseo, ¿no estamos siendo demasiado duros con Ellacuría? Para empezar, él no comanda esa unidad de cubanos—Fidel lo hace. Así que lo más que hace Ellacuría es identificar blancos, hacer recomendaciones o pedir permiso».

Eliseo asintió. «Dices que alguien encima de él toma la decisión, no Ellacuría».

Juana asintió y dijo: «Exacto. Sus superiores. Ellacuría es temperamental. Pierde los estribos demasiado rápidamente. Semejantes decisiones tienen que ser tomadas por cabezas mucho más ecuánimes que la suya».

Eliseo tomó la mano de Juana y le dijo: «Concuerdo contigo. Pero date cuenta de que la persona a quien Ellacuría está haciendo recomendaciones, o de quien pide permiso, es extranjera también...». De pronto, se le abrieron sus ojos con asombro, y preguntó: «¿Don Blas?»

Juana asintió y dijo, «Eso creo yo». Pero por dentro gritaba, «¡Bravo!»

Eliseo silbó su asombro.

Pero entonces Juana tomó ambas manos del jesuita, lo vio directamente a los ojos, y le preguntó: «¿Entonces, ¿qué vas a hacer al respecto?»

Eliseo bajó su mirada a las manos entrelazadas y cerró sus ojos. Unos segundos después los abrió, la miró y le dijo: «¿Sabes dónde estuve en el aeropuerto de Miami? En la capilla. Fui, me hinqué y oré con ganas. Y pedí perdón a Dios por defraudarlo hasta la fecha. Y juré con toda mi alma servirlo el resto de mi vida. Me tardé tanto porque luego de pedir perdón, me volví a sentir como me sentía de chiquito, y no quería dejar de sentirme así».

Luego sonrió, apretó las manos de Juana y le dijo: «Voy a comenzar a servir a Dios y no a Mammón».

Juana lo abrazó fuerte. En ese momento se atenuaron las luces de la cabina. Juana le preguntó: ¿Si te vas a volver santo, puedes esperar a que aterricemos?»

«¿Qué?» fue todo lo que el Eliseo perplejo pudo preguntar.

Juana se sentó derecha, miró a su alrededor, vio que la aeromoza estaba sentada a la entrada de la cabina, lejos de ellos. Le dijo a Eliseo: «Sé buen chico y pásame una frazada». Lo hizo.

Juana puso la frazada sobre los regazos de los dos, colocó su cabeza en su hombro, metió la mano debajo de la frazada, y le sacó su miembro.

Eliseo se sobresaltó un poco pero la dejó continuar excitándolo. Mientras lo hacía, Juana le preguntó al prelado excitado: «¿No quieres saber qué me dijo Don Blas, que necesito saber si es cierto o no?»

«¿Qué te dijo?» preguntó con voz entrecortada.

«Don Blas me dijo que mordía. ¿Me puedes decir si es cierto?»

Y se zambulló debajo de la frazada.

Capítulo 56

Chivos Expiatorios

«¡Mi Capitán, Charlie Lima está llamando en el HF!» El soldado había venido corriendo a la casa donde Padrino había hecho su puesto de mando temporal. Sánchez se fue al trote con el soldado al camión donde estaba el radio.

Tomó el micrófono y dijo, «Charlie Lima, este es Padrino, cambio».

«Padrino, lo llamo para decirle que ahora que las cosas no les están yendo bien a la guerrilla, nos están acusando de haber matado a Ellacuría y a Montes. ¿Pero están con usted y vivos, verdad?»

Sánchez quedó perplejo: «Disculpe, Charlie Lima, pero usted ya me debería de conocer». La pregunta era tonta. ¿Si estuvieran muertos, qué razón habría para no regresar al cuartel?

El coronel López quería estar seguro. «Capitán, sólo quiero que me ayude a probar que están vivos, para callar a la radio propagandística, que está diciendo que están muertos».

Sánchez se volvió a Zelayandía y le ordenó: «Ve a traerme a Segundo Montes. Llévate a un par de soldados contigo. ¡Sólo a Montes—a nadie más!»

Volvió a hablar al micrófono, diciendo, «Charlie Lima, entienda que yo no voy a regresarme hasta estar completamente seguro de que esa orden estúpida ha sido rescindida».

«Padrino, yo seré el primero en avisarle en cuanto eso suceda. Por ahora, ayúdenos con eso».

«Bien, consiga una grabadora. Avíseme cuando esté listo, por favor. Padrino fuera».

Un par de minutos después, Segundo Montes bajaba la cuesta escoltado por los soldados.

«¿Sí, capitán?»

«Padre Montes, la guerrilla está acusando al ejército de haberlos secuestrado y asesinado a usted y a Ellacuría. Ahora bien, eso me deja con dos alternativas: o usted dice en este radio que usted y Ellacuría y Elba y

Celina están bien, o yo los tengo que llevar de regreso para probar que están vivos, en cuyo caso ya no los podré proteger».

«¿Qué le gustaría que dijera, capitán?»

«Identifique a los que están aquí y diga que están seguros y protegidos. Diga la hora y la fecha, también».

«¿Puedo consultar con el padre Ellacuría?»

«¿De veras quiere involucrar a ese polvorín?»

Montes obviamente quería hablar esto con alguien. Y le hizo la siguiente pregunta a Sánchez: «¿Lo ha pensado a fondo, capitán? Porque el momento que admita que estamos con usted, será obvio que hemos sido secuestrados por ustedes».

Sánchez estaba dispuesto a conceder que no había pensado las cosas a fondo, pero es que tampoco se esperaba esto de la guerrilla. «¿Tiene usted una mejor idea, Montes?»

El radio HF sonó. «Padrino, este es Charlie Lima. Tengo lo que me pidió. Cuando listo, fuego».

«Charlie Lima, Padrino. Tengo al segundo aquí conmigo. Lo acabo de poner al tanto».

«¿Y el otro, Padrino?»

«Prefiero lidiar con el segundo. Es más razonable que el otro».

«Bueno, Padrino, cuando listo».

Sánchez le pasó el micrófono al padre Montes, quien no lo quiso tomar. «Quizá sea mejor que usted lo opere cuando esté listo», dijo el sacerdote.

A Sánchez le pareció raro esto—¿a qué le iba a dar tanto pensamiento? Pero optó por no obligarlo. Montes era ecuánime y llegaría a la conclusión más sabia. La alternativa siempre era regresar a la capital si no colaboraba. Esa era la mejor garantía que tenía Sánchez. «Bien, déjeme saber cuando esté listo», le dijo a Montes.

Sánchez dijo al micrófono: «Espere Charlie, por favor».

El coronel respondió: «Tranquilo... me espero».

Segundo Montes estaba pensando furiosamente. Sopesaba si era mejor no hablar al micrófono. Si bien Sánchez lo estaba tratando de proteger, el que estaba en el radio era el que le había dado la orden de matarlos. Lo ponderó un momento y llegó a su primera decisión: hablaría porque la alternativa era que el capitán se los llevara a San Salvador y ahí ya no habría protección de nadie.

La segunda decisión que tenía que hacer era: ¿qué era lo que mejor serviría la causa? Pero tan pronto formuló esa pregunta, se cristalizó en su mente la verdadera pregunta que no había querido hacerse: ¿Cuál causa? ¿La que lanzó una ofensiva sin avisarles? ¿La que los dejó desprotegidos?

Esta última pregunta los tenía desconcertados a los dos jesuitas. No sólo estaban desprotegidos porque no había nadie de seguridad—una escuadra guerrillera, por ejemplo. Esa era la falta de protección a la cual había aludido el capitán Sánchez en su discusión.

No, la falta de protección era mucho peor. El sábado 11 de noviembre, al comenzar la ofensiva, Elba y Celina Ramos estaban en la casita asignada al jardinero de la UCA, quien era Obdulio Ramos, su esposo y papá, respectivamente. Ese sábado en la tarde, los tres estaban en la sala de su casita cerca del portón principal de la UCA, que normalmente permanece cerrado y con llave en esta época del año porque el año académico había terminado. De pronto, vieron a una patrulla guerrillera colocar una bomba en el portón. La explosión abrió y desgoznó las compuertas del portón, dejando una de las compuertas en el suelo. Efectivamente permitiendo una entrada no impedida a la Universidad, a quien quisiera entrar.

La bomba fue tan fuerte que quebró todos los vidrios de la casita de los Ramos. Los guerrilleros parecían estar listos a entrar a la Universidad en sus vehículos cuando recibieron fuego de la seguridad militar de la colonia residencial militar al otro lado del boulevard, entablándose un combate, lo cual obligó a los Ramos a tirarse al suelo y a quedarse ahí toda la noche del sábado.

A la mañana siguiente, cuando las únicas balaceras que se oían eran lejanas, salieron a ver y encontraron sangre, pero no había cuerpos. Los Ramos conjeturaron que la seguridad militar del otro lado del boulevard había desbaratado los planes de los guerrilleros.

Fueron a la Residencia Jesuita en la Universidad, y el único que estaba ahí era el padre Montes. Montes sabía que Ellacuría venía de regreso de España, y que Jon Sobrino no regresaría por un tiempo. Pero no sabía dónde estaban los demás jesuitas. Y cuando los Ramos le contaron lo de la bomba puesta por los guerrilleros, el normalmente ecuánime Montes casi pierde su ecuanimidad. No le contestaba el Arzobispado ni nadie, para saber qué pasaba. Lo único que pudo hacer es dejar que los Ramos se quedaran en la Residencia Jesuita.

Pero Obdulio dijo que la casita estaba desprotegida por las ventanas rotas, y que necesitaba conseguir tablas para taparlas, porque todo lo que poseían en el mundo estaba en esa casa, que había quedado abierta a la calle. Sus mujeres le pidieron que no fuera, pero él dijo que no se preocuparan, que él sabía dónde las podía conseguir. Se fue y para cuando apareció el capitán, aún no había regresado Obdulio. El que sí había regresado era Ellacuría.

Si a la bomba guerrillera se le agregaba el hecho de que nadie les avisó nada, eso lo llevaba a una conclusión a la cual Montes temía llegar. Y antes de llegar a ella, el cerebral Montes quería analizar todos los hechos.

Por ejemplo, ¿qué sabía Montes de la ofensiva? Sabía que había sucedido justo después de que cayera el Muro de Berlín, lo cual significaba la caída del imperio soviético, y de todo el sistema de apoyo a la guerrilla. Los Contras habían tenido éxito en interrumpir el flujo de armas desde Nicaragua a El Salvador, y en Nicaragua se hablaba de elecciones libres.

Así que el momento de la ofensiva se debía a eso. ¿Pero, cuál podía ser el objetivo? La guerrilla se había tirado con todas sus pocas fuerzas remanentes a la ciudad capital, sin posibilidad alguna de éxito militar porque el gobierno empeñaría todas las fuerzas necesarias para desalojarlos, y acabárselos, de paso. Entonces, el objetivo no podía ser militar porque no se iban a quedar con ningún centímetro cuadrado de la capital en su posesión.

¿Entonces, qué... un objetivo propagandístico? Si lo que el capitán decía era cierto: niñitos y niñitas muertas en las calles, abusos de civiles en las residencias... todo esto negaría cualquier impacto propagandístico positivo.

Entonces si una victoria militar era imposible, lo único a lo que podían aspirar era un acuerdo de paz negociado. Pero... ¿qué incentivo tendría el gobierno para sentarse a negociar un acuerdo de paz cuando la guerrilla les había dado todo el incentivo del mundo para aniquilarlos con todo lo que habían hecho? Ninguno.

Y si eso era todo lo que buscaban—¿por qué simplemente no aceptar la oferta de unirse al proceso político que tantas veces les habían ofrecido? Bueno, en eso tenían culpa los jesuitas—Ellacuría les aconsejaba que no aceptaran, porque iban a tener que deponer las armas y ya desarmados, ¿qué detenía al gobierno de acabárselos?

Entonces si el gobierno no iba a negociar con ellos, ¿qué cosa buscaba la guerrilla—negociación directa con Estados Unidos? ¿Pero, en su condición débil y con las violaciones de normas internacionales utilizando niños combatientes y luego los abusos a civiles—¿por qué habría de sentarse con una guerrilla casi acabada la potencia triunfadora, los Estados Unidos de América, que de paso acababa de derrotar a la URSS? ¿Una guerrilla que, de paso, les había asesinado a sangre fría a cuatro infantes de marina que cuidaban de la Embajada Americana mientras departían en la Zona Rosa de San Salvador en 1985?

La respuesta se la dio su cuerpo antes de que lo hiciera su mente: de pronto no podía respirar, y se esparció una sensación gélida desde su abdomen al resto de su cuerpo. Su cuerpo entero empezó a temblar. Por primera vez en su vida, Segundo Montes estaba experimentando miedo puro. Luchó por controlarse, por respirar profundo y por continuar pensando. El capitán le preguntó si estaba bien. Le hizo seña que sí.

Al fin pudo pensar claro: la razón para esta ofensiva era hacer cuanta atrocidad pudieran hacer, para hacer que el ejército reaccionara de forma extrema, como... ¡matando a los jesuitas!

Sólo el asesinato de los jesuitas por el ejército sería capaz de opacar las atrocidades y violaciones cometidas por la guerrilla en esta ofensiva. Y sólo la indignación mundial por el asesinato de los jesuitas por un aliado de los Estados Unidos la podría obligar a sentarse con la guerrilla a negociar la paz—¡de igual a igual, no de vencedor a vencidos!

Todo otro escenario acababa en desastre para la guerrilla. Lo único que los podía salvar era el asesinato de los jesuitas por el ejército. Esto le quedaba claro a Montes.

Esto explicaba todo: por qué no los consultaron, por qué no les avisaron y por qué los desprotegieron abriendo el portón principal de entrada a la UCA con una bomba: habían sido designados chivos expiatorios.

Pero... ¿era posible que el alto mando guerrillero pudiera elaborar un plan así de sofisticado? Marcial y Ana María no habrían podido. Pero Joaquín Villalobos y Schafik Handal sí.

Villalobos y Handal fueron los que tomaron el mando cuando Ana María y Marcial se mataron en Managua, Nicaragua, al recriminarse por todas las pérdidas que les había infligido el coronel Monterrosa.

Y Joaquín Villalobos fue el que le tendió la trampa mortal al gran Monterrosa.

Así que sí podían y sí lo hicieron.

El radio HF sonó de nuevo: «¿Padrino, está ahí?»

Sánchez se volvió a Montes: «Padre?»

Montes le hizo seña que le diera un poquito más de tiempo. Ya se había recuperado del choque que esta realización le había causado. Y ahora que estaba ciento por ciento seguro de que el objetivo de la ofensiva era el asesinato de los jesuitas, porque ningún otro escenario los salvaría de una completa destrucción, estaba en capacidad de tomar los pasos necesarios para evitar ese desenlace nefasto.

Sólo que había algo que no cuadraba: era la *guerrilla* la que había abierto explosivamente el portón para dejarlos desprotegidos, el día 11. El enfrentamiento con la seguridad militar de la colonia militar al otro lado de la calle les había desbaratado el plan. ¿Que era qué? ¿Entrar a la UCA? ¿A hacer qué?

El capitán apareció la siguiente noche con orden de matarlos. ¿Por qué? ¿Porque los guerrilleros no lo habían podido hacer la noche anterior? Y como Sánchez había desobedecido y los mantenía vivos, ¿serían los guerrilleros quienes vendrían a buscar a los jesuitas, puesto que era la guerrilla la que los necesitaba muertos?

La otra pregunta era: ya que Sánchez decía que él no conocía a alguien que querría matar a sacerdotes, pero sin embargo había recibido la orden de hacerlo, ¿pudo haber sido sobornado alguien del Alto Mando militar?

Iba a tener que platicar todo esto con Ellacuría. Tendría que recurrir a todo su tacto para hacerlo pensar con claridad y sin odio. Porque le quedaba claro a Montes que el odio de Ellacuría estaba dirigido a las personas equivocadas.

Claro que hablaría por la radio. Ningún chivo expiatorio se deja sacrificar sin poner resistencia. Él no iba a ser el primero. Pero bajo una condición.

Se volvió al capitán y le dijo: «Acepto hablar. Sólo voy a decir que estamos en un lugar seguro, que no fuimos secuestrados y que estamos protegidos. Y que todos queremos una solución negociada del conflicto. Eso es lo que diré, a cambio de una cosa: No le diga nada al padre Ellacuría. Se lo voy a tener que decir yo, a mi manera. ¿De acuerdo?»

Esto era mejor de lo que el capitán esperaba, así que aceptó la condición. Pero el capitán le advirtió: «Recuerde que usted estará siendo grabado y podrán editarlo si no les gusta lo que dice».

El padre Montes le puso la mano en el hombro y le dijo, «Capitán, confíe en mí—hagámoslo».

Una hora más tarde, la estación del ejército, Radio Cuscatlán, estaba transmitiendo el mensaje de Segundo Montes. Y el capitán no le dijo nada a Ellacuría, como prometido.

Capítulo 57

El Comandante Jesuita

Después de que Estela se había llevado su plato, Belinda le ofreció postre a Mario.

«No gracias, mamá, pero te acepto un cafecito si tienes».

«Déjame hacerte del que te gusta». Belinda fue a la cocina a preparar la percoladora.

«¡Cuéntanos del viaje, hijo!» Pepe tenía curiosidad. Intuía algo.

«El viaje estuvo bueno, fue muy revelador».

Pepe quedó sorprendido con su respuesta. «¿Revelador, cuando pasaste cuatro años en Europa para obtener tu licenciatura, visitaste cada monumento que hay allá? Dudo mucho que Europa tuviera algo nuevo que ofrecerte».

«No, papá, los mismos viejos monumentos, con las mismas inscripciones».

«¿Entonces... ¿qué tuvo de revelador?»

No había practicado lo que iba a decir, porque de hacerlo, quizá acabaría no diciéndolo. Lo iba a dejar salir de su alma, sin filtros. Pero esperó a que su mamá le trajera el café y estuviera sentada para que ella también lo escuchara. Cuando su mamá se sentó de nuevo, les dijo: «Mamá y papá, soy culpable de algunas cosas. Para empezar, de no pensar por mí mismo. He descubierto que he sido demasiado crédulo respecto a todas las cosas que se me han enseñado. Esto que aprendí, en vez de acercarme más a Dios, me ha alejado de Él, porque dejé que las enseñanzas de mi maestro Karl Rahner suplantaran las enseñanzas de Dios Padre en el Viejo Testamento, y las de Jesucristo su hijo en el Nuevo Testamento.

«Por haberme tragado todo lo que me daban, me he convertido en una herramienta. Una herramienta de la muerte».

Belinda se asustó. «¿De la muerte? ¡Ay, Marito, ¿a quién mataste?»

Mario se apresuró a calmar a su mamá. «A nadie, mamá, por ahora a nadie».

«Entonces, explícate, Mario». Pepe Tacarello también estaba

384

preocupado por las palabras de su hijo.

«Mamá y papá, va a haber una revolución violenta en este país, porque mis maestros, mis jefes y sus jefes la quieren. Todos los sacerdotes y monjas nuevos, que hoy día constituyen la gran mayoría de la iglesia aquí en El Salvador, también quieren guerra aquí».

Su mamá se sintió aliviada. «Pero Marito, si eso no es noticia—eso ya lo sabemos todos. ¿Por qué es sorpresa para ti?»

«Porque les creí a mis jefes cuando me decían que todo lo que hacían era para beneficio de los pobres. Pero ahora sé que su verdadera intención es enviar a esos pobres a sus muertes, porque eso es lo que sus jefes, los que escriben los cheques, quieren que hagan»

Pepe Tacarello quería saber qué fue lo que sucedió en el viaje que había motivado este cambio en él.

«Papá, ¿cuánto te costó mi educación en Europa?»

«Cero».

«No puedo decirte la cantidad de jesuitas y otros sacerdotes de América Latina que estaban estudiando en Europa en gran comodidad cuando yo estuve allá, todos viviendo muy bien, no con una mano adelante y otra atrás como viven los estudiantes normales. Y esto sigue sin amainar hasta la fecha. ¿De dónde crees que viene ese dinero para alimentos, hospedaje, matrículas, libros, viaje, cuidados médicos y todo el resto de sus gastos?»

Belinda dijo, «Bueno, tú estuviste becado en el Externado desde el quinto grado—eso fue bastante dinero que dejó de percibir el Externado, y que bien lo hubiéramos podido pagar. Y ese dinero pudo haber servido para sufragar los estudios de los alumnos de la Academia Loyola que fundaron para los hijos de obreros en 1956».

Mario asintió y siguió. «Y luego tienen conferencias obligatorias en Bonn, Múnich, Estocolmo, Dublín, Roma, París, Londres, Madrid, Barcelona, etc. El padre Ellacuría viaja varias veces al año a España. Eso no puede provenir de colegiaturas, ¿verdad?»

Pepe preguntó: «¿No viene del Vaticano?»

Mario sacudió la cabeza: «Para nada. El Vaticano y los jesuitas son adversarios, ya que el Papa Juan Pablo II se opone a los Modernistas que se han apoderado de los jesuitas y que se quieren apoderar de la Iglesia».

Belinda preguntó: «¿Entonces de donde proviene ese dinero, lo averiguaste?»

Mario contestó: «Yo no tengo certeza de quién está financiando a los jesuitas, pero uno tendría que suponer que quien sea que está escribiendo los cheques para nuestro estilo de vida tan lujoso requiere algo a cambio, ¿no creen?»

«¡Absolutamente!» dijeron sus padres al unísono.

«Bueno, quien está escribiendo todos esos cheques para los jesuitas quiere guerra en El Salvador».

Su mamá reiteró: «Marito, la mayoría de la gente ya sabe eso. Lo que nos dices no es novedad para nosotros. Ciertamente el mayor Roberto D'Aubuisson ha pregonado que todo esto es financiado por el eje URSS-Cuba-Nicaragua».

Mario se sintió más abochornado aún. Era el tipo más educado de la casa, de la cuadra, del vecindario, de toda la colonia... pero gente mucho menos educada que él era mucho más sabia y pensante. La buena noticia es que ya había tocado fondo, y podía rebotar.

Continuó. «Mamá, me hice jesuita porque tenía vocación, un llamado, para servir a Cristo. Y de alguna forma, pensaba que lo podría servir mejor si iba a Europa y aprendía lo que habían pensado genios como Platón, Sócrates, Hegel, Nietzsche y todos los demás que estudié.

«Pero nunca aprendí a pensar, sólo a repetir, lo cual, irónicamente, fue la razón para no hacerme diocesano—que ellos también sólo repiten como loras».

Tomó un sorbo del café, como para que la cafeína le diera fuerza, y dijo: «Y de pronto, me encuentro siguiendo, no al Cristo que quería servir de niño, sino al 'Anticristo' de la Teología de la Liberación, en cuyo nombre mis jefes y sus jefes quieren enviar a miles de pobres a morir en una guerra».

Sacudió su cabeza vigorosamente y dijo: «Yo rehúso ser parte de eso. No me hice jesuita para eso».

Su madre, feliz. «¿Vas a dejar a los jesuitas, Marito? Puedes hacer lo que quieras con ese cerebro tuyo. No tienes que quedarte con ellos».

Pepe aportó con, «Mario, te puedo a enviar a Italia a sacar una maestría en finanzas, algo útil como eso. Eres ciudadano italiano a través mío».

Pero Mario sacudió su cabeza y dijo: «No los voy a dejar. Los voy a joder. Me la deben».

Ya—lo había dicho. Eso era suficientemente valiente para él. Pero más valiente habría sido que había sido convencido por una monja que, en papel, era intelectualmente inferior a él, pero que, en realidad, era su 'madre superiora'.

No importaba eso. Lo que importaba era que se había embarcado en este camino, y no se iba a echar para atrás.

Mario continuó: «Mi vocación es servir al Señor, y si bien en su época, nos llamaba a vestir al desnudo y dar de comer al hambriento, en esta época servir al Señor es educar al no educado—para que dejen de ser pobres. Y lo irónico del caso es que los jesuitas tenemos historial de ser educadores. Por alguna razón, la Compañía de Jesús decidió abogar por la guerra en vez de la educación. Pasaron a ser la Compañía del Anticristo, no del Cristo.

«Lo peor de todo es que nos hemos metido a hacer algo para lo cual no estamos preparados para nada. Porque en la profesión castrense, asciendes basado en tu experiencia de liderazgo. Primero comandas grupos chicos, luego grupos más grandes luego unidades grandes, luego ejércitos enteros.

«Yo estoy seguro de que el jesuita número uno se considera un 'Comandante', a pesar de no tener experiencia de comando en lo absoluto. Es más, si llegara a tratar de manipular un fusil, probablemente al único que le pegaría sería a sí mismo, y a nadie más. Pero ahí está, sin saber nada de guerra, ¡pero queriendo empezar una!

Su madre rememoró. «¿Sabes, hijo? Montes nos advirtió de eso cuando nos ofreció tu beca en el Externado».

Pepe asintió. «Pero explícitamente dijo que no iba a involucrar combatir como militares».

Mario se encogió de hombros. «Estoy seguro de que Montes no mintió en esa época. Pero lo que se desencadenó con el Segundo Concilio Vaticano, especialmente la Teología de la Liberación, prácticamente lo demanda. ¿Y por qué no lanzar la guerra? Desde el punto de vista del 'Comandante' Ellacuría, él es intocable, por ser sacerdote, mientras que todos los demás somos inferiores, subhumanos y desechables».

Pepe preguntó, incrédulamente, «¿Hasta tú?»

«Especialmente yo, papá. La próxima vez que necesiten un mártir, un indio como yo es perfecto. A los europeos no les importa mandar a morir a indios».

Su madre se asombró. «¿Estás diciendo que son racistas?»

Mario asintió. «Ciertamente tienen historial racista. Su misma Teología de la Liberación admite que la Iglesia ayudó a matar y subyugar indios. Los jesuitas lo llevaron un paso más allá: esclavizaron a guaraníes en Bolivia y Paraguay durante la Conquista. Así que sí: nos ven como inferiores, subhumanos y desechables».

Si bien quedaban estremecidos por las contundentes palabras de su hijo, los padres de Mario sabían que sólo curas salvadoreños habían muerto en El Salvador, y ningún europeo.

«Y mi rol en el Externado, mi alma mater, pasó de educar a adoctrinar a jóvenes para que apoyen a la guerrilla de una forma o de otra, ya sea empuñando las armas o vistiendo sotanas revolucionarias. No cabe duda: mi rol es servir la causa de la guerra. Y por lo tanto no fueron sinceros conmigo. Me engañaron. Me han vuelto un instrumento para enviar gente a matar y morir, en vez de educarlos para que puedan ganarse la vida decentemente y en paz».

El silencio los envolvió por un rato, hasta que Belinda preguntó: «Marito, ¿qué planeas hacer?»

Mario miró a sus dos padres, respiró profundo, y lo dejó salir: «Mamá, necesito hacerle llegar un mensaje al mayor Roberto D'Aubuisson. Realmente tiene que ser entregado en sus manos. ¿Me puedes ayudar?»

Su mamá sonrió, contentísima. «Claro que sí, hijo. Encontraré la forma de hacerle llegar ese mensaje».

Pepe se paró y les sirvió vino a todos. Todos tenían un rol que jugar. Quizá el suyo sería el más importante: porque si algo le salía mal a su hijo, él tendría que sacar a Mario del país.

Mientras pensaba en su rol, Pepe habló en voz alta: «Sabes, Mario, tienes toda la razón: te deben. ¿Porque de qué sirve ser un jesuita educado en Europa, si hablas y dices lo mismo que un graduado del seminario local?»

Mario tomó un sorbo de su vino y dijo, «Es peor que eso, papá. ¿De qué sirve ser un jesuita ultraeducado con doctorado en filosofía, si hablas y dices lo mismo que el Ché Guevara?»

Ambos padres se rieron de eso—quizá imaginándose a Ellacuría con boina y barba.

Pero Mario no se rio. En lugar de ello dijo, tristemente: «Cuando Ellacuría bien podría hablar y decir lo mismo que Jesucristo... ¡y buscar la paz!»

Capítulo 58

Sin Pecado Confesado

La Iglesia del Carmen siempre había ocupado puesto especial en el corazón de Segundo Montes. Así que, cuando quería desempolvar sus deberes pastorales, iba los fines de semana a ayudar al anciano padre Elizondo a confesar y dar misa. Pero en la medida empezó a tener que dedicar más tiempo a la Revolución, frecuentemente enviaba al padre Tacarello a asistirlo. Así que no le extrañó a Segundo Montes cuando Mario Tacarello le dijo que iba a ir a pasar el fin de semana del 3 y 4 de mayo de 1980 a El Carmen.

El padre Elizondo estaba muy artrítico y apreciaba la ayuda. Mientras Mario preparaba la iglesia para la misa, la hermana Licha lo ayudaba en sus aposentos con los quehaceres del sábado, para que él descansara.

Para las 4:15 p.m., Licha había terminado con esos quehaceres y se dirigió a la Iglesia, a vigilar la entrada. Mario entró al Confesionario a las 4:25 p.m., treinta y cinco minutos antes de la hora normal para confesiones. A los cinco minutos entró alguien a su derecha. La voz de la hermana Licha le dijo: «Ya está aquí. Nada de qué preocuparse porque está bien disfrazado».

Pocos momentos después, entró una persona a su izquierda, quien se hincó. El padre Tacarello dijo: «Ave María Purísima» y la voz inconfundible del mayor D'Aubuisson contestó: «Sin pecado concebida hace 1995 años». Lo que dijo después de 'concebida' era la contraseña para autenticar que efectivamente era él.

«Mayor, bienvenido. Soy el padre Mario Tacarello y al otro lado del Confesionario está la hermana Licha. Nos da muchísimo gusto que haya venido».

La voz de D'Aubuisson dijo: «Mucho gusto». Y luego fue directo al grano. Quería que esta 'confesión' no se tardara más de lo necesario. Había realizado la importancia de esta reunión, así que había acordado disfrazarse. Además, se la había solicitado una buena amiga a quien le debía mucho, que también era amiga de la madre del sacerdote. «Su nota decía que tenía información que quería pasarme. ¿Cómo es que usted está en posición de pasármela?»

Mario respondió. «Acabamos de regresar de Europa, donde todos los planes fueron expuestos. Los jesuitas y la Unión Soviética están empeñados en que El Salvador sea el siguiente dominó en caer. Eso significa guerra, no importa lo que el gobierno haga para prevenirla. Estamos aquí porque no queremos que esta nación caiga en una guerra terrible en que la gran mayoría de los muertos serán los pobres».

«En eso estamos de acuerdo, se lo aseguro», dijo D'Aubuisson con toda sinceridad.

Mario continuó. «Estoy cerca del alto mando jesuita. Trabajo directamente para Segundo Montes y tengo acceso a información discutida con el jefe del movimiento, Ellacuría. La hermana Licha, por su involucramiento en el movimiento hasta la fecha, también tiene acceso. Entonces necesitábamos alguien a quién pasarle cualquier información que consideremos importante, además de tener un sistema para contactarlo. Por favor entienda que si lo contactamos, es porque consideramos que es urgente lo que le queremos decir. No lo vamos a molestar con nimiedades».

Luego de un breve silencio, D'Aubuisson preguntó: «¿Por qué yo? Yo ya no estoy de alta. Y se me acusa de hacer tantas cosas malas. Ustedes corren riesgo al asociarse conmigo».

Aquí intervino Licha. «¿Mayor, dígame qué no es riesgoso en El Salvador hoy día? Uno muere si hace y muere si no hace. Y en su caso, acciones de violencia hasta podrían justificarse, por ser militar. Pero la violencia no es justificable en sacerdotes y monjas, y hasta la fecha, la mayoría de los actos violentos cometidos en El Salvador han sido por designio de gente que dice representar a Dios. Pero yendo al meollo del asunto—una relación con usted es tan improbable, que bien podría ser la relación más segura que podríamos tener».

El mayor quedó impresionado por la monja.

Mario completó su respuesta. «Decidimos acercarnos a usted porque usted es más accesible. Además, no conocemos a nadie del ejército».

D'Aubuisson tuvo que preguntar: «Entonces supongo que ustedes no creen que yo haya hecho las cosas de las que me acusan, ¿verdad?».

Licha contestó antes que Mario pudiera hacerlo. «Mayor, usted tiene enemigos poderosos en la Junta, por su oposición política a la Reforma

Agraria. Si ellos tuvieran la más mínima prueba de que usted ha hecho algo malo, usted estaría encarcelado. Para mí, esa es la mayor prueba de su inocencia».

Mario agregó: «Estamos muy seguros de que usted no tuvo nada que ver con el asesinato de Monseñor Romero. Los asesinos tenían que haber sabido, con días de anticipación, dónde iba a estar el Arzobispo esa tarde, y esa información solamente pudo haber sido proporcionada por gente de nuestro lado, quienes, de paso, eran los únicos que sabían que el Arzobispo iba a dar la Homilía de Fuego ese domingo. El Arzobispo tenía que dar esa homilía para poder culpar al gobierno, a los escuadrones de la muerte, o a usted, de su asesinato».

D'Aubuisson concordó. «Tiene toda la razón, pero además nadie en El Salvador tiene esa clase de destreza como para hacer una operación tan precisa y luego desaparecer sin poder ser identificados. Esos fueron profesionales extranjeros».

«Estamos de acuerdo, mayor».

El mayor entonces dijo, «En la nota que ustedes me pasaron, decían que ustedes querían que me inventara un sistema de comunicaciones codificado y confiable».

«Sí, mayor, que sea de doble vía para que tanto usted como yo nos podamos comunicar. ¿Es eso posible?»

«Sí lo es. Crearé una clave para descifrar mensajes escondidos en pasajes bíblicos».

Mario respondió: «¡Perfecto! Lo único es que le pediríamos que nos lo traiga mañana para enseñárnoslo, porque con seguridad estaremos aquí. Ya el lunes regresamos a nuestras rutinas y no sabemos cuándo podríamos estar de regreso acá en El Carmen, que nos ofrece una seguridad que no nos ofrece ningún otro lugar. Lamentamos hacer esta demanda de su tiempo, pero las cosas se están moviendo rápido por la Reforma Agraria y las elecciones americanas este noviembre, y sería mejor tener un sistema disponible cuanto antes».

«Estaré aquí mañana a la misma hora». Pero D'Aubuisson no se levantó. Momentos después dijo: «Si bien la gente me tiende a creer cuando hablo con ellos, estoy seguro de que antes de que cualquier comandante del ejército o de los cuerpos de seguridad quiera movilizar a su gente para actuar sobre cualquier inteligencia que ustedes me pasen, va a querer prueba más contundente que mi palabra. Y no quiero tener que especificar quién me pasó la información. Y además, conociendo lo católicos que son todos ellos, no van a creer que gente religiosa hace diabluras. ¿Me pueden ayudar en este sentido? ¿Qué podría decir?»

Licha estaba lista para esto. «Mayor, usted no necesita mencionarnos a nosotros. Todo lo que tiene que hacer es apuntar a la revolución nicaragüense, que fue planeada y ejecutada por jesuitas y que los jesuitas españoles en El Salvador quieren lo mismo para este país».

Eso le gustó a D'Aubuisson. Una explicación simple, sencilla y verificable independientemente. «Eso tiene sentido. En eso me apoyaré».

Se levantó y dijo, «Los veo mañana a la misma hora».

Y se fue.

Capítulo 59

¿U o UCA?

El mayor Zepeda, el Oficial de Inteligencia (S-2) de la Primera Brigada, estaba de Jefe de Servicio el 7 de mayo de 1980. Para las 6 p.m., los parientes y amigos de soldados que habían venido a visitar y departir en las celebraciones del Día del Soldado, se habían ido.

Después de cenar, fue a su pabellón a leer los últimos partes de los distintos cuarteles. En mayo de 1980, estaba en contacto constante con los cuerpos de seguridad que mantenían vigilada a la Universidad Nacional, que ha sido refugio de comunistas desde su creación.

El secuestro, la tortura y el asesinato de Ernesto Regalado, un filántropo acaudalado de los Catorce, se había gestado dentro de la Universidad Nacional de El Salvador. La mayoría de las marchas de las Organizaciones Populares partían de la Universidad Nacional para sus marchas. Habría sido tan fácil cerrarla, pero eso habría enojado a los estudiantes no activistas que sólo querían graduarse con profesión. Así que, por ahora, se quedaba abierta pero bajo constante vigilancia.

Pasó el tiempo y como a la medianoche oyó actividad fuera de su pabellón. Dos camiones entraron al área central del cuartel. Varios hombres, la mayoría en uniforme militar, fueron bajados de los camiones. El Comandante de la Brigada, el coronel Blandón, le ordenó a Zepeda interrogarlos. Cuando le preguntó que en calidad de qué estaban detenidos, el coronel dijo: «Por el momento, son enemigos del estado, según la Junta».

Zepeda le preguntó al coronel si los quería en bartolina.

«No, póngalos bajo vigilancia armada en el casino de los oficiales, mientras hablo con Majano. Interrogue a D'Aubuisson primero».

El hecho de que D'Aubuisson estaba entre ellos alarmó a Zepeda. El niño lindo de la derecha en El Salvador. ¿Por qué diablos había sido capturado? ¿Y por qué no había sido informado el S-2, si era operación de su Brigada?»

Como leyéndole la mente, el coronel Blandón se encogió de hombros y le dijo: «Esto fue manejado todo por Majano. A mí sólo me ordenaron que pusiera a la unidad del capitán León bajo su comando operacional».

Zepeda se admiró de las agallas de Majano por este intento. D'Aubuisson era un blanco fácil, por la mala fama que tenía. Y no estaba de alta, lo cual significaba que ningún cuartel tendría excusa alguna para rebelarse. La eliminación de D'Aubuisson habría callado a la propaganda izquierdista que acusaba a la Junta de no poder controlar a los supuestos escuadrones de la muerte. Finalmente, habría hecho temible a Majano, que, si bien era muy querido, no era temido. Era bueno hacer que los enemigos le temieran a uno.

Pero tenía que haberlo matado. No hacerlo significaba que D'Aubuisson se iba a convertir en héroe folklórico, en leyenda. Y significa que Majano iba a perder respeto, e iba a acabar yéndose de la Junta. Con lo cual no tenía problema alguno—ya era hora de que el gobierno pasara a ser de quien el pueblo eligiera, y no dominio exclusivo de militares. «¡Militares a sus cuarteles!» era un lema con el que él concordaba completamente.

Zepeda llegó al casino de oficiales de la Primera Brigada y dio orden de que desamarraran a los prisioneros y a éstos les dijo que se pusieran cómodos, pero que estarían bajo vigilancia armada.

«Zepeda, grandísimo hijo de la gran puta, somos compañeros de Tandona así que ¿cómo te atreves a amenazarme?» preguntó el Toro Staben, un hombre masivo como pocos, muy popular en el ejército.

Zepeda, que nació con un semblante sardónico, lo acentuó cuando le contestó, «¡Por bruto, Toro! ¿Cómo diablos te dejaste capturar así? Además, yo sólo sigo órdenes así que ¡sírvete un trago y cállate!»

Se volvió al mayor D'Aubuisson, quien era más antiguo que él, así que, a pesar de ya no estar de alta, lo trató con el respeto que le merecía su antigüedad. «Mi mayor, acompáñeme a mi oficina por favor».

«Sí claro, Zepeda». Y D'Aubuisson inmediatamente encendió su encanto personal.

Eso no fue interrogatorio para nada. D'Aubuisson tenía a Zepeda muerto de la risa con anécdotas e historias. Nació para político. Nunca debió haber sido militar.

Después de un rato, Zepeda tuvo que tomar control de la situación, y le dijo, «Mi mayor, tengo que interrogarlo. No me gusta la situación en la que estamos, pero sólo sigo órdenes. ¿Qué estaba haciendo en esa finca...

planeando un golpe de estado?»

D'Aubuisson no vaciló al contestar, «Zepeda, era Día del Soldado y estábamos celebrando, eso es todo. No estábamos planeando nada».

Zepeda trató de lucir serio, pero su cara no lo dejaba. Su aspecto de perpetua picardía no asustaba a nadie. Al contrario—lo había metido en problemas cuando estaba en la Escuela Militar. Los cadetes antiguos lo acosaban, como era costumbre, y él trataba el acoso con la seriedad del caso, pero todo lo que los cadetes acosadores veían era una sonrisa sardónica, y le decían, «Ahhh... ¿así que se está burlando de sus cabos, recluta?» No era de extrañar que, a raíz de ello, había impuesto el récord de más lagartijas jamás hechas por un cadete; récord que seguía imbatido hasta la fecha.

No obstante, dijo, con toda la seriedad que podía conjurar: «Mi mayor, hemos sabido que quiere derrocar a la Junta».

Esta vez sí se puso serio D'Aubuisson. «Zepeda, tenemos problemas mucho más grandes que la maldita Junta. Yo no perdería el tiempo yendo tras políticos de pacotilla. Sí, mi coronel Majano es un socialista empedernido, pero él no es más que un títere. Si voy a ir tras de alguien, será tras del titiritero. Así que dígale a su coronel Majano que no tiene nada qué temer de mí».

«Entonces, ¿qué? ¿En la Finca San Luis estaban planeando ir tras de los verdaderos titiriteros, Fidel Castro y Brezhnev, por eso había invitado a los de la marina? ¿Para usar sus lanchas?»

D'Aubuisson se rio. «Sólo si se aparecen en El Salvador, Zepeda. Pero tienen representantes aquí, y Majano y Ungo y el resto de los políticos bailan al ritmo que ellos les imponen».

Esto le pareció curioso a Zepeda. «¿Y quiénes son ellos, según usted?»

D'Aubuisson sacudió la cabeza, pero con ojos sonrientes. «Eso, Zepeda, es información que le voy a dar una vez nos dejen ir de aquí, a mí y a mis amigos, vivitos y coleando».

Zepeda se rio. «¡Mi mayor, por Dios! Usted está hablando con el S-2 de la Primera Brigada, el Oficial de Inteligencia más informado de todo el ejército. Así que dudo mucho que usted sepa algo que yo no sepa ya».

Pero el semblante de suprema confianza de D'Aubuisson afirmaba lo contrario. Esto incomodó al S-2, porque si había algo que no sabía, pues, tenía que remediar la situación.

Siguió hablando para ver qué le sacaba a su prisionero. «Que conste, usted es mi compañero de armas y no le deseo mal. Si la decisión fuera mía, le diría 'vete y no peques más'».

D'Aubuisson se prendió del comentario de Zepeda. «¡Por ahí anda la cosa, Zepeda!».

Zepeda se sorprendió. «¿Qué cosa?»

D'Aubuisson tenía a Zepeda donde lo quería. «Dígame, Zepeda, ¿ha oído hablar usted al sandinista Daniel Ortega?» Ambos sabían que Daniel Ortega era el Comandante número uno de los sandinistas.

Zepeda asintió. «Sí. No es nada especial».

D'Aubuisson asintió. «Claro que no es especial. Es un morón. Y un títere, igual que su Majano».

«¿De Castro?»

«De la iglesia».

«¿Qué?»

«Sí, Zepeda, el autor intelectual del movimiento sandinista no es Daniel Ortega, sino un jesuita llamado Fernando Cardenal».

«¿Y cómo sabe usted eso?»

«Basta usar la cabeza, Zepeda. Somoza tenía los medios y la organización para estar informado de cualquier amenaza a su poder corrupto. ¿Realmente cree que tarados como los Ortega hubieran podido ser más astutos que Somoza? Los únicos con el cerebro para hacerlo eran los jesuitas porque todos están educados en Europa».

«¿Me está usted diciendo que los que planearon la caída de Somoza fueron los jesuitas?»

D'Aubuisson asintió vigorosamente. «Sí, y eran los únicos que hubieran podido hacerlo. Jamás se le ocurrió tener espías en instituciones religiosas».

Esto le parecía algo exagerado al S-2. «Vamos, mi mayor, los curas dan misa, comunión, confesión, y en el caso de los jesuitas, educan. No hacen revolución o guerra».

D'Aubuisson miró a Zepeda casi con lástima. Sacudió su cabeza cuando dijo, «Zepeda, déjenos libres y tiene mi palabra como compañero de armas que le abriré los ojos acerca de la realidad de la guerra que se nos viene encima. Y no me importa porque mi destino es ser político y presidente. Así que con gusto le pasaré todo lo que sé y lo pondré en contacto con mis informantes».

Zepeda no sabía qué pensar. Sólo pudo preguntar: «¿Alguien más sabe de esto?»

Por primera vez se acaloró D'Aubuisson. «Zepeda, ¿y en quién putas puedo confiar? ¿En Majano? ¿En alguien de la junta? ¿Especialmente después de lo que pasó hoy? ¡Estaría muerto de no ser por ese teniente Sánchez de Transmisiones!

«Y a nadie se lo he dicho—¿sabe por qué? ¡Porque todos son católicos que no creen que ningún cura o monja puede hacer nada malo! ¡Igual que usted!»

Zepeda sólo sacudía la cabeza, sin estar dispuesto a creer.

Entonces D'Aubuisson dijo, «Muy bien Zepeda... hagamos algo. Pruebe que estoy equivocado. Yo afirmo que usted probablemente tiene vigilancia constante sobre la Universidad Nacional, y nada de vigilancia sobre la UCA. A ver. Dígame que estoy equivocado».

Zepeda tuvo que asentir. Jamás se le habría ocurrido vigilar a la UCA, ni a ninguna institución católica, ¡precisamente por las razones que dio D'Aubuisson!

El prisionero sabía que se había ganado la confianza del S-2. Le dijo, «Déjeme asegurarle que las fuentes que tengo valen oro. Me están informando cómo se están desarrollando las cosas con los curas y las monjas revolucionarias. Pero en este momento no puedo confiarle esas fuentes a nadie».

Zepeda estaba más dispuesto a creerle, porque esto no sonaba a invento. Esto empezaba a tener sentido. D'Aubuisson estaba enterado de algo que él desconocía. Siguió indagando. «¿Entonces, sólo son los jesuitas o también del Arzobispo Rivera para abajo?»

«¿Zepeda, usted es católico, cierto?»

Zepeda asintió y se rio. «Mi esposa me arrastra a misa cada domingo que no estoy de servicio. No puedo evitarlo».

D'Aubuisson continuó. «¿Cuándo fue la última vez que usted fue a misa, donde el cura párroco no hizo mierda a los militares o al gobierno?»

Zepeda se rio. «Desde que yo me acuerdo, siempre nos tiran duro».

D'Aubuisson asintió. «Y esos curas no son jesuitas, ¿verdad?»

Zepeda sacudió la cabeza.

El mayor D'Aubuisson puso cara de 'te lo dije' y le preguntó: «¿Contesta eso su pregunta?»

Zepeda sopesó todo esto. Para estar seguro, preguntó: «¿Entonces la revolución no está siendo gestada por estudiantes de la Universidad Nacional?»

D'Aubuisson sacudió la cabeza. «¿Estudiantes, Zepeda? Estudiantes planean marchas. Secuestros y asesinatos, también. ¿Pero revoluciones? Se necesita gente más preparada que estudiantes, y ¿quién más preparados que los jesuitas?»

Este tipo le estaba pareciendo más y más sensato a Zepeda.

Su prisionero continuó explicando. «La revolución se está gestando en la Universidad Católica, en el Externado de San José y en el Seminario de San José de la Montaña».

Hizo una pausa antes de decir lo que ahora era obvio: «Y al no vigilarlos, estamos cometiendo el mismísimo error que cometió Somoza».

Zepeda quería defenderse. «Mire, mi mayor, yo conozco a varios curas, y son inofensivos. Ladran pero no muerden».

D'Aubuisson disputó eso. «Zepeda, tienen esta nueva teología que les permite irse a la guerra. La llaman Teología de la Liberación. Y los curas liberacionistas están planeando tomarse El Salvador como se tomaron Nicaragua».

Zepeda sopesó esto. Si D'Aubuisson estaba en lo correcto, significaba que todo este tiempo, el muy respetado S-2 de la Primera Brigada de Infantería, su Oficial de Inteligencia, había tenido la inteligencia incorrecta. No sólo eso—estaba completamente ignorante de todo. Ser ignorante no es bueno si se es un S-2. Así que preguntó: «¿Qué más me puede decir?»

«Zepeda, eso es todo lo que sabrá de mí hasta que nos dejen en libertad. Y cuando eso pase, le pasaré mis fuentes».

El S-2 de la Primera Brigada llevó al mayor D'Aubuisson de regreso al Casino de Oficiales y se llevó a otro prisionero a su oficina para interrogarlo. Quiso dejar a su compañero de Tandona, al Toro Staben, de último, y sólo hasta haberse cerciorado de que estaba demasiado bebido como para intentar estrangularlo con sus manotas.

Como a las diez de la mañana del 8 de mayo de 1980, el capitán de servicio le dio parte de que el coronel Blandón ordenaba que se dejara a los prisioneros en libertad.

Cuando fue a informarles que quedaban libres, D'Aubuisson se le acercó para agradecerle y para decirle que cumpliría con su promesa de pasarle sus fuentes, después de coordinar con ellas.

Capítulo 60

S-2 MÁS 2

El confesionario se estremeció cuando se hincó el confesante. Obviamente era un hombre más grande que D'Aubuisson, que era delgado tipo Gandhi. Pero en vez de hacer acto de contrición o decir algo netamente católico, dijo, «¿Hay alguien aquí?»

El padre Tacarello dijo, «Ave María Purísima».

El confesante dijo, «Ah, sí... ¿qué fue lo que me dijo? ¿Desde 1995... algo así?»

El padre Tacarello le dijo, «¿Cómo está, mayor Zepeda?»

«Bien. Usted debe ser el padre Mario».

«Sí, y la hermana Licha está aquí en el banquillo a mi derecha».

Licha lo saludó. «¿Cómo está mayor?»

«Bien, hermana, gusto en conocerlos a ambos».

Mario tomó la palabra. «Le estamos agradecidos al mayor D'Aubuisson por ponerlo en contacto con nosotros. No habríamos sabido a quién dirigirnos, si él ya no estaba. ¿Le dijo algo acerca de nosotros?»

«No dijo nada más que sus nombres, y sólo después de que ustedes habían dado el visto bueno para reunirnos. Él se da cuenta de que el valor de esta relación es inmenso, pero sólo si permanece secreta. Igual que yo».

Todos asintieron.

Zepeda continuó. «Pero ahora que estamos en contacto, y que estoy enterado del método de comunicación que D'Aubuisson y ustedes se idearon... ¿tienen alguna información para mí?»

Licha quiso tomar la batuta. «Mayor Zepeda, el mayor D'Aubuisson nos dijo que usted, como Oficial de Inteligencia de la Primera Brigada, necesita enterarse de que una ofensiva mayor está siendo planeada para el próximo enero, si no antes».

Zepeda se encogió de hombros. «Tal vez, pero la realidad es que se ha comenzado a implementar la Reforma Agraria, y eso les va a quitar bandera. En una guerra de guerrillas, el lado que se gana los corazones y las mentes de la gente gana. Y nosotros estamos haciendo eso. Un pueblo agradecido por la desposesión de los ricos para apoderar a los campesinos, no se va a alzar en contra del ejército que les entregó todas esas tierras. Y sin alzamiento popular, la guerrilla no tiene los números para hacer nada serio. Así que discúlpenme, pero lo dudo».

A Licha no le gustó el desdén con el que el mayor trató esta revelación. Pero al mismo tiempo consideró que podía ser que los estaba poniendo a prueba.

Licha probó otro camino. «Mayor, los sandinistas han estado enviando armas desde julio de 1979. ¿Ha incautado todas las que han entrado a la U?» La 'U' era como era conocida la Universidad Nacional.

Zepeda se sorprendió con la pregunta. D'Aubuisson les debió haber dicho lo que él había estado haciendo. Decidió contestar sinceramente. «La verdad es que no hemos incautado nada en la U».

Mario intervino. «¿Sabe por qué, mayor? Porque las armas que están enviando las están guardando en muchos lugares, menos en la U».

Zepeda quedó más sorprendido por la respuesta. Según su 'inteligencia' los Sandinistas no habían enviada nada aún. Se dedicaban más que nada a entrenar mandos bajos guerrilleros. Hizo la pregunta lógica. «¿Dónde las están guardando, pues?»

Mario contestó. «Hay varios lugares en toda San Salvador que se construyeron debido a su vigilancia de la U, mayor. La hermana Licha ayudó a construirlos. Si le decimos dónde están, no vuelve a ver a la hermana Licha viva—sabrán quién los traicionó».

Zepeda entendió eso. Realmente le parecía extraño que no hubieran enviado nada. Entonces, su inteligencia estaba equivocada. Por lo tanto, las armas sí estaban viniendo y eso significaba que...

Licha se inyectó en su pensamiento con su voz. «Las armas las están enviando con un propósito, mayor. Y ese es la ofensiva antes de que inauguren al próximo presidente de los EE.UU. Esa ofensiva vendrá. Es tan importante que ha estado viniendo un ruso al país, para supervisar las construcciones de los depósitos de armas».

Esto sobresaltó a Zepeda. «¿Ruso? ¿En El Salvador?» preguntó abatido. ¿Cómo era posible que él, el S-2 de la Primera Brigada, el Oficial de Inteligencia, no supiera de un ruso en El Salvador? ¡Si tenía informantes por todos lados!... Excepto, claro, entre los curas y las monjas, como D'Aubuisson le había dicho.

Mario le dijo: «Mayor, desde julio de 1979, Nicaragua está en la esfera rusa. Más de algún ruso debe poder hablar español bien, y hacerse pasar como otro jesuita español, ¿no cree?» Si bien Don Blas nunca se hizo pasar como jesuita, la mentira blanca servía su propósito: hacer que este militar tomara en serio a sus informantes.

Zepeda se sentía humillado. Era obvio que el enemigo estaba preparando algo grande, y que le era completamente desconocido. Pero no más.

Les dijo, «Lo que ustedes me están diciendo tiene sentido. Y si hay armas y hay rusos, significa que esa ofensiva sí va a venir. Discúlpenme por haber dudado de ustedes».

Licha fue magnánima. «Mayor, sé que suena increíble: que hombres y mujeres de Dios planeen una revolución, en alianza con los rusos ateos. Pero es exactamente lo que se nos viene encima».

Zepeda sacudió la cabeza. De veras que sí le había parecido increíble, pero ya no.

Licha continuó: «Le pido dos cosas: la primera es que nunca dude de nosotros. Si no estuviéramos tan seguros de esto no hubiéramos buscado al mayor D'Aubuisson. La segunda es que no me pida revelar dónde están las armas, por mi seguridad personal. Pero puede estar seguro de que se lo revelaré en el momento apropiado».

Mario agregó, «También le pido yo que no levante la vigilancia sobre la U, mayor. Así se quedan seguros de que usted no sabe nada».

Zepeda asintió. «Esa es buena idea, padre, pero ¿y ahora qué? ¿Pongo vigilancia en la UCA también?»

Licha dijo, «Mayor, ¿para qué va a poner vigilancia en la UCA si nos tiene a nosotros?»

Pero Zepeda era escéptico por naturaleza. «Disculpen, padre y hermana, pero D'Aubuisson me dijo que ustedes trabajan en colegios, no en la UCA. Entonces lo que se planee en la UCA podría pasar desapercibido por ustedes».

Mario contestó. «Mayor Zepeda, estamos tan cerca de esa gente, que nos vamos a enterar de todo mucho antes que cualquier informante que usted decida poner—a quien nunca le tendrán la confianza que nosotros, la hermana Licha y yo, nos hemos ganado».

Zepeda cedió. «De acuerdo». Pero su mente regresó a la ofensiva. Algo no cuadraba. Había suficiencia de armas, pero definitivamente no había suficiencia de dedos para halar los gatillos.

Así que dijo, «Bien, pero para que una ofensiva funcione, van a tener que tener más efectivos que los que tienen hoy. Y esos efectivos sólo pueden venir de un alzamiento popular. ¿Y qué podría causar eso? Si no lo pudo hacer la muerte de Monseñor, no lo va a poder hacer nada».

Mario asintió. «Créanos, mayor, eso tiene a todo mundo rascándose la cabeza. La única explicación es la popularidad personal de Duarte y que la gente de veras creía que les iban a repartir las tierras. Y hoy que ya empezaron a hacerlo, ese alzamiento tiene menos probabilidad de que ocurra».

Zepeda se sintió validado. «¿Ven? Hasta ustedes están de acuerdo de que, dadas las circunstancias, esa ofensiva no se va a dar. No podrían ganar».

Licha sacudió la cabeza. «Mayor, usted como experto en la historia castrense... ¿puede apuntar a alguna instancia en que una fuerza atacó a otra que tenía superioridad numérica, a pesar de saber que era inferior?»

A Zepeda se le vinieron varias batallas a la mente: la Batalla de la Ardenas en 1945, cuando el ejército alemán atacó a las fuerzas aliadas con una fuerza muy inferior; Leónidas y sus 300 espartanos; la ofensiva Tet del Vietcong... y respondió: «Sí, varias, hermana Licha».

Licha asintió. «Bueno, pues esta ofensiva se va a dar, ocurra o no el levantamiento popular, porque las potencias exteriores que están invertidas en esa ofensiva se van a asegurar que suceda. Lo único que podemos hacer nosotros, mayor, es ver cómo hacemos para que esa ofensiva sea derrotada con un mínimo de derramamiento de sangre. Esa es la razón por la cual estamos hablando con usted».

Zepeda no pudo menos que sentenciar, «Si lo hacen se los va a llevar Judas. Van a morir bastantes. Los van a mandar a una matanza segura».

Mario se apresuró a decir, «Mayor, ese es otro aspecto del que nos hemos dado cuenta la hermana Licha y yo: los que quieren esta guerra ven a salvadoreños como inferiores, subhumanos y desechables. No les importa cuántos queden muertos, ciegos, paralíticos, mutilados... nada. Y a nosotros nos ofende eso. Por eso queremos entablar una relación con usted para derrotar esto con un mínimo de muertos».

Zepeda quedó impresionado por la sinceridad de sus palabras. Por primera vez se sintió a gusto con los dos religiosos. Estos podrían ser las fuentes que todo S-2 sueña con tener.

Se sinceró Zepeda también. «Bien dicho, padre. Bien dicho. Quiero que sepan que les creo y que, a partir de este momento, estaré en contacto con ustedes. No vacilen en contactarme si necesitan mi ayuda para algo».

Estaba a punto de levantarse cuando Licha le pidió que se esperara. «Mayor, hay algo que usted necesita saber. En Europa hicieron énfasis en la historia del padre Camilo Torres Restrepo, un cura colombiano que se hizo guerrillero y murió peleando. Pero antes de unirse a las guerrillas, había sido parte del Instituto de Reforma Agraria de Colombia, que también repartió tierras a campesinos, como lo está haciendo la Junta hoy día. Sólo que, en el caso de Colombia, no lo hicieron suficientemente rápido para el padre Camilo. Por favor tome en cuenta esto».

El mayor Zepeda dejó la Iglesia del Carmen, caminó un par de cuadras a su auto, se metió y arrancó, pensando en la supuesta ofensiva. El enemigo atacaría con una fuerza mal entrenada y equipada, ciertamente no lista para un ataque frontal. Además, como tendrían que atacar cuarteles, necesitarían tener una ventaja numérica de al menos tres a uno para tener alguna posibilidad de éxito en cada cuartel. Eso requeriría un total de como 60,000 guerrilleros bien entrenados y armados para poder derrotar a la Fuerza Armada en posición defensiva.

Toda la inteligencia que él tenía le indicaba que, cuando mucho, la guerrilla iba a poder reunir un sexto de ese número, bastantes de los cuales no estaban bien entrenados.

Así que él estaba en lo correcto de que sólo un alzamiento popular podría hacer que la ofensiva funcionara. De pronto el mayor Zepeda se sintió muy agradecido por tener a Duarte, alguien a quien él, siendo teniente, había aborrecido por supuestamente ser comunista. ¡Cuán errado había estado! En realidad, Duarte, junto con Majano, eran quienes estaba salvando al país del comunismo.

La guerrilla había tratado de detener los primeros traspasos de tierras expropiadas y se encontraron con un ejército implacable. Nunca se había sentido el ejército tan cerca de su pueblo, y viceversa.

Lo cual significaba que la probabilidad de que la población apoyara a la guerrilla era mínima, y era mucho menor de que se alzara.

Pero la probabilidad no era cero. Y si algo había aprendido en estos últimos dos días era que si él se sentía demasiado seguro de algo, que probablemente estaba equivocado. Y eso lo obligaba a ponderar qué podría salirles mal, también.

De nuevo se enfocó en el tamaño de las Fuerzas Armadas, que, entre la marina, la aviación, el ejército y cuerpos de seguridad, no pasaban de los 20,000 hombres. Suficiente para derrotar una ofensiva frontal, pero...

Entonces entendió lo que le quiso decir la hermana Licha: con ese número de efectivos, la Fuerza Armada estaba planeando completar el traspaso de tierras en julio de 1981, pero si la OFENSIVA iba a ocurrir en enero del 81, entonces la Reforma Agraria salvadoreña, como la colombiana, ¡iba demasiado lenta!

Para asegurar que la población no se alzara con la guerrilla, lo que él tenía que recomendarle a su comandante, el coronel Blandón, era que le recomendara a la Junta acelerar el traspaso de tierras para completarla en diciembre de 1980, no en julio de 1981.

El gran problema era que no tenían forma de aumentar los efectivos del ejército. No había presupuesto para ello. Por lo tanto, la única forma de acelerar la Reforma Agraria sería empeñando más efectivos del ejército en la Reforma Agraria, muchos más—aún a costa de combatir la guerrilla.

Pero al coronel Blandón le gustaban soluciones completas, y por lo tanto Zepeda le iba a tener que decir cómo—no sólo por qué.

Zepeda sabía que la guerrilla estaba más fuerte en el oriente y en el norte del país, por su proximidad a Nicaragua y por la inhabilidad del ejército de entrar a los Bolsones, el territorio disputado al que ni el ejército hondureño podía entrar. Entonces, lo lógico era que se hiciera la Reforma Agraria primero en oriente, luego en el norte, luego en el centro y, por último, en occidente. Y que todo quedara concluido para finales de diciembre del 80.

El ganarse a los corazones y las mentes de la gente de pronto ya no era carrera de media distancia—¡era los cien metros planos!

Capítulo 61

La Pesadilla Hecha Realidad

«¿Cómo te va en los cursos, hijo?»

«Las cosas van bien, mamá. Llevo nueve de promedio, y me va bien en el equipo de fut».

«Hijo, concéntrate en estudiar. Eso es lo que te va a sacar adelante en esta vida. ¿Quién sabe? A lo mejor te da trabajo Don Pepe en el Vesubio».

Neto sacudió su cabeza. «No, mamá, yo quiero ser médico, para que tú y la abuela dejen de estar de sirvientas y vivan como reinas conmigo».

Gladys abrazó a su hijo. Le daba un poco de remordimiento no decirle la verdad acerca de su padre: que vivía y que era el dueño de la Ferretería Vesubio—en vez de la mentira de que había muerto antes de que él naciera.

Pero a cambio de esa mentira, su hijo estaba recibiendo una buena educación, en el Internado Rodrigo Borgia, un internado que varios padres de familia en situación similar a Don Pepe habían fundado para sus hijos ilegítimos. El dinero que Don Pepe se ahorraba con la beca de Mario, lo usaba para pagarle los estudios a su otro hijo, Neto.

La escuela estaba en la Colonia Flor Blanca, un corto viaje por bus de la residencia de los Tacarello. La habían nombrado así en honor al Papa que tuvo varios hijos ilegítimos, quien, al asumir el papado, adoptó el nombre de Alejandro VI.

Cuando lo soltó, le preguntó: «¿Para qué querías este dinero?»

Su hijo le contestó con entusiasmo, «Mañana vamos a un paseo de campo, a la presa del Cerrón Grande, pasando por Suchitoto».

A Gladys no le pareció esto. «¿No va a ser peligroso eso?»

Su hijo sacudió la cabeza. «Para nada. La escuela lo hace cada año».

Los dos estaban sentados en el patio del colegio, justo afuera de la cafetería, bajo un majestuoso maquilishuat. Ahí habían decidido almorzar los panes con chumpe que Gladys le había preparado.

«¿Cómo está tu trabajo, mamá?»

«Lo mismo de siempre, hijito. Pero era más duro antes cuando había niños qué cuidar. Por cierto, tu abuela Estela te manda un fuerte abrazo y dice que te vendrá a ver el fin de semana».

Neto estaba plenamente consciente de sus orígenes humildes. En eso no se diferenciaba de la mayoría de sus compañeros de colegio—la mayoría huérfanos de padre o madre, o hijos ilegítimos. También tenía compañeros cuyos padres se habían divorciado. En fin, todos tenían buena razón para vivir en internado y no en hogar normal.

Eso los unía. Lo que los dividía era lo que querían hacer de sus vidas. La mitad de ellos, como Neto, querían superarse para revertir los infortunios al inicio de sus vidas. La otra mitad resentía la fortuna de otros, y creían que la vida y la sociedad les debía algo. Éstos por lo general simpatizaban con la guerrilla. Pero no simpatizaban lo suficiente como para irse al monte, y abandonar el confort de la vida del internado, donde no les faltaba nada, salvo el calor de un hogar.

Después de almuerzo, Gladys se despidió de él, haciéndole la señal de la cruz en su frente, con su dedo pulgar, y lo encomendó al cuidado de Dios. Además, ¿para qué preocuparse? Irían en bus escolar y esos eran como las ambulancias de la Cruz Roja—intocables.

Dos buses escolares amarillos partieron del Internado a las 6 a.m. el siguiente día, hacia Suchitoto. Partieron tan temprano para poder evitar el tráfico de San Salvador y las benditas marchas de protesta de todos los días. Para las 7 a.m., ya habían dejado atrás a Apopa e iban de camino a Aguilares, donde cruzarían hacia oriente, hacia Suchitoto y el Cerrón Grande.

La carretera entre Apopa y Aguilares surcaba tierra agrícola fértil que eventualmente se convertía en las laderas de Guazapa, al este, y del Volcán de San Salvador, al oeste. Los cultivos en su mayoría eran caña de azúcar.

Como un kilómetro antes del pueblo de Aguilares, los buses redujeron velocidad. Adelante había lo que parecía ser un retén militar. Los alumnos sacaron sus cabezas por las ventanas del bus, y vieron hombres luciendo uniformes militares. Pero a Neto le pareció extraño que tuvieran pelo largo y hasta barba.

La profesora que iba en el bus de Neto pensó lo mismo. Le gritó al conductor, «¡No pare! ¡No pare! ¡Son guerrilleros!»

Así que el conductor aceleró para tratar de escapar el retén, pero sin éxito: los guerrilleros les dispararon a los neumáticos, y el conductor perdió el control. El bus acabó en una zanja a un lado de la carretera. El segundo bus que lo seguía paró.

De pronto salieron más hombres armados de los cañales—no uniformados, sino vestidos de campesinos. Rodearon a los buses e hicieron que todos se bajaran, incluyendo las maestras, y que se adentraran a los cañales.

Y para que entendieran las consecuencias de desobedecerlos, el jefe de los guerrilleros, un uniformado, mató de un tiro al conductor que había tratado de acelerar. Al otro conductor, un señor de mayor edad, lo dejaron vivo.

Cuando quedó sólo, el conductor sobreviviente se subió a su bus y se fue a Aguilares para informar lo sucedido.

Cuando regresó acompañado de policías al lugar de los hechos, un policía le dijo al conductor que probablemente ya estaban en las laderas de Guazapa, rumbo a los campamentos. Aunque les pareció extraño a todos que se habían llevado a las dos maestras ¿Para qué?

El policía dijo: «Informaremos a la Primera Brigada de Infantería. Usted mejor regrésese a la escuela y diga lo que pasó».

* * *

«Buenos días. Este es el padre Tacarello. ¿Quién habla?»

La voz histérica era incomprensible. Todo lo que pudo discernir fue 'Neto'.

«Gladys, si eres tú, por favor cálmate. No te entiendo nada».

Su mamá tomó el teléfono y le dijo, «Marito, la guerrilla secuestró a Neto y a sus compañeros de escuela y se los llevaron a Guazapa. Gladys quiere saber si puedes hacer algo al respecto».

En el fondo la oía gritar. «¡Por favor! ¡Mi hijo!»

Mario dijo al teléfono, «Mamá, dile que ahorita veo qué hago».

Colgó y fue directamente a la oficina del director. «Por favor dígale al padre Montes que necesito verlo cuanto antes», le dijo a su secretaria.

«Disculpe, padre, pero el padre Montes está en la UCA en estos momentos».

«¿A qué hora espera que regrese?»

«Ya tarde».

«¿Podría encontrare un sustituto para el resto de mis clases hoy? Voy a tener que ir a la UCA también».

Habiendo dicho eso, Mario se subió a su auto y se marchó hacia la UCA. Iba muy alterado, pero a medio camino se calmó lo suficiente como para razonar. ¿Qué le iba a decir a los jesuitas, que su medio hermano había sido secuestrado por guerrilleros? ¿Para qué revelar que tenía medio hermano? ¿Para que lo suelten, sólo por ser medio hermano suyo? Había buena probabilidad que rehusarían, y siendo así, ¿para qué revelarlo? Además, introducir esta variable podría poner en jaque su plan con Licha. Finalmente, su instinto le decía que mejor no dijera nada.

Además, no había necesidad de hacerlo personal, cuando bien podía dejarlo en el plano moral—secuestrar adolescentes era amoral. Punto.

Satisfecho con esta decisión, se regresó al Externado a dar el resto de sus clases con normalidad. Abordaría el tema del secuestro esa noche durante la cena.

Cuando bajó a cenar al comedor de los jesuitas más tarde, para su sorpresa se encontró con no sólo el padre Montes, sino con el padre Ellacuría y otro jesuita que no conocía.

Ellacuría saludó con mucho afecto a Mario, preguntándole, «¿Cómo está mi experto en Comunidades de Base?»

Montes le presentó al otro jesuita, el padre Jon Cortina, quien estaba activamente involucrado en reclutar para la guerrilla en el campo. Esto agradó a Mario porque parecía que Dios lo había puesto frente a la gente precisa como para ventilar su queja.

Mientras cenaban, Mario trajo a colación el secuestro tan deportivamente como pudo, diciendo que alguien le había informado a su madre que su hijo junto con otros compañeros y sus maestras habían sido secuestrados cerca de Guazapa, después de matar a uno de los conductores.

Ellacuría no parecía muy afectado por ello. «Entiendo el dolor de esa pobre madre, pero en lo que respecta a la guerrilla, no hay diferencia entre ella y cualquier otra madre de adolescente salvadoreño que ha sido conscripto por el ejército o la guerrilla».

A Mario le tomó mucha fuerza de voluntad mantener la calma, como para poder decir, cuan desinteresadamente pudo, «Padre Ellacuría, hay como 50 madres salvadoreñas acongojadas en este momento. Es más, todos los que fueron secuestrados hoy eran menores de edad. El ejército salvadoreño ciertamente no hace eso, porque si lo hiciera, ya lo estaríamos proclamando al mundo entero».

El padre Montes intervino. «Mira, Mario, el ir a decirle al Comandante Marcial que deje de reclutar adolescentes sería interpretado como una interferencia con su conducta de la lucha armada que busca una sociedad más justa para esos mismos adolescentes y sus familias. ¿Y con base en qué le pediríamos que los suelte? ¿La congoja de una madre, o de cincuenta? Se limitaría a espetarnos en la cara que no es más importante esa congoja que la congoja de madres campesinas, y ahí acabaría la conversación, pero no su pérdida de confianza en nosotros. No nos podemos tomar ese riesgo; ciertamente, no en esta coyuntura».

Mario continuó, tratando duro de no dejar entrever su interés personal en esto. «Padre Montes, yo entiendo que la revolución es lo principal y que todo lo demás se le subordina. Pero en este caso, ¿no cree que la moralidad no está de nuestro lado? Dios Todopoderoso no puede estar del lado de la gente que actúa como actuó Marcial hoy. Y de seguro la gente va a preguntarse ¿por qué se tiene que recurrir a la violencia para reclutar a jovencitos y sus maestras, y matar a un pobre conductor, si el movimiento está vivo y fortaleciéndose?»

El padre Jon Cortina intervino. «Como le decíamos a nuestros colegas hoy en la tarde, en la llamada de conferencia, estamos encontrándonos con dificultades para reclutar adultos, gracias a esta Reforma Agraria. Prefieren ser terratenientes que guerrilleros».

La línea telefónica en la que hablaron con Nicaragua era una línea 'segura' que había sido establecida por técnicos cubanos. Los que escuchaban las conversaciones en esa línea sólo oirían ruido blanco, el tipo que se oye cuando se enciende una televisión a un canal sin estación. Sabían que era tecnología soviética robada de los americanos, porque los cubanos ni papel higiénico podían fabricar.

Jon Cortina continuó. «Por eso es que le pedí al padre Ellacuría hacer una llamada de conferencia con Nicaragua hoy. No me gusta que nuestro reclutamiento invada territorio prohibido, como lo es el reclutar menores de edad. Así que consultamos con los Sandinistas acerca de la posibilidad de darnos una mano para la ofensiva con efectivos debido al efecto negativo de la Reforma Agraria sobre nuestra habilidad de reclutar, que se hace a partir de las Comunidades de Base.

«También coordino con los sacerdotes diocesanos locales para

410

formular los mensajes a sus fieles para alentarlos a unirse a la guerrilla. Los comandantes guerrilleros no deben estar contentos con el ritmo del reclutamiento, para haber tomado el paso de secuestrar menores de edad».

Esto pareció sorprender al padre Montes. «Padre Cortina, hemos cumplido con nuestra gestión de reclutamiento para la guerrilla, como lo acordamos, ¿no es cierto?»

El padre Cortina asintió. «Sí nosotros hemos cumplido, pero ellos no». «¿Cómo así?»

«Muchos reclutas no aguantan y se escapan. Así que su ritmo de bajas es significativo. Y aunque alguien que se haya escapado sea capturado, de todos modos lo matan, para sentar un ejemplo. Por eso es que deben haber empezado a reclutar a adolescentes».

Segundo Montes sopesó esto. Estaban a principios de agosto de 1980. La fecha límite era enero de 1981, y por muy amoral que secuestrar adolescentes fuera, tenían la capacidad física y la disposición a ser entrenados como para estar listos para una ofensiva en enero de 1981, porque no tenían esposa e hijos que mantener. En realidad, eran ideales. Sus mentes jóvenes eran maleables. Militarmente, no era una mala solución. Pero era amoral, como Mario había puntualizado.

El padre Ellacuría tomó la batuta para poder establecer acciones concretas a tomar. «Caballeros, necesitamos desarrollar nuestra posición a la luz de estos eventos. Pero primero repasemos lo que hemos aprendido hoy: Nicaragua tiene a sus efectivos en toda Nicaragua, para poder ejercer un control efectivo. Y aparte de tener un territorio seis veces mucho más grande que el nuestro, parece ser que están encontrando resistencia de los indios Misquitos. Y como nunca tuvieron que ser tan numerosos, porque la Guardia de Somoza nunca lo fue, entonces todos los efectivos nuevos que ellos dan de alta los tienen que utilizar en Nicaragua. No tienen efectivos para prestarnos. Cuba tampoco quiere reforzarnos porque tienen mucho negro entre sus tropas, y lo último que queremos mostrar al mundo es ver cubanos grandes y negros matando tropas salvadoreñas».

Mario sabía que ya había cubanos operando en El Salvador, bajo el control de Ellacuría. Pero operar como escuadrones de la muerte, con alta probabilidad de no ser capturados, era una cosa; operar en números mucho mayores, con alta probabilidad de muerte o captura, era otra cosa. Eso justificaría una intervención estadounidense masiva, con el riesgo de perder todo lo que se había ganado bajo el timorato Jimmy Carter.

Ellacuría continuo. «Sin embargo, no hay mal que por bien no venga: el ejército salvadoreño está enfocado en traspasar las tierras de la Reforma Agraria a los campesinos y por ende no está persiguiendo activamente a la guerrilla. Esto significa que tenemos tiempo para entrenar sin temor a que el ejército ataque nuestros campamentos de entrenamiento. Eso garantizará el mejor entrenamiento posible para nuestros combatientes para cuando se lance la ofensiva.

«También hemos aprendido que, para llenar sus filas, la guerrilla está secuestrando menores o adolescentes a la fuerza. Lo están haciendo debido a su ritmo de bajas voluntarias. Si bien entendemos por qué lo hacen, vamos a sufrir un golpe tremendo en la opinión pública si esto continúa. Tenemos que hablar con el Comandante Marcial para que juntos lleguemos a una mejor solución. La pregunta que hizo Mario será la que se haga todo mundo: si esto es un movimiento popular, ¿por qué están teniendo que secuestrar a menores?»

Mario asintió. Ellacuría continuó. «Asimismo, lo de hoy fue desagradable. Un chofer de bus escolar, que gana sueldo mínimo, fue ejecutado por los hombres de Marcial. Dos profesoras fueron tomadas a la fuerza. Podemos darlo por seguro que ni esas familias afectadas, ni sus amigos, se alzarán con nosotros».

Ellacuría concluyó su sumario con, «Así que, padre Cortina, recomiendo que encuentres al Comandante Marcial y le informes que esto debe cesar. Entre vosotros, deberíais poder idearos una mejor forma de reclutar gente. Preferiblemente jóvenes que no sean menores de edad. Debes informarle que, debido a la mayor dedicación del ejército a la Reforma Agraria, tendrá el tiempo y los recursos para entrenar a los reclutas mucho mejor».

El padre Cortina asintió. «Eso tiene sentido, padre Ellacuría. Convenceré a Marcial a que se quede con los que simpatizan con la causa y que a los otros los deje ir. Hay suficientes pobres en El Salvador que no serán terratenientes que podrán empuñar las armas voluntariamente, sin tener que recurrir al secuestro violento».

El padre Ellacuría se dirigió a Mario. «En cuanto a ti, joven Mario, después de tu viaje a Europa, te tenemos encarrilado para el desarrollo de Comunidades de Base. El padre Rutilio Grande operaba en Aguilares, y considero que esa debería ser tu base para asistir al padre Cortina en la gestión del reclutamiento».

Mario asintió con entusiasmo. Sería una gran oportunidad para permitirle contactar a Neto y ayudarlo a escapar.

Pero Segundo Montes no estaba muy de acuerdo con esto. El padre Tacarello era su mano derecha, y ya había hecho su parte reclutando para la guerrilla de entre el estudiantado. Por eso se había ganado el nombre de guerra de 'Eliseo'. Mejor que nadie, Mario Tacarello inspiraba en los estudiantes un apoyo a la causa ya sea físicamente (una minoría) o moralmente (la mayoría).

Y además, la razón de su viaje a Europa no era para enviarlo a Aguilares, sino que era, simple y sencillamente, para que acompañara a la hermana Licha a Europa, a solicitud de Don Blas.

Pero en vez de rechazar la idea de su superior rotundamente, decidió ofrecerle una alternativa. «Padre Ellacuría, en realidad, nuestro Hombre en Base hoy día es el padre Cortina. Pero quien está produciendo mandos medios para la guerrilla es el padre Tacarello. Hace poco se unió otro estudiante suyo a la guerrilla. Entonces yo propongo que aprovechemos su juventud y energía para que haga ambas cosas: en días escolares que esté en el Externado, pero que los fines de semana se vaya con el padre Cortina a la zona de Aguilares, comenzando este sábado».

A Ellacuría le pareció la idea. «Concuerdo, y como ya viene la vacación de agosto, que esa semana la pase con el padre Cortina en Aguilares también. Así podéis comenzar a implementar el plan de reclutamiento nuevo que elaboréis».

Jon Cortina asintió. «No tengo problema enfocándome en el área de Aguilares y Guazapa. Para que cualquier ofensiva tenga éxito, debe tener éxito en el área de Guazapa».

Ellacuría se paró. «Caballeros, hemos tomado decisiones muy importantes hoy. Que Dios nos guíe».

Mario se sintió aliviado—todo había salido de la mejor manera posible como para poder cumplir su promesa a Gladys y Estela. Y si bien aún había considerado todas las ramificaciones, su instinto le anticipaba de que éste era un camino prometedor, para todos sus propósitos.

Pero lo que más le había agradado comprobar era que la reunión con el mayor Zepeda había rendido frutos: el ejército se había volcado de lleno a la Reforma Agraria, y eso significaba que Neto corría menos riesgo de morir en un ataque militar a su campamento en Guazapa.

Capítulo 62

Haciendo Hombres de Niños

Ese sábado, el padre Cortina y Mario salieron para Aguilares temprano en la mañana, vestidos de negro jesuita con cuello romano. Viajaban en una furgoneta propiedad del Arzobispado, para su protección. En Aguilares, después de dejar sus maletas en la iglesia, se subirían a un *jeep* de la iglesia, y ascenderían el cerro de Guazapa.

Como a la hora de ir subiendo un camino de tierra, les salieron al paso guerrilleros armados con AK-47s. El padre Cortina sacó sus papeles firmados por el Arzobispo Rivera y Damas y les dijo que venían a hablar asuntos de reclutamiento con Marcial.

Dos de los hombres registraron a los sacerdotes, y al no encontrarles armas se subieron al vehículo, instruyendo a los sacerdotes que continuaran conduciendo el vehículo cuesta arriba.

Un cuarto de hora después, los guerrilleros les dijeron a los jesuitas que detuvieran el vehículo y se salieran. Los guiaron a un bosque al lado del camino, y en la dirección que caminaban se oían voces fuertes, dando órdenes. Llegaron a un campo desmalezado, donde vieron a jóvenes marchando con palos en vez de armas. Vestían de civil y estaban rapados y descalzos, para dificultarles la huida.

Un conteo rápido le reveló a Mario que, cuando mucho, había dos docenas de muchachos ahí. Neto no estaba entre ellos.

Los dos guerrilleros llevaron a los jesuitas hasta una cueva. Era grande, iluminada con linternas Coleman. Tenía catres por dentro, y en la parte de atrás estaba un escritorio. Sentado en él estaba este hombre peludo, sucio, desaliñado de uñas largas y dientes amarillos, vestido de uniforme verde, que no era Marcial. Se paró para saludarlos, con una sonrisa nada reconfortante. «Caballeros, soy el comandante Mayo Sibrián, el ejecutivo de Marcial en Guazapa, usando el vernáculo militar. ¿En qué les puedo servir?»

Después de que ambos sacerdotes se presentaran, el padre Cortina le preguntó: «¿Cuándo estará de regreso el comandante Marcial, comandante?»

«Está en oriente y no sé cuándo regresará. Pero cualquier día de estos se aparecerá por aquí».

El padre Cortina asintió y continuó. «Comandante Sibrián, estamos preocupados por el secuestro de adolescentes de dos buses escolares el pasado martes».

Sibrián sonrió con orgullo. «¡Ese fui yo!»

Cortina continuó, sin inmutarse. «Comandante, nosotros no creemos que sea la mejor manera de proceder para reclutar gente para la causa. El acuerdo que hicimos con los comandantes fue que dejaran que la Iglesia Popular, a través de las Comunidades de Base, les consiguiera gente. Este secuestro de 50 adolescentes por medio de la violencia nos ha tomado por sorpresa, y consideramos que nos va a representar un impedimento para reclutar gente para la causa».

Mayo Sibrián dejó de sonreír, y eso sembró escalofríos en ambos sacerdotes. Se paró. No era muy alto, pero sí se veía salvaje y muy intimidante. Y dijo: «Es fácil criticar mis acciones, desde sus oficinas o iglesias aire-acondicionadas. Aquí tenemos que lidiar con culebras, insectos, zancudos y todo lo demás. Pero no importa porque nos vuelve fuertes. Pero el ambiente en el que ustedes viven tiene el efecto opuesto: los hace débiles y burgueses».

Pausó para dejar que sus palabras calaran. Este hombre no era muy educado, pero conocía su oficio. Y prosiguió: «Ustedes los curas españoles se pueden regresar a casa si esta causa falla. De regreso a España, o de donde sea que vienen, porque ustedes definitivamente parecen ser más de Berlín, Alemania, que de Berlín, Usulután, que es de donde vengo yo. Pero para mí, este país o va a ser mi hogar o va a ser mi tumba, señores».

Mario quería decir que él era nativo, pero Cortina le apretó el brazo para detenerlo.

Mayo Sibrián continuó. «Yo no veo la gran cantidad de reclutas que supuestamente nos están enviando. ¿A la hora de lanzar la ofensiva, con qué van a querer que ataque, con maniquíes? ¿Con espíritus? ¿Quizá sean mejores ustedes para conjurar espíritus que reclutar guerrilleros?»

A pesar de la naturaleza retórica de la pregunta, el padre Cortina se atrevió a contestarle. «Comandante Sibrián, desconocíamos las circunstancias de las cuales habla. Pero con su acción nos dimos cuenta de que las cosas no iban como planificadas. Entonces mis jefes me enviaron acá, junto con el padre Mario, para poder elaborar un mejor plan, si se puede, pero también para reiterarle nuestro compromiso de conseguirle los reclutas que necesita. Yo tendré mi base en Aguilares, y el padre Mario me estará asistiendo los fines de semana, mientras sigue reclutando para ustedes en San Salvador».

Volvió a ver a Mario para que lo respaldara. Mario dijo, «Definitivamente, comandante Sibrián, desde el Externado les hemos enviados comandantes potenciales».

Mayo Sibrián lo reconoció. «Eres tú Eliseo?» Cuando Mario asintió, se paró a abrazarlo. Luego dijo, «El comandante Zonte es del Externado, y acaba de regresar de Cuba y está en los Bolsones entrenando gente para ser zapadores. Se acaba de ir otro de los suyos también». Mario asintió.

El padre Cortina desconocía todo esto, pero se alegró mucho de que le hubieran asignado al joven Mario. Hoy sí estaba seguro de que podrían llegar a un acuerdo.

Aprovechando el cambio de actitud, el padre Cortina dijo, «En la acción del martes pasado, dos maestras fueron secuestradas también. En espíritu de cooperación mutua, me gustaría pedirle que por favor deje que nos la llevemos de regreso a Aguilares, para poder devolverlas a sus esposos e hijos, quienes están muy preocupados».

Mayo Sibrián sacudió la cabeza, y sonrió su sonrisa escalofriante de nuevo. «Lo siento, eso no será posible. Están cumpliendo una misión para nosotros, y además, estoy seguro de que sus maridos ya no van a quererlas».

Los ánimos de ambos sacerdotes se derrumbaron. Ya sabían lo que venía.

Sibrián continuó. «Verán, esos cincuenta reclutas nuevos no eran más que bebés, que se querían regresar con sus mamás. Nosotros simplemente les dijimos que sus profesoras eran sus mamás, y más».

Sonrió más ampliamente, a pesar de las caras de los sacerdotes, y continuó: «Las maestras cumplen la misión de retenerlos aquí. Como la fuerza bajo mi mando no es lo suficientemente grande como para evitar que haya fugas, necesitamos crear un incentivo para que se queden y gracias a las maestras, los niños se están convirtiendo en hombres. Y nadie ha intentado escapar en tres días, lo cual es un récord para nosotros. Y es que les hemos dicho que si alguno trata de escapar, que matamos a una de sus maestras. Y como les dije, ahora sí que quieren mucho a sus maestras».

Ninguno de los sacerdotes lo podía creer. Las mujeres estaban siendo usadas de mujeres de consuelo—lo que los japoneses habían hecho con mujeres chinas en la Segunda Guerra Mundial. Y lo que era peor, las estaban usando para menores. Y no sólo eso, para 50 menores. No había adjetivo para describir semejante maldad adecuadamente.

Ahora fue Mario el que detuvo a Cortina de hablar. Además de ser imposible razonar con este comandante, ya era hora de averiguar sobre el paradero de su medio hermano. Mario dijo, «Entendemos, comandante. Entendemos el propósito y que el propósito primordial es derrocar a este gobierno opresivo. Pero cuando entramos al campamento a través del bosque, sólo vimos como dos docenas de jóvenes entrenando. Así que los otros deben estar por aquí... porque los otros no han escapado, ¿cierto?»

Mayo Sibrián resplandeció cuando contestó, «Ni uno. Este no es el único campamento. Tenemos varios circundando la cima. Hay cuevas naturales en Guazapa que ofrecen resguardo, en caso nos quiere bombardear la Fuerza Aérea. Así que hemos establecido campamentos cerca de esas cuevas, tal y como hemos hecho aquí. Los reclutas se dividen y se mueven entre campamentos».

«¿Igual que las maestras?»

«Desde luego». Habiendo contestado, se paró, se puso su arma al hombro, y los invitó a ir a otros campamentos. Les ordenó a dos guerrilleros que lo acompañaran.

En su caminata, era obvio que estaban circunnavegando la cima, como a un kilómetro de ella, que no aportaba cobertura arbórea. Como a los diez minutos llegaron a otro campamento. Mario inmediatamente vio a Neto entrenando, rapado y descalzo. Con su palo al hombro. El comandante los llevó hasta la cueva correspondiente, donde los guardias lo saludaron. Adentro estaban las dos maestras, cubiertas por mantas, pero obviamente desnudas, para que no huyeran.

Cuando vieron a los sacerdotes, se les iluminaron las caras. ¡Un rayo de esperanza! Pero se les fue todo vestigio de esperanza cuando vieron entrar a Mayo Sibrián.

Mayo Sibrián se puso furioso, y les gritó: «¡Qué no han aprendido todavía, camaradas, que ustedes se paran en presencia de sus superiores?»

418

Se volvió a uno de los guerrilleros y le ordenó: «Tráigame un palo».

Las mujeres se pararon rápido, exponiendo su desnudez por completo ante todos. Se trataron de tapar con sus manos, y luego comenzaron a sollozar.

A Mario se le rompió el corazón al ver esto. ¿Qué habían hecho para merecer esto? Recordó las palabras de Marcial a la hermana Licha, de que no había nada peor que ser pobre en El Salvador. Pero hoy había aprendido que había algo peor que ser pobre en El Salvador: ser mujer en El Salvador.

El guerrillero regresó con una rama, y se la dio al comandante, quien ordenó a las mujeres darse vuelta. Sollozando, lo hicieron, mientras azotaba a sus traseros con la rama. Los sollozos se convirtieron en gritos y luego en ruegos de que parara. Pero nada podía detener al comandante. Y los sacerdotes ni siquiera lo intentaron. Los dos se avergonzaron de su cobardía.

Cuando se cansó de azotarlas, les ordenó darse vuelta. «¿Cuál es nuestro lema, camaradas?»

Las mujeres respondieron al unísono: «Revolución o Muerte, mi comandante».

«Bien, camaradas, hoy hemos estado entrenando duro a nuestras reclutas, y vamos a necesitar que ustedes los cuiden. ¿Harán eso?»

Las mujeres valientemente dijeron, «Sí, mi comandante» a través de su dolor y sus lágrimas.

«¿Por qué harán eso, camaradas?»

Al unísono: «Porque la Revolución nos lo demanda, mi comandante, y porque le pertenecemos a la Revolución».

«Ustedes solían llevar una vida burguesa, ¿no es cierto? Ustedes solían tener sirvientas, ¿verdad? Ustedes se sentían superiores a sus compatriotas, ¿no es cierto?»

Las mujeres respondían asintiendo vigorosamente.

«Pero ahora se arrepienten, y ahora sirven ustedes a sus compatriotas, como muchas sirvientas sirven a sus patrones, ¿no es cierto?»

«Sí, mi comandante».

«Procedan, entonces».

Con eso las mujeres dejaron la cueva, sólo con sus mantas al hombro. Fueron a recoger unos cántaros y se fueron a llenarlos de agua, probablemente para bañar a los reclutas.

El resto de la tarde se discutieron alternativas para aumentar el reclutamiento sin tener que recurrir al secuestro de escolares y maestras. A lo único que se comprometió Mayo Sibrián fue a no hacer más secuestros escolares hasta que necesitaran más, que no iba a ser por un buen tiempo, ya que tenían suficiente con estos cincuenta. Terminada la reunión, los sacerdotes emprendieron el camino de regreso a Aguilares.

* * *

El domingo en la noche Mario ya estaba en casa de sus padres, de regreso de Aguilares, donde le informó a Gladys que había visto a Neto, que estaba bien, pero que ayudarlo a escapar no sería fácil.

Gladys comenzó a llorar. «He oído que los golpean, que hasta les disparan si tratan de escapar».

Mario le explicó cómo era que los tenían ahí, usando a las dos profesoras como mujeres de consuelo, y con la amenaza de matarlas a ellas y a sus compañeros si alguno huía. Gladys no dejaba de llorar.

Mario la trató de apaciguar con la noticia de que no era probable que fueran atacados por el ejército, puesto que el ejército se había volcado al traspaso de tierras en la Reforma Agraria.

Eso la calmó un poco.

Pepe indagó, «Mario, crees que podría pagarles algo para recuperarlo?»

Mario sacudió la cabeza. «Papá, habría ofrecido eso si tuviera alguna posibilidad de funcionar. Pero no la tiene. Buscan cuerpos para lanzar una ofensiva a nivel nacional a finales de este año o principios del próximo. El problema que están teniendo es que hay escasez de voluntarios precisamente por la Reforma Agraria. Parecen estar desesperados. Estaban esperando un número sobrecogedor de voluntarios después de la muerte de Monseñor, pero eso nunca sucedió».

Pepe asintió. Supuso que no serviría de nada, pero tenía que preguntar, y preguntar delante de Gladys, para que no creyera que el padre de Neto no estuviera dispuesto a lo que fuera. Y ciertamente lo estaba.

Gladys preguntó: «¿Entonces qué pasa ahora, Marito? ¿Matan a Neto en un ataque estúpido a un cuartel? ¡Eso sería el fin de mi vida!»

Mario hizo lo que pudo por consolarla. «Oramos, Gladys, y tenemos fe. Te digo por qué: nada les está yendo como quieren; así que su suerte tendría

420

que cambiar y oremos de que no les cambie.

«Asimismo, están todos esos otros padres de familia que están tratando de recuperar a sus seres queridos, más dos esposos que van a estar furiosos cuando sepan lo que les han hecho a sus esposas. Te garantizo que el golpe karmático que le va a caer a la guerrilla no será insignificante.

«Pero, a fin de cuentas, lo que tienes es mi palabra—no descansaré hasta sacar a Neto de ahí».

Gladys lo abrazó fuerte y se fue, aferrándose a ese rayo de esperanza. Ella estaba segura de que Mario movería cielo y tierra por devolverle a su hijo.

Pepe sacó una botella de Chianti y le ofreció un poco a Mario, quien con gusto tomó la copa.

«Mario, por lo que dices, me parece que la guerrilla va camino a una derrota segura si deciden lanzar esa ofensiva».

«Indudablemente. A los reclutas no se les da armas porque podrían ser usadas contra sus captores, así que, ¿cómo pueden entrenar bien? Serán carne de cañón».

«¿Entonces qué puedo hacer para prevenir ese destino para Neto? Es mi hijo».

«Papá, no tengo un plan para sacarlo aún. Pero eso no significa que no esté pensando en uno. Mientras tanto, voy a tratar de convencer a mis superiores jesuitas de que la guerrilla no está en posición de atacar a nadie. No tienen suficiente tiempo para convertirse en una fuerza militar efectiva. Van a fracasar».

«¿Les dirás que pospongan la ofensiva?»

«Sí, y que les den chance a la Reforma Agraria. Es que realmente impresiona ver al ejército quitarles las tierras a los terratenientes y dárselas a los campesinos. Realmente se está acabando al movimiento guerrillero. Esto tiene que hacer que recapaciten mis jefes».

«Hijo, lo que tú dices tiene sentido, pero si se oponen a ti, ¿qué razón podrían dar?»

Mario no quiso regurgitar lo de la Guerra Fría. Su papá ya sabía todo eso. Así que decidió resumirlo escuetamente: «Papá, sin una revolución, los jesuitas no tendrían razón de existir».

No pudo decir nada ante la realidad sobria que su hijo le había descrito tan concisamente.

Y luego sus ojos se abrieron aún más, cuando llegó a esta realización: «¿Los vas a traicionar, verdad?»

Mario asintió. «Si no cancelan la ofensiva, no tendré más remedio que hacerlo».

Los dos bebieron de su Chianti, pensativos. Entonces Pepe preguntó, «¿Te ha sido útil tu conexión con D'Aubuisson?»

Mario no les había dicho a sus padres que ya no era D'Aubuisson, porque no sentía la necesidad de hacerlo. Pero respondió, «Sí, muy útil. Quizá me ayude con lo de Neto, pero no lo sé aún».

Después de otro sorbo, Pepe le dijo, «Estoy muy orgulloso de ti, hijo, pero siempre he querido mejor vida para ti. Si en algún momento prefieres regresar a Italia y llevar una vida normal, lo hacemos. Sólo dímelo».

«Gracias, papá, pero esa opción mejor la tienes abierta para Neto y Gladys. Si Neto escapa, va a ser hombre marcado».

Pepe pensó, «Y tú también» pero no sintió necesidad de decirlo. Confiaba en que su hijo llegaría a la misma conclusión. Ahí mismo tomó la decisión de comenzar a planear el viaje a Italia, para facilitar tal éxodo.

Capítulo 63

Una Conversación Amistosa

La noche estaba extra silenciosa en Xanadú. Después de hacer las rondas, el capitán se acostó en una hamaca en la casa de su amigo Gamero, cerca de la cima, y cerca de la casa de los jesuitas.

Su instinto le decía que esto no iba a acabar bien. Había fuerzas muy superiores a su pobre sección de 30 hombres que estaban tramando algo. Así que, si de veras querían hacerlo, los aniquilarían. Pero aparte de su trabajo en la Reforma Agraria, nada le había parecido tan justo como esto. Por lo tanto, bienvenido el futuro, no importaba cuán letal.

Estaba a punto de dormirse cuando oyó pasos. En la oscuridad pudo reconocer la silueta de uno de sus soldados y de Segundo Montes.

«¿En qué le puedo servir, padre? Siéntese por favor».

«Si no le importa, capitán, necesito un cambio de escenario». Y sonrió medio apenadamente, como diciendo, «usted me entiende».

«Sí, claro, me lo imagino». La intensidad de Ellacuría debe tener en ascuas a ese grupo. Ellacuría definitivamente no era un hombre acostumbrado a estar restringido y menos a que un militar indio se burlara de él.

Pero Segundo Montes era todo lo contrario—era mucho más llevadero. De seguro era por tanto año de lidiar con estudiantes. De hecho, todos los graduados del Externado que él conocía hablaban muy bien de él. Y su conducta por el radio esa tarde había sido de mucha ayuda. Francamente, de no haber sido tan cooperativo, toda esta aventura habría tenido que llegar a un fin prematuro, y seguramente desagradable. Así que sentía que le debía a Montes un poco de su tiempo.

Montes abrió la conversación con, «Si no le importa, capitán, cuénteme de su vida. ¿Cómo acabó siendo militar?»

«No sé, padre. Yo siempre quise ser músico. Mis primeros años escolares fueron en los EE.UU. donde mi padre fue diplomático. Una de las primeras cosas que hicieron mis padres fue hacerme tomar clases de piano, y aparentemente, tenía talento musical. Claro que nunca tuvimos piano, así que todo el piano que toqué fue donde la maestra americana. Pero fue suficiente para convencer a mis padres que tenía talento para ser músico.

«Cuando regresamos de Estados Unidos, no podíamos costear un piano, pero sí una guitarra. Entonces mi padre consiguió que tomara lecciones del profesor Jesús Quiroa, quien fue estudiante estrella de Agustín Barrios, el genio guitarrista y compositor del Paraguay, conocido por Mangoré, quien acabó asentándose en El Salvador».

«¡No me diga!» Montes sabía muy bien de que Mangoré estaba a la altura de gigantes de la guitarra clásica española como Francisco Tárrega y Joaquín Rodrigo.

«Pero me encarrilaron en música clásica, que realmente tiene poca audiencia. Lo que me habría abierto las puertas a una carrera musical habría sido clases de guitarra eléctrica, que requiere otras destrezas. Yo sabía esto porque cuando nos reuníamos con amigos para tratar de formar una banda rocanrolera, no funcionaba bien con la guitarra eléctrica—ir de cuerdas de nylon suaves a cuerdas de metal duras no era fácil. Así que no se pudo».

«Al graduarme de secundaria, mi padre me informó que sólo podría costearme los estudios de ingeniería en la UCA. Llegué con entusiasmo porque parientes míos que se graduaron de ahí hablaban maravillas del padre Ellacuría. Y deseaba que fuera cierto—quería ser buen ingeniero. Y ahí fue donde leí el manifiesto del padre Ellacuría, de que las mejores mentes del mundo estudiaban filosofía.

«Realmente, lo deseché de inmediato porque para mí las mejores mentes estudiaban ingeniería y ponían a un hombre en la luna y lo traían de regreso en forma segura. O construían grandes edificios, como los de Nueva York, donde viví un año de niño».

Montes asintió. «No puedo diferir con usted, capitán. Un sacerdote que fue un maestro para mí me decía que debería estudiar algo útil para venir a enseñarles a estudiantes cómo hacer autos en El Salvador».

«¡Su maestro no estaba equivocado, padre!»

Montes preguntó, «¿Cómo le fue en la UCA, capitán?»

El capitán respondió, «La UCA era fácil para mí. Todas las clases de matemáticas que recibía eran básicas comparadas con las de la Escuela Americana. Fue cuando decidí que me tenía que ir a estudiar fuera de El Salvador. Y en eso se me abrió la puerta de mi destino».

Montes preguntó, «¿Cómo fue que logró ir a West Point? Pensé que era sólo para americanos».

«Yo también. Pero uno de los mejores jugadores de fut de mi secundaria que era de una familia políticamente conectada me dijo que él se iba a ir a West Point, con beca. Que tendría que tomar el examen para entrar a la Gerardo Barrios, para entonces irse a West Point.

«Yo le pregunté si era automático y me contestó que no, que tendría que aplicar para entrar a West Point, pero con sus conectes...».

Montes conocía muy bien eso de los 'conectes'. Había hecho su tesis doctoral sobre ese tema.

Sánchez siguió. «Me fui a la biblioteca de la UCA e investigué al respecto. Descubrí que había un programa de 'Cadetes Aliados' que permitía a cadetes extranjeros estudiar en cualquiera de las academias militares norteamericanas: la del ejército, la naval, la de la fuerza aérea y la de la guarda costera. Claro que esos puestos eran ofrecidos a cadetes de países aliados de todo el mundo, como las Filipinas, Nicaragua, Panamá, Costa Rica—¡y eso que Costa Rica ni tenía ejército! Era obvio que sólo los mejores calificados de los cadetes internacionales lograrían ser aceptados.

«Ahora bien, yo conocía a mi compañero de escuela jugador de fut, y sabía que académicamente, le iba a poder ganar. De manera que si él iba a West Point, yo a lo mejor podía optar por la academia naval o costera. Sabía que no podría entrar a la academia de la fuerza aérea porque mi vista era demasiado pobre».

«¿Usa anteojos hoy día, capitán?»

«Uso lentes de contacto, y tengo la buena fortuna de que mis ojos los aguantan por largos períodos de tiempo. Pero en esa época necesitaba usar anteojos y eran gruesos—culos de botella».

«Por favor continúe. Su historia es fascinante».

Sánchez continuó. «Averigüé que las pruebas para entrar a la Escuela Militar local serían como en un mes. Eran dos días de pruebas físicas y una prueba escrita. Yo no era atleta. Así que iba al estadio Flor Blanca todas las mañanas a correr y a hacer sentadillas y lagartijas. Pero era demás—en un mes no iba a rectificar lo que no había hecho en 18 años de vida».

«¿Y qué pasó?»

«Bueno, ese mes tomé el examen conocido como el 'SAT', para poder tener todo listo para aplicar a la academia a la que lograra entrar—si es que pasaba las pruebas físicas de la Escuela Militar».

El sacerdote asintió. Conocía bien del examen 'SAT' para entrar a universidades norteamericanas, puesto que varios graduados del Externado iban a los EE.UU. a estudiar la carrera.

Sánchez continuó. «Pero entonces vinieron los dos días de pruebas en la Escuela Militar, y realmente no me fue bien. Tenía que hacer un curso de obstáculos militares, y definitivamente no había entrenado para eso. Yo hice lo que pude, pero los demás subían esas cuerdas como expertos, mientras que a mí me costaba».

Montes sacudía la cabeza incrédulo. «Capitán... ¿bajaron ángeles del cielo a ayudarlo? Porque de otra forma no me explico...»

El capitán se rio. «No creo que fue ayuda angelical. Lo que sí ayudó era que no eran los mismos estándares: había uno para los que nos iríamos al extranjero, y otro para los que estaban destinados a quedarse en la Escuela Militar. A nosotros nos cataralogaron como los gringos. Y éramos sólo tres: mi compañero futbolista, otro tipo rubio cuadrado que parecía gringo pero que era de Chalatenango, donde abundan los rubios; y yo.

«Y de los tres, al que le iba peor era a mi amigo futbolista. Pero lo que decidió todo fue la carrera de los 2 kilómetros: 5 vueltas alrededor de la pista. Y en esa carrera, les gané a los dos; mi amigo ni siquiera la acabó corriendo—caminó un gran trecho».

«¡Como que le funcionó el mes en el estadio, capitán!».

«Funcionó mejor que los 'conectes'». Ambos se rieron.

«Pero usted dijo que fueron dos días de pruebas físicas. ¿Qué pasó al día siguiente?»

Sánchez continuó. «Al día siguiente tuvimos la prueba de natación».

«¿Y qué tal nada?»

«Como un pez. Dejé a todos bien atrás, e iba tan rápido cuando terminé la prueba que choqué contra el muro».

«¿Pero no quedó noqueado, espero?»

«Me dolió un poco pero no me importaba. Sabía que iba a quedar primero en la selección de academias».

«Y el examen escrito lo hizo bien».

«Definitivamente. Me dieron a escoger y escogí West Point».

«¿Pero dado que usted es un nadador natural, por qué no la academia naval?»

«En retrospectiva, eso tenía que haber hecho. Pero West Point tenía más aura, más prestigio».

«¿Y sus padres—qué decían de esto?»

«No importaba. Esta era decisión sólo mía».

«¿Y entonces, ¿qué pasó?»

«Tuve que esperar a ver si West Point me aceptaba. Esos tres meses fueron la muerte».

«¿Por qué? ¿Porque estaba inseguro?»

«No tenía seguridad de nada. Y si West Point me negaba la entrada, no habría podido aguantar la humillación».

«¿Cómo copaba con esa presión?»

«Oraba y me abstenía—hasta el punto de volverme casi un místico. Pasaban los días y oraba más fuerte y seguido. Una tarde, estaba sólo en mi cuarto, hincado en el piso, y comencé a orar fervorosamente. De pronto sentí que una mano se posaba en mi hombro, como para decirme, 'no te preocupes'. En vez de tener miedo, me sentí muy en paz. Pero seguí hincado, con los ojos cerrados, preguntándome qué vendría después.

«Y en eso sonó el teléfono. Era mi papá, diciéndome que fuera a la Embajada Americana porque me querían decir algo».

«Lo habían aceptado».

«Sí, el agregado militar de la embajada me dio la noticia».

«Así que el músico se hizo militar».

«Exacto».

«Pero por lo que usted ha descrito, capitán, si usted tuvo problema compitiendo físicamente contra cadetes salvadoreños, no me puedo ni imaginar lo duro que fue competir contra cadetes americanos que crecieron jugando futbol americano».

Sánchez sacudió la cabeza, recordando. «Usted no tiene idea, padre. A duras penas pasé gimnasia olímpica, y luego lucha grecorromana. Me fue bien en boxeo—hasta participé en un campeonato de boxeo intramuros, donde gané varias peleas. Pero eso fue debido a que, en el campeonato, sólo peleaba contra gente de mi misma categoría de peso—era más fácil que en la clase de boxeo, donde me tenía que enfrentar a todos, inclusive a futbolistas americanos».

«Como que usted había mejorado físicamente, capitán».

«Tenía que hacerlo o me echaban. Pero lo que en realidad me ayudó a pasar el aspecto físico de mi primer año en West Point fue la natación. Tenían una piscina olímpica fabulosa, y nos aventaban a ella con todo y uniforme, botas, cascos y fusil, y teníamos que nadar el largo de la piscina no me acuerdo cuántas veces. La cosa era que yo dejaba a todos atrás. Y eso me salvó de que me expulsaran por no pasar educación física».

«¿Pero en verdad lo habrían expulsado?»

El capitán asintió. «Había un cadete de Nicaragua al que expulsaron. Muy buena gente, muy platudo. Le fue peor que a mí, pero él nunca hizo el intento. Yo iba a clases de refuerzo de gimnasia cada vez que podía. Él no. Y aplazó y se tuvo que ir».

Montes se quedó ponderando esto. Para él era obvio que el capitán era un hombre que había tenido que luchar mucho por llegar adonde había llegado. Quiso decírselo. «Lo felicito, capitán. Usted ha vencido grandes obstáculos. Es de admirar».

Pero Sánchez sacudió su cabeza y negó con su dedo índice. «No, padre Montes, lo que yo he tenido que pasar no es nada, comparado con la vida dura que han enfrentado todos los miembros de la fuerza armada salvadoreña».

Esta reacción no se la esperaba Montes. El capitán no quería incomodarlo, así que le agradeció sus finas palabras, pero continuó su explicación. «No puede haber duda de la capacidad y del valor del soldado americano. Basta mencionar la invasión del 'Día D' para comprobar lo dicho. Pero la verdad es que el soldado americano ha ganado sus batallas con muchos más recursos humanos, económicos y científicos que el soldado salvadoreño.

«Pero no ha sido menos impresionante lo que estos humildes salvadoreños han logrado. Me honra vestir el mismo uniforme que ellos».

Montes no podía contribuir a esta conversación. Así que se paró para irse. Pero Sánchez no lo dejó. «Espere, padre, ahora le toca a usted. ¿Usted fue a la Universidad de Innsbruck, no es cierto?»

El padre Montes asintió.

«*Wass haben sie studiert? Philosophie, wie jeder andere?* [¿Qué estudió? ¿Filosofía, como todos los demás?]»

A Montes no le sorprendió que este militar hablara alemán. Supuso, correctamente, que lo había aprendido en la academia militar. Contestó: «*Ich habe mein Deutsch vergessen, Hauptmann; können wir auf Spanisch sprechen, bitte?* [Se me ha olvidado mi alemán, capitán, ¿podríamos hablar en español por favor?]»

«De acuerdo, a uno se le olvida si no lo practica. ¿Qué estudió?»

El padre respondió, «Obtuve mi maestría en teología ahí, bajo Karl Rahner».

«El Arquitecto de Vaticano II», apuntó el capitán.

«Exacto, capitán».

«Deduzco que usted no pasó tres años estudiando la Biblia».

Montes lucía apenado cuando dijo, «No, en realidad estudiamos todo menos la Biblia». Y se preparó para la embestida.

La cual nunca llegó. En lugar de ello, Sánchez dijo, «Sabe, padre Montes, he sido tan feroz como ustedes en nuestras discusiones, pero no voy a pretender poder tener una conversación inteligente sobre todo lo que usted ha aprendido; así como usted no podría conversar inteligentemente sobre transformaciones Fourier, filtros pasabanda, circuitos integrados, etc. Pero de lo que estoy seguro es que todo ese conocimiento que usted ha adquirido tiene otro uso que no sea la violencia».

Al nomás oír las palabras que dijo se dio cuenta que podían ser malinterpretadas así que se apresuró a aclararlas. «Lo que quiero decir es que... mire, ¿los misiles nucleares? Llenos de circuitos electrónicos. ¿Aviones de guerra? Llenos de electrónica. Mi carrera de ingeniería tiene usos bélicos, pero también tiene usos pacíficos, como la producción de dispositivos médicos inteligentes que salvan vidas, máquinas de ultrasonido para examinar al bebé en el vientre, computadoras que facilitan el aprendizaje y el diseño de máquinas más inteligentes y útiles, y también a comunicaciones inalámbricas que ahorran tiempo y dinero. Entre muchas otras aplicaciones».

Montes asintió. «Entiendo lo que dice capitán. Usted me está preguntando si hay otra cosa que yo podría hacer con mis estudios de filosofía, aparte de buscar la justicia social».

«Exacto».

Segundo Montes respondió, «La respuesta escueta a su pregunta es no, a menos que escriba libros y artículos que son leídos por muy pocos—como el caso de su guitarra clásica. Pero por eso fue que saqué mi doctorado en Antropología Social de la Universidad Complutense de Madrid. Si bien 'Complutense' suena bien técnico, realmente significa la Universidad de

Alcalá de Henares en Madrid, porque el nombre romano para la ciudad de Alcalá de Henares era 'Complutum'».

Sánchez exclamó, «¡No tenía idea! Tendré que recordar eso».

«Mi disertación versó sobre los compadrazgos en El Salvador».

Al decir eso sonrió pícaramente, y dijo, «Y le aseguro que mi profesor de tesis... no era mi compadre».

Ambos se rieron con ganas de esto. Pero Sánchez no dijo nada al respecto. No quería hablar de Ellacuría. Su atención era para Montes, quien le empezaba a caer muy bien.

Cuando dejó de reír, Sánchez dijo, «Un compadrazgo es una relación diseñada para no dejar competir a alguien. Así que me gustaría leerla un día, padre Montes, puesto que aborrezco cualquier cosa que vaya en contra de la libre competencia y el libre mercado».

El sacerdote asintió y dijo, «Como le dije, capitán, no me gusta el capitalismo, pero tengo que admitir que lo que hemos tenido en El Salvador no ha sido capitalismo, sino un monopolio por los Catorce».

Pero ahora le tocó a él apresurarse a rectificar lo dicho, puesto que el capitán podría alegar que ya no era cierto por la Reforma Agraria. Dijo, «Desde luego, cuando escribí mi tesis, las cosas eran diferentes a como están hoy día».

Pero el capitán tampoco quería entrar en discusión, así que mantuvo la conversación en un plano académico. Le preguntó: «¿No tienen los japoneses una forma similar de hacer negocio?»

Montes apreciaba el interés del capitán. «Claro que sí. Son los llamados *keiretsus*. Pero hay una diferencia entre los compadrazgos salvadoreños y los *keiretsus* japoneses. Lo ilustraré con este ejemplo de la vida real:

«El dueño de un restaurante en San Salvador decidió comenzar a fermentar sus propias cervezas artesanales, conocidas en inglés como *microbrews*, para venderlas en su restaurante, haciéndole la competencia a las marcas tradicionales como Pilsener, Suprema y otras cervezas de la empresa cervecera predominante de El Salvador: La Constancia, S.A.

«Un día lo llegaron a visitar un par de representantes de La Constancia, quienes demandaron que dejara de servir su propia cerveza porque competía con las suyas. El dueño rehusó».

«Claro. Yo también habría rehusado», dijo el capitán.

«Pues a la semana, el dueño del restaurante recibió una carta de evicción del arrendador, un 'compadre' de La Constancia, terminando el arrendamiento de inmediato. El restaurante desapareció».

El capitán silbó su asombro.

«Los *keiretsus* del Japón son mucho menos agresivos que los compadrazgos de El Salvador. Si bien prefieren hacer negocios entre sí, no impiden que alguien compita. Nuestros compadrazgos acá matan la actividad comercial del país. Acabaron con ese restaurante y ¿sabe qué? ¡Me encantaba su comida!»

El capitán no pudo resistir decir: «¡Así que por eso se hizo revolucionario!»

De nuevo se rieron juntos. Pero en eso se le ocurrió comentarle algo al sacerdote, pero haciéndolo de la manera más delicada posible: «Padre Montes, usted tendría que haber estudiado lo que yo estudié».

Montes quedó sorprendido por su aseveración. «¿Por qué dice eso, capitán?»

«Mire adónde va la tecnología. Con la digitalización de todo, y la miniaturización que ello conlleva, los teléfonos celulares están comenzando a predominar en todas partes donde no estén derribando antenas con bombas. Eso implica la transmisión de voz y de datos. Muy pronto vamos a poder ver películas en nuestros teléfonos, y si pueden recibir películas, se pueden recibir clases. ¿Y no es esa su especialidad—dar clases?»

Montes nunca se había puesto a pensar en eso. La vida lo había alejado de la enseñanza pura—de su verdadera profesión. Pero no lo suficiente como para no dejarlo ver lo valioso que podría ser para efectos educativos. «Entiendo lo que dice, capitán. Si esos dispositivos se vuelven tan baratos que todos pueden tener uno, entonces... ¿para qué perder tiempo y dinero yendo a un aula, cuando el aula y la clase se le puede transmitir al teléfono o a la computadora?»

Al capitán lo entusiasmó lo rápido que el sacerdote había captado el concepto. «¡Exacto, padre Montes! El estudiante podría estar en un caserío en una montaña como Guazapa o el Cacahuatique—lejos de la escuela, pero no de la lección».

Los dos se quedaron contemplando esta posibilidad en silencio, hasta que el capitán decidió hacerle una pregunta más: «Padre Montes, ¿por qué nunca se propusieron los jesuitas promulgar una ley educativa similar a la de Costa Rica? Hay violencia en todos los países centroamericanos, menos en Costa Rica. Y la razón es el nivel educativo de su gente.

«Yo le garantizo, padre, que usted y Ellacuría serían considerados unos santos en vida si hubiesen hecho eso, porque nos habrían podido ahorrar todo este derramamiento de sangre, y llenar las mentes de jóvenes salvadoreños de conocimientos útiles, para salir de la miseria que nos dejaron Hernán Cortés, Pedro de Alvarado y el resto de los Conquistadores españoles».

Montes asintió, diciendo, «Capitán, usted no es el primero en decirme eso. Un sacerdote salvadoreño muy sabio me lo dijo en 1963».

El capitán finalizó la conversación con: «Todavía se puede, padre. ¡Mientras hay vida, hay esperanza!» Dicho eso, Sánchez acompañó al sacerdote a su residencia temporal, y se regresó presuroso a dormir, aunque fuera un par de horas.

Capítulo 64

¿Dónde está Don Blas?

Con el paso de los días sin que Fedoseyev regresara, Olga se comenzó a preocupar. La última vez que habían hablado por teléfono fue para hacer las reservaciones para su retorno, sin Juana, la monja de El Salvador que lo tenía loquito. Y no se atrevía a llamar a nadie de los jesuitas—le estaba prohibido hacerlo. La única razón por la cual no había dicho nada en el departamento era porque nadie había hecho indagaciones. Además, bien podía ser que su ausencia era parte de un plan conocido para todos menos ella—al fin y al cabo, ésta era la KGB.

También lo echaba de menos físicamente. Ella reconocía que no era más que alguien para su placer, pero no le importaba—estaba bien cuidada, ¿y cuántas mujeres en el sistema soviético podían decir eso?

Le había dado mucha alegría y mucha esperanza cuando Fedoseyev le había dicho que Juana se regresaría a El Salvador sola. Olga le había preparado una bienvenida memorable.

Pero nunca regresó, y al fin recibió la llamada temida. «El camarada Brezhnev quiere citar al camarada Fedoseyev a su oficina esta tarde».

«Disculpe, camarada, pero él no ha regresado de su viaje a Italia».

«Espere».

Después de varios segundos de silencio, la secretaria de Brezhnev regresó. «Por favor dígale a su segundo que se presente a la oficina del Secretario General para rendirle un informe. A las 2 p.m. en punto. Gracias».

El segundo de Fedoseyev era Vladimir Putyatin. Se paró y fue a la oficina del camarada Putyatin, tocando a la puerta y pidiendo permiso de entrar.

«Pase por favor».

El hombre diminuto se paró para saludarla. Al fin y al cabo, era digna de respeto por ser la secretaria de su jefe.

«Camarada Putyatin, el Secretario General Brezhnev lo está citando a su oficina a las dos de la tarde, para rendirle un informe sobre la Cruzada

Negra».

Putyatin hizo la pregunta lógica. «¿Dónde está el camarada Fedoseyev?»

«La última vez que hablé con él, estaba en Venecia».

«¿Venecia? ¿No se suponía que estaba en Roma?»

La mirada apenada de Olga le dijo a Putyatin todo lo que necesitaba saber: había una sola razón por la cual el camarada Fedoseyev no estaba en Moscú en estos momentos—estaba muerto.

No compartió esa conclusión con Olga, y tampoco reveló el regocijo que le causaba esta noticia por su promoción inminente. Simplemente le agradeció la información y le pidió que le trajera los expedientes.

A la 1:45 p.m., Putyatin estaba sentado en la antesala de la oficina del Premier Brezhnev, y a las 2 p.m. en punto, su secretaria le dijo que pasara adelante.

Entró con el expediente más actualizado sobre la Cruzada Negra, listo para entregárselo.

Leonid Brezhnev era tan alto y masivo como Putyatin era bajo y delgadito. Se sintió agradecido cuando Brezhnev le dijo que se sentara.

«Camarada Putyatin, ¿por qué no está Fedoseyev aquí?»

«Camarada Secretario General, con base en la última información disponible, se sabe que dejó Roma con una de las participantes en el seminario de Comunidades de Base y lo último que supimos era que estaba en Venecia, y que venía rumbo a Moscú.

«Sin embargo, acostumbra irse a América Latina para solventar problemas, porque es muy dedicado en ese sentido. Pero hemos pasado semanas sin saber de él, y, siendo así, mi experiencia en la KGB me indica que la participante probablemente mató a Fedoseyev, porque estar muerto sería la única razón posible para perder una cita con el hombre más poderoso del mundo».

Leonid Brezhnev tomó las noticias con calma. En su mundo, el matar era una herramienta común. Así había llegado él al poder, y así permanecía en el poder. Lo de Fedoseyev era algo que la KGB tendría que solventar y no era nada de lo que tenía que preocuparse el Secretario General del Partido Comunista de la Unión Soviética. Además, la Cruzada Negra de Fedoseyev, si bien era una alternativa atractiva a su método preferido, que era financiar movimientos revolucionarios directamente, se estaba volviendo demasiado cara.

«¿Cómo va la Cruzada Negra, camarada Putyatin?»

«Camarada Secretario General, el fervor revolucionario está propagándose como incendio forestal entre los sacerdotes y las monjas revolucionarias en América Latina, tal y como se planeó. La conferencia en Roma fue para dar realce a lo glorioso del movimiento y el heroísmo de los que han dado su vida por él. El entusiasmo no podría estar más efervescente».

«¿Hay algún elemento de la Cruzada Negra que no esté tan efervescente, Putyatin?»

«Camarada Secretario General, lo único que inquieta hoy día es la elección presidencial americana en noviembre, y la posibilidad de una pérdida para el Presidente Carter».

Brezhnev se paró, y caminó hacia la ventana grande que daba a la Plaza Roja. Sus cejas pobladísimas formaban una pata de tarántula masiva, cuando su semblante denotaba consternación. Hablando sobre su hombro, dijo «Camarada Putyatin, estamos gastando millones de rublos que no podemos malgastar en jesuitas que viajan por todo el mundo como capitalistas. Se visten mejor que nosotros. ¿Alguna vez has visto a jesuitas vestidos de sotana negra? Yo no. ¿Y por qué habrían de hacerlo, si pueden comprar los mejores trajes, camisas, corbatas, calcetines, calzoncillos y zapatos, cortesía de la Unión Soviética?»

Putyatin sabía que era verdad. Cuando había acompañado al camarada Fedoseyev a alguna reunión, siempre era en un entorno de lujo, y los sacerdotes vestían como actores de cine, nunca como sacerdotes. Especialmente el tal Karl Rahner.

Sin embargo, el dinero nunca había sido problema para la Unión Soviética hasta que ocurrió la invasión a Afganistán, el 24 de diciembre de 1979. Fedoseyev frecuentemente se quejaba con Putyatin de que eso inevitablemente resultaría en recortes de presupuesto para la Cruzada Negra.

Brezhnev continuó. «Siempre he querido poner fin a este programa, pero hay algo positivamente ruso de darles jaque mate a los americanos por donde menos lo esperan. Así que me alegro de que Fedoseyev no esté aquí, para preguntártelo a ti: ¿Crees tú que vale la pena la Cruzada Negra?

«Porque desde mi punto de vista, todo el dinero que estamos gastando en la Cruzada Negra, estaría mejor gastado en ayudar a reelegir al Presidente Carter».

Antes de que Putyatin pudiera responder, Brezhnev continuó. «Porque Jimmy Carter nos dio el gran regalo de quitar a nuestro enemigo, el Shah de Irán. Eso fue invaluable. Y encima de eso, toma el poder un enemigo acérrimo de los EE.UU.—un Ayatola. Y todo sin que nos haya costado un céntimo. Por eso preferiría tratar de reelegir a Carter en vez de hacer otra cosa. ¿Qué opinas, Vladimir?»

Si bien Putyatin no era físicamente dotado, mentalmente no carecía de nada. «Camarada Secretario General, en mi opinión, la forma menos costosa de ayudar a reelegir al Presidente Carter es convencer a nuestro nuevo amigo, el Ayatola Khomeini, a que suelte a los rehenes. Considero que esa circunstancia es la que está condenando a Carter a perder».

Brezhnev preguntó: «¿Crees que esto sea factible, luego de la operación de rescate desastrosa que Carter intentó con activos militares el 25 de abril pasado?» Se refería a la operación militar de rescate de rehenes que había terminado tan desastrosamente en el desierto iraní.

Putyatin asintió y dijo: «Al Ayatola se le puede acercar un diplomático nuestro para decirle que ya humilló al Presidente de los Estados Unidos lo suficiente».

Brezhnev estuvo de acuerdo con esto. Putyatin le parecía muy inteligente. Putyatin continuó. «Lo que hace al Presidente Carter tan valioso para nosotros es su noción romántica de los Derechos Humanos. Y eso es precisamente lo que lo está perjudicando. Por ejemplo, si bien Anastasio Somoza de Nicaragua era un dictador asesino, y la falta de apoyo de Carter lo hundió, ese hecho está siendo usado en contra de Carter, por haber 'perdido' a Nicaragua, además de haber 'perdido' a Irán.

«Hoy día su oposición dice que si El Salvador cae, será culpa suya también. Siendo así, Carter se encuentra enviando armamento a la Junta salvadoreña, para no dejar que caiga antes de la elección».

Putyatin no quería tener que mencionar los efectos perjudiciales de la invasión de Afganistán por la Unión Soviética. No era prudente hacerlo. Había sido decisión de Brezhnev y Putyatin quería seguir con vida.

Brezhnev preguntó. «¿No se le echó la culpa a la Junta de la muerte del Arzobispo Romero?»

«Sí, camarada Secretario General. Fue diseñada para crear un mártir de proporciones enormes, un gatillo para una insurrección que derrocaría a la Junta».

«¿Dónde está la insurrección, Putyatin? ¿Los infames escuadrones de la muerte matan al arzobispo y nada?»

Putyatin tuvo que pensar rápido. «Señor Secretario General, cuando el muy querido Pedro Joaquín Chamorro fue asesinado en enero de 1978, la caída de Somoza no ocurrió sino hasta julio de 1979, o sea, un año y medio después. Esta vez ocurrirá en menos tiempo en El Salvador, pero nunca es inmediata».

«Bien, Putyatin, pero esta insurrección que venga pronto, porque yo estoy considerando ponerle fin a esta Cruzada Negra».

Putyatin pidió permiso de hablar con toda franqueza.

Cuando Brezhnev consintió, Putyatin procedió a dar el discurso más importante de su carrera. «Camarada Secretario General, la Cruzada Negra no fue idea mía. No tengo la capacidad intelectual que tuvieron sus creadores, pero sí sé esto: el clero del mundo mueve a las masas. Usted mismo lo señaló cuando mencionó la revolución iraní. Los cabecillas tras la caída de Somoza fueron los jesuitas Fernando y Ernesto Cardenal, que son hermanos. Así que una alianza con el clero sólo puede ser de beneficio para la Unión Soviética. Si nosotros decimos que abogamos por una revolución, el efecto no es tan grande como cuando son los emisarios de Dios los que abogan por ella. Y ese mensaje lo predican todos los domingos y cada uno de sus días religiosos. Porque sólo la voz de Dios puede tener más impacto que la voz del Secretario General de la Unión Soviética».

Brezhnev ponderó esto. Fue de regreso a su asiento, como un juez a punto de dar su veredicto.

«Camarada Putyatin, haces un punto válido, pero tenemos otros personeros casi tan buenos como el clero: el *New York Times*. Así que, si pongo fin a este financiamiento extravagante, podemos contar con los medios periodísticos occidentales para proclamar la revolución».

Putyatin se mordió la lengua. El *New York Times* y los medios periodísticos occidentales no serían tan efectivos ahora que la Unión Soviética había invadido a Afganistán. Pero no quería tener que decir eso. Todo iba a depender de lo próximo que saliera de la boca de Brezhnev.

Brezhnev dijo: «Voy a permitir que continúe la Cruzada Negra, Putyatin, siempre y cuando obtengamos resultados más rápidamente. Y la dejo continuar solamente porque me diste la brillante sugerencia de usar nuestra diplomacia con nuestros amigos iraníes, que no nos va a costar nada. Pero también quiero que presiones a los jesuitas para que los resultados no tarden en venir. Y haz que reduzcan sus gastos».

«Así lo haré, camarada Secretario General».

«Finalmente, Putyatin, te asciendo a Director de la Cruzada Negra, efectivo en este momento. Pero como parte de tus quehaceres, quiero que averigües qué le pasó a Fedoseyev. Si murió sirviendo a la Patria, quiero saber. Si desertó, quiero saber. Y si vuelve a aparecer, continuarás como Director de la Cruzada Negra porque lo jubilaremos».

«Gracias, camarada Secretario General. Así lo haré». Se paró cuando se paró Brezhnev.

Brezhnev dijo, «Espera afuera. Haré que mi secretaria te prepare tus nuevas órdenes y te irás con ellas ya firmadas por mí».

«Gracias, camarada Secretario General».

Cuando llegó de regreso a su oficina, le entregó sus órdenes a Olga, y le dijo, «Como verá, Olga, soy el nuevo Director. Yo como no sé una palabra de español, voy a mantenerla en su puesto actual».

Olga no dejó ver su alegría. «Muchas gracias, camarada Director», dijo ella, con una ecuanimidad que sólo es alcanzable después de muchos años de trabajar en la KGB.

«De manera que usted estará viajando conmigo a menudo, donde sea que vaya. ¿Será esto problema? ¿Tiene familia qué cuidar?»

«No, señor Director, mi hijo está casado y vive en Kiev».

«¿Y su esposo?»

«Nunca me volví a casar, camarada Director».

Esto era perfecto para los planes de Putyatin. Esta mujer era mayor que él, pero se mantenía en buena forma. Esperaba que estuviera dispuesta a darle a él el mismo tipo de lealtad que le dio a Fedoseyev.

«Entre a mi oficina conmigo, Olga, y échele llave a la puerta».

Putyatin se sentó tras su escritorio, pero no invitó a Olga a sentarse. Ella se quedó parada por la puerta con llave, esperando instrucciones.

«Desvístase por completo».

Olga vaciló. No se esperaba esto. Pero no vaciló mucho tiempo. Se quitó toda la ropa rápidamente. Cuando quedó completamente expuesta a la mirada de su nuevo jefe, sintió una vergüenza que no recordaba haber sentido jamás. Debió haber estado bien ruborizada, puesto que Putyatin la seguía mirando a la cara, en vez de a sus partes expuestas, con una media sonrisa.

Finalmente dijo, «Muy bien, Olga. ¿Entiende lo que se espera de usted, verdad?»

«Sí, camarada Director».

«Bien, vístase y siéntese. Necesitamos hablar».

Ya sentada, Putyatin le preguntó, «¿Qué cree que le pasó a Fedoseyev, Olga?»

«Bueno, camarada, se llevó de paseo por toda Italia a una de las monjas de la conferencia de las Comunidades de Base».

«¿Era monja revolucionaria de El Salvador?»

«Sí, lo era. Pero él compró un anillo de compromiso para ella».

«No tiene que decir más. Ya sabemos lo que le pasó: se enamoró, le contó la verdad sobre su vida, y algo no le gustó, y lo mató».

Olga sacudió su cabeza. «Con el debido respeto, camarada Director, no estoy de acuerdo. Esa monja había demostrado su devoción a la causa. Dudo mucho que algo que el camarada Fedoseyev haya dicho pudiese haber causado tal reacción en ella».

«¿Qué sabemos de esa monja?»

«Es originaria de Checoslovaquia, pero cuando tenía 16 años de edad llegó a París a hacerse hermanita de la Asunción, y acabó enseñando en El Salvador en una escuela para niñas. Ha sido de mucha ayuda con los depósitos de armas clandestinos en El Salvador».

Putyatin ponderó esto. «¿Checoslovaquia? ¿Dónde en Checoslovaquia?»

«Un pueblo llamado Olomouc».

Putyatin se paró y fue a un mapa de Europa desplegado en una de las paredes de su oficina. Localizó a Olomouc, justo al otro lado de la frontera con Polonia.

Dijo, «Olga, considero que hay buena probabilidad de que nuestra monja huyó a Checoslovaquia del avance del ejército soviético en Polonia. Si Fedoseyev le dijo que había sido coronel del ejército soviético que violó a toda mujer que encontraba en Polonia y Alemania, eso pudo haberla alterado, ¿no cree?»

Olga lo miró incrédula. «Pero camarada Director, ¿no el camarada

Fedoseyev?»

Putyatin se encogió de hombros. «Olga, todos lo hacían. Orden de Stalin».

Mientras Olga trataba de digerir esto, Putyatin pensaba qué pasos tomar. Si esta monja estaba con Fedoseyev en ese hotel en Venecia, y había muerto de causa natural, como ataque al corazón, ella lo habría reportado, o las autoridades lo habrían descubierto, y se habría sabido. Pero no se supo.

Si Fedoseyev hubiera muerto después de arribar al aeropuerto de Venecia, también se habría sabido. Entonces Fedoseyev desapareció entre el Lido y el aeropuerto. Si hubiese sido asaltado por un criminal italiano, y se hubiese ahogado, el cuerpo ya habría salido a la superficie, y se habría informado.

No, ese cuerpo estaba bajo agua con suficiente peso como para no dejarlo salir a la superficie. La monja tuvo que hacerlo.

Así que la pregunta que tenía que hacer y contestar era: ¿Debe la KGB expender tiempo, esfuerzo y dinero para ir tras la monja? ¿Hay una razón convincente para hacerlo?

Razón Convincente No. 1: Sabía demasiado.

Circunstancias Mitigantes: A. No sería más de lo que hubiera sabido si se hubiese quedado en la conferencia; B. Una disputa personal entre ella y Fedoseyev no la descalifica de la causa; C. Si decide sabotear los esfuerzos en El Salvador, ella tendría que buscar la ayuda de otros para hacerlo—aumentando así su riesgo de detección. Además, ¿qué iba a decir—los soviéticos están tras esto? Eso no es noticia en la época de la Guerra Fría.

Conclusión No. 1: La razón convincente No. 1 no es lo suficientemente convincente como para movilizar recursos.

Razón Convincente No. 2: Un héroe de la Unión Soviética, Vladislav Fedoseyev, ha desaparecido.

Circunstancias Mitigantes: Nadie fuera de las esferas más altas de la Unión Soviética sabe eso. No tenía esposa e hijos. No hay presión para esclarecer el asunto.

Conclusión No. 2: La razón convincente No. 2 no es lo suficientemente convincente como para movilizar recursos.

Razón Convincente No. 3: Pudo haber estado actuando bajo las instrucciones de los americanos, en cuyo caso los americanos recibirían la información.

Circunstancia Mitigante: Los americanos en El Salvador, bajo el embajador Robert White, están de nuestro lado.

Conclusión No. 3: La Razón Convincente No. 3 no es lo suficientemente convincente como para movilizar recursos.

Así que no había razón lo suficientemente convincente para hacer que la KGB movilizara sus propios recursos en este momento.

¿Y movilizar fuerzas locales?

Había un gran problema con eso: Si se llega a saber que una monja eliminó a un alto funcionario de la Unión Soviética, las burlas que le lloverían serían interminables. Y ahora que él era el jefe, no quería lidiar con esta gente sino desde una posición de mando y fortaleza. Quería que le temieran—no que se burlaran de él. Por lo tanto, tampoco movilizaría fuerzas locales.

Lo mejor, por ahora, era simplemente agradecerle a la monja la oportunidad que le había dado a Putyatin, silenciosamente.

Putyatin se volvió a Olga. «Camarada, ¿tenía usted una relación estrecha con el camarada Fedoseyev?»

Su sonrojo lo dijo todo.

«Entonces, Olga, lamento su pérdida personal, pero debo ordenarle que no le mencione esto a nadie nunca. Es en el mejor interés de este proyecto y de la Unión Soviética, que, por ahora, al camarada Fedoseyev se le considere estar vivito y coleando y jubilado. ¿Estamos?»

Olga vaciló, pero asintió.

«Usted va a escribir una carta a nuestras contrapartes explicando que, debido a ley obligatoria de jubilación, el camarada Fedoseyev se ha jubilado. Que de ahora en adelante, yo seré su punto de contacto. ¿Puede usted firmar la firma del camarada Fedoseyev?»

«Sí, camarada Director, pero sería la firma de Don Blas Pérez».

«Bien. Hágalo».

«Camarada Director, ¿le puedo preguntar algo?»

«Dígame».

«El camarada Fedoseyev usaba el nombre de Don Blas Pérez para relacionarse con ellos, siendo 'Don' un prefijo que denota respeto en español. ¿Le gustaría a usted usar algún otro nombre?»

Putyatin ponderó esto, y preguntó: «¿Hay un nombre español que meta miedo, Olga?»

Olga pensó un poco y dijo, «Torquemada, Tomás de Torquemada—muy temido durante la Inquisición Española».

A Putyatin le gustó ese nombre. Esta Olga valía la pena. «Bien, Olga, seré 'Don Torquemada'».

«Muy bien, camarada Director».

«¿Y Olga?»

«¿Sí, camarada Director?»

«Vaya a mi apartamento hoy en la noche, a comenzar con mis clases de español».

«Como guste, camarada Director».

Capítulo 65

La Nariz del Tío Sam

Jon Cortina se paró a informar sobre sus esfuerzos de reclutamiento.

«La Reforma Agraria nos perjudica nuestros esfuerzos de reclutamiento entre adultos, pero hemos encontrado que los adolescentes están entusiasmados por unirse. Por lo tanto, la mayoría de los reclutas que estamos enviando a nuestros camaradas en armas son adolescentes».

«¿De qué edad? ¿Dieciocho, diecinueve?», preguntó Ellacuría.

Cortina sacudió la cabeza. «No, son como de 16 y 17 años de edad».

El silencio reinó en la sala.

Jon Cortina reanudó su presentación: «Si bien la Reforma Agraria va más rápido de lo esperado, podemos reclutar bien en las zonas a las cuales aún no ha llegado. Los estamos enviando a los campamentos dentro de los Bolsones, donde no pueden entrar ni tropas hondureñas ni salvadoreñas».

El padre Montes hizo la pregunta que todos querían hacer: «Padre Jon, ¿qué tan listos estamos para una ofensiva?»

«Por lo que dicen los comandantes, entre más tarde la lancemos, mejor. Estamos aproximándonos a números aceptables, pero necesitamos más tiempo para entrenar».

El padre Ellacuría se paró, agradeciéndole al padre Cortina por su informe y pidiéndole que tomara asiento. El mandamás jesuita dijo lo siguiente: «Las encuestas aún tienen a Jimmy Carter aventajando al actor, lo cual tiene sentido, y nuestros amigos en la Embajada de los Estados Unidos están confiados en que esa ventaja se mantendrá. Lo cual es asombroso considerando la operación de rescate fallida de Carter en Irán, a finales de abril».

Pausó por si había comentario al respecto, y al no haberlo, continuó. «Eso significa que vamos a tener más tiempo para entrenar a nuestras fuerzas, para una guerra de guerrillas, en la certeza de que las fuerzas gubernamentales recibirán muy poca ayuda de un segundo mandato de Jimmy Carter».

Todo mundo asintió. Nadie realmente creía que una ofensiva iba a funcionar. Menos Mario Tacarello, que escuchaba muy atentamente.

El padre Montes hizo la pregunta que todos tenían en mente. «¿Pero qué pasa si Reagan gana?»

Ellacuría estaba listo para esta pregunta. «Caballeros, la Embajada Americana nos ha recalcado que nos debemos guiar por las lecciones de la Ofensiva Tet en Vietnam. Si pierde Carter, todos tendremos dos meses y medio para hacerle creer a la población americana que las fuerzas gubernamentales son demasiado viles para ser apoyadas».

«¿Viles?» De nuevo Montes hizo la pregunta que todos tenían en mente.

Ellacuría asintió. «¿Recordáis aquella escena televisada de la niñita desnuda huyendo del napalm norteamericano? ¿Y la del oficial de Vietnam del Sur ejecutando al prisionero de un balazo en la cabeza en la calle? Esas atrocidades, más la ofensiva general durante la estación de Tet de Vietnam, efectivamente hicieron que el pueblo norteamericano rescindiera su apoyo a la guerra.

«Si bien la ofensiva militar del Viet Cong (con el apoyo de Vietnam del Norte) fue un fracaso en el sentido puramente militar, lograron proyectar poderío, porque atacaron en todos lados. Todo lo cual fue magnificado por una prensa cuyas simpatías estaban con los enemigos de Estados Unidos. Como todos sabemos, hoy día, la prensa norteamericana está aún más en contra de los intereses de su propio país, y por lo tanto va a amplificar mucho más cualquier atrocidad que cometa el gobierno salvadoreño, lo cual podría atarle las manos a Reagan si llega al poder—según la Embajada».

El padre Montes de nuevo hizo la pregunta en la mente de todos. «Padre Ellacuría, ¿cómo vamos a hacer que las fuerzas gubernamentales cometan actos viles? No hubo nada más vil que asesinar a Monseñor Romero y a 40 de sus dolientes en su funeral—y ni eso funcionó».

Hubo un murmullo de asentimiento entre todos los jesuitas presentes. Montes continuó. «Además, me parece que la Embajada Americana quiere que el gobierno haga actos viles no para incitar a una insurrección popular en El Salvador, tan necesaria para que una ofensiva triunfe, sino para impactar al pueblo norteamericano para perjudicar al presidente entrante».

De nuevo un murmullo de asentimiento. Montes continuó. «Lo único que haría que se diera una insurrección popular acá, sería si el ejército diera un giro de 180 grados y devolviera las tierras confiscadas a los Catorce. Y eso no va a suceder».

El razonamiento del padre Montes era impecable. Pero Ellacuría no se veía convencido. Lo que eso le decía a Mario era que había una escisión en la cúpula jesuita. Y si había una escisión entre los jesuitas... ¿no era factible una escisión entre los mandos guerrilleros? Se hablaba de un esfuerzo por unificar a todos los grupos guerrilleros y las organizaciones populares bajo una sola organización: el Frente Farabundo Martí para la Libración Nacional (FMLN). Pero no se había logrado—¿sería por esta misma razón?

Mario tenía buenas razones para disuadir a Ellacuría de favorecer una ofensiva. Se paró y dijo, «Padre Ellacuría, una guerra de guerrilla en la que la guerrilla escoge dónde, cuándo y cómo enfrentar al enemigo, para maximizar las bajas del enemigo y minimizar las propias. ¿No sería mejor apegarnos a eso, pase lo que pase en las elecciones norteamericanas?»

De nuevo un murmullo de aprobación.

Ellacuría simplemente dijo, «Hermanos jesuitas, quienes tendrán que tomar la decisión de cómo proceder, serán los comandantes. Yo no he hecho más que informaros que la opción de una ofensiva general cuenta con mucho apoyo, inclusive de la Embajada Americana, por las razones que ya os di—entre las cuales sobresale el impacto de la prensa». Con esto, Ellacuría había confirmado lo que Mario había sospechado—había una escisión en los altos mandos guerrilleros

Ellacuría continuó. «Tener a la prensa de nuestro lado es de gran valor, y como muestra os doy este botón: los medios norteamericanos no informan a su público que se está haciendo la Reforma Agraria. Como os lo dije en una reunión anterior, la prensa opera bajo la premisa de que el gobierno salvadoreño no pueda hacer nada bueno. Y con ello, hace que el público norteamericano esté predispuesto a creer lo peor del ejército y de los cuerpos de seguridad. Y eso es algo que no debemos desaprovechar».

Murmullo de concordancia. Ellacuría siguió, aliviado de que había retomado el control. «Ahora bien. El padre Montes tiene razón al decir que el ejército no hará nada para crear una situación de insurrección, y eso lo saben en la Embajada. Pero están seguros de que los cuerpos de seguridad sí lo harán. Y los de la Embajada me dijeron que ellos se encargarían de eso».

El silencio volvió a reinar en la sala, mientras todos conjeturaban acerca de lo que planeaban hacer los gringos. La Embajada Americana era un complejo enorme en San Salvador, con antenas de todo tipo por todos lados. Probablemente estaban muy bien informados de todos, y estaban dispuestos a poner toda esa información al servicio de la revolución. ¿Por qué? Porque el Embajador Robert White odiaba a los militares salvadoreños. Como sólo un verdadero marxista los podía odiar.

Y como la Embajada le guardaba las espaldas al gobierno salvadoreño, ella era la única capaz de clavarle una daga sin que el gobierno la viera venir. Realmente era un plan más que maquiavélico—era un plan jesuita, seguramente engendrado por Ellacuría.

Mario concluía eso porque era la acción de un hombre que había hecho todo lo posible por lograr un alzamiento popular—hasta planear la muerte de Monseñor Romero—sin lograr los resultados deseados. Y ahora se le acababa el tiempo, y en la medida progresaba la Reforma Agraria, se iba quedando sin opciones.

De las pocas que le quedaban, ésta le había parecido la mejor: recurrir al hombre que odiaba a los militares tanto o más que él—el Embajador Robert White. Y White había aceptado su plan.

Si bien Montes tenía razón al decir que inducir a los cuerpos de seguridad a cometer atrocidades probablemente causaría más impacto en los EE.UU. que acá, Ellacuría no perdía la esperanza de que el odio de White hiciera que cometieran la madre de todas las atrocidades, para causar la insurrección popular tan necesaria.

Cualquier otro se abstendría de seguir este camino por temor a lanzar una ofensiva sin apoyo popular, en la que morirían miles de indios mal-entrenados. Pero no Ellacuría, puesto que para él, los salvadoreños eran inferiores, subhumanos y desechables.

Si bien Mario entendía el por qué, lo que tenía que saber era cómo. Así que preguntó: «Padre Ellacuría, si bien dijeron los gringos que se lo dejaran a ellos, eso no es realista, ¿no cree? Ningún miembro de la Embajada va a cometer una atrocidad, lo cual significa que van a tener que inducir a los cuerpos de seguridad a cometerla».

Ellacuría asintió. «Bien deducido, Mario. Por eso mismo, vosotros—el padre Cortina y tú—iréis a decirle a los comandantes que intensifiquen los ataques a los puestos de Guardia Nacional. Nuestros amigos de la Embajada Americana dijeron que eso era crucial para el éxito del plan».

¡La Guardia Nacional! La fuerza de seguridad más odiada y la que más los odiaba a ellos, porque eran los que más bajas habían sufrido a manos de la guerrilla. Era obvio que la Embajada Americana sabía lo que estaba haciendo.

Ellacuría concluyó la reunión en forma entusiasta: «Caballeros, se acerca una tormenta y es nuestra. Venceremos de una forma u otra. ¡Hasta la victoria siempre!»

Los jesuitas en la sala respondieron, al unísono: «¡Hasta la Victoria siempre!»

Mario cumpliría con las órdenes de Ellacuría, y transmitiría su mensaje a los comandantes—y a Licha y al mayor Zepeda también.

Capítulo 66

La Búsqueda de Bastardos

Las primeras botas que recibieron los reclutas de Guazapa fueron tomadas de guardias nacionales muertos en acción en Chalatenango. No calzaban bien, pero la incomodidad era minimizada por los callos de sus pies, y era mil veces mejor que andar descalzos.

Se las probaban esa noche alrededor de una hoguera, intercambiándose botas y contándose historias de sus vidas. Estos reclutas se habían transformado en una unidad cohesiva especialmente después de enterarse que se iban a convertir en co-padres de los bebés que sus maestras cargaban en sus panzas.

Marcial y Mayo Sibrián habían descubierto una mina de oro. Estos adolescentes de secundaria resentían su estatus de hijos de segunda clase: hijos de sirvientas apartados de sus verdaderos padres para proteger sus reputaciones, echando al traste la reputación de sus madres y de sus bastardos. Y todo lo que los comandantes tenían que decir era: «Cuando lleguemos al poder, ellos serán los de segunda clase, no ustedes. Ellos serán los sirvientes suyos y de sus madres».

Estos adolescentes de segunda clase eran guerrilleros de primera clase. Y ésta sería su salvación para la ofensiva final. Así les habían informado a los jesuitas: «Búsquennos bastardos. No necesitamos muchos—los suficientes para llenar un estadio de fútbol».

Con esto lograrían alcanzar los números para la ofensiva. También ayudaba el hecho de que, a pesar de todos sus problemas, Carter iba adelante en todas las encuestas, sobre el actor Ronald Reagan, lo cual les daría más tiempo para entrenar a los bastardos. Porque atacar puestos de guardias nacionales era una cosa—asaltar los cuarteles del ejército era cosa más seria.

Desde luego, habían tenido que sacrificar algunas vidas y familias: las dos maestras embarazadas habían sido separadas de sus vidas y familias burguesas y ahora se preparaban para sus familias revolucionarias.

Lamentable, pero la revolución era lo principal. Ningún sacrificio era demasiado grande.

Al probarse sus botas nuevas, Neto pensaba en su madre y en las comodidades de la ciudad, a las cuales regresaría, en mejor posición que nunca. Se apoderaría de las empresas Vesubio, y su madre y su abuela vivirían como reinas. Esa ambición le daba calor de noche, mucho después de que una de sus maestras lo había calentado con su cuerpo.

Como un mes después de llegar a Guazapa, lo habían hecho comandante de escuadra, una posición que lo enorgullecía. Le habían dado el nombre de guerra de 'Guevara', porque iba bien con su primer nombre, 'Ernesto'. No le podían dar el nombre de 'Ché' porque ese ya estaba inmortalizado.

Esa noche durmió hasta que lo despertaron para hacer las rondas. Se puso sus botas nuevas, se echó su arma sin munición al hombro, y empezó a ir de centinela en centinela, que vigilaban las avenidas de aproximación probables. Al circunnavegar la montaña, llegó a un punto donde podía ver las luces de San Salvador y sintió que se apoderaba de él la nostalgia. Pero no tan sobrecogedoramente como la primera vez que había visto a San Salvador de noche hacía un par de meses.

Como comandante de escuadra, se le había ordenado participar en reuniones tácticas lideradas por el comandante Mayo Sibrián. Tenían una maqueta del Cuartel San Carlos, de la Primera Brigada, que era su blanco principal en la ofensiva. Bajarían de Guazapa en grupos pequeños para no ser detectados, y se quedarían en casas cerca de la brigada, hasta la hora de iniciar el ataque. La escuadra de Neto escalaría el muro en el lado oeste del cuartel, y ya dentro, atacarían las garitas. Entonces llegarían zapadores entrenados en Cuba para ponerle explosivos al muro para abrir un boquete que permitiría a la fuerza guerrillera entrar.

Si bien los guerrilleros de Guazapa sabían que podían tener de blanco a la Cuarta Brigada de Infantería en El Paraíso, en vez de la Primera Brigada, el mismo plan aplicaría al Paraíso también.

Al caminar hacia el siguiente puesto de centinela, la misma voz dentro de Neto le hizo la pregunta de siempre: «¿Se alzará la población con nosotros?»

Porque si no, los únicos que estarían entrando a la brigada por el muro abierto serían los guerrilleros, en números demasiado bajos para derrotar a los soldados. Sin el acompañamiento de una población que podría convencer al soldado a unirse a su pueblo, en vez de combatirlo, todo el ataque sería inútil. La insurrección popular era la clave del éxito. Pero eso era algo que al pueblo salvadoreño no le gustaba hacer—ni siquiera cuando mataron a Monseñor.

Por lo tanto, si no ocurría el alzamiento popular, serían carne de cañón. Adiós revolución.

Entre más lo pensaba, menos le gustaba la idea. Al fin y al cabo, ¿por qué tenían que lanzar ofensiva frontal, cuando una guerra de guerrillas era mucho más efectiva?

Pero no podía hacer esa pregunta. Otro comandante de escuadra la había hecho y Mayo Sibrián lo había degradado y agarrado a leñazos delante de todos.

Capítulo 67

El Triángulo de las Bermudas

Mario le había dicho a Licha que la recogería en la Asunción a las 8 pm en punto. Llegó a las 7:59 pm en su Volkswagen.

Licha lo estaba esperando en un vestido de los que se había traído de Europa, no formal pero definitivamente caro. Cortesía de Don Blas. «¿Qué ha pasado, Mario?» fue lo primero que salió de su boca. Sabía que esta cita era debido a algo urgente.

«Bastante. Pero, antes que nada, quiero llevarte a un lugar donde tú y yo nos podamos relajar». Y le guiñó.

Licha supo inmediatamente lo que Mario quería. Lo cual era un alivio porque ella también quería relajarse. La tensión se había ido acumulando: siempre tenía que ver sobre su hombro para cerciorarse de que alguien enviado por la KGB para vengar la muerte de Don Blas no la estuviera acechando. Porque si bien Mario le había dicho que Don Blas se había jubilado, y que había sido sustituido por alguien llamado Don Torquemada, ella sabía la verdad, y la KGB también. Así que apreciaba estar con alguien que definitivamente no era un agente de Don Torquemada.

Licha se acercó para darle un beso en la mejilla. «Eso pensé yo, Mario, por eso no me puse nada debajo del vestido».

Eso alegró mucho a Mario. Desde el viaje de regreso de Roma, era como que había un nexo de telepatía entre ellos. Lo atribuía a la santidad de su cometido, a pesar de que estaban a punto de pecar.

Pero lo necesitaba. Desde el secuestro de Neto, no podía gozar del calor de Estela o de Gladys, a pesar de que sabían que estaba haciendo todo lo posible por devolverles a Neto sano y salvo. Por lo tanto, antes de compartir su plan con Licha, quería quitarse las ganas.

Cruzó hacia el suroeste. Licha preguntó, «¿Vamos para la playa?»

«No, pero por favor pon tu cabeza en mi regazo, para que no te puedan ver». Y la haló hacia él. «Vamos al Triángulo de las Bermudas».

El 'Triángulo de las Bermudas' era una serie de moteles que estaban a cierta distancia de la carretera a La Libertad, donde los carros 'desaparecían'. Se llegaba a los moteles por una salida de la carretera a una calle lateral llamada la 'Calle de los Locos' porque cada automóvil que viajaba por esa calle invariablemente contenía sólo un hombre, y ese hombre invariablemente iba hablando consigo mismo.

Los carros buscaban un garaje abierto, se metían ahí, cerraban la puerta del garaje y la mujer escondida y el hombre pasaban a un cuarto limpio, con una buena cama limpia, TV, radio y teléfono para ordenar comida y bebidas. La comida y las bebidas se las dejaban al otro lado de una ventanilla que se abría sólo desde el cuarto. Ahí era donde se pagaba también. Si no pagaban la cuenta, no se abría la puerta del garaje.

Cuando Mario encontró un garaje abierto, se metió, se bajó y bajó la puerta del garaje, y Licha y él se metieron al cuarto. Y directo al mandado.

Veinte minutos después yacían en la cama, plenamente satisfechos.

Licha se volvió a él para preguntarle, «¿Me vas a decir qué pasa?» Mario se levantó y subió el volumen de la televisión, para cerciorarse de que nadie los oyera.

Regresó a la cama y le dijo a Licha, «Vas a tener que comenzar a reunirte tú sola con Zepeda de ahora en adelante. Yo estoy bien ocupado los fines de semana en Aguilares, El Paisnal y Guazapa. Y le vas a decir que, si Carter pierde, la Embajada Americana va a hacer que la Guardia Nacional cometa atrocidades. Así que necesita alertar a la Guardia Nacional de este plan».

«Tienes idea de qué podrían intentar?»

«Ninguna. Pero van a tratar de hacer que los guardias hagan algo que sea lo más vil imaginable. Los guardias han sufrido demasiadas bajas, y desde luego buscan cobrárselas. Y están por sufrir muchas más porque el plan es que la guerrilla arrecie sus ataques a los puestos de guardia, comenzando con los de Chalatenango».

Licha asintió. «Muy bien, considéralo hecho. Pero, ¿es esto todo?» Los poderes telepáticos de Licha le decían que había algo más.

Mario se había vuelto a acostar, mirando al techo en vez de verla a ella. A Licha le parecía que tenía el peso del mundo sobre sus hombros. Se le acercó para besarle la mejilla, y le preguntó, «¿Qué te tiene tan preocupado, Mario?»

Mario le contestó, pero con su vista fija en el techo. «Licha, la elección de los Estados Unidos está a poco más de un mes. Estoy orando como loco por una victoria por Carter, pero tengo la sensación de que el actor va a ganar».

Licha puso cara de sorprendida. «¿No queríamos que ganara Reagan, pues?»

«Claro que sí, en lo estratégico. Pero en lo táctico, o sea, a corto plazo, eso va a garantizar que a Neto lo manden a su muerte».

Licha andaba perdida. «¿Y quién es Neto?»

Mario le contó la historia de su medio-hermano Neto desde su concepción hasta su secuestro con sus compañeros y dos maestras, hasta haberlo visto en Guazapa las tres o cuatro veces que había subido a Guazapa en apoyo del reclutamiento en las Comunidades de Base del padre Cortina. Le contó cómo no podían darles munición a los reclutas, para practicar su puntería, porque temían que la usaran en su contra. Y que, de ganar Reagan, planeaban enviar a estos muchachos a atacar a soldados bien fogueados a sus cuarteles».

Licha preguntó: «¿Te reconoció él a ti?»

Mario sacudió la cabeza. «No. Él no tiene idea que yo soy su medio-hermano. Y en Guazapa me conocen por Eliseo, no como el padre Tacarello. No ha hecho la conexión porque si no, Mayo Sibrián ya me habrá preguntado al respecto».

Licha preguntó, arqueando una ceja, «¿No estás haciendo todo esto sólo por amor fraternal, verdad?»

Mario respondió, «No, Licha, lo estoy haciendo porque le di mi palabra a Gladys y a Estela que, si algo le pasaba a Neto, yo lo ayudaría».

Licha sacudió la cabeza, y dijo «No, Mario, lo estás haciendo para derrotar la ofensiva». Mario sonrió. Ahí estaba la conexión telepática otra vez. Así que dejó que Licha acabara de explicar el plan.

Licha lo hizo. «Si gana Reagan, te vas a unir con Neto en Guazapa, como guerrillero. Y a través de él, vas a conseguir el plan de ataque guerrillero, y me lo harás llegar. ¿O me equivoco?»

Mario amplió su sonrisa, y asintió. Licha siguió. «Lo único que no has averiguado todavía es cómo hacérmelo llegar, ¿verdad?».

Mario dejó de sonreír y lo admitió. «Puede que lo haga ayudando a escapar a las maestras, no sé todavía».

Licha abrazó a Mario y luego puso su cabeza en el pecho de su valiente amigo. «Cerciórate de que tu plan te permita sobrevivir, porque no quiero pasarle a la Primera Brigada ninguna información que resulte en tu muerte».

Mario le sobó la cabellera rubia a Licha. «Si hago esto y sobrevivimos Neto y yo, nos tendremos que ir del país, junto con Gladys y Estela, su mamá y su abuela».

«¿Adónde se irían?»

«A Italia. Mi papá nos conseguirá pasaportes italianos a Neto y a mí, y visas permanentes para Gladys y Estela».

«¿Regresarías?»

«No inmediatamente. Tendría que echar a andar la Ferretería allá, para empezar a generar ingresos; si no, va a ser una carga económica muy onerosa para mi padre. Pero puedes visitarme cuando quieras».

Licha se sintió triste. Se había llegado a encariñar con Mario. Lo echaría de menos, porque pasara lo que pasara, ya no iba a estar. O lo matan en la ofensiva, o se va para Italia. Prefería esto último.

Hicieron el amor de nuevo.

Después le preguntó, «Si Reagan gana, a ofensiva no vendrá sino hasta en enero, entonces, ¿por qué quieres que yo me vea sola con Zepeda, si nos quedan unos cuantos meses?»

«La razón principal es que no quiero exponerme a que alguien me vea cerca de un militar para que mis jefes y el alto mando guerrillero me tengan el mayor nivel de confianza posible. Esa confianza es esencial para que esto funcione».

Si bien esto tenía sentido, Licha intuía que había más. Mario lo confirmó. «Mira, tengo que encontrar el momento justo para unirme a la guerrilla. Tiene que ser en una reunión con los comandantes, para que pueda presentarme ante Marcial y Mayo Sibrián para ofrecerme de voluntario. No quiero hacerme voluntario y que me envíen a los Bolsones o a algún lugar donde Neto no esté».

Licha le preguntó lo obvio. «Mario, ¿qué te hace pensar que te van a aceptar? Todo un jesuita, que les recluta comandantes—¿volverse recluta él mismo?»

Mario encogió los hombros. «Licha, necesitan gente. No me van a rechazar. Y supongo que mis superiores jesuitas van a creer que es temporal. Con suerte, podré encontrar el momento más propicio».

Licha no dijo más. Supuso que había que intentarlo de todos modos. Mario continuó. «La cosa es que no sé cuándo se dará esa oportunidad. Puede ser en cualquier momento después de la elección de Reagan y probablemente no tenga oportunidad de avisarte. Así que simplemente tienes que estar preparada para que yo ya no esté, y te lo tenía que decir desde hoy, con tiempo».

Licha dijo, «Pero tienes que tener un plan para que todos lo podamos seguir, Mario. Y ese plan se lo tienes que comunicar a Zepeda también».

Mario asintió, diciendo, «Quiero que vayas a mi casa a cenar el próximo viernes. Para entonces tendré todo bien planificado en mi mente. Creo que va a involucrar a Gladys y a Estela, así que quiero que las conozcas. Esas dos señoras estarán muy ansiosas de ayudar».

Licha quiso resumir. «Bien, entonces mañana le enviaré mensaje codificado a Zepeda, diciéndole de la intensificación de los ataques a los puestos de guardia nacional, por recomendación de la Embajada Americana».

«Sí».

«Pero no quieres que le diga de tu plan de unirte a Neto en Guazapa».

«No, pero pídele estar en mi casa el próximo viernes también, para exponerle el plan».

«Muy bien».

Después de ducharse y vestirse, Mario pagó la cuenta y Licha se metió y volvió a poner su cabeza en el regazo de Mario. Ya de camino a San Salvador, se sentó sentó derecha en su asiento. Se sentía muy feliz. Había pasado una velada muy linda con Mario.

Pero su felicidad era moderada por el temor de que no podría estar viva para enero. Ella esperaba que un agente de la KGB apareciera y la despachara a la siguiente vida. Pero no era eso lo que le daba miedo: de suceder, simplemente se reuniría con su familia, y eso sería fabuloso.

Lo que le daba temor era no estar viva para ayudar a Mario. Pero ese temor no lo podía revelar, ni a Mario ni a nadie. Tenía que soportarlo solita.

Pero entonces hizo cuentas de los meses que habían transcurrido desde el fallecimiento de Don Blas: cinco. Con suerte, bien podía durar tres meses más.

Capítulo 68

El Sacrificio del Peón

«Pasa, Vladimir, ¿cómo va la Cruzada Negra?»

«Camarada Secretario General, hemos llegado a una coyuntura crítica debido a la elección de Ronald Reagan».

Las cejas de Brezhnev lo decían todo. «Sí, eso fue lamentable, Vladimir. Y me culpo de ello por no haber podido convencer al Ayatola de soltar a los rehenes. Quiero que lo sepas».

«Camarada Secretario General, el mismo fanatismo que nos está sirviendo tan bien en la Cruzada Negra, nos está perjudicando en Irán».

Brezhnev asintió. «De veras que sí. Y ayudó a elegir a un actor que nos llama el 'Imperio del Mal' a la presidencia de los Estados Unidos.

«Eso es lo bueno de tener a la Cruzada Negra en su arsenal, Su Excelencia. Será una daga que nunca verán venir».

Brezhnev se paró. Putyatin había aprendido que esa no era buena señal. Mientras se desplazaba a la ventana que daba una buena vista de la Plaza Roja, dijo: «Explícame por qué deberíamos seguir con la Cruzada Negra, Vladimir».

Putyatin estaba listo para esto. «Camarada Secretario General, con la invasión soviética de Afganistán el 24 de diciembre del año pasado, el Ayatola no quiere ser considerado muy amigo de quien ha invadido a una nación musulmana hermana. Sin duda, la invasión de Afganistán fue un golpe maestro, que sirve los intereses de la Madre Patria en formas que no soy capaz de entender. Sin embargo, tuvo la consecuencia desafortunada de envenenar nuestras relaciones con el mundo musulmán».

Putyatin sabía que tenía que llegar a las buenas noticias pronto. Desafortunadamente, tenía que establecer el marco de referencia correcto, y que ese marco de referencia incluía la movida no bien pensada de invadir Afganistán.

Putyatin continuó. «Entra a la escena Ronald Reagan, quien promete ayudar a los muyahidines que nos oponen en Afganistán. Lo cual indica que su esfuerzo antisoviético quedará diluido. Si bien Estados Unidos tiene plata, no tiene plata ilimitada, y eso necesariamente significa que no tendrá todos los recursos que quiera, ni para apoyar a los muyahidines, ni para combatir al FMLN y a los Sandinistas».

«¿FMLN?»

«Sí, camarada Secretario General, en un informe de fecha 11 de octubre de 1980, que le fue remitido a usted ese mismo día, muy respetuosamente le informé lo siguiente:

«que las organizaciones populares de El Salvador habían conformado un solo grupo, el Frente Democrático Revolucionario, conocido por su sigla FDR;

«que el FDR y los grupos guerrilleros habían formado una sola organización: el FMLN, que es la sigla del Frente Farabundo Martí para la Liberación Nacional (en honor al líder de la insurrección campesina de 1932); y

«que el FMLN había obtenido el reconocimiento internacional de los gobiernos de Francia y de México».

Putyatin puso una copia de ese informe en el escritorio de Brezhnev.

Brezhnev sólo dijo, «Procede».

Así lo hizo Putyatin. «Como usted sabrá, camarada Secretario General, los americanos tienen una forma rara de hacer la entrega del poder. Eligen a su próximo presidente el primer martes de noviembre, pero el ganador no toma posesión sino hasta dos meses y medio después».

Brezhnev sonó exasperado cuando preguntó, «¿Y cómo ayuda eso a nuestra causa, Vladimir?»

«Eso da tiempo para que un aliado improbable, el Embajador de Estados Unidos en El Salvador, Robert White, ayude a nuestra causa».

Brezhnev seguía parado frente a la ventana a la Plaza Roja, viendo el atardecer otoñal. Preguntó. «¿Y por qué habría de querer hacer eso? ¿Lo hemos reclutado?»

«No, camarada Secretario General, él sencillamente es uno de esos fanáticos izquierdistas que abundan en el partido demócrata de los Estados Unidos. Otro tipo así fue el Senador Ted Kennedy, quien frecuentemente ha expresado simpatía por nuestras causas».

«¿Qué planea hacer, Vladimir?»

«Hasta donde tenemos conocimiento, planea que los cuerpos de seguridad cometan atrocidades tan grandes que horrorizarán al público americano, haciendo que el Congreso de los EE.UU., que todavía está en manos de los demócratas, le niegue la ayuda que busca Reagan. Y a lo mejor hasta causan una revuelta popular en El Salvador».

Brezhnev giró a su izquierda para ver a Putyatin. Y por primera vez, sonrió. «Me gusta eso, Vladimir, porque lo que ese tipo haga no nos costará nada».

«Así es, Su Excelencia». Putyatin sabía lo que Brezhnev estaba a punto de decir.

Brezhnev procedió a dar su dictamen. «Esa es la razón por la cual te cité hoy, Vladimir. Nuestros recursos están siendo severamente drenados por nuestra gloriosa operación en Afganistán, y vamos a tener que recortar todos los programas, incluyendo la Cruzada Negra».

«Entiendo, camarada Secretario General».

«No he estado nada contento con nuestra inhabilidad de hacer que ocurra ese levantamiento popular. Lo cual significa que cualquier ofensiva que ocurra está condenada al fracaso».

«Sí, camarada Secretario General».

Brezhnev fue a un mapa mural y apuntó a El Salvador. «¿Es esto lo que ocupa la mayoría de nuestras finanzas hoy día? ¿Cuando ya tenemos esto?» Y apuntó a Nicaragua—seis veces más grande que El Salvador.

Brezhnev continuó. «Ronald Reagan va a ir tras Nicaragua, Vladimir. No se va a conformar con ayudar a El Salvador. Así que te estoy ordenando que sacrifiques El Salvador para preservar nuestros logros en Nicaragua».

Putyatin no tenía problema con eso. Tenía todo el sentido del mundo. De todos modos, con un presupuesto menguado, era más fácil y barato jugar a la defensa.

«Entiendo perfectamente, camarada Secretario General».

«Espero que me entiendas Vladimir. Si bien tú y yo sabemos que nuestra meta es preservar las ganancias en Nicaragua, ayuda a nuestra causa si los americanos continúan pensando que estamos tan obsesionados con El Salvador como lo están ellos. Y que buscamos a toda costa que caiga El Salvador, para que sean ellos quienes gasten millones ahí—millones que no gastarán en Nicaragua».

«¡Brillante, camarada Secretario General!»

Brezhnev sonrió y dijo, «Bien Vladimir, voy a dejarte ir con este pensamiento: una reducción en tus fondos del tesoro soviético no significa que no puedas compensar esa reducción con otros ingresos».

Esto era de mucho interés para Putyatin. «¿Tiene algo en mente, camarada Secretario General?»

«¿Cuál era tu programa favorito en la televisión, Vladimir? El mío era 'El Hombre del Rifle' con Chuck Connors».

¡Se refería a Hollywood!

«Mi programa favorito siempre fue 'Bonanza' camarada Secretario General».

Brezhnev le guiñó. No fue nada agradable ver ese ojo cerrarse y abrirse. Pero lo que valía era la intención.

Putyatin respondió al guiño diciendo entusiasmadamente, «¡Entiendo perfectamente, Su Excelencia!»

Dejó la oficina de Brezhnev sabiendo exactamente lo que tenía que hacer.

Capítulo 69

La Teta de Lisa

«Le agradezco a la cúpula del FMLN el haber hecho este gran esfuerzo de reunirse tan pronto después de la elección del 4 de noviembre. Sin la presencia desapercibida de los comandantes Marcial, Facundo Guardado, Ana María y los demás comandantes aquí en la UCA, esta reunión urgente no habría sido posible».

Tres días antes, Ronald Reagan había ganado la elección presidencial de los Estados Unidos. Este simple hecho demandaba que la cúpula del FMLN se reuniera para decidir cómo proceder, considerando todas las opciones disponibles, y Ellacuría estaba feliz de que los comandantes hubieran decidido tener esta reunión en un enclave jesuita. Eso le daría al jesuita la oportunidad de dejar su huella en el plan.

Si bien Ellacuría estaba ansioso por presentar su versión del plan, la cortesía demandaba que el comandante Marcial hablara primero. Al fin y al cabo, sería él quien lideraría el ataque, arriesgando su vida—no Ellacuría.

«Comandante Marcial, por favor, pase a decirnos cómo nos liderará hasta la victoria».

El comandante Marcial se paró y subió al podio del auditorio, en medio del aplauso de todos los presentes, entre los cuales se encontraba Mario Tacarello. Fue al proyector para colocar las transparencias que serían vistas en una pantalla blanca grande que Ellacuría desenrolló del borde superior de una pizarra.

Marcial tomó el micrófono y dijo: «Muchas gracias, padre Ellacuría, y muchas gracias a todos por estar aquí. Quiero decirles que estamos listos. La Reforma Agraria ha requerido que el enemigo esté en las fincas, haciendo traspaso de tierras a los campesinos, en vez de perseguirnos. Esto nos dio el tiempo necesario para entrenar a nuestras fuerzas y planificar nuestro plan de ataque. Sin embargo, si bien todos hubiésemos querido tomarnos todos los cuarteles de la República, no tenemos los efectivos como para poder hacerlo».

La primera transparencia mostraba un mapa de El Salvador con todos los cuarteles claramente marcados. «Si optamos por atacar a todos los cuarteles en la zona central y oriental del país, es posible alcanzar la victoria, pero sólo si hay un alzamiento popular que acompañe a nuestro ataque.

«En este caso, la definición de victoria es que nos apoderemos de los cuarteles y los retengamos. Pero eso dejaría al enemigo con una reserva fuerte, que son todos los cuarteles de occidente».

Puso una segunda transparencia, que mostraba los cuarteles de occidente, y continuó: «Estos entrarían en acción inmediatamente, e incluyen armas fuertes como caballería con sus armas de alto calibre, y la artillería, con la cual destruirían los cuarteles en nuestras manos, aunque tuvieran que reconstruirlos después».

Su tercera transparencia mostraba las avenidas de aproximación que utilizarían los cuarteles de occidente. Le dijo a la audiencia: «Si ha ocurrido un levantamiento popular que nos ha permitido apoderarnos de los cuarteles del centro y de oriente, es posible que la noticia de nuestra victoria convenza a la reserva del enemigo a deponer las armas, o unirse a nuestra causa. Este es el mejor escenario».

Puso una cuarta transparencia con las avenidas de aproximación bloqueadas por figuritas que representaban el pueblo. Y señaló: «Si el enemigo decide contraatacar, la mejor manera de frenar este ataque es que el pueblo ponga barricadas físicas y humanas, para que no pasen».

Y luego puso su quinta y última transparencia, resaltando los cuarteles del norte del país, desde Chalatenango hasta Sensuntepeque. Esta transparencia tenía el título 'Lisa' puesto sobre los departamentos norteños de Chalatenango y Cabañas.

Marcial se alejó del proyector para darle toda su atención a la audiencia. Explicó: «No podemos confiar en que ocurra el alzamiento popular para planificar nuestro ataque. Y sin el acompañamiento del pueblo, seremos carne de cañón, y sufriremos pérdidas de las cuales nunca nos vamos a poder recuperar».

Un murmullo se levantó entre los presentes. Marcial había abordado frontalmente el meollo del asunto. Todo mundo sabía que la Reforma Agraria había menguado el fervor revolucionario en la población. Los efectos se habían sentido no sólo en el ritmo de reclutamiento, sino en los sondeos de popularidad, que denotaban una gran satisfacción con la actuación de la Junta y especialmente de Duarte. Todo indicaba que el pueblo no se alzaría con la guerrilla.

Marcial continuó. «Eso no significa que no podamos emplear los recursos que sí tenemos, para alcanzar una meta similar. Para tomarnos docenas de cuarteles sí necesitamos un alzamiento popular. Pero para tomarnos tres, nos basta tener la ayuda de los civiles que constituyen nuestras organizaciones que a principios de año se consolidaron en un solo grupo llamado el Frente Democrático Revolucionario, o FDR, que es presidido por Don Polo. Con la ayuda de Don Polo, tendremos 'levantamientos populares' del FDR en tres poblaciones, para ayudarnos a tomar y retener los cuarteles en El Paraíso, Chalatenango y Sensuntepeque».

Los murmullos subieron de volumen. A la audiencia le gustaba lo que estaban oyendo. Marcial prosiguió: «Estos no serán los únicos blancos militares de nuestra ofensiva. El blanco número uno será la base de la Fuerza Aérea en Ilopango. Vamos a acabarnos el arma aérea del enemigo para asegurarnos de que no tengan con qué desalojarnos. Los otros blancos serán todos los puentes sobre el Lempa y el embalse del Cerrón Grande.

«Esto nos podrá permitir controlar toda la franja norte del país, la cual declararemos ser la República Socialista Libre de El Salvador. Y como les habremos cortado todas las avenidas de aproximación terrestres, la única forma de poder llegar a nosotros será en cayucos».

Risas y aplausos. Marcial continuó. «Este plan, que he denominado el Plan Lisa, por 'Libre Salvador', también permitirá que nuestras fuerzas sean reforzadas a través de los Bolsones. Cuando estemos listos comenzaremos a ampliar los límites de Libre Salvador, a puntos naturales y estratégicos como los cerros de Guazapa en la zona central, y de Cacahuatique en oriente.

«Para cuando Reagan quiera enviar ayuda, se la tendrá que enviar a Guatemala, porque nosotros ya habremos controlado todo el territorio. Mucha gracias».

Hubo una ovación de todos los presentes, incluyendo de Mario Tacarello. Ciertamente éste era un plan bien sensato, que hacía un buen uso de los recursos disponibles y que no causaría tanto derramamiento de sangre, lo cual aumentaba la probabilidad de supervivencia de Neto.

En eso Mario vio una figura correr hacia el podio. Era el comandante Facundo Guardado. Le arrebató el micrófono a Marcial, en broma, y dijo: «Camaradas, yo apoyo este plan, ¡aunque detesto el nombre!»

Eso les causó gracia a todos, porque el nombre real de Marcial era Salvador Cayetano Carpio, y entonces 'Libre Salvador' podría estar refiriéndose a él, y no al país.

Cuando la risa y la chanza hubieron amainado, Marcial anunció que el siguiente ponente sería Don Polo, el presidente del FDR, para abordar los aspectos políticos del plan.

La elección de Don Polo había sorprendido a Mario. Después de dejar la Junta, y alegando que su tipografía había sido vandalizada por escuadrones de la muerte, Ungo había mudado su familia a Panamá, y ya no tenía residencia en El Salvador.

Mientras Ungo estaba en Panamá, las organizaciones populares, a quienes había representado en la Junta, habían formado el FDR, y habían elegido a Don Polo como su presidente.

Eso no le pudo haber caído en gracia a Ungo. Porque Enrique Álvarez Córdova era todo lo que Ungo no era: alto, elegante, cabellera abundante y negra, bien educado, capaz de relacionarse en todo círculo, bien parecido y rico. Ungo era chaparro, calvo, usaba anteojos, parecía usar el mismo traje arrugado todos los días, y era un resentido social.

Además, Ungo consideraba que Don Polo no era más que un advenedizo, un miembro de una de las familias más pudientes de El Salvador que nunca hizo nada cuando las cosas se pusieron duras en 1972, que fue cuando Ungo debió haber sido el vicepresidente de El Salvador y los odiados militares lo habían impedido.

Mario estaba seguro de que si un indio hubiera sido nombrado presidente del FDR, Ungo no hubiera tenido problema con ello. ¿Pero un miembro de la odiada oligarquía? Eso le tenía que arder.

En ese momento Mario se dio cuenta que la persona que no se paraba a aplaudir, sentado dos hileras de asientos adelante de él, a su derecha, era Ungo, con un sombrero puesto. Como para no dejar dudas de quién era, en ese momento Ungo se quitó el sombrero.

A Mario no le extrañó ver a Ungo en la reunión. Se había ganado un puesto en esta mesa porque él había hecho las gestiones para que el FMLN fuera reconocido por los gobiernos de México y de Francia. Debió haber lucido contento. Pero ni con eso. Don Polo tomó el micrófono. Si bien estaba vestido modestamente, su clase siempre relucía. Hasta su manera de hablar era refinada—no se comía las 'eses' como 'jotas', como tanto hacían los salvadoreños.

«Camaradas, el FDR, como el ala política del FMLN, está lista para asistir a los comandantes a alcanzar la victoria, cuando suenen los primeros balazos. Nuestra gente se unirá a los ataques guerrilleros para representar un alzamiento civil, y para convencer a la población civil a que se nos una».

Aplauso general. Don Polo continuó. «El comandante Marcial ha dado mucho pensamiento al plan Lisa. Bajo su guía, el FDR tiene listos todos los puntos donde estará alojada nuestra gente para acompañar a los combatientes en la ofensiva para crear la República Socialista Libre de El Salvador, al norte del Río Lempa».

Aplauso general. Era obvio que las mejores cabezas habían ideado este plan tan sensato. Porque nadie esperaba que el tan deseado alzamiento popular ocurriera.

Mario estaba muy contento con Lisa. Era el producto de una evaluación realista de la situación en El Salvador en ese momento; productos de cabezas sensatas, no apasionadas. Pero eso no significaba que habían dejado de existir los apasionados insensatos, y Mario sabía que pronto iban a hablar.

En ese momento, el comandante Lucho se paró para preguntar, «Camaradas, ¿no sería mejor crear la República Socialista Libre de El Salvador al oriente del Río Lempa?» Esta era una pregunta que estaba en la mente de todos, pero cuya respuesta también era sabida por todos.

El Comandante Marcial tomó el micrófono de Don Polo y contestó: «Camarada, oriente tiene dos brigadas de infantería, la Tercera y la Sexta. Si no podemos tomarnos las dos, la que no nos tomemos constituye reserva de contraataque inmediata del enemigo, sin tener que esperar refuerzos de los demás cuarteles. La respuesta a su pregunta es que, con los efectivos que tenemos, no podríamos retener los cuarteles de oriente. Por eso escogimos 3 cuarteles del norte que sí podremos retener fácilmente».

Hubo murmullo de aprobación. Esa era la respuesta correcta.

Ellacuría tomó el micrófono y anunció: «Camaradas, nuestros aliados en la Embajada Americana favorecen una ofensiva general, no una limitada».

Hubo disensión inmediata. El comandante Mayo Sibrián se paró y dijo, «Padre, ¿y qué es lo que va a hacer la Embajada Americana? ¿Pagar millones a la población para que se alce? Porque esa va a ser la única forma de conseguir un levantamiento popular. Ni el asesinato de Monseñor lo logró. ¡Y eso que fue antes de la Reforma Agraria!»

De nuevo se alzó un murmullo generalizado que concordaba con Sibrián. Para contrarrestarlo, Ellacuría respondió, diciendo, «Camaradas, os pido que por favor sólo me consideréis un portavoz de nuestros amigos de la Embajada, puesto que ellos no están presentes por razones obvias. Yo no estoy capacitado para, ni me atrevería jamás a, sustituir el criterio de los comandantes con el mío».

«Eso es mentira», pensó Mario, sin exteriorizarlo.

Pero con sus palabras, Ellacuría logró sosegar a todos. Entendían que Ellacuría estaba haciendo las veces de vocero del Embajador White. Y todos tenían curiosidad por saber qué sugería la Embajada.

Ellacuría procedió a resaltar el componente prensa del plan de la Embajada, recordándoles cómo el mundo se había enterado de la cantidad de fusilamientos que se llevaban a cabo en Cuba, sólo cuando el Ché Guevara lo había proclamado orgullosamente a las Naciones Unidas en 1964. El New York Times y la prensa occidental, que conocían de tales fusilamientos masivos, habían decidido ocultar tales hechos, y en lugar de ello, escribían cómo Cuba se había convertido en un paraíso socialista.

Ellacuría señaló que, «Fidel Castro siempre dijo que la revolución cubana jamás habría triunfado sin la ayuda del New York Times, porque el New York Times se enfocaba en lo que Fidel Castro decía, no en lo que realmente hacía».

El silencio con el cual sus palabras fueron recibidas le sonó alentador a Ellacuría, quien prosiguió diciendo, «Veinte años después, la prensa oculta las ejecuciones que los Sandinistas han tenido que llevar a cabo para proteger su revolución, y todo lo que se lee de Nicaragua es que es un paraíso socialista.

«Entonces nuestros amigos en la Embajada Americana consideran a una prensa favorable como una multiplicadora de fuerzas. Y eso podría ser lo que nos lleve a alcanzar el triunfo total».

Los murmullos de la audiencia reflejaban duda, así que Ellacuría recurrió al humor, y dijo, «Como el comandante Marcial ha nombrado su plan el plan 'Lisa', permítanme llamar el plan de la Embajada el plan 'Tet'».

Se empezaron a reír. 'Tet' era tres cuartas partes de 'teta', y no importaba cómo se pronunciara, siempre sonaba como si se dijera la palabra vulgar para describir el seno de una mujer: teta.

Pero el comandante Facundo Guardado no se estaba riendo. «Padre, con el debido respeto, la Ofensiva Teta fue un desastre. Sus fuerzas fueron diezmadas. Fue sólo porque Vietnam del Norte tenía un millón de hombres en reserva que pudieron seguir la guerra, después de perder a tantos en la Ofensiva Teta. Nosotros no tenemos tantas reservas. Tenemos cero reservas. Si hacemos un ataque tipo Teta, se acabará el movimiento guerrillero en El Salvador».

El murmullo que surgió era muy pro-Facundo Guardado, quien normalmente era reservado y callado, y quien no podía ser más representativo de la población indígena salvadoreña. Y a Ellacuría no le caía nada bien que este indio le estuviera dando una lección de historia.

Pero para acabar de joder, Facundo Guardado no había terminado. «Padre Ellacuría, también cuestiono la sensatez de depender de los americanos, que no han ganado ni una sola guerra desde la Segunda Guerra Mundial. Asimismo, dudo mucho que su contacto en la Embajada Americana sea un hombre militar. Porque los militares lidian con realidades, como lo hacemos los comandantes guerrilleros. Sí es bueno tener a la prensa de nuestro lado, pero sería mejor que tomaran un fusil y combatieran con nosotros, para aumentar el número de nuestros efectivos. Pero no lo harán».

Los presentes se expresaron en favor de Guardado, porque gente como la Embajada y los jesuitas no vivían en las condiciones que los combatientes afrontaban. Y no iba a ser ningún burgués el que iba a dictar el plan de batalla.

En ese momento, Guillermo Ungo subió al podio sin ser invitado a hacerlo, pero con la autoridad de alguien que había logrado el reconocimiento del FMLN por gobiernos extranjeros.

Al recibir el micrófono de Ellacuría, dijo, «Camaradas, ustedes saben quién soy yo. Saben mis credenciales. Saben que toda mi vida la he pasado en esta lucha. Cuando yo estaba enfrentando el golpe de estado de 1972, otros estaban viviendo como reyes y jugando polo en el extranjero».

Todo mundo ahí sabía que le estaba tirando a Don Polo. Pero Don Polo ni se inmutó. De seguro no era primera vez que escuchaba esto de Ungo.

«Así que, como un veterano revolucionario, permítanme decirles esto: ¡Guillermo Manuel Ungo insta al FMLN a tirarse de lleno al Plan Teta, tal y como lo proponen el padre Ellacuría y la Embajada Americana!»

Un silencio mortal llenó la sala. Había escisión en el FMLN. Esto no era buen augurio para una ofensiva.

La Dra. Mélida Anaya Montes se paró. Su nombre de guerra era Ana María. Era la segunda en la jerarquía de las Fuerzas Populares de Liberación—las FPL—el grupo guerrillero más poderoso, bajo el mando del comandante Marcial. Con su doctorado en educación, tendría que haber sido la líder de las FPL. Mario estaba seguro de que no lo era sólo porque era mujer.

Pero ahora ya no había FPL, ni FARN, ni otros grupos guerrilleros independientes: sólo había FMLN, y la cúpula del FMLN consistía del conjunto de líderes guerrilleros. Se le ocurrió a Mario que una de las razones para esta reunión era determinar quién encabezaría el FMLN. Marcial había tomado la delantera con su Plan Lisa. Pero obtendría la corona sólo si el FMLN adoptaba su plan.

La sala se calló al subir la comandante Ana María al podio. Tomó el micrófono de Ellacuría y dijo, «Camaradas, éste no es el momento para andar con miedos. Mi muy respetado camarada Facundo Guardado asegura que no tenemos reservas, pero yo no estoy de acuerdo. Podemos atacar con tres cuartas partes de nuestras fuerzas, dejando una cuarta parte de reserva».

Mario sacudió la cabeza. Esto no tenía sentido. Ana María proponía atacar más cuarteles con menos efectivos. Esto no era el plan Tet de los vietnamitas; era el plan Kamikaze de los japoneses en la segunda guerra mundial.

El silencio que se había apoderado del salón era lúgubre—ahora había disensión entre los comandantes. Ana María estaba del lado de Ungo y Ellacuría y la Embajada con el Plan Teta.

Marcial se paró a argumentarle: «Ana María, eso es suicidio y bien lo sabes. Si vamos con el Plan Teta, estarás enviando a combatientes salvadoreños a su muerte segura, sin darles siquiera un chance de alcanzar la victoria. Y es que es un plan confeccionado por gente no militar que se pasan la vida en sus residencias u oficinas aire-acondicionadas leyendo filosofía e historia.

«Y mientras salvadoreños valientes estén derramando su sangre por gusto, ellos van a estar sanos y salvos en esos lugares que hasta inmunidad les ofrecen—como la UCA o la Embajada Americana—con el pasaporte listo para regresarse a España o a Estados Unidos si las cosas van mal».

Marcial se dirigió a la audiencia, diciéndole, a voz en cuello: «¡Insto a todos rechazar este Plan Teta, digno del intelecto de un bebé!»

Ana María respondió: «Marcial, ¡si no tienes los huevos para liderar esta ofensiva, yo sí tengo las tetas para hacerlo!»

Pandemonio.

Fue en ese momento que Mario Tacarello decidió hacer su movida. Mario sabía que esta reunión era inminente, pero sin saber cuándo ni dónde, porque eso sería determinado por los comandantes guerrilleros, no por los jesuitas. De manera que él no podía proporcionarle a Licha inteligencia útil al respecto.

El día anterior había tenido la premonición que podía ser hoy, y había ido a su casa para despedirse de todos, y a decirle a Gladys que le dijera a Licha que echara a andar el plan.

No sabía exactamente cómo iba a desarrollarse la situación, pero al ver esta disensión, sabía que momento más propicio no iba a tener. Así que Mario fue al podio y pidió el micrófono a Ana María, quien se lo dio.

Se dirigió a la audiencia, proclamando: «¡Camaradas, por favor! Ni por un segundo piensen que sólo porque no vestimos de combatientes, no estaremos con ustedes a su lado. Y como prueba de ello, les digo desde ya: comandante Marcial, comandante Mayo Sibrián, quiero ofrecerme para participar en su ofensiva, sea el Plan Teta o el Plan Lisa. A partir de este momento, ya no me consideren sacerdote, ¡sino uno de sus combatientes!»

Y con eso, le devolvió el micrófono a Ana María, caminó donde el comandante Marcial, y saludó militarmente.

Retumbaron las hurras y vítores en ese auditorio de la UCA. Mario había salvado al movimiento de una ruptura tremenda. Hasta Ellacuría fue donde él a abrazarlo y felicitarlo.

Al retornar la calma, Ellacuría volvió a tomar el micrófono. «Camaradas, todos estamos del mismo lado. Todos queremos lo mejor para esta tierra que nos vio nacer o que nos adoptó. Yo ciertamente no estoy en posición para deciros cuál es la mejor opción militar. Me limito a juraros que apoyaré la decisión que los comandantes tomen».

Aplauso y vítores.

«Habiendo dicho eso, no tomemos ninguna decisión en firme todavía. Según la Embajada, están por suceder eventos que serán significativos, que podrían ayudarnos a adoptar uno de los planes, o a combinarlos, o a refinarlos. Después de esos eventos, nos reuniremos para la decisión final. Os pido hacer eso en deferencia a la Embajada Americana, que ha sido nuestra amiga».

El comandante Marcial pidió el micrófono y anunció: «Yo puedo apoyar posponer la decisión y dejar que esos eventos sucedan. ¿Se opone alguien?»

Como nadie expresó su oposición, se levantó la sesión.

Y Mario partió rumbo a Guazapa con Marcial y Sibrián.

Capítulo 70

El Gambito Italiano

Gladys llegó hasta la entrada del cuartel San Carlos, donde el soldado de guardia llamó por teléfono al mayor Zepeda para informarle que lo buscaba la Sra. Gladys Suárez. Al minuto la dejaron pasar. Cuando Gladys desapareció de vista, el vehículo en el que había llegado arrancó y se fue rumbo a la Cuarta Brigada de Infantería en El Paraíso, Chalatenango.

El plan se había puesto en marcha cuando Mario no había llamado el sábado. La falta de llamada era la señal de que Mario ya se había unido a la guerrilla.

Gladys se había despedido de su madre y de Pepe en el auto, con abrazos, besos y lágrimas. Estela le había hecho la señal de la cruz en la frente, y le había dicho, «Que Dios te proteja, y nos vemos pronto».

Pepe la había abrazado también, asegurándole que «Todo va a salir bien, Gladys. Te va a encantar Italia».

Gladys lo había abrazado con mucha fuerza. Le debía mucho a este hombre, y si todo iba conforme al plan, Estela, Neto y ella estarían viviendo una vida soñada en Nápoles. Luego había cogido su maleta y se había ido al portón del cuartel.

Cuando Gladys desapareció, Estela prorrumpió en llanto. Pero al llegar a la Troncal del Norte, que los llevaría hasta la Cuarta Brigada, Pepe le dijo, «Mira, ya estamos en la carretera donde secuestraron a Neto, así que necesito que estés vigilante. Por favor, tranquilízate. Si nos paran, con suerte será la unidad de Neto».

Estela al fin se sosegó. Al rato pudo preguntar, «¿Y todo esto se puso en marcha porque Reagan ganó la semana pasada?»

«Sí».

Estela se quedó pensativa, rememorando. Toda la vida había sido mujer pobre, aunque no siempre había sido sirvienta. Se había casado con un carpintero, y producto de ese amor había nacido Gladys. Pero había perdido a su marido en un accidente automovilístico, cuando estaba esperando su segundo hijo, y de la pena había perdido al bebé. Así que toda su vida se había reducido a cuidar de Gladys, y luego de Neto.

El secuestro de Neto había sido golpe tan duro para ella como para Gladys. Y gracias a ello, cualquier simpatía que pudo haber sentido por la revolución, por motivo de su pobreza, se había esfumado. Odiaba a la guerrilla con un odio candente. Quería que fracasaran. Pero más que nada, quería a Neto de regreso. Ya con eso, que el resto del mundo se fuera al infierno.

En eso se le ocurrió hacer otra pregunta. «Pero si el mayor trabaja en la Primera Brigada, ¿cómo es que el mayor de la Cuarta Brigada aceptó hacer esto?»

«Bueno, primordialmente porque es un buen plan, y tú estarás prestándoles un servicio útil, dándoles lo que ellos llaman inteligencia. Todos esos mayores son amigos porque pertenecen a la misma clase de graduación de la Escuela Militar. Así que el amigo de Zepeda ha hecho todos los arreglos para hospedarte y alimentarte mientras estés ahí. Cuando haya pasado todo, y los cuatro estén juntos en la Cuarta Brigada, los llevarán a la frontera con Honduras, donde los estaré esperando».

«¡Dios quiera que funcione!»

«Tiene que funcionar, Estela, es la única forma de poder sacar a Mario y a Neto de este predicamento en forma segura».

Estela tenía miedo. Pero su miedo era que el plan no funcionara. Y si funcionaba, entonces le daba miedo tener que vivir fuera, lejos de su tierra. Si bien estaría con Neto y Gladys y Mario, Italia era como otro planeta para ella.

Como leyendo su mente, Pepe rompió el silencio. «Estela, no tienes nada de qué preocuparte. Para empezar, te encantará Italia. Te encantará Nápoles. Estarás cerca del mar, como acá. Hay volcanes allá, como acá. La gente es amable. Considéralo tu jubilación. Has trabajado duro toda tu vida. Ahora, Mario, Neto y Gladys cuidarán de ti con la ferretería que abramos».

Estela no parecía muy convencida. Pepe la entendía perfectamente. Igual sentía su mamá. Por eso nunca quiso irse de Nápoles, no a su edad.

«Allá serás la señora de la casa. No la sirvienta. Ya era hora, ¿no crees?»

«Pero me gusta ser la sirvienta, Don Pepe. Me gusta cuidarlos a todos. Me gusta ser parte de la familia».

«No preferirías tener tu propia familia? ¿Tu propia casa? ¿Dormir en el dormitorio principal no en el de las sirvientas?»

Suponía que sí. Pero no era a lo que estaba acostumbrada.

«Además, Estela, seamos claros. Tu verdadera familia es Gladys y Neto. Nosotros, los Tacarello, somos más tus consuegros que otra cosa. No lo olvides».

Por alguna razón, esto le cayó mal a Estela.

«No, Don Pepe. Usted es mucho más que eso. Yo he tenido intimidad con usted. Usted es parte de mi vida».

«Vamos, Estela, ese fue tu patrón aprovechándose de tu necesidad. A eso no le puedes dar valor alguno».

«¡Eso no es cierto, Don Pepe! Usted tuvo a tres mujeres en su casa, y nos gozaba a las tres constantemente. Hasta a mí. ¿Alguna vez me forzó? ¿Alguna vez le dije que no?»?

Pepe sintió que su cara se le encendía de vergüenza. «No, nunca te forcé».

«¿Sabe por qué? Porque me gusta. Una mujer necesita macho. Y usted ha sido el macho que he necesitado».

Pepe estaba bien ruborizado. «Vamos, Estela, si hubieras necesitado hombre, fácil te consigues uno».

Estela se carcajeó. «Don Pepe, ¿a mi edad? ¿Con mi físico? La única forma de obtener un hombre era exactamente como nos pasó: el prospecto de una relación con madre e hija».

Pepe estaba púrpura de la vergüenza. «Eso fue hace muchos años Estela».

Estela abrió los ojos y la boca, de total incredulidad. «¿Ah sí? ¿Y la semana antes de que se fuera a Italia que estábamos repasando el código y doña Belinda tuvo que salir?»

Pepe temía que podía sufrir una combustión espontánea y morir quemado antes de poder ayudar a Mario, así que le rogó a Estela no seguir.

«Ah no, Don Pepe. Rara vez lo tengo solito para poder hablar a calzón quitado con usted». Y habiendo dicho eso, se quitó el calzón y lo tiró al asiento de atrás.

«¡Por Dios, Estela!¿Qué haces?»

«Gozarlo, Don Pepe» Y procedió a bajarle la bragueta y sacar su órgano. Lo pajeó mientras hablaba.

«Cuando salió doña Belinda le dije delante de Gladys que quería mamársela, ¿se acuerda? Gladys se paró para irse, pero usted le dijo que se quedara. Yo se la mamé mientras usted le chupaba los pechos a Gladys. ¿Quién sabe qué más hubiera pasado de no haber oído el carro de doña Belinda abrir el garaje?»

El recordar puso durísimo a Pepe.

«A tiempo se vino en mi boca, Don Pepe. Fue abundante. ¿Pero sabe qué? Me quedó debiendo. Así que métase al primer camino de tierra que vea, pare entre los cañales y cójame».

Esto era demasiado. Pepe la regañó. «¡Por favor, Estela... estamos en una misión importante y hay guerrilla...!» Pero hasta ahí llegó puesto que Estela lo empezó a chupar. Y manejar así era peligroso. Así que buscó el primer camino de tierra que pudo, y se fue a estacionar entre los cañales. Estela se sentó, abrió la puerta y salió. Inmediatamente se despojó de su ropa y se fue a acostar entre la caña de azúcar y abrió las piernas.

Pepe pensó, «Todo por la patria», y se fue a complacerla.

Veinte minutos después, seguían su camino. Pero esta vez Estela iba arrecostada en el hombro de Pepe, muy satisfecha. Y le dijo, «Lo amo, Don Pepe».

«Pero yo no te amo, Estela».

«Está bien. Nunca voy a oírlo decir que me ama, pero estoy segura de que así es. ¿Sabe por qué?»

«¿Por qué, porque te cogí en los cañales?» Y se rio.

Ella respondió, «No, por todo lo que está haciendo por nosotros».

Era cierto que Pepe había invertido bastante de sus ahorros en este plan para enviar a Mario, Neto, Gladys y Estela a Nápoles, al viejo apartamento de su familia en el segundo piso del edificio de la ferretería original. El primer piso había permanecido siendo espacio comercial, y distintos negocios se habían instalado ahí con el paso de los años. Pepe tuvo la suerte de que el espacio estuviera desocupado cuando llegó a pedirle a la familia que arrendaba el segundo piso que lo desocupara.

No había sido sino hasta ayer que Pepe había regresado del viaje a Italia en el que, además de desalojar a los inquilinos, había abierto cuentas bancarias con suficiente dinero para sostener a todos mientras la sucursal de la Ferretería Vesubio que planeaba echar a andar en el primer piso comenzaba a generar ingresos. Luego tuvo que pagar por la licencia comercial, y luego el gasto mayor, que fue conseguir pasaportes italianos para todos, aún los que no eran ciudadanos italianos.

Por todo lo cual le estaba muy agradecido a Belinda, puesto que era su dinero también. Era dinero que salía de sus cuentas para mantener a las tres personas que Pepe le había impuesto en su vida. Le había prometido recuperárselo con creces.

Claro que no se esperaban que también le tuvieran que sacar pasaporte italiano a la hermana Licha, para el cual no tendrían documentos de respaldo. Eso les costó mucho más de lo que pensaban.

Belinda nada más le dijo que, «Nunca te vas a poder jubilar, querido». Y había sonreído.

Era una sonrisa que decía, «Estaré feliz de tenerte yo solita otra vez».

A la vista del éxodo que estaba por ocurrir, eso lo tenía garantizado.

Capítulo 71

Chivas Expiatorias

«¿De manera que cuando estaba sacando su maestría, usted se perdió de eventos importantes, como el estupro y asesinato de las cuatro monjas misionarias el 2 de diciembre de 1980, verdad?» La pregunta de Ellacuría era perfectamente comprensible porque fue hecha en español, no en vasco, lo cual indicaba que se le había pasado la rabieta.

«No me perdí de nada, sacerdote. Estaba en todos los noticieros. Ya le caía mal a muchos de mis profesores, por mi apoyo incondicional a Reagan. Pero con lo de las monjas, tenía serias dudas acerca de poder acabar mi maestría».

«¿Quién los puede culpar?»

«Yo puedo, sacerdote. Para comenzar, todos los periodistas son fácilmente plateados para escribir propaganda. Recordemos al famoso periodista Walter Duranty, del New York Times, que escribía maravillas del paraíso comunista que era la Unión Soviética después de la revolución bolchevique, cuando la realidad consistía de fusilamientos masivos y hambrunas—algo que nunca mencionó por más de doce años. Y sin embargo—¡recibía premios y reconocimientos por esas mentiras!

«De manera que depender de lo que dicen las noticias es para la gente menos educada del mundo. Cuando yo tenía que escribir ensayos en West Point, se nos prohibía citar periódicos. Era obvio por qué».

Ellacuría disentía. «Vamos, capitán, estoy seguro de que las escenas de pobreza que mostraban en la TV allá no eran mentiras».

El capitán no lo negó, pero puntualizó que «La pobreza debe ser abordada con métodos que funcionan. Hasta la fecha, una combinación de educación efectiva y capitalismo ha sacado a mucha más gente de la pobreza que cualquier revolución socialista, porque el socialismo no ha hecho más que empobrecer a todos.

«Ejemplo: nadie habla de ningún 'milagro económico cubano' y Castro ha estado en el poder 21 años ya. Pero todo mundo habla del 'Milagro Económico Chileno' tan sólo 7 años después de que Pinochet asumiera el

475

poder en Chile. Pero la prensa estadounidense no menciona jamás lo bien que anda Chile, ni lo mal que anda Cuba. Yo diría que eso es tendencioso, ¿no cree?»

La mención de Pinochet no le cayó bien a Ellacuría.

Sánchez continuó. «Asimismo, no había mención alguna de la Reforma Agraria masiva que estaba realizando el ejército. Esa desposesión masiva de los Catorce tendría que haber sido noticia bajo una prensa imparcial, ¿cierto?»

Ellacuría quería volver al tema que no admitía discusión: el estupro y el asesinato de las monjas misioneras.

«Lo que no está en discusión, capitán, es que las monjas marinolas sí fueron violadas y asesinadas por guardias nacionales. El embajador de los Estados Unidos lo dijo. Así que la prensa no mentía al respecto».

El capitán no concordaba con ello. «¿De veras, sacerdote? Yo vi fotos de sus cuerpos. Estaban completamente vestidas. Además, los exámenes forenses que se practicaron niegan que hubo estupro».

El prelado persistía. «Por favor, capitán, a los guardias nacionales se les encontró culpables».

«Pero no de estupro. Ni siquiera se les acusó de estupro. Lo cual significa dos cosas: primero, que la fiscalía no encontró evidencia alguna de violación, sencillamente porque no fueron violadas.

«Y segundo, que el Embajador de los Estados Unidos mintió en diciembre de 1980 cuando proclamó que habían sido violadas. Se inventó todo, probablemente con la meta de impedir que el Congreso estadounidense otorgara la ayuda militar prometida por Reagan a los militares que tanto odiaba».

Ellacuría cedió a la lógica del capitán cuando dijo, «Suponiendo que lo que usted dice es verdad, capitán, asesinar a las misioneras era atrocidad suficiente. Y no requiere mucho cacumen deducir que esos guardias nacionales no eran capaces de tomar semejante decisión sin una orden de la cúpula—del Director de la Guardia Nacional, el entonces-coronel Eugenio Vides Casanova».

El capitán sacudió la cabeza. Era obvio que el problema de Ellacuría no era falta de intelecto, sino su tendencia a dejar que sus pasiones nublaran sus capacidades de raciocinio. El capitán optó por aferrarse a la realidad de los hechos. «Consideremos lo siguiente, sacerdote. Lo primero que hizo

Vides Casanova cuando supo del asesinato fue encontrar a los culpables, darles de baja de la Guardia Nacional y ponerlos a la disposición del tribunal civil para su enjuiciamiento.

«Quedando liberados de cualquier vínculo o lealtad con esa institución o con Vides Casanova, los exguardias estaban en libertad de atestiguar, bajo juramento, que cometieron ese asesinato por orden de Vides Casanova, o de alguien más en su cadena de mando Pero ninguno de ellos lo hizo, cuando declarar que recibieron la orden de hacerlo les habría significado una pena mucho menor».

Para el capitán era revelador que, habiendo finalizado el juicio muy público de esos guardias nacionales en 1985, Ellacuría seguía repitiendo propaganda, y no realidades. Quizá la verdad carecía de valor en su mundo, a estas alturas de la lucha. Quizá por eso se encontraban en su predicamento actual.

Sánchez siguió. «Es posible que ustedes no sepan cómo funciona la Guardia Nacional. La mejor analogía es esta: son como el alguacil y sus asistentes de un pueblo del viejo oeste. El alguacil y sus ayudantes probablemente eran hombres valientes y recios, pero si eran atacados por un número muy superior de adversarios armados, sucumbían.

«Cuando yo estuve en los Estados Unidos, vi un reporte del periodista Dan Rather en el noticiero nocturno de la cadena CBS, en el que guerrilleros habían filmado un ataque en contra de un puesto de guardias nacionales en un pueblo de Chalatenango. El mismo Dan Rather admitió que ese video se lo habían pasado a ellos gratuitamente. Entonces, ¿cuán fácil era derrotar a un puesto de guardias de no más de 6 hombres, que hasta lo filmaban?

«El puesto regional de la Guardia Nacional, a varios kilómetros de distancia, probablemente ni se enteraba para poderlos ayudar porque su único medio de comunicación era la línea telefónica, que era fácilmente cortada por los atacantes. Y como el gobierno estadounidense no proporcionaba ayuda para los cuerpos de seguridad, ni siquiera medios de comunicación alternos, seguían siendo presa fácil para la guerrilla.

«Y yo entiendo eso—la guerra de guerrillas es atacar al enemigo donde esté más débil. Si yo fuera guerrillero, haría lo mismo, excepto por una cosa—yo no los castraría».

Ellacuría saltó. «¿De veras, capitán? ¿Castración? Pensé que sólo el Embajador White se inventaba cosas». Se mofaba con gusto.

El capitán ignoró su burla. «No me invento nada, sacerdote. En 1979, el alto mando recibió un informe de cómo un guardia nacional del pueblo de Arcatao, departamento de Chalatenango, había sido capturado y castrado en público. Y luego la Dra. Inés Taura de Cuchilla, jueza del pueblo de Nueva Trinidad, firmó y selló una declaración oficial de testimonios de civiles que escaparon la masacre de guerrilleros que entraron a Nueva Trinidad a, entre otras cosas, castrar a guardias nacionales y a otros hombres».

«Eso es difícil de creer, capitán».

«¿De veras, sacerdote? Ustedes no disputan que los guerrilleros que secuestraron, torturaron y mataron al industrial y filántropo Ernesto Regalado Dueñas le metieron alfileres en los ojos y en los testículos, ¿verdad? Sin embargo, ahora alegan que esa misma calaña de gente que hizo eso, que también acribilló a Ana Isabel Casanova, que secuestraron, torturaron, despellejaron vivos a otros, con el permiso del Indulto Negro, ¿son incapaces de castrar a los odiados guardias nacionales?»

Ante el silencio de los jesuitas, el capitán dijo: «Y por último, pregúntense esto: si no fuera cierto lo de la castración, ¿por qué se atrevería a declararlo oficialmente esa jueza, sabiendo que se está volviendo un gran blanco de la guerrilla al hacerlo?»

El intelecto menguado por el odio de Ellacuría no le permitió decir más que, «Años de represión han causado esas acciones, y usted lo sabe».

El capitán se mostró satisfecho con esta declaración del jesuita. Y lo recalcó. «Bien. Recuerde lo que acaba de decir, que la venganza es motivo poderoso».

Por fin habló el padre Montes. «Pero capitán, esos guardias tenían que haber sabido que dos de ellas retornaban de Managua ese día y a esa hora. Tenían que haber sabido que serían recogidas por las otras dos monjas. ¿Cómo lo habrían podido saber, si no por información de sus superiores?»

El capitán le dio una mirada de incredulidad a su jesuita favorito. «Padre Montes, si lo sabían, y fue Vides Casanova quien se las pasó, ¿por qué no decirlo en juicio? ¿Especialmente con sus futuros en juego? Entonces la lógica dicta que no fue Vides Casanova, ni alguien en su cadena de mando, quien que les pasó esa información».

Como Sánchez no quería tener que humillar a Montes, optó por pasar a otra evidencia más personal e irrefutable. «Lo otro que tiene que preguntarse, padre Montes, es ¿por qué haría Vides Casanova algo que iba en contra de su naturaleza y trayectoria? Su conducta como Ministro de Defensa ha sido impecable. ¿Lo digo yo? Para nada, lo dijeron miembros de ambos partidos del Congreso y el Pentágono de los Estados Unidos, que lo honraron. Lo sé porque fui con él en ese viaje.

«Y para acabar de remachar esto, en la primera plática para alcanzar la paz entre el gobierno y la guerrilla, yo vi cuando el comandante guerrillero Facundo Guardado se le acercó y se cuadró ante él, llamándolo 'Mi General', en obvia señal de respeto».

Ellacuría convenientemente ignoró eso. «Mire capitán, suponiendo que le diéramos la razón en todo lo que acaba de decir sobre Vides Casanova, la pregunta que queda es la siguiente: ¿cómo sabían el itinerario de las monjas ese día?»

Sánchez se encogió de hombros. «Hubo más de una forma, sacerdote. Una de ellas fue ésta: en junio de 1983, la Organización de Estados Americanos, la OEA, publicó un resumen de los eventos, y enfatizó que la evidencia recabada indica que había un guardia nacional en el aeropuerto de Comalapa y que las encontró sospechosas y llamó por teléfono al sargento Colindres y esto motivó que ordenara a sus efectivos a detenerlas.

«El que yo crea que eso haya pasado no viene al caso. Pero esa versión de eventos explica cómo fue que se percataron de la llegada, y no involucra a Vides Casanova».

Ellacuría se exasperó. «Está bien, acepto que Vides Casanova no tuvo nada que ver con esto, pero entonces la pregunta que queda es, ¿por qué matarlas?»

El capitán quería que la lógica contestara esa pregunta. Para eso, la lógica tenía que eliminar cualquier otra alternativa. «Primero le voy a recordar lo que usted dijo hace un rato: 'la venganza es un motivo poderoso'. La guerrilla se estaba acabando a la Guardia Nacional, especialmente en Chalatenango, incluyendo torturándolos. ¿Y dónde trabajaban estas monjas misioneras en El Salvador? En Chalatenango, en territorio bajo control de la guerrilla».

Ellacuría se indignó. «¡Capitán, no hay base en lógica para hacer una conexión entre la tortura de guardias nacionales y las monjas!»

Montes recalcó que, «Todo lo que esas hermanas estaban haciendo aquí era ayudar con los pobres de Chalatenango, cerca de la frontera con

Honduras».

Sánchez lo corroboró. «Afirmativo, en territorio controlado por la guerrilla. ¿No hay pobres en todos lados? ¿Los pobres en los barrancos de la Escalón, por ejemplo? ¿Por qué tenían que irse hasta Chalatenango, si ayudar a los pobres era todo lo que querían?»

Antes de que pudieran contestar, Sánchez dijo, «Háganse esta pregunta, sacerdotes: como ellas trabajaban en territorio controlado por la guerrilla y sabían que estaban matando, torturando y castrando a Guardias Nacionales, ¿por qué no lo denunciaron? ¿Por qué no trataron de detener tal práctica—siendo ellas religiosas? Y si trataron de hacerlo y no pudieron, ¿por qué no se fueron de ahí, en vez de tolerar o participar en tal maldad?»

Esto no lo pudieron contestar. La lógica había eliminado otra opción. Segundo Montes lo admitió, cuando preguntó otra cosa: «¿No cree que es extraño que religiosas misionarias, culpables de asistir a la guerrilla, fueran tan abiertas y transparentes en sus movimientos—como si no tuvieran nada que ocultar?»

El capitán no se rio en la cara de Montes sólo porque le caía bien. Entonces optó por contestar su pregunta impersonalmente. «Señores sacerdotes, permítanme contarles una historia verídica que me contó una enfermera que trabaja en el Hogar de Parálisis Cerebral que fundó mi madre».

Ellacuría estaba impresionado. «Su madre fundó el Hogar de Parálisis Cerebral? Es una obra magnífica».

«Sí lo es. Mi hermana nació con parálisis cerebral por error médico y en vez de permitir que ese golpe destruyera más de una vida, decidió hacer algo por otros en la misma condición».

Ellacuría dijo, sinceramente, «Capitán, las apariencias engañan. Enhorabuena».

«Gracias, padre Ellacuría, pero todo el mérito es de mi madre. Pero permítanme continuar. Esta enfermera particular buscaba otros trabajos para complementar su ingreso, como lo hacen muchas enfermeras. Uno de esos trabajos que tomó fue cuidar a la pariente anciana de una familia. La familia era dueña de una bodega y de un lote de autos usados.

«Un cura párroco que conocían actuó de intermediario para que la familia les arrendara la bodega a una organización sin fines de lucro que cuidaba de damnificados. El abogado de la organización dijo que lo único que habría en la bodega sería ropa, alimentos enlatados, colchones, catres, agua embotellada, y cosas similares, para damnificados. Y ofrecían un depósito de garantía bien generoso.

«El arrendamiento se firmó por un año y era renovable. La renta constituía un buen y apreciado ingreso para la familia. El cheque de la renta llegaba a tiempo. Todo iba bien.

«Pero a los meses unos vecinos de la bodega les preguntaron si tenían contrato con el gobierno porque gente uniformada de militares llegaba de noche a la bodega.

«Esto preocupó a la familia, porque si era para damnificados, los únicos que debían llegar uniformados serían los de la Cruz Roja o la Cruz Verde salvadoreña».

Los jesuitas como que ya sabían adónde iba esta historia, pero no dijeron nada. Sánchez siguió. «En eso ocurrió el terremoto del 10 de octubre de 1986 como a media mañana, y la familia temía por su bodega. La señora decidió ir a ver porque el señor estaba ocupado en el lote de autos usados. Camino a la bodega vio muchos edificios dañados, y temía lo peor. Pero al llegar vio que la bodega estaba de pie.

«Decidió ver por dentro, pero según el contrato, tenía que pedir permiso a los arrendatarios con 48 horas de anticipación. Como los teléfonos no funcionaban, fue a buscar el cuidandero y lo encontró. Era un señor de edad muy amable. Le explicó la situación y el señor, que ya era más viejito que joven, le guiño y le dijo, 'La dejo entrar si no le dice a nadie, señora'.

«Al prometérselo, el cuidandero la dejó pasar. No había artículos para damnificados—sólo munición y medicamentos. Se volvió al cuidandero y le preguntó para quién era todo eso. Le guiñó otra vez y le dijo, 'para los muchachos'.

«Muchachos es eufemismo para guerrilleros. Así que los que llegaban a sacar municiones de su bodega eran guerrilleros. Cuando regresó a la casa con la noticia, decidieron que no iban a decir nada. Simplemente no renovarían el arrendamiento.

«Un mes más tarde, le informaron al abogado de la organización sin fines de lucro que no renovarían el contrato. En ese momento el abogado les informó que por favor se entendieran con el Arzobispado para el último cheque y para devolverles el depósito de garantía».

El capitán hizo pausa para que esto calara. Los jesuitas no podían decir nada. Un hecho era un hecho.

«Señores, yo no veo al Arzobispo de San Salvador escondiéndose, a pesar de estar ayudando tan abiertamente a la guerrilla. ¿Contesta eso su pregunta? Las monjas misioneras se sentían invulnerables a las consecuencias de sus acciones—como toda otra monja o sacerdote revolucionario en el país».

Ante el silencio de los jesuitas, el capitán abordó el meollo del asunto. «Como por lógica hemos podido deducir qué fue lo que no pasó, la lógica nos tiene que llevar a lo que sí pasó. Por lógica: si yo soy guardia nacional de Comalapa, y me dicen que vienen monjas marinolas que han ayudado a la guerrilla en Chalatenango, donde han sido atacados, torturados y asesinados guardias nacionales, yo informo a mi cadena de mando. Automáticamente.

«Si no lo hago, es porque alguien me ofreció un incentivo para no hacerlo. Ese incentivo era una oferta que no podían rehusar. Tanto así que estaban dispuestos a arriesgar cárcel, o hasta la pena de muerte. Y su razonamiento era lógico: podían morir ese día, en combate, y sus familias seguirían pobres. Pero si morían ejecutados por lo que hicieron, pero sus familias ya no eran pobres, ¿cómo no constituía eso una ganancia neta?»

Montes preguntó: «¿Qué clase de incentivo u oferta, capitán?»

«¿Aparte de dinero? Entrada a los Estados Unidos para las familias, con todo y tarjetas verdes para quedarse a trabajar, por ejemplo—cosas que la gente pobre ya hace, sólo que a través de coyotes».

Montes asintió. El capitán continuó. «Entonces a esos guardias se les acercó alguien directamente a ofrecerles algo que no podían rehusar, a cambio de matarlas y no decir nada».

Montes recordaba como si fuera ayer cuando Ellacuría les dijo que la Embajada se encargaría de hacer que la guardia nacional hiciera algo 'vil'. Y como sabía que el ingeniero de todos modos iba a llegar a la conclusión lógica, lo ayudó, preguntando: «Sólo la Embajada Americana y el Embajador White podían dar esa clase de incentivos. ¿Cree que fue capaz de hacer eso?»

«Sí, por dos razones: la primera, su mentira de que habían sido violadas. Y la segunda: yo lo conocí personalmente y experimenté de primera mano su odio a los militares. En una reunión a la que nos había invitado a la 'juventud militar' después del golpe del 15 de octubre, me le acerqué a saludarlo en inglés, identificándome como graduado de West Point. Le pregunté si podíamos esperar más ayuda después del golpe, y sólo se me quedó viendo con odio en los ojos. Como diez segundos después se volvió a todos y dijo, voz en cuello, y en español: '¡Nosotros no damos ayuda a militares que matan a miles de sus gentes todos los días!'

«Todos nos quedamos fríos. Su descripción de nosotros no era verdad—¡era propaganda! ¿Cómo Stalin? ¿Cómo Pol Pot? ¿Cómo la Revolución Cultural de Mao? ¿Cómo el Ché Guevara y Castro? ¿Cuánto odio no sentía ese tipo, como para invitarnos a los militares jóvenes prodemocracia, sólo para insultarnos?»

El alma gemela de Robert White preguntó: «¿Y los escuadrones de la muerte, capitán?»

Sánchez se volvió a Ellacuría para decirle: «Ya le voy a contestar eso, cura, pero primero déjeme concluir con lo de las monjas».

El capitán se dirigió a Montes para decirle, «El Embajador White tenía los medios económicos y de otra índole para inducir a esos pobres guardias nacionales a cometer una atrocidad de la magnitud del asesinato de las monjas misioneras, para crear suficiente revulsión en el público norteamericano como para impedir la ayuda que Reagan había prometido al ejército salvadoreño. Y funcionó, ¿no es cierto? Nos recortaron la ayuda y nos permitieron sólo 55 asesores militares estadounidenses».

«Y en cuanto a su aseveración de que los guardias nacionales tenían que haber sabido el itinerario de las monjas muertas—¿puede haber alguna duda de que la Embajada Americana sí lo sabía?»

Entonces Sánchez se dirigió a Ellacuría: «Mire, cura, ¿de veras cree usted que yo vestiría este uniforme, si creyese por un instante que los escuadrones de la muerte fueran realidad? Nunca he visto, he tenido encuentro con, participado en, o de otra forma conocido lo que ustedes llaman escuadrones de la muerte. ¡No son más que otra mentira en su arsenal de propaganda!

«Tomé cuatro años de cursos militares en West Point y nunca impartieron cursos titulados 'Escuadrones de la Muerte'. La Escuela de las Américas en Panamá tampoco da cursos sobre 'Escuadrones de la Muerte'. La Escuela Militar local, donde el coronel Majano, uno de los próceres de nuestra nueva democracia, fue docente por años, tampoco imparte cursos sobre 'Escuadrones de la Muerte'. Siendo así, no existe fundamento militar para que ninguno de los graduados de estas escuelas se dedique a semejante actividad».

Ellacuría no parecía convencido. Sánchez siguió. «Déjeme ser bien claro, sacerdote: el momento en que yo hubiera tenido conocimiento de cualquier acto incorrecto de la Fuerza Armada, como los 'escuadrones de la muerte', y otras mentiras de las que se nos acusa, como West Pointer tenía y tengo medios para denunciarlo.

«Podría y puedo reportarlo a asesores militares graduados de West Point que están en el país, y con los que a menudo nos reunimos informalmente; a cualquiera de los otros asesores militares en el país; al Comandante del Grupo Militar de los Estados Unidos en la Embajada—en fin, tenía y tengo una serie de recursos que podría utilizar, y que seguramente me protegerían contra represalias. Pero como no he detectado tal conducta, mucho menos escuadrones de la muerte, no he tenido nada qué denunciar».

Sánchez se paró para irse, diciendo, «Sacerdotes, lamento lo que les pasó a esas misioneras. No fueron más que chivas expiatorias sacrificadas en el altar del marxismo. Y si bien los guardias nacionales fueron el cuchillo, fue otro el que planeó el sacrificio, no ellos».

Por alguna razón, a Montes no le pareció caer bien el término 'chivas expiatorias'.

Capítulo 72

El Costo de una Visa

Oscar Peralta era un guardia nacional retirado, cuyos hijos se habían ido todos a los Estados Unidos, por medio de coyotes, las personas que meten a gente a los Estados Unidos a cambio de una compensación considerable. Oscar había pagado los coyotes de sus hijos vendiendo en el mercado libre la cuota de gasolina gratis que recibía como parte de su compensación de guardia nacional.

Ahora sus hijos lo querían en los Estados Unidos, y habían reunido suficiente dinero para llevarse a Oscar y a su esposa Eulalia. Para lo cual necesitaban visa.

El funcionario consular no estaba muy dispuesto. Hablaba en un español muy agringado. «¿Cómo se van a mantener en los Estados Unidos?»

Oscar respondió: «Nuestros cuatro hijos están allá y todos tienen trabajo».

El funcionario insistió: «Nosotros no tenemos registro de que sus hijos se hayan ido a los Estados Unidos con visa. ¿Cómo llegaron allá?»

«Realmente no sé».

El funcionario consular lo tenía donde lo quería. «Nosotros sí lo sabemos. Llegaron ilegalmente a los Estados Unidos. De seguro están protegidos por las redes de latinos que han surgido en grandes ciudades como Los Ángeles y Houston. Probablemente tienen número de seguro social falso para poder trabajar.

«Realmente no sé, señor».

El americano insistió. «Pero no lo duden, los podemos encontrar y deportar».

La Sra. de Peralta habló por primera vez. «Señor, usted representa una magnífica nación. Una superpotencia. El hecho de que nuestros hijos pudieron encontrar trabajo allá significa que la economía de la superpotencia está creando plazas que no las pueden llenar los americanos.

Así que nuestros hijos no hacen más que contribuir a la economía y a pagar impuestos. Probablemente ayudan a pagar su salario».

Oscar Peralta se volvió hacia su esposa con expresión de horror. Así no se le hablaba a un hombre de la Embajada. Trató detenerla de decir otra cosa, pero su esposa no había terminado.

«¿Sabe cuánto tiempo hemos pasado fuera de la Embajada para poder entrar? Desde las 3 a.m. estamos haciendo fila. Pero eso es lo de menos. La parte más denigrante es cómo los *Marines* vestidos de civil se pasean afuera con palos y bates amenazándonos. ¿Es así como se debe comportar una superpotencia? ¡Pues fíjese que no!»

El funcionario consular se paró. «Usted, Eulalia, por favor salga. Espere afuera».

Eulalia de Peralta salió indignada. Oscar Peralta se levantó para seguirla.

«Sr. Peralta, usted quédese por favor. No hemos terminado».

Oscar se sentó, cabizbajo. Según él, sus chances de una visa se habían esfumado. Y a su edad no podía irse por la ruta del coyote.

El funcionario consular sonrió. «Yo sé lo que está pensando, Sr. Peralta. Pero yo creo que podemos llegar a un acuerdo mutuo. ¿Sabe dónde queda el Café de Don Pedro, verdad?»

Oscar Peralta asintió.

«Esté ahí hoy a las 9 de la noche, sólo. Y la próxima vez tal vez no tenga que esperar mucho para entrar a la Embajada. Tenga buen día».

«Pero a quién veré en el Café?»

«No se preocupe. Nosotros lo encontraremos».

El Café de Don Pedro era un restaurante *drive-in* popular, donde la gente generalmente llegaba en auto, se estacionaba, y eran atendidos en el auto si se ordenaba algo por medio de intercomunicador. Estaba ubicado en la Alameda Roosevelt, una de las principales arterias de la capital.

Peralta llegó en su viejo Toyota y se estacionó. Eran las 8:55 p.m. y le había dicho a su esposa que se iba a reunir con amigos. No dudó en dejarlo ir. A esta edad su marido no iba a andar con infidelidades.

A las 9 en punto un hombre como de treinta años le tocó el vidrio en el lado del pasajero, pidiendo que lo dejara entrar. Era un latino. Se identificó como Carlos, y dijo que trabajaba para el 'Míster' que lo había entrevistado ese día. Oscar le abrió la puerta.

Ya dentro del vehículo, Carlos dijo: «¿Usted está teniendo dificultades para irse a los Estados Unidos a vivir con sus hijos, verdad? El Míster me dijo que le dijera que todas esas dificultades desaparecerán si colabora con nosotros».

«¿Colaborar cómo?»

«Dos formas. Queremos que usted pase información a ciertos miembros de los cuerpos de seguridad».

«¿Qué clase de información?»

«Eso no le concierne. Todo lo que tiene que hacer es llevar un sobre sellado adonde le digamos».

«¿Cuándo?»

«Lo sabremos con seguridad después del 4 de noviembre. Es posible que usted no tenga que hacer nada, y en ese caso tendrá su visa cortesía de nosotros. Pero si le pasamos información, queremos saber que podemos contar con usted».

«Claro que sí. Mi esposa y yo queremos esa visa».

«Lo cual nos lleva a la segunda forma».

«¿Cuál sería esa?»

«Su esposa me va a tener que chupar la verga».

«¿Qué?»

«Sr. Peralta, ¿quiere esa visa a los Estados Unidos, sí o no?»

«Claro que sí».

«¿Y ella?»

«Sus hijos son su vida».

«Permítame explicárselo en términos no inciertos. Usted es guardia nacional. Según el gobierno de Jimmy Carter usted es la menos grata de todas las personas no gratas. No sólo eso—sus hijos están en los Estados Unidos ilegalmente. Los podríamos tener aquí pasado mañana si quisiéramos. Y para acabar de joder, su esposa le faltó el respeto a un funcionario consular que tiene el poder de negarle u otorgarle la visa deseada».

«Es que no lo va a hacer».

«Déjeme terminar, Sr. Peralta. Le estamos pidiendo pasar información delicada y nunca revelársela a nadie más, jamás. Y queremos cerciorarnos de que nunca lo hagan, ni usted ni ella. Porque si lo hace, nos cercioraremos de que sus hijos reciban fotos de su madre mamando verga y usted estará en esas fotos, y la verga no será la suya. ¿Me explico?»

Oscar Peralta habría matado a este hombre con sus manos años atrás. Pero ahora no estaba en posición de hacerlo. Todo lo que podía decir era, «Ni a mí me lo hace».

«Pues entonces no recibirán sus visas y sus hijos serán deportados».

Abrió la puerta para irse. Antes de hacerlo, dijo, «Mire, hombre, todo lo que queremos es asegurarnos de que todos obtengamos lo que queremos obtener, y que nadie sepa nada al respecto, jamás. Y si usted y la Sra. de Peralta no lo hacen, habrá otros que quieren visa que sí lo harán».

Peralta recapacitó. «Espere por favor».

Carlos cerró la puerta y se quedó.

«Quiero garantías».

«Muy bien».

«Si mi esposa hace esto, quiero más que visas. Quiero una gríncar [green card – documento que permite a no-ciudadanos trabajar en los Estados Unidos] para cada uno de mis hijos».

Carlos asintió. «Claro que podemos hacer eso por ustedes. Y para demostrarles nuestra buena voluntad, les conseguiremos gríncars a usted y a su esposa también».

«Muy bien».

Entonces Carlos le dijo, «Usted y su esposa vayan a esta dirección mañana en la noche a las 10 p.m.» y le dio un papel con la dirección.

Peralta levantó su mano. «¡Un momento! Usted quiere que lleve a mi esposa a ser utilizada y fotografiada por ustedes, como garantía de nuestro silencio, ¿sin recibir nada a cambio?»

Carlos se rio. "Sr. Peralta, si nosotros no cumplimos con nuestro compromiso bajo este trato, usted se va a volver millonario, demandándonos y trayendo a la luz todo esto. Si nosotros no cumplimos, arriesgamos nuestras carreras y nuestra libertad. Yo en lo personal los mataría a todos si no cumplieran con su compromiso.

«Este no es juego, Sr. Peralta. Pero sólo para que no sienta que se va sin nada, les tendremos las visas a usted y a su esposa en esta dirección mañana. Entonces, si ustedes no cumplen con su parte, simplemente les deportamos a sus hijos. ¿Le parece justo?»

Los dos hombres se dieron la mano.

Capítulo 73

La Todopoderosa Gríncar

Cuando Oscar Peralta le contó a su esposa de la propuesta, sus facciones se contorsionaron para reflejar una gama de emociones, desde incredulidad hasta horror. Pero luego se puso a reír.

«¿Quieren que una vieja de 55 años los chupe? ¡Tienen que estar desesperados!»

Lo cual sorprendió a Oscar muchísimo. Esperaba que apareciera la mujer que muy dignamente le había espetado cuatro verdades al funcionario consular. Pero para su asombro, no hizo más que sopesar la propuesta.

En cama, le preguntó a su marido, «¿Qué le dijiste cuando primero propuso eso?»

«Le dije, 'Ni a mí me lo hace'».

«Bueno, entonces tendrás que ser mi primero».

Oscar se sentó. «¿Lo vas a hacer?»

«Oscar, ¿y qué alternativa tenemos? Nos tienen. O hacemos eso o nos preparamos a recibir a todos nuestros hijos de regreso, porque los van a deportar. Yo no quiero eso, ¿y tú?»

«No».

«Lo único que me preocupa es cómo te vas a sentir. Porque te van a hacer mirar».

«Me voy a sentir terrible. Menos que un hombre por no poder proteger a mi mujer».

«Bueno, pues niño, no se sienta así. Es mi decisión, no la tuya. Lo hago por nuestros hijos. Ahora déjame practicar contigo».

Esa había sido buena noche para él.

Pero no quería recordar la siguiente noche. Había cuatro hombres ahí, incluyendo Carlos y el funcionario consular. Tuvo que atenderlos a los cuatro y siempre había alguien tomando fotos. Oscar apareció en varias de las fotos junto con su esposa desnuda y con un pene en la boca que no era

489

el suyo. Definitivamente era una forma efectiva para garantizar su silencio para siempre.

Antes de que sucediera cualquier cosa, el Funcionario Consular les había dado sus pasaportes con las visas. Luego les dijo que les daría las gríncars y pasajes de primera clase a Los Ángeles en una fecha posterior al 4 de noviembre, cortesía de la Embajada. No les dijo cuándo, sólo que sería después del 4 de noviembre. Podría involucrar cumplir con una tarea o no.

Después de esa noche, Oscar y Eulalia no supieron nada de la Embajada sino hasta el cinco de noviembre, cuando Carlos citó a Oscar al Café de Don Pedro y le dio una sobre sellado. Tenía que asegurarse que el jefe de la Guardia Nacional de Comalapa lo recibiera.

Le había dicho a Carlos, «Pero Carlos, si se lo doy, sabrá que fui yo. Pase lo que pase después, me puede señalar a mí. No creo que ustedes quieran eso».

Carlos había sido muy amable y profesional con Peralta. Ni una mención de la esposa. Peralta se sentía agradecido. «Don Oscar, usted encontrará una forma de hacérselo llegar sin que sepa que fue usted. Usted ha sido Guardia Nacional, usted sabe cómo se procesa el correo».

«Bien, ¿pero entonces por qué no lo pone en correo? Le llegará».

«No queremos arriesgarnos a que esto caiga en las manos equivocadas. O que haya demora. Por eso es que nos estamos aprovechando de sus conocimientos».

Entendiendo perfectamente lo que se esperaba de él, al siguiente día Peralta viajó hasta el Puesto de Guardia de Comalapa y pidió ver al jefe del puesto.

El jefe no se encontraba, pero fue recibido entusiasmadamente por un subalterno, el cabo Valladares, quien lo conocía. Luego de abrazarlo, le ofreció una taza de café, que Peralta aceptó.

«¿A qué se debe el honor de esta visita, mi sargento Peralta?»

«Fíjese, Valladares que fui a dejar a una pariente al aeropuerto y me acordé de que me hace falta munición de 9 milímetros para una Browning que me conseguí por ahí. Así que se me ocurrió pasar a verlo para ver si no tenía munición extra que podía haber confiscado».

Peralta sabía que tendría, y que tendría que ir al almacén local a retirarla.

«Claro que sí, mi sargento Peralta. Déjeme ir a conseguirle un par de cajas. ¿Necesita algo más?»

«Nada más, Valladares, gracias».

Tan pronto Valladares dejó la oficina, Peralta buscó la bandeja de correo de entrada, que estaba llena. Puso el sobre debajo del correo que estaba encima. Más no podía hacer.

Se volvió a sentar y esperó a Valladares. A su regreso, Peralta ofreció pagar, pero Valladares no lo dejó.

Después de una breve plática, Peralta se despidió.

Ahora, a él y a su esposa no le quedaba más que esperar a que la Embajada actuara.

Capítulo 74

Torquenada

Don Polo llegó en un Nissan viejo a la Iglesia de Aguilares. Luego de tocar la puerta de la forma acordada, y dar la contraseña, lo dejaron entrar.

Saludó a los comandantes Marcial y Facundo Guardado y los demás que estaban presentes. No pudo menos que observar que la comandante Ana María y Guillermo Ungo no estaban ahí.

Guillermo Ungo había jugado un rol vital en el reconocimiento del FMLN por gobiernos extranjeros, lo cual le permitió estar en la reunión en la UCA. Para Don Polo era obvio que el tomar el lado de Ana María y Ellacuría a favor de la ofensiva Teta—apropiadamente denominada, si era Ana María quien la comandaba (sin saber si era intencional o no)—no era más que un intento por convertirse en el líder político del FMLN, pasando por encima de Don Polo. Para Don Polo, esto era risible—Enrique Álvarez Córdova no buscaba poder; buscaba hacer lo correcto.

Por eso admiraba a Marcial, a pesar de su naturaleza asesina: él también estaba interesado en hacer lo correcto para la revolución en la que él creía. A él sí le preocupaban sus combatientes. A diferencia de Ana María, quien había demostrado ser más egocéntrica que otra cosa. Su única razón para apoyar el Plan Teta era pasar por encima de Marcial para ser la comandante suprema del FMLN—importándole poco que después de una ofensiva fallida, tendría mucha menos gente que comandar.

El tomar el lado de Marcial sobre Ana María era la decisión más fácil del mundo para Don Polo.

Por eso se encontraba en esta reunión, a pesar de ser una reunión de naturaleza más que nada militar: quería cerciorarse de que fuera Lisa lo que se implementara, no la Teta.

Al concluir los saludos, le entraron a la agenda inmediatamente.

El comandante Marcial habló primero. «Me da mucho gusto que hayamos acordado reunirnos hoy sin Ana María, Ungo y Ellacuría. Si bien su contribución, especialmente en el ámbito internacional, es muy valiosa, parecen estar determinados a imponernos soluciones que definitivamente no van a funcionar acá. El Plan Teta, probablemente ideado por Ana María, por razones obvias, mejor debería llamarse 'Teta de Hombre' porque es igual de inútil».

Todos se rieron de esa ocurrencia. Marcial continuó. «Es un hecho que no tenemos los efectivos para atacar por todos lados. Y realmente me extraña que Ana María haya apoyado eso, pero supongo que tiene otras motivaciones muy personales».

Todos asintieron. Marcial continuó. «Los cité aquí para darles más detalles sobre Lisa, para que, sabedores de la estrategia, vayan y preparen sus acciones tácticas. Para comenzar, quisiera darle la palabra a Don Polo».

Don Polo se paró y dijo, «Señores, el único reto del plan Lisa es logístico, puesto que tenemos que transportar al 'pueblo alcista' a las áreas de preparación cerca de los blancos militares y tenerlos ahí hasta el día del ataque. Los lugares ya los tenemos, y ya están aperados, como para alojar y mantener a toda la gente hasta por una semana. Realmente tengo que elogiar al comandante Marcial por su visión. Y a Don Blas Pérez por haber proporcionado los fondos para hacerlo.

«También quisiera agradecerle a Juana su valiosa contribución, porque con una leve modificación a los diseños, nos permitió guardar cantidad de armamento para que los combatientes se desplacen sin armas, para escapar detección».

Dicho eso, desenrolló unos mapas que resaltaban las áreas de preparación del ataque. Y las de los alojamientos subterráneos para los alcistas y las armas.

Uno de los comandantes preguntó que cómo era que las construcciones en esas fincas habían escapado detección, siendo que el ejército andaba desposeyendo propiedades.

Marcial contestó que todas estaban en propiedades controladas por Don Polo, y que las construcciones eran duales: en la superficie eran escuelas, pero bajo tierra eran barracas.

A los comandantes les gustó eso. Era obvio que la dupla Marcial y Don Polo era ideal para comandar el FMLN. Este plan había sido bien pensado.

Por la siguiente hora los comandantes discutieron las distintas áreas de preparación que debían ocupar, y la mejor manera de desplazarse a ellas, para la ofensiva.

El único que no participó fue Facundo Guardado, porque la unidad de Facundo Guardado atacaría la Fuerza Aérea. Para eso no requería alcistas. Sería un ataque sigiloso. Penetraría el perímetro de la base en la oscuridad de la noche, pondría cargas bajo cada aeronave, y se iría. Las detonaría a control remoto. Nada más.

El Comandante Marcial habló de nuevo. «Como ven, camaradas, Lisa tiene casi todo planificado y lo que nos resta es planificar el transporte del pueblo alcista hasta las barracas subterráneas. Esto necesariamente es el último punto que queda por planificar, puesto que tendrá que basarse en la fecha del ataque por determinarse en la próxima reunión a nivel FMLN.

«Don Blas Pérez nos había prometido los fondos para este transporte, pero como se jubiló, elevamos la petición de nuevo a su reemplazo, Don Torquemada, quien no nos ha contestado».

Esto fue motivo de consternación. ¿Sería que los 'patrocinadores' querían el Plan Teta?

Este era el momento de Don Polo. Se paró para abordar este tema. «Caballeros, la inauguración de Reagan está a dos meses. Si no viene el dinero de Don Torquemada, esta parte de la operación la financiaré yo. Así que por favor no nos preocupemos por las finanzas. El transporte de alcistas en suficientes números, sin ser detectados, debe ser nuestra única preocupación».

Pero el comandante Zonte se paró para hacer la pregunta que todos tenían en mente: «¿Comandante Marcial, con todo respeto, a qué atribuye usted esta falta de financiamiento?»

Marcial se paró, se sacó un pañuelo para limpiar sus lentes, se los volvió a colocar, y dijo: «Camaradas, hace un año la Unión Soviética invadió Afganistán. Don Blas nos había advertido que esto recortaría nuestro presupuesto, pero él hizo las gestiones necesarias para que nos adelantaran fondos. Eso nos alcanzó para todo, menos para esto del transporte. Pero Don Polo, siempre magnánimo, ha ofrecido solucionar esta carestía temporal. Nada más».

Muestras de gratitud para Don Polo.

Luego Don Polo dijo: «Señores comandantes, si ustedes pudiesen tener un representante de ustedes con nosotros para tener un equipo de coordinación completo, podríamos finiquitar la logística más rápidamente».

El comandante Mayo Sibrián dijo, «Camaradas, realmente no podemos prestar a nadie en esta fase final. Todos vamos a necesitar prepararnos para la batalla. Yo propondría que confiemos en que Don Polo haga lo correcto, como obviamente lo ha hecho hasta la fecha. Sólo que nos diga dónde estará esa sede para que sepamos dónde contactarlo por si surgen preguntas».

Juan Chacón, uno de los lugartenientes del FDR de Don Polo, dijo, «La Universidad Nacional hubiera sido ideal, pero desde junio está tomada por los cuerpos de seguridad».

Marcial dijo, «Yo lo único que propongo es que no sea la UCA. Ellacuría estaría encima de ustedes».

Don Polo propuso el Externado. «Yo solía ser el entrenador de basquetbol del Externado. El padre Montes y yo somos buenos amigos, y él no es de los que se andan entrometiendo. Además, el año escolar ya terminó. Estaremos seguros ahí». El año escolar salvadoreño iba de enero a octubre.

Todos estuvieron de acuerdo en hacer del Externado la sede logística de la ofensiva. Con eso, Marcial levantó la sesión y todos desaparecieron en la oscuridad de la noche, para prepararse para Lisa.

Capítulo 75

El Silencio es Oro

Oscar Peralta acababa de regresar a su apartamento en Los Ángeles, luego de ayudar a su hijo construir un cobertizo para las herramientas de su negocio de plomería. Su esposa lo recibió con un gran abrazo y una *Budweiser*, una de las cervezas locales que le gustaban. Fue a su silla favorita y puso el noticiero en español.

Una reportera decía: «Los cuerpos de las hermanas marinolas Maura Clarke e Ita Ford, la hermana ursulina Dorothy Kazel y la misionera laica Jean Donovan fueron encontrados en fosas poco profundas esta mañana cerca del Puerto de La Libertad, El Salvador. El embajador Robert White dijo que habían sido violadas y asesinadas por Guardias Nacionales que se apoderaron del vehículo en el que conducían a un lugar aislado donde fueron violadas y ametralladas. Dos de las monjas habían arribado al aeropuerto local, y habían sido recogidas por las otras dos. Personas locales las enterraron a poca profundidad y avisaron a las autoridades. Cuando el Embajador White llegó, inmediatamente acusó a la Guardia Nacional de violación y asesinato. Las monjas trabajaban en la zona norte de El Salvador, en territorio controlado por la guerrilla.

«No ha habido confirmación independiente de la violación».

Oscar se volvió a su esposa, que estaba viendo el noticiero petrificada por las noticias espantosas. Entonces apagó la televisión.

Eulalia preguntó, «¿No quieres terminar de ver eso?»

«No, mi amor, venga a sentarse conmigo, por favor».

Lo hizo. Oscar la abrazó y luego la miró con mucho amor y le tomó sus manos. Le dijo, «Mi amor, escúchame. Lo que acaban de decir es la razón por la cual la Embajada Americana nos hizo hacer lo que nos hizo hacer, para que no le dijéramos nada a nadie al respecto».

Eulalia Peralta palideció. «No entiendo. ¿Qué tiene que ver esto con nosotros?»

496

«Amor, la Embajada Americana me envió a dejar un paquete al puesto de guardia de los guardias que hicieron esto. Estoy seguro de que la Embajada Americana planeó esto».

«¿Planeó que las violaran?»

«No, mi amor, estoy seguro de que eso es mentira. Conozco a mis compañeros—jamás harían eso».

«¿Y matarlas?»

«Bueno, alguien lo hizo así que supongo que eso sí lo hicieron. Pero la Guardia Nacional no tiene conocimiento de quién va y viene en nuestras carreteras. Eso es algo que le corresponde a la Policía Nacional o al Ejército. Nosotros patrullamos las calles de pueblos, no carreteras. Así que es probable que la Embajada me hizo darles información que llevó a este resultado».

«¿Entonces la Embajada Americana las quería muertas?»

«Me parece que la Embajada Americana quería que la guardia nacional las matara».

«¿Por qué?»

«Para que Reagan no pueda ayudar a El Salvador cuando asuma la presidencia».

«¿Entonces qué hacemos?»

«¡Nada! No puedes decir nada de esto a nadie nunca. Por eso te tuvieron en esa fiesta y tomaron fotos de nosotros. Para obligarnos a no decir nada nunca. Así que no puedes hablar de esto nunca jamás, ¿me entiendes?»

«Oscar, ¿estás seguro de esto?»

Oscar asintió. «Nunca puedes comentar nada de esto con nadie jamás».

Eulalia palideció aún más. «Discúlpame, amor, creo que voy a vomitar». Corrió al baño y levantó la tapa del inodoro justo a tiempo.

Oscar le llevó un vaso de agua al dormitorio donde se estaba recuperando.

Eulalia se puso a llorar. «Oscar... chupé a asesinos. ¡Esas pobres monjas están muertas gracias a mí!

Oscar abrazó a su esposa. «No hiciste tal cosa. Además, el tipo que se entendió conmigo dijo que si nosotros no lo hacíamos, que otros solicitantes de visa lo harían. ¿Y dónde estaríamos nosotros? ¡Trabados en

El Salvador, con nuestros hijos deportados! ¿Y haciendo qué? ¡No hay oportunidad para ellos allá! Su futuro está acá. ¡Lo hiciste por ellos!»

Eso le levantó el ánimo un poco. Pero lo miró algo avergonzada. «¿No te avergüenzas de mí por lo que hice, Oscar?»

«Mi amor, no podría estar más orgulloso de ser el esposo de una mujer tan valiente, una madre capaz de sacrificarlo todo por su familia».

Se abrazaron en silencio por un rato.

Entonces Oscar le dijo, «Es mejor que nos olvidemos de lo que ha pasado. Se nos dio lo que tenemos debido a ello, nuestros hijos tienen las gríncars que siempre querían debido a eso, pero ahora, ¡bórralo de tu mente! Yo no recuerdo nada, y tú tampoco».

Pero algo todavía molestaba a Eulalia. «Oscar, ese subsargento era tu amigo, tu compañero de armas. ¿No podrías ayudarlo revelando lo que sabemos?»

Oscar ponderó esto, pero sus adentros le dijeron que no antes de que su mente llegara a la misma conclusión, porque él no tenía prueba de nada—él nunca abrió el sobre. No tenía idea de lo que había en él.

Además, dirían que simplemente está tratando de ayudar a sus compañeros. Y entonces aparecería la Migra y deportaría a padres e hijos. Y luego lo podrían acusar de ser cómplice. O peor, sus hijos recibirían fotos de su madre desnuda con un pene en su boca que no podía ser el de su esposo porque era la cara del esposo la que estaba en la foto junto a ella.

«No amor, no podría ayudarlo. Y perderíamos todo lo que hemos ganado en el proceso. Nuestro mejor curso de acción es olvidarlo».

«¿Estás seguro, Oscar?» Necesitaba ser convencida por completo.

Oscar se dio cuenta de que eso era lo que tendría que hacer si quería que la tranquilidad retornara a su hogar. «Bueno amor, analicemos esto juntos. Supongamos que fui yo quien recibí ese sobre y leí la información en él. La única manera en que yo hubiera lidiado con esa información era notificar a mis superiores inmediatamente. Es que eso hubiera sido automático. No puedo concebir circunstancia alguna en la que yo iba a lidiar con monjas—primero por ser monjas y segundo por ser americanas. Eso es radioactivo.

«Así que yo hubiera contactado a mis superiores de inmediato, y conociendo a mis superiores, la hubieran elevado a sus superiores y si llega hasta Vides Casanova, él habría lidiado con esto automáticamente también: habría informado al Viceministro de Seguridad.

«El Viceministro de Seguridad se lo habría asignado a la Policía Nacional, que hubiera hecho investigaciones: habría entrevistado a los guardias, y habría entrevistado a las monjas, etc.

«Ultimadamente, un juez hubiera tenido que dar la orden de captura, y sólo la Policía Nacional puede detener vehículos en las carreteras para hacer arrestos—la Guardia Nacional no puede. Entonces, si los guardias nacionales hubieran actuado correctamente, esto jamás habría sucedido».

Eulalia asintió. Todo lo que había dicho su esposo tenía sentido.

Oscar prosiguió. «Entonces eso es lo que esos guardias nacionales tendrían que haber hecho. Porque así fueron entrenados a actuar. Y no hay dónde equivocarse. A menos que...».

«¿Qué?», preguntó ansiosamente Eulalia.

«A menos que hubiera un beneficio económico considerable, ¿cierto?»

Eulalia entendía eso—¿no acababa de prostituirse a cambio de un beneficio?

Oscar siguió pensando en voz alta. «Ahora bien, ¿cómo sucedió todo esto? Yo fui a depositar el sobre y me regresé a casa. Un par de semanas más tarde nos dieron las gríncars y pasajes de primera clase a Los Ángeles, ¿cierto? ¿Por qué crees tú que no nos dieron nada sino hasta quince días después?

Eulalia respondió, «La embajada tenía que verificar que habías cumplido tu cometido».

Oscar asintió. «Exactamente. Yo no llamé a la embajada. Yo sólo esperé. Entonces en algún momento, un guardia nacional abrió el sobre y en vez de pasarle la información a un superior, siguió las instrucciones del sobre».

«Pero ¿cuáles fueron esas instrucciones?»

Peralta tomó la mano de su esposa y le dijo, «Amorcito, no hay manera de saberlo—yo no abrí el sobre para leerlo».

Eulalia insistía. «¿Pero cómo es que la Embajada supo que habías cumplido con tu misión?»

«Las instrucciones probablemente daban un número que llamar. Un guardia nacional llamó a ese número y ese era un número que sólo pudo haber sido obtenido del sobre».

Eulalia pensó al respecto, y preguntó, «Y si esos guardias hubieran elevado esa información a sus superiores, ¿no nos habrían dado lo prometido?»

Oscar respondió, «El momento en que alguien llamó ese número, fuera un guardia nacional o un superior, supieron que yo había entregado el sobre».

«¡Tienes razón! ¡Gracias, mi amor!» Y lo abrazó y besó fuerte.

Oscar se sintió aliviado. Su análisis fue acertado. Ahora, él y su esposa podían proceder a vivir el resto de sus vidas en paz.

Capítulo 76

Padre Nuestro

«Eliseo, levántate, te toca ser centinela». Eliseo se levantó, vio que era la 1:30 a.m., se puso un suéter y chaqueta, tomó su carabina vacía, la cual, para todo efecto práctico, no era más que un pedazo de madera bien esculpido, y se fue con la sección a relevar a los centinelas.

El comandante del relevo tenía un radio de transistores. Había una noticia sobre la violación y muerte de cuatro monjas americanas por guardias nacionales. Eliseo puso mucha atención: «La noticia en YSKL: cuatro monjas americanas fueron encontradas violadas y asesinadas cerca de La Libertad en la madrugada del 2 de diciembre, según el embajador americano Robert White. No se ha constatado la violación independientemente, pero eso es lo que asegura el embajador americano».

Eliseo estaba seguro de que ésta era la atrocidad que había inducido la Embajada Americana. Era obvio que el blanco de este crimen era el pueblo norteamericano, no el pueblo salvadoreño. Estaba seguro de que el embajador White no iba a permitir que los cadáveres se sometieran a autopsia—primero, porque no había necesidad, y segundo, porque no podía arriesgar quedar de mentiroso.

Tampoco había necesidad de ello: estaban muertas, y si el Sr. Embajador de los Estados Unidos en El Salvador decía que habían sido violadas, la prensa norteamericana no tenía por qué intentar corroborarlo. Hacía mucho tiempo que había dejado de ser prensa que buscaba la verdad—se había convertido en órgano de propaganda en contra de los intereses americanos. Y la violación y el asesinato de las religiosas iba muy en contra de los intereses americanos enunciados por el presidente electo de los Estados Unidos: Ronald Reagan.

White había cumplido su misión.

Para Mario, éste era indicio de que Plan Teta era el que se iba a implementar. Pero si no iba acompañado de un alzamiento popular, el Plan Teta resultaría en un desastre para la guerrilla. Mario recordaba y concurría con las palabras del padre Montes: la atrocidad que pretendía la Embajada

Americana era para el pueblo americano, no el salvadoreño. A menos que el pueblo salvadoreño se sintiera ofendido por la muerte de las monjas americanas, no se alzaría. Por lógica, el plan que debía implementarse era Lisa, no Teta.

La noticia lo hizo orar con más fervor esta noche de que fuera Neto, o sea, el Comandante Guevara, el que hiciera las rondas de los centinelas esa noche, para poder establecer el vínculo con su medio hermano de una vez por todas. Su misión requería ponerse en contacto con Neto. Si no, la probabilidad de éxito se vendría abajo.

Esa noche, sus oraciones fueron oídas.

«Centinela, ¡identifíquese!» Era la voz de mando del comandante Guevara.

«¡Eliseo, de la unidad Héroes del 32, mi comandante!», fue la respuesta del recluta.

«¿Novedades?»

«¡La única novedad es que su madre Gladys y su abuela Estela lo quieren de regreso, mi comandante!»

Esto pasmó al joven guerrillero.

«¿Y cómo sabe usted acerca de mi madre y mi abuela?»

«Su abuela fue mi nana. Soy Mario Tacarello, su medio-hermano. Mi padre, Pepe Tacarello, es su padre».

Neto, sorprendidísimo, sólo pudo decir, «Pero mi madre me dijo que mi padre había muerto».

«No, su padre lo ha estado cuidando toda su vida, sin que usted lo supiera. Y yo apenas lo supe hace unos meses».

Le costó al joven guerrillero recuperarse de esta noticia. Cuando lo hizo, preguntó, «¿Por qué estás aquí, Eliseo?»

Mario había practicado su respuesta a esta pregunta. «Estoy aquí porque queremos sacarte de aquí. Con 'queremos' quiero decir tu madre, tu abuela, tu papá y yo».

«¿Quieres que deje a mis hombres? ¿Que traicione la causa?»

«Neto, digo, comandante Guevara... ustedes no son hombres, ustedes son cipotes, adolescentes. Ustedes no se enlistaron voluntariamente, ¿verdad? Ustedes fueron secuestrados. Estoy aquí para convencerte de que hagas lo que tiene sentido, a la luz de la información que tengo para ti».

«¿Cuál información?»

«La comandante Ana María, Guillermo Ungo, los jesuitas y la embajada americana insisten en una ofensiva a nivel nacional antes de que Reagan asuma el poder. Eso significa tomar todas nuestras fuerzas y atacar todos los cuarteles del gobierno en toda la nación, a principios de enero. La mayoría de los comandantes están en contra de eso porque diluye sus fuerzas y garantiza una derrota en todos lados. El plan alternativo era atacar solamente tres cuarteles del norte y la Fuerza Aérea, declarar un El Salvador Libre al norte y expandirse al resto del país desde ahí.

«La Embajada Americana prometió un evento que podría incitar a un alzamiento popular que necesitamos para tener una ofensiva exitosa, y hoy me acabo de enterar de lo de las monjas. Yo dudo que eso incite a un alzamiento popular. Ese asesinato fue diseñado para impactar al pueblo americano, no al pueblo salvadoreño. Pero la comandante Ana María, Guillermo Ungo, los jesuitas y la embajada quieren una ofensiva general porque creen que es la mejor manera de impedir que Reagan ayude a El Salvador».

Neto asintió y dijo, «Nosotros ya sospechábamos eso cuando los líderes del FDR fueron sacados del Externado y ejecutados el 27 de noviembre».

«¿Qué?» Ahora le tocaba a Mario quedar pasmado.

«¿No sabías eso?»

Mario sacudió su cabeza. «No nos dicen mucho a los nuevos reclutas».

Neto le contó a Mario que, en una operación militar ultraprecisa, lo que parecía ser miembros de la Policía de Hacienda habían entrado al Externado de San José a las 11:30 a.m. del jueves, 27 de noviembre, cabal a la sala donde estaban reunidos los del FDR. Los habían esposado y amordazado y sacado, puestos en un carro, y se los habían llevado, todo en cuestión de 20 minutos. Al día siguiente, todos fueron encontrados ejecutados, incluyendo a Enrique Álvarez Córdova, acribillado a balazos. Se dejó una nota en uno de los cuerpos, diciendo que los responsables eran la 'Brigada General Maximiliano Hernández Martínez', un supuesto escuadrón de la muerte.

Continuó diciendo Neto que alguien les había puesto el dedo, y que se sospechaba que era Leoncio Pichinte, que tenía que haber estado ahí, pero que estaba ausente. Inmediatamente después se había elegido a Guillermo Ungo como presidente del FDR. Y Ungo había dicho que el FMLN mudaría su sede a Managua, Nicaragua. Para sorpresa de nadie, la comandante Ana María estaba en Managua también.

Mario sintió un gran pesar por la pérdida de Don Polo. Era todo un caballero, un prócer de la justicia social. Pero se sentiría mal después. Su prioridad en este momento era convencer a Neto. «Yo no sé si eso fue la embajada, Neto, pero me parece que fue alguien que quería la ofensiva general. Y para enviar el mensaje, mataron a los del FDR—desechables, a diferencia de los comandantes, que se necesitan para la ofensiva».

Mario sabía muy bien que esa acción del Externado no había sido la Embajada; una operación tan precisa y efectiva sólo pudo haber sido hecha por el escuadrón de la muerte jesuita, bajo el control de Ellacuría. Porque Ellacuría definitivamente tenía la motivación: con la adopción de su Plan Teta, el Comandante Ellacuría, para todo efecto práctico, ya era parte de la cúpula del FMLN.

Neto observó lo siguiente, con consternación en su voz: «El atacar por todos lados es suicidio. No hemos podido entrenar con munición verdadera para asegurarnos de que nuestros combatientes puedan pegarle a lo que le apuntan. Seremos carne de cañón».

Mario asintió. «Exacto. Pero mira, Neto, estoy aquí porque yo iré donde tú vayas. Si quieres participar en eso, yo te sigo a la batalla. Pero si en lugar de eso quieres salvar vidas, y no sólo la tuya, sino la de tus compañeros también, entonces yo puedo ayudarte».

Neto se veía confuso. «Dices que estás preparado a morir con nosotros, pero a la vez que estás preparado a derrotarnos. No entiendo».

«Neto, tu mamá, tu abuela, tu papá, todos tenemos un plan para sacarte de aquí. Con ellos. Llevarte a Italia. Tu papá ha obtenido los pasaportes y las visas necesarias para permitir que tú, Gladys y Estela sean ciudadanos italianos y vivan una mejor vida allá».

«Pero estaría traicionando a mis compañeros».

«O salvándolos. Especialmente a adolescentes como ustedes. Mira, la embajada americana, los jesuitas españoles, y los que controlan a Ana María y a Ungo (probablemente los cubanos) están enviándolos a sus muertes seguras. Y a mí también, porque yo te voy a seguir. Pero todo mundo sabe que una ofensiva general fracasará. Y eso significa la muerte innecesaria de todos nosotros los que somos indios. Yo no quiero eso. Hay mejores alternativas al derramamiento de sangre masivo. Y podemos hablar de eso después».

Neto preguntó, «¿Cuál es el plan?»

Mario procedió a decirle a Neto que pasaría el plan de batalla a la Primera y a la Cuarta Brigada, porque ahí estaban Gladys y Estela, para recibir la información.

Esto sorprendió al muchacho. «¿De veras? ¿Por qué están ahí?»

«Porque no tienen otra misión en sus vidas que recuperarte sano y salvo, Neto. Por eso han estado en las Brigadas desde el 10 de noviembre».

Neto se emocionó. En ese momento todo lo que Mario pudo pensar fue que el mayor Zepeda era un genio.

Entonces Neto preguntó: «¿Qué pasa si nos capturan?»

«El plan es que los capturados sean interrogados, no ejecutados, y los jovencitos como tú serán devueltos a sus padres».

Neto vio su reloj y dijo que tenía que seguir, pero hizo esta pregunta: «¿Cómo vas a pasarles esa información?»

«Neto, te lo demostraré cuando me pases el plan de batalla».

«De acuerdo, pero me tengo que ir. Te busco luego».

Mario le advirtió, «Neto, recuerda que tu familia está contando contigo. Y mi vida depende de tu decisión también—igual que la tuya».

Capítulo 77

El Circuito

Al continuar de centinela esa noche, Mario recordó los eventos que lo llevaron hasta este momento.

El mayor Zepeda había llegado a la casa de los Tacarello ese viernes en la noche. Había sido recibido muy calurosamente por el Sr. y la Sra. Tacarello, por Gladys, Estela, la hermana Licha y Mario.

Mario había expuesto el plan, en el cual él se uniría a la guerrilla en Guazapa, conocería sus planes de batalla, y los bajaría físicamente, a través de las maestras, a quienes ayudaría a escapar. Había llegado a la conclusión lógica de que ellas tendrían la mayor probabilidad de escapar, porque les iban a tener compasión. En otras palabras, Mario pensaba que la probabilidad de que un centinela las dejara ir, en vez de dispararles, era grande.

El mayor no decía nada. Como que tenía dudas.

La alternativa que presentaba Mario era ayudar a Neto escapar, y para ello sugería que Gladys estuviera en la Primera Brigada, y Estela en la Cuarta, por si Neto llegaba a uno de esos cuarteles. La presencia de una de sus parientes serviría para identificarlo si llegaba a cualquiera de esos cuarteles. También serviría de motivación para Neto.

Esos eran los Planes A y B de Mario.

Al mayor Zepeda no le gustó ni el Plan A ni el Plan B. «Mire, padre, yo estoy bien con ayudar a las damas a escapar, y creo que es un plan noble. Pero se van a escapar de noche y no van a ir por el camino de tierra, sino que van a bajar por riscos y despeñaderos y si una bala no les pega, podrían tropezarse y caer y quebrarse las nucas o cualquier otro hueso que no las deje continuar, y usted no se va a enterar de eso sino hasta que sea demasiado tarde. Lo mismo le puede pasar a Neto. Entonces su plan físico no funciona.

«Necesitamos un plan sólido. Necesitamos darle un transmisor».

Mario protestó. «Mayor, si encuentran un radio en mi persona, este plan quedará abortado. Y cualquiera que intente subirme uno será registrado. No funciona eso».

El mayor Zepeda se quedó pensando al respecto. Pidió usar el teléfono. Pepe lo pasó a su estudio y le dio privacidad. Al rato regresó el militar y les dijo, «Al cuartel de Transmisiones no se les ocurre otra cosa que no sea radio, pero un radio es demasiado grande como para no ser detectado. Pero me dijeron que tenían un oficial estudiando ingeniería eléctrica en Estados Unidos y me dieron su número. Lo voy a llamar mañana desde mi oficina y les aviso».

Mario no quería esperar a otro día. «Mayor, por favor... llámelo desde acá».

Zepeda regresó al estudio y marcó el número en los Estados Unidos.

El Subteniente Sánchez contestó en inglés. «*Hello*».

«Teniente Sánchez, soy el mayor Zepeda, el S-2 de la Primera Brigada. Los de Transmisiones me dieron su teléfono. ¿Cómo está?»

Sánchez estaba sorprendido por la llamada. ¿Por qué lo estaría llamando un mayor de la Primera Brigada a los Estados Unidos? ¿Tendría que ver con D'Aubuisson? No obstante, Sánchez se limitó a responder, «Estoy bien, mi mayor».

«Bien, Sánchez, déjeme ir al grano. Estamos montando una operación acá, en la que vamos a necesitar que alguien nos transmita desde una elevación. Sin embargo, esa persona no va a poder llevar un radio porque si se lo encuentran se acaba la operación. ¿Hay un microcircuito o algo bien pequeño que pueda esconder en su persona? Tendría que ser bien pequeño para escapar detección».

Sánchez ponderó esto. Si la transmisión iba a ser desde una elevación, requería bien poca potencia para que la señal llegara a su destino, porque no habría obstáculo que le disminuyera la fuerza. Si se transmitía a las frecuencias HF normales del ejército, de alrededor de 70 MHz, requeriría un cristal pequeño para generar la onda portadora. Si se pudiera aumentar la frecuencia, se reduciría el tamaño de los componentes del circuito, y por ende el tamaño del circuito en su totalidad. Pero si quiere recibir también, tendría que incluir componentes para recibir, y eso haría el conjunto demasiado grande. Para eso mejor tratar de llevar radio.

Sánchez contestó. «Mi mayor, la única forma de hacer pequeño el circuito es si sólo se hace para transmitir—nada de recepción».

El mayor lo pensó un momento y dijo, «Está bien, basta que sea sólo transmisor».

Sánchez continuó: «Si el receptor está a 20 kilómetros de línea de vista de la elevación, sin obstáculo que disminuya la fuerza de la señal, entonces un transmisor de Código Morse funcionaría perfectamente. El componente más grande sería la batería, pero esa no la tiene que conectar al circuito sino hasta que tenga que transmitir. Si puede conseguir la batería localmente, no tendría que llevarla consigo, y ése sería el circuito más pequeño posible».

Zepeda dijo, «Hay buen chance de que haya baterías en esa elevación, Sánchez. ¿Qué tan pequeño sería el circuito?»

«Fácilmente podría coserse en la parte interior de cualquier ropa interior o exterior».

«Bien, pero ¿no necesitaría antena también?»

«Mi mayor, sólo un alambre muy corto. La montaña hace de antena».

Zepeda hizo otra pregunta: «¿Cómo vamos a recibir la transmisión de Código Morse?»

Sánchez contestó: «Se podrá recibir en los radios HF que tienen todos los cuarteles. La persona que la reciba sólo va a necesitar papel y lápiz para escribir».

Esto le estaba gustando más y más al mayor Zepeda. Pero tenía más preguntas: «Nosotros escaneamos frecuencias todo el tiempo para tratar de detectar sus comunicaciones. ¿Por qué no podrían hacer eso ellos y detectar la transmisión de Código Morse así?»

Sánchez respondió con toda presteza. «Mi mayor, nosotros no transmitimos HF de noche porque de noche no podemos utilizar la ionosfera como repetidora. No tienen por qué escanearnos ahí. Pero aún si lo hicieran, tendrían que saber Código Morse para entenderlo».

Zepeda estaba satisfecho. Dijo: «Muy bien, Sánchez. Esto me parece una buena solución. ¿Me puede faxear un esquemático de este circuito de Código Morse?»

«¿Ahorita?»

«Sí, es algo urgente, Sánchez. ¿Puede hacer eso?».

Sánchez respondió. «Hay varios lugares de donde puedo faxear, pero dígame a qué número por favor».

El mayor obtuvo el número de fax de Mario y se lo dio a Sánchez, diciéndole, «Ese número es para un fax que está aquí a la par mía. Envíemelo en cuanto pueda. También esté listo para recibir llamadas de Transmisiones. Vamos a necesitar que los ayude a construir el circuito y a probarlo».

«A la orden, mi mayor».

«Buen trabajo, teniente. Estaremos en contacto».

Zepeda colgó y regresó a la sala a decirles del circuito Código Morse, agregando, «Tan pronto el oficial faxee el esquemático, lo llevaré al Batallón de Transmisiones para ver si lo pueden construir. Y lo probarán antes de que entrenemos al padre Tacarello a utilizarlo».

Todas se veían incómodos porque no tenían la menor idea de lo que era Código Morse.

Zepeda se rio. «¿No saben Código Morse? ¡Despreocúpense por favor! Mañana mismo les mando a alguien a enseñarles».

Sus caras reflejaron un poquito de alivio, pero no mucho. Gladys señaló: «Mayor, ni mi madre ni yo cursamos más del octavo grado. ¿Eso es suficiente para que aprendamos?»

Zepeda asintió, y les dijo, «El Código Morse es un sistema para transmitir letras y números. Si saben el alfabeto y los números, ustedes están capacitadas».

El mayor decidió explicarles el componente circuito del plan en más detalle. «Mañana vamos a saber si podemos construir el microcircuito que el oficial faxee hoy. Vamos a tener que hacerle pruebas así que probablemente no tengamos un circuito listo para que el padre Mario juegue con él sino hasta dentro de una semana.

«Suponiendo que el padre Mario lo pueda armar y hacer funcionar, éste va a ser nuestro Plan A: transmitir los planes de batalla de la guerrilla a Gladys y a Estela en las brigadas usando Código Morse. Gladys me los pasará a mí y Estela se los pasará al S-2 de la Cuarta Brigada».

Todos asintieron. Esto sonaba mucho mejor que hacer que dos mujeres bajaran la montaña de noche.

Zepeda continuó: «Ahora bien, el único que transmitirá Código Morse será el padre Mario, quien no podrá recibir. Gladys y Estela sólo podrán recibir Código Morse, no transmitir. Esa era la única forma de asegurar que el circuito fuera bien pequeño».

«Suponiendo que el Batallón de Transmisiones pueda construir el microcircuito, no será utilizado sino hasta después de las elecciones americanas el 4 de noviembre. Eso nos da un mes para aprender y practicar Código Morse. Después de ese mes, Gladys y Estela lo van a poder practicar en los cuarteles, a sus anchas, y si necesitan ayuda, sólo me la piden.

«Pero el padre Mario no va a poder practicarlo una vez esté en Guazapa, y la única vez que lo usará será para cuando transmita los planes de batalla. Eso lo obliga a aprenderlo bien, padre. Tendré al instructor acá todos los días para enseñar Código Morse a Gladys y Estela, así que tendrán que ser ellas las que se lo enseñen a usted cuando pueda venir a casa».

Mario dijo, «Despreocúpese, mayor, lo voy a aprender». Luego hizo la pregunta obvia, «¿Qué pasa si Transmisiones no lo puede construir?»

Zepeda contestó inmediatamente. «Entonces yo me idearé un plan alternativo y se los comunicaré. Pero realmente no se me ocurre nada mejor que su plan con el Código Morse, padre Mario, así que su deber es orar como loco para que lo puedan construir».

Todos se rieron menos Belinda, quien preguntó. «¿Disculpen, pero me podrían explicar por qué el plan requiere que Gladys y Estela estén en los cuarteles? ¿Especialmente ahora que Mario estará transmitiendo en Código Morse, y el ejército salvadoreño sabe Código Morse?»

Zepeda contestó, «Sra. de Tacarello, cuando capturemos a los guerrilleros, Mario y Neto estarán irreconocibles. Vamos a necesitar a alguien que identifique a los buenos, y ese alguien no puedo ser yo, si bajan a la Primera Brigada, y tendrá que ser Estela si bajan a la Cuarta Brigada. Verá, lo último que queremos es que crean que Neto y Mario los traicionaron. Eso pondría en peligro a todos los Tacarello y nadie quiere eso».

Belinda asintió. Zepeda continuó: «Otra razón para que Gladys y Estela estén en los cuarteles es para que Mario le pueda decir a Neto que su madre y su abuela lo esperan en los cuarteles, con el debido grado de sinceridad, porque será verdad. Esto es importante para minimizar el riesgo de que Neto rehúse cooperar y que denuncie a Mario».

Esto fue lo que convenció a Belinda. Al carajo con Neto—a ella el único que le importaba era su hijo.

Zepeda continuó. «Además, queremos un medio más rápido que mensajes bíblicos para comunicar información. Vamos a correr una línea desde una casa adyacente al cuartel, que nosotros controlamos, al centro de comunicaciones del cuartel, que sólo Gladys contestará. Así la hermana Licha puede llamar un número civil, no militar, y hablar con alguien civil, no militar, para pasarle información instantáneamente. Cuando Gladys cuelgue me pasa la información a mí.

«De esta forma nos cercioramos de que los Tacarello—el señor y la señora Tacarello, su casa y su negocio—no estén involucrados en esta operación en lo absoluto. Así también protegemos a la hermana Licha, puesto que estará marcando un teléfono que no está asociado ni con los militares ni con los Tacarello».

Todos asintieron porque tenía sentido. Zepeda dijo, «Como verán, sacar a Gladys y Estela fuera de la casa Tacarello y ponerlas en los cuarteles brindará seguridad para la familia Tacarello, su residencia y sus negocios, aún cuando esta operación haya finalizado».

Todos comenzaban a apreciar a Zepeda. Si bien el plan original de Mario era audaz y atrevido, era Zepeda quien lo había vuelto factible.

Zepeda finalizó su descripción del plan con lo siguiente: «Con este plan de Código Morse, vamos a necesitar expertos en Código Morse a la escucha en la noche, porque sólo a esas horas va a poder transmitir el padre Mario, para escapar detección. ¿Quién podría estar más atento a la transmisión de información que Neto le proporcionará a Mario, que la mamá y la abuela de Neto? Son garantía de que el mensaje sea recibido y se reciba bien».

Mario preguntó, «Mayor, ¿cómo sabré que ustedes han recibido la información, si no podré recibir, sólo transmitir?»

Zepeda respondió, «A grosso modo, padre Mario, una forma simple de hacerlo es usar un sistema de bengalas anaranjadas y blancas que tienen nuestras unidades navales que patrullan la presa del Cerrón Grande. Podremos usar una combinación de número y colores de bengalas para indicar si hemos recibido o no la información. Eso sí—responderemos inmediatamente, para que usted pueda retornar a su lugar habitual rápidamente, sin levantar sospecha. Voy a refinar este plan y le comunicaré la versión final pronto».

En eso sonó el fax, y empezó a entrar el circuito de Sánchez.

Zepeda lo recogió, lo vio y sonrió. Dijo, «Esto va a funcionar, señores. Es un buen plan». Se despidió y se fue.

Eso había sido hace casi dos meses. Mario se tocó dentro de su chaqueta y sintió el microcircuito al que le conectaría una batería y alambres para transmitir. Se había traído dos circuitos, y uno lo había enterrado en bolsa plástica en un lugar seguro. Ya había identificado la cueva de baterías, y tenía acceso a ella. De todos modos, Neto se las podría conseguir también.

Capítulo 78

Igual que Abraham

Mario vio su reloj. Le faltaba una hora antes de ser relevado por el centinela del tercer turno. Así que continuó rememorando los eventos que lo llevaron a Guazapa.

Mario había llegado a la casa ese jueves en la noche, porque intuía que la conferencia con los comandantes iba a suceder el día siguiente. No sabía el lugar ni la hora, así que no iba a poder proporcionarle a Licha o a Zepeda inteligencia alguna. Pero como el Plan 'Morse', como lo había acabado llamando Zepeda, requería que se uniera a la guerrilla, aprovecharía esta oportunidad, porque Marcial y Mayo Sibrián estarían ahí.

Así que llegó a despedirse de todas, aunque Pepe no estaba ahí, puesto que había ido a Italia a hacer arreglos. Estaría de regreso el domingo. No volvería a ver a su padre sino hasta en enero, con suerte.

Fue muy emocional para todos, especialmente para Belinda, que se quedaría íngrima y sola. Pero era el paso que se tenía que dar y todos lo sabían. También quería practicar Código Morse por última vez, porque la próxima vez que lo practicara, iba a ser de vida o muerte.

Realmente le maravillaba lo rápido que Gladys y Estela lo habían aprendido. Lo cual le confirmaba que Licha estaba en lo correcto: la única forma de sacar a los pobres de la pobreza era con educación, aquí y en todos lados.

Y ellas a su vez le habían enseñado muy bien.

Así que esa noche se sentó con Gladys y Estela para picarse mensajes entre sí. Los de Transmisiones les habían hecho circuitos que no transmitían, pero sí creaban tonos para practicar, con todo y botón para picar.

«OK, Marito, píquenos un mensaje, y le responderemos».

Mario picó: «Me han hecho falta»

Gladys picó: «Tenemos que hablar con usted en secreto».

Mario picó: «¿Cuándo?»

Estela picó: «Cuando su mamá se duerma».

Mario picó: «¿En tu cuarto?»

Estela picó. «Sí».

Cuando estuvo seguro de que su madre estaba dormida, Mario se levantó de su cama en piyama y bajó al cuarto de Gladys y Estela. Estaban despiertas en camisón y le pidieron que se sentara en la cama de Gladys.

Gladys le dijo, «Marito, tu amiga la hermana Licha vino un par de días antes de que Don Pepe se fuera para Italia».

«¿Para qué?».

«Para hablar con su papá».

«¿Quieres decir, con mamá y papá?»

«No, sólo su papá. Su mamá había salido a visitar amigas, y supuestamente teníamos que ir al mercado a comprar víveres esa tarde, porque era día del mercado, pero a su mamá se le olvidó darnos dinero y nos quedamos. En eso entró su papá y al minutito entró la hermana Licha».

«¿Así que mi papá no sabía que ustedes dos estaban aquí?»

«No».

«Sigue».

«La hermana Licha le pidió a su papá llevarla a Honduras y a Europa».

«¿Se quiere ir de aquí también?»

«Sí, le dijo que iba a renunciar de monja e iniciar una nueva vida en Europa».

Esto sorprendió a Mario. ¿Por qué no le había dicho algo a él antes? Con gusto la habría ayudado. Algo debió haber pasado. Mario preguntó: «Bien, pero ¿por qué necesita a mi papá para hacer eso? Tiene su visa del viaje a Italia en abril, es válida por un año. A menos que...».

Estela terminó la oración. «Quiere viajar bajo el nombre de Tacarello».

Mario sopesó esto. Licha era muy inteligente. Si había alguna manera de hacer esto sin involucrar a los Tacarello, lo habría hecho. Así que, si se le había acercado a Pepe, era porque era su último recurso.

¿Pero por qué no lo había llamado a él al Externado? La respuesta tenía que ser porque no lo quería distraer de su misión en Guazapa. ¿O porque no lo quería involucrar?

Mario les hizo la pregunta lógica: «¿Por qué no me informaron mis padres de esto?»

Estela contestó: «Ella pidió que no se le dijera nada a usted, porque si usted conocía la razón, podía estar en peligro también».

La siguiente pregunta tenía que ser: «¿Y por qué me lo están diciendo ustedes, entonces?»

Gladys y Estela se volvieron a ver, apenadas. Fue Estela la que le contestó: «Queríamos tenerlo un rato a solas aquí, Marito».

Mario entendió inmediatamente. Y para que entendieran que había entendido, se paró y cerró la puerta del cuarto de ellas y echó llave. Luego se quitó el piyama y se sentó desnudo en la cama de Gladys, diciéndoles, «Les agradezco, pero antes de otra cosa, por favor terminen con lo de Licha».

Mario realmente estaba curioso porque, independientemente de por qué no lo había buscado, querer entrar a Italia bajo una identidad falsa significaba que se estaba escondiendo de alguien. ¿De quién y por qué?

Gladys siguió con el relato. «Su papá le preguntó que por qué tenía que ser bajo el nombre Tacarello. Le dijo que no podía entrar con su verdadero nombre porque necesitaba tener residencia en Italia y ella no la tenía».

Mario sacudió la cabeza. «No. La necesita para su protección. Si no entra como residente, o como alguien con domicilio en Italia, queda registrada en alguna lista gubernamental y estoy seguro de que eso es precisamente lo que quiere evitar. ¿Qué dijo mi padre?»

Estela procedió a relatar la conversación entre Pepe y Licha...

Pepe dijo, «Hermana Licha, usted quiere viajar de incógnito conmigo. Usted quiere ser una Tacarello, no una Licha Novak. Usted debe tener una muy buena razón para querer entrar a Italia sin que la detecten».

La hermana Licha bajó su vista. «La tengo, Don Pepe, pero no puede decirle cuál es. No quiero ponerlo en peligro ni a usted ni a nadie de su familia, mucho menos a Mario, y por eso le pido que no le diga nada a él, tampoco».

Pepe fue a sentarse al sofá junto a Licha, y le dijo, «Normalmente, exigiría saber la razón antes de acceder. Sin embargo, usted es parte importante del plan para sacar a mis hijos de este país, así que, por ahora, no voy a insistir. Sin embargo, yo podría negarla en Honduras, o aún en Italia, una vez mis hijos estén fuera».

Los ojos de Licha se llenaron de lágrimas. Esto afectó a Pepe, quien inmediatamente buscó rectificar su torpeza, diciéndole, «Hermana Licha, discúlpeme por favor. Eso no me salió con la intención deseada. Sería incapaz de hacer eso, pero también sería tonto porque usted podría exponer el rol de mi familia en el Plan Morse, y eso podría ser fatal. Lo que le quise decir, y dije mal, es que me conviene ayudarla. Si usted viaja conmigo como mi esposa».

A Licha se le abrieron los ojos de la sorpresa. «¿Su esposa?»

Pepe preguntó, «¿No es esa la mejor solución? ¿Aparentar ser mi esposa?»

Licha no se esperaba eso, y también estaba el hecho de que había estado con su hijo. No podía sino vacilar.

Dándose cuenta de esto, Pepe le aseguró: «Si usted vacila porque usted estuvo con mi hijo en Europa, le aseguro que no me importa».

Licha no quería exponer su relación con Mario, pero sentía que le tenía que demostrar sinceridad a este hombre, y no sólo rehusar compartir información con él. Entonces decidió contarle lo del Cuco, y cómo Mario la había llevado ahí, y lo había visto todo. Y para cuando terminó de contar la historia, estaba llorando a moco tendido.

Pepe se sentía mal por ella. Los hombres de este país no tenían piedad de ninguna mujer, ni siquiera de una religiosa. Y se sintió apenado por el papel de chulo que Mario jugó en eso. Y ahora se sentía peor por desearla.

Se paró, fue a la barra y le sirvió un vaso de whisky para calmarle los nervios.

Se lo tomó en pocos tragos. Pepe le dijo, «Usted ha sufrido mucho. Me apena el haberle sugerido compartir una cama. No voy a empeorar su situación. La ayudaré con gusto».

Licha lo miró con ojos de agradecimiento y le dijo, «Don Pepe, dígame cuánto le tengo que dar para que me ayude con mis papeles, y le traigo ese dinero mañana mismo».

Pepe le dijo, «Hermana Licha, yo no tengo idea cuánto dinero me va a costar falsificar un pasaporte y los papeles para hacer de usted una Tacarello, y no tengo idea si se puede hacer. Pero supongo que sería menos oneroso y más factible si digo que usted es mi esposa».

«Dígame cuánto, Don Pepe».

Pepe no iba a tomar dinero de esta pobre mujer, pero no lo iba a hacer por nada a cambio, así que se las jugó el todo por el todo, y le dijo, «Nada si viaja como mi mujer, hermana Licha».

Licha sopesó esto. Necesitaba de este hombre, y la condición que le imponía era que se acostara con él. Comparado con todo lo que le había pasado, esto era insignificante. Pero había un problema y decidió abordarlo. «Don Pepe, ¿y su señora?»

Pepe respondió confiadamente. «Eso déjemelo a mí, hermana Licha. Yo creo que con todo lo que estoy haciendo por esta familia, me he ganado el título de Patriarca, como Abraham, y Abraham tuvo dos esposas».

Esto le pareció gracioso a Licha. Pero Pepe le dijo, muy serio, «Lo único que voy a requerir es que me traiga fotos tipo pasaporte mañana mismo, para que me las lleve».

«De acuerdo, Don Pepe».

«Y si vamos a ser marido y mujer, llámeme, Pepe».

«Y usted llámeme Licha, Pepe».

«Muy bien, Licha. Ahora desnúdese».

Licha abrió los ojos, incrédula. «¿En este momento? Pero... ¿no hay nadie en casa?»

Pepe le contestó, «Mi mujer anda visitando amigas y Gladys y Estela andan en el mercado».

«¿Y si regresan, Pepe?»

«Vamos a oír el auto a la distancia, u oiremos a Gladys y Estela llegar por el portón de atrás. Tendrá tiempo para vestirse».

... Estela concluyó el relato con, «Y ahí fue cuando la cabeza chiquita de Don Pepe tomó control del asunto».

«Se cogió a Licha?»

Gladys sacudió su cabeza y dijo, «Por lo que pudimos oír, Licha se la estaba chupando cuando entró su mamá».

Mario exclamó, «¡Jodieron a Abraham!»

Ambas mujeres se rieron, pero en voz baja—no querían despertar a Belinda.

Mario preguntó: «¿Tan bulliciosa era la Licha chupando, que no oyeron el carro de mamá?»

Gladys contestó, a la vez que se quitaba el camisón, «Se le averió el carro a su mamá, así que la tuvieron que venir a dejar».

«Eliseo, tu relevo está aquí». Su relevo efectivamente había llegado, trayendo a Mario al presente, en Guazapa. Gladys y Estela ya no le habían dicho más, porque procedieron a agradecerle de antemano lo que iba a hacer por Neto. No quería seguir recordando porque no había dónde quitarse las ganas en la cueva.

Sin embargo, no podía dejar de hacerse esta pregunta: ¿Licha, de quién te estás escondiendo?

Capítulo 79

Niño Dios en Guazapa

El 24 de diciembre, Mario estaba de centinela en el puesto más sureño del campamento, con un panorama arrebatador de San Salvador, a la derecha, y de Cojutepeque, a la izquierda. A la medianoche, comenzó la detonación de cohetes en todos lados, como parte de la celebración de Navidad típica en El Salvador. Todo lo que pensó Mario fue que los vendedores de cohetes habían vendido mucho producto e iban a tener una feliz Navidad.

Escuchó pasos atrás de él. Se volvió y le ordenó un 'alto' a quien se le acercaba. «Soy yo, Neto. Tengo el plan de batalla».

Esto le dio mucha alegría a Mario. Significaba que Neto había accedido a cooperar con él. Esto era lo que necesitaba el Plan Morse.

Mario le preguntó, «¿Te convenció el amor de tu mamá y tu abuela, ¿verdad?»

A Neto le temblaba la voz, cuando contestó, «No, no fue eso, Mario».

Preocupado, Mario le preguntó, «¿Qué ha pasado, Neto?»

«Nuestras maestras se ahorcaron hoy».

«¿Que qué?»

«Ataron unas camisas que estaban lavando, como para hacerse cuerdas, y las usaron para colgarse de un árbol».

«¿Estaban embarazadas, verdad?»

«Sí, casi cuatro meses de embarazo». Y Neto prorrumpió a llorar.

Mario lo abrazó, pensando, «Sólo son cipotes».

Al calmarse, dijo, «Dejaron una nota que decía que no podían pasar navidad sin sus familias, y maldiciendo la revolución».

Mario sólo pudo pensar que su muerte no iba a ser en vano, si eso había hecho que Neto cooperara con él.

Cuando se hubo calmado del todo, Neto sacó unas hojas de papel. Se quitó su chaqueta y la puso encima de los dos, para que, acurrucados, pudieran encender la lámpara de mano sin que la luz fuera vista por otros.

Con la lámpara de mano, Mario vio los papeles rápidamente, para determinar cuántas transmisiones de Código Morse iba a tomar. Calculó que tres, en tres noches distintas.

Luego los leyó con mayor detalle, y se dio cuenta que su unidad atacaría la Primera Brigada. Para la Cuarta Brigada y Chalatenango había mucha nomenclatura 'CB'. Le preguntó a Neto su significado.

Neto contestó: «Campamentos de los Bolsones No. 1, 2, etc.».

Mario se dio cuenta de que iba a tener que crear un glosario. Eso sería lo primero que tendría que transmitir. Ahora le tomaría cuatro noches completar la transmisión.

Mario le explicó a Neto que necesitaría suficientes baterías para poder transmitir el plan de batalla. Le enseñó el circuito y los alambres que utilizaría. Le enseño el botón miniatura que los del Batallón de Transmisiones le habían puesto para que pudiera transmitir fácilmente.

También le dijo a Neto que si el ataque estaba siendo planeado para el 10 de enero, que iba a tener que poder tener cuatro turnos en los cuales hacerlos. Y también que sería preferible que los dos estuvieran de servicio al mismo tiempo, para que Neto le guardara las espaldas mientras transmitía.

Neto estaba con muchas ganas de ayudar. Mario se atrevió a preguntarle por qué.

Neto dijo, «Esto es suicidio. Nuestros números son demasiado pocos para atacar tanto blanco, y tenemos muy pocos civiles para poner barricadas y ayudar a incitar a que la sociedad civil se nos una».

«¿Es tu opinión, o la de los comandantes?»

«Los comandantes. Aparentemente tuvieron una discusión fuerte en Nicaragua. No regresaron contentos».

Mario preguntó, «Neto, si los comandantes no están convencidos, ¿por qué lo están haciendo? ¿Por qué no simplemente rehúsan atacar?»

Neto contestó: «Los sandinistas en Nicaragua han condicionado su apoyo futuro a una ofensiva general en El Salvador».

«¿Qué?»

«Sí, ellos quieren una Ofensiva General tipo la ofensiva Tet de Vietnam para que tenga el efecto de coartar la ayuda de Reagan a contrarrevolucionarias en El Salvador y en Nicaragua».

¡Claro! Eso tenía todo el sentido del mundo para Mario. El eje URSS-Cuba quería proteger su joya: Nicaragua. Y para proteger a Nicaragua, estaban dispuestos a sacrificar a El Salvador. Si encima del asesinato (y supuesta violación) de monjas americanas, ocurría un ataque a todos los cuarteles por la guerrilla, el Congreso controlado por demócratas podría negar la ayuda prometida de Reagan. Eso garantizaría la supervivencia de la revolución sandinista—no importaba cuántas miles de vidas salvadoreñas se pierdieran.

Mario le dijo a su medio hermano, «Neto, estamos haciendo lo correcto. Sólo gente que considera a salvadoreños inferiores, subhumanos y desechables los puede mandar a una muerte segura».

Neto concordó con eso. Si bien podría decirse que estaba a punto de traicionar a sus comandantes, igualmente se podía decir que sus comandantes los estaban traicionando a ellos. Además, lo que habían hecho con sus maestras era pura maldad. Merecían pagar eso.

Se paró y dijo. «Hagámoslo, hermano». Se abrazaron fuerte. Antes de que Neto se marchara, Mario le recordó lo que necesitaba para transmitir el plan de batalla guerrillero.

«Cuenta con ello».

Poco después de la medianoche del 3 de enero de 1981, una unidad naval que navegaba la presa del Cerrón Grande disparó cuatro bengalas blancas al aire—la señal de que las cuatro transmisiones habían sido recibidas.

Capítulo 80

Igual que Agar

Pepe Tacarello abrió la puerta y saludó con fuerte abrazo a la hermana Licha, quien estaba vestida en atuendo de viaje. Lucía muy guapa y nada religiosa. Belinda sólo la saludó verbalmente.

«¿Nos tiene noticias?» Pepe Tacarello tenía todo listo para su viaje a Honduras. Pero hasta que la hermana Licha lo había llamado para avisarle que llegaba con noticias, no había sabido nada.

La hermana Licha les dijo «Sí, les tengo noticias. La ofensiva tendrá lugar pasado mañana, el 10 de enero. El coronel me dijo que le dijera que estuviera listo para recibir a Neto y a Mario en el cruce fronterizo del Poy el 12 de enero».

«¿Coronel?»

«Sí, Zepeda ascendió a teniente coronel el primero de enero».

«Me suena como buen augurio», dijo Pepe.

La hermana Licha continuó. «Parece ser que el plan que Mario transmitió ya está dando resultados».

Belinda se emocionó. «¿Así que el plan fue transmitido, y ya están actuando al respecto?»

«Sí».

Belinda comenzó a llorar de alegría. «¡Gracias a Dios! ¡Gracias a Dios!»

Pepe preguntó, «¿Y Zepeda está seguro de que podrán transportar a mis hijos y a Gladys y Estela a Honduras?»

«Sí».

Belinda le preguntó a su esposo, «¿Cuándo planeas irte?»

Pepe le respondió que «Bueno, deberíamos irnos mañana. Es que nadie sabe qué va a pasar el 10 de enero, si podremos salir del país o no. Y además, no puedo no estar en El Poy el doce de enero. Mejor estar allá esperando, que llegar tarde».

«Sí», pensó Belinda, «estarás en tu lunita de miel con tu segunda esposa». Pero en vez de decir eso, se volvió a Licha a preguntarle, «¿Está toda empacada?»

«Si, señora, tengo mis dos maletas en el taxi».

«Vamos a traerlas», dijo Pepe. Y mientras Licha le pagaba al taxista, Pepe llevaba las maletas al garaje, a ponerlas en el baúl de su auto.

Al estar todos adentro de nuevo, Licha tímidamente le preguntó a Pepe si tenía su pasaporte italiano.

Belinda se enojó. «Usted lo recibirá mañana cuando se vaya, Licha. Por ahora, sólo hay una Sra. de Tacarello, y esa no es usted».

Con eso, se despidió de ella y se llevó a su esposo a su recámara.

En el cuarto de huéspedes, la que pronto sería la exhermana Licha se desvistió y se vio al espejo. Para casi tener 51 años, se veía bien. Iría a la sede de las Hermanitas de la Asunción en Parías a renunciar y a cobrar su pensión. Luego se iría a Polonia, a unirse al movimiento de Solidaridad fundado por Lech Walesa.

El problema era que no conocía a nadie en Polonia. Y nadie la conocía a ella. ¿Quizás con una ayudadita de su compatriota, Juan Pablo II? ¿Quien por casualidad se encontraba en Italia?

Sintiéndose optimista se puso una camiseta y se metió a la cama.

Arriba, en el dormitorio matrimonial, Pepe le hacía el amor a su esposa. Estaba siendo extra atento y extra lento, porque no quería acabar antes que ella. Quería hacerlo memorable para ella porque estarían separados un buen tiempo.

Pero el prospecto de tener a Licha con él como compañera de viaje hacía difícil que Pepe no eyaculara precozmente. Así que constantemente visualizaba el gol de Pelé en el mundial de fútbol de México de 1970 en contra de Italia, para reducir su excitación.

Su esposa no se había acostado con él todos estos años sin desarrollar la habilidad de leer su mente. «¿Estás pensando en cogerla, no es cierto?»

Eso hizo que Pepe se congelara encima de ella. Ahora el chance de eyaculación prematura era cero, puesto que su órgano se encogía.

Pepe se acostó boca arriba y dijo, «*Moglie*, ¿por qué dices esas cosas? Ya a mi edad no tengo energía para tales cosas. Después de esto, no podré hacer el amor sino hasta que regrese».

Belinda se rio. «Pepe, ¿por qué le mientes a tu esposa? ¿Especialmente una esposa que te deja hacer lo que te da la gana? Lo único que te la paró hoy en la noche fue el prospecto de cogértela. Como si fuera Agar, la segunda esposa de Abraham. Esto, a pesar de que ya se cogió a todos los guerrilleros y a tu hijo. Y hablando de tu hijo, ¿cómo le vas a explicar esto a él?»

«*Moglie*, simplemente le diré que es parte del plan global. No necesita saber más. Si quiere, que ella se lo diga. Yo no tengo por qué».

Belinda se sentó y miró al órgano encogido de su marido.

«Debo de estar en lo correcto, o no te hubiera impactado tanto» le dijo, mofándose. Entonces se paró y salió del cuarto, completamente desnuda.

«¿Adónde vas?»

«Quiero vino».

En lo que la esperaba en el cuarto oscuro, se quedó dormido.

Sólo para ser despertado por una boca mamando su pene. «*Moglie*, me encanta que me hagas eso!» dijo, mientras ponía sus manos sobre la cabeza que estaba entre sus piernas.

«Bien sabes que no soporto el sabor de tu semen, Pepe», dijo su esposa, quien estaba sentada en la cama a su lado.

Sorprendido, Pepe prendió la lámpara de su mesa de noche y vio que entre sus piernas estaba una Licha desnuda, con sus manos atadas a su espalda, y sus nalgas de un color rojo encendido, quien no lo soltaba con la boca, como si eso fuera lo más importante de su mundo.

Belinda había ido abajo directamente al cuarto de huéspedes. Habiéndolo encontrado sin llave, entró y prendió la luz. Licha se despertó sobresaltada. Cuando se sentó en la cama vio a Belinda completamente desnuda y pensó que estaba soñando.

Belinda le quitó las sábanas a Licha, y le dijo que se desnudara. Licha vaciló, y entonces Belinda la tomó de su abundante cabellera y la haló al piso, espetándole, «¡Te dije que te desnudaras, grandísima puta!»

«Está bien, señora», dijo Licha, y procedió a quitarse la camiseta y las bragas. Licha abrió gavetas y encontró corbatas viejas. Tomó un par y le dijo a Licha que se diera vuelta y pusiera sus manos a su espalda, juntas. Licha vaciló momentáneamente y luego se dio la vuelta.

Con la palma de su mano, Belinda le dio cuatro nalgadas fuertes a Licha, que no pudo evitar gritar. Era como que su trasero estaba en llamas.

«Te dije, pon tus manos atrás y juntas, puta».

El instinto protector de Licha, no su mente, la hizo obedecer. En realidad, no estaba para desobedecer a la señora de la casa. Además, no culpaba a Belinda por llamarla puta.

Belinda le amarró las muñecas juntas y bien apretadas con las corbatas. Luego le dijo que se volviera a verla. Belinda la miró de pies a cabeza. Estaba muy bien para una mujer sólo unos pocos años menor que ella. Su esposo la gozaría. Pero sólo porque ella se lo permitiría. Y Belinda quería que Pepe estuviera consciente de esto.

De pronto Belinda abofeteó los senos grandes de Licha. Licha no pudo retener sus lágrimas. Sus senos se le quemaban.

Pero Belinda ignoró sus lágrimas, y le dijo, «Acuéstate en el suelo, boca arriba, puta». Licha obedeció, y Belinda se sentó en su cara, poniendo su vagina sobre la boca de Licha, y le ordenó «Lámeme, puta».

Licha no vaciló. Al minuto se levantó Belinda, la haló de la caballera, hasta que se paró. Como Licha era más alta que Belinda, Belinda la tomó de uno de sus pezones, para halarla tras de ella camino al dormitorio matrimonial arriba.

Al acercarse al cuarto, oyeron los ronquidos de Pepe. Belinda se volvió a Licha y le dijo, «En el cuarto, vas a hacer exactamente lo que yo te diga, ¿me entiendes, puta?»

«Sí, Sra. de Tacarello».

«Escúchame, puta, la única razón por la que sigues viva es porque estás ayudando a mi hijo. Después de que esto pase, es mejor que no te vuelva a ver nunca, ¿me entiendes?»

Licha asintió. Belinda dijo, «Vas a entrar al cuarto y te vas a prender de su pene con tu boca y vas a mamar hasta que yo te diga que pares, ¿entendido?

«Sí, Sra. de Tacarello».

«Bueno, hazlo».

Y por eso era que Licha no se había detenido cuando Pepe se había despertado. No pararía de chupar hasta que la Sra. de Tacarello se lo ordenara.

Siguió chupando el miembro ya erguido, mientras escuchaba a Belinda y a Pepe besarse y tocarse.

Luego escuchó, «Puta, deja de mamar».

Licha dejó ir el pene, y vio cómo Belinda lo tomaba con su mano y lo guiaba hacia su vagina, y vio como el pene de Pepe desaparecía dentro de ella, dejando sólo sus huevos fuera.

No le tomó mucho tiempo eyacular. Cuando se salió de su esposa, Belinda le dijo, «Puta, cómete su semen de mi vagina».

Licha lo hizo. No era el mejor de los sabores pero lo ignoró. De pronto sintió que Belinda la tomó de la cabeza, se tensó y gimió intensamente. Como por un minuto.

Belinda le dijo que cesara. Al rato le dijo ordenó que se pusiera de pie. Belinda se paró y le desamarró las muñecas. Luego le dijo, «Puta, ve a ese sillón cerca de la ventana, siéntate, abre tus piernas bien abiertas y mastúrbate hasta que te vengas».

Lo hizo, y cuando se vino, fue tan intenso, que sus gemidos hicieron que los perros de la calle ladraran.

«Puta, vete a la cama ya».

Obedientemente bajó a su cuarto, y durmió con una sonrisa en sus labios. Se había ganado su pasaporte.

Capítulo 81

¿Cabeza de Ratón o Cola de León?

La que solía ser mansión de Somoza era buena sede para el FMLN en Nicaragua. Ubicada en las afueras de Managua, era lo suficientemente grande para que los cubanos establecieran todas las comunicaciones que la jefatura del FMLN necesitaría para estar en contacto con sus unidades guerrilleras en El Salvador.

Y esa antigua propiedad somocista era lo suficientemente extensa para construir la antena de AM de Radio Venceremos, que no podía estar más que en Nicaragua, por el tamaño de la antena—que jamás podría pasar desapercibida en El Salvador, y por el suministro de energía confiable, estable y cuantioso que requería. Porque para que una señal de AM venza un terreno montañoso, requiere de mucha potencia y esa disponibilidad de potencia no se iba a encontrar en las zonas rurales de El Salvador, o en los Bolsones. Esa clase de potencia requería la infraestructura energética que provee una ciudad como San Salvador... o Managua.

Para las comunicaciones con las unidades guerrilleras en El Salvador bastaba una columna vertebral de repetidoras de pico a pico entre Managua y el volcán de Cosigüina, desde donde había línea de vista con prácticamente todas las alturas de El Salvador, especialmente Guazapa.

Los técnicos cubanos al fin habían completado Radio Venceremos y el centro de comunicaciones en la sede del FMLN en Managua en diciembre de 1980. No fue por coincidencia que, a finales de noviembre de 1980, Guillermo Ungo anunció que el comando del FMLN se mudaba a Managua.

Así que todo estaba listo para la Ofensiva Final el 10 de enero de 1981.

A las 5 pm del 10 de enero de 1981, la primera transmisión de Radio Venceremos, desde la sede del FMLN en Managua, fue ésta: «A las 5 de la tarde de hoy se inició la ofensiva general. El enemigo está perdido; lo tenemos rodeado; la justicia popular ha llegado».

Esto fue seguido por incesantes llamadas a que la población se levantara contra sus opresores y que apoyaran a las unidades guerrilleras atacantes.

Ana María y Ungo sintonizaron la YSKL, la principal emisora salvadoreña, para monitorear la situación. La única noticia que había transmitido es que 6 coche-bombas habían explotado en la vecindad de la Primera Brigada de Infantería. Nada de tiroteos.

Ungo se empezó a poner nervioso. «Ana María, tendrían que estar reportando enfrentamientos por todos lados».

Ana María respondió que «A lo mejor el gobierno está censurando la transmisión».

Eso levantó los ánimos de Ungo. «¡Eso debe de ser!».

Unos minutos después, YSKL anunció que había un incendio en la Segunda Brigada de Infantería en la ciudad de Santa Ana.

Ungo saltaba de alegría. «¡La población se levantará para tomarse la Brigada, Ana María!». La cerebral Ana María se dejó llevar por la emoción y dejó abrazarse por Ungo.

Unos minutos más tarde, la YSKL anunciaba que la población estaba ayudando a los soldados a apagar el incendio.

Esto desinfló a Ungo cual vejiga punzada. «¿Ningún levantamiento popular? ¿Cómo es posible que no haya levantamiento popular?»

A Ana María le estaba empezando a entrar mala espina. Si las transmisiones de radios comerciales estaban siendo censuradas, no habrían reportado el incendio de la Segunda Brigada. Ungo estaba en lo correcto—si hubiera tiroteos o levantamientos, la radio lo estaría informando. Todo lo que Ana María dijo fue, «Camarada Ungo, estamos atacando en todos lados—mejor esperemos que los comandantes nos den parte».

Las siguientes tres horas fueron las más largas de sus vidas. La YSKL seguía hablando sobre un capitán del ejército que había matado al comandante de la Segunda Brigada, y que había incendiado parte del cuartel, antes de huir con algunos soldados rebeldes—¡pero nada más! Mientras tanto, los de Radio Venceremos no paraban de incitar a la población a alzarse.

Finalmente sonó la radio Yaesu. «Base, Base, Mayo aquí. Los de la Primera Brigada incursionaron a las casas de seguridad y estaban esperando a nuestros combatientes ahí. Capturaron a la mayoría de nuestras fuerzas. Es como que hubieran sabido nuestros planes, cambio».

«¿No hay persecución de tus unidades, Mayo?»

«Ninguna».

Ungo le arrebató el micrófono a Ana María, y preguntó: «¿No hay tiroteos por todos lados?»

«Negativo. Todo está tranquilo».

Ungo siguió preguntando: «No hubo ningún alzamiento por la población?».

Mayo perdió la paciencia. «¿Qué no me entienden? ¿Que son brutos? San Salvador, Cojutepeque, Suchitoto—parece una noche como cualquier otra. Dudo mucho que la población esté enterada de que hubo ofensiva nuestra. Ya estoy bien arriba en Guazapa y hay luz en todas las poblaciones. Es obvio que fracasaron nuestros ataques a las presas hidroeléctricas».

Ana María recobró el micrófono y dijo, «Mayo, nos hablas cuando hayas llegado a tu base. Ana María fuera».

Para la medianoche, los únicos otros comandantes que se habían reportado eran Facundo Guardado, que había atacado Gotera, y Marcial, que había atacado en Chalatenango. Ambos iban de regreso a los Bolsones. Reportaron una situación similar a la de Mayo Sibrián. Ninguna ayuda de la población civil, y la mayoría de su gente capturada. Y ellos también dijeron: «Era como que si sabían nuestros planes».

No supieron nada de las unidades que atacaron la Tercera Brigada, Usulután y Zacatecoluca, entre otras.

Guillermo Ungo estaba abatido. No podía creer que no hubo insurrección popular. Ni en Santa Ana, con el cuartel quemándose.

Volvió a ver a Ana María, desencajado, y le dijo: «Ana María, esto es una pesadilla. ¿Cómo pudimos calcular tan mal?»

Ana María permanecía ecuánime. «Camarada Ungo, tuvimos que hacer esto para mantener la colaboración del eje Moscú – Habana – Managua. No teníamos alternativa».

Ungo estaba a punto de llorar. «¿Cómo vamos a poder presentarnos ante el mundo después de esta derrota? ¡Es un desastre!»

Ana María sacó su Browning 9 mm y le apunto a Ungo a la cara. Si quería detener su balbuceo, funcionó.

«Escúcheme, Sr. Presidente del FDR. Eliminamos a su rival odiado, Don Polo, para que usted asumiera el mando político del FMLN. Pero si usted no hace más que llorar como niña, me lo echo a usted también y nombro a cualquiera de sus subalternos para tomar su lugar. ¿Estamos?».

Ungo, ya sosegado, asintió.

Ana María guardó su pistola y dijo, «Vaya a la cabina de Radio Venceremos, dígales que ya dejen de repetir esa pendejada de que el enemigo está rodeado, porque suenan estúpidos, y que digan lo que siempre decimos cuando perdemos—que hubo masacre de mujeres, niños y ancianos. ¿Me entendió?»

Ungo se atrevió a sacudir su cabeza, diciendo, «Pero la gente de El Salvador sabrá que no es cierto».

A Ana María le centellearon los ojos cuando espetó: «¡A mí me vale verga lo que la gente de El Salvador considere ser cierto o falso, Ungo! Eso es lo que le vamos a decir al mundo, ¿entiendes?»

Ungo asintió. Entendía lo que se esperaba de él. «Muy bien, camarada, le entiendo. Eso es lo que nuestros patrones sandinistas esperan de nosotros».

Ana María asintió. «Así es. Ese fue el plan siempre. Pero recuerda que la prensa internacional de todos modos va a decir que proyectamos poderío a nivel nacional. Nos van a pintar muy favorablemente».

Ungo dijo, «Iré a preparar el mensaje para Radio Venceremos».

Al verlo dejar la mansión y caminar hacia la cabina de Radio Venceremos, Ana María tuvo el presentimiento de que esto no iba a acabar bien para ella. Ella fue la que respaldó el Plan Teta, sobre las protestas de todos los comandantes, quienes preferían el Plan Lisa de Marcial. Sin embargo, Fidel Castro había dejado bien en claro que en El Salvador habría ofensiva general y punto. Y cuando los comandantes habían protestado, los Sandinistas habían amenazado con cortar suministros. Realmente no había alternativa.

La razón era puramente geopolítica: la superficie territorial de Nicaragua es de 131,000 kilómetros cuadrados—ya revolucionados; la de El Salvador es de 22,000 kilómetros cuadrados—aún no revolucionados. Geopolíticamente, El Salvador era el peón que sacrificarían para proteger a la reina Nicaragua.

Pero no podían odiar a Fidel. No podían odiar a los jesuitas que habían hecho de todo menos disparar. Y no podían odiar a los Sandinistas que estaban proporcionando todos los suministros y la logística. Y no podían odiar al Embajador White, que había hecho todo lo que podía, y que de todos modos ya se iba.

A la única persona que podían odiar, como resultado de este desastre, era ella.

Capítulo 82

Reunión

Como a las 4 pm del 12 de enero de 1981, dos camiones del ejército se detuvieron en el pueblo de San Ignacio, a 8 km del Poy. Dos hombres se bajaron de uno, y dos mujeres se bajaron del otro, todos llevaban una maleta. Entraron a un restaurante.

Cinco minutos después se subieron a la cama de un pick-up y fueron conducidos hasta el cruce fronterizo de El Poy. Ahí, caminaron hasta el lado hondureño, presentando sus pasaportes italianos. Después de abrir sus maletas para mostrarles a los funcionarios que no tenían más que ropa, salieron de la oficina de migración a los brazos de Pepe Tacarello y la hermana Licha.

Se subieron a la camioneta rentada por Pepe, y condujeron hasta un motel en Nuevo Ocotepeque, llamado 'Casa de Yolanda y Chayito' donde pasarían la noche antes de emprender el largo camino de regreso a Tegucigalpa. Su vuelo de partida para Miami estaba programado para la tarde del 13 de enero. De Miami, volarían para Italia en un vuelo de Alitalia.

Ya en el motel, Estela y Gladys colmaron de besos y abrazos a Neto. El abrazo de Pepe con Mario fue eterno. Zepeda y luego el Teniente Coronel de la Cuarta Brigada les habían advertido que no mostraran afecto, para no denotar relación alguna entre ellos. Era para seguridad de la familia Tacarello. Les había costado, pero lo habían hecho. Pero ahora nada los detenía

Mario pidió dormir un rato. Todavía no se había recuperado de la bajada de la montaña y la caminata hasta la casa de seguridad. Siendo como las 6 de la tarde, Pepe sugirió que todos descansaran mientras Licha y él iban en busca de cena a algún restaurante local. La ordenarían para las 8 pm, lo cual les daba bastante tiempo para descansar.

Licha y Pepe encontraron el Restaurante 'Niña Adelita', donde ordenaron cantidades industriales de baleadas (tacos hondureños), pupusas y horchata, pidiendo que llevaran todo a la Casa de Yolanda y Chayito para las 8 pm. Licha preguntó: «¿Por qué tanto, Pepe?»

Pepe le contestó, «¿No has visto lo esquelético que están esos muchachos?».

A las 8 pm despertaron a todos para comer en el cuarto de Pepe. Neto y Mario no hablaban por la devorada que estaban pegando. Pepe les advirtió que comieran despacio, para evitar indigestión.

Después de comer, Mario respondió a la pregunta que todos querían hacer: «¿Qué pasó?»

«Bajamos de la montaña de par en par el 9 de enero en la madrugada, sin armas, para no llamar la atención. Al llegar a la casa de seguridad encontraríamos las armas necesarias. El plan era llegar con suficiente tiempo para descansar, y luego prepararnos para iniciar el ataque con la explosión de coche bombas.

«Claro que, al llegar a la casa de seguridad, fuimos capturados inmediatamente. A alguien le habían capturado un radio, y con él se comunicaban con Mayo Sibrián, haciéndolo creer que todo estaba bien. Por lo tanto, seguían llegando los combatientes, y seguían siendo capturados. Sin embargo, a Mayo Sibrián o lo alertaron o sospechó algo, porque nunca llegó. El 10% de la fuerza atacante nunca llegó a las casas de seguridad».

Pepe señaló que, «Por eso tu mamá me dijo por teléfono que no se había escuchado nada en San Salvador, que las luces ni habían parpadeado».

Estela dijo, «Es que el plan fue claro. Lo único que tenían que hacer nuestras tropas era catear las casas en los alrededores de los cuarteles». Todo mundo volvió a ver a Estela con sorpresa—¡apenas dos meses en el cuartel y ya hablaba como militar!

Mario continuó. «El coronel Zepeda nos dijo que en las zonas urbanas, estos ataques nunca se llevaron a cabo porque desde el cuatro de enero, los cuarteles empezaron el cateo de casas. Igual que en la Primera Brigada.

«En los cuarteles en zonas rurales, donde no había tales casas de seguridad, su Plan requería un ataque directo por los combatientes que bajaban armados de los diferentes campamentos. Como el Plan especificaba cuál campamento atacaría cuál cuartel, el ejército les tendió emboscadas.

«También nos dijo que, en la Segunda Brigada de Infantería, en Santa Ana, mientras las tropas estaban capturando a los guerrilleros en las casas de seguridad, el capitán Mena Sandoval mató al comandante de la Segunda Brigada y abrió el cuartel para que la guerrilla entrara. Como no les funcionó, él y algunos soldados rebeldes le prendieron fuego al cuartel antes de huir».

Licha preguntó a Gladys y Estela, «Yo le pasé a Zepeda las ubicaciones de los depósitos de armas en la ciudad y también las barracas para albergar a los que iban a tomarse el Paraíso, Chalatenango y Sensuntepeque, en fincas de Don Polo. ¿Les fue útil esa inteligencia?»

Ambas asintieron, pero Estela ahondó diciendo, «Ahí fue precisamente donde fueron a esperar a los guerrilleros. Encontraron el armamento y lo retiraron. Usaron sus barracas de bartolinas». Esta vez, todos se rieron. ¡Estela dominaba la jerga militar a la perfección!

Pepe preguntó a Mario, «¿Cuándo fue que Zepeda te contó todo esto?»

Mario respondió, «Neto y yo fuimos tratados como todo otro prisionero. Nos tenían en el área central de cuartel, bajo vigilancia. Entonces vi a Gladys caminando hacia nosotros con Zepeda. Nos reconoció y por un momento parecía que iba a correr hacia nosotros, pero Zepeda la detuvo.

«Pero sí nos había identificado porque como una hora después, nos llevaron para interrogarnos, pero en vez de pasar al lugar del interrogatorio, nos llevaron a la oficina de Zepeda, quien nos saludó efusivamente, feliz de cómo había resultado el plan.

«Nos dejó ducharnos y limpiarnos en su 'pabellón', que es como llaman a los dormitorios, y nos pusimos ropa que Gladys nos había llevado, que desde luego nos quedó grande porque habíamos perdido bastante peso. Poco después nos subieron a un camión para llevarnos a la Cuarta Brigada, pero con Gladys sentada adelante con el conductor, y nosotros atrás con soldados. Pero antes de irnos llamé a mamá».

Pepe preguntó, «¿Feliz tu mamá?»

Mario contestó: «Sí, pero no pudo decir mucho. Estaba sobrecogida de emoción. Le dije que la llamaría desde acá».

Pepe le aseguró que le hablarían en un rato.

Gladys aportó, «El coronel Zepeda nos dijo que no fraternizáramos, sino hasta que estuviéramos en Honduras. Los soldados chismean y no quería que pudieran hacer conexión alguna con la familia Tacarello. Que actuáramos como si éramos extraños.»

«Fue difícil contener a mamá cuando llegamos a la Cuarta Brigada. El coronel ahí nos puso en dos camiones para mantener las apariencias: mi mamá y yo en uno, y los dos muchachos en el otro. Nos dijo que en el 'Restaurante Luis Diego', en San Ignacio, estaría alguien en un pick-up que nos llevaría a la frontera de El Poy».

Estela indicó que, «Ni en el restaurante fraternizamos—tanto nos machacaron que actuáramos como si no nos conocíamos hasta que llegáramos a Honduras».

Después de unos momentos, Pepe dijo, «Realmente es increíble cómo no hubo alzamiento popular en ningún lado. Hablé con la Sra. de Domínguez ayer y me dijo que todo mundo estaba sorprendido que de que había habido ofensiva porque nadie oyó nada, más que lo del traidor de la Segunda Brigada. Pero que todo normalísimo en San Salvador».

Licha aportó, «Fue gracias a la Reforma Agraria. Esa fue el arma secreta del gobierno».

Mario miró a Licha, tentado a preguntarle por qué estaba aquí. Pero decidió que lo haría cuando estuvieran solos, no enfrente de todos. En lugar de eso, le preguntó a su papá, «¿Papá, ya le hablaste a Fina para que consiguiera el negocio de reconstruir la Segunda Brigada en Santa Ana?»

Pepe se rio. «Eso lo hice antes de hablarle a tu mamá».

Todos se rieron con él.

Después Pepe les preguntó a Gladys y a Estela cómo les había ido con la transmisión del Código Morse.

Estela respondió entusiasmadamente. «¡Fue rebién! Marito comenzaba cada transmisión con 'Neto está aquí conmigo y les manda todo su amor'. Y entonces Estela no pudo decir más. Se sobrecogió de emoción.

Gladys se puso a llorar también. Nadie dijo nada. Era un momento solemne. Neto la abrazó y Gladys se aferró a él, sollozando y diciendo, «Eres mi vida. Eres mi vida».

Estela se paró y fue a abrazar a Mario. «Gracias mi santo, por salvar a mi niño».

Hasta Licha y Pepe estaban emocionados. Era un momento de catarsis. ¡Todo lo que todos habían pasado!

Al rato, Neto se paró y caminó donde Pepe, y le dijo, «Don Pepe, quiero agradecerle todo lo que ha hecho por mí».

Pepe se sintió apenado. «Neto, eres mi hijo. Llámame papá. No tienes nada que agradecerme. Debí haber sido un mejor padre para ti, pero lamentable no fui lo suficientemente hombre para serlo. Espero que ofrecerte una mejor vida en Italia compense todo eso. Ahora abraza a tu padre». Lo hizo, y ambos comenzaron a llorar también».

Pero nadie lloraba más que Licha. No de felicidad, sino de autocompasión. Estaba rodeada de gente que la apreciaba, pero ésta no era su familia. Ella no tenía familia.

Pepe se dio cuenta que Licha estaba quedando fuera, cuando había sido alguien tan importante para este final feliz, y se paró y anunció: «Por favor, todos agradezcámosle su ayuda a la hermana Licha, sin la cual nada de esto hubiera sido posible».

La llegaron a abrazar y ella se dejó, pero nunca se había sentido tan sola en su vida.

Partieron rumbo a Tegucigalpa a las 6 de la mañana del siguiente día. A las 4:30 pm abordaron su avión a Miami en el aeropuerto de Toncontín.

A todos les esperaba nueva vida excepto a Pepe. Tendría que regresar y trabajar más duro para recuperar este gasto. Y la mejor manera de hacerlo era ganarse el negocio de la reparación de la Segunda Brigada. Fina emplearía los mismos dotes que usó con él para que la empleara, de ser necesario.

No obstante, estaba seguro de que el fracaso tan miserable de la ofensiva guerrillera en El Salvador significaba que nunca iban a poder llegar al poder, y que, por lo tanto, mejores tiempos le esperaban a la Ferretería Vesubio. Y les estaba agradecido a Mario y a Licha por eso. Por eso no había dejado que Licha pagara un centavo de su dinero.

Gracias a ella, este gasto se había convertido en inversión.

Capítulo 83

La Rosa Nica

Montes lo había invitado a cenar con ellos. Claro que, con los víveres existentes, la cena era igual al almuerzo que era igual al desayuno: arroz y frijoles. Pero fue amable la invitación, aunque era innecesaria. A menos que hayan llegado a la conclusión que lo único que impedía que fueran juzgados por Dios era Sánchez, porque se les habían vencido los Indultos Negros. O a menos que Elba y Celina querían divertirse un rato porque estos curas eran de todo menos divertidos.

Naturalmente, Ellacuría se unió a ellos. Pero cuando Elba y Celina trajeron el arroz y los frijoles, Sánchez insistió que se sentaran con ellos a comer. Las damas volvieron a ver a Ellacuría quien dijo, «Sentaos, majas».

La plática se cifró sobre Elba, que era originaria de Usulután, pero que, ya casada, se había mudado a Sonsonate, donde su esposo trabajaba en el puerto de Acajutla. Por haber una baja en la actividad portuaria, se quedó sin trabajo, y se mudaron a Santa Tecla, y eventualmente a la UCA, donde su esposo, Obdulio, trabajaba de jardinero. Y vivían en una casita cerca del portón principal de la UCA.

Sánchez había visto esa casita cuando había llegado. Más parecía un cobertizo, con ventanas rotas. Estaba oscuro cuando llegaron, y brevemente le había llamado la atención que el portón de la entrada principal estaba abierto, cuando debía haber estado cerrado. De hecho, parte del portón estaba en el suelo, descubierto por uno de los soldados que se había tropezado en la oscuridad, sobre las barras de hierro negras en el suelo. Pero dada la prioridad de su misión, no podía fijar su atención en ello.

El capitán le preguntó a Elba, «Señora, ¿por qué no me dijo que tenía a su esposo en la UCA? ¡Lo habríamos traído!»

Elba respondió: «Disculpe, capitán, pero cuando usted y su tropa entraron a la UCA, ¿no vieron a nadie?»

«No, señora, las únicas personas con las que nos encontramos fueron ustedes en la Residencia Jesuita».

Elba asintió. «Entonces debe de haber andado comprando materiales...». Volvió a ver a Ellacuría, quien sacudió su cabeza levemente, y Elba ya no dijo más.

A Sánchez le pareció que todos se pusieron tensos. La cena había ido bien pero ya no. Sánchez pensó, «Me están ocultando algo». Pero decidió que, si eso tenía que salir a la luz, saldría sin que él indagara nada. Al fin y al cabo, sus vidas estaban en juego.

Sánchez se volvió a Celina, quien estaba sentada directamente frente a él, y le preguntó si estudiaba. Celina era una muchacha muy bonita de casi 17 años de edad. Y el destino de muchachas salvadoreñas bonitas y pobres era quedar embarazadas y dejar sus estudios, lo cual no era bueno ni para ellas ni para el país, que necesitaba toda la gente educada que podía producir.

«Sí, capitán, acabo de terminar el primer año de bachillerato comercial en el Instituto José Damián Villacorta».

«¿De veras? ¡La felicito, señorita!»

Y volvió a ver a Elba y le dijo: «¡La felicito a usted también, señora!» Elba le sonrió agradecida.

Pero Sánchez le tenía que decir, «Por favor, señora, no vaya a dejar que ningún novio la descarrile de sus estudios. Su hija es bella, pero es más importante la educación que la belleza».

La conversación ligera que Sánchez había comenzado disipó la tensión. Cuando todos terminaron de comer, Elba y Celina recogieron los platos y ya no volvieron.

Entonces Ellacuría le dirigió la siguiente pregunta al capitán, «¿Cuándo regresó usted al país, capitán?»

«En 1982».

«¿Y cómo encontró al ejército, capitán?»

El capitán no vaciló. «Más profesional, más numeroso y mejor equipado que antes, padre».

«Usted estuvo en la Operación de San Vicente, verdad, capitán?» La pregunta de Montes sorprendió al capitán. Pero contestó con toda la normalidad del mundo, «Muchos estuvimos. ¿Por qué?»

«Recuerdo haber visto una foto suya a la par de una reportera de la revista *Time*».

El capitán se acordó de la guapa reportera. «La recuerdo, solía ser bien pro-sandinista, pero luego se desilusionó con ellos. Fue muy amable con nosotros en San Vicente. Debió haberle parecido buena la operación».

Ellacuría preguntó: «¿Y a usted qué le pareció la operación, capitán? Fue la primera montada por los americanos y se le dio mucha publicidad, diciendo que era para ganarse los corazones y las mentes de la población».

Sánchez no vaciló. «Pues mire, padre, las mentes y los corazones de la población se ganaron con la Reforma Agraria de 1980. Por eso fue que la ofensiva general de 1981 fue tan desastrosa. Y esa es la razón por la cual ustedes están teniendo una Cruzada de Cipotes en este momento».

Ellacuría se crispó con ese comentario. Pero ni modo. Al hablar de estas cosas no podía estar preocupándose de herir sensibilidades.

Pero Ellacuría no dejó que eso lo detuviera de preguntar: «¿Qué le parecieron los asesores americanos, capitán? Hemos sabido que son arrogantes».

El capitán se encogió de hombros. «Algunos sí lo son, otros son buena gente y otros son buenísimos. No están aquí por sus virtudes diplomáticas. Son muy profesionales y entregados a la causa. Y muchas veces les vale un bledo las órdenes de sólo entrenar y no participar en situaciones de combate».

«¿Combaten?»

«Se exponen. El asesor americano de comunicaciones en esa época, un americano nacido en el Ecuador llamado Giordi Yáñez, me acompañó a subir a la cumbre del Volcán de San Vicente, en busca de una repetidora de Rosa Nica. Yo lo traté de disuadir, porque era situación de combate, pero él me dijo, 'Yo voy contigo, mi hermano, porque aquí me estoy aburriendo'.

A los jesuitas les pareció extraño el término 'Rosa Nica', pero supusieron que era un código militar y no preguntaron.

Ellacuría indagó: «¿Subieron con una unidad?»

El capitán sacudió la cabeza. «No. El comandante me había dado la ordena a mí de subir a ver si había repetidora de Rosa Nica, y me dijo que tendría que subir sólo porque las unidades estaban ocupadas. Que un helicóptero me llevaría hasta donde estaba la última unidad, y que de ahí subiera sólo».

Montes arqueó una ceja. «¿No le pareció extraño eso, capitán? ¿Qué lo enviaran en una misión tan peligrosa, sólo?»

El capitán respondió: «Es la clase de misión con la que uno de teniente sueña, padre. Pero yo le pregunté por qué no podía simplemente observar desde el aire, y me explicó que era helicóptero desarmado, y que podía recibir fuego sin poderse defender. Me le cuadré y me fui a preparar.

«Camino al campo de fut, donde estaba el helicóptero, me vio el asesor y corrió hacia mí y me preguntó que adónde iba. Como no lo disuadí, fue a traer su equipo y se subió conmigo al helicóptero.

«El helicóptero nos dejó en un claro donde había soldados, como a una elevación de 500 metros. Eso nos dejaba con una subida de kilómetro y medio hasta la cima, a pie».

Montes preguntó. «Se encontraron con guerrilleros?»

«Con ninguno. Y tampoco había repetidora. Pero yo ya sabía que no encontraríamos nada».

Esto le pareció curioso a Montes. «¿Por qué, capitán?»

«Porque si a mí me hubiese tocado diseñar el sistema de Rosa Nica, yo tendría una antena AM enorme en un lugar con bastante energía eléctrica para suplir la debida potencia, y en El Salvador, eso sólo se puede hacer en áreas controladas por el gobierno.

«Por lo tanto, la Rosa Nica sólo puede estar en Nicaragua».

Montes tuvo que preguntar, «¿Es Rosa Nica el nombre que ustedes le daban a Radio Venceremos?»

«Es el nombre que le doy yo, padre».

Los jesuitas no preguntaron por qué. Pero Montes sí preguntó por qué AM.

Sánchez procedió a explicar las bondades de AM, para vencer terreno montañoso—sólo requería aumento de potencia.

La pregunta de seguimiento de Montes fue, «¿Por qué no FM?»

«Porque si no hay línea de vista, por mucha potencia que tenga la señal, no pasa de un lado de la montaña a la otra».

Ellacuría apuntó: «Pero nosotros la escuchábamos en FM también. ¿Cómo iba de AM a FM?»

El capitán explicó que simplemente se conectaba el audio de un receptor AM barato, a un transmisor FM (un radio de campaña PRC-77 de las decenas de miles que el ejército de USA dejó en Vietnam, por ejemplo) y si ese transmisor FM está en una altura, esa señal le llega a todo receptor que tenga línea de vista con esa altura.

Si escuchaban a la Rosa Nica en FM en la UCA, era una retransmisión de FM de Guazapa, por ejemplo. Y para eso no se requería una estación comercial. Bastaba tener el retransmisor en una casa de un caserío en Guazapa, para que se escuchara en San Salvador.

«Pero sin Rosa Nica en AM, no hay Rosa Nica en FM».

Ellacuría lo regañó. «Capitán, su nombre es Radio Venceremos, no Rosa Nica».

El capitán blanqueó sus ojos. «Padre, en la Segunda Guerra Mundial, las fuerzas japonesas tenían una estación propagandística, conocida como la Rosa de Tokio. No hacía más que mentir y mentir.

«La similitud entre esa estación propagandística y la de ustedes es notable, así que, como a esa Rosa la llamaban Tokio por su ubicación, yo llamo la estación propagandística de ustedes la Rosa Nica, porque está en Nicaragua».

Montes se mostraba escéptico. «Pero nosotros hemos visto video de televisión donde Radio Venceremos está en Perquín, El Salvador, no en Nicaragua».

El capitán se rio. «Esos radios civiles de 'onda corta' no durarían dos días en las condiciones de suciedad, humedad y calor de esos lugares. Y necesitarían energía eléctrica fiable que no hay en Perquín. Y si hubiera estado en Perquín, habría sido encontrada por las tropas ya. Especialmente si cada vez que transmitían, tenían que encender un generador, y esos se oyen a la legua.

«No, señores, la Rosa Nica está en Nicaragua, porque un activo tan valioso, que también es usado para transmitir mensajes del alto mando del FMLN (que se encuentra en Managua, por cierto), jamás lo arriesgarían innecesariamente en zona conflictiva, cuando es más fácil y seguro tenerlo en Nicaragua, fuera del alcance de las tropas salvadoreñas».

Los jesuitas no sentían la necesidad de decir nada. Sánchez continuó. «Tuvieron que hacer ese video para ocultar el hecho de que una nación extranjera, en este caso, Nicaragua, estaba interfiriendo directamente—no indirectamente—en el conflicto salvadoreño. Eso habría incitado a una mayor acción de Reagan y eso pone en peligro, no sólo a la guerrilla en El Salvador, sino el régimen Sandinista en Nicaragua. Por eso hicieron ese video propagandístico de que Radio Venceremos estaba en El Salvador y no en Nicaragua».

Los jesuitas no intentaron convencerlo de lo contrario.

El capitán continuó. «La Rosa Nica es igual de mentirosa que la Rosa de Tokio. La primera transmisión de la Rosa Nica fue ésta, el 10 de enero de 1981: 'A las 5 de la tarde de hoy se inició la ofensiva general. El enemigo está perdido; lo tenemos rodeado; la justicia popular ha llegado'.

«Y eso acabó de comprobar que esos pobres mentirosos estaban en Nicaragua, porque en El Salvador, salvo por la traición de la Segunda Brigada, no pasaba nada. Siguieron transmitiendo eso por horas, y en San Salvador todo lo que se oían eran grillos, según me cuentan mis colegas, parientes y amigos. No fue hasta que les llegaron los partes de situación a la cúpula del FMLN en Managua, que callaron a la Rosa Nica, porque estaba haciendo el ridículo».

Ellacuría siguió hurgando. «¿Alguna vez encontró alguna retransmisora, capitán?»

«Esa no era mi misión, padre. Mi misión era asegurar las comunicaciones para las unidades militares en combate. Y nadie me pidió nunca callar esa estación, tampoco».

Ellacuría dijo, «Qué bueno, porque eso permitió a la población escucharla muy bien».

El capitán se encogió de hombros y dijo, «¿Sabe, padre? La población japonesa escuchó la Rosa de Tokio durante toda la Segunda Guerra Mundial. Transmitía en inglés 75 minutos al día, durante su programa 'La Hora Cero', en Radio Tokio. El resto del día, Radio Tokio repetía en japonés lo que la Rosa de Tokio decía en inglés: una gran cantidad de victorias japonesas y una gran cantidad de derrotas americanas.

«Ahora bien, mientras la Rosa de Tokio proclamaba todas esa victorias japonesas y derrotas americanas, el Almirante Nimitz estaba destruyendo la flota naval japonesa en Midway, el Mar del Coral y el Golfo de Leyte. Mientras esas transmisiones continuaban sin impedimento alguno, el General MacArthur iba de isla en isla, destruyendo las fuerzas japonesas en Iwo Jima, Okinawa y las Filipinas».

Ellacuría pensaba, «Aquí viene otra maldita lección de historia».

El capitán continuaba. «¿Creen ustedes que Nimitz y MacArthur se preocupaban de las mentiras que espetaba la Rosa de Tokio? Para nada. ¿Saben por qué? Porque mientras la Rosa y la Radio de Tokio proclamaban grandes victorias sobre los americanos, las cartas que los soldados y pilotos y marinos japoneses escribían a casa decían, 'Los amo, pero voy a morir. *Sayonara*'.

«¿Y saben qué? Cuando de pronto ya no regresaban a casa los jóvenes Asoko, Chikao, Haruto, Mitsuo y todos esos hijos, padres y hermanos, entonces, cuando alguien encendía el radio y había una transmisión de la Rosa y la Radio de Tokio, los parientes y amigos sobrevivientes decían, '¡Apaguen esa mierda de radio! ¡No son más que puras mentiras las que dice!'

«Pero lo decían en japonés, desde luego».

Ellacuría se hartó de tanta historia y fue al grano: «Bueno, pero el carnicero de Monterrosa escuchaba a la Rosa Nica, digo... Radio Venceremos».

El capitán sacudió la cabeza. «Nunca escuchó a la Rosa Nica, y nunca dijo que quería silenciarla. ¿Saben por qué? Porque mientras la Rosa Nica proclamaba todas esas victorias guerrilleras y todas esas derrotas de Monterrosa, muchos de la audiencia de la Rosa Nica de pronto tenían que salir huyendo porque se acercaban las tropas derrotadas o diezmadas de Monterrosa persiguiendo a los guerrilleros vencedores que huían.

«Y si eran madres y padres de guerrilleros los que escuchaban, de pronto llegaban a decirles que su hijo Juan, o Francisco o Demetrio había muerto en batalla contra Monterrosa.

«Y últimamente, mientras la Rosa Nica proclamaba grandes victorias sobre el ejército salvadoreño, venían reclutadores de la guerrilla a decirles a mamá y papá Cruz que necesitaban que sus hijitos o hijitas de 9, 10 u 11 años fueran a pelear con la guerrilla porque sus hijos de 12, 13 y 14 años habían muerto combatiendo al ejército salvadoreño.

«¿Y adivinen qué? La siguiente vez que alguien encendía el radio y la Rosa Nica estaba transmitiendo, proclamando grandes victorias, los parientes y amigos sobrevivientes decían, '¡Apaguen esa mierda de radio! ¡No son más que puras mentiras las que dice!'

«Pero esta vez lo decían en español».

Capítulo 84

Paliza en El Mozote

«No, capitán, lo que la Rosa Nica... digo, Radio Venceremos, difundía sobre Monterrosa, era que era un carnicero».

El capitán le respondió: «Lo que la Rosa Nica nunca va a admitir es esto: el coronel Monterrosa le metió paliza tras paliza a la guerrilla por todo oriente, muy similar a lo que hizo el gran general cartaginés Aníbal, dándoles palizas a los romanos por toda la península italiana».

Ellacuría exclamó: «¡Su Aníbal cometió una masacre en El Mozote!»

¡A esto era lo que Ellacuría quería llegar!

Sánchez preguntó, «Sacerdote, ¿quién proclamó la masacre del Mozote?»

«Radio Venceremos».

Sánchez se rio. «Por definición, si la Rosa Nica lo proclama, no es más que una mentira».

Ellacuría no cejaba. «Usted no estuvo ahí, así que usted no conoce los hechos. Fue una masacre desenfrenada de civiles».

«Momento, sacerdote. ¿Estaba usted ahí?»

«No».

El capitán se rio. «Bueno como que ya somos dos los que no estuvimos ahí... tres, si incluye la Rosa Nica, que no pudo haber estado ahí, porque estaba en Nicaragua».

Antes de que la mente llena de odio de Ellacuría pudiera formular respuesta, el capitán le ofreció un ramo de olivo. «Mire, padre Ellacuría, es una noche agradable. Gocémosla. Usted y yo estamos del mismo lado en esto, puesto que ninguno de los dos estuvimos ahí. Póngase cómodo y dejemos que la lógica se encargue de esclarecer lo que pasó en El Mozote. Déjeme tejer el hilo lógico, y que su prodigiosa mente me diga dónde estoy equivocado, ¿le parece?»

El que contestó fue Montes. «Suena bien, capitán».

El capitán comenzó. «La misión de los batallones de infantería de reacción inmediata (BIRIs) entrenados por o en los Estados Unidos era brindar un batallón de infantería adicional para los cuarteles cuyas unidades eran insuficientes para lidiar con la presencia guerrillera en su área de operaciones.

«En el caso del departamento de Morazán, el único cuartel era el Destacamento Militar No. 4 (DM-4) en San Francisco Gotera. El DM-4 tenía suficientes efectivos para controlar la parte de Morazán al sur del Río Torola. Los campamentos guerrilleros al norte del Río Torola, como El Mozote y La Guacamaya (los más cercanos al río Torola), entrenaban tranquilos y se dedicaban a incursionar al sur del Torola para hostigar a las tropas del DM-4.

«A finales de 1981, el BIRI Atlacatl, entrenado por los americanos en El Salvador, estaba listo para entrar en acción. Una de sus primeras misiones fue apoyar al DM-4. Y el comandante del DM-4 le ordenó atacar los campamentos guerrilleros al norte del Río Torola.

«Bajo el mando del teniente coronel Monterrosa, el Atlacatl atacó y combatió tal y como fue entrenado por los americanos. Y la guerrilla, totalmente desacostumbrada al combate frontal, no pudo detener a la aplanadora que era el Atlacatl.

«Cuando atacó la escuela de guerrilleros en La Guacamaya, los guerrilleros más experimentados se quedaron a pelear y murieron. Los más bisoños—la mayoría, que eran jovencitos imberbes, gracias a la ofensiva catastróficamente fallida de enero de 1981—salieron huyendo hacia el campamento guerrillero más cercano, que era El Mozote. El batallón Atlacatl los persiguió—tal y como fueron entrenados.

«Los guerrilleros en huida llegaron al Mozote diciendo que había un batallón del ejército atacándolos con todo tipo de armamento. Reportaban que eran como 600 soldados. Los comandantes del Mozote conocían la regla de 3 a 1: para que una fuerza atacante pudiese vencer a una fuerza en posición de defensa, tendría que tener tres veces el número de efectivos que tenían los defensores.

Pidieron refuerzos de los campamentos de Perquín, San Fernando y los Bolsones, sabiendo que, en poco tiempo, tendrían a 2000 guerrilleros en El Mozote para enfrentar al Atlacatl. Según la regla de 3 a 1, la derrota del Atlacatl estaba asegurada, puesto que cuando mucho, tenían un sexto de la fuerza necesaria para vencer.

«¿Por qué El Mozote? Porque era un caserío que estaba en la elevación más alta de su entorno. Por eso se había apoderado la guerrilla de ese caserío de 300 civiles. Ya estando ahí, la guerrilla había preparado el terreno con fosas, trincheras y túneles, y habían erigido barricadas.

«La vez anterior que un batallón de 300 efectivos del DM-4 había atacado al Mozote, la elevación del Mozote, junto con la preparación de su terreno, había permitido a 200 guerrilleros repeler ese ataque. La regla de 3 a 1 había funcionado perfectamente esa vez.

«Esta vez iban a tener a dos mil guerrilleros ahí, para enfrentar al Atlacatl. Era el lugar perfecto para acabarse al BIRI.

«Los comandantes guerrilleros tenían una alternativa: trasladarse a Honduras temporalmente, donde no los podía perseguir el Atlacatl, para observarlo y determinar la mejor forma de enfrentarlo u hostigarlo.

"Pero esos comandantes, que provenían del Externado, de la Universidad Nacional y de la UCA, eran muy buenos con los números. Y los números les eran favorables. Entonces, se quedaron a combatir.

«El problema que no previeron los comandantes guerrilleros era que Monterrosa no era bueno para los números—él sólo era bueno para combatir. Y atacó al Mozote con todas las armas que su batallón había sido entrenado a utilizar, especialmente morteros. Por muy buenas sus defensas, los guerrilleros no se podían defender de los morteros de Monterrosa.

"Y con las cabezas agachadas, los que sobrevivían los morteros no podían dispararles a los soldados del Atlacatl que aprovechaban para avanzar cuesta arriba. Cuando menos sintieron, los soldados del Atlacatl estaban encima de ellos.

«La guerrilla sufrió una paliza contundente en El Mozote. Los que sobrevivieron salieron huyendo y no pararon hasta cruzar a Honduras, dejando atrás cientos de muertos sin enterrar.

«Y el Atlacatl, tal y como fue entrenado, los persiguió hasta la frontera— no se quedó a enterrar muertos.

«Luego de encontrar los campamentos de Perquín y San Fernando vacíos, porque los guerrilleros sobrevivientes huyeron a la seguridad de Honduras, el Atlacatl recibió órdenes de girar al sudoeste, haciendo un barrido del lado oeste del Cerro Cacahuatique, que está entre los departamentos de San Miguel y Morazán.

«Cuando llegaron a la Tercera Brigada en la ciudad de San Miguel, se subieron a sus camiones y regresaron a su sede en occidente».

El capitán hizo una pausa, por si los jesuitas tenían algo que decir. Como no dijeron nada, continuó. «Cuando los civiles del Mozote, que habían huido al monte para escapar las balas, regresaron a su caserío, vieron y olieron los cuerpos de cientos de guerrilleros muertos.

«¿Quién los iba a enterrar? ¡Ellos! ¿Y cómo los iban a enterrar? Como todo mundo entierra cantidades industriales de muertos desde que el Rey David mataba a miles de filisteos: cavando fosas poco profundas, tirando a los muertos en ellas y cubriéndolos de tierra.

«Pero nadie en El Mozote estaba llamando lo sucedido otra cosa que no fuera una gran victoria militar para el Atlacatl, y una gran paliza para la guerrilla. Ciertamente no decían que era una masacre desenfrenada de civiles, puesto que los civiles habían huido de la batalla, como los civiles normalmente lo hacen. Y la prueba de que huyeron es: ¿quién más pudo haber enterrado a los guerrilleros muertos?

«El alto mando de la guerrilla en Managua ahora se enfrentaba a un problema: el Batallón Atlacatl era tan sólo el *primero* de una serie de BIRIs que estaban siendo entrenados por los Estados Unidos, tanto en aquel país como en El Salvador. Venían más.

«Los comandantes Ana María y Marcial se sentían como que tenían una maldición de bruja de Izalco sobre sus cabezas. Empezaron el año con una gran derrota (la ofensiva general de enero de 1981), y lo están acabando con otra. Y el futuro les deparaba aún más.

«¿Qué podían hacer? La respuesta la formularon después de una conversación con sus comandantes vapuleados, que probablemente sonó algo así:

'Cuántos murieron, comandante?'

'Cientos, comandante Ana María.'

'¿Quién los enterró?'

'Nosotros no, comandante Ana María.'

'Entonces la población local probablemente los enterró en fosas poco profundas. Gracias comandante, estaremos en contacto.'

«Fue entonces que Ana María y Marcial y Ungo decidieron que el único chance que tendrían de sobrevivir esta guerra era si lograban impedir que siguieran entrenando BIRIs, acusando al primer BIRI de una masacre. Y ahí fue cuando la Rosa Nica empezó a gritar 'masacre' por primera vez.

«Los americanos inmediatamente enviaron un equipo de forenses al Mozote, ahora que el DM-4 había logrado el control de la zona. Y tuvieron que haber concluido que lo del Mozote no fue más que una gran victoria militar para el Atlacatl, porque siguieron entrenando BIRIs y siguió la ayuda norteamericana.

«Ahora bien, señores, llegan estos americanos y preguntan a la gente '¿haber masacre?' y la gente pudo haber dicho '*yes*, haber masacre'. Pero la gente del Mozote en 1981 jamás dijo que había habido masacre. Lo que dijeron fue 'haber tremenda paliza, *míster*, y malditos sean por no enterrar a sus muertos.'

«Y con toda probabilidad estaban felices de ya no tener a esos tipos armados dándoles órdenes, para poder volver a sus vidas normales».

Ellacuría lucía como que quería llamar a Monterrosa un carnicero otra vez, pero como no quería sonar repetitivo, y no se le ocurría un sinónimo adecuado de todos modos, así que se quedó callado.

El capitán puntualizó lo siguiente: «En todo este tiempo que he estado en El Salvador, desde que regresé, jamás oí a nadie mentar al Mozote. Nunca. Pude haber oído a alguien hablar de las lunas congeladas de Júpiter, pero nunca nada del Mozote.

«¿Por qué es que ocho años después, vuelven a hablar del Mozote? Porque Reagan ya no es presidente y porque los demócratas controlan ambas cámaras del Congreso (su única esperanza, ya que la Unión Soviética cayó).

«Pero también porque la guerrilla ha tenido ocho años para enterrar todo lo que han podido ahí—muertos de otros campamentos vecinos, como La Guacamaya, donde entrenaban a cipotes; mujeres que murieron dando a luz, bebés que murieron de enfermedad, niños y niñas guerrilleros que pusieron de carne de cañón y ancianos muertos de vejez.

«¿Por qué? Sólo para poder decir, hoy día, que Monterrosa masacró a miles de mujeres, niños y ancianos—cosa que no podían decir en 1981, cuando la población del Mozote nunca superó los 300 civiles.

«Si bien es mentira, Joseph Goebbels decía que una mentira dicha frecuentemente se convierte en verdad. Y por la situación militar tan precaria en que se encuentra la guerrilla—atacando San Salvador con niños y niñas combatientes—necesitan que esta mentira se convierta en realidad, para escapar una aniquilación total.

«Y esa es mi teoría sobre El Mozote. ¿Preguntas?»

Los jesuitas sacudieron la cabeza. Estaba en lo correcto, especialmente respecto al propósito de la mentira. Y además, el que la podía desmentir—el coronel Monterrosa—había muerto en 1984.

Capítulo 85

Mística

Pero el odio de Ellacuría no guardó silencio mucho tiempo. Y reiteró: «Toda su lógica no desdice de esta realidad, capitán: Monterrosa era un carnicero».

El capitán sacudió su cabeza. «Usted escucha a la Rosa Nica demasiado, sacerdote». Pero entonces decidió tomar la ofensiva. «Sacerdote, déjeme contarle acerca de un verdadero carnicero. No le sé el nombre, pero a lo mejor uste me puede ayudar a identificarlo.

«Verá, una de las veces en la que estaba apoyando al Coronel Monterrosa, había pasado la noche en el Cerro de Cacahuatique. Al siguiente día bajé en un helicóptero de suministros a la Tercera Brigada. Camino a San Miguel, al helicóptero lo desviaron a Usulután para evacuar a un soldado herido.

«El helicóptero aterrizó y se acercaron algunos soldados cargando al soldado herido. Como no había mucho espacio, el soldado herido de bala en la cabeza quedó en mis brazos. Para cuando aterrizamos en la Tercera Brigada, yo estaba completamente bañado en la sangre del pobre soldado.

«El oficial de suministros me dio uniforme nuevo para que me cambiara. Para cuando me había bañado y cambiado, el helicóptero se había ido en otra misión, así que yo estaba varado en la Brigada.

«Estaba platicando con el Capitán de Cuartel, un amigo mío, cuando se le acercó un soldado para decirle que había una camioneta de la Cruz Verde, que pedía un documento que le permitiera viajar al norte sin ser detenidos.

«Mientras el Capitán de Cuartel atendía al conductor de la Cruz Verde, quise ver quiénes eran los que estaban en el vehículo, que había quedado estacionado dentro de la Brigada, custodiado por soldados.

«Me le acerqué al jovencito que estaba sentado en el asiento de enfrente, a la par del asiento del conductor. Parecía tener no más de 15 o 16 años. Y no tenía ojos. Y luego me di cuenta de que tampoco tenía manos.

«Exclamé, '¡Dios mío, hijo! ¿Qué te pasó?'—¡Le tuve que decir hijo porque era tan jovencito!

«Me respondió, 'Nos dieron la orden de hacer minas para ser usadas contra los soldados, y una nos explotó en nuestras caras. Los otros que vienen conmigo también están ciegos. Pero yo además perdí mis manos'.

El capitán pausó y miró directamente a Ellacuría, y le señaló que, «Cuando esos cipotes estaban haciendo las minas, ya había ocurrido la Reforma Agraria, Duarte ya era presidente, y en El Salvador ya había democracia.

«Dígame, sacerdote, ¿quién fue el carnicero hijo de la gran puta que condenó a esos pobres cipotes a hacer minas para matar o dejar mutilados cuantos pobres indios pudieran, o a una vida sin vista y sin manos, en vez de luchar a brazo partido por hacer que el país se volcara a la educación— como lo hizo Costa Rica el siglo pasado?

«¿Usted sabe... para que pudieran llevar una vida buena y productiva, para forjarse un destino tan brillante como sus talentos le permitieran?»

¿Era esa una lágrima en el ojo de Ellacuría? Una visión mental de un cipote sin ojos y sin manos había estremecido al jesuita. Quizá si lo hubiera visto en persona, se hubiera vuelto un verdadero activista por la paz, no por la guerra.

Pero el capitán quería puntualizar una cosa más. «Caballeros, ¿saben lo que es mística?»

Antes que le dieran una definición de diccionario, Sánchez procedió a explicar. «Mística es aferrarse apasionadamente a una norma de actuación. Ninguno de los BIRIs fue creado con una mística de asesinar civiles. Es más, el evitar la muerte de civiles es algo que se ha vuelto doctrina en los Estados Unidos desde que fue acusado de hacerlo en Vietnam. Fue bajo esta doctrina que se crearon los BIRIs.

«Otro componente de la mística de los BIRIs era ganarse los corazones y las mentes de la población—que es lo contrario de andar matando civiles, ¿no es cierto?

«Y finalmente el tercer componente orgánico de la mística de los BIRIs era: al tener enfrente al enemigo, darle con todo hasta acabárselo.

«Cuando Monterrosa ascendió a coronel, y lo hicieron comandante de brigada, impartió esa mística a la brigada. Recuerdo que en una operación yo estaba monitoreando las comunicaciones, su ejecutivo estaba liderando a las unidades de la Tercera Brigada en una operación, y le decía a

Monterrosa, por radio, que les tenía que dar descanso. Y Monterrosa le contestó, 'Nada. Siga'.

«Y el ejecutivo siguió. Sólo cuando el objetivo fue alcanzado, regresaron las unidades al cuartel. Jamás volví a escuchar a ese ejecutivo pedir descanso para las unidades. Había adoptado la mística de Monterrosa.

«Y esa mística ha perdurado aún después de su muerte. Les repito, hasta hace poquísimo empecé a oír lo del Mozote. Pero todos estos años, la palabra masacre no la he oído mencionar jamás, ni asociada con El Mozote ni con cualquier otro lugar.

«La pregunta lógica es: ¿por qué no hubo otra masacre? Porque si la mística del Atlacatl y de Monterrosa era de matar civiles por gusto... ¿no se habían salido con la suya en El Mozote? ¿Sin siquiera un regaño? Entonces... ¿no tenían carta blanca para seguir masacrando?

«La razón por la cual no hubo ni una masacre tiene que ser porque esa no es su mística. Y esa ausencia de masacres es aún más contundente porque hay cinco BIRIs operando en el país.

"Les digo, señores, la mística que se ha inculcado en el ejército salvadoreño es un compás que no le ha fallado en todos estos años. Acusarnos de todo lo que nos acusa la Rosa Nica es una cosa—comprobarlo es otra.

«Y lamento tener que decirlo de nuevo—si algo de lo que nos acusa la Rosa Nica fuera cierto, hubiéramos caído hace años. Pero como nos hemos ganado el corazón y la mente de la población desde la Reforma Agraria, es la guerrilla la que ha tenido que recurrir a cipotes y cipotas para llenar sus cuadros—no nosotros».

Ellacuría señaló, «Siendo todo lo que usted dice que fue, capitán, me extraña que Monterrosa haya caído tan fácilmente en la trampa de Joaquín Villalobos».

Sánchez respondió a la pregunta con ecuanimidad. «Bueno, padre, la ascendencia de Joaquín Villalobos vino solamente después de que los comandantes Marcial y Ana María se mataron entre sí en Managua en 1983, al recriminarse mutuamente por las pérdidas sufridas primero en la ofensiva general tan desastrosa de 1981, y luego las palizas sufridas a manos del coronel Monterrosa.

«Villalobos llenó ese vacío de liderazgo, tal y como el general romano *Escipión Africano* llenó el vacío causado por las victorias continuas de

Aníbal contra los romanos. Villalobos, como *Escipión Africano*, había aprendido de los errores de los comandantes anteriores, y había estudiado a Monterrosa detenidamente, tal y como *Escipión Africano* había estudiado a Aníbal.

«En vez de tratar de enfrentarlo frontalmente, como Marcial lo había intentado, Villalobos tendió una trampa. Acosó a una unidad de Monterrosa, y al retirarse dejó un radio con explosivo adentro, y con una inscripción que indicaba que era la Rosa Nica.

«De la manera que yo lo supe, Monterrosa llegó en helicóptero a ver eso, y sin pensarlo dos veces lo metió al helicóptero y camino a la Tercera Brigada, detonaron la bomba».

El capitán guardó silencio. Admiraba mucho al coronel Monterrosa.

Luego siguió. «Villalobos tendió una trampa contando con que los éxitos de Monterrosa contra Marcial lo habían acostumbrado a una guerrilla incapaz de hacer algo ingenioso. Ciertamente, nadie antes de Villalobos era capaz de tal sagacidad. Pero Joaquín Villalobos era de otra estirpe, como Monterrosa descubrió demasiado tarde. Así como Aníbal descubrió demasiado tarde que *Escipión Africano* era totalmente diferente a todos los otros generales romanos que había enfrentado».

El semblante del capitán fue de pesar a desconcierto. «¿Saben qué, señores? Es difícil creer que ninguno de esos oficiales dijo, 'Podría ser bomba. No la pongamos en el helicóptero', o 'podría ser bomba, alejémonos y detonémosla con granada a distancia'.

«Ciertamente los dos pilotos de helicóptero tendrían que haberlo precavido. La única explicación que tengo es que el éxito continuo hizo bajar la guarda a todos».

El padre Montes sorprendió al capitán con su siguiente comentario. «Como por un año después de eso, nos costaba sintonizar Radio Venceremos. ¿Tuvo usted algo que ver con eso?»

El capitán asintió. «El día después de la muerte de Monterrosa se me acercaron asesores americanos y me preguntaron si podía interferir a la Rosa Nica. Y les dije que sí, puesto que sabía cómo funcionaba. Y eso hice».

Montes asintió. «Encontrábamos la estación y empezaban el programa y de pronto se volvía ruidosa la señal y entonces ya no estaban ahí. La buscábamos otra vez, la encontrábamos y pasaba lo mismo. Nos cansamos de buscarla».

El capitán asintió. «Claro. Al interferir su señal en FM y AM los obligaba a cambiar de frecuencia, sabiendo que cada vez que los hacíamos cambiar de frecuencia, perdían gran porcentaje de su audiencia».

Montes señaló, «Pero en 1986 se pudo escuchar la Radio Venceremos claramente otra vez. ¿Qué pasó?»

El capitán se encogió de hombros. «Los mismos americanos que me pidieron interferir me pidieron que parara porque no podían oír la señal y querían oírla de nuevo, para obtener inteligencia. Pero yo rehusé. Así que hablaron con el Jefe del Estado Mayor, quien me relevó y me envió de regreso al Batallón de Transmisiones».

Ellacuría apuntó, «Así que Radio Venceremos lo perjudicó a usted también, capitán».

«Sí, y rehusar dejar de interferir a la Rosa Nica fue error de mi parte, por las mismas razones que le di a usted. Su audiencia estaba por los suelos, y probablemente la usarían para transmitir mensajes desde el mando del FMLN en Managua. Y descifrar esos mensajes era más importante que interferirla. Por algo soy un simple capitán, señores».

Esta admisión de error del capitán probablemente propició una acción recíproca en Montes, al decir, «La propaganda es sobrevalorada, capitán. Excepto por 1985, la Rosa Nica transmitió ininterrumpidamente por casi nueve años, diciendo las cosas más viles que se pueden decir de una fuerza armada—la masacre del Mozote, la ridiculez de las montañas de cadáveres civiles en El Playón, los escuadrones de la muerte y otras falsedades.

«Y luego Hollywood participó con esa película que repetía lo que dice la Rosa Nica. Y a pesar de todo eso, nosotros estamos aquí, escondidos y la guerrilla está reducida a pelear con niños. Es como Hitler en sus últimos días: dando patadas de ahogado enviando a cipotes a sus muertes».

Montes concluyó diciendo, «Nada supera a los hechos, capitán. Nada».

El capitán asintió y preguntó, «¿Le gustó eso de la Rosa Nica, ¿verdad?»—reconociendo el uso del término por el jesuita.

Montes lucía apenado cuando dijo, «Es que estoy harto de mentiras, capitán. Y dada la situación en la que nos encontramos, decir Radio 'Venceremos' me parece que es la peor de las mentiras, porque estamos perdiendo, no venciendo».

Sánchez se quedó callado, preguntándose el motivo por el cual Montes había hecho esa admisión, y enfrente de Ellacuría. Era como si quería que el otro jesuita lo escuchara de alguien que no fuera militar.

También le parecía a Sánchez que ambos jesuitas estaban deprimidos. ¿Y quién no, estando en su situación? Fue entonces que el capitán decidió animar las cosas un poco. Se paró y llamó a Elba y Celina.

Cuando llegaron, preguntó, «¿Quieren oír un chiste?»

Las damas asintieron entusiasmadamente.

«Bien. Jesús estaba caminando un día, cuando se encontró con una muchedumbre que estaba rodeando a una mujer a la que acusaban de ser de la vida alegre. Era obvio que la muchedumbre se aprestaba a apedrearla. Desde luego, Jesús los regañó, diciendo, '¡Que la persona que esté sin pecado tire la primera piedra!'

«Con vergüenza, la muchedumbre se fue dispersando. Pero de pronto, una señora como de cuarenta y cinco años de edad se abrió paso entre la gente y al llegar frente a la mujer, le tiró una piedrita chiquitita, sin hacerle daño alguno.

«Jesús miró a la mujer que aventó la piedrita y le dijo, 'Mamá, ¡no me gusta cuando haces eso!'»

Todos se rieron con ganas, incluyendo Ellacuría.

Cuando el capitán se paró para irse, Montes se paró también y le dio la mano. Fue un apretón fuerte y mutuo. De pronto, Elba Ramos lo abrazó, luego Celina Ramos hizo lo mismo. El capitán se emocionó un poco. Así que sólo con un gesto de su mano se despidió y se fue.

Capítulo 86

De Salsa a Tarantela

El grupo Tacarello arribó al edificio vacío, el primer piso del cual era el espacio comercial donde se abriría la sucursal de la Ferretería Vesubio, S.A., y el segundo piso del cual sería el hogar de Gladys, Estela, Neto y Mario. Todo estaba en buenas condiciones porque había sido rentado y debidamente mantenido todos estos años.

Sólo muebles y los servicios públicos hacían falta. Mario quedó encargado de comprar muebles para el apartamento mientras Pepe se dedicaba a buscar suministradores para la ferretería y a pedir la reconexión de servicios públicos como electricidad, gas y teléfono.

Si bien Mario le había dejado claro a Pepe que trabajaría en una ferretería el resto de su vida, Pepe le había pedido trabajar en ella hasta que Gladys y Estela pudieran operarla. Así ellas se podían sostener mientras Neto iba a la universidad. Y Mario podía acabar haciendo lo que quisiera, pero por ahora, se le agradecería su dedicación al negocio de la familia. Mario aceptó.

Licha tendría que hacer los arreglos para irse a París y renunciar de la vida religiosa, e irse a Polonia.

El primer día, acompañó a Mario en sus quehaceres. Era la primera vez que iban a poder hablar los dos solitos.

«Bien, Licha, dime cómo es que acabaste siendo la Sra. de Tacarello, ¿y por qué?»

«Esa no es forma de hablarle a tu nueva mami, hijo» bromeó Licha.

«Mira, Licha, yo sé que debe haber una buenísima razón para querer ocultar tu verdadera identidad así. ¿De quién te escondes?» Mario insistió.

Licha sacudió la cabeza. «Mario, no me voy a quedar mucho tiempo acá. Cuando mucho un par de meses. Y realmente no quiero darte ninguna información que podría comprometerte a ti y a tu familia. Y si te la dijera, quedarían comprometidos».

Eso le pareció la única idiotez que jamás le había oído decir a Licha desde que la conoció. Le dijo: «¡Carajo, Licha! Tú y yo ayudamos a desbaratar una revolución en El Salvador después de que me convenciste de hacerlo. Yo ya estoy comprometido hasta la coronilla. ¡Así que dímelo!»

Licha sopesó eso. «Bien, Mario, te lo diré, pero el momento en que sepas mi razón, te darás cuenta de que nunca podrás decírselo a nadie, jamás».

«De acuerdo. Dímelo».

Licha le comenzó a contar de la violación y muerte de su familia por el ejército soviético en Polonia, y de su casi violación por un coronel con un tatuaje que rezaba CCCP en su área genital.

Mario cayó inmediatamente. «¿Don Blas?»

«Sí. Sólo que su nombre real era Vladislav Fedoseyev, el coronel Vladislav Fedoseyev del ejército soviético violador y asesino».

Mario silbó su asombro. «Así que por eso recibimos el mensaje de que Don Blas se había jubilado, y había sido sustituido por Don Torquemada. ¿Lo mataste?»

Fue con mucho orgullo que Licha contestó afirmativamente.

Mario se detuvo a abrazar muy fuerte a esta mujer con un sentimiento de admiración que crecía exponencialmente con el paso de cada segundo y la abrazó fuerte. Ya no podía sentirse mal de la paliza intelectual que había recibido de esta mujer. Era su 'madre superiora ' en todo sentido.

Después de soltarla, dedujo, «Y por eso es que tuviste que presentarte como la Sra. de Tacarello, para que no te detectaran entrando a Europa».

«Sí, pero realmente no había planeado hacer esto. Si no, te lo habría dicho, o te hubiera pedido que me trajeras».

«¿Por qué no me hablaste a mí?» era la pregunta que Mario quería hacer desde hace mucho.

Licha le explicó: «Si te hablo a ti, me hubieras sacado la verdad y realmente no quería decírsela a nadie. Si no, te la habría dicho hace tiempo».

Mario preguntó, «¿Qué te hizo hacerlo?»

«El día que le hablé a tu papá, había sido un día normal en la Asunción. O sea, cerrando los libros del año escolar. En eso la operadora me llamó para decirme que alguien quería hablar con la hermana 'a-LI-suh'. Esa es la pronunciación de mi nombre en checo, y es similar a como lo pronuncian los rusos, pero nadie me había llamado así desde mis días con las ursulinas en Olomouc. Porque en Francia es 'a-LIS' y en El Salvador es 'a-LIS-yah'. La operadora me preguntó si era yo. Le dije que me pasara la llamada.

«La mujer hablaba un castellano perfecto. Sostenía que sería transferida de su puesto actual hasta la embajada de España en El Salvador, y estaba pensando en matricular a su hija en La Asunción. Le pregunté que cómo sabía mi nombre, y me dijo que era porque una amiga de ella había regresado de El Salvador hacía poco, y su hija había sido alumna acá.

«Hemos tenido alumnas españolas, Mario, pero todas me conocen como la hermana Licha, no la hermana 'a-LI-suh'. Cuando menos hubiera dicho Alicia, el nombre en español. Así que hizo que sonaran mis alarmas, y de pronto comencé a detectar un leve acento, como el de Don Blas. Casi inexistente, pero ahí estaba. Entonces cuando caí que era soviética, la pasé a la oficina de matrículas y colgué. Fue entonces que llamé a tu papá».

«Te estaba ubicando».

«Sí, la gente de Don Blas me conocía como Juana o Alice Novak, de mis registros en Checoslovaquia».

Mario se rio. «Qué suerte que nunca trataste de sacar tus papeles de polaca».

«Cuando llegue a Polonia, sí los voy a sacar. Porque quiero ver si tengo familia allá. De cualquier forma, 'Alice Novak' dejará de existir».

Mario la abrazó de nuevo, y le dijo, «Licha, siempre tendrás tu familia Tacarello. Siempre».

Cuando dijo eso, Licha lo miró muy seriamente, antes de decirle, «Mario, tu padre está muy entusiasmado conmigo. No vayas a interferir con eso».

Sorprendido, Mario respondió, «Bueno, pero yo no pensaba decir nada. ¿Por qué me dices esto?»

Licha se ruborizó y dijo: «Tu padre es excéntrico. A mí no me importa. Sólo quiero que no te importe a ti tampoco».

«¡Ay no! ¿Qué hizo?»

«Anoche cuando todos estaban dormidos, fue y despertó a Gladys para que se viniera abajo donde dormimos, y nos hizo mamarlo juntas».

«¿Y por qué no dijiste que no?»

«No puedo decir que no. Es parte del trato».

«Pero él no sabe de Don Blas, ¿verdad?».

«No, pero sabe que tengo una poderosa razón para entrar encubierta a Europa y no como Alice Novak, y que no estoy en posición de desobedecerlo».

Mario se encogió de hombros. «Por mí no te preocupes, Licha. Pero tú te podrías ir hoy mismo de aquí. ¿Qué te detiene?»

Licha lo miró muy serio. «Como tú, yo cumplo mis promesas, e hice promesas para poder estar acá hoy, y hasta que cumpla todas, y todos estén contentos, me quedaré. Luego me voy».

Mario estaba intrigado. «¿Qué promesas has hecho, Licha?»

Licha lo tomó de la mano y se lo llevó a un café-bar cercano. Ahí pidieron unos expresos, y se sentaron a beberlos. Entonces Licha lo miró, algo avergonzada, y le dijo, «Mario, tu mamá entró a la casa cuando yo estaba desnuda con tu padre, porque él y yo pensábamos que estábamos sólos.

«Tu mamá tomó mi ropa y llamó a Gladys y Estela, quienes aparecieron de la nada. Les dio mi ropa y les dijo que la tiraran a la basura».

«No pude evitar ponerme a llorar. Les expliqué que necesitaba su ayuda, que tenía que ver con la situación conflictiva y que estaba dispuesta a hacer lo que fuera. Cuando tu mamá quiso una explicación, le dije era mejor que no supiera, porque estaría en peligro también. Eso la apaciguó un poco».

«Lamento que hayas tenido que pasar por eso».

«Tu papá le dijo a tu mamá que se calmara, que él me había pedido sexo a cambio de ayudarme, porque, de todos modos, la única forma de ayudarme sería si viajaba como la Sra. de Tacarello».

Mario sacudió la cabeza. Su mamá obviamente había accedido, pero a cambio de algo. Y su mamá era yuca. Le había impuesto condiciones tremendas a Gladys cuando tuvo a Neto. Le preguntó a Licha las condiciones que le había impuesto su mamá.

«Tu mamá dijo que, para ganarme ese puesto en la familia, tenía que empezar desde abajo. Que tenía que cumplir con cualquier cosa que cualquiera de ellos pidiera, incluso Gladys y Estela. Yo acepté—¿qué otra cosa podía hacer, estando desnuda delante de los cuatro?»

«¿Qué tuviste que obedecer?»

Licha se mostró apenada un segundo, pero dijo, «Sólo tuve una demanda relevante, y esa fue hecha por Gladys». Jamás revelaría las demandas de Belinda.

«¿Qué quería Gladys?»

«Quería que tuviera sexo con Neto. Que fuera su mujer».

Mario desorbitó los ojos. «¿De veras? ¿Quieres que platique con Gladys para que rescinda eso?»

«No. Por eso te digo que por favor... no interfieras. Tu papá no me ha dejado gastar un centavo. Estoy muy agradecida, y voy a cumplir la promesa que le hice a Gladys».

Mario la miró escépticamente. «Por favor, Licha, te conozco. Debes tener otra razón porque, francamente, te pudiste haber ido a París al nomás llegar aquí. Ya habías cumplido tu cometido de entrar a Europa sin ser detectada».

Licha le sonrió pícaramente y le explicó: «Bueno, Mario, si lo tienes que saber, estoy con la esperanza de que un joven macho de 17 años de edad tenga la fuerza y el vigor como para embarazar a una mujer de 51 años».

Mario se quedó atónito. Licha le tomó el brazo y le dijo, «Vamos a comprar una cama linda. Si voy a ser madre, quiero que me embarace en una buena cama, ¿no crees?»

Capítulo 87

¿Dónde está Bobby Fischer?

«Por favor, pasa Vladimir».

«Gracias, camarada Secretario General».

«¿Cómo va la Cruzada Negra, Vladimir?»

«Camarada Secretario General, la ofensiva general en El Salvador no rindió los frutos esperados. Pero eso, junto con el asesinato de las monjas, ha aumentado la probabilidad de que el Congreso apruebe menos ayuda para el gobierno salvadoreño y para los contrarrevolucionarios de Nicaragua».

Brezhnev asintió. «El Salvador es desechable, Vladimir. Si sirvió para proteger a Nicaragua, estuvo bien hecho».

Putyatin continuó. «Asimismo, estamos operando con el presupuesto reducido que nos ha asignado, y siguiendo su valiosa sugerencia, a través de intermediarios, contactamos a Hollywood para hacer una película sobre las cuatro monjas asesinadas».

«¿No va a decir que fue ardid del embajador americano, verdad?»

«No, camarada Secretario General, le echarán toda la culpa a la Junta asesina y a sus fuerzas armadas y cuerpos de seguridad asesinos».

«Muy bien, Vladimir, pero te la vas a tener que ingeniar para trabajar bajo un presupuesto aún más reducido, ahora que Reagan ha comenzado a armar a la oposición en Afganistán».

Brezhnev no estaba de bueno humor. ¿Quién lo podía culpar? Nada iba bien últimamente. Brezhnev entonces preguntó. «¿Qué más, Vladimir?»

Putyatin temía tener que dar este informe. Si esto fuera un juego de ajedrez, estaba por decirle al Rey que estaba a punto de perder sus dos alfiles. Putyatin informó, «El Papa está tratando de sacar a los jesuitas del gobierno de Nicaragua. Si lo logra, nos va a privar de los mejores líderes revolucionarios de Nicaragua.

«¿Y los otros dos hermanos? ¿Los militares?»

«¿Se refiere a los Ortega, camarada Brezhnev? Son buenos comunistas, pero son más brutos que dos latas vacías, en comparación con los jesuitas».

Leonid Brezhnev se paró y comenzó a caminar por la oficina. Estaba muy pensativo, con sus famosas cejas juntas—nunca una buena señal. Se detuvo frente a la ventana que daba a la Plaza Roja, con sus manos entrelazadas tras de sí. Y preguntó, «¿Vladimir?»

«¿Sí, camarada Secretario General?»

«¿Dónde está Bobby Fischer?»

Putyatin no se esperaba esto. ¿Bobby Fischer? ¿El americano que venció a Boris Spassky para ganar el título mundial de ajedrez en 1972?

Después de hurgar en lo más recóndito de su memoria, Putyatin recordó haber leído algo hacía unas pocas semanas. «Su Excelencia, lo último que supe fue que se había mudado a Los Ángeles. Solía vivir en Massachusetts, pero se aburrió de vivir ahí porque se cansó de ganarle en ajedrez a la supercomputadora 'Greenblatt' de la universidad MIT».

Brezhnev se mecía sobre sus pies frente a la ventana. «No, Vladimir, no está en Los Ángeles.

Putyatin sintió como que estaba entrando a un campo minado. Si creyera en un Dios, le estaría rezando para que le pusiera las palabras correctas en su boca en este momento.

Brezhnev caminó de regreso a su escritorio, pero permaneció parado. No se veía nada contento. Putyatin se preparó para lo peor.

De nuevo preguntó: «¿Sabes dónde se encuentra Bobby Fischer, Vladimir?»

«Yo se lo puedo averiguar, camarada Secretario General, no me debería de tomar...».

Brezhnev dejó caer su puño con fuerza sobre su escritorio, vociferando, «¡ESTÁ EN WASHINGTON, D.C., EN LA CASA BLANCA, ASESORANDO A REAGAN!»

Putyatin casi le pega al techo del susto.

La secretaria de Brezhnev entró corriendo, preguntando si todo estaba bien. Una mirada a Brezhnev y salió de regreso inmediatamente.

Putyatin no pudo hacer otra cosa más que asentir y decir, «Estoy a su disposición, listo a hacer lo que ordene, camarada Secretario General».

Brezhnev escindió sus cejas e intentó sonreír. No era agradable ver eso. Dijo, «¿Sabes lo que me gusta hacer cuando un curso de acción falla, Vladimir?»

«¿Qué cosa, camarada Secretario General?»

«Pruebo otra cosa, Vladimir».

Y entonces Brezhnev sonrió, sin vergüenza de enseñar sus dientes amarillos y pandos. Era la sonrisa de un cosaco que estaba a punto de liderar una carga de caballería sobre un enemigo a pie—no era la sonrisa de un jugador de ajedrez.

Putyatin preguntó con suma delicadeza, «¿Sugiere el camarada Secretario General que sería mejor lidiar con los obstáculos que enfrentamos... eliminándolos?»

La sonrisa cosaca no se iba. «¿No funcionó con Kennedy, pues? Tomó su lugar el socialista Lyndon Johnson, quien decidió llevar a los Estados Unidos al borde de la quiebra con su programa socialista, 'La Gran Sociedad'. El vicepresidente de Reagan, George Bush, es... ¿cómo se dice en americano, *zanudnyy*? Tienen una palabra para eso».

«Creo que la palabra es 'endeble', Su Excelencia».

«¡Sí! Sería preferible para nosotros si él fuera presidente y no Reagan».

«¿Me está ordenando el camarada Secretario General hacer eso? ¡Sería mi privilegio!»

El cosaco siguió sonriendo. Pero esta vez levantó el índice de su mano derecha y lo sacudió en dirección a Putyatin. «Quédate dentro de tu campo, Vladimir. Quédate dentro de tu campo».

«Entiendo, camarada Secretario General».

«¡Pero mata a alguien, Vladimir, mata a alguien!»

«Así lo haré, camarada Secretario General».

Putyatin dejó la oficina emocionado. La KGB es la KGB, no el cuerpo diplomático. Si bien la Cruzada Negra era producto de un embajador, Putyatin era su jefe hoy día, y eliminar a la gente era su especialidad».

«Olga, en mi oficina, ya», le dijo a Olga al pasar por su escritorio.

Olga entró y cerró la puerta.

«Siéntate por favor. ¿Cómo estás, Olga?»

«Bien, camarada Director».

«¿Cómo estás en tu entrenamiento con armas, Olga?»

«Soy proficiente con la Makarov 9mm, camarada Director».

«Muy bien, Olga. Dime, ¿amabas a Fedoseyev?»

Su semblante lo dijo todo.

«¿Te gustaría vengar su muerte?»

Olga vaciló un instante, pero luego asintió.

«¿Qué sabes de la que mató a Fedoseyev, Olga?»

«Creo que dejó El Salvador, camarada Director. Después de la ofensiva general. El colegio donde trabaja no ha sabido de ella desde principios de enero».

Putyatin asintió. «Si es polaca, se va a regresar a Polonia, ¿no crees?»

Olga respondió, «Pero ninguna Alice Novak ha entrado a Europa todavía, camarada Director».

«Seguramente ha entrado bajo nombre falso. Pero lo que sí sabemos es que, para poder abrirse paso en Polonia, va a necesitar dinero y para eso tendrá que ir a la sede de su orden religiosa en París».

Putyatin se detuvo a pensar un momento, y dio esta orden: «Escribe una carta al Buró de la KGB en París. En ella, solicita que monitoreen a *Las Hermanitas de la Asunción* en París. Sujeto: Alice Novak. Yo la firmaré».

«Lo haré, camarada Director».

«Cuando ponga pie en París, irás a matarla».

«¿Matarla, camarada Director?»

«Sí, Olga. Vamos a empezar a matar gente otra vez. Al fin y al cabo, ésta es la KGB».

Capítulo 88

Por los Cipotes

«Pasen, caballeros, y tomen asiento».

El subteniente Fiallos y sus compañeros subtenientes de fila nuevos se sentaron frente al Director de la Escuela Militar Gerardo Barrios, el coronel Benavides.

«Felicidades por su promoción, caballeros. He sido puesto al mando de una unidad operativa especial, cuya misión es encontrar a los jesuitas y matarlos. Entiendo que ustedes han acordado cumplir esta misión, sin importar las consecuencias».

El subteniente Fiallos se paró. «Mi coronel, si puedo hablar con franqueza, tenemos una cuenta personal pendiente con los que visten sotana, cometen crímenes y se escudan tras esas sotanas».

«Tome asiento, Fiallos. Gracias por reconfirmar su compromiso con la misión. Debo advertirles que, hasta ahora, no hemos tenido voluntarios para esta misión. Por eso necesito decirles por qué la estamos emprendiendo.

«Desde que los jesuitas arribaron al país, han sido una fuerza promotora de la guerra y no de la paz. Esto no es algo que el Alto Mando está diciendo. Esto nos fue revelado por gente religiosa que no está de acuerdo con ellos. Según ellos, toda la Compañía de Jesús ha planificado la toma violenta de El Salvador, según un documento que patrocinaron, titulado 'Una Teología de Liberación'. Tuvieron que crear un documento fuera de la Biblia para poder decir que Dios justifica matar a nombre de los pobres.

«Hasta ahora, no han tenido éxito debido al amor patrio y la valentía y previsión del Gobierno y de sus Fuerzas Armadas, especialmente a partir de octubre de 1979. Porque, ¿qué fue lo que hicimos?

«1. Derrocamos a un gobierno dictatorial, con el apoyo de Monseñor Romero.

«2. Dimos a los representantes de las organizaciones dos de los cinco puestos en la Junta de la Revolucionaria de Gobierno.

«3. Pasamos la Ley de Reforma Agraria y la Ley de la Nacionalización de la Banca, para entregarles tierras a los campesinos y para poder financiar sus actividades agrícolas.

«4. Desposeímos a los Catorce de sus tierras y se las dimos a los campesinos, con una Reforma Agraria masiva.

«5. Promovimos elecciones libres y justas, ganadas en 1983 por el Ingeniero José Napoleón Duarte, y en 1989 por Alfredo Cristiani, a la vez que les ofrecíamos al FMLN que se unieran al proceso político.

«6. Durante la década de los 1980s, frecuentemente nos hemos sentado con la guerrilla para pláticas de paz, ofreciéndoles garantías para incorporarse como partido político al sistema político salvadoreño. Siempre rehusaron.

«Entre otras cosas».

Los subtenientes nuevos asintieron vigorosamente.

«Y los verdaderos líderes de su movimiento, los jesuitas, han continuado impulsándolos a pelear, culminando en este ataque a San Salvador, esta vez con cipotes y cipotas armados de 9 y 10 años de edad, lo cual es un crimen contra la humanidad.

«Esto, en vez de trabajar para incorporar a las guerrillas a nuestra nueva democracia, y resolver nuestras disputas con el voto».

El subteniente Fiallos dijo, «Han abusado de los cipotes de El Salvador de varias maneras, mi coronel. Somos prueba de ello».

«Bien caballeros, preséntense a la Sala de Situación, donde se les darán los detalles de su misión».

Capítulo 89

El Indulto de la Paz

«¡Mi capitán, mi sargento Zelayandía está haciendo señas desde el cerro al otro lado de la carretera!», gritó un soldado. Sánchez sacó sus binoculares los apuntó al cerro. Zelayandía indicaba que venía helicóptero desde el este.

Sánchez inmediatamente gritó: «¡TODO MUNDO DENTRO DE LAS CASAS! ¡YA, YA YA!» Confiaba en que Zelayandía y el otro centinela sabrían actuar normalmente. Al fin y al cabo, estaban en calzoncillo y parecían bañistas.

Dentro de poco se oyó el rotor del helicóptero, que pasó por encima de ellos rumbo al oeste. Lo que Sánchez quería era que no volviera.

No volvió.

Pero su presencia significaba que las cosas estaban bajo mayor control en la capital, lo cual liberaría más recursos para buscarlos.

Llamó a Zelayandía y al sargento Juan el custodio para planificar. «Mi sargento Juan, yo creo que, en cuanto puedan, algunos propietarios de Xanadú van a tratar de venirse para acá. Si bien no creo que suceda antes del fin de semana, necesito que no los deje entrar. ¿Qué les diría para que no entren?»

Juan respondió inmediatamente. «Mi capitán, todo lo que les tengo que decir es que hay contaminación del sistema de agua y que no se ha podido arreglar todavía, y que, por razones de salud, nadie puede entrar aún».

«Buena idea, mi sargento. ¿Pero qué pasa si insisten? ¿Podrían salirse del carro y forzar el portón?»

«No, mi capitán. La única forma de forzar este portón es si lo embisten con el vehículo».

Sánchez se volvió a Zelayandía. «Todo vehículo que embista este portón debe considerarse hostil, ¿estamos?»

«Sí, mi capitán».

Le dijo a Juan, «Mi sargento Juan, el momento en que empiece una balacera, usted se tira al suelo y busca cobertura, ¿me entiende? Esta no es su pelea».

Juan le respondió, «Déme un arma, mi capitán, yo peleo».

«No tenemos arma que darle, mi sargento. Además, hay buen chance de que quienes traten de forzar ese portón sean de nuestro mismo bando. Así que mejor no se meta. ¿Estamos?»

«Estamos, mi capitán».

Levantada la sesión, subió la cuesta para hablar con los jesuitas.

Seguían dentro de la casa.

Ellacuría preguntó si ya podían salir.

«Salgan, padre»

«¿Qué significa ese helicóptero, capitán?»

«Tiene que significar que la situación en la capital está mejor y que podrían venir por nosotros».

Ellacuría y Montes se volvieron a ver. Entonces Ellacuría muy amablemente tomó al capitán del brazo y lo invitó a pasar adelante. ¿Cómo podía Sánchez rehusar tan inusitada amabilidad?

Celina le ofreció café y aceptó.

Ellacuría inició la plática con, «Capitán, ¿por qué cree usted que recibió la orden de matarnos?»

Sánchez se encogió de hombros. «Ni idea, padre. Supongo que es porque había alguna inteligencia de que ustedes eran los cerebros tras esta ofensiva. Pero reitero que me es casi imposible creer que alguien del Alto Mando diera esta orden. Yo oí un rumor de que lo que se quería hacer con ustedes era expulsarlos del país y nada más».

Ellacuría persistió. «Pero usted recibió la orden de matarnos de su cadena de mando militar, capitán».

El capitán asintió. «Yo recibí la orden de mi comandante, que estaba muy alterado cuando me la dio, y que está muy contento de que no la obedecí. Y es que la mayoría de esos oficiales estudiaron en colegios católicos como el Liceo Salvadoreño, bajo los hermanos maristas, y como el Don Bosco y el Santa Cecilia, bajo los salesianos. Ustedes son intocables para ellos».

Ellacuría fue a sentarse a la par de Sánchez, y le dijo, «Capitán, después de todas nuestras pláticas, hemos llegado a la conclusión de que usted es un hombre sincero».

Sánchez intuía que se avecinaba una gran revelación.

Ellacuría continuó. «Verá, capitán, la única forma en que la guerrilla podrá salvarse, es asegurando de que el ejército nos asesine».

El capitán quedó sorprendido por esto. «¿Está usted diciendo que ustedes están siendo traicionados? ¿Sacrificados?»

Ellacuría puso su mano sobre su brazo, y lo apretó amistosamente. «Capitán, le damos las gracias por protegernos, pero creemos que usted nos está protegiendo de la gente equivocada. Creemos que la gente que nos va a atacar acá, no será el ejército salvadoreño».

El capitán hizo lo posible por no reírse. «Padre, ¿me está diciendo usted que guerrilleros (cipotíos y cipotías, quizá), que logren sobrevivir el ataque del ejército en la capital, van a subir y bajar montañas para llegar hasta aquí, para atacarnos? En ese caso, ¡alabado sea Dios!—¡les vamos a quitar las armas después de que disparen los dos o tres cartuchos que les quedan, y los vamos a nalguear y mandarlos donde sus mamis, después de regañarlos!»

Ellacuría y Montes no compartían su humor. Ellacuría dijo, muy serio: «Capitán, escúchenos. He aquí lo que sabemos: usted recibió una orden de matarnos. Eso es un hecho. Y si bien le creemos cuando nos dice que la mayoría de los oficiales del ejército rehusarían obedecer una orden tal, la orden de todos modos fue insertada en su cadena de mando, que, por cierto, hoy incluye un civil: el presidente Cristiani».

El capitán asintió. «Ajá. ¿Y entonces?»

El jesuita prosiguió. «Desde un punto de vista militar, el hecho de que usted sacó de circulación a los dos jesuitas de mayor rango debió haber tenido el mismo efecto que decapitar al alto mando de la guerrilla, suponiendo que nosotros lo éramos, ¿correcto?»

El capitán asintió. Ellacuría continuó. «Como la ofensiva continuó sin nosotros, tiene que ser obvio que nosotros no somos ese alto mando, y sin embargo la orden de matarnos no ha sido rescindida, ¿no es cierto?»

El capitán sacudió la cabeza. Ellacuría siguió. «Montes me informa que su comandante le pidió prueba de que nosotros estábamos bien porque la Rosa Nica había anunciado que ustedes nos habían secuestrado y matado».

Sánchez asintió, y sonrió por la mención de la Rosa Nica por Ellacuría. De nuevo pensó que le iban a develar algo grande—quizá algo que tenía que ver con lo que Elba dejó de decir la noche anterior—porque por algo se estaba tratando de congraciar.

Ellacuría insistió: «Y aún así no han levantado la orden, ¿cierto?»

De nuevo sacudió la cabeza el capitán.

Ellacuría le pasó la batuta a Montes, quien dijo: «Capitán, la razón por la cual colaboré en esa llamada de radio fue porque llegué a la conclusión ineludible de que esta ofensiva fue ordenada por el alto mando guerrillero con el sólo objetivo de hacer que el ejército nos mate, o hacer parecer que el ejército nos mató».

El capitán le preguntó cómo había llegado a esa conclusión. Y Montes procedió a explicar todo lo que dedujo en ocasión de esa llamada de radio, excepto por la bomba de la guerrilla. Eso lo dejaría para la segunda e inevitable parte de esta conversación.

Concluyó su explicación con esto: «Sólo nuestro asesinato podrá eclipsar todas las atrocidades que la guerrilla está cometiendo en la ciudad, y sólo nuestro asesinato podrá obligar a los Estados Unidos a sentarse con ambas partes, en calidad de iguales, no de vencedor y vencido, para negociar un acuerdo de paz».

El capitán meramente se encogió de hombros, y señaló lo obvio: «Como que les desbaraté ese plan, ¿no es cierto?»

Montes lo miró con tristeza. «Por ahora, capitán. Pero nosotros fuimos sentenciados a muerte el momento en que lograron que alguien del alto mando diera esa orden, y no importa quién acabe asesinándonos, todo mundo va a acabar culpando al ejército salvadoreño. Yo podría apostar hasta mi último céntimo que el alto mando guerrillero le pagó a alguien de su Alto mando una cantidad obscena de dinero para dar esa orden».

El capitán no lucía convencido. «Padre Montes, eso suena algo fantasioso».

Ellacuría se insertó en la conversación otra vez. «Capitán, me dice Montes que su indicativo de llamada es Padrino, de la novela 'El Padrino' de Mario Puzo, ¿cierto?»

El capitán asintió.

Ellacuría preguntó: «¿Cuál era la famosa frase del Padrino?»

El jesuita trató de imitar el personaje de Marlon Brando cuando dijo, «Le haré una oferta que no podrá rehusar».

Sánchez asintió, riéndose.

Ellacuría concluyó: «Alguien del FMLN le hizo una oferta a alguien de su Alto Mando, que no pudo rehusar».

Para el capitán le era difícil creer eso. «De ninguna manera, padre. Nadie en el Alto Mando tiene tal necesidad de plata. No estamos hablando de guardias nacionales pobres en este caso. Además, todo ese dinero sería inútil estando en la cárcel».

Y fue ahí cuando el padre Montes dio el golpe de gracia lógico: «Ninguna cárcel, capitán. Esta oferta incluye un Indulto de la Paz».

El capitán se dio cuenta que estaba recibiendo un poco de su propia medicina, pero se limitó a decir: «Explíquense por favor».

Montes lo hizo. «En la mesa de negociación del acuerdo de paz, lo primero que ambas partes acordarán, casi inmediatamente, será una Ley de Amnistía, o, para usar su término, de 'Indulto', que exonerará a cada miembro de ambos lados de cualquier acto que hayan cometido durante el conflicto, y eso incluye nuestro asesinato».

La lógica del jesuita era irrebatible. No en balde era el director de uno de los mejores colegios de Centroamérica.

El capitán tuvo que concordar. «Bien, padre Montes. No puedo menos que aceptar su razonamiento, pero eso no cambia el hecho de que mis hombres y yo estamos aquí precisamente para impedir su asesinato».

Ahora Montes le devolvió la batuta a Ellacuría, quien dijo, «Capitán, como usted ha aceptado nuestra lógica de que la única razón para esta ofensiva contra la capital no puede ser otra que nuestro asesinato, tiene que aceptar la conclusión lógica de que quienquiera que ordenó esta ofensiva, se va a asegurar de que seamos asesinados».

Sánchez preguntó, «¿Quién sería ese—Joaquín Villalobos, su *Escipión Africano*?»

Ellacuría se encogió de hombros. «Podría ser él, o Schafik Handal, o Leonel González, pero ellos están en la capital. Ellos no serán quienes vengan por nosotros».

«¿Entonces quién?»

Capítulo 90

Sombras Nada Más

Ellacuría respiró profundo. Lo que estaba a punto de revelar era el secreto más guardado de su vida. Y el hecho de que estaba dispuesto a revelarlo, era producto del poder de convencimiento de Segundo Montes, quien al fin lo había hecho ver que Sánchez y su tropa no eran sus enemigos en este momento. Que sus verdaderos enemigos eran los guerrilleros que habían decidido sacrificarlos. Y Fidel Castro, que había decidido traicionarlos.

Y si bien revelarlo podría acarrearle problemas, sólo serían problemas si sobrevivía, y, como dijo Montes, siempre tendría la excusa de que otros eran los que daban las órdenes. Ellacuría sólo recomendaba.

Ellacuría bajó la voz, algo que no tenía por qué hacer, ya que no había nadie cerca, y de todos modos no hablaban sino en voz normal, y dijo, «Existe una unidad de profesionales militares, que se llaman las Sombras. Esa unidad es capaz de hacer cosas militares asombrosas».

«¿Cuán asombrosas?», preguntó el capitán.

Ellacuría replicó: «Cosas como penetrar la casa bajo seguridad del fiscal general democristiano y matarlo, y luego escapar sin ser detectados por su seguridad».

El capitán entendió. «Padre, usted quiere decir cosas como ¿matar a Monseñor Romero de un solo tiro, sin ser detectados? ¿Y luego matar a 40 dolientes en su funeral de pleno día, otra vez sin ser detectados?»

Ellacuría asintió. «Sí, capitán, precisamente».

El capitán siguió: «¿Cosas como ejecutar la operación militar más precisa jamás vista en esta nación, a plena luz del día, vistiéndose de Policías de Hacienda y Policías Nacionales, deteniendo el tráfico frente al Externado, entrando al Externado y capturando a los del FDR y llevándoselos, todo en no más de veinte minutos? ¿Para dejar sus cuerpos balaceados en la vía pública, con una nota en la que un escuadrón de la muerte se responsabilizaba—vinculando así a los escuadrones de la muerte con los cuerpos de seguridad para siempre?»

Ellacuría asintió.

El capitán siguió: «Y si son capaces de hacer lo muy complejo, pueden hacer lo menos complejo, como acribillar a balazos al padre Rutilio Grande y al viejito y al cipote que lo acompañaban, para luego echarle la culpa al gobierno».

Ellacuría lucía apenado, pero asintió otra vez.

«¿Y el asesinato de Tacarello?»

Ellacuría asintió. Montes se apartó de ellos en ese momento. Como que le había dolido lo de Tacarello. ¿Pero los otros no?

Fue con trepidación que Sánchez preguntó: «¿Y Ana Isabel Casanova?» Si le decía que sí, era capaz de...

Ellacuría no vaciló. «¡No, capitán! Eso fue el alto mando guerrillero que ordenó eso. Le llevaban hambre al coronel Casanova Vejar porque en la ofensiva de enero de 1981, sus unidades propinaron tremenda paliza a la guerrilla».

«Te salvaste, hijo de puta», pensó el capitán. También pensó en todo lo que podría espetarle a Ellacuría en su cara, por todas las veces que acusó falsamente a gente buena. Pero esa recriminación podía esperar hasta después de salir del predicamento. Porque la prioridad en este momento era saber todo lo que podía acerca de las Sombras.

Hubo silencio. Un silencio de apenado de Ellacuría. Un silencio de pesar de Montes. Pero ese era un silencio inútil que Sánchez decidió romper. «¿Son cubanos?» preguntó.

Ellacuría no vaciló. «Sí, lo son».

El capitán sopesó todo. Estos jesuitas tenían mucho temor a las Sombras. Definitivamente no le habían tenido miedo al Capitán de Transmisiones y sus soldados cuando habían entrado a su Residencia armados, en respuesta a lo cual habían sido confrontacionales y sin ápice de temor. Había una razón para ello, y la tenía que averiguar.

Preguntó: «¿Y ustedes temen que estas Sombran vengan tras de ustedes?»

Los dos jesuitas asintieron.

El capitán siguió: «Pero si son cubanos, entonces están bajo el mando operativo de Fidel Castro». Ellacuría asentía vigorosamente.

Sin embargo, si eso era cierto...

«Si eso es cierto, padre, entonces quien los quiere muertos a ustedes es Fidel Castro, o, por lo menos, Castro ha accedido a la petición del líder guerrillero que los quiere muertos a ustedes».

Ambos jesuitas asintieron.

Preguntó el capitán, «Caballeros... que Fidel Castro los traicione a ustedes... ¿no creen que exageran la nota?»

Montes saltó y respondió con vehemencia y aplomo. «¡No, capitán!»

Ahora que Montes tenía toda la atención del capitán, procedió a relatarle lo siguiente: «Capitán, el sábado pasado, Elba, Celina y Obdulio Ramos estaban en su casita cerca del portón de la Universidad cuando vieron a lo que ellos creyeron ser guerrilleros poner una bomba en el portón de la entrada de la UCA. Cuando explotó la bomba, volándose el portón, la seguridad de la colonia militar al otro lado del boulevard, abrió fuego e hirió a uno de ellos.

«Si hubieran sido guerrilleros salvadoreños, dejan al guerrillero herido y van y cumplen su misión. Pero como era cubano, no lo podían dejar, y por lo tanto la abortaron, y evacuaron al herido».

Sánchez quiso asegurarse de que había entendido bien. «O sea, ¿me están diciendo ustedes que los que se volaron el portón de un bombazo el sábado pasado eran Sombras, y que su misión era matarlos?»

Casi al unísono respondieron: «¡Sí y sí!»

Montes señaló lo obvio: «¿Y qué otra razón tendrían para abrir el portón de un bombazo, capitán, si no matarnos?»

Sánchez preguntó: «¿Pero no que querían que el ejército fuera el que los matara?»

Montes respondió: «De seguro iban a hacerlo parecer como si fue el ejército el que lo hizo. ¿No puede ser tan difícil eso, verdad?».

Para el capitán tenía lógica esto. Pero tuvo que señalar lo obvio: «Como que no son tan asombrosos, puesto que no tomaron en cuenta la seguridad de la colonia militar al otro lado del boulevard».

A lo cual Ellacuría tuvo el valor de responder, «Dios los castigó por la maldad que iban a hacer».

El capitán estalló de risa. Con esa frase, Ellacuría había comprobado todo lo que el Capitán les achacaba a los jesuitas: sembraban vientos, cosechaban tempestades, y esperaban que las tempestades arrasaran con todos menos con ellos.

Y encima de eso, ¡su soberbia! No era maldad cuando el jesuita se lo hacía a otro; pero cuando la misma cosa le era hecha a él, definitivamente era maldad, ¡y de la peor calaña!

Cuando Sánchez recuperó su compostura, les dijo, «Padres, ¿por qué diablos no se quedaron de educadores? ¿Quién los manda a andar dedicándose a cosas peligrosas como la guerra?»

Sacó su Browning 9mm y sacó algunas balas del cargador. Se las mostró y dijo, «¿Ven estas cosas brillantes y pulidas, que hasta bonitas se ven? Ellas matan, mutilan, penetran tela, tejido, órganos y huesos, y, si tienen suerte, les toca ver a su Creador; pero si no tienen suerte, se quedan paralíticos, ciegos, o hechos unos vegetales».

Puso las balas de regreso en el arma, y les dijo, «Miren, señores, toda esta información que me han dado, la iré a analizar con mis sargentos, y me cercioraré de poner un dispositivo defensivo efectivo para protegerlos.

«Pero yo en lo personal les quiero agradecer estas revelaciones porque exoneran a la Fuerza Armada de todo lo que la han venido acusando. Me gustaría que dijeran por el radio lo que me dijeron a mí, pero luego van a decir que fue una confesión a punta de pistola, y así no sirve.

«Eso sí... les voy a pedir que cuando estemos de regreso, sanos y salvos, que tengan el valor de proclamar al mundo lo que me dijeron a mí. No por mí, sino por cada uno de estos soldaditos salvadoreños que exponen todo lo que tienen por la patria, y merecen estar tan orgullosos de vestir el uniforme como lo estoy yo en estos momentos».

Ambos jesuitas asintieron. Ellacuría dijo, «De acuerdo, capitán».

El capitán sonrió y les dijo, «Entonces, con mayor razón los vamos a proteger. ¡Aún si son diez batallones de Sombras, lideradas por el mismo Fidel Castro, los que vengan por ustedes!»

Se dio la vuelta para bajar la cuesta, pero se detuvo a decir una cosa más: «Saben, caballeros, mi indicativo siempre ha sido Padrino, y lo he querido cambiar por razones de seguridad pero no había encontrado un nombre que me gustara. Sin embargo, si sobrevivimos la batalla con las Sombras, adoptaré el indicativo de *Leónidas*».

Mientras observaban al capitán desaparecer cuesta abajo, Ellacuría preguntó a Montes: «¿Se refería a Leónidas, el Rey de Esparta, que se enfrentó al ejército persa en Termópilas, con sólo 300 espartanos a su lado?»

Montes asintió. «Sí, se refería a ese Leónidas».

«Pero... ¿no perdió Leónidas su vida en esa batalla, junto con todas sus tropas?»

A lo cual respondió Montes, «Estoy seguro de que el capitán sabe eso».

Capítulo 91

Dios no está Muerto

La Madre Superiora de las Hermanitas de la Asunción en París tenía unos ojos benévolos. Una verdadera santa de mujer, se había dedicado a la educación de jovencitas en todo el mundo. Pero sus ojos se llenaron de conmiseración cuando se enteró de todo lo que le había pasado a Licha.

Preguntó, «Pero hija, ¿estás segura de que nos quieres dejar? ¡Todavía te queda mucho por ofrecer y enseñar! Además, con tu experiencia descomunal, puedes ayudarnos a confrontar el adoctrinamiento de niños y niñas que está cobrando auge en todo el mundo. ¡La virginidad palidece en comparación con todos tus conocimientos y experiencias!»

Licha contestó: «Madre, si bien concuerdo con usted, también es cierto que mis conocimientos y mi experiencia pueden ser puestos a mejor uso en mi tierra natal de Polonia, que lucha por librarse del yugo soviético. Y es un yugo sangriento, Madre. Mire el intento de asesinato del presidente Reagan hace dos meses».

«¿Pero no fue un desquiciado el que hizo eso?»

«Madre, sabiendo lo que yo sé hoy, ni por un instante creo que ese hombre no estaba siguiendo órdenes».

Los ojos benévolos denotaron consternación. «¿Sabes por quién oro fervientemente, Licha? Por el Papa».

Licha asintió vigorosamente. «Estaré en Roma mañana, e intentaré hablar con él, Madre, porque realmente quiero unirme a Solidaridad en Polonia. Quizá a través de él pueda ponerme poner en contacto con la gente idónea».

La Madre Superiora sacó una tarjeta de su escritorio, escribió en ella y la firmó. Se la dio a Licha, diciendo, «Tenemos una escuela en Varsovia. Puedes comenzar ahí».

Licha se lo agradeció. «Madre, definitivamente tendré en mente esto, pero de veras necesito dejar la Orden. Estoy embarazada».

Sorprendida, la Madre Superiora exclamó: «¿No me digas? ¿Cuánto?»

«Dos meses».

«¡Que Dios bendiga a tu hijo, Alice!»

«Gracias, Madre. Le ruego que rece para que no nazca con Síndrome de Down, por mi edad».

«Lo haré, Alice». Y súbitamente, la Madre Superior comenzó a llorar. Licha fue a consolarla. La Madre Superiora se prendió de ella, y sollozando le dijo, «¡Quisiera haber podido hacer algo para evitarte todo esto, Alice!»

Licha la consoló. «Pero Madre, ¿quién podía prever esto? ¿Una alianza entre los soviéticos y los jesuitas? ¡Todavía me cuesta creerlo—y eso que estoy inmersa en ella!»

Media hora después, Licha había dejado de ser monja. Afortunadamente, su pensión era generosa. Iba a poder criar ese bebé ella solita, de ser necesario.

Fue directamente a la estación de trenes de París, para tomar el tren a Roma. Juan Pablo II estaría en la Plaza de San Pedro el día siguiente, en la tarde, y planeaba llamar su atención en polaco, para pedirle audiencia. Había poca probabilidad de éxito, pero había cero probabilidad de éxito si no lo intentaba.

Ya era tarde, y el tren al que se subió la tendría en Roma cerca del mediodía. Ahí se reuniría con Neto y Gladys cuando llegaran en tren desde Nápoles. Irían al Vaticano todos juntos.

Olga se subió al mismo tren. Ubicaría a Licha mientras los pasajeros dormían. Y seguiría las instrucciones que le dieron. «Dos balazos a la cabeza, justo antes de la próxima parada. Cúbrele la cabeza con una frazada y bájate del tren».

Olga vio el itinerario del tren. La mejor estación para bajarse sería la de Zúrich, dentro de cuatro horas. Justo después de la medianoche.

Para las 11 pm, ya había ubicado a Licha. Tomó asiento unas filas detrás de ella. Licha estaba leyendo, pero luego apagó la luz encima de ella, tomó una almohada, la colocó contra la pared de la cabina, se puso una frazada encima y se durmió. Perfecto.

Cuando Olga sintió que el tren aminoraba la velocidad, porque se aproximada a Zúrich, le puso el silenciador a su pistola, y metió su mano con todo y pistola en su bolso. Se paró, caminó rápidamente hacia Licha, puso la pistola a centímetros de su cabeza, y haló el gatillo.

Nada.

Lo haló de nuevo.

Nada.

El altavoz dijo, «Zúrich» y Licha se movió.

Olga tenía una decisión qué tomar: quedarse en el tren e intentarlo de nuevo en otra parada, o bajarse.

¿Pero por qué quedarse si no tenía un arma útil?

Guardó la pistola Makarov en su bolso, caminó hacia la salida, y se bajó en la estación de tren de Zúrich. Como tenía un poco de tiempo antes de que volviera a partir el tren, se metió al baño de mujeres y buscó un compartimento de inodoro vacío para examinar el arma. Quizá había algo obvio que podía arreglar para poderse subir al tren de nuevo. Mientras examinaba la pistola, se le disparó, pegándole justo en el corazón. Y nadie escuchó nada.

* * *

Al mediodía, Licha se bajó del tren en Roma. Fue al tablero de arribo y partidas de trenes y vio que el de Nápoles aún no llegaba. Decidió esperarlos en uno de los pequeños cafés de la estación. Pero primero puso su maleta en un casillero. Si Neto no quería nada que ver con ella porque estaba embarazada con su hijo, ya no tendría razón alguna para volver a Nápoles.

Sentada en el café, recordó todo lo que había pasado desde que Pepe Tacarello se había regresado a El Salvador. Cuando al fin les instalaron teléfonos, Pepe llamó a Belinda, quien lo regañó por demorarse tanto, y le dijo que se regresara ya. La demora había servido su propósito, sin embargo: le había dado suficiente tiempo a Pepe para cerciorarse de que Mario podía manejar el negocio, y que las cosas irían bien.

El mercader en la sangre de Mario se había apoderado de él, y trabajaba sin cesar, día y noche, para echar a andar el negocio. Estela trabajaba junto a él para conocer y manejar el negocio, puesto que sería el negocio de Estela y Gladys cuando Mario se regresara a la universidad.

La noche después de la partida de Pepe, Gladys y Neto habían bajado a la oficina donde Licha y Pepe dormían juntos, cuya cama era ocupada sólo por Licha ya. Gladys la despertó. Cuando abrió los ojos, Gladys le dijo, «Licha, es hora de que hagas lo que dijiste que ibas a hacer».

Licha se sentó en la cama. En la oscuridad, podía ver la silueta de Neto en la puerta. Licha le dijo a Gladys, «Si quieres que haga esto, Gladys, lo haré».

«Sí, Licha, eso quiero».

Licha encendió la lámpara de la mesa de noche. Gladys estaba en bata y Neto en calzoncillos. Licha tenía camisón puesto.

Gladys se sentó en su cama. «Licha, anoche me desperté porque Neto se estaba tocando a la par mía. No dije nada porque no lo quería apenar. Cuando desperté esta mañana, había una mancha en la sábana. Mi mamá tuvo que lavar las sábanas porque yo no me quería ni acercar a la eyaculación de mi hijo.

«Así que quiero que duerma contigo de ahora en adelante».

Licha le preguntó a Neto, «Neto, ¿es lo que quieres?», dándole chance al joven de decir que no.

Asintió nerviosamente.

Gladys le dijo a Licha que Neto le había contado sobre lo que habían hecho con sus maestras en Guazapa, y que a veces no podía ni funcionar por la vergüenza. Según Gladys, él no había experimentado la belleza de sexo normal todavía.

Licha preguntó, «¿Tiene condón? Yo no tengo pastillas anticonceptivas».

Gladys sacudió la cabeza. «A tu edad, no hay forma de que quedes embarazada. No uses eso como excusa».

«De acuerdo».

Gladys se despidió. «Gracias, ahora los dejaré sólos». Se levantó, fue donde Neto, le dio un beso en el cachete y le dijo, «Aprende a ser hombre, hijo». Salió y cerró la puerta.

Licha se paró y se quitó el camisón, revelando su cuerpo de 51 años al joven. Su erección se salió del calzoncillo. Ella se aproximó a él y lo besó. Tomó su mano y lo guio a la cama. Se acostó, abrió las piernas y le dijo, «Hágame su mujer, comandante Guevara».

El muchacho la penetró y tuvo orgasmo casi inmediatamente. No pudo contener su grito.

Neto había aprendido a ser hombre, y buen amante, cuando al fin aprendió a controlar su eyaculación. Y a pesar de la teoría de control de la natalidad de Gladys, llevaba al bebé de Neto en sus entrañas. Licha no podía estar más feliz. ¡Al fin tendría la familia que le hacía falta!

Para Licha también era la primera vez en su vida que experimentaba una relación normal. Neto era bien inteligente, y lo estaba ayudando a tomar el examen de equivalencia de bachillerato de Italia. Tomaría el examen pronto, lo pasaría y podría ir a la universidad.

¿Pero iría a la universidad en Polonia? ¿Cómo funcionaría eso? ¿Se casaría con ella? Si se casaban, ¿querría él quedarse en Italia? Mario le había recomendado que no le dijera nada.

«Pero si él es el padre, Mario. ¿Cómo se lo puedo ocultar?»

Mario sacudió la cabeza. «¿Han hablado de matrimonio ustedes alguna vez? ¿De formar familia juntos?»

«No».

«¿Entonces por qué necesita saber? Te puedo asegurar que no está interesado en ser padre. Además, por lo que se sabe, a tu edad podrías perder el bebé espontáneamente. ¿Y entonces qué razón habría para quedarse casados después de eso? ¿Y qué va a pasar cuando tengas 60 y él apenas tenga 26? ¿No corres el riesgo de que te sea infiel con una de 20 años?»

Ella había cambiado de tema.

«¿Qué planeas hacer, Mario?»

«Tan pronto como Estela y Gladys puedan manejar el negocio, me regreso a la universidad para una maestría en algo que me ayude a combatir la Teología de la Liberación».

«Mario, ya combatiste eso. Busca nuevos horizontes. Dios te ha dado ese regalo».

Mario se burló. «Mira quién habla, Licha. Quieres ir a Polonia a ayudar a liberar a tu país del yugo soviético. Así que no me sermonees».

Pero volvió a la seriedad. «Recuerdas mi vocación? Una vocación es para servir al Señor. La mejor manera de servir al Señor es exponer la traición de los jesuitas a la Palabra de Dios. Dios no permita jamás que un jesuita se vuelva Papa, porque entonces tendrán todo el poder del mundo».

Esto le pareció extraño a Licha. «Pero Mario, los jesuitas no pueden ser obispos ni cardenales, y por lo tanto no pueden ser papas. No son parte de la iglesia jerárquica».

Mario se sintió orgulloso de que él había logrado descifrar el objetivo jesuita, y que la persona más inteligente del mundo no. Le dijo, «Licha, los jesuitas están en guerra contra el Papa. La mejor manera de ganar esa guerra es logrando que un jesuita se haga Papa, ¿no crees?»

Licha tuvo que concordar con eso. Era obvio que Mario tenía toda la intención de irse a la guerra en contra de los jesuitas, intelectualmente. Le preguntó: «Y cuando completes tu maestría, ¿qué harás?»

«Publicaré mi tesis que los desenmascarará, y regresaré a El Salvador a enfrentarlos».

«¡Vamos, Mario! ¡Te matarán si haces eso!»

«No sin antes haberlos debatido y vencido en público».

Licha había mirado a su querido amigo y posible medio cuñado, y había llegado a la conclusión de que una vocación verdadera era irrevocable. Y ya no le dijo más.

Mario la había acompañado al tren que la llevaría a París. Se despidieron con un «¡Hasta la vista!», sin sospechar que no se volverían a ver ya más.

* * *

Gladys y Neto finalmente arribaron. Su tren se había demorado. Los napolitanos no eran conocidos por hacer las cosas bien. Y eso incluía operar los trenes.

Neto había corrido a besar a Licha en la boca y a tocar su seno.

«¡Niño, contrólese!» fue todo lo que le dijo. Eso le pasaba por ser la mujer de un salvadoreño joven.

Licha les preguntó, «¿Han comido?»

Gladys respondió, «Todavía no».

Licha sugirió, «Caminemos hacia el Vaticano, hacia el oeste, y veamos si encontramos un lugar cerca del Vaticano para comer una buena pizza».

Licha y Neto caminaban de la mano, mientras Gladys se aferraba al otro brazo de su hijo.

Encontraron una pizzería cerca del Vaticano. Ordenaron dos pizzas margarita, y el vino consuetudinario. Y entonces Licha les contó que estaba embarazada.

Gladys y Neto quedaron atónitos.

Licha prosiguió. «Es hijo de Neto, pero no estoy obligando a nadie a hacer nada. Me sorprendió poder quedar embarazada. Debí tomar precauciones, así que asumo plena responsabilidad. Neto, voy a dejar que decidas si quieres formar familia conmigo o no. Si no, quiero que sepas que tendrás hijo o hija en Polonia, aguardando conocerte».

El pobre Neto no sabía qué decir. Pero Gladys sí. «Podría ser de Pepe. Podría ser de Mario. Según tengo entendido, podría ser de un guerrillero. ¿Cómo te atreves a amenazar a mi hijo, grandísima puta?»

Esta reacción no sorprendió a Licha. Hasta la había previsto. Lo que no había previsto era lo aliviada que se sentiría. Esto constituía una ruptura perfecta.

Licha se paró, puso unos billetes sobre la mesa, y dijo: «Yo pago el almuerzo. Neto, búscame para conocer a tu retoño. Si no, que tengas una buena vida, y no te arrepientas de nada».

Los miró les dijo, «Sin rencores, ¿de acuerdo? Buena suerte».

Y entró a la Ciudad del Vaticano solita.

Turisteó por un par de horas, pero entonces se comenzó a hacer muchedumbre en la Plaza de San Pedro, para ver al Papa.

Como a las 5:15 pm, el Papa apareció en un Papamóvil abierto, saludando y bendiciendo con la mano a todos los fieles. Cuando iba pasando el Papa frente a ella, Licha le gritó, en polaco, «¡*OJCIEC ŚWIĘTY! POTRZEBUJĘ TWOJEJ POMOCY POWRÓT DO POLSKI!* [¡Santo padre! ¡Necesito su ayuda para retornar a Polonia!]»

El Papa volvió a ver a Licha, pero en vez de fijar su mirada en ella, la concentró a la derecha de ella, y sus ojos se abrieron desmesuradamente.

Los instintos de Licha la hicieron reaccionar, y arremetió con fuerza contra quien estaba a su derecha. El primer disparo no le pegó al Papa, sino a una americana. El segundo disparo le pegó al Papa en su abdomen; el tercero en su mano, y el cuarto le pegó a una jamaiquina. Para entonces, Licha, con fuerza sobrehumana, y con la ayuda de otros, había desarmado al hombre que parecía turco.

Entonces se fue donde el Papa y preguntó, «¿*Ojciec Święty, Wszystko w porządku?* [Santo padre, ¿está bien?]»

Juan Pablo II la vio y le dijo, «¡*Dzięki Tobie!* [¡Gracias a ti!]»

El Papa volvió a ver a uno de sus guardias, y le dijo, en italiano, «*Viene con me, ¿hai capito?* [Ella viene conmigo, ¿me entiendes?]»

El guardia dijo, «*Capisco, Santo padre* [Entiendo, Santo padre]».
Y Licha desapareció en la ambulancia con el Papa.

Capítulo 92

Es Difícil Ver Sombras en la Oscuridad

Como a las tres de la tarde de ese día sonó el HF. «Padrino éste es Charlie Lima». El capitán estaba en el camión hablando con un soldado, así que tomó el micrófono y contestó.

«Charlie Lima, éste es Padrino, cambio».

«Padrino, la guerrilla está diciendo que el ejército ha capturado a los jesuitas Martín Baró, Juan Ramón Moreno, Joaquín López y López, Amando López y los dos que están con usted, con la intención de matarlos. ¿Nos pueden ayudar los que usted tiene ahí?»

«¿Charlie Lima, han rescindido la orden de matar a los jesuitas?»

«Padrino, yo seré el primero en decirle cuando la hayan rescindido».

«Es que no tiene mucho sentido que ustedes le estén pidiendo ayuda a gente que quieren matar».

«¡Maldición, Padrino! Usted bien sabe que estoy tratando de que rescindan esa orden, pero no soy miembro del Alto Mando. Simplemente hágame el favor de preguntarles si quieren responder por radio. Porque si no quieren, no hay nada que podamos hacer al respecto de todas formas».

«De acuerdo. Padrino fuera».

El capitán caminó cuesta arriba para informarle a los jesuitas. Cuando los encontró, se les veía preocupados, como intuyendo algo. Les dijo: «Señores, es momento de poner sus afamados cerebros a funcionar. La situación es la siguiente: la guerrilla está acusando al ejército de haberlos capturado a ustedes dos y a otro cuatro jesuitas llamados Baró, Moreno, y otros dos que se apellidan López, y mi comandante quiere saber si ustedes pueden dar una declaración por el radio».

Ellacuría y Montes tomaron esto muy en serio. Comenzaron a hablar en un idioma que debió haber sido vasco.

Al rato, Ellacuría se volvió al capitán y le dijo, «Esos cuatro sacerdotes probablemente han sido capturados por las Sombras, capitán».

«¿Sólo son ustedes seis los que viven en esa Residencia?»

«No, también reside ahí Jon Sobrino, pero está fuera del país en una conferencia».

El capitán dijo, «No voy a disputar su conclusión, señores. La pregunta es: ¿están dispuestos a decir algo por el radio, que será transmitido por Radio Cuscatlán?»

Los jesuitas volvieron a hablar en vasco. Después de un rato, Ellacuría le dijo al capitán que él sería quien hablaría.

«Bien, sólo quiero advertirle que lo que usted diga va a ser escuchado por alguien antes de que sea transmitido, así que, si encuentran algo objetable en lo que diga, no lo van a transmitir».

Caminaron hacia el radio en el camión. Al llegar, Sánchez llamó a su comandante. «Charlie Lima, éste es Padrino. El número uno va a hablar».

«Listo. Cuando quiera».

El capitán le entregó el micrófono a Ellacuría, diciéndole, «Sólo mantenga este botón apretado».

«Buenas tardes, son las 3:30 p.m., del 15 de noviembre de 1989, y soy el padre Ignacio Ellacuría, un sacerdote jesuita, y estoy con el padre Segundo Montes, la Sra. Elba Ramos y la Srta. Celina Ramos, en las manos capaces del ejército de El Salvador, cuyos integrantes no han sido más que muy amables en nuestro trato. Le ruego a Dios que los demás jesuitas estén bien. Les ruego a ambos bandos cesar las hostilidades. Es hora de la paz».

El capitán tomó el micrófono del cura. «Este es Padrino, Charlie Lima. Parece que eso fue todo el mensaje. Ahora hágame el favor de informarme cuándo piensan levantar esa orden».

«Yo le informo, Padrino. Charlie Lima fuera».

El capitán los llevó de regreso a la casa. «Caballeros, yo espero llevarlos de regreso mañana porque debe ser obvio para todos que la única razón para esta 'Batalla de las Ardenas' de la guerrilla era para sacrificarlos a ustedes y obligar a un acuerdo negociado».

«Gracias, capitán». Los jesuitas no se oían muy contentos. Es más, se veían preocupados.

El capitán los trató de reanimar. «Si ustedes están preocupados por los jesuitas capturados por las Sombras, dejen de estarlo, por favor. Mientras no los tengan a ustedes, no pueden tocarles un pelo a ellos. Porque entonces ustedes señalarían a los asesinos. Al haber hablado en el radio, usted les salvó las vidas».

Eso mejoró la disposición de los jesuitas, quienes se lo agradecieron.

Antes de que el capitán bajara la cuesta, Montes le preguntó, «Capitán, ¿cree que levanten la orden?»

El capitán asintió. «Yo lo apostaría todo a que sí».

Al alejarse, el capitán miró hacia el mar. Le parecía que a lo lejos había un barco pesquero más grande que de costumbre. Llamó a los centinelas. «Han notado barcos así de grande?»

Uno de los soldados se encogió de hombros, y dijo, «Mi capitán, vemos barcos de todos tamaños todo el día». Con sus binoculares, el capitán vio que era un barco arrastrero, con redes de pesca.

Eso sosegó al capitán. Pero de todos modos decidió reforzar la seguridad de los jesuitas esa noche.

Después de cena, el capitán subió la cuesta con Zelayandía y diez soldados. La orden del capitán a Zelayandía fue, «Pase lo que pase, en el portón, ustedes defienden a los jesuitas».

Montes salió a preguntarle al capitán acerca de la orden. El capitán le explicó que, por la naturaleza del radio que tenía, su comandante no se podía comunicar con él a esta hora, pero que de seguro en la mañana su comandante le informaría que la orden había sido levantada. Sánchez le dio las buenas noches al jesuita y bajó a pasar la noche con el grupo que vigilaba el portón.

Mientras se parapetaba tras un muro, con su arma apuntando al portón, comenzó a pensar sobre el anuncio por la guerrilla de que el ejército había capturado a los jesuitas, y ¿cuál podría ser el propósito de ello, puesto que era una mentira que podía ser desmentida fácilmente por la declaración de Ellacuría por el radio?

De pronto se sentó derecho. ¡Claro! Las Sombras seguramente tenían equipos de triangulación radial por todos lados, esperando la respuesta de Ellacuría. ¡Era una trampa, y habían caído en ella!

El capitán se obligó a analizar la situación a fondo. Si las Sombras ya sabían dónde estaban, tenían que suponer que los jesuitas están en la casa cerca del acantilado. Si bien son capaces de escalar el acantilado para llegar a ellos, necesitarían una distracción, y el único lugar donde puede haber distracción es en el portón de entrada de Xanadú.

¿Pero cómo crearían la distracción en el portón principal? Si las Sombras atacan el portón principal, van a morir muchos bajo las balas de los soldados defensores, y como son cubanos, no se pueden arriesgar a eso. Entonces, las Sombras no pueden atacar el portón principal de Xanadú.

Recordó las palabras de Ellacuría: le hicieron una oferta a alguien del Alto Mando que no pudo rehusar. Entonces, las Sombras le pasaron la información de la ubicación de los jesuitas al oficial sobornado, y éste procedió a organizar el ataque al portón usando blindados de caballería, que son los únicos capaces de romper el portón, hacer a un lado el camión, y abrirle paso a sus blindados y tropas a Xanadú. Y también porque las balas de los soldados de Transmisiones no le calarían a los blindados.

Ahora que Sánchez sabía cómo iban a atacar, tenía que determinar cuál era su mejor defensa. Y la respuesta era: que todos subieran a la cima de la cuesta. Sánchez se paró y gritó: «¡Transmisiones, cuesta arriba, carrera... mar!»

En lo que los soldados salían de las casas para subir al trote cuesta arriba, un vehículo blindado de caballería embistió y abrió el portón principal, fácilmente apartando el camión de transmisiones. Entraron más tanquetas.

La batalla no duró más de 30 minutos. Las tropas de caballería, bajo el liderazgo del capitán Benavides, sobrino del líder de la Unidad de Comando, el coronel Benavides, pudieron superar las posiciones defensivas de Sánchez a pura potencia de fuego. Las tanquetas tenían cañones de 90 mm cuyos proyectiles fácilmente penetraban los muros de las casas tras los cuales se parapetaban las tropas de transmisiones. Uno de esos proyectiles abrió un boquete en el pecho del capitán Sánchez.

El subteniente Fiallos le llevó al sargento Juan al capitán Benavides.

«¿Quién es él, Fiallos?»

«Es el custodio del lugar, mi capitán. Se llama Juan».

En eso Juan reconoció el cuerpo del capitán Sánchez en el suelo. Se hincó a la par de él para decir una oración.

Pero el capitán Benavides no tenía tiempo para eso. «¡Llévenos donde los jesuitas ya!»

«Están al otro lado de la lomita», dijo Juan, caminando cuesta arriba. El capitán y el subteniente Fiallos lo siguieron.

En menos de un minuto estaban en la residencia temporal de los jesuitas. Pero todo lo que encontraron fueron 11 soldados de transmisiones muertos, incluyendo el sargento Zelayandía, todos los cuales tenían un balazo en la cabeza.

Los jesuitas y las dos mujeres no estaban.

El subteniente le preguntó, «¿Estaban aquí, Juan?»

Juan asintió. «Sí. Habían estado aquí tres días. Eran dos jesuitas y dos mujeres».

Fueron a buscar dentro de la casa, y uno de los soldados de caballería descubrió una cartera de mujer, con una cédula de identidad que le pertenecía a Elba Ramos. Este documento tan importante jamás lo hubiera dejado intencionalmente.

De pronto oyeron una lancha. Apenas pudieron observar unas luces rojas que se movían sobre el agua rápidamente, hacia el este. El capitán Benavides intentó usar su radio para informar a su tío de la situación, pero como era línea de vista, no funcionaba.

Juan le dijo lo que había hecho el capitán Sánchez de ir al cerro de enfrente, y el capitán Benavides tuvo que hacer eso para poder informar a su tío de la situación.

Le tardó una hora reportar que habían desaparecido los dos jesuitas y sus sirvientas. Una hora después, llegó otro camión, para llevarse los cadáveres de los soldados de transmisiones.

EPÍLOGO

La mañana del 16 de noviembre de 1989, cinco jesuitas españoles, incluyendo a Ignacio Ellacuría y Segundo Montes, fueron encontrados asesinados en la UCA por don Obdulio Ramos, el jardinero de la universidad. Junto a ellos estaban los cadáveres de un jesuita salvadoreño y de Elba y Celina Ramos, la esposa y la hija de don Obdulio.

Militares fueron encontrados culpables de esas muertes y fueron encarcelados. Pero salieron libres gracias a la Ley de Amnistía que fue promulgada como condición para la firma de los Acuerdos de Paz que pusieron fin al conflicto bélico de El Salvador.

Fue un mal final para un glorioso capítulo de la Fuerza Armada de El Salvador, que, con el golpe del 15 de octubre de 1979, facilitó la transición de un sistema feudal y militarista, legado de la Conquista Española, a una democracia robusta.

¿Cuán robusta? Dos de los presidentes de El Salvador han sido del partido FMLN: Mauricio Funes y el excomandante guerrillero Salvador Sánchez Cerén.

¿Y por qué legado de la Conquista Española? En 1979, quince países latinoamericanos estaban bajo régimen militar. Dieciséis, si se incluye a Cuba.

La guerrilla tuvo amplias oportunidades previas de unirse al proceso político salvadoreño porque fue una oferta que siempre le hicieron los gobiernos de Duarte y Cristiani, en frecuentes pláticas de paz sostenidas con representantes de la guerrilla, dentro y fuera del país. Lamentablemente, esas ofertas siempre fueron rechazadas.

En todo ese tiempo, jamás se escuchó a los jesuitas españoles en El Salvador públicamente alentar a la guerrilla a incorporarse a la democracia salvadoreña como partido político. Ni siquiera después de la Reforma Agraria masiva que la Fuerza Armada llevó a cabo en cumplimiento de una ley promulgada por civiles, desposeyendo a las catorce familias más pudientes de El Salvador de la mayor parte de sus tierras, y entregándoselas a los campesinos. Esto, por un ejército acusado por los jesuitas españoles de ser guardaespaldas de esas catorce familias.

Ni siquiera después de la elección de José Napoleón Duarte como presidente, quien derrotó al candidato de las catorce familias, el mayor Roberto D'Aubuisson.

Si lo que los jesuitas españoles realmente querían era ayudar a los pobres, no podrían haber encontrado un mejor aliado que José Napoleón Duarte. La prueba de ello está en que la Junta presidida por Duarte pasó la Ley de Reforma Agraria en marzo de 1980, tan sólo cinco meses después del golpe del 15 de octubre de 1979, y un año y cuatro meses antes de que el régimen Sandinista promulgara su propia Ley de Reforma Agraria. En contraste, los Sandinistas tardaron dos años en promulgarla, después de tomar el poder en julio de 1979. Uno se pregunta qué pasaron haciendo esos dos años, porque era obvio que no estaban ayudando a los pobres.

Si bien unos pocos militares fueron culpables de cometer un error grosero, y de manchar con su actuación al resto de sus compañeros de armas, la evidencia apunta a que esos pocos militares fueron el cuchillo y no la mano que empuñó el cuchillo.

Y la evidencia también indica que fueron la excepción a la regla, porque la regla era una Fuerza Armada absolutamente profesional, valiente y dedicada a implantar una democracia en el país, que de otra forma no se hubiera implementado. Basta ver lo que le pasó a Cuba.

Es más, si la Fuerza Armada no hubiese sido lo profesional que fue, y en vez de ello, hubiera cometido todas las atrocidades de la que se le acusaban incesantemente por los medios propagandísticos guerrilleros y sus cómplices en los medios de comunicación, la población se habría alzado en su contra, tal y como sucedió en Cuba y Nicaragua. Ningún alzamiento popular ocurrió jamás.

Irónicamente, tuvieron que morir cinco jesuitas españoles para poner fin a la abominable política guerrillera de utilizar a niños combatientes, una política endosada, implementada y ciertamente nunca denunciada por los jesuitas. Evidencia de tal política se comenzó a acumular en la década de los 1980, y que quedó plenamente revelada en la Ofensiva hasta el Tope lanzada el 11 de noviembre de 1989. Tal abominación y crimen sólo podía ser eclipsado por algo como la muerte de los jesuitas, tal y como sucedió.

Para determinar lo que realmente les pasó a los jesuitas se formó una 'Comisión de la Verdad'. Tres cosas no hizo esa Comisión de la Verdad:

1. No examinó la fomentación de la lucha armada por los jesuitas en El Salvador, siguiendo los preceptos de la Teología de la Liberación, uno de los autores de la cual fue Jon Sobrino, uno de los jesuitas españoles radicados en El Salvador. Al crear una iglesia paralela, independiente del Vaticano y de su némesis, el Papa Juan Pablo II, los jesuitas pregonaban la violencia y reclutaban abiertamente para la guerrilla.

2. No examinó la política endosada por los Jesuitas de utilizar menores como combatientes guerrilleros, que necesariamente derivaba de abogar por lucha armada en vez de solución política negociada, y de una falta de apoyo popular fatal, la mejor prueba de la cual la constituye la ofensiva espectacularmente fallida de enero de 1981. Ante las bajas ocasionadas a la guerrilla por los BIRI entrenados por los EE.UU., y la oferta del gobierno de Duarte, frecuente y constante, de unirse al proceso político, cualquier persona pensante, educada y con sentido moral, seguidora de las enseñanzas de Cristo, que supuestamente son atributos de los jesuitas, hubiera alentado la aceptación de tal oferta de paz.

¡Pero no los jesuitas españoles en El Salvador! Siguieron abogando por la lucha armada, y eso necesariamente llevó a la separación forzosa de niños y niñas de diez, once o doce años, de sus familias. No cabe duda de que fue forzosa, porque una población que no apoya a la guerrilla no está dispuesta a entregarles a sus niños y niñas gustosamente.

La evidencia del uso de menores de edad como combatientes guerrilleros abunda en los medios sociales y en publicaciones de prensa y revistas. Si lo que esa Comisión de la Verdad busca es la verdad, podría reconvocarse.

3. Finalmente, la susodicha Comisión de la Verdad jamás examinó por qué la guerrilla le puso bomba al portón de la entrada a la UCA el 11 de noviembre de 1989, al inicio de la Ofensiva hasta el Tope, lo cual fue atestiguado por Obdulio, Elba y Celina Ramos, y relatado por don Obdulio Ramos.

Lo triste de esa bomba es que no sólo destruyó el portón de la UCA, sino que dañó la casa de los Ramos, lo cual hizo que doña Elba y Celina estuvieran quedándose temporal y fatídicamente en la residencia universitaria de los jesuitas.

Vale la pena poner en perspectiva los resultados de la sangrienta Teología de la Liberación impuesta por los jesuitas españoles en El Salvador: cientos de miles de salvadoreños muertos o lisiados, versus sólo cinco jesuitas españoles muertos.

Se podría argumentar que los jesuitas españoles veían a los salvadoreños como inferiores, subhumanos y desechables, puesto que no vacilaron en derramar tanta sangre salvadoreña.

Claro que los indios salvadoreños no fuimos los primeros en ser vistos de menos por jesuitas españoles. Esa distinción corresponde a los indios guaraníes de Bolivia y Paraguay.

En ambos casos, los jesuitas españoles explotaron a los indios, en vez de educarlos. En el caso de los guaraníes, los esclavizaron para alcanzar riquezas, y los mandaron a morir para proteger dichas riquezas.

En el caso de los salvadoreños, los mandaron a morir para alcanzar el poder político que tanto anhelaban, tal y como lo habían alcanzado los jesuitas nicaragüenses–Fernando y Ernesto Cardenal.

Se habrían cubierto de gloria si en vez de mandar a tanto indio a sus muertes, hubieran hecho lo que hicieron en todos los demás países europeos y norteamericanos en los que actuaban—educarlos.

Por alguna razón, no les importaba que quedáramos muertos, ciegos o mutilados.

Que en paz descansen, Elba y Celina Ramos.

Nota del Autor

Hace unos años, tuve discusiones con gente que, casi 20 años después de finalizado el conflicto, esgrimieron las mismas viejas acusaciones contra el ejército salvadoreño que siempre he negado. No sólo porque no puedo corroborar ninguno de los estribillos propagandísticos que repiten como loras, sino porque no describen para nada al ejército en el que serví, ni durante ni después del conflicto.

¿A qué me refiero con 'después del conflicto'? Mucho después de que se hubieran ido los asesores americanos los oficiales salvadoreños que fueron mis contemporáneos durante el conflicto materia de este libro ascendieron y se convirtieron en los generales y coroneles del ejército. En sus líderes.

O sea, los mismos que combatieron a la guerrilla en los BIRIs y en las unidades regulares del Ejército, eran los que ahora entrenaban y preparaban a sus unidades para combatir.

En el 2004, El Salvador envió batallones a participar en la coalición internacional que logró el derrocamiento del régimen opresor de Irak, para convertir a ese país en una democracia.

Que fue lo mismo que el ejército salvadoreño había hecho en 1979, al derrocar a un dictador y propiciar la instalación de una democracia en El Salvador.

¿Y cómo se desempeñaron estos batallones liderados y entrenados por mis contemporáneos? Fueron universalmente elogiados. Y como muestra, este botón: del periódico Washington Times, del lunes, 3 de mayo de 2004: «Soldados Salvadoreños Elogiados por su Desempeño en Irak» por el Secretario de Estado de los EE.UU., el General Colin Powell, entre muchos otros.

Se condujeron como siempre se habían conducido: como soldados profesionales.

Sobre el Autor

Armando Interiano es ingeniero eléctrico con patentes a su nombre, un traductor de múltiples idiomas, y un músico compositor publicado que es un graduado de la Academia Militar de los Estados Unidos en West Point y de la Universidad de Rice en Houston, Texas.

Cumplió con su servicio militar en El Salvador, y se enorgullece de su papel durante la Reforma Agraria de 1980, en la cual el ejército salvadoreño cumplió una función esencial para la transferencia de propiedades de los grandes terratenientes a los campesinos, actuando bajo órdenes de civiles. Realmente un hito histórico en la vida nacional.

También se enorgullece de haber contribuido a convertir a El Salvador en una legítima democracia, rompiendo de una vez por todas con el sistema militar-feudal legado de los españoles.

Ha escrito numerosos artículos publicados en medios físicos y electrónicos, acerca de la necesidad por una revolución educativa en todas partes, particularmente en Centroamérica.

BIBLIOGRAFIA

Ignacio Ellacuría, *Filosofía, ¿para qué?*, Abra 11 (1976) 42-48, UCA Editores.

"Instructions for the Social Apostolate", Jean Baptiste Janssens.

"Sacrificios Humanos contra Derechos Humanos," por Luis Escalante Arce. Edilit, S.A. de C.V.

"The Jesuits," Malachi Martin. THE LINDEN PRESS, Simon and Schuster, New York, 1987